该书的出版得到了俄罗斯文学翻译学院的资助

"……我知道很多聪明、强势、刻苦勤奋的人们，他们饱受孤独之苦或者单相思的折磨，他们迷茫不堪，既折磨别人并同时也折磨着自己，尽管这并非他们所愿。就是说，有些人，他们没有外部敌人，然而他们生活得极其沉重。但他们依然在继续生活，继续感受和经历，继续渴望幸福，继续经受煎熬和折磨，继续爱恋，继续得意和失意，以及对某些事物继续保持信仰和期待。正是这样的一些人令我兴趣十足。或许，我自己就是这样的一个人。"

——叶夫根尼·格里什卡韦茨

АСФАЛЬТ

柏油马路

〔俄罗斯〕
叶夫根尼·格里什卡韦茨　(Евгений Гришковец)　著
傅品思　译

著作权合同登记号 图字：01-2020-4490

图书在版编目 (CIP) 数据

柏油马路 /（俄罗斯）叶夫根尼·格里什卡韦茨著；傅品思译. —北京：北京大学出版社，2020.6

ISBN 978-7-301-15427-4

Ⅰ.①柏… Ⅱ.①叶…②傅… Ⅲ.①长篇小说–俄罗斯–现代 Ⅳ.①I512.45

中国版本图书馆 CIP 数据核字 (2020) 第 064165 号

书　　　名	柏油马路 BAIYOU MALU
著作责任者	〔俄罗斯〕叶夫根尼·格里什卡韦茨　著 傅品思　译
责任编辑	李　哲
标准书号	ISBN 978-7-301-15427-4
出版发行	北京大学出版社
地　　　址	北京市海淀区成府路 205 号　100871
网　　　址	http://www.pup.cn　新浪微博：@北京大学出版社
电子信箱	pup_russian@163.com
电　　　话	邮购部 010-62752015　发行部 010-62750672 编辑部 010-62759634
印　刷　者	大厂回族自治县彩虹印刷有限公司
经　销　者	新华书店 650 毫米 ×980 毫米　16 开本　25.5 印张　370 千字 2020 年 6 月第 1 版　2020 年 6 月第 1 次印刷
定　　　价	68.00 元

未经许可，不得以任何方式复制或抄袭本书之部分或全部内容。
版权所有，侵权必究
举报电话：010-62752024　电子信箱：fd@pup.pku.edu.cn
图书如有印装质量问题，请与出版部联系，电话：010-62756370

"那又有什么?"

"什么有什么?!米沙,我亲爱的!他是十足的,明白吗,十足的卑鄙小人!他呀,都烂透了!和他别说是打招呼问候……"

"那有什么?可他却很会言谈。"

最近几个月他经常回想起这段对话。甚至不是这段对话本身,而是自己的那句话"可他却很会言谈"。那时发生了争论,在那场争论中他是少数,更准确地说,他和所有的人争论,再准确些说,是所有的人都不同意他的观点。这不是个闹着玩的友好争论,而更像是个严肃认真的争论。他们非常激烈地探究一个人的人品和做事的风格。正是这个时候他才说:"可他却很会言谈",并且这句话在最近几个月经常被他想起。

他突然明白,他说这句话完全发自内心。他明白,在那天他们争论的那个人身上,除了他会言谈这一点,对他来说,其他什么都不重要。他还明白,他对那个人身上的其他一切品德简直就既不心动,也不感兴趣。他很惊诧,因为过去正是人们身上的那些东西让他兴趣十足。

他明白,从某一时刻起,更为令他满意,甚至令他愉快的,开始变为那些善于言谈和行事的人。这是些有礼貌、热情、有距离感、话语不多的人。这样的人在我们这里总体来说很稀少。至于,他们心里装着什么和怀里揣着什么——这是他们的事情。但是他们按时赴约,说的全都是正事，微笑，告别并离去，甚至比预先计划的提前，——就是说，这是个令人愉快的人，更多可能是个聪明人。大家都愿意和这样的人合作和交往。

他只是怎么也想不起来，这样的感觉是什么时候和如何在他身上出现的。不知从何时起，他开始不再觉得感情的真诚表达和性格的冲动是必需的；不知从何时起，他开始在良心上不再觉得别人对待他的态度重要，这些人包括同事、朋友、邻居、同胞、国家和地区的领导人，只要他们的言谈和举止得体。他无法想起，他身上的这种变化是如何和什么时候发生的。

他遇到了点什么事，然后发生了那次争论，就是在争论时他说了那句话，于是发现了自己身上的那种重大变化。对于这个发现，他稍感惊奇，更多的是高兴。他觉得，自己终于在快满三十七周岁的时候成熟了。他甚至改变了自己与人交往的方式和风格，就像他自己感觉到的，他本人的言谈和举止也开始变得"得体"。

· ·

"不知道，不知道，朋友。我觉得，你是有什么用意，只是我无法明白你的用意何在，"米沙的老朋友斯吉奥巴（所有朋友都称他为喜奥巴①），皱着双唇并将身体低俯向桌子说道。"我对你说的是这一回事儿，而你却试图对我解释另外一回事儿。"

"正确。因为你听不见我说什么，甚至你都不想听见我说什么，"米沙将身体靠向椅背，稍微离开一些桌子，平静地回答。

这段对话发生在两个礼拜前，米沙也常想起它。令他满意的是，他成功地将最近几个月的零散思维顺利组织成漂亮的话语并将它们自然地

---

① 喜奥巴是对斯吉奥巴的昵称，而斯吉奥巴是斯捷潘的小名。在俄语中人们会根据场合和关系的远近，相互间或称呼名字加父称（正式场合），或只是名字（一般场合且关系不远不近），或小名或昵称（非正式场合且关系亲近）。

融入这段对话中。他记住了自己的逻辑公式,甚至得以在另外的场合和交谈中重复使用。

而这一次他们是三人一起,他和斯吉奥巴,还有谢尔盖——也是位老朋友。他们刚在健身房锻炼完,在桑拿房蒸了一小会儿,冲了淋浴。他们坐在那里,喝着一种色味令人费解的无颜色茶饮(当然是那种对健康非常有益的饮料),交谈着。他们非常想吸烟,但是都在忍耐。他们已经差不多有两三年时间坚持每周二和周四来健身房健身,并且已经形成运动后一起吸烟的习惯仪式,但这个仪式只能在他们一起走出健身房来到户外大街上时举行。他们努力延宕这一时刻的到来,目的是为了更好地感受运动后的第一支香烟如何"挠心般地抓人"。总体来说,他们很久以前就试图戒烟,一会儿想一起戒,大家都有个伴;一会儿想各自单独戒;一会儿为了打赌戒。但正是那一次他们一起坐着、喝茶、渴望吸烟时,他们谈起了夏天休假和怎样才算休息这些话题。

"为什么说我没听见?我又不是聋子,我什么都听得见!"斯吉奥巴反驳道。

"喜奥巴,喜奥巴!别像个孩子似的,"谢廖嘎[①]终于加入对话。"米沙并没有不同意你的观点,就是应该按自己喜欢的方式,去喜欢的地方休假。米山尼[②],我把你的话翻译给他,用一般人听得懂的语言把我所理解的你想说的意思转述给他听,可以吗?"

"你试试吧,"米沙笑了起来,"但我本人也要听一听,我很感兴趣,差别究竟在哪里。"

"请听我说,兄弟们,我不是白痴,"斯吉奥巴气愤地推开桌子后说,"我什么都明白。而且,顺便说一句,我从孩童起就记得,用第三人称讲在场的人——这不礼貌。这很龌龊,谢廖沙!'米沙,我给他翻译,让他明白,可以吗?'"——斯吉奥巴模仿谢尔盖的腔调,蹩脚地说道。

---

① 谢廖嘎是对谢廖沙的昵称,而谢廖沙是谢尔盖的小名。
② 米山尼是对米沙的昵称,而米沙是米哈伊尔的小名。另外,俄语里一个大名可以有多种不同的小名和昵称。

"你，当然，什么都非常懂！"谢尔盖笑了起来。"懂一切！和所有的人，除了米沙！你其实自己知道这一点，朋友！"

"好吧，请便，就把我当成白痴好了。这是你们喜欢的游戏，"斯吉奥巴说完便大声地拿着茶杯喝茶。

米沙和谢尔盖还有斯吉奥巴很早就认识。但他们既不是中学同学，也不是大学同学，从来也没有共事过。只是不知怎么很早就认识，一直相互交好并逐渐发展到朋友的程度。谢尔盖比米沙小三岁，而斯吉奥巴则已满四十四周岁。

斯吉奥巴已经减了很多年肥，但毫无成效。他见到所有超过两个星期没见的友人时都是这样打招呼："唉，你（无论男女）都瘦成什么样了。"或者相反："唉，你（无论男女）怎么，发福了，是吗？"斯吉奥巴不想庆祝自己的四十岁生日，可结果却是过得轰轰烈烈。过完这个生日的第二天他就开始仔细观察自己，寻找四十岁危机的各种迹象。他开始更加仔细地对待自己的身体，有时甚至由于一点轻微的腰酸或者腿痛就慌乱不堪。米沙没和斯吉奥巴认识之前，大家就把斯吉奥巴叫喜奥巴了。这个简称（昵称）与他非常相称。斯吉奥巴甚至都没试图反对。肥胖高大的斯吉奥巴，鼻子总是呼呼地喘气，呼噜噜地大声吃饭并永远像猪一样哼哼唧唧，还笑着。

他非常嫉妒谢尔盖，嫉妒他什么都能吃，吃多少都没事，依然是那样的瘦俊、骨感和肌腱发达。俗话说，这类人是"怎么喂都不肥的马"。斯吉奥巴还经常向上竖起食指，对谢尔盖说："等等，等等！等你到了四十岁，我们再看，那时你就该是另外的蹦跶法儿了"。

斯吉奥巴最近三年花了很多钱，到那些奇异国家旅行，目的就是为了见识一些当地奇异的医疗方法。关于这些他如数家珍，尤其是减肥和增强性功能方面。他从各地带回来各种药酒，装有这些药酒的瓶子里漂浮着各种根茎、死蛇，或者所有的东西泡在一起。他还带回来各种茶叶、软膏、粉末，并喜欢聊这些。后来他去了其他国家，带回来些其他什么东西。就这样过了最近的三年。斯吉奥巴开有两个动物商店和一个小型兽医诊所。他自称一个出色的专家，极其热爱动物和自己的工作。

他的所有朋友都毫无例外地感到奇怪，他怎么能如此地醉心于那些招摇撞骗的主意和想法。更主要的是，大家都可惜那些他如此辛苦挣来的钱，就那样被他花在购买各种大家认为是破烂儿的物品上。

谢尔盖则轻松顺利地销售汽车，扩大自己的生意，挣很多钱，而且没有明显的压力。与米沙和斯吉奥巴不同，他从来没有结过婚，也没有过孩子。谢尔盖喜好各种极限运动，他似乎潜过所有的海洋，登上过所有的高山，而后又从这些高山滑雪落下。

"你看，喜奥巴，亲爱的！米沙说，休息'一般'是不可能的。休息需要离开某些事务。你明白吗？如果想要很好、很明确地理解，那就是，你干什么累了、疲倦了，才可以更有效地休息。米沙，我的理解正确吗？"谢尔盖像是对孩子说话一样，语速很慢并且把单词拉得很长。

"是。总体而言正确，"米沙回答说，但没有变换自己的姿势。"这关乎所有的一切，亲爱的喜奥巴！'一般'来说，疗养也无法一下子治疗世界上所有的病痛。尽管我并不是专家，但坚信事情就是这样。"

"好，我明白了这个！"斯吉奥巴朝他们两个挥了一下手。"也明白了你对我的暗示。好吧，我疗养的方式不对，我休息的方式也不对，我生活的方式还不对，我又老又胖。这我明白了。可是怎样才算对？就比如你，谢廖沙，你离开什么去休息？"

"我不累，不疲倦，亲爱的，"谢尔盖懒懒地回答道。

"好样的！"斯吉奥巴皱着眉头，斜了他一眼。"这话的意思是：如何放松？首先应该不紧张！于你，我明白了。于你，等你过了四十岁我们再来说。那你呢，米沙，你离开什么去休息？我的下一个问题：什么方式？"

"喜奥巴，我的朋友！我已经很久以来只是因为人而累和疲倦，所以我离开人去休息。"

出现了不长的停顿和冷场。

"米申卡①，是否早了点儿，你就开始倦于与人打交道？"斯吉奥巴严肃而又缓慢地问道。

"咳，你呀，喜奥巴，竟和动物打交道，你没有时间倦于与人交往，"谢尔盖笑了一下说。"可在哪里，米沙，可以离开人而得以休息？现在到处都是人。每座山顶上都至少有一对情侣坐在那里。大海远航，你又不喜欢。在沙漠？在冻土带？米沙，你别让我发笑了。你呀，离开文明一天都活不了，你不可能离开人去休息。在这个意义上我太清楚你了。"

"当然！"米沙平静地回答道。"你什么都懂，什么都知道！大家相互懂得和知道所有的一切。所有的人都是行家！"米沙摇了摇头并沉默了几秒钟。"在我们这里大家都是行家，太多，到处都是！知道吗？兄弟们，其实我也是，就像自我感觉一样，尽管事实上我也坚信这一点，我理解和知道你们的一切。我们在这儿就是一些那样的聪明人和细心者。但我正是想离开这样的行家和自己的知识而去休息。"

"那去哪里可以避开我们而休息？"斯吉奥巴还是那样严肃地问道。

"去没有我们的地方，"谢尔盖笑了一下说。

"准确！"米沙点头同意。"正中要点。而且，这里一切都很简单。我没有必要去爬山或者下海。我只需要一点——就是去到不认识和了解我的人们中间。但是，还有一点更重要，就是周围也不能有我认识和了解的人们，"米沙稍作停顿。"我说的这种，是指那些似乎我一看就理解的人们。在海边你躲不开这样的人们。不管你去哪个海边，那里这样的人们都已经很多了。第一眼我就看出，这正是那些我想避开而远行去休息的人们；第二眼已经看出，他大概是来自哪个城市，从事什么职业，挣多少钱，或者想挣多少钱，而且可以准确看出，他是带女朋友还是老婆抑或是情人来的。还可以看出，如果和他结识或者交谈，你从他那里可以期待什么。是的，正因如此，我不喜欢沙滩休息。"米沙喝了一口已经凉了的茶。"在沙滩上躺着，不断地吃和睡，我无法通过这

---

① 米申卡是对米沙的另一种表小爱称。

样的方式获得享受。或许，还年轻？是不是，喜奥巴，可能还年轻？"他向斯吉奥巴挤了挤眼。"我最好抽时间到欧洲的什么地方过一个星期，任何首都城市，但最好是哥本哈根或者布鲁塞尔，要是伦敦、柏林或巴黎就再好不过了。我，兄弟们，喜爱城市。我暂时还无法理解这些沙滩或者令人昏睡的山地疗养区。因此我在城市那里，在人们中间，逃离人们而休息。"

"嘿，你这个畜生，米沙！"斯吉奥巴友善地说。"如此，你还爱我们这里所有的人，是吗？"

"喜奥巴，亲爱的，听我说完，好吗？"米沙很大度地笑了笑。"在这里我爱很多人，某些人我不爱，而没有某些人，像你们，时间长了却不行。当然，我们的人们最快乐、真诚、豪爽、开放，而我们的女人最美丽和善良。我们向来是最好的。可是那里的人们却会言谈。他们认都不认识我，都会对我说'早晨好'并微笑。永远！当然，这并不意味着什么，对他们来说也不过是习以为常的事，但这令我舒心。在那里，我去了两次同一家咖啡馆，第三次他们就认出我，并且对我的到来表示高兴和欢迎。就算不是非常高兴，甚至他们心里把我当成傻瓜，或根本没把我当回事儿。可是，我不知道这些。而他们不会说出这些，无论如何也不会表露出来，甚至都不会暗示。即使假设他们很喜欢我，他们还是有那样的言谈和举止，不会去探究你的心灵，不会开始紧紧拥抱以至于能把你憋死。他们很会言谈。售货员会卖货，警察会严厉执法，但不粗野，厨师会做饭，而音乐人会演奏音乐。不多于此，但也不少于此。最重要的是，反正不多于此。当然，那里也有例外，但很少。我是如此喜欢这一点。我不明白他们，我也不清楚他们如何生活、为什么这样生活，我不明白他们在说什么、在报纸上刊登什么内容。兄弟们，我不是喜爱他们，他们只是令我欣悦。他们的言谈举止得体适中。我在他们中间是休息。我休息，因为我想远离那关于所有问题和所有方面都没完没了的外行话，远离那空洞无物然而却充满激情的真诚、诚挚、豪迈和开诚布公的外行对话。我休息，还因为我要远离不正确的举止。我，伙伴们，不是说我们这里所有人的言谈举止都不得体。不坏！只是不是那样，不是需要的那样。其实不是我有一点不需要，是根本上就不需要。谁都不需要。首先是他们本人不需要。这样一来，我休息就是为寻找得体的言谈和举止，这是我休息的全部意义。我本人暂时喜欢这样。"

"知道吗，既然你如此厌倦我们的举止，"斯吉奥巴眯起双眼说，"还有，既然你喜欢人们的言谈举止得体，而你却又不明白他们在说什么，那就最好去北京、香港或者新加坡什么的。在那里，你有大城市，你有好的举止，而且你完全什么都不明白。"

"不，喜奥巴，我还没厌倦人到那种程度，以至于去东方。"米沙说完笑了起来。

后来他们站在外边大街上，享受地吸着那支一直忍耐不碰却期待着的香烟。

· ·

几乎整个九月都很温暖，但多雨、阴云密布。夏天也多雨，并不时出现短暂的闷热。然而九月底吹来很多风，十月天空透亮，天气明媚、阳光普照。金黄色的叶子挂满树梢，并飘满街道。那种在莫斯科能盼望到的、最美的季节——秋天到来了。

米沙把这个季节的天气称为"最优雅的天气"。他最喜欢中秋季节那晴朗干爽的时日。这是少有的可以美丽穿戴的时日。在莫斯科稀有的一小段可以穿薄大衣和喜爱的皮鞋的时间。夏天炎热或者多雨，你无法穿戴雅致，而后一下子冬天就到了，同样顾不上穿戴雅致和悠然漫步。而米沙却喜欢在闲暇时间和天气允许的情况下漫步。雨中打伞——不是那个味道，而在雪地和严寒中戴着帽子——就更不是那么回事儿。再者，正是夏季，米沙的工作非常多，当冬天来临，闲暇时间多起来时，他尽量去那气候和天气允许穿戴得雅致的地方休假。在那里，他能按照自己喜爱的方式休闲和度假。还有，他喜欢避开大多数人休假的时段，与大多数人休息的方式也不同。他也喜欢待在莫斯科度过美丽的秋天。

秋高气爽的时日让他仿佛觉得干什么都很顺手，所做的一切都特别顺利、成功。

他还非常喜欢秋天飞去北方或者乌拉尔什么地方出差办事。在那里甚至可以遇上雪或者看遍光秃秃的树。那里的人们已经换上冬装，有很多人也戴上了棉帽子。而后回到莫斯科，看到高高蓝蓝的秋季天空，看到迅速飘过的明亮晚霞和随之而来的十月凉夜，他的心情真是愉悦和欢快。这个季节正是他得以毫无异议和强烈热爱莫斯科的时日，此时的他即使在莫斯科依然可以做到专心致志和从容不迫。

米沙从事的是一项少见不平常的事业。他喜爱自己的事业，经常骄傲地告诉那些新结识的人或者对他的身份感兴趣的人，他是谁，他是做什么的。看见他们惊讶和好奇的表情，他非常愉快。几乎所有的人都惊奇不已。米沙制作道路标牌。他有自己的公司和一家不大的生产道路标牌的工厂。他制作任何道路标牌，从人眼习惯的普通圆形、三角形和正方形，到安装在联邦干道两旁、上面写有城市名称和抵达距离的巨大道路标牌。

米沙从事这一行业已经有十多年了，他了解路标的一切。令他引以为傲的是，从事这一少有、不平常事业的主意正是他自己想出来的。他还记得，这个主意是如何产生的，结果是如此美好并改变了他的一生。

● ●

他一直都喜爱绘画。小时候，他上过音乐学校，学习弹钢琴，但他一直都想学绘画。后来，他不顾父母的期望考入美术学校，却没有毕业，学了两年就放弃了。他明白了，自己虽然喜爱绘画，但却没有达到那种总是做唯一事情的程度。在美术学校每天都要画呀画，而且画的完全不是自己想画的。他猜想，要这样画一辈子不行。他不愿意一辈子画自己不想画的，但究竟想画什么自己也搞不清。于是他辍学不画了。他不愿意画单调的北方风景，可美校里教的主要就是这个，因为米沙生长在阿尔汉格尔斯克①。整个童年时期，他都非常喜爱阿尔汉格尔斯克，对所有来自别的城市的亲属，或者当他和父母去别的什么地方时，他总是骄傲地告诉他们，他是阿尔汉格尔斯克市城里人，绝不是其他的什么阿尔汉格尔斯克人或者阿尔汉格尔斯克市人。他喜欢阴森可怕的北德维纳河。然而，在美术学校学习的日子已使他画厌了这条河。他辍学后，在家乡城市流浪受苦了一阵子。他父亲通过自己在莫斯科的人际关系，帮他考入莫斯科的运输学院并安置好一切。作为在莫斯科读书的大学生，他一下子就喜欢上了这里。学什么专业和将来成为什么人，他觉得无所谓，他将来要成为的是工程师。他没有从运输学院毕业，勉强读到三年级期中就再也看不到继续学习下去的意义了。他在莫斯科迅速结识了很多伙伴，这些伙伴得知他是一位相当不错的音乐人后就叫他一起玩音乐。

· ·

比起他们的音乐，米沙更喜欢这些人，后来他也喜欢上了他们的音乐。然而，最重要的是，他走入那样一些人的世界，他总是愿意与这样的人待在一起，就连他们的存在和生活方式他也喜欢。他们演奏各种音乐：从雷鬼乐②到自己创作的深奥难懂的叙事曲。演奏要么是四人，要

---

① 阿尔汉格尔斯克，俄文原文为Архангельск，该城市的名称来源于12世纪诺夫哥罗德人在北德维纳河畔建立的大天使米迦勒修道院，是俄罗斯北冰洋沿岸最大的城市和重要海港，位于北德维纳河河口附近，是阿尔汉格尔斯克州的首府。18世纪后因圣彼得堡开埠而衰落。19世纪连接莫斯科的铁路落成，成为木材出口中心。第二次世界大战期间，是盟国物资进入苏联的重要口岸。

② 雷鬼乐（该词源于英语reggae） 属于现代音乐的一种，形成于20世纪60年代的牙买加，70年代初得到广泛流传。雷鬼乐既可以是舞曲，又可以是放松舒缓的乐曲，也可以是高昂的乐曲。乐曲核心来源于非洲文化传统，乐曲中的节奏、舞蹈和音乐均与其他现象和时间共存。用来演奏的乐器主要有电子吉他、低音吉他、打击乐器，有时也有管弦乐队组合。该种乐曲的显著特点是强拍在二四拍上，节奏平缓，即使很快，也并非强暴。雷鬼乐的代表人物是巴布·马利（Bob Marley，也译作鲍勃·马莱，1945—1981），他带动了雷鬼乐的流行。1970年代后，雷鬼乐开始成为流行音乐主流曲风之一，众多乐队纷纷效仿，其中以英国的UB40和警察乐队最为知名。

么是六人，要么是三人，但总有一位从音乐学校来的女性歌手。她不怎么唱歌，更多的是给大家打下手，稍微保持一点演练场所的秩序，她经常带各种女友到演练场所观摩，制造一个不同性别世界的氛围。这一切使她变得为大家所必需。乐队的名称不断改变，演奏音乐的方向也是如此。米沙很开心地接受了这样的生活，大家让他演奏键盘，但他也迅速地掌握了其他乐器，开始作曲并自然而然地作词。

运输学院三年级的课程让他很吃力，于是他就彻底放弃了大学学业。弃学这件事儿瞒了一年多，后来，他把真相告诉了父母。他不怕他们发火，因为他已经工作了，不再需要家里的资助。他认为自己可以完全说服父母，让他们相信自己不会被生活淘汰，不会滑向深渊，从高等教育那里应该收获的一切他都已经得到了。而且，他并不打算回到阿尔汉格尔斯克市。一瞬间成了首都人，就很难再想起，自己来自阿尔汉格尔斯克。

· ·

六天前，早晨八点左右，米沙坐在自己的办公室里。他喜欢并经常比所有的人都早来到办公室，这令他感觉愉悦。趁电话铃声还没有响起，办公室的门还没有开来开去，脚步声和说话声还没有鼓噪起来，在安静的办公室里坐一坐，偷享一下哪怕二十几分钟的宁静。在这样的时间里，他可以阅读点什么，抑或是在脑子里过一过某种思绪，或者既阅读又思考，两样都做。最近一段时间，他尤其强烈地爱上了这个时间段。他的工作与每天定时在办公室坐班没有关系。相反，他很少在办公室里待一整天，更多的是在国内远近城市和地区间来回跑，或者在莫斯科市区里来回跑。他过去曾非常喜欢这一点，后来变得厌倦，于是开始派人到各个地区去出差，而自己只是在不得不出席的场合和需要他本人亲自解决问题时才出差去到什么地方。就是从那时起，他开始喜欢比所有的人都早到办公室。

• •

八点左右,他坐在自己的办公室,打开办公桌上的小台灯,开始享受阅读的喜悦,尽管他所阅读的文学名著——菲茨杰拉德的小说《了不起的盖茨比》并没有给他带来半点享受,相反却是艰涩难懂。他阅读这本并不很长的长篇小说时已经是得到它后的第二个星期。他边阅读边惊奇,试图弄明白,是什么让这么多年一直将其推荐给他的人们如此喜欢这本书,为什么这部长篇小说会被载入世界文学史,人们何以称其为神曲。他艰难地穿行于长长的、由很多词汇构成的对话中,穿行于对所有主角、配角服饰与姿态的描写中,穿行于没完没了的对室内装饰的描绘中。这一切他觉得并非必需,连这本书都不是必需,但是他必须将它读完,即使这是出于战胜困难的渴望,出于无论如何都想弄明白为什么读者在读到"菲茨杰拉德"这个音节组合时就赞叹不已的愿望。

这时有人给他打来电话。电话是打到他手机上的。他稍感奇怪并微抬眉毛,这个时间通常没人给他打电话。他想,可能是老婆阿尼亚想起了什么,或者忘了什么,但打来电话的不是她。

"米沙,亲爱的,"他听见说,"我是瓦洛嘉,我没有把你吵醒吧?"

"沃瓦[①]!你好!"米沙高兴起来。"早晨好!没吵醒,没吵醒。我已经在上班了,可你为什么这么早?"

"米沙,米沙,请原谅!我得马上打断你,好吗?"米沙听到电话里的声音完全没有活力,而且瓦洛嘉不知为什么把单词拖得很长。

"瓦洛嘉,你怎么了?"

"我没什么。可尤利娅死了,"说最后一句时听筒中的声音颤抖了一下,并开始变得哽咽。

"怎么死的……什么时候……沃瓦,你在说什么?……"

"上吊了。今天夜里。就是这样!"瓦洛嘉开始嚎啕大哭。

[①] 沃瓦是对瓦洛嘉的昵称,而瓦洛嘉是弗拉基米尔的小名,其昵称还有沃夫卡。

"我马上到。你在哪儿?"

"在家,米沙。家,尤利娅家。来吧,亲爱的!请快点儿。"

"那尤利娅在哪里?"

"不用怕,米沙。她已经被医护人员运走了……我一个人在这里,和调查人员。我很累。米沙,请原谅,但……"

"瓦洛嘉,那怎么办?……尽管,算了!我这就出门,马上到。"

· ·

尤利娅出现在米沙的生活中已有很长时间了。她是瓦洛嘉的姐姐,米沙和瓦洛嘉相识也是很久很久以前的事儿了。米沙和瓦洛嘉一起在运输学院学习,正是瓦洛嘉叫米沙一起玩音乐。当米沙放弃学业并决定不回阿尔汉格尔斯克时,他当即面临无处安身之境。大学生宿舍拒绝他,而出钱租房又不够。正是那时,瓦洛嘉把米沙安置在了自己家中。那时他和瓦洛嘉友情正浓,一起谱写乐曲,而瓦洛嘉则住在位于库图佐夫大街上的一个很大的教授单元公寓房中。他和自己的亲姐姐尤利娅一起住,姐姐比他年长12岁。瓦洛嘉和尤利娅是同父异母的姐弟。他们的父亲是曾经的大学者,后来做过科学界的高官。那时,他们的父亲已经很老很老了,早就移居梁赞州某个曾被帕乌斯托夫斯基①之笔描写过的地方。

教授的公寓房很大,满屋都是老旧的家具、书架,墙上挂满镶在

---

① 帕乌斯托夫斯基,全称:康斯坦丁·格奥尔基耶维奇·帕乌斯托夫斯基(Константин Георгиевич Паустовский, 1892-1968),是俄罗斯经典作家,苏联作协成员。生于莫斯科一铁路员工家庭。曾就读基辅大学自然历史系,后肄业于莫斯科大学法律系。当过工人、水手。主要作品有《黑海》《森林的故事》《一生的故事》等。其作品多以自然为主题。1955年出版的散文集《金蔷薇》是一部文学散论集,它以简洁的叙述和独到的见解,成为一代人的"文学教科书"。最令人惊奇的是,生活在斯大林个人崇拜时期的帕氏千方百计地得以顺利度过这个极特殊的历史时期,并且未曾违心地写过赞扬领袖的一句话,未曾与任何人联名诬告任何人。他竭尽全力洁身自好并最终得以保持自我个性。

镜框里的油画和照片，是典型常见的教授寓所。分给米沙住的是一间单独的房间。事情的原委是，瓦洛嘉在家里讲述了朋友米沙颠沛流离的境遇，而正是尤利娅提出建议，叫米沙到他们家同住。就这样，尤利娅快速持久地成为了米沙生活中最重要的人物之一。

她成为米沙生活中的第一位莫逆之交，不完全是因为年长几岁。她是绝对的聪明睿智，内心平静强悍，日常生活通情达理，而且事事如此。她帮助米沙避免了大量的错误，帮助他弄清了很多疑虑，支持他做出很多无比重要的决定。她的庇护使得米沙两次避免了严重的悲剧，正如事实真相所表明的那样，她甚至给出过若干个无价的宝贵建议。

米沙认识尤利娅这么久，可她的外表仿佛一点都没变。高高的，很瘦，不漂亮，嗓音低沉，直直的长发总是扎在脑后。她总是穿着某种短款大衣配长裙或者某种宽大的夹克衫和长裤，从来不穿任何高跟鞋，嘴里经常叼着香烟。她从未有过丈夫，也没有孩子。曾几何时有一个男友，是一位来自斯堪的纳维亚的仪表堂堂的中年教授，个子奇高。他们约会了几年。当然，见面的机会很少，只有当对方来莫斯科出差时。尤利娅去过他那里两次。在他们要好的这段时间里，尤利娅的外表也没有发生什么变化，只是比平常快乐些开心些。在所有可能的女性饰品中，尤利娅只戴了外形天真无邪的小花朵金耳环，还有戴在左手中指上的细戒指。老戒指很细很细，镶有一颗红色的宝石。

米沙认识尤利娅这么久，她一直都在卫生部工作，担任什么要职。职场上的尤利娅虽然不紧不慢，但却一直稳定地成长和升迁，她的职位变得越来越重要。她有很多熟人，这些熟人的数目始终在增长。尤利娅总是帮助所有的人。在家里她也长时间地拨打和接听电话，不是安排一些孩子去看好大夫，就是安排一些老人去好的门诊医院。大家都爱尤利娅，所有的人都需要她。

米沙急忙下楼，跑出办公大厦。他既无法相信，也无法接受刚才听到的噩耗。如果这时可以旁观自己，那他所看见的就是一个双唇紧闭、两眼圆睁、目光呆滞的病人。然而，还没等跑到汽车跟前，他意识到自己将有两三天时间脱离工作，于是决定提前通知那些该提醒的人们。

他坐进汽车并旋即离去。他试图快些，但清晨的堵塞令他无法开快。然而，他明白，这时的堵车甚至让他高兴。他不知道如何走进尤利娅的单元房，说些什么和怎么说。恐怖的消息劈头将他笼罩，但痛苦还没有出现，痛苦的意识尚未苏醒。他只是极力地回想，最后一次见到尤利娅是什么时候。他想起，那是在六月。"很久以前！"——他心想。那次是他忘了祝贺她的生日，所以他去了尤利娅那里，带了一瓶白兰地，为自己迟到的祝贺表示歉意。他们在厨房里坐了坐，喝了些酒，聊了一会儿天，并抽了一会儿烟。她年满四十九岁。整个屋子都被摆放超过一个礼拜而枯萎和打蔫的花束所占满，还有未拆包装的各种礼物。尤利娅就是尤利娅，他再也想不起什么不平常的事儿。

还有，他们在八月份通过一次电话，米沙无法准确地想起究竟是什么时候。尤利娅需要一个什么人的电话号码，所以打来了电话，但米沙不知道那个电话号码，他们只简单地聊了几句。就这样，最近一段时间，他们并没有经常见面。他们都忙，尤利娅总是在忙，米沙总体而言也是这样。

米沙这样想着，驾车行驶在路上，而后又突然从这些思绪中清醒过来。他在机械地开向库图佐夫大街，开向那栋楼房，开向那个教授的单元公寓。那个教授单元公寓里生活的早已是瓦洛嘉和他的家庭，而尤利娅同样也早已就搬到了位于亚乌扎①的一间不大的单元房里生活，她把所有的书籍、照片和最不需要的老家具都搬了过去。米沙意识到，他行驶

---

① 亚乌扎(Яуза)，是流经莫斯科市和莫斯科州的一条河，全长48公里，属于莫斯科河的支流，是流经俄罗斯首都最大的河流，河口位于莫斯科市中心地区的大乌斯季音斯基桥（Большой Устьинский Мост），从该桥到亚乌扎河的两岸地区被统称为"亚乌扎"地区。

的方向不对，于是开始思考正确的路线。

· ·

米沙在库图佐夫大街上的单元房几乎居住了四年。尤利娅一下子就接受了他，并尽其所能使他感觉自己是独立自由的，在这里就像在家中一样。为此她做了什么？其实也没有什么！她只是没有对他表示多余的关心和客套。打从第一天起，她就一点也没有遮掩和修饰，晚上穿着睡衣在他面前走动，早晨则敲着卫生间的门毫不客气地对正在里边洗漱的米沙说："你在这里不是一个人"。三四天过后米沙也和瓦洛嘉一样，早晚穿着内裤和拖鞋在屋子里来回走动。例外是，他还没有勇气去打开冰箱门拿取食物，而尤利娅显然发现了这一点。

"德国人有一句谚语，"米沙来到库图佐夫大街的单元房居住的第五天左右，尤利娅说。"他们说，客人就像鱼，从第三天开始腥臭。可你在这里不是客人，明天我给你钥匙，那样你就完全自由了。冰箱并没有上锁，也不需要钥匙，它打开和关上都很容易。如果你想吃什么，自己拿。"

"尤利娅，我还什么都没往冰箱里放，怎么拿，"米沙高傲地回答说。

"英国人有一个观念：友谊的最高表现，就是与朋友分享'冰箱的权利'，也就是开冰箱的权利。你享有这样的权利，"尤利娅严厉地结束了这个话题。

尤利娅脑子里的知识简直比鬼还多。她总是在阅读。她在家如果不是在打电话，如果没和瓦洛嘉或者米沙谈论什么，那就一定在抽烟、读书或者看报纸。她从来不做饭。是的，她可以煎蛋或煮小泥肠。可她经常用煤气炉煮很多咖啡，虽然总是溢出，因为她要么在打电话，要么在交谈，要么在阅读。

• •

单元楼梯很安静。米沙没有按电梯就向三层跑去，一步两级台阶，他咚咚的脚步声震得自己的耳朵直痛。

尤利娅单元房的门半开着。米沙走入狭小的门厅过道，习惯性地想脱鞋，甚至都已经弯下腰了，然而瞬间他又站直身体，并开步走进房间。

圆桌后面坐着一位个子不高、胖胖的、四十岁左右的女人，她在快速地写着什么。她的对面，坐着瓦洛嘉，双手放在桌子上，看着她怎样快速地书写。靠墙的椅子上坐着另一位身穿长袍的阿姨，这位阿姨的脚上穿着厚袜和拖鞋。

"米沙，你到了！真是谢天谢地呀！"瓦洛嘉从座椅上起身说。"我是如此盼你来！我给谁都还没打电话，连她单位也没有。我不知道该说什么。快进来，米沙……"

瓦洛嘉的面部肿得很厉害，厚厚的双唇变得更厚。他从桌子后面走出迎向米沙，径直倒向他，和他紧紧地拥抱在一起。瓦洛嘉开始呻吟和哭泣。

"灾难！真是个灾难！"穿着长袍的阿姨说。"嗯，我要走了。再有什么我也不知道了。我走了。"

"是的，当然，您可以走了，"桌子后面的女人回答她说。

"不需要再签署什么东西吗？"阿姨边起身边说。

"不需要，什么都不需要，"女人回答，眼睛并没有看向阿姨，继续她的书写。

"嗯，那我就走了，"说完起身，嘴里嘟囔着："都在想些什么，和自己过不去。干了一件多么痛苦的事儿。为什么就活不下去了呢？很多过着更糟糕生活的人都还……"

瓦洛嘉一直站着拥抱着米沙，怎样都不能停住浑身的颤抖。米沙轻轻地拍打他的后背，沉默无语，找不到话。后来，瓦洛嘉松手退到一旁，缓慢地回到桌子后面，坐回原座并恢复原来的姿势。而米沙却一直那样站着。

很快又来了一个警察部门的人。那人把坐在桌后的女人叫到厨房，小声地交谈了四五分钟。米沙站立并默默地查看了房间。一切照旧，一如平常，什么都没有改变，所有的东西都在原位，但他却很想马上离开这里。

不久一位身穿侦查员制服的女性——她的确是侦查员，和那个男子回到房间。男子把瓦洛嘉带到厨房，而女侦查员则快速地盘问米沙是"单元房女主人"的什么人——她就是这样称呼尤利娅的。她还问，两人最近一段时间见过面没有，她抱怨过什么没有，她有没有什么财政问题，他是否知道她有哪些敌人或者交恶者等类似的问题。然而，侦查员却什么都没有记录，她提问这些问题更多的是走形式。

过了片刻，就剩米沙和瓦洛嘉两个人了。瓦洛嘉将大门关上锁紧，屋子里顿时寂静下来。无法忍受的寂静。

"我们抽支烟吧，好吗？"米沙说，目的是想打破寂静。

"好吧，"瓦洛嘉悄声回答道。

米沙掏出香烟，他们走向厨房。厨房的餐桌上不知为什么放着一些装满花的陶罐。整张桌子摆满了这些陶罐。米沙四下寻找烟灰缸，看见烟灰缸在窗台上。烟灰缸里有五六个烟蒂，旁边有一包打开的香烟和一个打火机。在这些东西的不远处，米沙看到一枚镶有红宝石的细戒指以及尤利娅的一对小耳环。

"瓦洛嘉，亲爱的，"米沙说，他的嗓音瞬间嘶哑，"我们离开这里，去别的地方说话。"

"的确，我们走，"瓦洛嘉稍作停顿后回答说。

他们来到室外的院子里，坐在长椅上，几乎没说什么话，只抽了一阵烟。正值阳光明媚、天高云淡的秋天，院子里的米沙感觉到，自己从办公室跑出来时忘了穿上夹克衫。他吸着烟，一直想开口问，准确地说，他被这样的问题折磨得精疲力竭："这是怎么发生的？她怎么会做出这种事？发生这样可怕事情的原因在哪里？"眼前发生的一切出人预料，无法理解，难以解释。他想立刻获知事情的细节，以便明白原因，哪怕得知发生这事是有某种原因的也好。这一切最好都是偶然，是不幸，是某种荒谬的意外，甚至是生病的结果，只要不是事实所发生的那样。他有很多问题想问瓦洛嘉，但他无法打破沉默，瓦洛嘉也不说话。从眼神看得出，瓦洛嘉自己也有很多话想说，但是他不能。因为他已经说累了、哭累了。他们就这样坐着抽烟。

后来开始忙着料理后事，仍有一些事情需要决定。无论是米沙还是瓦洛嘉，他们都没有组织葬礼丧事的经验，任何类似的经验都没有。

起初，米沙给自己的妻子打电话，他妻子当时就哭了，并说她马上就过来。米沙不知为何同意了妻子过来。同时，瓦洛嘉也给自己的妻子打了电话，并再一次痛哭。接着，米沙莫名地给斯吉奥巴打了电话。斯吉奥巴并不认识尤利娅，但却认识一堆从事不同职业的人们。斯吉奥巴对这个问题非常严肃认真，马上给出若干切实有用的建议，并答应提供力所能及的帮助。米沙和瓦洛嘉就这样持续打了很多电话，但关于尤利娅的死因，未经商量的两人却不谋而合地对谁都没有说。突然死了——就这么简单。

米沙接到很多工作来电，一律回答说，他现在不方便讲话，请他们明天或者下周再打电话。瓦洛嘉请求米沙不要丢下他不管，可米沙根本就没打算那么做。他们在外面冻得冰冷，于是坐进汽车里待了一会儿。很快，瓦洛嘉的妻子维嘉到了，他们再次上楼来到尤利娅的屋子。接着，米沙的妻子阿尼亚也到了。大家轻松了许多。

维嘉哭着，说了很多，说她早就知道结果会是这样。她平时就是话多之人。当米沙想进入浴室时，瓦洛嘉突然激动地说："就发生在那里。"米沙从浴室门前倒退了几步，之后再没有人走近这扇门。

就在那种忙乱无措、电话对话和令人窒息的恐怖与痛苦中，半天的时间过去了。米沙应瓦洛嘉的请求给尤利娅的工作单位打了电话，得知调查人员已往那里打过电话，他们也都知道了整件事。同事们惊呆了，一片惊慌和绝望。最后，米沙和一位情绪稳定表达清楚的人说了一会儿话。听起来这个人像是上了年纪，他叫鲍里斯·里沃维奇。里沃维奇先生冷静地说，在好陵园找一块好墓地，这个问题由他们解决，不用担心。他还说，其他一系列组织安排事宜也交由他们来解决。除了这些问题，里沃维奇先生还提到，尤利娅不久前请求休假，最近一周她没有上班。

下午四点左右，瓦洛嘉服用了一些镇静药物在沙发上睡去，他已完全精疲力竭。米沙打发阿尼亚回家，自己决定去别的地方，因为他已经无法在尤利娅的屋子里继续待下去了。厨房那里他也再没进去过，他很怕再一次看到放在窗台上的烟灰缸和戒指。而那扇通向浴室的门则让他觉得寒冷和黑暗，仿佛穿过这道门就是宇宙的极寒之地和暗黑之境／无边暗境。那个瓦洛嘉睡去之前大家一直待着的、放有圆桌的房间，米沙也试图什么都不去看。

瓦洛嘉是仰卧着睡的，红肿的双唇微微张开。今天的瓦洛嘉身上已找不到多少快二十年前米沙认识他时的影子了。

· ·

米沙和瓦洛嘉认识之初，瓦洛嘉还是个快乐的瘦小伙子，留着长长的深褐色头发。那时他刚好和米沙同班，班上大多数是外省人，他是为数不多的莫斯科本地人。不知怎么他们很自然地就结识了，并开始一起玩音乐。瓦洛嘉是乐队的主要人物。第一，排练基地正是在他的车库[①]里。车库很大，砖墙结构，有电，而且没有汽车停在里面，冬天还供暖。瓦洛嘉把它改装得非常棒。第二，所有的音响设备和大部分乐器也都是瓦洛嘉的。第三，瓦洛嘉非常积极，总能想出什么点子，自己演勤奋练习，还坚持写诗，而且基本上都是用他不太熟悉的英语。第四，瓦洛嘉有一副洪亮又好听的金嗓子。

先后有很多人在这个车库里，经历了这些日日夜夜的演练和频繁

[①] 莫斯科的车库（гараж），通常都是单独建在离楼房不远的空地上，很多是铁皮的，没有电，冬天也不供暖，这种是所谓的冷库。也有用砖垒砌的，有电有供暖，所谓的暖库，在这种暖库里经常发生很多故事。

的深夜聚会。而这一切的最终结局就是构建了若干个家庭，打碎了几对儿幸福，诞生了三首像样的曲目，以及只有瓦洛嘉一人选择以音乐为职业，终生与音乐相伴。

只有瓦洛嘉还留着长发，手里拿着吉他。他最终还是学完了运输学院的课程并且毕业，尽管此后他一天都没有从事与专业有关的工作。不管做什么事，他每天晚上都要在车库里花一些时间练习音乐。最终就剩下他一个人。他指责大家的无情背叛、冷漠麻木、天赋不足，以及像所有人一样平庸且渴望轻松生活。就剩他一个人。是的，和他一起还剩一个他们唯一的女歌手，她已经从音乐学校毕业，但留下献身于车库里的音乐罗曼蒂克。瓦洛嘉和她结了婚。

现在瓦洛嘉有一个自己的音乐创作室，他在这里为人们录制歌曲，只要你想并准备好付钱。他的音乐制作室的工作日程安排很满并昼夜不停。很多人在他的工作室演唱和演奏过，既有自己的歌曲在收音机里经常播放的著名音乐人，也有那些脖子很粗的老爷们儿，他们"创作"了关于生活真谛的歌曲，他们的朋友因此而为他欢呼并劝说这些爷们儿最终该去娱乐世界。到瓦洛嘉这里来的还有带着十四五岁天才小伙子的很严肃的父亲们，他们付钱请瓦洛嘉的工作室帮助录制他们儿子演唱的极度忧伤的歌曲，这些歌曲歌唱的是那些关于黑色墙壁上的光线、阴影、死亡和鲜血。这些父亲并不明白他们的儿子唱的是什么，但却自作聪明和装作知道他们的孩子一定会走得很远。他的客户中还有曾经的模特、服务员或者舞者，她们决定成为歌星。一些人自己作词，或者既作词又作曲，但更多的是向瓦洛嘉订制词和曲。这样的订单瓦洛嘉完成得很轻松。所有他的这些词曲都很相像，但他并不担心。主要的是，爷们儿或者那些歌星的好友们为他的工作支付很正常的酬劳。这总是些身上散发着很强烈香水味的爷们儿，他们年龄在四十五六岁或者更老。瓦洛嘉讲述关于他们如何和他谈条件的一些故事。他边笑边说："他们所有人说的话都一样。先是请求，希望我把一切都做到最好，然后非常胆怯地小声问道：'你看，他（她）真的有天分吗？'"

还有谁没在瓦洛嘉的音乐创作室演唱过：什么老战士军人，什么决定改唱歌的戏剧演员,什么经商的买卖人,他们白天销售商品,晚上骑着摩托车来,谱写关于不幸爱情的流泪歌曲或者令人费解的哲学歌曲。有一次,瓦洛嘉单独讲述了一个人,这个人连着几天在他的工作室演练。原来这个演练多次并最终录制了一整套节目的绅士,其真实身份却是图拉州某个小城的市长。他唱的是爱国歌曲和不同年代电影中的罗曼歌曲。"作为送给居民的礼物,"——他说。"这些歌曲还将在广播里播放。"

所有这些自己的客户,瓦洛嘉均不客气地称他们为白痴、傻瓜、母狗、怪物、榆木疙瘩、行尸走肉、骗子、外星人、畜生,或者干脆蠢货。他称呼那些同样购买其服务的职业歌手也近乎如此。这些人的歌曲在广播里播放,他们被人们称为"歌星",但瓦洛嘉却用同样称呼其他人的词汇称呼他们。他靠这一切挣钱,收入不菲,按订单买卖乐器,且没有丢失幽默感。他认为,自己是个没有出卖青春理想的音乐人。

瓦洛嘉在和米沙交往的这些年里有些发福,但只是腹部隆起和双下巴。双手和双腿还是那样瘦细。他还像年轻时一样,下身穿紧腿牛仔裤,上身是跨栏背心和尺寸比他需要的更肥大的衬衫。他的头发变得稀疏,但依然是长发。瓦洛嘉总是面色苍白,因为他很少到户外接触阳光。然而他一直坚持在业余时间,经常是夜里排练、创作、演唱和录制自己那些难以表演和实际上也无法令人理解和接受的作品,这些作品他自己把它们称为歌曲。对待自己的这些创作,他的态度严肃,没有任何幽默,他感觉自己是真音乐的最后几个坚强前哨之一。

米沙爱瓦洛嘉。更准确地说,当瓦洛嘉解散那个音乐集体并很快结婚时,米沙不爱瓦洛嘉。瓦洛嘉解散音乐集体的行为和结婚成家,迫使米沙不得不离开库图佐夫大街上的单元公寓,这让他失去了舒适的居所和每天与尤利娅交流的可能性。瓦洛嘉的妻子维嘉甚至常让最坚忍和智慧的尤利娅失去心理平衡,并扰乱她的生活习惯。总之,在某些时间段内米沙不爱瓦洛嘉,而最近四五年时间又重新爱他了。米沙甚至有时顺路拐到瓦洛嘉的音乐室,和他一起演奏那些车库排练时代自己创作的歌曲。偶尔还有过去的伙伴和他一起加入这样的演奏,他们早已经各自从事着自己的事业，在一起只是回忆车库那段时期的生活和音乐，就像回忆自己生活中最美好的岁月一样。

· ·

时间已经很晚，瓦洛嘉坐在米沙家里。他好像苏醒了过来，神情肃静，但依然有些迟钝。他是自己请求来米沙家里的。

"我不能回家，"瓦洛嘉说，"维嘉再弄些什么多余的话说出来……真怕我控制不住。或者她妈妈……死亡在今天已经足够。"说这话时瓦洛嘉眉头紧皱并冷冷地哼笑。"那里……嗯，在库图佐夫大街，在那里并非只有维嘉和她妈妈……那里的所有人都记得，并会想起尤利娅。就让我在你这里坐一会儿吧。别担心，我不会留下过夜。"

"想留就留下来，说什么废话……"

"不，老伙计，我不留下。坐一会儿，我就回家。只是现在，我不能马上回家。"

当他们还在米沙的汽车里时，他们就这样说了些话。他们说完就开车驶向米沙的家。汽车行驶在路上，他们沉默不语。后来他们坐在米沙家的厨房里，又悄声地说话。米沙的孩子们——九岁的卡嘉和四岁的索尼亚——她们已经睡觉，阿尼亚可能也是。完全寂静无声，已经没有力气悲伤和难过。他们坐着，厨房里充满一片寂静、疲惫的不幸。

"谢谢你，米沙，"瓦洛嘉喝一口茶，慢声地说。"我怎么就完全不知所措……"

"你可别这么说，有什么好谢的，"米沙有气无力地回答道。

他的头脑里忽然闪过，今天的清晨已过去那么久了。是那么久之前，他坐在自己的办公室里，享受阅读的愉悦。这一切是多么久之前的事啊！他们今天度过的，是怎样难忍的漫长的一天。这是怎样黯淡无光和无比沉重的一天。最主要的是，极其漫长！

"你知道吗，当我在那里，在尤利娅的沙发上睡着时，"瓦洛嘉撇嘴微笑，眼睛看着茶杯，喃喃地说，"我感觉是那样地好，真好！而当我醒来时，我甚至在想，或许整个这个噩梦就没有发生，或许一切都还像过去一样进行着。真的，我就是这样想的。书中不也是这样描写，类似于：'她想让这一切消失，如同一个噩梦。'原来，书中写的正确。我多么想让这一切结果就是个噩梦，只是这噩梦是我梦到的而已。"

"是呀，"这是米沙唯一能够说的话，说完开始短暂的沉默。"你知道，我以为，所有这些安排和组织的事务，嗯，就是所有与葬礼和追悼有关的组织安排事务……我以为，所有这一切要格外烦人和复杂。可你看，我们已经就所有问题达成了协议，所有人都通知到了，似乎主要的都已做完。很奇怪的感觉。但还是有一点担心，觉得好像忘记或者疏忽了什么。该睡一觉。只是不知道，能否睡得着。"

"可是就连我，老伙计，也什么都不明白，"瓦洛嘉突然加大声音说，"完全不明白。什么都不明白！我无法相信，不信呐，我。真搞不懂。我意识里始终无法接受，尤利娅呀……尤利娅，没了，并且不会再有……是什么令她竟做出这样的事！她可是尤利娅！你明白我说什么吗？这可是尤利娅！"

米沙听着瓦洛嘉的述说，并从中听见了这也属于他自己个人的感觉和疑问。他自己一整天也都在想这个问题。有时对所发生事实的意识劈头涌来，而与这个意识一起的，是痛苦和绝望。然而，依然是不解占据上风，与悲伤相比更多的是不解。完全不解。

米沙还不知道任何详情。他还不敢详问瓦洛嘉。他甚至不知道，尤利娅是否留下了什么纸条；不知道，是谁又如何发现的这张纸条。不知道。他渴望了解，希望听到，不管怎样哪怕是对他的几句解释。然而，他却连一个问题都不能提。

瓦洛嘉默默地喝完自己的茶，讲述了所有他自己知道的细节。而他知道的比其他人都多，正是瓦洛嘉在浴室里找到自己的姐姐，把她从绳圈中解下。

瓦洛嘉讲述着，他非常混乱和颠三倒四地讲完。

．．．．．．．．．．．．．．．．．．．．．．

　　米沙从他的讲述中明白和知道了，瓦洛嘉最近几个月几乎根本就没和尤利娅见过面，可能最多就那么一两次。而这种情况在最近几年是完全正常的。瓦洛嘉的太太维嘉不能忍受尤利娅，非常不高兴看到作为姑姑的尤利娅与她的侄子侄女们接触。而自己的侄子侄女们——瓦洛嘉有三个孩子：老大是儿子，其他两个是双胞胎姐妹——尤利娅非常爱他（她）们，给他（她）们送礼物，表达各种关爱，并想尽可能经常去看望他们。然而，维嘉却极力地限制尤利娅表达自己对孩子们的关爱。

　　瓦洛嘉回想起，八月份尤利娅给他打了个电话，请求他开车送她回一趟位于梁赞州的父亲处。瓦洛嘉推托说有事，还说他不记路，车开得也不好，以及他工作忙得都已顾不上自己的家，还有维嘉将会非常不爽等。而尤利娅二话都没说，不行就不行。整个八月和九月瓦洛嘉都没见过尤利娅。他们互通了几次电话。后来，瓦洛嘉依然照例请求尤利娅帮助，安排一个自己的什么熟人去看好的"顺势疗法"①医师。尤利娅答应帮忙，但整整一个星期没有任何消息。这时瓦洛嘉又打了一次电话，想问问结果。可尤利娅说，她忘了，请他原谅，并答应马上就安排。过去这样的情况在她身上从未有过，她什么都不会忘记，尤其是那些关系到人们身体健康的事情。过去她未曾忘记过，不管是在什么情况下，反正瓦洛嘉想不起来有过那样的事。尤利娅的确没忘记过人们的各种请托，这一点米沙可以证明。瓦洛嘉说，在他提醒后，她很快给他回了电话，

---

① 顺势疗法（俄语：гомеопатия 英语：homeopathy），又称同类疗法，一种替代疗法，是由德国医生塞缪尔·哈内曼（Samuel Hahnemann）18世纪创立的，他发现自己在身体健康的情况下服用少量用来治疗疟疾的金鸡纳树皮后，能够出现类似于疟疾的发热。哈内曼对当时使用的治疗方法（如使用毒药砷和汞以及非常痛苦但效果没有得到证实的操作如放血和导泻）极为反感。他继续在他自己和健康的朋友身上试验其他物质，记录它们引起的症状类型，因此他相信它们也能够治愈这些症状。它是替代医学的一种，其理论基础是"同样的制剂治疗同类疾病"，意思是为了治疗某种疾病，需要使用一种能够在健康人中产生相同症状的药剂。例如，毒性植物颠茄（也被称为莨菪）能够导致一种搏动性的头痛、高热和面部潮红。因此，顺势疗法药剂颠茄就用来治疗那些发热和存在突发性搏动性头痛的病人。目前医学界一般认为，没有任何足够强的证据证明顺势疗法效果强于安慰剂。

说一切都安排好了。

还有,她在九月初打过一次电话,叫瓦洛嘉带孩子们到她那里作客过休息日。她叫他们去她位于亚乌扎的居所,若天气许可,她想带侄子侄女们去动物园或者高尔基公园①。瓦洛嘉答应想一想。他们那时还闲聊了几句别的。尤利娅问瓦洛嘉的建议,最好去哪里休假。她问,要是秋天她去意大利,瓦洛嘉是怎么想的。尤利娅没再去过别的地方,除了去过几趟瑞典探望她的"教授"和因公出差去过两趟她完全没有喜欢上的美国。她很想去一次罗马、佛罗伦萨,当然还有威尼斯。瓦洛嘉那时很忙,无法和尤利娅详细交谈,但去一趟意大利的想法他完全赞同。

瓦洛嘉还想起,尤利娅在五月份时,由于爱猫"季红"之死而非常悲伤和难受。这只猫足够老,没有产过仔,脾气乖戾。尤利娅非常喜爱这只猫。她是很久前不知在什么地方把它捡回来的,那时还是幼崽,从此就这样一直生活在她这里。米沙很了解和记得这个"季红"。后者每逢春天定期外逃出走那么一两周时间,尤利娅担惊受怕,等待它。而这个春天它不知到哪里逛了一趟,回来时拖着后面的双爪,勉强爬到家。邻居对尤利娅说,看见它的猫在单元门口。她给它做了治疗,试图护理好它,可最后为使它不再受苦,还是不得不把"季红"毒死。

瓦洛嘉详细地讲述说,尤利娅为爱猫的死经受那样强烈的痛苦煎熬,以至于他不得不两次三番地去探望她。而她则哭诉着,说她无法原谅自己,是她亲自叫来兽医,让他毒死"季红"。而"季红"呢,就像说,明白,于是就坚强地接受了死亡。瓦洛嘉回想起他们在猫死后坐在她家的厨房里时尤利娅说的话。那些话的大意是,当你喜爱的宠物死亡时,你就剩下一个人,与痛苦孤独相对,谁都不会真正地同情你。而当

---

① 高尔基公园,是位于俄罗斯首都莫斯科的一座公园,20世纪20年代末由苏联先锋派设计师К.С.梅里尼科夫设计,当时设计的规模仅限于从入口处到"快活花园",1932年正式命名为"马克西姆·高尔基纪念文化休闲中央公园"(俄语:Центральный Парк Культуры и Отдыха (ЦПКиО) им. М.Горького),故又称文化公园。今天的高尔基公园包括三个部分:快活花园、麻雀山和露天雕塑博物馆,占地面积约为219.7公顷。高尔基公园是首都莫斯科的中央公园,位于普希金海滨沿岸大街和列宁大街之间的位置,今天,从快活花园到麻雀山,包括莫斯科大学的绿地,都属于该公园地区。

亲近的人死亡时，所有的人都明白这种痛，有人撕心裂肺，有人走走形式，还有人就是凑个热闹，然而大家对这种痛还是理解和同情的。可现在猫死了，她说，孤独就可怕地暴露了出来。她还说，瓦洛嘉准确地引述她的话，就是："这下从今往后，在这个世界上再没有一个活物是离开我就不能活的。"

米沙这时也想起了，尤利娅对他经常说的，她的猫是唯一的一条生命，这个生命确实需要她，没有她就没法活。

"啊哈！"对此米沙说。"你忘记了还有上百的体面人士和整个国家健康卫生系统。"

尤利娅对此摆了摆手说，所有的人没她都会活下去。她笑着，用玩笑的口吻说，没有她，他们只是不得不另寻"保姆"，但总之谁都不会死。可她的猫没有她定然不行。

· ·

米沙倾听着瓦洛嘉，没有催促。然而，他需要知道的是其他的细节。他渴望听到，哪怕是一点儿，对那种造成尤利娅不可想象行为原因的暗示。总不会因为那猫，她做出了上吊这种事。

"昨天她打电话时，已是半夜，夜里12点半。我吃了一惊，"瓦洛嘉说，手指夹着冒烟的香烟，但却没往嘴里吸，"她从来没允许过自己那样儿。我还没睡，但她的电话铃声吵醒了维嘉。我问她：'尤丽①，你怎么还不睡觉？发生什么事了吗？'而她是那样迷瞪地说，就是，暂时什么都没发生，但她恳请我清晨去她那里一趟。我问她：为什么？而她则说：'弟弟，什么都别问！'她的声音是那样的……"瓦洛嘉的脸抽搐起来，大口喘着粗气，但没有哭。"知道吗，米沙，谁比我更了解她？可我没听见过她那样儿。她说话的声音是那种……近乎睡着似的，

---

① 尤丽是对尤利娅的表爱昵称。

完全没有语音语调。我对她说："听着,姐姐,真的什么事都没发生吗?"而她,我听见,勉强卷了一下舌头咕哝一声。但她不是喝醉酒,这一点很确定。她还为自己的打扰请求原谅,重复说,清晨需要去她那里一趟。说过这话,米沙,她开始沉默不语,我想:"她这是怎么了?"我还高兴地说:"姐呀,你那什么,睡着了吗?"这时维嘉大声地说,她是故意的,目的就是让尤利娅听见:"简直不让人过,都半夜了,还不让人安静!"尤利娅显然听见并说:"对不起,我的亲弟弟……"她只是在童年时这样叫我,很久没有从她嘴里听到过这样的称呼了。我浑身直起鸡皮疙瘩……而她说:"原谅,我的麻烦事,当然很多!原谅!""瓦洛嘉很勉强地接着说下去。"然后她说的话几乎完全听不清:'说完了。完了',于是电话里发出忙音。"瓦洛嘉失声痛哭得浑身颤抖,转过身对着窗台,开始深吸一口烟。两秒钟后他把烟吐出,又继续说下去。"我开始感觉到什么。维嘉对我说,类似,躺下睡觉,——可我不能。抽了一会儿烟,我尝试想入睡,却不能。我给尤利娅打电话,她不接电话。拨了二十几次——不回答。这时我头脑里萦绕着——应该去她那里。维嘉喊着:'躺下睡觉,不放你去!'而我觉得,浑身在冒汗。简而言之,大概两点钟左右我跑到街上,拦了一辆的士,奔向她处。很快就到了,米沙,很快。"

米沙听着,他开始越来越难受。他感觉脑门冒汗和严重缺氧。恐惧和某种非常具体的瘆人感阻碍呼吸,但他继续听着。

接下来瓦洛嘉讲述到,尤利娅家的门没有在里面锁上。到处的灯都亮着。他从进门就开始呼叫尤利娅,但是没有人答应。瓦洛嘉满屋子寻找,向卫生间里看去,在那里看见尤利娅。她几乎是双膝跪在浴缸里,用床单拧成的绳索一头拴在淋浴花洒处,另一头拴在自己的脖子上。浴缸和花洒的固定架都是老式的,铸铁制作……

听到瓦洛嘉讲到此处时,米沙不自觉地站起,差点儿没摔倒,还差点没把椅子弄翻。他尽他所能地快速走向卫生间。他没有恶心,但他勉强控制住自己,没有失去知觉。米沙双手紧扶洗手盆,嘴里大口大口喘着粗气,然后打开水龙头,放出冷水,并把头伸向水流底下。此时他感觉自己的躯体不听使唤，如同充满灰尘棉絮的麻袋，真想把它舍掉并与其分离，从此再也不用如此地感受它。

后来瓦洛嘉还说他不知道怎么办，很长时间无法将尤利娅从绳套中解脱抱出，但他最后还是做到了。

"我，米沙，完全不明白怎么办。嚎啕痛哭，坐在卫生间的地上嚎啕。把尤利娅放倒在浴缸里，放着。她身穿什么灰色衬衫和裤子，光着脚。后来我给警察局打了电话，嚎了一会儿就打了电话。我只是想要有人来。给'急救站'也打了。真不该打。是他们说该找警察，既然已无需什么医疗救助。我当时真想杀了那个和我说这话的娘们儿。米沙，她那样和我说话……"

重要的，瓦洛嘉几乎是在最后说的。没有任何留言纸条，无论是在房间里还是在尤利娅身上的衣服口袋里，哪里都没找到。在卧室发现很多各种药片，其中有镇静类和安眠类药物的包装空盒。尤利娅服用很多这类药物，但是显然剂量并非达到要命的程度。

"夜里维嘉开始给我打电话，"瓦洛嘉继续说，"可这时来了警察，来了很多，开始是五六个人。他们这些'母狗们'[①]，来得很慢。干等他们不到，我都快疯了。是……维嘉开始给我打电话，而我没接。没法儿接。到了早晨，已经累得不行，简直精疲力竭。我想，假如现在要是没有什么亲人来，那就完了。这时我才给你打电话。"

瓦洛嘉在米沙家坐到半夜两点。他们还喝了些茶。一瓶白兰地立在餐桌上，没有动过。后来瓦洛嘉回家走了，米沙把他送上出租车。令人惊奇的是，米沙一下子就入睡了。就是，刚一躺下就睡着了。那个夜晚他睡得很实，没有做梦，是被闹钟的尖叫声叫醒的。通常情况下，他早于闹钟醒来，把闹钟关闭，以便听不见闹钟恼人的尖叫声。他睡眼惺忪地睁开眼，头脑里立刻回想起之前瓦洛嘉说的噩梦，并确认他的话是真实的。米沙快速地收神，对阿尼亚说他不知道什么时候能回家，于是就开车上班去了。

[①] "母狗"，在俄语里可以是骂人的脏话。

他开车走着，并对自己惊诧不已。他惊诧不已的是，不知怎么他并没有担心昨天在他不在的情况下他的公司里发生什么。在他没有收到来自公司各个业务方向的一天汇总报告和信息时，他从来无法安下心来。对于他本人来说，这意味着，一天的工作日并没有结束。为能够安心和平静下来，他需要一天的逻辑结点。否则，他激动，担心，给什么人打电话，再三明确些什么，对第二天的日程计划进行修正。休假时间米沙不关手机，他无法控制自己不去定时遥控事情的进展，甚至当他去很遥远的地方就是为了远离工作而休息时。他甚至骂自己神经过敏和独揽工作不放手的态度。他努力把一天该做的事情在一天的上班时间里完成，并不在家里想工作上的事……

可那一天早晨他没有担心，尽管头一天傍晚甚至都没有收到来自自己在很多方面的助手和副手的列昂尼德的一天工作小结报告。列昂尼德那天整个下午和晚上都在试图打通米沙的电话，可米沙先是不接电话，后来接了，但干脆回答说，等早晨再听取他的报告。如果是在另外的情况下，他早就自己给列昂尼德打电话了，而且如果打不通，那他会非常生气。可现在他开车去上班并自心明白，他去公司是因为，除此之外再无别处可去。"还能去哪里？哪里？"——米沙心中暗想。

当他驶近公司时，瓦洛嘉打来电话，再一次表示感谢并说，他正在去位于梁赞州的父亲处。他说，开车去那里大约要三个小时，不会更久，返回时也一样。他说，他不能在电话里和他父亲说关于尤利娅的事，原因是他已经差不多有一年没看见他父亲了，因此他不能打电话说。他说，维嘉和他在一起，是她在开车。米沙知道，瓦洛嘉实际上不开车，不喜欢，神经紧张和害怕。瓦洛嘉请求米沙在临近晚上时和他电话联系——要是有什么问题和困难需要解决。

· · · · · · · · · · · · · · · · · · · ·

米沙走进自己的办公室，坐到自己喜爱的老板转椅上，双目落在办公桌上处于打开状态的菲茨杰拉德的书上。这本书在这里原地不动地放了一昼夜,是他昨天读过后把它放在这里的。书是打开的,正是他阅读到的那页,一个昼夜前他阅读这本书。接着,他环视自己的办公室。办公室不大,装修得很漂亮、很摩登,但并非没有瑕疵。他看了看挂在墙上的若干照片。这是他和著名歌剧演员的合影,那是他和同事们一起站在白色楼梯上,位于他们中间的是首都市长。而他,米沙,则身穿优雅的大衣站立,他的身后则是巨大的路标,路标上写的是:伦敦——多少公里,曼彻斯特——多少公里,利物浦——多少公里,格拉斯哥——多少公里。

· ·

还有墙上挂的道路标牌,米沙的骄傲。这个标牌是他自己曾经想出来并把它画好,别人帮他制作的,如同真的一样。后来他多次向自己的制作车间订制这种标牌,利用各种理由把它们赠送给各种人物。他曾经想出并画好的那个符号就如同那个"死胡同"的道路标牌,就是圆形、红色、中央是白色水平直角长方形,按民间百姓的说法就是"砖头"。只不过代替白色水平直角长方形的是"没有尽头"的符号,即白色、粗体、呈水平状的8字。所有的人都很喜欢。米沙为自己的创意感到自豪。他把"没有尽头"这个路标做成既有白色又有蓝色,但红色的是最美和最具有象征意义的样子。这个路标挂在墙壁的中央。

米沙环视这一切后,又把目光落回在书上。他快速地把书合上,拿起来,在空中抖了抖,差点没把它丢向垃圾桶,最后拿书的那只手在空中停了下来,于是书又被重新放回办公桌上。

米沙觉得,有什么东西从他的办公室和他的生活中流走消失了,那是对他很珍贵的东西,那种他珍惜甚至爱护的东西。他还不明白这是什么,它是否消失得一去不返。只有最强烈的担心和恐惧充斥着他的知觉、思维和情识。他开始感到恐惧。万一这种恐惧不会退去?万一它常驻于心？在他不在办公室的一个昼夜里，公司一切如常，什么都没发生，而他却出了无以言表的大事。他明白了这一点并开始害怕。他明白，他正经历的不是失去他生活中很重要和亲近的人的恐惧和痛苦。他感觉，近来他才获得的那个来之不易的生活和谐感正从他的脚下流走，并从他的内心深处如同梦幻般消散。这种和谐感究竟是正在流走和消散，还是已经流走和烟消云灭？而这正是他极力想弄明白的。此时他清晰地意识到，他必须找回自己那骄傲的镇定和那并非简单建立起来的生活根基。

为此他必须尽快，最好是马上就弄清楚、弄明白，尤利娅为什么做了那个她已经做了的事儿。尤利娅她这是干了什么呀！！！她干的这个事儿和人的行为举止好或者坏这个观念没有任何关联。尤利娅所做的这个事儿在米沙的系统里没有相应的名称。更何况，尤利娅是他最亲近和在这个世界上最理解他的人，比父母还亲近。在很多问题、很多思考的方向和很多内心情感的经历上，比妻子还近，比孩子还透明。可却突然发生这种事儿！他需要理清和弄个明白，那样透明和亲近的人怎么就能做出这样的事儿。也就是说，不是个普通人，简直就不是一般人，她是尤利娅！还有，他意识到，他不能以今天惊慌失措和恐惧万分的自己来弄清所有这一切，而是应以昨天镇静和理性的自己来彻查事情的根源。

米沙最近以来一直在和自己心中的恐惧和不安做斗争。他甚至一直努力不让任何可能搅动他不安的情形发生。

· ·

大约一年前米沙感觉到了不安。这是一个短暂的不安，他在想起这个不安时不无微笑。这个不安发生在晚秋，十一月中旬。准确日期他记不得了。记得的只是，那时天气已足够冷，但还没有一点雪。那是一个星期五的晚上，快到半夜时他们几个好友和他一起去了一家新开张的俱乐部。俱乐部因为新开业，大家有夸奖它好的，有骂它不怎么样的，有说并没有什么特别的。也就是，对这家新开业的俱乐部议论很多。于是他们去了一大帮人，有七八个，所有人都在三十岁以上。

那一帮人中年龄最大的是斯吉奥巴。斯吉奥巴总体上比米沙的所有其他好友都喜欢光顾各种俱乐部。斯吉奥巴两年前和妻子离婚后，痛苦了有半年时间，接下来就解脱了。他早已不间断地爱恋各种十八九岁的姑娘，而且乐此不疲。米沙惊奇不解，难道他的动物商店能给他带来如此巨大的利润，以至于他可以如此放荡不羁地生活，而且还经常飞往遥远的国度，目的就是为在那里进行昂贵的疗养。自从斯吉奥巴以此为乐，他的穿戴也昂贵起来。然而，据米沙所知，斯吉奥巴从来没有向任何人借过钱。

那一帮人中还有谢尔盖，其余的人都不是老友，关系不是太近。俱乐部结果就是个俱乐部，很好，但也没有什么特别的。人很多，甚至是非常多。音乐的声响非常大，以至于根本没办法对话交谈。这种情况下他们这个由七人组成的团伙很快就分散开来。谢尔盖完全不喝酒精类的饮料，他对酒精不喜欢也不了解，尽管在米沙的记忆中有两次他曾毫无缘由地喝多到令人吃惊的地步，而且极度失态并十分危险。简而言之，谢尔盖开始喝果汁饮料。他认识很多各种各样的人，十分钟后他已开始和若干个女士交流。于是他带走了他们那帮人中的一部分。斯吉奥巴很快喝下两杯什么酒，也离开了，就像他所说的，"去侦察一下"。总之，很快只剩下米沙和一个他并不太熟悉的小伙子一起在喝着什么，而这个小伙子则一直转着头东看西看，明显在期待夜晚给他的"礼物"。最终，留下米沙一个人坐在吧台旁的一个座位上。

"米申卡，这里的'礼物'很多！"斯吉奥巴突然从舞动的人流中冒出，钻回到米沙身边，并对着他的耳朵喊叫道。"那儿有两个从萨马拉来的女大学生，可漂亮了！跟我走，米申卡。她们简直就是尤物，但我一个人怎么都不好搞定。"

他们艰难地穿行于舞动的人群中，很久才挤到远处的一张桌子旁。斯吉奥巴一直拽着米沙的手。这两个从萨马拉来的女大学生在米沙看来还没成年。她们的脸色苍白，在俱乐部灯光的照耀下发着蓝光。她们很快乐，一直在交头接耳地细语。米沙很快就回到了自己在吧台旁的座位上。

然而，就在他离开不在的那一时刻，半圆的吧台旁出现了两位年轻的女士，年龄大约在三十岁左右。她们事实上就坐在米沙的对面。其中一位米沙一见就喜欢上了，他仔细地打量她，于是喜欢的程度更加强烈。当米沙为自己点喝的东西时，两位女士中的一位消失不见，另一位则坐在吧台后面，用吸管从高高的杯子中吸饮着什么红色的饮料，目光静静地看着自己面前，犹如与世隔绝般超然。她美丽优雅。米沙仔细地端详着她，甚至没有意识到自己在公开大胆地端看。后来她回以火热的目光，米沙承受不住，微笑了一下就把眼睛移开了。然而，他心头却是一热，脊背像通电似的一阵酥麻，一种愉悦而又熟悉的感觉划过心间。两分钟过后，他又看，寻找并期待她的那个目光，而当等到她那火热的目光再一次投向他时，他笑了，并举起自己的杯子，提议干杯。她也笑了，并举起杯子作为回答。

斯吉奥巴又出现了两次。他又叫米沙和他一起去找姑娘，因为他结识了几个从萨哈林来的女排运动员。米沙没和他去，他的注意力和兴趣全在自己的"目标"身上，双眼一刻未离。后来斯吉奥巴带着两个姑娘出现在米沙身边，这两个姑娘的身高都超过斯吉奥巴。他很快乐，但米沙并未支持他，没有与其同乐。

简而言之，米沙又坐了小一会儿，拿起自己的酒杯，绕开吧台向自己一直打量的那位女士身边走去。他开门见山地简单自我介绍，她也喊出自己的名字，俯身贴近米沙的耳朵，以使他听见。音乐声大得可怕，而她叫喊着说出自己名字的声音又是十分安静微小。

"索尼亚！"她喊叫说。

"索尼亚？！"米沙高兴起来。"这是我喜欢的名字，我的女儿就叫这个名字。"

"可我的儿子叫什么名字，我不会告诉你，"她依旧俯身贴近米沙的耳朵，大声说道，"因为他的名字不叫米哈伊尔①（米沙的大名）。"

他们笑了起来。

很快他们坐在离俱乐部不远的一个咖啡馆里，聊起了天。他们两个都喝白兰地、咖啡，同时吸着香烟。米沙的香烟抽完了，于是他就同她一起抽她的香烟。他们很快乐。索尼亚在一家大运输公司工作，做督导员。她有一个儿子，正如米沙所理解的一样，但没有丈夫，这一点米沙也能猜到。而他的道路标牌制造事业令作为一个正常人的索尼亚非常感兴趣，更何况她自己的工作还和运输有关。因此他们有可聊的共同话题。交谈中他们俩谁都没有涉及对方的家庭情况。只是轻轻一带而过。索尼亚是莫斯科人，而且已非第一代。他们说呀说，酒喝得很愉快。后来他们沿着大街一起慢步。天气很冷，然而他们两人谁都不想告别。可再去什么地方重新坐下和再喝点什么也没什么意思，更何况他们双方谁也不想那样做。就这样他们来到了街心花园，沿着街心花园慢步时，他们已经手牵着手。后来，他们亲吻了一段时间，再后来，他们交换了电话号码，又亲吻在一起。他们亲吻得很深、很狂乱和肆无忌惮。接下来，米沙为索尼亚拦了一辆出租车，把她在出租车里安顿好，望着她向着自己的方向离去，而他本人则再拦截一辆车，回家睡觉。

而清晨他的身心感到一阵惊慌和不安。

星期六醒来时已近中午，卧室的床铺上只有他一个人。孩子们的说话声从厨房传来，妻子的说话声也是从那里而来。米沙感觉到口中的干渴以及完全预料中的头昏脑胀。然而，所有这些感觉都不那么强烈，就只是头脑里有一点点嗡嗡作响，一点点昏沉。情况经常比这更糟，糟糕很多。他就这样躺在床上，没有跟妻子和孩子们说他醒了，心中回想昨夜发生的事。他回想起了所有，并连带一切细节。这时一阵惊慌如电闪

---

① 米哈伊尔是米沙的大名。俄罗斯人的姓名全称由姓氏、父称和名字三个部分组成。姓有很多，各种各样，父称由父亲的名字加词尾构成，而名字则相对固定和有限，常见的像符拉基米尔、伊万、米哈伊尔、谢尔盖、安东、尤里等，所以同名现象非常普遍。通常，为了纪念长辈，孩子和父亲或者祖父（外祖父）叫同一个名字的有很多。还有，每一个名字都有相对应的表小爱名、爱称、昵称等。

般掠过心头。

他一次又一次地回想所有的细节，回想他是如何观看坐在吧台旁座位上的索尼亚——那个他还不认识的优雅女子。他想起她的魅眸，想起她同意和他去俱乐部旁边的咖啡馆，想起他们的对话，想起街心花园和那个细微的动作，就是索尼亚在允许他用手牵她的手之前脱掉了手套。他详尽地回想起他们的亲吻，以及当他们亲吻时他把自己的双手放在了哪里。米沙回想起，他坐在出租车里一路都在微笑。

他回想起所有这一切并开始恐慌起来。他硬着头皮开始分析自己的状态，以及自己在回忆时的心理感受。他认真地反观自己，差不多就像行者在禅修打坐时，把全部注意力都聚焦于一呼一吸上。同时他给自己提出了一个唯一的问题："难道说我爱上了？又一次？！难道真爱上了？"

他在自己身上发现的这种感受，正是"它"，令他惊慌和不安。于是他从床上起身，向盥洗室走去。

"啊哈！爸爸醒了，"阿尼亚不无揶揄地说。

"你好！"米沙声音嘶哑地说。

"爸爸好！"小女儿索尼亚叫喊说。

大女儿卡嘉什么都没说，只是高兴地向他挥手挤眼，并伴以快乐的鬼脸。

"自我感觉怎么样呀，脑袋瓜怎么样呀？"阿尼亚依然操着那个腔调问道。

"亲爱的，我昨天没喝那么多，不至于需要今天为我的身体担心。"

"是吗？"阿尼亚低头俯身，并完全友好地反问说。

"是的！"米沙说完，就伸出舌头给妻子看。"我这就冲个淋浴，刮胡子，并马上准备好和你们同步。"

"爸爸，那我们去看电影吧，你答应过的，"卡嘉稍微拖长了音节，撒娇抱怨地说。

"请给我二十分钟，然后我们去哪里都行，"米沙依然声音嘶哑地说。"爸爸昨天乐过了，今天该轮到你们，"说这话时他向妻子挤了挤眼。

米沙刷牙刷了很久，看着镜子中的自己。惊慌的感觉没有离开他，甚至是在他和妻子以及女儿们对话的时刻。相反，这个惊慌的感觉变得更加强烈。"难道我爱上了？"头脑里这样回响着。"难道这是真的？！"

他洗了很久的淋浴，对着满是雾气的镜子刮胡子也刮了很久，用吹风机吹干头发也吹了很久。那个惊慌的感觉越来越强烈。在他走出浴室之前，他穿上了自己喜爱的旧睡袍。他穿着睡袍和拖鞋走过房间，拿起香烟和打火机，并径直走到自己房间内的小阳台上。冰冷的空气凛冽而又清爽，顷刻间抓住米沙尚有些潮湿的、散开的头发。米沙看见了稀稀拉拉的雪花，雪花正从晚秋时节灰暗的天空中缓缓飘落。没有一丝风。这是正在到来的冬天的第一簇雪花。"难道我爱上了？"米沙心里又一次闪过这个问题，他下意识地裹紧睡袍，把睡袍的腰带系紧，打着打火机开始吸烟。天气寒冷，差不多是冰天雪地。冰冷透彻的空气中，米沙吐出的烟雾是白白的。

"不！反正不是爱上了。不是爱上了。这很明确！"米沙突然从自己的内心最深处得到了这个回答。"谢天谢地！"米沙内心一阵轻松，很享受地伸了个懒腰，满怀感激地望着灰色的天空，望着第一簇雪花以及周六通常不很喧嚣的城市。"谢天谢地！"

惊慌的感觉瞬间烟消云散。米沙开始感到非常清爽和愉快。"一切都很好！不要，这个现在完全不需要！"——他在心中暗想。接下来他甚至觉得有些可笑。他无声地嘲笑自己的那种恐惧感，嘲笑自己对自己是否又爱上了的这个心理问题的反观和分析。"可笑！哎呀，真是可笑！可要真是爱上了，那可就不可笑了！"他心中思忖，继续把烟抽完。

那时，他们全家一起去看了一场电影。姑娘们并没喜欢上电影本身，因此只看了一半就退场了。然而，这并没有破坏大家的好心情。米沙带着大家去吃冰淇淋。总之，这个星期六过得很好。

索尼亚在星期日的白天打了电话。米沙在家，坐在家中阅读，是一本什么杂志。妻子阿尼亚坐在身边。米沙拿起电话，看见是索尼亚打来的，没有按下接听键。

"今天不想接听任何事务性的来电，"他说，仿佛是自言自语。

索尼亚也没有很长时间地振铃，电话铃响了三四声就没有了声音。"很有分寸"，——米沙心想。

他又开始惊恐起来，但并不强烈。"要是她突然间爱上我了呢？——米沙心想。——那可完全不合时宜。"

星期一白天他自己给她打了电话，对星期日没能接听她的来电表示道歉。

"对不起，没听见你的来电！"他撒谎说。

索尼亚并没有生气，自己还说对不起。她说，拨完号心里才意识到，你妻子可能在身边。

他们聊得很好。约好星期三四再通电话，或许想出点什么好玩的。从这个对话中米沙明白，索尼亚并没有爱上他。这稍微微刺了一下他的自尊心，但同时也让他不那么惊慌和害怕。那时米沙明白，惊慌和不安已经过去。他还明白，在这类问题上他是第一次如此强烈的惊慌和不安。"就是说，现在有什么东西和过去不一样了，——他想。——意思是，现在有什么东西需要爱护，不能让它经受各种惊恐和煎熬。那就是，现在有别的什么东西更加重要……"

· ·

米沙坐在自己的办公室，双肘架在办公桌上，双手抱着头。新的不安甚至令他呼吸都艰难。他明白，至今为止他还没有真正意识到，尤利娅死了，从此不在人世了。对她所做出的那种事，他在自己的意识深处已经接受，可对她已死亡的这个事实他还无法接受。米沙明白并对此感到惊诧，那就是痛苦——那种他熟悉的失去的痛苦，还没有向他袭来。他还没有感觉到，今天在尤利娅身上所发生的是不可更改和无法挽回的。尤利娅死亡的这个事实本身暂时就只是个事实、新闻和消息，这个事实离痛苦和内心的情感还有些许距离。他甚至还没有哭一哭尤利娅，只是她的那种行为的可怕令他备受折磨和惊恐不安。

"对此应该做点什么！"——米沙想。他感觉必须战胜这种不安。他甚至想，终于应该好好地为所发生的痛哭一场，好好地体验一下痛苦的经历。可是，惊恐不安封锁了所有其他的情感。"对此应该做点什么！应该摆脱这种感觉"，——他想了又想。

他从办公桌后面站起身，来到窗户前并打开它。清晨宁静寒冷，刮着风。米沙抽起香烟，烟雾被风吹进室内。他深深地吸了几大口，然而却没有感觉到吸烟的快感，此时的他其实并没有吸烟的愿望，于是他将嘴里的烟扔出窗外。米沙开始明白，要想摆脱惊恐并得以安心，可能只有一个办法，就是他必须弄明白，为什么尤利娅做了这个。为什么？总该有一个具体明确的原因。对于所发生的事情，一定应该有个解释，有果必有因。这个原因需要找到并尝试理解、接受或者不接受它作为她干出这种事的理由。但是，首先需要找到它。"需要了解，最近几个月在尤利娅身上都发生了什么，——米沙心中思忖，——尤利娅不是那种人，毫无缘由地就……需要详细地弄清楚这一切。"

米沙这样想后，甚至感觉轻松了一些。他的头脑中几乎有了计划，而计划意味着行动。米沙甚至痛苦和自嘲地笑了一下，心想："计划！是的……按计划行动远比没有计划的不作为轻松很多。"

这个想法让他觉得很可笑，他甚至决定把它记录下来。米沙这样做了。他有时把自己精辟的语句记录在便条记事本上，而那些最精辟的语句他则开始把它们用在各种对话中。在这个意义上对他来说最大的快乐莫过于有人对他所说的话语做出如下的反应："说得真棒，这是马基雅维利①的话吗？"或者"您这是引用了谁的话语？"

---

① 马基雅维利，意大利政治思想家和历史学家，于1469年生于意大利佛罗伦萨。其思想常被概括为马基雅维利主义。在中世纪后期的政治思想家中，他第一个明显地摆脱了神学和伦理学的束缚，为政治学和法学开辟了走向独立学科的道路。他主张国家至上，将国家权力作为法的基础。其代表作《君主论》主要论述为君之道、君主应具备哪些条件和本领、应该如何夺取和巩固政权等。他是名副其实的近代政治思想的主要奠基人之一。

米沙想把他觉得可笑的想法记录下来。他回到办公桌前,坐下,拿起笔,但又马上把它丢下:"还不够吗?!伟大的想法!见鬼吧,你!又给我搞语录摘抄那一套!"他在心里这样骂了一句自己。

他开始想,该从哪里开始和怎样才能更多地了解尤利娅最近几个月来的生活情况。他还一次又一次地回想起他们最后一次的会面,回想起他们坐在尤利娅的厨房里,说了很久并喝了足够多的酒。那是一次很愉快的交谈。尤利娅是那样的安静。然而现在米沙觉得,她那时过于安静和忧郁了,几乎什么话都没说,只是嘘寒问暖……米沙的思绪被门外的脚步声和敲门声打断。米沙都还没来得及说什么,办公室的门就被打开了,廖尼亚①随后走了进来——他的助手、副总,也可以说还是朋友。

"早晨好,米哈伊尔·安德烈依奇②,"廖尼亚说,"我可以和你谈谈吗?"

"早,列昂尼德·米哈雷奇③,进来,坐下。你干什么这么正式?"

"不是,没什么。只不过我想,你这里可能发生了什么事。昨天一大早,你人就不见踪影……我给你打了很多电话。出什么事情了吗?"

"出事了,廖尼亚。一个很亲近的人悲惨地死了。所以昨天我一直在忙,今后几天还会这样忙。"

"你在说什么?!是亲戚吗?"

"不是。一个熟人,但关系非常近,并且是老相识。我非常珍贵的朋友。"

"这真是不幸!那她多大年龄?"

"四十九岁。"

"完全还年轻。得病了吗?"

"我刚说过,是悲剧!一切都来得那么突然,廖尼亚。你最好别问

---

① 廖尼亚是小名,他的大名为列昂尼德。

②③ 俄罗斯人的名字通常由姓、名字和父称三部分构成。在熟人和朋友之间,一般只称呼名字,如果关系很近,可以直接称呼小名。正式场合下,为了表示尊重,通常称呼名字加父称。这里,廖尼亚用名字加简化了的父称称呼米哈伊尔,既表示他们之间的关系很近,也表示他有很严肃的事情要向对方说,并含有对对方心有不满的情绪。而米沙以名字和简化的父称回称呼廖尼亚,说明他们关系的确很近,同时也表示他对廖尼亚的情绪心有了解。

我。只是你这个星期别指望我能干什么。"

"好。对不起!"

"你是不是想和我说什么?"米沙问。

"是的,想。而且很遗憾,这还很紧急。并且我担心,没有你这事儿还不行。"

"什么事?"

"米沙,亲爱的!需要马上去一趟彼得罗扎沃茨克①,而且还得是你去。他们拒绝谈话跟我,非常坚决。"

"这是什么新闻!为什么要去?那里的一切早就都再三敲定好了。他们那里想出什么幺蛾子?"

米沙开始觉得自己在发怒。他已先后两次在夏天和初秋时节去过彼得罗扎沃茨克。那里正在铺设联邦国道。这条道路铺设了很长时间,一会儿停工,一会儿复工。在这条国道的建设过程中,市州政府都已经更换了几届,连联邦政府也都换了两届。那些起初建设这条道路的人们都已经被淡忘。然而,在如此漫长的时间里改变的不只是政府,还有规范、标准和现代道路建设的其他要求。终于,不久前这条国道的建设开始被严肃认真对待起来,米沙经过艰苦的努力得以挤入这个工程并达成了协议。整个道路的路标和交通警示标牌全部由米沙的公司来做,整个道路的交通画线也由他的公司来完成。彼得罗扎沃茨克国道是米沙在交通画线这个领域的第一步,为此他采购了非常昂贵的必需设备。

"米沙,关于画线这事他们那里不知为什么开始制造混乱,"廖尼亚轻轻地撇了撇嘴说。"他们找到了别的什么公司,好像更便宜些。我本来以为,他们想讨价,就是压价呗。可我现在看出——不是。更有

---

① 彼得罗扎沃茨克,是俄罗斯卡累利阿自治共和国的首府和经济、文化中心,位于号称欧洲第二大淡水湖的奥涅加湖畔,是一座颇具北方气质的空气清新、清爽宜人的城市;其历史并不久远,1703年沙皇彼得大帝在被称为"湖畔寒村"的这片土地上开始建造炼铁厂。其后的1777年,它被命名为彼得罗扎沃茨克(Петрозаводск),意即"彼得工厂"。在俄国革命之前,这里主要用作流放犯人的场所,1905年之后,它作为北方革命据点,骤然间像是被注入了活力一般,得到了迅速的发展。今天的彼得罗扎沃茨克与邻国芬兰有着密切的关系。连城市的某些告示板上,都分别使用俄语和芬兰语标注。因此,地处俄罗斯的这座城市总让人觉得像是北欧城市一样。

可能的是他们在推广自己的什么公司。我对他们说，一切都已经决定好了。我试图训斥他们，他们挂断了电话。米沙，我昨天一整天都花在了这些电话谈话上。然而都没用，他们不和我对话……"

"原来是这样啊！他们就是那么一说，在那里他们自己什么都不应该做，而且也不能做。一切的确都已经决定好了。那你是和那里的谁交谈的？"

"和那位，叫什么来着？尼古拉……见鬼，"列昂尼德一时语塞，打开公文包并开始在里面翻找。

"别费劲了，廖尼亚！这个不重要。和我们敲定这些问题的，也就是我与其达成协议的那些人，他们不会给你打电话。你听到的这些都是空穴来风，不必紧张。如果因为每一个电话，每一个傻瓜的几句话，就东跑西跑，那我现在成什么了？！"

"可我却觉得，有必要立刻做出反应，那里他们非常……"列昂尼德开始快速地说。

"不打算做出反应！也不会打电话，"米沙打断了他。"也请你不要焦躁不安。"

"我昨天一整天都花费在这件事情上！"列昂尼德有点生气地说。"我不是焦躁不安，我只是把我的想法说出来而已。"

"我听见你的想法了，"米沙也有些激动地说。"你已经就这个问题说了你的想法，但不需要多余的情绪和神经。既然你明白他们不想和你讨论这个问题，那就是说，你没必要去管这个事。就是说，这不是你这个层面的问题。明白吗？"

"这个我刚好很明白！"列昂尼德挺直腰板回答道。"正因为如此，我才向你汇报这一切。并且我认为，你应该插手这件事，而且要快。"

"可我却认为，你在白白浪费你自己和我的时间。我不觉得，我需要对你所有的猜测和推论做出反应，更别说绞尽脑汁地奔往彼得罗扎沃茨克或者是往那里打电话。我亲近的人死了。可不可以不要拿你自己的怀疑来牵扯我的精力？"

"米沙！我很同情你，"列昂尼德一边站起身一边说，"你亲近的人死了，这很悲痛！但生活并不会就此结束。我们大家都在这个项目上花费了心血！这个彼得罗扎沃茨克不是你一个人……"

米沙用拳头击打了一下桌子，列昂尼德被惊得甚至颤抖了一下。

"够了！结束！直到下个星期一我甚至连'彼得罗扎沃茨克'这个词都不想再听见。也禁止你往那里打电话。"米沙停顿了一下。他坐着，列昂尼德站立着。"还有别的吗？难道除了这个彼得罗扎沃茨克就没有别的问题需要解决吗？"

列昂尼德看了一眼窗外，沉默了一分钟。

"其他基本上正常。我昨天自己和从鄂木斯克来的人见过了。那里一切明了。用来考虑考虑的时间我们是有的。他们的项目很有意思。那里的工作很多，够干几年。和他们说好了，最终在十一月底见面，但需要我们飞去鄂木斯克。对不起，米沙，我昨天电话无法联系上你，于是就自己做了决定。"

"这都是正确的，但关于此事周一再详细说。还有什么？"

"都是些小事，米沙。周一就周一。"

"谢谢你，廖尼亚，"米沙起身说道，"今天下午四点钟应该有德国人来，我和他们说好的。取消这个会谈已经来不及了，你自己去见他们，好吗？"说这话时，米沙从办公桌后面走出，来到廖尼亚跟前。

"好，我照办，"廖尼亚说。"那你需要什么帮助吗？"

"不用，廖尼亚！什么都不需要。只是替我值守到周一就行。并请在这几天里尽量别来烦我。"

"好，我照办，"廖尼亚说完并握住米沙伸过来的手。"坚持住！"他向门走去，但在没走到门跟前时停下。"要是我，彼得罗扎沃茨克的问题，反正不会拖延。哪怕就打个电话。我就是感觉那里不太……"

"周一再说！"米沙打断他说。

"好吧！"列昂尼德点了点头说。"也许，你是对的。对不起，"他说完就走出了米沙的办公室。

米沙孤独地站在自己办公室的中央。他简直是愤怒和懊恼至极。他内心已经后悔自己对廖尼亚的粗暴。彼得罗扎沃茨克那里的一切的确不那么简单，他在那里被折磨得精疲力竭。这条道路他搞来得极其不易，廖尼亚的担心并非没有缘由。真想打电话过去，大喊大叫，无论是谁都把他们教训一通。这样做当然不行，无论如何都不可以。他和他的公司在这条道路和这个工程上有巨大的利益。必须弄清楚，是什么又让那里再一次起了风浪。然而米沙担心，他会忍耐不住掀倒"木堆"，从而引起多米诺骨牌效应。可温柔平静地与那些忙碌而狡猾的彼得罗扎沃茨克官员们谈话，他现在做不到。

米沙向办公室外望了望，秘书瓦莲京娜还没有来。瓦莲京娜，一个四十四、五岁左右的巨型女士，是位非常宝贵的员工。她在米沙这里工作已有六年时间。她从来没忘记过什么，一切都收拾得井井有条，不传闲言，说话柔声细语，尤其打电话时，简直让人觉得就是再暴怒的人，甚至是恐怖分子，她也能令他们安静下来。唯一遗憾的是，她准确认真的态度并没有成为她作为妻子的美德之一。她和丈夫离婚了，儿子在读大学。她是一位非常宝贵的员工。

米沙回到办公桌后面，拿起笔和纸，陷入沉思。他喜爱列写工作和任务清单。当工作和任务被一条一条按重要的程度和时间的紧迫性有序地列写在纸上时，这些工作和任务就变得更加具体、更加简单、更加容易完成和不可怕。另外，米沙还单独列写难题清单。因为这个方法，难题在数量和规模上都减少了很多。他完全是为自己的使用而列写这样的清单。

他坐了一会儿，看了看面前的纸张，嘴咬笔尖，终于在纸的左上角写下数字1，并点了一个实心句点。究竟什么事或者任务应该与这个数字1并列写在一起，他无法决定。他就这样坐着有两三分钟时间，眼望着那个数字1和实心句点。

突然门被轻轻地敲了几下，随后半打开，瓦莲京娜向办公室探进头，望了望。她像往常一样，满脸开心地笑着。

"早晨好，米哈伊尔·安德列耶维奇①，"她用自己神奇的嗓音说道，"如果有什么事情的话，我已经到位了。报纸拿来了，马上检查所有的邮箱。昨天一天没有发生什么事情。根据你的指示，所有的人我都提醒过了，所有的会谈也全部改了期。与此相关，有些事我还想向您明确……"

"瓦丽雅②，亲爱的！那你为什么没有提醒廖尼亚？他一大早就向我发飙，说他昨天无法打通我的电话，"米哈伊尔坐在办公桌后面，手里依然握着钢笔，说道。在他说这话时，瓦莲京娜已经进到他的办公室里面来。

"米哈伊尔·安德列耶维奇！我自然是提醒他了，我说您一整天都不会在这里，并请他不要打扰您。您告诉过我您有什么不幸的事情发生，并且这是您的私事，我也就是这样向他转达的。对其他人类似的话什么都没说，只说了有些不可预见的个人情况发生，再没说别的。对所有的人我都道了歉，谁都不会生气。但列昂尼德·米哈伊尔洛维奇③……您自己也知道。没有什么能阻挡得住他。给您做杯咖啡吗？"

"好，请做一杯，再来杯冰水，"米沙想了想，回答说。

"请您原谅，米哈伊尔·安德列耶维奇！您可否现在立刻告诉我，您今天打算怎么工作，如果您自己心里有数。您今天在班上还是不在班上？"

"瓦留莎④，亲爱的！我暂时还不知道。我可能一直到下周一，即使在班上，可对所有的人来说我都是不在。眼下发生了这样大的灾难……"米沙咬紧下唇，有两三秒钟沉默不语。瓦莲京娜熟知尤利娅。尤利娅甚至帮助过瓦莲京娜的儿子考进大学。米沙非常不想现在说起昨天发生的事情。"昨天早晨，准确地说是夜里……尤利娅·尼古拉耶夫

---

① 米哈伊尔·安德列耶维奇，这是对米沙的正式尊称，即大名加完整父称的正式说法。
② 瓦丽雅，是瓦莲京娜的小名。
③ 列昂尼德·米哈伊尔洛维奇，这是对廖尼亚的正式尊称，即大名加完整父称的正式说法。
④ 瓦留莎，是对瓦莲京娜的昵称。

娜①死了。我昨天没有说，知道……"

瓦莲京娜下意识地迅速用双手捂住自己的嘴，并低沉地叫喊了一声。

她非常熟悉尤利娅，甚至和她关系亲密。曾经，四年前，米沙帮助尤利娅装修家。他所提供的帮助主要是在资金和组织两个方面。具体地说，那时是瓦莲京娜负责装修的组织工作，而且她把这个组织工作做得天衣无缝，以至于给尤利娅留下的印象是，这个装修的花费是尤利娅自己支付的，而且一点都不贵。那时她们成为了好朋友。和尤利娅也不可能不成为好朋友。

瓦莲京娜哭了很久，服用了些药片，无法接听电话，去盥洗室洗了几次脸。

"怎么会是这样？米申卡，怎么是这样"死了？瓦莲京娜说着，用已经潮湿的手绢一遍又一遍地搽眼泪。"是什么原因？梗塞吗？中风吗？米申卡！多么不幸啊！"

米沙什么话都没说。他知道，对瓦莲京娜可以说实情，但这不只是他的隐私秘密，所以他没有说出实情。死在了家里，猝死——这就是全部。瓦莲京娜一会儿安静，一会儿又哭了起来。米沙和她一起坐在她的办公桌旁。

"瓦丽雅，走，去我那里，我们抽支烟吧，"米沙终于提议说。

他们在他的办公室坐着，一时间沉默不语，静静地吸烟。

"尤列奇卡②上个星期给我打了电话，"瓦莲京娜静静地说，"上上个星期也打了几次。是！上个星期是星期二打的。她还开玩笑说，她想请求休假。她说，她打算去意大利。"

"她给你打过电话？"米沙很惊诧。"可你为什么没告诉过我？"

"米哈伊尔·安德列耶维奇！请您原谅，但她是给我打的电话。是晚上打的电话，只是闲聊。"

---

① 尤丽雅·尼古拉耶夫娜，是对尤丽雅的正式尊称，即大名加完整父称的正式说法。
② 尤列奇卡，是对尤丽雅的昵称。

"瓦列奇卡①！当然……对不起……但你可否详细地给我讲一讲，你们都说了些什么？这对我非常重要。"

"米哈伊尔·安德列耶维奇，我们没有讨论任何重要问题。只不过是尤利娅给我打了电话，我们闲聊了几句。两个不年轻的女人说了说话。"

"那她以前为什么给你打电话？"

"米申卡，这都是些什么问题？现在还问这些干什么？"

"请你相信，正是现在，这很重要。我需要知道，她为什么打电话，是怎么和你说的，你是否从尤利娅说话的语气和内容中感觉到有什么奇怪的……"

"我想不出来有什么奇怪的，除了尤利娅本人给我打电话和她就是想与我说说话这一点。问了很多问题，泛泛地关于一切。是，没什么奇怪的，米哈伊尔·安德列耶维奇。没有什么不平常的。但你如此问我，这倒着实让我觉得奇怪。出什么事了？您别吓唬我。"

米沙紧接着拿起第二支香烟，在手里握了一会儿，想了想并把它点燃。就这样他们坐了几分钟，沉默无语。瓦莲京娜等待着。

后来米沙向她讲述了他所知道的所有实情。瓦莲京娜全身紧缩在一起，坐在椅子上，双手抱着头并一直摇动，发不出一点声音。办公室门外的电话一直响个不停，但他们听而不闻，谁都没有去注意。米沙的手机也响了几次，但米沙把声音关掉了。

瓦莲京娜很长一段时间呆若木鸡。他们又抽了一会儿烟，后来喝了咖啡。她讲道，尤利娅打电话给她，只是嘘寒问暖，问她的儿子阿廖沙学业如何，问他是否喜欢他的学校。她还问，公司的事务怎么样，米沙的情绪和事情如何，还说了些别的。尤利娅就是尤利娅，瓦莲京娜怎么也想不起来，她在电话中讲话的口气和声音有什么不同寻常的地方。要说不同寻常，大概可能只有一点，那就是尤利娅在十天里打了三次电话，而目的就是闲聊。她抱怨说她偏头痛，但偏头痛却是她一直以来的

---

① 瓦列奇卡，是对瓦莲京娜的另一种昵称。

病痛。米沙认识和记得尤利娅有多久，尤利娅的偏头痛就有多久伴随和折磨着她。瓦莲京娜想起来，尤利娅剧烈地咳嗽了一会儿，边道歉边说，她正在努力少抽烟，可还是在咳嗽。然而，尤利娅一直都在努力少抽烟，但也一直都在咳嗽。不，她给瓦莲京娜打的那些电话没有任何非同寻常的。

瓦莲京娜讲述了所有她回想起的与尤利娅的电话聊天，她和米沙又默默地坐了几分钟。办公室外的电话铃声继续响起。

"怪事儿，"米沙打破沉默，"我怎么感觉极度不安。应该做点什么，怎么都该安排一下。瓦洛嘉去他父亲处了，傍晚才回来。需要做点什么，她呀，再没什么亲人。"

"你指什么，"瓦莲京娜眯缝着哭肿的双眼问道，"葬礼，追思会吗？"

"就是吧……就是在这种情况下应该做的。我也不知道……"

"不用担心，米申卡，这是生活中常有的事，自古以来就有死亡，这是平常事。他们把尤利娅运到哪里去了？"

"陈尸间……我不知道，瓦洛嘉知道。"

"把他的电话给我，我来介入这事。你就回家吧。"

"不，瓦留莎，家呀，我不能回。最好就在这里坐一坐，我需要想一想。"

"好，那就坐一坐。但是，在这里我无法保证不让所有的人看见你，有人会闯进来。你看那什么，米申卡，可否让我了解清楚一切并来办理尤利娅的事儿。只有这样，我才能轻松些，请理解。"

"只是看在上帝的份上，瓦丽雅，对谁都不要说关于……"

"您还年轻，不谙世事，米哈伊尔·安德列耶维奇。别现在试图令我生气。您明白吗？"

"请原谅，瓦莲京娜……原谅，我连想都没想，自己现在在说什么。"

又剩下他一个人，于是他重新把目光盯在那张白纸上的数字1和实心句点。他忍耐不住，想要有所作为，做点什么，然而却完全不明白，究竟应该做什么和怎么做。他还非常想离开办公室并去往哪里。可很明确的是，完全没有可以去的地方。

他突然对此感到奇怪，那就是他哪里都不想去。没有这样的地方——在那里他会感觉好些或者安宁些，不因为别的，就只因为这个地方本身。米沙开始明确地感觉到，在这个偌大的城市，在这个巨型的都市，他没有一处自己真正喜欢和珍爱的地方，没有那种他现在马上可以去的地方，只有工作单位和家。"还能去哪里？总不能去健身房吧？"——他心中暗想。接着他马上又想，就算去健身房也比回家好。——在桑拿房里蒸蒸，然后洗个淋浴——其实一定不错，真的很好。见鬼，我在想什么！"——他自己打断了自己的思绪。

而瓦莲京娜在门外自己的秘书位置上讲电话，声音完全是平常的柔软和安静，好像半个小时前她并没有哭过。她当然是非常宝贵的员工。

米沙站起身，因为他已经无法继续坐下去，盯着自己面前的这张纸和写在这张纸左上角的阿拉伯数字1。他站起身，并不知道接下来要做什么，这时，瓦莲京娜没有敲门就打开了办公室的门。

"米沙，我想起来，"她马上说，"我呀，还在六月份安排过尤利娅见心理医生。刚才想起的。"

"关于这事儿我一点都不知道，"米沙几乎是高兴地说道，"你讲讲。"

"其实这事儿也没什么好讲的。她并没有怎么去看心理医生，好像就去了一两次，完了就没再去了。"

"还是要讲讲。瓦丽雅，请，全部情况和细节。"

瓦莲京娜讲道，那是很久的事儿，大概一年多前，在前年夏末，尤利娅来到瓦莲京娜的乡间别墅①。瓦莲京娜为自己的儿子阿廖沙举办了一个快乐的生日聚会。来别墅参加这个聚会的有很多阿廖沙的朋友，还有一些姑娘。而尤利娅是来作客和帮忙的。大家快乐地用了晚餐。年轻人留下来在别墅继续玩乐，而瓦莲京娜和尤利娅决定不影响他们，离开

---

① 这里的乡间别墅，俄语为дача，并非英文的villa，这是俄罗斯很多城里人在郊外的类似于"菜园子"的度假住所。夏天，俄罗斯的城里人经常到自家或亲朋好友家在郊外的乡间别墅里度周末和节假日，在这里休闲、聚会、聊天和种植各种花草、蔬菜等农作物。

返回了城里。这还是尤利娅想起来离开的。瓦莲京娜说,要是只有她自己,她还真不会那么智慧地做。

也就是那时,当她们开车回城里的家时,瓦莲京娜开车,路很远需要开很长时间,她们不知怎么就谈到了心理医生。瓦莲京娜想不起来这个题目是怎么被提起的,但想起来尤利娅当时对这个问题的态度很是不屑和嘲讽。瓦莲京娜当时讲述了关于她的很多好朋友的亲身经历,而她的好朋友又非常多。各种年龄,各种职业,各种优缺点和各种复杂的命运。她讲到若干个她的好朋友,先是一个人,后是一些人,去看心理医生。而且所有的人对结果都很满意,其中的一些人到现在还在继续去看心理医生。尤利娅开始冷嘲热讽,而瓦莲京娜则为自己的女友们感到委屈和不公平,并说她的女友们都不是什么小姑娘,也不是没事情做的人,她们都是内心很充实的人。但她们都在不同程度上从这些对心理医生的多次访谈中得到了某些于自己有用的东西,她们的内心开始感觉轻松些。而这对某些人更是大有帮助。总之,无论如何看过心理医生后,人们不再草率对待自己的问题。她们都说,主要的难题是下决心和对心理医生信任。瓦莲京娜那时还对尤利娅说,她也不知道在进行这些心理治疗时那里所发生的情况究竟是什么样,但她本人一定会去看心理医生(如果她自己感觉到有这个必要)。而她曾经是有过这个必要的,可那时她还不知道可以去看那种专家。尤利娅那时听完瓦莲京娜的讲述后半开玩笑半是忧郁地说,她担心,她对于很多人早就是心理医生了,只不过不付费给她。瓦莲京娜说,那她也是她的同行。她们两个都笑了起来。

"而在六月份尤利娅打电话来问我什么事,"瓦莲京娜继续说道,"问什么不记得了,但后来她突然问起那个心理医生。我很奇怪。要知道,她了解所有的医疗卫生和与医疗卫生相近的一切。但尤利娅说,她们单位的任何人都不应该知道,甚至就是她,也只是原则上对这个问题感兴趣。我问:'怎么,怕笑话吗?'而她回答说,不应该让他们知道——就这样。我答应去了解。我从女友那里了解到情况,给尤利娅打了电话并把这些告诉了她。过了有十天左右,我主动给尤利娅拨打电话并关心地问她去看心理医生了没,满意不。尤利娅回答说,去看过了并明白,这完全不适合她。她还说,心理医生本人让她觉得就是个白痴,是个服饰华丽内心肤浅的骗子,他本人就需要心理治疗。尤利娅还说,她不明白,去看心理医生的那些人该是些什么样的人。她暗指我的女友们并显然对她们心生抱怨。我那时感到很伤心并生了她的气。是的,尤利娅在那个晚上主动给我打电话并道了歉,她说,她当时心情不好,对我说了不该说的话。而关于去看心理医生的事,她说,那是个糟糕的主意。这就是当时所发生的一切。"

米沙认真地听完瓦莲京娜的讲述。

"瓦列奇卡,请向你的女友们打听清楚,这个心理医生是什么样的人,他叫什么名字,以及其他所有情况,"米沙急不可耐并贪婪地说,"我非常想和他谈谈。"

"什么时候打听,米哈伊尔·安德烈维奇?"

"赶快。就是现在,立刻,请!"

瓦莲京娜起身离开并随手把门关上。米沙伸手去掏香烟,但最后却改变了主意。那种对真相的渴求和希望简直就充盈了他身心的全部。他走到办公桌后坐下,拿起笔并快速地在那单页纸上写道:

"与心理医生谈话。

与尤利娅的同事们谈话,最好找鲍里斯·里沃维奇。

再详细地和瓦洛嘉谈谈。

争取和案件侦查人员谈谈。

米沙写下这些,想了想并在这个清单的底部写道:

"今天要给瓦莲京娜布置任务,请她找出所有关于彼得罗扎沃茨克的文件资料。明天一早给彼得罗扎沃茨克打电话。"

在这张清单底部米沙划了一条粗粗的,几乎是笔直的线。只有这时他才拿起香烟并满意地抽起来。

• •

瓦莲京娜很快就打听到那个心理医生叫什么名字、他在什么地方接诊、他的电话号码。这个人的姓名叫尤里·尼古拉耶维奇·戈里亚奇。他在星期五大街的一家私人住宅里接诊。

米沙请瓦莲京娜往那里打电话。电话被自动接听，应答机里一个乐观的男士嗓音说："我们现在很忙……"瓦莲京娜还已经打听到，心理医生们不会泄漏任何有关自己患者的信息，通过电话想问这问那是徒劳和没有意义的。她和米沙决定，应该打电话过去，争取挂上号预约他的接诊，最好是和他约好何时见面。

瓦莲京娜一遍又一遍地拨打心理医生的电话号码，而米沙已急不可耐。不知为什么他开始完全相信，揭开谜底是指日可待，戈里亚奇先生一定会帮助找到和揭开那个真正的原因。米沙想象不到，尤利娅……——尤利娅！……——她会去看心理医生。为此，一定应该有什么非常严肃的缘由。这个缘由可以揭示很多，即使不是全部。

终于，尤里·尼古拉耶维奇·戈里亚奇接听了电话。米沙跑到瓦莲京娜面前，而瓦莲京娜则急忙向他摆手，瞪大可怕的双眼把他赶回办公室。每当她需要说服，劝导什么人，或者向什么人道歉抑或谎称什么时，她总是这样做。当她单独对一个人打电话时，她总是这样做。有目击证人在场的情况下，她说话时的嗓音就无法温柔、友好，带有淡淡的歉意和朦胧的忧伤。在每一次特别成功的电话谈判之后，瓦莲京娜都坦白地承认，当她开始说话时，她还不知道接下来该说什么。但是，谈判的任务越是复杂艰难或者越是需要她编造理由，她的话语就越是真诚可信和天衣无缝，嗓音就越是婉转丰富，简直就是好听动人的即兴歌赋，谈判的结果也就越是成功。但在有证人在场的情况下她什么都做不了。

米沙回到自己的办公室等待，努力看向窗外。瓦莲京娜拿着电话说了很久，大概有十几分钟的时间。而令米沙惊奇的是，他竟然已经有两天的时间事实上什么工作都没做了，然而这样却什么都没有坍塌，也没有什么事情被中断。如果不是发生了现在发生的事儿，他现在一定正挥汗如雨地工作着，没有什么自由时间，不是打电话和接听电话，就是参加各种约会，见各种人。可现在他却没有参与任何工作，而且结果也没什么可怕的。这真令人惊奇和始料不及。他甚至不明白他是否喜欢这样。

瓦莲京娜来到米沙办公室，关上身后的门，因为她自己办公桌上的电话又一次响起。

"我和戈里亚奇先生聊了聊。14点30分可以去见他，直接去他办公室。他在那里'接诊'你，"瓦莲京娜说完，挤了挤眼，甚至轻轻地笑了一下。

"这怎么'接诊'？瓦留莎，他怎么'接诊'我，就像接诊他的病人？我需要对他说什么？"

"米哈伊尔·安德列耶维奇，您最好先听一听我对他说了什么。这位戈里亚奇先生也还是那种'活动家'。他马上就对我说，他十二月之前没有任何可能接待我。"

"可这里有你什么事，瓦留莎？我要亲自和他见面，"米沙说，同时感觉自己由于急不可耐的心情而大脑思维变得很迟钝，"还是你想自己去找他？"

"米申卡，请听我说完，"瓦莲京娜说完并停顿了一下。"我一下子就明白了，无缘无故想唐突地和他见面肯定没那么容易。而去找朋友，托关系，以便在他业余的时间找他去聊聊，——这很费时间，也许，还没有用。这位戈里亚奇先生是个激情奔放的人。他一下子就对我抖出了那么多他自己职业生涯中所发生的故事，以至于我顺口就对他编造了一个非常诱人的借口，于是他答应，一个半小时候后可以见面，"她说完，闭上嘴沉默起来，明显是在等待追问。

"说呀，你说呀，编造了什么借口，"米沙马上问。

"我对他说，人们向我们推荐说他是一位独特的专家，同时，我们这里也有一个特别的请求和建议。"

"什么建议，瓦留莎？！"

"米哈伊尔·安德列耶维奇，请您原谅，我自编自演了一出戏，自己都没料到。我说,我们在拍电影,我们碰到了一系列的问题,需要咨询。我甚至都记不清,我还对他编了些什么谎话。简而言之,他说,他有四十五分钟,可以在14点30分见面。"

"什么电影?你胡说了些什么?"

"我提醒他了,说去的不是我本人,"瓦莲京娜摊开双手说,"说了,是您去。而您是主要人物。他当然很遗憾,去的不是我。但我安慰他说,我不能去,我已经四十五岁,我爬不动他那里的楼梯。他在五楼。知道吗,米沙,他一直都在开玩笑并对自己的玩笑很得意。"

"那我现在要怎么和他对话呢?"米沙严厉地问道。

"米申卡,你醒醒吧!怎么对话?这有什么区别!话说的是关于尤利娅。去到他那里和他聊一聊。怎么,你想,他还不说?可我想,他会说的。所以呀,你请我办的,我办到了。您,需要立刻去。请吧!"瓦莲京娜苦笑了一下。"他上了电影的钩。大家都想上电影。我也会上钩的。真是个绝妙的骗局。技艺超群。"

"真有你的!"米沙能说的只是这样的话。"可真是的……"

"我给您把他的地址电话和怎么走都写在纸上了,"瓦莲京娜边走出米沙的办公室边说。她的电话又一次响起。"那里一切都不那么简单。到达后,要打电话上去,他下来接。那里有马德里宫殿的秘密。喂喂,"最后一句,她已经是对着电话听筒用另外的嗓音说,同时关上了办公室的门。

米沙站在自己的办公桌旁。他再一次看了一眼列有待办事情和需解决问题的清单,拿起清单,在清单上又添写上瓦洛嘉的电话,并在旁边注明:"尤利娅的弟弟"。过了一分钟他走出办公室。瓦莲京娜正在讲电话。她对打来电话的人说了声请原谅,把电话听筒贴紧胸部并疑问地看了一眼米沙。

"这是瓦洛嘉的电话,"米沙说,声音不知为什么很大,但却又是悄悄话的方式,好像生怕被在电话里等待继续和瓦莲京娜通话的人们听到,"请你处理一下。还有,把所有关于彼得罗扎沃茨克的资料和通信往来都找出来。那里又在闹什么幺蛾子。就这些,我走了。我去和戈里亚奇先生谈一谈，完了给你电话。"

　　瓦莲京娜会意地点了点头，默默地把写有医生地址和电话的便条递给他，将电话机的听筒从胸前拿开，用另一只空着的手向米沙摆了摆。

　　"请原谅，看在上帝的份上，我已经在听您说了……"米沙在走出到走廊时，听到瓦莲京娜说。

　　他沿着楼梯边往下走边在想，应该了解清楚最近给瓦莲京娜支付的薪金是多少，无论如何都要提高她的薪金额度。

● ●

　　当米沙朝向位于皮亚特尼茨卡亚大街上的具体指定地址开车行驶时，他给妻子打了电话。阿尼亚问了问情况，米沙回答说，一切都在按部就班地进行，至于说他们将什么时候与尤利娅告别，他到傍晚时才能知道，但这用不着担心；而至于今天几点回家，他到现在也不知道。阿尼亚回答说，她会等他，请他一定挺住，至少他不用担心孩子们和她。

　　米沙开车行驶了很久才到皮亚特尼茨卡亚大街上。路上的交通很堵，也就是说，车行驶得很慢。他的移动电话通常此时已是铃声不断，但这一次却一直没有来电打扰他。米沙开车行驶并一次又一次地回忆起自己最后一次和尤利娅在她家厨房里的谈话。他反复咀嚼这些回忆，试图在尤利娅的言谈举止中寻找到哪怕是些许蛛丝马迹，以便以此推断出尤利娅的状况那时就已经不是太正常，那时就已经显现出她即将迈出可怕的这一步的先兆。

● ●

　　那时他们坐在尤利娅家的厨房里，窗外下着相当冰冷的五月细雨，春天姗姗来迟，怎么都还不肯全速降临大地。

尤利娅说，生日过得很好，单位的同事们欢快而又友好地给她庆生，甚至还做了一期妙趣横生的报纸，有时间她一定会把这张报纸拿给米沙看。她说，生日正日子过去了两天，依然还有人向她表示祝贺，依然还在不断地送花，米沙是最后一个，这时肯定可以结束接收礼物和鲜花，可以什么都不再等了，而是继续像平常一样生活，而这真好。她说，她很怕有人送给她小猫或者小狗，她警告所有的人，无论如何谁都不要给她送这样的礼物，因为她猜到，单位的同事们真的就打算这样做了。她说，她暂时在自己的猫刚刚死去后，无法再在自己的家里收养任何动物，她也无法再那样去爱任何动物。

那时她还详细地询问了米沙家里的情况，询问了孩子们的成长状况。她说，她怎么都要抽空去米沙家看看，看看大家。

尤利娅是穿着自己平常的法兰绒居家服接待米沙的，就像她一直以来那样。米沙带来了白兰地酒，为下酒尤利娅拿出了小盘子和小碟放在餐桌上，小盘子里放了些干奶酪，小碟里则是已经放蔫了的半个柠檬。所有这些她很快就用刀切好了。她还拿来一个盒子，里面装着显然是过生日时剩下的糖果。一切都一如既往，再平常不过。只是尤利娅的手机没有一直在响，也就响过那么两次，有个什么人打来电话，尤利娅起身离开，讲了不长时间就回来了。而在过去，米沙记得，总是有很多人一直不停地给她打电话。

他们那时一起坐着，尤利娅以其特有的嗓音、特有的咳嗽声以及嘶哑的嘲笑声，很快就让米沙安静了下来。他们很多年间有很多个晚上就这样一起坐着。他们喝了酒，于是米沙像过去一样，开始高谈阔论，分享自己的各种计划，自吹自擂。只是尤利娅就那样听着他说。那个夜晚她依然如旧，认真地听着他说。而米沙那时极度醉心于自己的新项目。他那时刚刚开始从事道路画线这个事，已经明白和掌握关于这个事的一切，甚至还参与了设备采购的整个过程。

"很奇怪，为什么我过去没有对这个题目感兴趣，"在空腹喝完第三杯白兰地时米沙说，而尤利娅则一边吸着烟一边认真地倾听着。"这事不是明摆在表面上的吗……是不是！对！道路交通的指示线就是画在道路表面上的……是呀……这是多么简单！道路交通的画线工作在我们国家和在我们这个气候条件下——永远都是干不完的事。不用去找活儿。所有的人都将排队来找我。那些交通线在柏油马路上能维持多久？你真还不知道！当然，现在这些交通指示线不再是用刷子蘸油漆图画上去的。已经有非常坚固的材料，而且画线的技术装备也出现了简直是梦幻般的进步。同时，这些设备也是梦幻般昂贵！但照样还是每个季节都要重新画线。气候就是那样儿。更何况有那么多汽车！汽车不会变少，我们别做那样的指望。尤利娅，你想象得到吗，我获知了那样的秘密！原来呀，就在库图佐夫大道或者列宁格勒大道，光是左侧两条行车线内，只是汽车的轮胎就磨损掉两个半到三厘米厚的柏油马路的表层。每一年！不管那里是什么线，都让它见鬼去吧？！任何线都会被磨光，就像没有过一样！如果进入这个题目，而我恰好知道怎么进入，那么就可以不用为安逸的晚年担心了。只要有公路，工作就一直有的做。你想象得出来吗？！"

"我想象不出来，"尤利娅吐着烟说。"你已经在想安逸晚年的事了？有点早，朋友！"

"尤利娅，请不要挑我的刺儿！你总是那样讲话，好像不明白我似的。我和你在一起，总是感觉像个小孩子似的。可所有我对你讲述的……其实，这些我早就在做了，并且启动了很多人力资源，投入了很多金钱。你知道吗，这可不是什么业余文艺活动。"

米沙总是觉得，自己在和尤利娅交谈时就像个小男孩，对此他没有任何办法，他甚至喜欢这样。

"米沙，倒酒。倒酒，并请不要在我面前说安逸晚年的事，我还没有准备好谈论这样的话题。等到了六十岁，那时我们再看，我会对什么话题感兴趣。现在还是打住。"

他们又喝了些酒，又说了些什么。

"喂，顺便说一句，"尤利娅突然想起什么，大叫了一声，"我翻了翻你画的画。真好笑！很久没看这些画了。青春，天真，但有一些很好。我甚至想把它们装框裱好，然后挂起来。你不反对吧？"

"你想把它们怎么办，随你怎么办，"米沙撇了撇嘴，"只是如果你把它们挂出来，我今后就不再来你这里了。"

所有米沙在大学和车库演练时期的绘画手稿都留在了尤利娅那里。尤利娅很珍视它们。米沙已经很久都不画了，也不喜欢自己的旧作，在这些旧作中有很多青春的浪漫，很多代表众多意义细节的象征符号。他不想看见它们，就像不想回想起自己那个时期的诗作。米沙知道，尤利娅在自己家的什么地方还保存着两本他的诗集。

· ·

从那一次的谈话中米沙既没有找到，也没有回想起什么特别的。他想起的只是，应该把自己的画作和笔记本从尤利娅家里拿回来。现在这些东西没有人需要了。米沙不认为这些东西他需要。只不过尤利娅不知为什么把它们保存了很多年。

他开车驶近指定的地址，比约好的时间稍早了点。五层并不很美的楼房背街而立，隐藏在院子里。在他需要的单元入口，在一层，坐落有一家公证处和一家房屋中介公司。但他没有找到心理咨询的公司招牌。他想，这样的招牌也不该挂。

米沙在车里坐了坐，等待了一会儿。他感到紧张，同时有些木讷。日常生活中所充斥的一切，大量的细节，各种感兴趣和关注的事物，大量的人物，各种新闻和国际事件，天气，嘈杂的声音，各种味道——所有这一切都退去、变淡，无法分散他的注意力。内心深处发生了太多，米沙觉得，他开始被剧烈的情感煎熬，被无休止的回忆折磨得精疲力竭。然而，指定面见心理医生的时间很快就到了，对真相的渴求加上紧张战胜了所有其他的情感。

14点30分整，他拨打了心理医生的电话。他感觉自己的心脏都快跳到嗓子眼，手心出汗。

"是，是！我在听您讲话，"一个非常乐观豁达的男子在电话听筒中回答说，声音优雅愉悦，只是按米沙的口味，音调稍微有点高亢。

"您好！尤里·尼古拉耶维奇，您指定我在14点30分来见您。我已在您的大门口。"

"您真守时。这很好。一分钟后我下来接您，请您走近门旁。"

"谢谢！"米沙畏怯地说。

"暂时还没什么好谢的，"尚未谋面的心理医生回答说，并挂断电话。

米沙下了车，来到大门旁，掏出香烟并想点燃去抽。但心理医生说过一分钟下来就是过一分钟下来的，他准确无误地执行了自己的诺言。单元大门打开，从那里走出来一位对米沙来说足够年轻的男子，他个头不高，圆脸，面部颜色健康满是微笑。这就是那个具象化的心理医生。

米沙迅速观察到，心理医生面部刮理整洁，身穿亮色衬衫，外套是灰色柔软的对开系扣马夹。一切都非常细心，包括他的发型。短而稀疏的浅色头发被梳理得非常仔细。米沙马上就觉得，尤里·尼古拉耶维奇·戈里亚奇——是他的同龄人甚至比他年轻。米沙于是感觉轻松了些。

"您好，"心理医生说，"您请进。"

"您好，尤里·尼古拉耶维奇，"米沙回答说，并走进单元门里。

"请原谅，您怎么称呼？"

"米哈伊尔·安德列耶维奇。可以直接叫我米哈伊尔。"

他们开始沿着楼梯往上走。

"请您谅解这些复杂的程序，"尤里·尼古拉耶维奇说。"其实，可以进来就上楼的，可是在我们这里存在那样一些规则，""我们这里"一词他说得特别意味深长，"来我们这里的人们不应该相互碰见。很多人自己也不想那样。所以我送客人离开时走后门，迎接客人到来时就像现在迎接您一样。就是这样简单而又必需的程序和特点。当然，如果您对这样的一些细节感兴趣的话。您为什么那样激动？您不用激动！这是该我激动的时候。"尤里·尼古拉耶维奇说完，自己对自己哈哈地一笑。

走在楼梯上，他又说了些什么，并微微有些喘粗气。尤里·尼古拉耶维奇有些微胖，但身体足够敏捷。在几乎可以算是干净的楼道里散发着一股猫狗味。这种味道让米沙平静了许多。

终于他们登上了五楼，尤里·尼古拉耶维奇用钥匙打开沉重的门，礼让米沙先进，然后自己进来。在宽敞的过道里放置有一张皮沙发、一个衣架，过道绝对干净。四周墙壁上挂着装裱在木框内的各种证书和那些类似证书的文件。过道通向若干个门。所有的门都是处在关闭状态。

"您请进，请脱掉大衣并请进来，"尤里·尼古拉耶维奇说着，打开米沙面前的门，该门正对着出入的大门。

米沙脱掉自己的深灰色薄大衣，露出内里的西装、衬衫和领带。他已经很久以来就是这样穿着打扮上班的，有时他也很惊奇自己怎么能那么巧妙地系好领带。清晨挑选西装和搭配领带完全都是自动地进行。对此他常惊奇不已，原因是他时常回想起，似乎不久前他连西装都还没有，就更不用说领带和几十双正装皮鞋了。

米沙走进宽敞、正方形、窗户被厚重的窗帘紧紧遮挡的空间。墙壁是那种褐色的，窗帘也是，写字台、转椅和沙发也是这个颜色。空间内很清新，没有什么味道。灯光是那种夜晚式的，四周墙壁上没有悬挂任何图画。这一切都令米沙很是喜欢。

"嗯，再一次您好，米哈伊尔，"尤里·尼古拉耶维奇说着并将自己的手伸给米沙。他的手很小，养护得很精心，米沙在握着它时深切感觉到它的柔软。

"您好，"米沙回答说，并抱歉地微笑了一下。

"可您完全不像搞创作的工作人员，"心理医生一直还在握着米沙的手并说道，"而且我也不明白，为什么您那样激动。我不是精神病医生，您不用害怕，"他哈哈地笑了一下，放开米沙的手，指了指写字台前的转椅，并看了看戴在他手腕上显得有些大、看上去很贵的金表，"我们有完整的三十分钟。我想，我们来得及做很多事。"

尤里·尼古拉耶维奇走到写字台后坐下，取过一张纸，拿起笔，然后迅速又把笔放下，并哈哈地笑了一下。

"请您原谅,习惯,"他说完又哈哈地笑了一下。"嗯,我很想知道,是谁把我推荐给您的,还有,更想知道,我对您会有什么用。"

米沙感觉到,尽管房间内空气清新,但他却开始冒汗,额头上已是汗珠欲滴。他在心里骂自己没有养成出门带手帕的习惯,于是他想用手去擦掉汗珠,然而尤里·尼古拉耶维奇赶在了他的前面。

"您拿纸巾擦吧,如果您愿意,"他说完,打开写字台靠向自己那面的某个抽屉,并递给米沙一包纸巾。

"谢谢,"米沙接过这包纸巾,从中抽出一张,将它叠了几叠,用它擦拭了很长时间额头和鼻子。他整理着思绪并鼓足勇气,而尤里·尼古拉耶维奇则等待并微笑着。

"请您原谅……"米沙开始说,语无伦次并短暂地咳嗽了几声,"我……也不只是我一个人,非常需要您的帮助,"他又一次停下来,试图直视尤里·尼古拉耶维奇的眼睛,但却没办法做到。"请您相信,如若不是发生了可怕的悲剧必须与您紧急见面……请您原谅,我非常害怕,当我真的对您说了,您一定就不再和我交谈了。"

"您不用害怕,"米沙听到,"您其实不是电影工作者,这一点我已经明白。但我还是很想知道,为什么那个名叫瓦莲京娜的女士欺骗我,还有,又是什么原因让您来找我,"尤里·尼古拉耶维奇说这番话时,声音非常平静。

"请您原谅这个谎言。我并不想通过欺骗的方式来找您,是悲剧境遇的紧急性和迫切性逼使的……有关电影的借口,这也不是我想出来的……这当然是一个馊主意,而且非常不美好……"

"如果您想从我这里打听我客户中的某一位的情况,那么您必须这就走开。立刻!"他说这话时,态度冷静而坚决。

"请您原谅!"米沙稍微提高了嗓门,并依然抬起双眼。"问题是,您的一位女患者在前天夜里自杀身亡了。"

空气凝结,出现短暂的沉寂。尤里·尼古拉耶维奇的面部表情实际上没有发生任何变化,只是他的双眼眯起,双唇鼓起。

"您想指责我什么吗?您有什么理由允许自己……她是谁?叫什么

名字？我的上帝……"尤里·尼古拉耶维奇先是缓慢，后来开始越来越快地说，言语中的冰冷在减少，"这确实是个悲剧。她叫什么名字？您别拖延……"

"再一次请您原谅，"米沙抓住时机，快速地开始说，"您或许一下子回想不起来她，她来您这里是很久以前的事儿。那是在六月。我知道，她来找过您一共也就几次，可能更少。所以说，她不曾完全是您的患者。"

"我没有患者。我已经对您说过，我不是精神病医生。我有的是客户，"尤里·尼古拉耶维奇反应强烈地说，"但依然请您说出她的名字。"

"尤利娅·尼古拉耶夫娜·戈尔杰耶娃①，"米沙几乎是不假思索地说出，"这很重要。她前天夜里离世，没留下任何信息……"

"请您打住，"尤里·尼古拉耶维奇打断米沙说，"够了。您想让我帮您弄清她自杀的原因？或许，良心在折磨您？您是她什么人，啊？！尽管这并不重要，"他说话的声音大变，开始变得激烈。他的面部也明显地变红。"甚至即使我知道些什么，猜到些什么，对您我也什么都不会说，尤其在发现您那野蛮和奸诈的粗鲁、不守规矩的行为和谎言后。对您我没有什么好说的！那样的客户我不曾有过。即使或许她曾做过我的客户，那我也真心不希望与您相识，那一切该多好！"

"无论如何请您原谅，但我确实……"米沙开始争辩。

"唉，算了吧，您！"尤里·尼古拉耶维奇向他挥了挥左手，这时他手上戴的表翻了个。"我记得您的尤利娅·尼古拉耶夫娜·戈尔杰耶娃。她只来过我这里一次，待了还不到一刻钟。她那时很紧张，粗暴地开着玩笑，没有回答标准而又普通的问题，尖刻地说了声对不起就走了。就这些。这些我可以说给你。谢天谢地，我再也没有什么可说给你的，这是真的。现在您请走吧。我这里马上要有客户来。一个诚实、正

---

① 尤丽娅·尼古拉耶夫娜·戈尔杰耶娃，尤丽娅的全称，戈尔杰耶娃是她的姓氏，尼古拉耶夫娜是她的父称，尤丽娅是她的名字。

派和很好的人。我需要平静下来。您侮辱了我,让我很生气。"

"可您怎么记住了她的名字,既然她很久以前来过,而且就一次,"米沙实在感到奇怪并无法相信他所说的。

"第一,这是职业习惯;第二,尤利娅·尼古拉耶夫娜·戈尔杰耶娃和尤里·尼古拉耶维奇·戈里亚奇——发音相近;第三,不管我是多么痛苦地告诉你这一点,您的尤利娅·尼古拉耶夫娜,不知道她是您的什么人,她的言谈举止相当侮辱人。您瞧!我对您说了比应该告诉您的多,更比我本打算告诉您的多更多。但我要找补回来一些。"尤里·尼古拉耶维奇站起身,米沙跟着也站起身。"您想打听的这个事儿,根本没有那么紧急,没有,也不可能有。您只不过想尽快安心。您想给自己开罪和获得良心的平复。做不到!我在这方面不是您的帮手。拜拜吧,您!"

"再一次请您原谅,"走到过道时,米沙说,"但您不对。"

"在您那里,可能,除了您,别人都不对,"他听到对方说,此时他已在穿大衣。

米沙很想走到楼梯,快速下楼并赶快走到室外,可门是锁着的。当尤里·尼古拉耶维奇走到门前,哗啦哗啦地翻动钥匙并很长时间打不开门时,一种怪诞的窘境顿现。他们都沉默不语。门终于被打开了。

"再一次请您原谅,"米沙快速地说完,来到门外,并拔腿沿楼梯向下跑去。咕咚一声,门迅速在他身后关上了。

他从单元门洞跑出来,嘴里无声地骂了一句,坐进汽车,开出院子,只是当他在第一个红绿灯前停下车时,他才开始考虑自己应该去什么地方。在红灯亮的时间里,米沙什么都没能想出来。他沿着街道行驶了不一会儿,看见一块空地,于是把车停了下来。整个这个时间里,他一直在狠狠地痛骂自己和尤里·尼古拉耶维奇,并一起捎带上所有心理咨询医师。

畜生,畜生,——米沙在心里骂道,甚至还用手捶打方向盘。——高傲的倔驴!他明白什么呀?那种他妈的天才!他看透所有的人!怎样一个心胸狭窄的小人!有人把他欺骗了,看见没!他有专业技能,他们有自己的特殊性，王八蛋！

米沙开始翻找香烟，但他在裤子口袋里先找到的却是一包纸巾。他真想把它一下子就扔出车窗外，甚至他把车窗都已打开，然而却没有扔出去。米沙从一包纸巾中掏出一张，把剩下的扔到了邻近的座位，接着先是擦脸，然后是手。

可他这个王八蛋是对的！这个尤里·尼古拉耶维奇是对的，——米沙不停地在想。——我想安心。安心，并且是马上。只是这有什么不好？啊？尤里·尼古拉耶维奇，这有什么不好？至于说良心，那您可说错了！您这回离正确真远了！还跟我来这个，想让我内疚！真愚蠢！这一切有多愚蠢！——米沙终于找到香烟并迅速点燃抽起，尽管在汽车里他通常从来都不吸烟，这一方面是因为妻子和孩子们，另一方面也是因为味道和整洁，还有就是他正努力少抽烟。——我这也真是，都钻进了什么地方？我也玩起私人侦探！在那里当着他的面吞吞吐吐："我需要这个，并且不只是我需要"，"关于电影，这不是我想出来的"，——米沙回想着自己的这些话语，甚至做了个可怜的嘴脸。——是，这个我的确需要！只有我需要，再没别人需要。我还得为自己辩解，就像一个雏儿，像一个大傻瓜。

米沙抽了一口，把烟雾吐向打开的车窗外，并把烟灰也弹落在那里。他感到非常恶心。他还明白，他其实什么新的信息都没有获得，他的所有希望都完全落了空。而在此情形下信息的缺乏并不是问题的根本。他感觉很受伤，因为他错了，但他不知道自己错在哪里。他还在心里盘算，这个心理疗法医师没有令他喜欢，但他既没有对他做了什么坏事儿，也没有对尤利娅做了什么不好的事儿，这一点正如已弄清的事实所表明的一样。他总体而言没有做任何坏事儿。只不过是他，米沙自己，钻进了从来也没去过的地方，所以一下子碰了一鼻子灰。米沙本人其实也并非喜欢自己在那种场景下的言谈和举止。但他更厌恶的是尤里·尼古拉耶维奇的嘴脸、他说话的声音和手腕上的金表。他无法忍受这些。重要的是，他感觉自己的不安心理又加重了很多倍。这种不安几乎在变成恐惧。为摆脱这种恐惧，米沙开始心想别的问题。

戴金表！——米沙继续在心里骂道。——他这是向谁显摆，想说明什么？好像在说，您瞧，我是多么成功的心理疗法医师，我有多么高的专业技能，我可以给自己买这种金表……不是吗？或者，您看，人们为奖励我的特别技能，赠送给我怎样贵重的礼物啊！……好了，好了，关于这些够了！……可是，尤利娅一下子就明白了这个心理疗法医师是个什么鸟儿，尤利娅就是尤利娅！他怎么说的：粗野地开着玩笑？我想象得出来！当然，他记住了她！还说什么名字的发音相近？！他哪里比得上她！哎呀，真可怕……

　　于是痛苦终于袭上了米沙的心头。他突然明白，他在想关于尤利娅的事时浑然不觉她已经死了，好像活生生的她依然如故，只不过是遭遇了可怕的灾难。然而，摆在面前的是她的死亡。尤利娅不在并永远也回不来了的现实，终于完整地呈现在他的面前。他双手捂住自己的脸，开始放声干嚎，几乎没有泪水。

· ·

　　过了一段时间，米沙坐在了咖啡馆里。他看见，在他停下汽车的那个地方的旁边有一家咖啡馆，那种最简单的咖啡馆。他感觉自己非常想喝点什么，于是把车扔在原地就走进了咖啡馆。他先是喝了一杯白水，然后给自己要了一杯咖啡和牛奶。

　　咖啡馆里有一些客人，但不多，音乐也在播放着，声音不大。米沙给瓦莲京娜打了电话，快速地向她通告说，他总体而言并没有什么好向她通告的。他说了有关他所打探到的情况，还说到有关心理疗法医师的问题并就此打住。

　　"我和符拉基米尔·尼古拉耶维奇①通了电话，"瓦莲京娜说，并为自己所听到的感到很难过。

---

① 符拉基米尔·尼古拉耶维奇，是对瓦洛嘉比较正式的称呼，即大名加父称。

"和哪个符拉基米尔·尼古拉耶维奇？"米沙感到很奇怪。

"就是和尤利娅的弟弟……"

"啊啊，和瓦洛嘉！明白了。还有呢？"

"给尤利娅的工作单位也打了电话，和案件调查人员也联系上了。我通过熟人和他们打了声招呼，所以他们没有和我玩什么'秘密'的游戏。简而言之，获得信息如下：根据尤利娅死亡的事实，这个案件不作为刑事案立案，他们也不打算立任何案，一切都清晰和明了。是自杀！导致自杀的事实证据他们没有，但他们也不想去寻找。按他们的话说，他们本来事情就已经够多。他们那里还有一些什么程序要走，但这对于我们没有任何意义。肯定没有。关于案件就这些。"

"明白，瓦留莎。还有什么？"

"葬礼安排在明天十一点钟。"

"怎么，已经安排葬礼了？这么快？"

"米申卡，这很正常。甚至很好。这是用她们单位的名义说好的。毕竟是大部委。有关方面不会做很久的尸检就会把尤利娅还回来。否则会折磨她很久。不准备在她的单位开追悼会了。由于警察的不慎言行，大家都已知道尤利娅死亡的原因。总之，大家决定简单而又安静地把她下葬。我瞅了一眼你办公桌上的纸条，纸条上写着鲍里斯·利沃维奇的名字。请原谅，我和他联系了。"

"为什么？这已属于自作主张！希望你没和他说了些什么多余的话？"

"米沙！我不是傻子，希望你明白这一点。只不过因为他是唯一一位还可以与之说一说正事儿的人。不然那里竟是些娘们儿们，只知道悲伤叹气和哭天抹泪。而他却是位很具体的人。你别生气，同时你也别天真地认为，我不会翻看你那些纸条。我可否继续？"

"你继续，"米沙严肃地回答说，开始有点生气。

"与殡葬公司，我也电话联系过了。那里的一切都很明确和有条不紊，一切都已安排妥当，包括所有的琐碎事儿。只剩下一些细节需要讨论，但这必须和符拉基米尔·尼古拉耶维奇谈，当然也要听取你的意见。目前,我是把你推出作为付款担保人的,这令他们很满意。所有必需的文件,所有手续他们都会做好。我就在做这件事儿,你完全不用担心。今天傍晚前一切都会准备就绪。"

"那追思会呢?"米沙问。

"就连追思会,殡葬公司也准备好帮助我们组织和安排,但这里刚好需要与瓦洛嘉商量。暂时还不清楚,会有多少人参加。我不是和你说了吗,傍晚前一切都会明确。"

"好。那瓦洛嘉说什么了?关于他你什么都没说。"

"和符拉基米尔·尼古拉耶维奇谈过了。他已经通知了他父亲,他现在就在他那里,但傍晚前回来。他说,他父亲不来,他的妻子也是。他感觉不舒服。具体的细节我不知道。关于葬礼暂时也还没和他说。他请我就这个题目晚一些给他打电话。"瓦莲京娜说完开始沉默。

"还有什么,瓦留莎?你说,"米沙催促道。

"米哈伊尔·安德列耶维奇①,我没有听到您对我关于支付丧葬服务费用所做决定的反应。"

"你做得正确,瓦丽娅,做得都对!好样的!还有什么?"

"符拉基米尔·尼古拉耶维奇说,尤利娅没有留下遗嘱,反正他们什么都没有找到,也不知道,她是留了遗嘱还是没留。"

"他是什么意思?"米沙很吃惊。

"符拉基米尔·尼古拉耶维奇说的是,他对于这样的一些问题搞不懂,关于这些事他什么都不知道,也不知道应该做什么。他还问,你或者是我们这里有没有懂行的律师,以便帮助他或者提供一些咨询。"

米沙气得两眼冒火。

"我算知道瓦洛嘉兄弟了!"米沙咬牙切齿地说。"那你是怎么回答他的?"

"我什么都没说,"瓦莲京娜回答道,"只说,我打听一下。"

---

① 米哈伊尔·安德列耶维奇,瓦莲京娜在此突然对米沙改称大名加父称的正式称呼,其用意是提醒对方,接下来的谈话严肃而又意义重大,希望对方要给予应有的注意!

"打听都不必打听！让他自己去做……"

"请您原谅，"瓦莲京娜打断米沙说，"我认为，关于此事您会亲自对他说。"

米沙不知所措，头脑有那么几秒钟无法思考。

"是的，当然，我亲自，"他缓慢地回答说，"那是自然的。你不用和他谈论这个题目。"

"那样的话，我暂时就都说完了。两三个小时后我将告诉你所有的详情：什么，多少钱，在什么地方。至于几点钟，这您是知道的。"

"谢谢，瓦留莎！谢谢！"

"您今天来上班吗？"

"也许。暂时还不知道，"米沙陷入沉思，"我目前还说不准……彼得罗扎沃茨克的事你办了吗？"

"没有，米申卡。这在体力上都办不到。"

"但你记住，傍晚前我需要所有关于彼得罗扎沃茨克的资料。"

"那就是说，您来上班，米哈伊尔·安德列耶维奇？"

"不知道……也许……"米沙的头开始旋转。他感觉到，怒火不断地在他的胸中燃烧，他努力抑制自己，拼命地挣扎，挣扎在燃烧的怒火里，挣扎在没完没了不停地向他袭来的一波又一波的信息瀑布中。

"我不知道……下午四点廖尼亚还应该和德国人会谈。你务必要把控一下。"

"米沙！请放心……不会发生任何可怕的事情，可怕的事情已经发生过了，一切包在我身上。一切都有自己的定数。不要焦虑。你要吃点东西。是的，哪怕喝点儿。一切进行得都很正常。"

"是……"米沙说，"也许……那我们两个小时后电话联系。或许，我会过来。谢谢！……非常感谢！对不起。"

"这就对了！"瓦莲京娜很温柔地说。"电话联系。其实，不一定非得过来。就这样，再见。我不和你告别，晚些我们还要联系。"说完她放下了电话。

紧接着米沙在心中就对瓦洛嘉发起火来……大家瞧吧，这就是沃瓦①！你这个沃瓦！不，难怪他娶维嘉为妻，真不是没缘由的！他们俩是半斤八两！——他想。——他需要律师！然后他把所有的事情都推给我做，自己只是打电话，催促和没完没了地纠缠。然后还会说，律师是个畜生，收费很贵。也算是有情调的人！音乐家！还他妈的诗人—词作家！

生瓦洛嘉的气要比生自己的气容易得多。米沙还想起瓦莲京娜提醒他要吃东西的话。他没有感觉到饥饿，感觉到的是嘴里的咖啡和香烟的苦味，以及胃肠里的恶心。他还感觉到头晕目眩，这种感觉真实而又明确。

· ·

米沙在瓦洛嘉和尤利娅位于库图佐夫大街的那个家里生活了有多久，瓦洛嘉就有多久一直在弄出各种"节目"和要出各种"戏法"。是瓦洛嘉自己叫米沙居住在他那里的，米沙拒绝过，认为这不妥当，但瓦洛嘉劝服了他。可后来瓦洛嘉自己又一出接一出地和米沙大闹。如果那时不是有尤利娅，米沙早就摔门离开了。

瓦洛嘉一直认为，对教授的单元房他所拥有的权利要比尤利娅拥有的多。他经常并且很激烈地展示他的权利。尤利娅对于他的展示并不在意。家里的女主人是她。她接受了米沙，成为了他的年长一些的同志、监护人和亲爱的朋友。在米沙住进库图佐夫大街的这个教授单元房后，已经是第五个晚上，当尤利娅和米沙一坐进厨房，她和他就说起来没完没了，就这样一直在厨房里坐到天亮。米沙给尤利娅读自己写的诗歌，向她展示自己的画作，讲述自己的生活，抒发自己的青春理想。

那时米沙非常想举办一次个人画展。他有个创意，就是画一些画，给这些画配上长诗，办一个展览，在展出时演奏音乐。尤利娅听着米沙

---

① 沃瓦，是瓦洛嘉的昵称，而瓦洛嘉是符拉基米尔的小名。

的主意，点着头，吸着烟。她说，创意很好，但不是很新鲜，准确地说，这个点子已经很陈旧，可如果这是米沙自己想出来的，那是好样的，就去做自己想做的吧。类似于"用什么去挣钱养活自己"这样的问题，尤利娅一次都没提问过。但正是尤利娅给米沙安排了工作。一开始时，米沙在一家不大的画框制作厂做活儿。在那里他干了有四个月，学会了做很多手工活儿。

瓦洛嘉非常嫉妒。他和米沙开始了长时间的关于专心于音乐的谈话。他说，应该只从事音乐，不能一边挣钱一边做音乐，这是无法兼顾的。他还说，尤利娅从来就不懂艺术，也不喜爱，与她谈论艺术没有意义。瓦洛嘉与姐姐相处得非常不融洽，在米沙这里也没找到支持，这时他把大家的生活搅和得复杂起来。

而尤利娅对米沙很关心。他们经常在一起说话并说得很多。尤利娅对米沙放弃画框制作厂的那份工作的做法没有表示反对，态度平静。然而米沙也并非那么简单地丢下这份饭碗。他和他的一个关系友好的同事有一次给一家小商店制作了一个招牌。这家商店给他们支付了丰厚的酬劳，这让他们觉得，干这类的活儿远比没完没了的为各种翻印的绘画产品和十字绣、什么居家画家的画作、装裱画框的活儿有意思得多。各种画框他制作了不计其数，有装裱结婚照的，有装裱儿童照的，甚至还有装裱各种猫和狗的头像的。正因如此，他学会了使用各种工具和车床以及认识了很多工业材料。

那家商店的主人们对米沙制作的招牌非常满意，他们向他订制了小货车的装裱。他们想把小货车也装裱成商店招牌上的那种风格。可这类的事，主要是这类的材料，米沙从来也没遇见过。但他很快就把问题研究明白，结果完成了订单。就是在那时，事情这样那样开始多了起来。

很快，米沙便有了自己的完整的事业。他收到制作各种招牌的订单，有小商店的、售货亭的、小公司的，还有什么办公楼的。他开始有了工作人员、会计，甚至在阿尔图费耶法大街开了一个不大的制作室。米沙装裱汽车，客户来自各种公司，有小公司，也有大公司。两年间米沙在这个行业取得了很大的成长。但他依旧还住在库图佐夫大街的单元房。他定期与瓦洛嘉一起在车库排练，经常和他争吵，经常与尤利娅坐在厨房里聊天，一聊就聊到半夜。他勤奋工作，不顾疲劳，并为此感到非常骄傲。还有，事实上库图佐夫大街单元房的维护费，为填满冰箱所支付的食物费，以及其他所有家用的开销，米沙都承担了起来。

米沙早就可以搬出去，租房，自己独立生活，可尤利娅不想这样，尽管她从来也没直接如此说过。瓦洛嘉说的刚好相反。他越来越经常地把自己的女歌手维嘉带回家过夜。尤利娅不喜欢维嘉。米沙就是这样生活在库图佐夫大街的单元房里。

后来，米沙的头脑里产生了一个幸福的想法，正是这个想法改变了他整个人生。他和尤利娅及瓦洛嘉一起生活了三年半的时间。此时，他开始厌倦自己的工作。太多的忙乱，太多伤脑筋的琐事儿。往日的创作欲望和热情几乎被磨灭。生产制作开始后，最重要的是需要经常和订制了这样那样招牌的各种客户进行沟通，订制的招牌五花八门，像什么"白金汽车旅游者宾馆""阿尔列基诺咖啡馆""夜晚巴库饭店""艾凡赫酒吧""瓦列里的轮胎修补"。这些订制者令他厌倦，他们总是要你模仿别人的招牌："请给我制作一个谁谁那样的……"他已经不能再看见他们。可同时米沙觉得，这种情况会一直持续下去。

正是那个时候，米沙全方位地追求自己的未婚妻阿尼亚，他们已经谈婚论嫁。阿尼亚从萨拉托夫来到莫斯科，就要大学毕业，她学的是经济和金融。她学习很认真，但没有什么特别的追求。阿尼亚住在学校宿舍。他们没有可以单独生活在一起的地方。米沙把阿尼亚介绍给了尤利娅。尤利娅非常喜欢阿尼亚。但米沙不想经常把阿尼亚带到库图佐夫大街的单元房，就更别说留阿尼亚在那里过夜。事实上，即使米沙想那样做，阿尼亚也会拒绝。

而瓦洛嘉和维嘉已经几乎天天住在一起，他们正打算结婚。总之，大家心里都清楚，很快米沙就会搬出教授的单元房。再说，尤利娅也认为，与音乐家和歌唱家未必能生活在同一屋檐下。尤利娅惆怅地就此开着玩笑，但变化却悄悄地临近。

差不多就是在这个时候，来了一张订单，内容是请米沙为道路边上的咖啡馆和商店做两个招牌。订制者要求把招牌做成道路标牌的风格，因此米沙首次接触了制作道路标牌所使用的材料。这些材料让他非常喜欢。

过去他认为，道路标牌的表面覆盖了一层反光薄膜。他看到，夜里在汽车大灯的照耀下路标可以很清晰地被看见。然而结果是，路标并不反光，相反，路标"返"光，就是路标把光直接"遣返"回来。那个向他出售这些用来制作道路标牌的材料的老爷们儿给他讲解了很多细节。

"标牌不反光，老哥，"那人对米沙说。"如果标牌反光的话，看见它的就不是开车的司机，而是别的什么动物了：田野里的兔子或者森林里的狼。照射角和反射角是相等的，懂吗？标牌遣返光亮。光亮从哪里来，就是说，光亮来自汽车大灯，光亮又回到哪里去，也就是，回到司机的眼睛里。但是需要使光亮返回时不那么强烈和耀眼。这是非常复杂和有意思的事……"

米沙那时记住了这个。他明白，自己甚至从来没有去想过，道路两边的指示标牌是谁树立的，是谁制作的，更不用说去想，又是谁在为此付钱。但他明白，他喜欢这些标牌。还有，要是去做这些标牌，任何白痴都不能对他指手划脚地说他们想要什么形状的或者什么别的颜色的。

米沙很快就获取了所有关于道路标牌生产的知识，还获知了谁在订货、怎么订货和给谁订货等重要信息。他制作的第一块标牌差不多完全是手工的，方式非常原始。

尤利娅就连米沙的这个主意也支持。她对此表示了嘲笑，但很支持，甚至都没有过问详情，后来还突然介绍米沙与她众多熟人中的一位认识。那位熟人是熟人的熟人，但尤利娅怎么帮助过这个人，不知是他本人，还是他的亲戚，抑或是他的孩子，不重要。尤利娅对所有人做的就是帮助他们。简言之，那位熟人，一个中年男子，一生都在全国各处建造桥梁。他对道路标牌一无所知，但他却知道这个国家从事道路建设、隧道挖掘和类似事业的所有人。这对于米沙真是无价的缘起之交。

总之，很快米沙就收到了自己的第一份订单，可以说，紧接着他就进入了道路交通环境的建造者俱乐部。对此米沙从未后悔。

"全都是尤利娅！没有尤利娅的话，我能成为什么样的人呢？！"——米沙总是在感觉到自己的成功时这样想。

• •

米沙很勉强才打消了自己想要立刻就给瓦洛嘉打电话的念头，他真想这就给他打电话说，如果他就尤利娅的遗产问题纠缠他的员工不放，尤其是在尤利娅的遗体尚未下土安葬的时候，那么……"可什么'那么'？我能对他说什么"？——米沙想了想，并果断地决定暂时不给瓦洛嘉打电话。可如若瓦洛嘉自己主动谈起，米沙自己对自己发誓，那也不做激烈反应，不和他吵架，至少在尤利娅还没下葬前不那么做。

嘴巴里的苦涩和胃肠内的恶心变得近乎无法忍受，但还是应该吃点什么，不管这有多么勉强。同时要是再喝一杯什么烈性的饮品，那真是会有帮助。

米沙阅读菜单并试图决定他能吃下什么。但在咖啡馆只有各种糕点、冰淇淋，除了甜品，可以买到的就是三明治。所有这些米沙现在都无法下咽。电话再一次响起。准确地说，电话不是响起，而是震动起来。铃声早就被米沙关掉。打电话的是斯吉奥巴。米沙接听了电话。

"米申卡，亲爱的！总算接电话了，"斯吉奥巴快速地说。"不然，我一遍又一遍地给你拨打。你还需要我的帮助吗？你怎么样？"

"斯吉奥巴，亲爱的，真对不起！我这儿跑晕头了，电话被我静音，听不见来电。可能，不需要什么帮助了。这是我昨天有点慌神，于是打电话向你求助。一切都已在解决之中。所以谢谢，并请不用担心。"

"你说什么呢，朋友！哪里来的对不起！那样的灾难！你自己怎么样？"

"很糟糕，兄弟！糟糕透了！我安葬过我爷爷，也安葬过我奶奶。有一个好朋友出车祸死了，我参加过他的葬礼，这都是很久以前的事。可失去如此亲近的人，如此年轻……这还从未遇到过。再说，在我的意识深处也没有更亲近的人，于是我就六神无主了。所以再一次请你原谅！"

"米沙，我亲爱的朋友！挺住，"斯吉奥巴非常真挚地说，"我对你的灾难感同身受，并愿意提供一切可以提供的帮助。只是请你不要不好意思。"

"喜奥巴，不用担心……"

"你想吗，我这就去你那里？你现在在哪里？"斯吉奥巴以毋庸置疑的口气问道。

"我在皮亚特尼茨卡亚大街……"米沙想了两秒，克制住了自己想让斯吉奥巴来陪陪他的念头，于是没有说出"请你快点来吧"这句话。"不，喜奥巴，不用担心！我还有事儿。晚点打电话。"

"我听你的，米申卡。听你的。不然，我现在离你不远，可以很快就到，"斯吉奥巴有意稍作停顿，但米沙没有作答。"对不起，我提一个问题，到底发生了什么？我昨天没有明白。这是你的亲戚吗？请你原谅，我只是想明白……"

"比亲戚还亲，喜奥巴！不重要……很好的一个人。可发生了什么，我自己也无法理解。事实是，人死了……死了的这个人，是我在这座城市中非常好和最亲近的人。就是这么个事儿。"

"好吧，那就等你想并可以时……还有，如果你倾述后能感觉轻松些，那时你再讲述。挺住！我临近傍晚时再给你打电话。或者你给我打，不用不好意思。你是知道的，我会放下一切，尽全力帮助你……回见，朋友！"

• •

米沙对待斯吉奥巴很长时间都是相当轻视和居高临下。给米沙的印象，斯吉奥巴是一个忙忙碌碌、浅薄没有深度的乐天派，他十分懒惰，喜欢哀怨和诉苦。但斯吉奥巴总还不坏，也很合群。他的那个朋友圈子米沙不无喜欢。加之，斯吉奥巴常常提供很多借口，令大家对其嘲笑。米沙和他经常交往。但一次谈话后，米沙即使没有改变对待斯吉奥巴的态度，那他至少也获知了，斯吉奥巴完全不像给他感觉的那样简单。那次谈话后，他开始更加认真地听斯吉奥巴说话，重视他的意见并对他更加尊重。

有一次，米沙对斯吉奥巴非常生气，甚至像训斥小孩儿一样训斥了他，而斯吉奥巴真的就像小孩儿一样听完米沙的训斥，自知有错地眨着双眼。

斯吉奥巴那时叫米沙携妻子阿尼亚和他一起吃晚饭，缘由是有个什么对他很重要的事儿。斯吉奥巴为这挑选了一家很体面的饭店。阿尼亚非常高兴。她喜欢斯吉奥巴。斯吉奥巴喜爱被人喜欢，也善于被人喜欢。那是个星期五，晚上。米沙和阿尼亚来到饭店稍早，随后斯吉奥巴也到了，他带来一个十七八岁的姑娘。阿尼亚，就是米沙也已经分不清斯吉奥巴的姑娘们。这不，阿尼亚觉得，斯吉奥巴带来的这个新姑娘完全不是什么新人，她和她已认识。尽管坦白地说，斯吉奥巴的姑娘们全都是一个类型。

"波琳娜，亲爱的，你好，"阿尼亚很友善地说。

"您好！但我的名字叫玛丽娜，并且我与您也不认识，"斯吉奥巴的女伴回答说，嗓音低沉而又不善。"斯吉奥巴，波琳娜是谁？"

总之，晚餐搞砸了。玛丽娜离席，斯吉奥巴去追她。玛丽娜回来了，坐在那里，绷着脸，一直沉默不语，什么也不吃，喝的只是水，后来说了些很恶毒的蠢话，走了。斯吉奥巴追跑在后面。阿尼亚觉得这都是因为自己的过错，而米沙则怒火中烧。

最终，米沙没有忍受住当时的情形，说了声对不起，并请斯吉奥巴和他到旁边"走一走"。

"喜奥巴，亲爱的，"米沙毫不掩饰自己的怒火，在靠近卫生间的走廊里对斯吉奥巴说，"下一次，当你请我们到什么地方去时，请事先通知一声，这一次你将带什么人来，以便我们能够决定，我们是否愿意和你的当值包养小情人交往。"

"对不起,米申卡,"斯吉奥巴惊慌不安,他之所以这样,甚至并不是因为他听到米沙所说的那些话,而是米沙说那些话的语气和腔调,"我觉得,我是个成年人,我完全有权利……加之,我们是朋友。"

"正是因为这!我们是朋友,而你,喜奥巴,是成年人。所以,我觉得,已经应该明白,置另一个成年人于无选择的境地,正如你所说,加之他还是你的朋友——这极其不正确。如果不是你,我和阿尼亚不会有此殊荣与你的这位玛丽娜接触。我们不但不想和她交谈,甚至连知道她都不想。我们是来和你交谈的。和你我们交流多少都愿意。但是如果你打算把你所有没完没了的玛丽娜、波琳娜、维拉妮卡[①]等等带在身边,并强迫我们与她们交际,那你可要知道,亲爱的,这不会给我们带来快乐。"

"米申卡,对不起!我呀,真不知道,结果会是这么不成功……"

"什么结果不成功?"米沙打断他,甚至对他紧逼。"什么?!是阿尼亚把玛丽娜和波琳娜弄混了吗?还是她们所有的都长有同一张脸?抑或是这一次你带来的是一个恶毒坏姑娘?你知道吗,喜奥巴,我觉得,我和我的妻子没有义务去逗你的女朋友们开心。我觉得,我们有权利与那些有趣和令我们愉悦的人们交往,而不是与连两句完整的话都说不好的姑娘一起度过一整个晚上……"

米沙就这样还说了有一分钟,并话赶话说出:"你难道不害臊把这些姑娘介绍与我妻子认识?"甚至"你是在哪里找到所有这些小姐的?"等话语。斯吉奥巴听着,眨着眼,甚至都没试图反驳。而米沙宣泄完自己的怒火,回到座位,在餐桌上放了比账单要多不少的大数目餐费,带着阿尼亚走了。斯吉奥巴怯生生地试图留住他们,阿尼亚深感尴尬,她不知道说什么。简而言之,晚餐没能成功地举行下去。

米沙想,斯吉奥巴一定会生气,但斯吉奥巴在第二天,星期六中午时分打来电话,真诚而又激动不安地请求原谅,并恳请与他见面,因为他非常难过。他们那次是在晚上相见的。米沙想见一会儿面就走,可最

---

① 玛丽娜、波琳娜、维拉妮卡,这是不同女孩子的名字。

终说了有三个多小时，而且还喝了啤酒。

他们那时是在一家小酒吧相见的。开始斯吉奥巴点的是茶，米沙点的是咖啡。斯吉奥巴非常激动，很想倾诉，但他一直在说对不起，并语无伦次地说，他一整夜几乎没睡，明白了他昨天是多么的不对，他想了很多。后来他们点了点威士忌，然后是啤酒。

"请你对阿尼亚说，我非常对不起她，"斯吉奥巴说，由于喝茶和威士忌他有点出汗，"昨天的一切结果真可怕……你知道，我突然明白，这一切多么……嗯，就是说，过去和现在从旁观者的角度看，我像什么！变得太可怕了，是不？当然，随波逐流！"他呼噜一声喝了一口啤酒。"请你听我说完，我昨夜关于这件事想了很久。我心里是那么的苦闷！"

"我在听，在听，别激动！"

的确需要倾听斯吉奥巴的倾诉。他的那种如此情绪激动和寝食难安的样子米沙还从未见过。

"是！我和她们在一起感觉很好，"斯吉奥巴将位于餐桌上方的身体前倾，使其更靠近米沙后说，"我和这些小姑娘们在一起感觉轻松和快乐。而她们和我在一起感觉也很好。你以为，十年前我对看到像我现在这样的、肥胖而又秃顶的废物，身边总是带着一些年轻的姑娘，不感到奇怪？我对他们奇怪过，也嘲笑过。可现在我就是他。完全就是那个样子！你以为，我不知道，这看起来很典型和很愚蠢？知道！已经知道。但我呢，仿佛觉得那什么！我是自由、快乐的，我已有阅历，所以我有权！是，我已让一个女人不幸福。是，我离开了妻子。但我是怎么想的……我想，孩子们已经长大，上学，不住在家里，我不会使他们变得不幸福。给妻子，我留下了所有的。我只拿走了短裤、袜子……我带着一个小行李箱离开的。我净身出户，为此我很骄傲，骄傲我是多么高尚和不小里小气。一切我都留给了她，孩子们我供养，自己租单元房住。我还想，这样更真诚。撒谎欺骗和装人装爱已经够久，还要装下去吗？"他又灌了一口啤酒。"你知道吗，我不后悔已经做了的。我们最近几年，尤其是当孩子们离家上学后过的日子……那是地狱，米申卡！

是疯人院！后来我离开了。于是那时我第一次，而且不用昧着良心，开始做我想做的事。不！你可别以为，在离婚前我就有姑娘了。但这些上流社会流行的谎言，这些欲盖弥彰的表白……我已经无法……"斯吉奥巴沉默了几秒，一鼓一鼓两腮凸起的肌肉。"我开始感觉很好。我是怎么想的……我不做任何坏事，不伤害任何人。姑娘们和我在一起感到很有意思。她们自己一直在说这个，她们说，和我们——老废物们在一起，比和与她们同龄的嫩小伙子——傻瓜们在一起有意思得多。而我听着这些很悦耳。米沙！给她们很容易就留下深刻印象！这是如此轻松和愉快！随便什么印象……关于人生的故事、礼物，我给她们打开的自由、性经验……她们对一切都感稀奇，都兴高采烈。这可真轻松和愉快！我还想，真是白痴，她们年轻，命令我努力保持形体，减肥，运动，关心健康。我想，她们让我积极和年轻。我呀，米申卡，过去从来没有跳过舞，而现在却常去人们跳舞的地方。我现在培养出像猫一样的'觅食'眼光。我觉得，我已经就是在完全黑暗的空间里也完全可以看清姑娘们。我喜欢这一切，你懂吗？！喜欢，"斯吉奥巴开始抽烟，并因烟雾而眯起双眼。"因为所有像我这样的老废物们都喜欢这个。所有那些像我这样的老废物们都想要这个。即使他们没有离开自己的妻子，但他们一样在做我在做的事，只是他们一直在撒谎和假装家庭的纽带没有断。而他们的妻子忍耐着，因为她们习惯了我叫她们'一纸婚书中的妻子'。这还更糟……"

"你怎么说的？'婚书中的妻子'？"米沙笑了一下。"这需要解释一下。"

"米申卡！亲爱的！离开妻子后，我呢，实际上就失去了所有的老朋友。对于我所有朋友们的妻子来说，我成了十足的败类和混蛋。而我的老朋友们基本上都是有钱人。就是我在他们中间总是不实际和懒惰，而他们则实际和勤奋得没得说！我的生活很快就有了另一种节奏。而他们相比因为我而与自己的妻子吵架，最简单的办法是不再与我交往。因为就是没有我，他们给自己的妻子所提供的吵架缘由都已经够多。但他们与妻子之间是有一纸婚书的。也就是说，关于丈夫及其在外边的姑娘们，妻子们都知道，只是装作不知。有时丈夫和妻子会一起出门，有时会一起去往哪里。这样，"斯吉奥巴吐出一口烟雾，呼噜一声，喝了一口啤酒，摆了一下手继续说，"她们的孩子已长大。我朋友的妻子们家里只有电话、狗或者猫以及可以领导并与其闲聊的家庭保姆。就是这样的女人才掌握自己丈夫在外边的姑娘们的全部，知道每当丈夫对她说，他去车里雅宾斯克市①出差，可实际上就是带着姑娘去海边或者山里度假。她们，这些妻子们，知道一切，但她们不去了解细节，有时她们的丈夫明目张胆地扯谎，正好给她们逮个正着，或者他们正在哪里和姑娘们胡来，不巧当场被撞见，这时就大哭大闹、寻死上吊和大干一场。然后生气，收到贵重的礼物——于是'一纸婚约'继续。"斯吉奥巴熄灭烟蒂，眼睛找到服务生，用手指了指自己已喝空的啤酒杯。米沙听着斯吉奥巴并撇嘴微笑。"还有，米申卡，这些妻子们经常扎堆，准确地说，四五个一起，抱团取暖。她们一起去健身，一起去美甲，一起去吃饭，一起去哪里购物，并且总是说很多话。最主要的是，她们总是相互看护，因为她们害怕，没有女友们的看护和相互慰藉，会忍不住做出蠢事，一下子扑上去抓住不管是谁的蛋……哪怕是健身房里教练的也无所谓。为此她们相互支撑。她们害怕，哪天发了疯，一纸婚约就玩完了，"服务生给斯吉奥巴拿来了新鲜啤酒，斯吉奥巴马上灌了两口。"其实我看到，我的妻子也在滑向那里，而我则在积极地推波助澜……简言之，米沙，这一切真可怕……所以我和年轻的姑娘们公开在一起，总是坠入爱河。没有这我不行。每一次都在想，我深深地爱上了。我感觉如此之好！但昨天……哎呀，我感觉到了羞耻！你的阿尼亚是那样一个好人。还有，我终究还是明白了，不是所有的那些肥屁股，每天清晨和晚上都站到体重秤上希望看见多余的肥肉在消减……就是说，不是所有的人都那么庸俗，整天挂念着像我这样四十几岁老废物们挂念的那

---

① 车里雅宾斯克（Челябинск）是俄罗斯车里雅宾斯克州的州府，该州位于乌拉尔南坡及外乌拉尔。其南面与奥伦堡州相连，西南、西面及西北与巴什科尔托斯坦共和国相邻，北部与斯维尔德洛夫斯克州相邻，东北与库尔干州接壤，东部和东南部与哈萨克斯坦相邻。州中心为车里雅宾斯克市，该市建立于1736年，从莫斯科市至车里雅宾斯克市距离为1919公里。

些事情。原谅我破坏了昨天的晚餐聚会，原谅我令你的妻子处于尴尬境地，原谅我非但没有隐藏，反而却向你倾倒和展示所有自己的……那什么，你明白？！所有自己的情结。昨天我明白了，这从旁观者角度看上去是多么的丑陋。总之，我想让你听见，知道，这一切我都明白，希望你不认为我是个老废物，因为我自己就是那样认为自己的。请你原谅，我的朋友！"

米沙并不是非常知道对于这一切可以说些什么。他安慰了斯吉奥巴，说无论是他还是阿尼亚，谁都没有生气，再说，对他完全不可能生气。他们那时又闲聊了几句，又喝了些酒。

"还有，米申卡，我必须，"当谈话开始快要到一个逻辑和事实上的结点时，明显已经有些醉了的斯吉奥巴说，"想对你说，我昨天是那样害怕，我们吵了架，结果我会失去你。我过去从来没有那样深地体验过那种感觉。你知道，我很害怕并明白了……我明白了，我在这个世界上已经失去很多，不能再失去任何，我不想，也不应该。你，或许，认为……瞧，喜奥巴是那样的一个可笑、肥胖和没有头脑的人。而我就是那样儿。我一生都喜爱动物。可我自己什么动物都没养过。甚至在童年时既没有养过猫，也没养过狗，只养过一只豚鼠。我学习给动物们治病，并整天给他们做诊断和治疗，可没有自己的动物。照料自己的动物我找不出时间，而且也不可能。你知道，有多少动物就在我眼前蹬腿死去……简言之，我的人生可笑而又没有意义。可昨天我是那样害怕……我盘算，在我的生活中实质上我还有谁？我剩下的亲近之人很少了。简直就完全稀少！你当然可以不把我算进你的亲近之人行列，但这不重要。对于我，米申卡，原谅我，这不重要。重要的是，我觉得你是我的亲近之人。我爱你！……等一等，"斯吉奥巴醉态十足，大幅度地挥了一下手，剧烈制止想要说点什么的米沙，"等一等……是，我喝多了，是，我大动感情。但这不是醉话！我爱你，米申卡。你真是好样的！你那样……怎么说呢？……你一切都做得正确，那样有天才……你是个好人。所以我需要知道，你是我的朋友。你可以不认我为朋友。但请你让我认你为朋友！"斯吉奥巴一口把剩下的一点黄黄的杯底儿喝完。"我明白了，米沙，我需要朋友，为避免最终迷失和彻底崩溃瓦解。我需要知道，存在那样一些人，为了他们，我可以放下所有的事情，牺牲对我有利的境遇，或者甚至在深夜里从温暖的被窝爬起跑去朋友那里，即使在这个被窝里伴我入眠的是这个世界上最美丽的姑娘。我需要知道，我可以做到这些。就算我的朋友们中没人会请求我为他们做出什么牺牲，但我必须知道，为了与朋友聊天，为了与朋友一起醉酒或者钓鱼，即使这不好……可我准备放下一切！但必须是这一切有人需要，必须是有人知道，有那么一个喜奥巴，深夜里可以给他打电话，他会来，甚至不问为什么。是，我想让大家永远记得，如果感觉很糟，孤独或者就是烦闷，有那么个肥胖而又荒诞的喜奥巴，他会抛下一切……我需要知道自己这一点。我还需要知道，我被人需要，并希望对于一些人我是不可或缺的。我是这样理解友谊的，米申卡！如果你深夜里给我打电话，我会感到很幸福。我感到幸福的原因是，在困难的时刻，深夜里，你想起了我，没有找任何别人来帮助和支持你。我可以把你认为是我的朋友吗？"

斯吉奥巴趔歪身子去拥抱。

· ·

米沙继续坐着，没有能力决定，接下来怎么办。他想站起来，但要是站起来，就应该去哪里并且马上。因此，他继续坐着，观看铺有灰白相间颜色地板的咖啡馆。他觉得，这个地板，这些灰色和白色的方形木块，这个地板上因高跟鞋的撞击所发出的声响，那些方块本身以及方块与方块间的黑色细线，无不唤起他心头的伤感，而在这些伤感中位于首位的是莫名的烦闷、心灵的孤寂和令人厌恶的绝望。

我是多么不喜欢这个见鬼的地板。是谁想出如此枯燥和没有人性的地板，——米沙的头脑中萦绕着这些想法。——可有人喜欢它。真是可怕！你看，就在刚才我还叨念眼前的这个地板。地板就是地板……那样的地板到处都是……问题就在于它到处都是。真是枯燥无味。这里不只是咖啡没法喝，馅饼没法吃，就是待在这里都令人作呕。他们是怎么在这里工作的？！如若是我，对着这个地板看上两天，早上吊了……

米沙立马站了起来，动作非常剧烈。普通的一句口头禅："早上吊了"，这句口头禅他经常说或者经常想，因为各种话茬和在最不一样的场景下都会说，现在却以其语义的具体性突然把他螫伤。他抬腿向出口迈了一步，但停下，想起自己没有付钱，于是走向收款台，结了账，心里咒骂着收银员的磨蹭，来到大街上，努力不看咖啡馆的地板。

米沙快速走到汽车旁，坐在方向盘前，并立刻启动发动机。但他没有马上起步。他想都还没想该去哪里，他还在继续想着咖啡馆的地板和那个烦闷，那个在这个地板的灰白方块里向他打开的无尽孤寂和绝望。米沙很清楚地明白，甚至即使他已三天没有进食，他现在也不能走进任何一家饭店或者咖啡馆，一个人坐在那里吃饭。恶心，饥肠辘辘，满嘴咖啡和烟草的苦涩，这一切都无法迫使他现在走去哪里，以便摆脱这些痛苦的感受。

米沙在自己的意识里冷然地觉察到，实际上在他觉得很喜欢去的那些欧洲城市，沿着那里的美丽小街漫无目的地走来走去，也会很寂寞、无趣和烦闷的。他一直觉得，他喜欢一个人沿着古老的石子小街和胡同闲庭信步，间或走进路边的小饭店和酒吧。他觉得，一个人坐在在巴黎或者柏林的什么地方，又吃又喝，看着窗外的街道，欣赏河岸或者广场的美景，听着不懂的语言——这非常美丽，愉快，浪漫。他觉得，他喜欢坐在半空的咖啡馆里，就着一杯咖啡阅读法国或者拉丁美洲作者的什么书籍，这很严肃和优雅。他觉得，那种孤独，会丰富和深化人的内心世界，使其更有内涵甚至增强个性。米沙喜欢自己，喜欢那个如此孤独、沉默和置心一处的自己。他为自己的那种生活方式而骄傲，认为自己感觉是那样好。他自豪，为在自己的身上打了远离同胞身处异乡的乐趣和享受而自豪。

可突然间他开始明了，在这些孤独一人的旅行中，他从来都很寂寞和烦闷。在这些旅行中什么都没真心想要过，总是觉得，想要什么，但事实上什么都不想要。不想要去看博物馆或者画廊，不想要一个人在公园里散步，甚至不想要吃饭。但他还是要做了这一切并在其中找到很多意义。

在咖啡馆里读书他也不想要，而且不喜欢。法国和拉丁美洲作家的多层和易混淆的语义本身他就不喜欢，阅读的过程也一样不喜欢。在咖啡馆里米沙阅读很困难，思想溜号，注意力常被什么别的所吸引，一段话要反复阅读几次，试图理解些什么。但巴黎人和柏林人在咖啡馆里读书，不为别的什么外边的事物所吸引，明显享受着书中的快乐和阅读本身的幸福。米沙是那样做的并对自己满意。可现在他开始明白，这一切于他是多么的烦闷。于是他立刻心想，巴黎人和柏林人，或许，并不喜爱在咖啡馆里读那些他们正在读的书，他们，或许，孤身一人完全不那么好。

米沙一直就这样坐在方向盘前，没有起步驶离。那天天气晴朗，空气柔和微凉。米沙感觉到被自己坐在屁股底下的大衣底摆部分的褶皱。他坐进汽车，没有照管自己喜爱的大衣，虽然他通常总是脱掉它。完全压皱了，——他无精打采地想，——管它呢。这件大衣他是在巴黎买的，很喜欢，很爱惜，可这一次却懒得去把它在屁股底下捋平。他坐在那里并沉思着。

米沙的那些思绪，他自己非常不喜欢。对自己承认已觉知到的那些内心世界并没有使他难过。令他难过和害怕的是，最近一次自己对自己所做的那种内心反省是很久以前的事。那时他很痛苦和艰难，自己生活中的那个时期他现在想起来都很害怕，真不想靠近那些最艰难的生活体验。尽管那时一切完全是另一个样，但自己对自己承认某些痛苦事实本身就让米沙极度不安。

他坐在汽车里，目光冷漠，双手抱着方向盘，极力试图驱赶走内心的烦闷，那个似乎从咖啡馆里灰白相间的黑线中爬出来的烦闷。他努力不去想这个烦闷令他涌起的思绪。米沙痛恨自己的生活，不喜爱近乎一切，不喜爱这个生活的各个构成部分，不喜爱这个生活的构成方式。

●●●●●●●●●●●●●●●●●●●●●●

　　六年前米沙有一段坠入爱河的经历。他那时刚刚感觉到自己积极和目标明确的劳动的成果，他的一切进展顺利。工作很多。家里的一切令他愉快。他和阿尼亚已经拥有了自己的单元房，尽管很远，准确地说，离市中心很远，但却已是自己的房子并在莫斯科。女儿卡嘉开始能说很多很好玩儿的话，米沙买了新车，阿尼亚找到了有意思的工作。

　　莫斯科市政府举行招待会，新年前把那些从事首都道路建设的人们召集在一起。有人给米沙弄到了这次盛会的请柬。出席这样的盛会对他很有好处，在那里可以结识很多对他事业有用的各种人。在那里他遇见了斯维特兰娜。

　　米沙在那次盛会上可能是最年轻、腼腆和最不懂得该如何从与人打交道中获取好处和利益的一位。而斯维特兰娜是那里不多的女性之一，而且最年轻和文静。

　　米沙在那次盛会上四处转头张望，试图寻找到哪怕是一张熟悉的面孔，以便打招呼和避免一个人站在那里。终于，他看见了一个熟悉的面孔。这是一位大腹便便的大叔，身上的夹克衫一个扣没系敞开着。这是莫斯科的一个小官员，米沙和他业务上打过几次交道。米沙高兴地与那位小官员问好，寒暄了两句，而对方则满脸微笑，转向当场唯一的一位年轻、漂亮和优雅的女士，她正手拿酒杯从他们身边走过。正是斯维特兰娜。米沙与她问好，自我介绍，而她则"绅士般"将纤纤细手伸给米沙并报出自己的名字。米沙握了握她的手并有生以来第一次一眼就爱上了异性。他从那个招待会离开时大脑一片空白，目光空洞无物，口袋里装着一张小纸条。纸条上是她亲笔写下的"斯维特兰娜"和她的电话号码。

　　于是就开始了！斯维特兰娜在市政府工作，已婚，有一个五岁的女儿。四个月的时间，米沙找到各种可能等待斯维特兰娜下班，送给她鲜花，与她或长或短地交谈。米沙那时整个人疲惫不堪。在那四个月的时间里，他怎么没有把所有工作上的事搞砸锅，就连他自己都不明白。而斯维特兰娜接受鲜花，应答来电，不把自己的手从握着它的米沙的手中拽出，径直地看着米沙的眼睛，以至于米沙的心脏几乎停止跳动，仅此而已，再无别的什么。从斯维特兰娜的言谈中他知道，她的丈夫是一个大忙人，富有，比她大差不多十岁。女儿是斯维塔①第一次婚姻生的（那是一次失败的婚姻）。斯维塔比米沙小两岁，但却比他沉稳和自信一百岁，而看上去她却又是那样年轻漂亮。她的丈夫经常去很远的什么地方出差和办事。每当丈夫不在时，斯维塔鲜花也接受，来电也总应答，很快乐，和他一聊就很久。当丈夫回来时，鲜花她不接受，给她打电话米沙也只能选在工作的时间里，而且说不上几句，态度还冷冷的。斯维塔本人从来没有给米沙主动打过电话。她从他那里知道，他有老婆并也有个女儿。

米沙那时非常煎熬，他失魂落魄，阿尼亚当然感觉到了什么，询问很多问题。米沙回答说，他有一大单生意碰到了很严重的麻烦，还说，总是有很多不愉快的事。

有一天晚上，当米沙照例在约定好的地方等斯维特兰娜下班时，她一直没来，他忍耐不住继续的等待，于是给她打了电话。她用非同寻常的平缓语气回答说，这个晚上她无法和米沙见面，但如果他想并可以给自己拿出星期五的晚上和星期六一整天，还有，如果他能想出个什么地方，在那里他们可以这个时间待在一起，那么她准备好……

米沙那时没有马上反应过来。他当然要把一切都想妥当。他对妻子说，有事出差去沃洛格达州，同时径直在莫斯科的酒店开了一间客房。他那时和斯维特兰娜一天一夜没出酒店的房间。于是一切变得更加复杂，更加搅不清！

结果米沙不得不就自己经常夜不归宿和像上了发条一般的极度兴奋状态胡编一堆的谎言，这些谎言荒谬至极，却令人信以为真。他对阿尼亚说自己卷入了一档子大麻烦事儿，自己不小心偶然使用了黑钱并被扯进了犯罪团伙。他撒谎说，情况非常危急，所以他不得不躲藏。后来他

---

① 斯维塔，是斯维特兰娜的小名，在此表示米沙与她的关系已进很大一步。

又编造说，局势更加严重了，为使他可以更坚决和自由地行动，阿尼亚和女儿应该离开莫斯科，去萨拉托夫阿尼亚父母那里躲一躲。

阿尼亚非常担心，哭了，不想失去有意思的工作，很怕把米沙一个人留在莫斯科，劝他和她们一起走。阿尼亚带着卡嘉满面泪水并十分惊恐地走了。米沙憎恨自己，撒了野蛮的大谎，让妻子和女儿遭受痛苦和折磨。然而面对自己的情爱之欲，他束手无策。

斯维特兰娜那里一切也不是那么简单。丈夫显然感觉到了什么，或者探听到了。有时几个星期看不见斯维塔，米沙被烦闷、嫉妒和所有其他与此相生的痛苦情感折磨得精疲力竭。在那样的星期里，他开车在城市里乱窜，和朋友们喝酒，自说自话或者回家把自己封闭起来，拿着手机不放。但他更为经常去尤利娅那里，一次又一次地说着同一件事。只有尤利娅可以满足他的需要，洗耳恭听他的倾诉，或者骂他一把鼻涕一把泪的没出息样儿，并以此让他冷静下来，尽管事实上冷静的时间不是很长。尤利娅没有训斥，没有敲打，更没有去说服。米沙在良心上自己折磨着自己，没有为自己寻找任何开脱。

时间流逝，痛苦与幸福轮回，不幸福的一周过去，迎来充满幸福和爱情的另一周。那时米沙对妻子和女儿的负罪感变得更加强烈，透过电话向她们扯的谎也是一箩筐接一箩筐，但他却非常幸福。在那样的日子里他工作很有效率，一切都进展顺利，然而精力却依然饱满。

那样持续了相当长时间，可后来结束了。斯维塔和米沙心里清楚，一切都有完结的那一天。斯维塔对米沙没有提出任何要求，她自己不打算迈出下一步。就这样这一切纠缠了很久，差不多一年。米沙几次去萨拉托夫见妻子和女儿，继续撒着谎，不断地许诺说，很快一切都会解决好。

简言之，斯维特兰娜自己决定停止这一切并真的就停止了。在一个美好的夜晚，她和米沙就要道别，米沙刚想亲吻并怀着期望对她说"明天见"时，她说，她丈夫要去加拿大工作两年，她将和他一起去。她说，那样对大家都好，她和他从此再不相见。这简直就是晴天霹雳。米沙不知道怎么办，抓着她的手，劝说、喊叫、嚎啕。但她那时走了，结束了一切。米沙连续几天不停地给她打电话，在她工作单位附近站立等待，夜里在她家附近坐在汽车里守候，自己不去上班，忘记了吃饭和剃须。那时他坚定地决定离开家庭，无论如何都离开。这不决定于斯维特兰娜的决定。米沙那时明白，生活结束了，无论是与妻子还是女儿，在他对她们做出了这一切后，他已经无法活下去。

在那些天里他没再看见斯维特兰娜。在他们最后一次见面的五天后，斯维特兰娜的女友给米沙打电话并说，斯维塔请她转告，她坐飞机走了，请他不要痛苦和不要寻找她，她请米沙原谅她，还说，她爱他。

听完这个消息，米沙一个姿势僵坐一整夜直到第二天的清晨，但他后来不知怎么地就跑到了尤利娅那里，并和她诉说了整整一天一夜，而他是如何跑到尤利娅那里，他自己却怎么也回想不起来。接着他在尤利娅家的沙发上睡了又差不多有一天一夜。米沙至今坚信，正是尤利娅挽救了他的家庭，让他的家庭没有崩溃，同时也挽救了他本人，使其没有铸下无法改正的灾难性过错。

尤利娅知道米沙罗曼故事的整个历史，她不赞成，也没有指责过。她只是倾听着米沙无休止的、忽而是酒醉后忽而是清醒的谈论。他谈论爱情，谈论生活的意义，谈论如果没有爱情，生活就没有任何意义等。她听他说，斯维特兰娜是如何如何美丽惊艳的女人。她听着，吸着烟，只是间或说句什么话。米沙甚至生尤利娅的气，气她的克制和平静，气她在听他的激情澎湃的故事时的理智态度。有一次，由于喝多了些白兰地，米沙差一点没对尤利娅说，说她关于爱情什么都不懂，因为她从来没有爱过。但他在最后一刻忍住了，那些到嘴边的话被他吞了回去。

他想介绍尤利娅与斯维塔认识，准确地说，他非常想向尤利娅展示斯维塔，但被尤利娅决绝地拒绝了。

"你怎么，米沙，变傻了吗？"她那时说。"不要介绍我认识她。别再把我更深地搅到你自己的爱情故事中去。就这样你已把我搅进去足够深。你让我以后怎么面对阿尼亚？啊？！这一点你想过吗？我这样已经很难面对她了，在你把你自己整个的艳遇故事讲给我听后……但和你的俏情人见面认识，这就免了吧！"

"你一定会喜欢上她的!"米沙激昂地说。

"完全不一定!我已经不喜欢她。她有过错还是没有过错,我不在意。我不认识她。但由于她的原因,我熟悉的阿尼奇卡[①]和卡金卡[②]正在经受痛苦。因为她,你痛苦不堪……所以我不喜欢她,不想知道她。那样我简单些。你不要把我的生活复杂化。你在这里就只是在说自己的事儿。而我自己的生活就已不简单,不想再使它变得更复杂。"

米沙坚信,正是尤利娅说服了他不抛弃自己的家庭,相反,尽一切努力抓牢,千方百计不让这个家庭散掉。在斯维特兰娜离开后米沙的罗曼爱情彻底崩溃,他失魂落魄般出现在尤利娅面前,尤利娅对他曾经这样说:

"你不准头脑发热去向阿尼奇卡坦白什么!不要做畜生!"

"尤利娅,你不明白!"米沙愁眉苦脸,双手贴在胸前说。"我向她都说了些什么呀!在她面前我是如此罪过!我怎么能向她解释清楚……我还怎么和她一起生活?我不能!我爱另一个女人……"

"米申卡,克服'我不能'。经历并克服它,'我不能'这一关你必须过。"尤利娅平静、乏味而又似乎有些许生气地继续说。"阿尼奇卡和卡嘉她们没有任何过错。这是你爱上了别人,所以我不可怜你。可她们没有任何过错。你不应该毁坏她们的生活。你撒谎了,那就继续撒下去。粗野而又赤裸的谎言——这是你罪有应得。不允许你把真情实相倒给阿尼亚!我见过那样的英雄人物,他们把所有的真相倒给可怜的弱女子,而自己却为自己的诚实感到骄傲,他们甚至都不会考虑,这个可怜的弱女子,在知道他那所有可怕的实情后,还怎么和他那种诚实的'男子汉'生活。不要把自己的重负压给阿尼奇卡。继续撒谎下去吧!"尤利娅咳嗽了几下,喝了一口咖啡。"甚至把你逼到墙角,甚至所有真相都浮出水面,你依然要撒谎瞒下去!撒谎到底并不要坦白任何实情。撒谎,直到阿尼奇卡相信并平静下来。但我觉得,阿尼亚是一个

[①] 阿尼奇卡,米沙妻子阿尼亚的昵称。
[②] 卡金卡,米沙女儿卡嘉的昵称。

智慧女人，她不会问很多问题。而且我也认为，她不会主动去挖掘什么。请撒谎吧，米申卡！绞尽脑汁，绕尽九曲回肠，编织几箩筐的谎言，这你请尽情地去做好了，但就是不能向你的妻女坦白！请你爱护她们！"

米沙很忐忑地回想起他度过的那段日子，那段云里雾里的时光。至于自己的恋情，他努力回避，不去触碰。他不能并也不想指责斯维特兰娜什么。他再一次遇见她，是她离开后已过去三年多的时候了。那时，他已有了第二个女儿索尼亚。在这些岁月里，他连续跨过了几个经济和社会地位的阶梯。电话是斯维特兰娜自己打来的，完全出乎预料。米沙非常吃惊，但在听到她的声音那一秒和开始对话的那一刻，他明白了，事实上他每一天每一夜都时刻准备着接听这个来电，甚至是一直期待着这个来电。斯维特兰娜想见面，还当即提醒说，两天后她就飞离莫斯科，她现在已经不在国内生活。

他们是在通电话后第二天午饭时间见面的。米沙非常激动。他很害怕，过去的情感波涛再一次汹涌并狂风暴雨般向他袭来，那无法克制的被深深掩藏于心底的爱欲情牵再一次回转于心间。他们相见了，波涛没有袭来并把他淹没，但他的双手一直在颤抖，两眼不知看向何方。斯维特兰娜也很激动。他们坐在挤满客人的咖啡馆里，喝了四十几分钟的咖啡。

斯维特兰娜说，她几乎是在刚一出国就和自己的丈夫分手了。按她的话说，她很好地安顿了下来。她在多伦多租房子住，在那里工作，教授法语，同时提高和完善自己的英语。女儿学习很好。

斯维特兰娜看上去优雅美丽，一头短发于她非常合适和得体。她责怪米沙体重增加了，尽管她承认，米沙长胖了但却显得更加稳重和可敬。她赠送给米沙一对儿金质彩色珐琅衬衫袖扣，珍贵而又经典。袖扣的形状是"禁止停车"交通标识牌。米沙什么都没送给她。他没有想到。就这样他们分手了，即使不是永远，那也是很长很长时间。就这样他们为自己的那一段历史画上了句号。

米沙从来没有忘记过这段历史，他很担心自己会旧病复发，重新强烈而又毁灭性地爱上。爱情他不怕！他怕的是那一年多他所经历的情感折磨。他怕那个感受和在那个爱的状态中所度过的每一天中自己内心的纠结和觉照。

他记得，他在内心里照见，他憎恨自己的生活，憎恨那妨碍他爱、妨碍他公开、自由和一直与自己爱恋的女人待在一起的生活。那时他明白了，他如此追求、如此为之努力奋斗和如此热爱的生活：妻子、工作、朋友，甚至是他自己亲生骨肉——他最亲爱的孩子，所有这一切都妨碍他去爱，使他无法随心所欲地去爱恋。他生活的整个架构与他最珍爱的人、最珍爱的情感恰恰是不相容的。那时他在自己内心照见，他不爱自己的生活，也不爱过着这样生活的自己。米沙在回想自己不爱自己的生活的那段日子时总是心中充满忐忑和恐惧。

而此时廉价咖啡馆里的那些丑陋地板，勾起了他心底里对自己的生活不爱的观照碎片和那些往昔的感受。忽然间并完全出乎自己的预料，他对自己生活中的某些东西了然于心。当他一个人面对自己和自己的各种思绪时，甚至是身在巴黎或者柏林，他其实感觉并不好，感觉非常寂寞和无趣。这个对自我内心的认知本身着实吓了他一跳。他不想重又感受对自己，对自己用自己的双手辛勤建立起来的生活，对现在他所构建的生活方式，再一次的不爱。米沙开始担心自己新的习惯、观点和对事物的看法。他极度不愿意再一次怀疑一切。

他在驾驶座上坐了有三四分钟，汽车的发动机一直处于打着火的状态。他在自己的内心发现了另一些不为他所熟知的强烈的烦闷的征兆。他再一次诅咒了咖啡馆的地板，给斯吉奥巴打了电话。

米沙请求斯吉奥巴尽快和他见面，他想和他一起吃午饭并聊一聊。他说，他感觉很不好，需要他的支持。斯吉奥巴高兴地答应了，他说，他需要五到七分钟时间，以便把工作交代下去，完了就跑出来。斯吉奥巴建议去他熟悉的离他公司不远的地方，那个地方离米沙一直坐在车里停在的皮亚特尼茨卡亚大街也不远。米沙说，他已经向那里开去。斯吉奥巴表示自己会抓紧，还说，那个地方饭菜很好吃，虽然他已吃过午饭，但他依然乐于陪米沙再吃一顿。

　　结束与斯吉奥巴的电话谈话，米沙开车驶离原地。他不能也不想此时此刻一个人。不能也不想。

· ·

　　米沙那时和斯吉奥巴见了面。斯吉奥巴非常热心和健谈。他们一起吃了饭。斯吉奥巴抱怨说，他怎么都不能恢复自己去年的体重，原因是他吃很多。他一边抱怨，一边尽情地享用着这一天里的第二顿午餐。米沙把汤喝了。他们每人各喝了两小杯伏特加酒。米沙开始感觉轻松些，无论是肉体上，还是心灵等所有其他方面。但他完全不想说话，好在斯吉奥巴一刻都没有沉默。这种氛围正是米沙所需要的。他们这样坐了一个半小时，然后米沙上班走了。他和斯吉奥巴说好电话联系，与他道别分开。

　　米沙开车行驶在上班的路上，心中感激斯吉奥巴对他的关心和委婉的同情。整个午饭时间，他没问一句有关悲痛境遇的事，没做出任何同情的样子，而关于死亡他连话茬儿提都没提。斯吉奥巴高兴地侃着。这对米沙帮助极大。

· ·

　　公司里完全是一片安静。米沙照例感到惊讶，惊讶时间过得如此之慢。他简直无法相信，就是在刚刚没多久之前，他从办公室离开，满怀对获得某种结果的渴望，去了一趟心理咨询医师那里，过去了完全没有多久的时间，甚至是一个工作日都还没有结束。

　　瓦莲京娜坐在自己的座位，阅读一本什么杂志，看到米沙回来，她高兴了起来。一分钟后他们坐在米沙的办公室里，瓦莲京娜详细地汇报了关于所有问题的最新进展和已经做过的工作。

她说，廖尼亚成功地和德国人进行了见面会谈；还说，有很多电话打来，但没有任何紧急和危机的事情发生。瓦莲京娜随身带来两个文件夹，她把它们放在米沙的办公桌上。她提醒说，这是她那里保存的有关彼得罗扎沃茨克的所有材料。米沙点了点头并暗示，关于彼得罗扎沃茨克的事他将晚些时候处理。

于是，瓦莲京娜向米沙讲述了就葬礼的组织和安排事宜她所了解到和已经做了的一切。关于这一切，她是以最为详尽的方式向米沙讲解清楚的。她说，关于所有问题，她都多次和长时间地与瓦洛嘉进行了详细解释和协调。米沙已经明白，同时也很惊诧，他实际上不需要做任何事，因为所有的一切都已经组织和安排好，他只需出席与尤利娅的最后告别仪式并送她最后一程。

瓦莲京娜说完了她想说的和应该说的。接下来她安静地坐着，等待米沙的问题或者指示。

"今天是星期几？"米沙突然想起这个问题并问道。

"星期三，"瓦莲京娜回答说，似乎她等待的就是这个问题。

"星期三，"跟着瓦莲京娜的回答，米沙重复说并点了一下头。

他心想，这样的问题他很久都没有问过了。最近这些年每天他都知道是星期几。他还想，明天，星期四，他们将安葬尤利娅，而星期五他需要来公司上班，就像往常一样。星期五平常的生活将继续。米沙无法想象，平常的生活和日常的工作怎么还能继续。可另一方面他明白，没有任何原因或者理由，可使他到了星期五还不来公司像平常一样上班，这样的原因或者理由他没有，它们也不应该有。

米沙感谢瓦莲京娜所做的一切，他说，如果他想起什么，准确地说，是忘记了什么，那他会打电话给她去问。他准许她下班了。

"我明天可能不来上班，"米沙边告别边说，"所以我们就星期五见吧。"

"请您原谅，米哈伊尔·安德列耶维奇，但我很想明天去与尤利娅告别，"瓦莲京娜很安静地说，"您不反对吧？"

"嗷咦，瓦留莎，请原谅，我没想到！那是当然……"

"那我们就在那里见。再见，"于是瓦莲京娜走出了米沙的办公室。

米沙坐了一会儿，看了看办公桌上列有任务和问题清单的那页纸。那页纸放在原地没有动。米沙又一次在想，他仿佛觉得，那是很久以前，他写下了这张清单。他把清单揉成一团并把它扔到了纸篓里。

时钟指示是下午六点过十分。米沙坐在寂静的办公室里。窗外的天色已晚。米沙自己脑中的时钟这时指示的时间更晚，天更黑，可以说是极度黑暗。他听见瓦莲京娜还没有离开自己的岗位，她在打电话。但她说话的声音勉强才能从关闭的门外传进米沙的办公室。总体而言，公司里一片安静。在一天中的这个时间里，在这样寂静的办公室内，米沙从来没有这样安坐过。他平常在这个时间总是驾车满市区在跑，或者在办公室与什么人在谈话，或者在打电话谈判。那些在一天的工作日结束前应该和必须一定做完的事情总是很多。下午六点多，这正是通常工作最忙的时间。可现在眼前一片寂静，什么都不需要做。

米沙将装有关于彼得罗扎沃茨克项目的文件夹从办公桌上拿起，却立即又把它放回原处。他意识到，他现在不会去处理这件事，因为现在没人需要这个，而他现在更比任何人都不需要这个。他重又坐在那里，就像白天坐在咖啡馆和坐在汽车里时一样，不知道该做什么。他未曾这么早下班回过家。

米沙坐了一会儿，任由心绪飞转，他拿起电话，给自己远在阿尔汉格尔斯克的父母拨打了电话。电话是父亲接听的。他聊了不一会儿，然后又和妈妈说了几句。父母正在吃晚饭，能听得见，家里的电视机在大声地播放着什么。米沙没有向他们说起尤利娅的事儿。他们知道，在他们儿子的生活中有那么一个尤利娅存在。他们甚至在米沙的一次生日庆典上见过她，那是米沙大操大办过自己三十五岁生日的时候。那时父母来了莫斯科。米沙介绍他们认识了尤利娅。但更多的他什么都没有去说。他和父母在电话中分别聊了聊，然后道别，同时，如同最近以来每次与他们电话交谈后的感觉一样，他心中闪过"父母在变老"的念头。

米沙又坐了不多一会儿，他弯下身，从废纸篓里拿起揉成团的那一页纸，放在办公桌上把它捋平，并重新阅读了一遍。究竟是什么原因促使尤利娅迈出那令人恐惧的一步，对此原因的追寻愿望在米沙心中并未消逝。这个愿望变得只是不那么极度灼热和令人窒息，但与此同时却更加具体和确定。米沙更加明确地意识到，只有知道了原因，才能停止现在的怀疑、恐慌和各种沉重的挖掘发现，才能停息由此而汇聚的飞瀑般恼人心绪。而他非常想停息这个飞瀑般恼人的心绪。——这一切来得怎么那么不是时候！怎么那么不巧，——米沙无声地念叨，上下嘴唇几乎都没有动。——尽管，这种事怎么可能还有什么是时候和不是时候、巧和不巧，真是见鬼……

"是的！这个任务清单中还有什么问题没有解决？"米沙自言自语说。"剩下的不很多了……"

他决定还是要问一问瓦洛嘉，并争取明天和自己还不认识的尤利娅工作单位的鲍里斯·利沃维奇先生谈一谈，当然前提是如果这位先生将出席葬礼的话。

"但这都不是今天！不是今天……"米沙再一次自言自语道，并重又把那张列有任务和问题的清单揉作一团，重新将它丢回废纸篓里，然后站起身并走出办公室。

"瓦莲京娜，为什么你还没走？"米沙问道，看见瓦莲京娜还在自己的工作岗位，"你今天做了那么多大事，就是仙女也无力做到。放下一切，赶紧回家。瞧，我走了。"

"这领导真好，"瓦莲京娜笑了一下，"打击员工的工作积极精神，不鼓励她的劳动热忱。米哈伊尔·安德列耶维奇，我办完自己给自己拟定的事情就回家。明天至少半天的时间我都不在工作岗位。你不在很难，而我不在却怎么都不行。还有，现在出发还是过一个小时再出发，回到家的时间是一样的。正是堵车高峰。我没有习惯那么早下班回家。米申卡，我一个人，那么早回家，干什么……不管是星期三，星期四，还是星期五。咳，你把大衣完全弄皱，只能拿去熨烫了。它是不会自动变平整的。"

"按我买它所花的价钱来说,它应该自动变平整,"米沙笑了笑,看了一眼自己的腿部并摇了摇头,"它还应该自动把扣子系上。嗷,我累了……嗷,我有些恶心,瓦留莎,我要回家了。在见过心理疗法医师后我一点力气都没有了。嗷,真是不该去他那里……白去。"

"白去,不白去,都已经去过了。现在你就回家吧。看在上帝的份上,不要再去寻找什么有罪过的人,也不要怪罪自己。谁都没罪。现在这已经不重要。就请相信我,这不重要。"

"还是有人有罪过的,"米沙安静地回答说,"但这的确不重要了……明天见。我回家了。谢谢,瓦留莎!我非常感激你!"他说完,走到了走廊里。"你怎么说的?这已经不重要?瓦留莎,这简直就是必须要弄清楚的!你只不过并非对这个世界上所有的事情都明白而已,"他边走下楼梯,边自言自语道。

● ●

阿尼亚还没有下班回家,大女儿卡嘉坐在自己的房间里,手拿剪刀和彩色纸张在剪着什么。米沙问她上学和功课的情况,她继续剪着彩纸,丝毫也不分心地回答说,一切都好。她回答的语气就像撵走什么似的,好像在说,爸爸,你没有必要知道细节。小女儿索尼亚和保姆坐在一起。保姆正在给她读着什么故事。此刻阿尼亚还没在家,这实属正常。这个时间她很少能下班回家。但这种情形本身却让米沙觉得有些不习惯和怪异。从来都是,他回到家时,大家都已在家:要么是在等他,要么是在准备就寝,要么已经睡觉。

他感觉,自己一个人和孩子们在家,没有阿尼亚,这很怪异。米沙给妻子打电话。对于他已经在家,阿尼亚感到十分吃惊,她说,五分钟前刚结束工作并已往家走。她打算在回家的路上拐去商店一趟。但得知米沙已经在家,她说,商店可以等下一次再去,她马上到家。从单位到家,她至少需要行驶半个小时,可由于堵车,极可能需要更长时间。而米沙对她说，他今天到家是出奇快。

米沙无助地在厨房里走来走去。他意识到，自己既不想吃也不想喝，而这意味着，就是在厨房里他也无事可做。于是他换上居家服，把西装挂到壁橱，把衬衫一揉拿到浴室，以便把它放在脏衣服篓里。所有这些行动对于他是那么的不习惯。或许，这都是因为阿尼亚不在家的缘故，阿尼亚总是亲自收拾米沙的西装和裤子，而那些脏了的衬衫，她会在米沙随手一丢的地方捡起，轻描淡写地嘟囔埋怨几句，并把它们拿去洗衣店。

米沙走入浴室，把衬衫塞进篓里，来到盥洗盆旁，打开水龙头放水，开始洗脸。然后他抬起头并照了镜子。他看见自己潮湿的脸、眼睛、因浸湿而紧贴在前额上的头发。米沙刹那间完全无法认可镜子中他所看到的自己。他惊愕地意识到，他感觉自己完全不是这个样。米沙看见的是一张相当平静而并不疲倦的脸，一双深邃而又安宁的眼睛，以及两道或许勉勉强强有些上扬的惊奇的眉毛。他感觉自己是另一个样。他感觉自己应该像那件被坐褶皱了的心爱大衣——他准备好在镜子中看见的自己是这样的形象，尽管通常他总是把大衣挂在肩型的衣架上，可今天他却把它就那么顺手挂了玄关过道里的挂钩上。

"难道我真的已学会如此好地掌控自己的面部表情吗？——米沙心想。——这可真是！甚至是自己和自己……"他感觉自己非常成熟，自己这样的成熟程度，他从来都还未曾感觉到过。这种成熟的感觉，以及在这正在过去的有生以来最为漫长的一个星期三的日子里，他所经历的所有心境和感受，他都不喜欢。尽管过去他非常喜欢自己成熟的这种感觉。有时候这种感觉甚至是和快乐和幸福的体验连在一起的。

· ·

米沙小的时候，在小学四五年级，突然长得比所有的孩子都高，很长时间在班级里都是最高的。他看上去比与自己同岁的孩子都大，他先是可以和年龄比他长一些的孩子们交往，接着还可以和女孩子们交际。他和年龄大一些的孩子们玩排球和篮球。对于自己拥有的这个特权和成熟度他感到很幸福。到中学快要毕业的时候，很多同学在身高方面赶上甚至超过了他。至此，他由一个高个子男孩变成了一个比中等个子稍高一点的小伙子，后来由小伙子长成青年人，由青年人长成现在的男爷们儿，他的身高一直就是中等偏高。

在读艺术学校时，他一下子就胜过了很多同学，甚至不是在技术或者成绩方面，而是在对绘画的方向和成人题材的个人兴趣上。一时间有若干个资深教育家主动单独对他进行辅导和训练。其余的学生后来才赶上，他们中有一些成为了艺术家。

米沙在音乐方面的发展与此情形相近。

他来莫斯科的发展情况也与此差不多，甚至更好。在他所有青年时期的男女朋友中，只有他一个人去了莫斯科发展。大家都认为他会失败并很快就会回来，可他没有回来。相反，他在所有自己昔日的男女朋友眼皮底下，经过自我奋斗，取得了很多成就，为自己挣得一片天地，成为成功人士和社会精英。他的父母尽管不是马上，但也很快就认可了他的成就并开始以他为骄傲。

米沙在莫斯科的发展很轻松。考进学院当然是他父亲帮了忙，但在其他方面他一点都没费劲儿。一切都像是自动发生的。米沙只是没有懒惰——仅此而已。当他独自一个人，自己面对自己时，他觉得自己很成功，很幸运。在莫斯科他完全没有经历过流浪漂泊，没有面对艰难的选择犹豫彷徨或者不得不妥协让步、接受令人不愉快的决定。在自己的职业生涯中，他很快就成为了最年轻和最有前途的一位。

当米沙的事业发展得特别好时，当他有资本对自己满意时，当他可以为自己成功的谈判、快速而准确的决定、保质保量如期完成项目而感到骄傲时，当他为自己的劳动而感到高兴和几近幸福时，他经常感觉自己是个成熟的人。更准确地说，他十分惊奇，惊奇他是如此的成熟，惊奇他所从事的事业是如此的严肃和重要，惊奇他所做的事竟然属于联邦层面，惊奇他所做的事与道路交通安全条件的组织建设有关。

他不时地跳开来旁观看自己，发现自己令人无法相信：他，米沙，一个从阿尔汉格尔斯克来的小伙子，画一点画，玩一点音乐，学习了点知识但却没有学到大学毕业，就是说，他，米沙，觉得自己还年轻，甚至可以说还年少，来自阿尔汉格尔斯克……可现在和他一起工作的却都是些严肃的官员、顶天立地的男子汉、职位很高肩扛将星的大叔级人物，他们手握管理和控制国家所有道路安全的大权。所有这些人都尊称米沙大名加父称，握着他的手并与他合作……嗯，或者这样说，允许他米沙与他们合作……

还有某些时刻，他想着，胸膛里那颗喜悦的心扑通扑通几乎快跳到嗓子边上……而如果这时他要是再喝点酒！……他更是无比喜悦和惊奇地发现，他有一个非常美丽温柔的妻子、两个孩子，在莫斯科有一套温暖舒适的单元房。他为小女儿雇有一个专门看护她的保姆，家里还另请了一个专门的家务服务人员，为的是让他的妻子可以工作并成为自由和现代的女性。他给自己和妻子都买了很好的轿车，站在窗前向外望去，一眼就能看见，他们的轿车停在自家这栋楼旁，车窗的玻璃和车身的金属漆在闪闪放着光芒。他的工作有趣并事实上属于国家层面的工作。他有自己的工厂、很多现代且昂贵的机器设备，有很多人工作在他的工厂里。他在莫斯科拥有自己的办公室、若干个银行账户、很多外国生意伙伴。各种商业杂志不止一次地采访过他。他经常去国外参加展会并想去哪里就去哪里。这就是他，一个从阿尔汉格尔斯克来的小伙子，米沙。

在他对自己进行如此观察时，他感觉自己非常棒。在这种时刻，他甚至觉得，就是为获得这样的心理感受也值得努力工作。重要的只是不能忘记，他米沙来自阿尔汉格尔斯克，因为如果忘记这一点，那快乐就会减少很多，乃至完全就没有了快乐。

后来那种意识到自己成熟的喜悦就不多见了。更为常见的情形反倒是，米沙常常会碰到那些提醒或者暗示他年龄的数字和事实。不久前他在飞机上，他的邻座是一名军官，少校。飞行需要两个多小时。他们聊起天来。原来，这位少校比米沙小三岁，可米沙心想，这位少校应该比他大。肩牌，小胡子，啤酒肚。那时米沙心中闪过这样的一个想法，就是原则上来说，他米沙也可以是中校了。这个想法令他觉得很可笑。

去年夏天米沙回阿尔汉格尔斯克待了两天，在那里他遇见了两个自己当年的同学。这次相遇很偶然。白天米沙沿着北德维纳河散步，而那两位同学坐在河边漂浮码头的小饭店里，他们看见米沙，于是跳起从小饭店里跑了出来。他们两个穿戴正常，从所有迹象看得出，他们不贫穷，极可能正相反。他们既不胖，也没有秃顶。但米沙奇怪的是，他觉得他们与他相比更是成年人，他们看起来比他成熟很多。他在内心里没有觉得，那从小饭店里跑出来高兴地与他拥抱并拍着他肩膀的两个人，与他是同龄人。米沙看着他们并心想："不可能，周围的人会认为我和这两个人是一样的年龄。我不是那样的。我比他们年轻。"

然而在这方面，米沙对待斯吉奥巴，却总是把他接受为比自己年纪轻的人。斯吉奥巴比米沙大七岁。他双鬓有些灰白，脑袋中央有些秃顶，人很胖并气喘吁吁。斯吉奥巴看上去甚至比其实际年龄要大。然而米沙却觉得，他是一个比米沙年纪小的人。

总之，米沙从来没有遇到和看见过让他觉得和他本人正好是一个年龄的人。就是和那些演员、歌唱家以及其他什么名人们相比也一样。米沙觉得所有人不是比他大就是比他小。与女士们相比总体上也是一样。

在米沙还没有满三十岁时，他就已经听够，也看够了有关伟大人物在他的那个年龄所做出伟大事迹的故事，这些伟人们在三十岁前，要么已经掌握了很多种外语，要么已经在什么基础科学领域作出了什么重大发现，要么已经在指挥千军万马，要么已经谱写了交响乐曲，或者写作出什么长篇小说、哲学论文，要么已经载入史册并名垂千古。在三十岁过后的年龄里，米沙尽量不去想那些伟人和他们的成绩。他给自己找到了个安心的说法："那是不一样的时代"——并对另外一些在三十岁过后成名的伟人们的事迹开始感兴趣。但是更多引起他兴趣的是这样一些伟人，他们在成熟的年龄时已经改变了自己的命运，从一个普通的公务员、律师或者一个无人知晓的普通公民变成为了被大家知晓和记得的名人。

在某个时刻，文学作品中主人公们的年龄开始吸引米沙并使他称奇。所有的主人公突然间都变成了年轻的人们，尤其是古典作品中的主人公。他们对于米沙来说实在是太年轻，却在那样的年龄能够如同他们在作品中被描写的那样去思考、说话和感受。托尔斯泰、陀思妥耶夫斯基、斯蒂文森、福克纳，甚至是马克·吐温，他们的主人公都是年轻人。作者们给他们的主人公安排了很小的年龄，同时却让他们拥有那样丰富的经验、人生见地、行为准则和毅力，而这些米沙在相似的年龄就是相近的体验都不曾有过。在这个意义上尤其刺激米沙的是菲茨杰拉德的主人公们，清晨他正读着菲茨杰拉德，正是此时瓦洛嘉打来电话并通知了关于尤利娅的事。这些主人公年轻得很。按作者的描述，他们脸上有刚毅的皱纹，姿态高傲，眼神浑浊，肢体语言丰富，他们长篇大论，讲述各种各样的作为和秘密。米沙无法允许菲茨杰拉德的这种安排，因为菲茨杰拉德并不是古典作家，他的小说中人们开着小轿车，打着电话，电灯随处可见。说起来，《了不起的盖茨比》是米沙在自己生命中此刻正在阅读的最后一部长篇小说，甚至还没有读完。

应该说，对已读完或者正在阅读的书籍，米沙并非很久以来就能够开始表述自己的理解和诠释自己的意见。过去他阅读，如果读得高兴，那他就很享受，速度也很快，接下来在读完后的一段时间里，他安住于该书给他留下的印象中。而当一本书没有让他喜欢上，他就痛苦，寂寞，苦恼，但仍继续读下去。他阅读的不是新书，但都是些不久前翻译过来或者还完全新鲜、依然在流行的外国中短篇小说。他读书很多。米沙经常寻找关于新书的信息，收听对新书的各种推荐，或者就是因为喜欢封面而购买。他总是努力把书读完。书籍本身的样子和作者为写作书籍而倾注的那鲜为人知的神秘劳动令米沙非常敬重。米沙想象不出，一个人是怎么把书写作出来的。就那样坐下和写。对他来说，一个人，如果他能写就一整本书，这个人先天就已是非常智慧，极其勤奋。也就是说，书籍本身就令人非常尊敬。

关于音乐，尤其是现代音乐，或者关于绘画，尤其是现代的，米沙可以很轻松和自如地评价。他认为，对音乐和绘画他内行，搞得懂，有权发表评论。至少他知道音乐和绘画实际上是如何构思、创作和制作的。

　　戏剧对于米沙是未知领域，对他来说这是很困难的艺术。这门艺术需要与睡眠做斗争，舞台上人们的行为与米沙在生活中所了解和看到的，大相径庭。

　　电影米沙爱看，并自许明白和弄得懂电影的那些事儿，比某些中级观众鉴赏水平高得多。

　　然而书籍对于米沙在一定时期就是一种神奇的创作活动。当他在阅读某部法国或者瑞典或者巴西的长篇小说，读到三分之一却被卡在那里并为此身心痛苦不堪时，他责骂自己不理解书中的语言和意义。他竭尽全力地试图抓住与自己对生活理解和想象相去不远的那些片段。他无法相信，一个作家可以是一个讨厌和喋喋不休的傻瓜。米沙知道，这些作家的作品广为先驱大众所阅读，被报纸和杂志评论宣传，他们的书印刷数量很大，在欧洲备受喜爱，他们的词句经常被引用。可要想理解那样的书，真得需要付出一番努力。需要理解和从理解中获得乐趣。米沙读过很多书并大部分都是在吃苦头，为了获得快乐，他真正是极尽辛苦地阅读。而更多的时候结果却是他对自己不满意，因为努力阅读过后却什么印象都没留下。但他依然继续。

　　可当那场爱情如闪电般降临在米沙的心头，而后却又那样闪电般戛然终止时，米沙心里感觉十分沉重，那时他有一年多时间不能读书。尝试过，但就是不能。那种陷于火热爱恋中的状态让他没有半点可能去阅读任何文学书籍。他那时就连电影实际上也不能看。他只是能听音乐。但读书却完全不能够。

　　当爱情成为过往，当爱情的火焰由燃烧到熄灭的进程已经终止，米沙重又想要阅读。很久不阅读后的第一本书，米沙拿起在手中的竟然是瑞典的一本关于爱情的什么长篇小说。米沙读它没多久，也就读了五十页，有生以来第一次感觉到，自己手里拿着的是一本假冒爱情小说，这本书中描写的爱情与现实生活中所发生的相去甚远。那一刻他想起了一堆自己曾经阅读过的相类似的文学作品，他感觉自己愤怒已极，愤怒这些文学作品的不真实和愚蠢，而最主要的是，在这些书中完全缺乏生活,没有一点他所经历、感知和了解的真实生活。简言之,他第一次形成了自己明确的关于书的看法并同时清晰地把它表达了出来。他把那本小说扔向墙壁,然后踩了它一脚,"简短"地骂出了一句脏话,接着在心里又骂了一长串非常肮脏的词语。从那时起,米沙停止了不分青红皂白的一本接一本的阅读。

对于自己这种对待书籍及其作者的态度,米沙更多的是感到高兴,而不是相反。他就是在这种情况下也感觉到了自己的成熟,发现自己有权对任何书发表任何评论。

米沙开始阅读菲茨杰拉德,他觉得自己一下子就全都懂了,但他还是豁达地决定把《了不起的盖茨比》读完,以便最终弄清楚并决定是在作者的名字上打钩还是打叉。然而,发生在他亲近的人身上的这个不可宽恕、丑陋和荒谬的事件,搅扰得米沙无法继续读下去。

· ·

米沙就这样站着,看着镜子中的映像,觉知着整整三十七周岁的自己。他看见一个真实的自己。在这个真实里既有他不熟悉的成熟、光阴的流转,又有具象的时代,构成米沙生活的所有的一切一切。

真想知道,——米沙心中清晰地闪过这样的念头,——尤利娅是否也照了镜子……在那里……在自己家的盥洗室……在那个什么之前……

米沙感觉到了这个想法的力量和可怕,就像身体里面在放电,与此同时他还十分恐惧地看见,自己映照在镜子中的面部表情没有发生任何变化。他猛地把水泼向镜子,关掉水龙头并非常迅速地走出盥洗室。

· ·

夜晚过得很漫长。阿尼亚下班回来得相当快,放走了保姆,给孩子们洗漱，安排她们上床睡觉。关于自己看过心理咨询师的事儿，米沙什么都没有对阿尼亚讲。他只是通告说所有的哀悼活动安排在了明早几点。阿尼亚在弄孩子们时，米沙一再地跑到阳台上去抽烟，其他的时间他就坐在电视机前，心不在焉地看电视，一个节目接一个节目。

当他嘴里抽着烟，眼睛望着透过两栋楼房间可以看见的一小段外面的大街时，他感觉到了天气的变化，气温变得非常低。米沙看了一眼天空，天空明净并布满星辰。但星辰的模样朦胧模糊。莫斯科的灯火把天空照得很亮，星辰失去了漫无边际的漆黑背景，在巨大城市的上空发着模糊暗淡的光，无法绘制出那令人迷恋的星夜美景。而那样的星夜美景，人们总是渴望在明净的夜空中，抬眼望去即可见到。

米沙想起了阿尔汉格尔斯克的天空，尤其是位于北德维纳河宽广流域上方的天空。他回想起，那里的星夜总是清澈明净。他回想起，在那里，在这北方的天空，那里，在他童年和少年时，那里，在群星的身后，他几乎总能轻松地辨认出那不可思议的无边无际的虚空。在那里他常常特意仰望天空，尤其当他和父亲去夜钓时，或者当他和小伙伴们闲坐在河边到深夜时。他仰望夜空，只为感觉到虚空的无限和对它的畏惧。而在莫斯科他从未感觉到天空的巨大和无限。这个漫无边际的无限虚空，在莫斯科众多灯火照耀下的苍白暗淡的夜空中，完全就不存在。反倒是怖人的莫斯科都市灯火的巨大和无限，米沙有时可以感觉到，它既甜蜜又令人反感，它无边无际，绵绵延延，从清晨亮到清晨。

米沙在十点多钟时给瓦洛嘉打了电话。瓦洛嘉高兴起来，他说他自己给米沙打过电话，但米沙没有接听。米沙道歉并回答说，一整天电话的铃声都是关着的。瓦洛嘉非常感谢米沙的帮助，他说，米沙公司的瓦莲京娜真是稀有的好员工，如果没有米沙和她帮忙，那他真不知道该如何安排和处理所有这些丧葬事务。瓦洛嘉提议，次日再来讨论所有关于丧葬费用的问题，他再一次对米沙提供财政帮助表示感谢。米沙对此回答说，完全不需要感谢他，因为他帮助的不是瓦洛嘉，而只是做了他应该为尤利娅做的。瓦洛嘉的声音完全已是高昂的。他长时间地说着，说他如何艰难地把这可怕的消息告诉给他的父亲，说他如何艰难地通知所有该通知的亲朋们，说他自己多么多么艰难。关于尤利娅的遗产，瓦洛嘉没有直接提起，但在谈话结束时，他还是问了米沙是否有精明能干的律师。米沙说，关于所有的问题，他和瓦洛嘉次日再谈。这个电话谈话给米沙留下了些许不愉快，但他努力不去生气和恼怒。

当孩子们睡着后，阿尼亚和米沙坐下来喝茶。他们讨论并决定了穿什么衣服去参加葬礼，还决定了开阿尼亚的车，因为米沙很可能不得不在葬礼后为追悼亡者所举行的宴席上喝酒。阿尼亚说，追悼宴席她就不去了，她将从墓地直接去上班。

"顺路我们去买些花，"阿尼亚说。

"据我所知，所有的东西都已订购，额外什么都不需要再买，也不需要再做什么，"米沙回答说。

"买花，这是每个人个人的事，米沙，这就是个习惯和规矩。再说，我想用美丽而又朴素的鲜花给尤利娅送行。还有，到时候你就会看到，大家都会手捧鲜花出席。我们要拐去买花。"

"当然，我们拐去。我没争论。只是我完全想象不出，在这种场合下应该拿什么花。"

"那种忧伤和庄重的。到那里我们再问。卖花的一定知道。我记得，对于这种场合人们总是推荐菊花。我不是很准确地知道。但我觉得，买什么花都可以，只要这些花看上去适合这个事件和尤利娅。重要的是，要少一些愚蠢的花圈，最好完全没有。"

"有花圈。但瓦莲京娜以你我的名义订购过了，她的审美没问题。我知道，她以尤利娅父母的名义也订购了……还以瓦洛嘉和维嘉的名义也订购了。这些都将是很好的花圈。至于以公司和其他人的名义订购的是什么样的，我想象不出来。显然，去的人会很多。很多人到死都将感谢尤利娅曾给予他们的帮助。极可能，所有的人都来。"

"尤利娅喜爱花……"阿尼亚说，嗓音颤抖。"我一看见摆在她家厨房桌子上的一小盆一小盆的鲜花，我就大哭了起来，尽管我极尽努力控制，不想在那里嚎啕。"

"是呀！的确……"米沙想起了摆放在尤利娅厨房桌子上的大量盆

花。"我当时感到很奇怪,这些盆花怎么都被摆放在桌子上,心想,这很怪异,于是就忘了。"

"我想,她把这些盆花挪到显眼的地方,目的是让人们别把它们给忘了,并要照顾好它们。否则要是还放在窗台和架子上,谁还会注意到它们呢?知道吗,米沙,我想拿走一些尤利娅的盆花。我觉得,我正确领会了她的意思。"

"我会问一问瓦洛嘉。相信他不会拒绝。这些花他不太可能需要。至于你对尤利娅的理解是否正确,这谁都无从知晓了。但既然你那样觉得和那样想,那我们就拿上,一定,"米沙眯起双眼并陷入沉思,"可我不认为,她会对花很关心,对我们却不。"

"'对我们却不'是什么意思?"阿尼亚有些警惕地问。

"她没有留下任何字条,甚至也没有任何暗示……我不能想象,尤利娅平静、理性、有预谋地把盆花从各个房间搬到厨房来,就这样为那什么做准备……同时却一点儿也没想到给留点什么做解释……或者道个别,我不知道。然而,平静地把盆花都搬到桌子上,指望有人能够对它们给予关心?留个字条不是更简单,哪怕就只是关于这些盆花?从各个房间往出搬?……我觉得,这无论如何都太复杂。搬一盆,搬另一盆……或许,很早就已经……"米沙不知为何说着说着就生了气。"但我就是不能想象,她……"

"你当然不能!"阿尼亚打断他说。"你不能,也不应该去想象那种事。我也不能想象,怎么可以决定做那样的事,怎么还可以为那样的事情去做准备!甚至是近似的事都不能想象!!我和你,我们怎么能想象那种事,我们是有孩子的?!只这一点就不可能让我们想象和明白,尤列奇卡生活在怎样的地狱中,既然她都干出那样的事。她该是怎样的孤独和痛苦!至于她是如何和何时决定了做这样的事以及是怎样准备的,我们已经无法获知,理解就更无从谈起。如果尤利娅真想说点什么,或者她真有什么想说,你是知道的,她肯定就已经说了。而我连想都不愿去想,她感觉是多么糟糕,既然她……"阿尼亚没有说完,双手捂住嘴巴并皱紧双眉。

"谁都可能孤独,可尤利娅却不是一个人。那么多人,她认识多少人啊……而且,这些人大多都很有趣和不同。她被那么多人需要……"

"米沙,不要混淆!孤独和不是一个人,这完全是不同的东西。为什么我要和你说这个?这是那样地显而易见。"

"真是显而易见,如果我们说的不是尤利娅,而是什么别的人。我认识尤利娅比认识你……还久。她从来,听见没,从来都没说过她孤独,甚至暗示都没暗示过。她从未诉过苦。她能抱怨的只是,她厌倦了她生活中有那么多人找她。有关男人的话题,她可以多少次嘲讽,嘲讽他们过去和现在如何对待她,"米沙甚至有点提高了说话的嗓门。他很清楚地记得,尤利娅大笑着,说她以自己的存在和生活证明,男人和女人间的单纯友谊是可能的。有关自己的外表长相,她也不知多少次自嘲。"在她身上发生过那么多健康的自嘲,所以任何孤独,更为准确地说,你所指的那种孤独不可能存在于她的身上。"

"这你从哪里可以知道,米沙?"阿尼亚忧郁地说。"无论你怎样了解尤利娅,尤利娅是个女人。而且请相信我,她还是个怎样的女人呀!你想明白,她为什么做了这个?!但你不可能明白这个。瞧,你可能相信,这对我不重要?我甚至都不去想这个。我很害怕想这个。我只是知道,她做了这个,再多我什么都不需要知道。就是尤利娅,她也不想有什么人知道和想这个。所以你就不要想了。就是说,她再也不能那样,已然一了百了。"

"怎么那样?!什么那样?!"米沙甚至从桌子后站立起来。"'那样'是什么意思?!啊?!她过的是有意义、复杂和积极的人生!可'那样'是什么意思,我不明白。"

"我说的就是这个,米沙,"阿尼亚平静地说。

他们又坐了一会儿,于是阿尼亚去睡觉,而米沙去阳台抽烟。他明白,他马上是无法入睡的。他抽着烟,耳朵听着,均匀的喧嚣声是如何从大街的方向传来。米沙听着这声音并心想,莫斯科的寂静就是这个样子。他快速把烟抽完,感觉全身冻僵,转头回到房间,同时对自己说,他今天不会再抽烟。

时间已近夜里11点半，也就是说，这个没有尽头的星期三依然还是不想结束。米沙拿起自己的手机并决定检查一遍未接来电和可能的短信消息。现在可以安心地检查这一切，不用担心自己会伸手拨打什么人的号码，或者给什么人回电话。米沙早就开始遵循这样的规则，即晚上11点后通常不给任何人打电话，而有关工作上的事情晚上9点后就不再打电话处理。他花了很长时间，并付出了不少努力，才教会自己的朋友和同事们习惯这个规则。他认为，这是对待自由时间和私生活正确和文明的态度和举动。他本人并非马上就习惯了这样的规则，但是很快就明白只是需要决定，其实没有什么理由那么晚打电话，无论电话打给谁。朋友、熟人和同事们不久前已经知道并记得，他们的朋友、熟人或领导米哈伊尔会很生气并埋怨不断——如果有人很晚或者在非工作时间给他打电话。大家认为，这是米沙的怪癖和欧化游戏，但大家谁都没有生气。这个规则很少被破坏，即使被破坏，那也是在紧急和迫不得已的情况下，或者是因为没弄清楚时区的差别。在休息日或者节假日打电话谈论工作，这在米沙看来差不多就是犯罪。

最近以来，他总是努力把自己的生活安排得很好。在这方面他很成功。米沙早就过了生活和工作中的那个阶段——自己的电话铃声不断，给很多人打电话，没有休息日地工作，每天只睡5-6小时，有时完全不睡觉，并且以此为荣。在某一时刻米沙明白了，他可以一直不间断地工作并在这个过程中忘记结果。工作变得越来越多，而结果却变得越来越神秘和难以捉摸。

但当坠入那场爱恋时，米沙在那些时日里停止了对自己工作的热爱，并如此全心彻底地沉入那时的生活，以至于他的事业本应该崩溃或者滑向崩溃的边缘。然而事业没有崩溃。没有他的参与一切或许进展得不那么有效率，但什么都没有崩溃和毁灭。一切都在运转。这让米沙困惑并使他沉思。是的，他感到困惑并开始沉思，但这只是当他身上的爱恋之火燃尽后，也只是当失去爱恋的妒意和苦楚发作并使他有时不得不独自面对自己苦笑、在心底里苦楚地骂自己、痛心地掐灭并扔掉没有抽完的烟头时。

米沙那时沉思的是,应该变个方式工作。而且,家庭生活也应该回归家庭生活。刚好那时米沙开始从意大利人那里采购生产设备。他不太喜欢和意大利人工作,但后来却非常喜欢和德国人、芬兰人一起工作。他非常想让自己每天的工作日程变得尽可能文明。对待工作的"文明"态度对他极具吸引力,同时对待其他一切,他也想那样文明。最近两年来,米沙在组织和安排自己所有生活进程方面取得了很重大的成绩。只是他怎么都没有学会很早下班回家。还有他没戒掉吸烟,没有停止与自己并不多的朋友们中的几位一起喝酒、长时间地聊天。在他公司的办公室里依然保留着一个令人艳羡的橱柜,里边珍藏着若干瓶美酒。

· ·

米沙看了一遍未接来电清单,未接来电有很多。他看见斯吉奥巴的、瓦洛嘉的、廖尼亚的打来若干次,还有一些什么电话。信息只有一条,来自索尼亚,就是他不久前差一点就爱上的那个索尼亚。索尼亚写道:"你好!对不起,你一切可好?我梦见你了。是某种不吉祥的梦。尽管这很愚蠢,但还是请你方便时给我打电话。我等着。"米沙很奇怪。索尼亚非常罕见主动给他写信息,通常她只是回复信息。

米沙和索尼亚,可以说,是成为了朋友。在俱乐部相识和在街心花园拥吻后四五天,他们又见了面。见面是在午饭时间。他们一起吃了午饭,笑声不断,重又开始相互喜欢上。但不知为何他们谁什么都没有明说,双方以最为神奇的方式决定或者说都感觉到,他们不应该进一步往前走。米沙喜欢索尼亚,非常,但他不知怎么就明白了,如果没有爱上,就意味着,没有爱上,而和这种像索尼亚一样的姑娘,要么是爱情,要么最好不要越界。

他们很少相见,更为经常的是相互写信息或者是米沙给她打电话。索尼亚是很棒的女孩!非常快乐,果断,美丽,显然经历不凡。米沙每望着索尼亚时,常常后悔没有爱上她,或者感谢上帝这个爱没有发生。

米沙努力就这样与索尼亚交往,以免紧接着这个交往给他的家庭带来谎言。总体来说,在因自己的那场火热的爱恋而向家庭撒下无数弥天谎言之后,米沙努力不对阿尼亚说任何谎话,即使是关于日常的琐事。但他有时依然说谎,并且说谎的次数比他预计的多。

索尼亚关于梦的信息深深地吸引了米沙并令他十分不安。他快速地回复写道:"我活着。请原谅,没看见你的信息。如果还没睡,那就请告诉,什么时候做的梦和梦见了什么?"米沙发出信息并决定,如果过五分钟没有回答,那他就可以安下心。过了两分钟索尼亚回答说:"我没睡,但在忙。你活着,就是说,一切都好。梦到了一件荒诞小事。以后和你说。睡吧。"米沙马上写道:"请原谅!但什么时候梦到的?这对我很重要!"索尼亚很快回答道:"就是说,出了什么事儿。明白。梦是昨天晚上做的。不想说,可不知为什么有点担心。现在我真不能写信息。让我们还是明天再说吧。我也很想知道,发生了什么事。再见。"如果索尼亚写了"再见",这意味着就得"再见",结束。米沙没有坚持,尽管他非常想知道,索尼亚那里梦见了什么,在那一夜,在尤利娅……

米沙从来没有对梦和梦的解析感过兴趣。他认为睡觉几乎就是奢侈,应该尽情享受,而不是做梦。他很少做梦。通常他都是那样的疲倦,以至于一睡着就像个死人一般,至于做没做梦,自己根本就不记得。

只是有一次他清楚地梦见弟弟季马。梦中的季马绝对清晰。他梦见,季马不知为什么在米沙家中的墙上乱写乱画。梦中的米沙明白,他是在自己莫斯科的家中,尽管那单元房完全不像现实中他家的那样,但米沙在梦中知道,这就是他家的单元房。季马在米沙的单元房墙壁上愚蠢地胡乱画着。梦里的季马和现实生活中的季马一样,不听米沙的话,让米沙非常生气。早晨米沙想起了这个梦,甚至还想起了墙上的乱写乱画。季马以前从来没在他的梦中出现过。米沙开始担心起来,于是一大早就打电话到阿尔汉格尔斯克。

"米沙!亲爱的!"他听见季马高兴的声音。"嗯,知道吗,可我怎么都没想到，是你第一个给我祝贺生日！这可真没想到！就是说，三十岁——这无论如何都还是个纪念日！有生以来第一次你比大家都早给我打电话祝贺。"

米沙那时吃了一惊，只是过了几秒钟才明白，那天刚好是弟弟季马的生日，季马满三十周岁。

"季木卡①！三十岁——这可不是玩笑……"米沙随声附和说，好像他打电话来真的是为祝贺季马生日。

那时米沙心中想到，梦真的还不就只是梦，并非没有用处的废物。所以此时，收到索尼亚发来的信息，米沙非常想知道她梦中的内容。他开始不安，看了看表。差三分钟半夜12点。米沙起身，在房间里踱步并心想："我决定今天不再抽烟，但再过两分钟今天就结束了……我现在出去抽一口，不是今天……"

没有尽头的星期三终于马上就该结束了。

· ·

一般来说，米沙喜爱星期三。他喜欢每星期的单数日期。星期一，星期三，星期五。他喜爱单数日期，不喜欢双数。米沙找不到并也没去找过对此的解释。但从童年时起他就倾向于单数日期，并对日期和数字总是很在意。汽车的牌照，飞机舱里的座位号，宾馆的房间号，这些都被划分为好的——单数，和不好的——双数。他曾试图不去注意日期的单双，但却不能，就像近年来他不能不去从制作的技术和质量角度详细观看道路的标牌一样。这对他非常妨碍，尤其是在国外。

米沙在任何一个国家首先看见的是道路标牌，他高兴自己一眼就能确定出标牌是用什么材料制作的，使用的是什么设备。他还知道材料值多少钱，设备值多少钱。他在每个国家都能发现其特别的地方，如果看

---

① 季木卡，是米沙的弟弟季马的昵称。

见什么不一般的道路符号,那他马上把它拍照下来。朋友们都知道他这一点,所以在他家中和工作场所,到处乱放着从澳大利亚带回来的若干个一样的礼物,那就是画有袋鼠的三角形道路标牌。这些澳大利亚的纪念品就是些纪念品。当人们赠送给米沙第一个那样的符号标牌时,他一下子就看出,这个标牌是用非常薄的铁皮做成,身上涂的是普通漆,不是可以把光折返的特殊漆。也就是说,这纯粹是卖给游客的仿造标牌,米沙不喜欢这种礼物。但所有去过澳大利亚的熟人和朋友给他带回的总是那一个同样的礼物。庆幸的是,澳大利亚很远,熟人和朋友们去那里很少。米沙本人经常赠送给朋友们自己发明的标牌"没有尽头"。这个标牌的制作米沙使用的是"真正的"设备,并且一切都按真的来生产。

米沙无论走到哪里,总是努力去认识和看清那里的道路标牌长什么样和如何制作。他还会尽力弄清楚,这些路标是怎么安装和如何固定的。

吸引自己注意的物体不时令米沙感到疲倦,因为道路标牌这种东西随处可见。他认为,他对道路标牌的恒久好奇——这是某种不正常的现象,是一种强迫症和偏执狂。但他有一次听到了一段两个煤气管道工人的对话,于是心安了下来。

两个师傅在他家的门洞里换煤气管,需要进入他的家里,以便他们可以把换好的煤气管导入单元房内。阿尼亚班上非常忙,米沙只好留在家。师傅们忙活着把煤气管弄进屋里,米沙愿意也好不愿意留也罢,只有留在那里看着。

"你昨晚看电视里那个英国电影了吗?……"一个师傅问并说出那部什么英文电影的名字,听名字显然是一部什么侦探片。

"没看,我昨天睡觉很早。累了,吃了晚饭,喝了点啤酒就睡了。怎么了?"另一位师傅继续干着手中的活儿回答说。

"咳,英国人不光是汽车的方向盘在右边,他们往房屋中导进煤气管也不像人干的活儿。他们把煤气管弯曲得,你知道,简直令人称奇……"

米沙听见这个,明白了,看见这个世界上自己强烈感兴趣东西的不只是他一个人，于是他安心了。

• •

米沙在房间里又来回走了一次，拿起香烟，走到阳台门前，停下来看了一眼表，等待那个星期三最终结束。只是当电子钟在黑暗的房间中显示为"00:00"时，他才迈步走到阳台上。

索尼亚不能写信息回答，还说她正忙着，这个细节触动了米沙敏感的神经，并令他很不爽。"那么晚她在那里可能忙什么？"——他在心中暗想。尽管他怎么都不可以，也不应该对索尼亚的夜晚时间抱有什么妄想，但米沙还是因怀疑而感到些许不快。虽然他对自己反复强调，索尼亚和他是朋友并不过如此，然而米沙依旧感觉到自己的醋意并生起了气。

可索尼亚当着米沙的面可以完全平静地和自己认识的某个男性朋友讲电话。米沙试图不去理会，但却做不到。

"你好，我亲爱的好朋友！"索尼亚对着来电回答说，有一次晚上她和米沙正坐在咖啡馆里喝咖啡聊天。"不行，亲爱的，我无法和你说话。是……现在我还忙着！"她微笑着说，并对米沙做了个鬼脸。"不行……是……好！……过一个小时再打电话过来……我也爱你……"

"明白！给我没有一个小时的时间，"米沙讥讽地说，"但我可以现在就走。干什么要让好人等待呢？"

"是的，米沙，那人真好，所以他是可以等一等的。可你为什么那样激动？是不是想问，他是谁？嗯，你问吧，我反正不会说。"

"那我也知道，"米沙故作轻松地说，"就是那个小伙子，当你和他在一起时，如果我给你打电话，你总是让我过一个小时或者第二天再打。"

"你真就没猜中。我那样回答你时，和我待在一起的完全是另一个人。"

那天晚上临别时，他们重又热烈地亲吻。

米沙非常不喜欢自己的嫉妒心理以及由之而来的一切。他曾试图反抗这种嫉妒心理，然而他能够做到的只是学会了时而对这种心理进行遮掩，其实试图戒掉嫉妒的努力并没有收到进一步的结果。他从小就体验着嫉妒，随着弟弟季马的出现，米沙已经尝到了嫉妒的滋味。也就是说，他六岁起就开始与嫉妒相伴。后来他又获得了中学和青年时期的嫉妒生长。迄今为止米沙怎么都没有学会为那些和他工作在同一个领域的人们所取得的成绩而高兴，即使那些人们并非他的竞争对手，也没有妄想要从事道路标牌这一行业并与他争夺订单。

米沙总是给自己公司的员工举办快乐和有意思的节日庆典活动。举办那样的活动他从不吝啬，自己亲自准备和策划并极具想象力。在那样的节日里，当大家玩乐时，米沙总觉得这些玩乐的人们对他关注和感谢不够。对于他们的快乐他在心里也是酸酸的，满是不明的醋意。他暗地里骂自己不该这样，然而自己却无法在那一刻高兴一下。

只是不久前，当米沙获知自己在艺术学校的一位同学取得了很大的成就时，他确实打心底里为这位同学高兴了一回。米沙过去就曾听说，这位同学从他们整个年级的同学中出众地跃入了相当高的层次。后来他在若干个莫斯科展览会的目录上看见过他的作品。他的这位艺校同学总是很瘦，安静，内向。他抽过非常多不一般的烟草，准确地说，他像老烟枪抽普通香烟一样抽吸不一般的旱烟。米沙以前既不喜欢他大学时期的作品，也不喜欢在展览目录中看到的那些什么带有些绿和黄的咖啡色油画。这些作品总是被人夸赞，可米沙心怀嫉妒并觉得自己更加天才，只不过他感兴趣的是别的生活和艺术题材。

直到不久前米沙看见了一幅油画，它的画法和用笔米沙很熟悉。这是在艺术家中心举办的每两年一次的艺术展上。他在油画展品的下方一下子就读到了熟悉的姓名。米沙询问并获知所有的作品都已被收购，而且还获知它们是按什么价格被买走。而当米沙听到知情者憋着一口气说出这样的话："您怎么，和他认识？"——他意识到，自己的这个同学成功了。

米沙并没有喜欢上自己所看到的他的那个同学的作品，但他为自己昔日的好友真心地感到高兴。同时，米沙也为自己为别人的成功高兴而高兴，因为站在自己成功的制高点，他可以允许自己这样。他想立刻找到自己的同学，但展会的组织者说，他已应某个博物馆的聘请飞去荷兰作画，之后将飞往美国。这可就让米沙难以开怀了，但他还是强迫自己高兴了起来。

· ·

米沙不是非常喜欢艺术家和音乐家。他认为，对于男人这并不是一个很好的可以一生都从事的职业。最主要的是，他不喜欢这种职业迫使人们不得不接受的那种生活方式。米沙知道艺术家是怎样生活的，也基本了解那些怀抱吉他眼神炙热的青年们走向何方。交响乐团的乐手们是怎样生活的，他不知道，但他觉得，在一个很大的乐团里担当第二低音提琴手或者第三管乐手，音乐会演出时穿上、音乐会结束后脱下缝制的燕尾服，换上牛仔装，与巴松管女演奏员和圆号手去随便什么啤酒屋喝啤酒——这对男人来说并非是令人艳羡的命运。至于伟大的音乐家，今天在巴黎，明天在东京，后天在墨尔本巡演，这样的生活他没想过；而普通乐手们的生活，今天在饭店"岸边"，明天在饭店"码头"，后天在"梅姬雪"（莫斯科市的一个地区）的婚礼上为人演奏，他更从未思考过。他们的生活不为他所知。那些他喜欢的电影演员们，他们的工作倒是让他觉得很有趣味和值得关注。他在不同的场合和一些著名的演员们见过几次面：和一位演员甚至在莫斯科的一位官员的别墅中一起喝过一整晚的酒；和另一位演员一起飞行过两个多小时，交谈了一路。如果机会可能，米沙尽量和电影演员们合影留念。在那样的见面后，那些演员们对于米沙就变得自然地亲近了些，当他在电视中再看到这些演员们出现时，他甚至很想说："瞧，就这位演员——是我的朋友。一个很好的男爷们儿。和他交流是那样的愉快……"然而，演员的职业米沙从未羡慕过,他想,自己不愿意像他们那样生活。

但作家米沙却很喜欢。不是所有作家,只是那些他喜欢的。他喜爱阅读对他们的访谈,了解他们生活在哪里和怎样生活。有时他甚至这样想象:一块开着窗户的空旷而又明亮的空间,中央有一张桌子,夏日,城市和乡村,生活中的各种声响汇聚成美妙的旋律,这个旋律飞向敞开的窗外,白色、轻柔的落地窗帘来回摆动。而他,米沙,坐在桌后,写作。

在这个幻想中,他怎么都不能想象出他将如何写作:是使用钢笔在纸上写作还是敲打键盘?他还不能决定,在那里,在敞开的窗户外边,是什么。抑或那是老楼房的高层,它的窗外满眼都是屋顶和屋顶,如同在巴黎;抑或是大海的岸边或者是乡村。但要是乡村,他看见的也不是北方和莫斯科郊外的,而是近似于荷兰的那种假想的乡村。因为,要是幻想有一些白桦树、小木屋和一条小河,那么开着窗户就别想能坐在屋子里。蚊子和苍蝇怎么都不适合作家的创作型劳动。米沙猜想,作家们未必真就那样写作,但他在想象这一切时觉得好笑和愉悦。

米沙近来经常思考这个问题。他非常感兴趣,作家们是如何写作大部头书籍,是否存在什么写作技巧。如果他想写作,是否一定需要学习文学专业或者可以直接写作,不用学习。米沙怀疑可以不用学习直接就开写,但也想过,某些技巧终归还是存在的,它们必定需要知道。想到写作书籍的技巧是存在的,这既令他惶恐不安同时又使他安心当下。米沙曾尝试写一本书,可写出来的却是不很明白的短篇故事。在这个短篇故事后,他构想写作了另一本书,但结果却什么都没有写出来,完全不成功。他开始写作,写着写着意识到,自己不知道如何继续。在一年多的时间里米沙产生了若干个构思。这些构思既不是小说,也不是剧本。这些构思他甚至没有作为构思写出来,只是让它在头脑和记忆中盘旋。按米沙的观点,他头脑中还出现过非常闪光的创意,那就是拍一部真正充满神秘主义的电影。这个创意让他觉得非常好玩,但他不知道从何入手去实现它。他明白,应该先写好剧本,然后……可然后该做什么?米沙甚至连想象都不知道怎么想象,尽管他对于自己写作一个剧本实际上也想象不出来。

然而在米沙开始尝试写作后（虽然故事不长，但毕竟写出了一个短篇），他开始感觉自己完全不一样了。他对现代作家的小说，产生了严肃和深刻的质疑，尤其是对国内作家的。对出版如此烂书的出版商，他也产生了质疑，这样的烂书不但得以出版，而且发行印刷的数量还很大。感兴趣和参加抢购的读者竟然非常多，对这样的读者们他同样深感质疑。

米沙是这样决定开始尝试写作的：

差不多两年前，米沙在一栋宽敞现代全新的写字楼里租了一个办公室，这个写字楼几乎就在市中心。他租的办公室面积不大，但却宽敞。办公室的窗户对着一条不宽的小街。隔过这个小街，也就是在他办公室的对面，是另一栋现代的办公楼，正对着他的窗户，但比他低一层，不知是谁的办公室，百叶窗总是处于打开和不拉窗帘的状态。太阳的光线从来没有照射进过那扇窗户，米沙办公室所在的这栋写字楼投射着阴影。小街道很暗。因此，那个办公室的灯光几乎一直亮着，尤其是冬天。

有一次米沙站在半开着的窗前抽烟，目光端详着对面写字楼的玻璃窗。他看见一位女士就在那扇窗内。她侧身坐在窗边的写字台前，在计算机上工作。米沙处于的位置高些，无法看清她的侧身，但他看见她深褐色的直发，紧包着头部，收拢地梳在脑后，形成长长的和并不很薄的马尾巴辫。米沙看见灰色的西装上衣和普通衬衫或者女士翻领衬衫的白色领边。女士坐着，眼睛看着电脑屏幕，右手敲打键盘，左手间或抬起，把很大的一个白色圆形杯子送到嘴边。米沙很喜欢他看见的这一幕。

第二天米沙再一次看了看那扇窗户。对面那扇窗内的工作台空着，他等了不一会儿，那位女士来了。脸部他无法看清，但看见了很美的身材。这一次女士穿的是一件白色紧领薄的套头毛线衫，下身是裙子。发型还和那天的一样。米沙几乎每天就这样观察她。

有一天早晨米沙甚至站在那里看着人们如何进入对面窗户的那栋写

字楼。他试图看见和认出就是那位女士，然而即使是看见，他也认不出来。当然，打听到那是一间什么办公室和是谁的办公室，这很容易和简单。也可以去一趟并近距离看一看这位女士。但米沙不想。他甚至不担心他会不喜欢她的外表。他只是不想失去愉快和浪漫的感觉。

米沙观察那扇窗户有好几个月。有时他看见她背靠窗户站着，经常看见她边讲电话边坐在转椅上来回转动，准确地说，不是转动，而是慢慢地画着半圆。一段时间后米沙知道了很多她的习惯。

三月初的一天，米沙看见，在她办公桌上摆放着一大束雍容华美的鲜花。后来又出现了一束。她穿得很漂亮，放开的长发披在肩上。米沙判断，这一天是她的生日。——现在我们这该是什么星座？——米沙在想。——二月是水瓶座，接下来是双鱼座。就是说，她是双鱼座。他在心中甚至狂热地暗想给她寄送一束鲜花。安排那样的事儿并不复杂。他开始沉思，该在卡片上写些什么。但最终他什么都没想出来并决定，这个主意不好。

后来关于整个这个情景米沙想构思写一本书。但只是关于那个情景本身，而不是关于他自己。他想写这样一个人的故事，他期待和渴望爱情，但却没有勇气迈出如此简单和充满激情的一步，去主动结识在对面窗户中看见的女士。

米沙伴着这个想法过了相当长时间，终于有一天晚上，在家中，当孩子们睡着后，而阿尼亚还在阅读什么，他在键盘旁坐下，试着开始了写作。第一个句子折磨他很长时间。于是他拿起一张纸和一支笔。结果情况更糟。米沙明白，还是从大学时期起他就没写过长文章了。他回到键盘旁，结果写出了这样的开头："他第一次看见她时，外面下着鹅毛大雪。为欣赏飞舞的雪花，他向窗外望去，透过在静止不动和寒冷的空气中垂直落下的稠密雪花，他看见一扇明亮没有拉上窗帘的窗户。他那时不知道，很快这扇窗户对于他就将成为最具吸引力和最令人激动的……"嗯，诸如此类，等等。

他在第一个晚上写了一页半，看了一眼表，自己很吃惊，时间已是夜里两点。就是说，他为写出一页半的文字付出了三个多小时的时间，对此自己甚至都还没发现。米沙再读了一遍自己写出来的文字，感觉满意，于是上床，很快睡着并睡得很香。早晨他重读了一遍昨夜写出并感觉满意的文字，结果惊奇地发现，原来他还是不喜欢自己所写出的文字。他坐下并开始修改已写好的文字，差一点儿上班没迟到。

那一天中午，米沙决定读一会儿买了很久但却只读了一半的挪威流行作家的书。这是一本由主人公日记和书信构成的长篇小说。书的开头他很喜欢，但接下来越来越艰难。可那一天米沙开始读着并意识到，他现在阅读的方式与过去不同了。他明白，他在看文字是如何被写出和安排好的。米沙眼睛里爬行着累赘的文字和其他有问题的叙述。他无法读下去。他头脑里一直在想，换做他，自己会怎么写这个或那个语句。

大概经过两个星期的写作，虽然不很正规，但经过仔细推敲，认真琢磨，耗费多时，米沙写出了一篇故事或者叫短篇小说。他不能明确地定义，他究竟写出了什么，但写出来的故事或短篇，其结尾却是很自然而然写就的。米沙想，他将一直写作下去，他喜欢写作，而故事一下子自己就结束了。米沙对那样的结果感到惊奇。他一遍又一遍地反复阅读自己写出来的文字，不断地找出不准确或者需要修改的地方。终于，他厌倦了自己的作品并决定不再去碰它。那时米沙心中闪过，或许总还是存在专门的写作技巧和秘密，正是这些技巧和秘密才使得作家能够写作大部头的书。

还有米沙发现，写完自己的短篇小说，他全然失去了对对面窗内女士的兴趣。

不久米沙头脑里产生了写一本新书的想法，他想写一个艺术家的故事……米沙成功地写了九页，在这九页里出现了如此众多的人物，以至于他自己都弄不清他们之间的关系，于是不得不停止写作。刚好他的主要工作开始多起来，每一天都很忙碌。然而，新的构思依旧一个接一个不断地在他脑海中涌现。

自从米沙把他不喜欢的书扔向墙壁的那一时刻起，他对文学的鉴赏和批评就变得十分勇敢。但在写出自己的短篇故事后，米沙对自己作品的评鉴却近乎绝对。自己的短篇故事他只给两个人看过：妻子和尤利娅。阿尼亚说,她没料到米沙会写小说,她很喜欢。而尤利娅说,她读完了,看见了米沙很努力,她觉得,米沙寂寞无聊和无事可做。米沙心里很生尤利娅的气,认为她的话是挑刺儿和对他的不理解,然而当她的面却什么都没说。尤利娅的话深深地刺伤了米沙。他试图去想,尤利娅阅读各种无聊的垃圾小说,廉价的侦探小说她一本接一本地吞下,米沙有时问她关于读过或者正在读的小说的意见,但她摆摆手说,没什么好说的。故此,米沙努力不把尤利娅对自己创作小说所持的意见当成是很严肃的评价,但他内心却无法平静,委屈和生气深藏心中。他决定不再给尤利娅看任何他写出的作品,也不再和她分享任何创作计划和想法。然而,听到尤利娅的评价后,他在一定时期里很是小心谨慎,没再给任何其他什么人看过自己所写的故事,尽管他已把那些短篇打印出了若干份。

· ·

在写出自己的短篇小说前不久,米沙结识了快乐而又聪明的小伙子罗马。罗马为电视台工作并还从事电影制作。正如米沙所理解,罗马制作电影其实也是给电视台播放。介绍他们认识的是谢尔盖,就是那个定期约上米沙及斯吉奥巴去健身房的谢尔盖,他卖汽车,生意很兴隆。

谢尔盖叫了米沙参加自己新的汽车专卖店开业庆典。开业庆典办得非常棒。那是一个小型音乐会,由相当有名的音乐组合演唱,汽车专卖店的大厅里美丽的姑娘们来回走秀,有色香味俱佳的自助餐、很多香槟,来宾中可以见到一些名人。主持开张庆典的是一个很逗乐的电视主持人,他对着话筒说了很多话,有几次甚至还很成功地说了笑话。在这次活动上谢尔盖介绍米沙认识了罗马。谢尔盖说,正是罗马帮忙组织了如此有意思的开业庆典节日。不是他本人亲自,而是找到了对的人们,正是这些对的人们把一切都组织安排得如此棒。谢尔盖很满意,甚至感到幸福。开业庆典上有很多摄影师和一些媒体记者。就是说,一切都安排得很完美。谢尔盖还高兴的是，尽管他一直担心开业庆典活动举办的结果，但他既没有因担心而喝高，也没有因高兴而醉酒。而如若喝高了，那他既会破坏了自己的节日，也会毁掉别人的心情。谢尔盖喝醉酒时非常可怕，他自己知道这一点。

而米沙一下子就喜欢上了罗马。他乐天、沉稳、聪明睿智。米沙喜欢罗马的着装、举止以及言谈。罗马比米沙小一点点。他和谢尔盖同龄。

谢尔盖很早就在卖汽车，他积累了大量的各种各样的人脉关系。他和罗马甚至已成为朋友。为什么？无法理解。就像米沙无法理解，为什么谢尔盖总是在接近他，米沙，尽管米沙既不是名人，也无法对谢尔盖实际上有什么用处，但他们保持着友谊。

汽车沙龙开业典礼后，罗马叫谢尔盖和米沙去他喜欢的一个地方。一个什么俱乐部。他说，他想在嘈杂背后找一个安静的地方去坐一坐，他知道一个地方，那里很安静。罗马带了一个姑娘，谢尔盖也是，米沙则一个人。罗马当即就问米沙，他一个人，而罗马和谢尔盖不是，这是不是问题。米沙说，这绝对不是问题。于是他们开上车驶去。米沙已经喝了些香槟酒，他把汽车停放在新开张的汽车专卖店旁的停车场。那时是午夜。

俱乐部米沙很喜欢，他没去过那样的地方，也不知道莫斯科有。在一座老旧废弃的工厂里，一栋漂亮的红砖厂房内，隐藏着一个不为人知的俱乐部。俱乐部里音乐声不大，人也不多，然而没有空位。如果不是罗马，第一，米沙自己无论如何也找不到这个俱乐部；第二，这里也不会有他的位置。很快他们坐在低矮茶几旁的低矮小沙发椅上，又过了一会儿他们抽着水烟，喝着酒并开始交谈起来。姑娘们自己相互间说话，没有打扰他们。

米沙很喜欢加入罗马的小团伙里。罗马讲话风趣和俏皮，倾听别人说话时安静和认真，对于玩笑总是报以笑声，自己也开很多玩笑。谢尔盖一如既往，自己不起话头，只喝果汁，但他很认真地倾听大家谈话，该笑时笑，该插话时简短地说上几句。而米沙和罗马喝得很嗨。米沙马上打定主意赠送罗马"没有尽头"的路标,心里认定他一定会喜欢。

罗马讲述了一段可笑的故事,那是在他不久前拍一部多集电影时发生的。女演员们,先是一个,后来是另一个,因中途怀孕,违背职业道德规范并撕毁所有协议,退出电影的拍摄。他讲述说,由于这个原因不得不两次改写剧本,而罗马参与了这两次剧本的改写。他说,他想起了作为剧作者的老本事,又对这项工作燃起了热情。他脑海里很快产生了两个非常棒的电影创意。然而,他未必去实现它们。

米沙被他讲的故事深深吸引。他认真地倾听,愉快而又好奇,尽管通常他觉得自己说更有意思。但他喜欢罗马,米沙看出,罗马不是牛皮匠,而是真真正正有意思的交谈对象。

"我脑海里很快就有了电影主题,这种情况在我身上很久都没发生过了,"罗马乐呵呵地说。"天天从事电影制作,我都忘记了自己的创意。可这时创意一下子来了。你们想听我讲吗?这很可笑。我会很快讲完。除此,我反正永远都不会把这个电影拍出来。"

"当然,你请讲,"谢尔盖说,"我们就是为这才跟你来这里的。"

"那是自然,"米沙确认道,"我非常感兴趣。"

"主题很特别,"罗马笑了笑说,"主题是这样的……关于吸毒者的故事。"

"那就更要讲了,"谢尔盖乐呵呵地说,喝了一口高高杯子中的葡萄柚果汁,"关于健康生活方式的主题无趣,并没有说服力。"

"那好吧。主题的实质是这样的,"罗马眯起眼说,喝了很大一口威士忌,杯子里的冰块叮叮当当地发出相互碰撞的声响。"请你们想象一下,有两个好友或者两个伙伴,他们搞到了些劲儿很大的烟草,他们并不知道这是什么,对于它的效用也不知道。这也可能不是烟草,而是什么蘑菇或者类似的什么东西。但我们假设它是烟草。他们坐下,抽吸一会儿,什么都没感觉到,又抽吸了一会儿,还是什么都没有。总之,他们把这个烟草抽完,却没有任何效用。于是他们走去散步玩耍。他们来到大街上,走在夜晚的莫斯科街道上。我想展示的画面是,他们走在红场,路过克里姆林宫。这时,你们想象一下,就像在电影里:镜头让大家看到的是朋友中的一位所看到的场景。而他所看到的却是,他和一个朋友正走在伦敦的街头,路过的是大本钟。嗯,就是那种百分之百、一眼就看出是伦敦的场景。他走着,甚至对此不感到奇怪。伦敦就伦敦。他们走着,相互交谈。这时,镜头展示第二个朋友眼睛所看到的场景。而他看到,他们在巴黎街头散步并正路过埃菲尔铁塔。一个朋友走在伦敦,另一个走在巴黎,而实际上他们却是走在莫斯科,嘴里骂着那些塞给他们烟草的人们,这是什么鸟烟草,一点都不让他们心旌荡漾,"罗马轻轻地笑了一下并又喝了一口威士忌,"嗯,这是主题的最基本部分。这么说吧,创意的主干就是这样。接下来在这个主干上可以分支出各种奇遇和滑稽可笑的场景。例如,他们走进酒馆去喝酒。一个走进的是伦敦的小酒馆,另一个走进的则是巴黎的咖啡店,而实际上他们走进的是莫斯科的一个什么酒吧。一个觉得,他们进去后旋即就出来了,另一个却觉得,比如,他们走进酒馆,在那里认识了很多姑娘,他们之间开始了爱情。或者他们走进去,混入了一场打斗,相互射击……或者先是姑娘,然后是相互射击。而另一个觉得,他们一进去就出来了。你们明白吗?捕没捕捉到故事的逻辑?他们重新走在莫斯科的大街上。还可以导入第三个角色,他同样也抽吸那个烟草,而他却完全是在东京看着我们这两个朋友身上所发生的一切……这里可以想出很多故事,但主要创意的逻辑是明白的。"

"太棒了,"谢尔盖赞叹道。

"可为什么你不拍一部那样的电影?"米沙问。他真诚地喜欢上这个创意。"依我看,这个创意简直太有想象力并非常好玩。"

"那又为什么?"罗马平和并毫不炫耀地反问说。"没任何意义!宣传毒品不是好事情。我这么说可是认真的!"他几乎是严肃地说。"那样的电影好电视台不会给播放。它又走不到影院面对广大观众公映。这是对的!与毒品必须做斗争!"罗马向上抬起左手的食指,就像在威胁不知什么人。"可如果拍那样的电影,就得去伦敦、巴黎和红场拍。而这很贵,兄弟们。谁又会看那样的电影?给朋友圈和影评人,可他们怎么会需要对毒品的宣传？不，伙计们！家庭式小圈子的陶醉我已不感兴趣。产生了这个构思，我很高兴。对于我，创意本身就足够了。至少我重新感觉到，我还能创作点什么。我满足。我只制作电视台给播放的东西。"

米沙对所有涉及剧本写作和不只是剧本写作的问题感兴趣。他还对作者可能写出的故事的进一步命运感兴趣。但谈话不经意间拐向了另一个方向。米沙喜欢罗马，他决定下一次向罗马详细询问写作过程中实践方面的问题。罗马实在是米沙认识的第一位对写作知道些什么的聪明人。

那时他们在一起坐了很久，聊天，发笑，罗马讲述很多新鲜和好玩的笑话，还有电视圈里发生的一些可笑的故事。米沙也想起和讲述了若干个自己工作中所遇到的可笑和好玩的事情：愚蠢可笑的事情，有时甚至是不幸的事件，这些在米沙的工作中真够多。罗马真的对米沙所做的事情感上了兴趣并说：他从来没有遇见过从事道路标牌制作的人们。

罗马对米沙的故事发笑不止，因此米沙更加喜欢他。话匣子一下子自动地被打开，米沙实在是想不起来更多的有趣笑话，但米沙突然忍不住对道路标牌发表了一通宏论。在此之前他从未用那样的语句描述自己的道路标牌，而那个夜晚的气氛本身、关于创作的话题、罗马的全神贯注和酒精都帮助和促使了米沙发表这样的一段长篇大论。

"我呀，曾经读过艺术学校。可以说，构图的各种铁律我不只是耳闻过，而且专业学习过。我做过广告工作……嗯，不完全是广告工作，但广告产品我制作过很多。而且，由于了解构图的铁律，"米沙说到此时笑了一下，"我现在回想起自己的广告产品，一点都不感到羞愧。至于道路标牌，我曾经也和大家一样，开车行驶在马路或者步行在街道上，这些标牌未曾发现过。不对！我当然看见它们并努力遵守……但没发现，明白吗？而现在我知道并非常明白，道路标牌不只是很美，他们简直就是完美至极！每一幅画，大的小的，油画素描，或者甚至是愚蠢的乱写乱画，都有自己的作者。而我们可能喜欢这个作者，也可能不喜欢这个作者。有些画很成功，有些画不怎么成功。作者希望观众喜欢他们的画作，希望他们的画作被人购买。可路标的作者我们不知道。他们无名。路标的形式和内容可以说是经过时间的锤炼，整个国家为之付出努力。路标的出现——这不是某个人的创意或者构思的结果。道路标牌从来都是由直接的生活需求所产生。当生活有了新的需求——就会有新的路标诞生。路标无所谓有人喜欢它还是不喜欢它。路标只是要求人们对它给予注意，别无所求。而且，路标总是赢得这份对自己的注意，"米沙感觉，由于喝多了酒他的舌头不是很利落，但因此思维却很敏捷。他很满意。说最后几句话时，他用餐巾纸擦了擦额头上的汗："我真赞叹，人类创作出这么了不起的道路标牌。它们的尺寸和形状任谁都毫不怀疑，它们就应该长成那样。就是那样，而不是别的样。路标的理性和感性让我十分惊讶。请你们往深里想一想，难道看不见在'禁止停车'路标中蕴含多少不屈不挠的坚定和友善礼貌的强硬吗；在'道路湿滑'路标中蕴含的对道路交通参与者的真诚关心，对任何人都再简单明了不过；而在'主路'路标中又包含了多少骄傲甚至是兴高采烈，"米沙看见，罗马在微笑，而谢尔盖在他开始讲这番话时有些分心，可现在却在认真倾听和笑着。米沙换了一口气。"例如，当有人想在自己家中挂一幅画，他先是长时间地挑选画框，然后是挑挂画的地方，这个地方需要既能让大家看到画，又刚好有光线照在画上，还得要与墙壁的颜色搭配。可对于路标，它要挂的地方是由生活本身决定的。所以道路标牌总是位于需要的，也就是自己的地方！而且，这个地方不是坏的，不是好的，它是唯一可能的地方。'危险弯路'标牌会立在弯路的前面，就是说，它所立的位置无可置疑。明白吗？！无可置疑！还有，别担心，我这就讲完……"米沙腼腆，但很满足地笑了一下说。"请注意，经常破坏风景的是那些电线杆、高压输电线路和铁塔、丑陋的桥梁、道路两旁愚蠢的咖啡馆、卖货的亭棚、生锈的公共汽车停靠站、讨厌的围墙、粗制滥造的房屋等。但路标却永远都不对风景造成破坏。这是我作为艺术家说的话。路标在任何风景中都美丽，鲜艳，对比强烈，同时不破坏风景，它只会给风景增色。知道吗，只是你们不要笑，限速路标也经常刺激我，但我努力不生气。因为不管你愿意不愿意，无论是什么路标，也不管它限制什么，或者甚至禁止……但路标总是见证着一个人对另一个人的关心……"

"嗯，这可几乎就是祝酒词，"谢尔盖高兴地说并举起倒满果汁的杯子。

"是呀－呀！为此我干了！"罗马赞叹地摇了摇头。"真遗憾，我没把这段话记录下来。这超级棒。我从来没那样想过。就是说，为人对人的关心而干杯！"

他们举杯畅饮。

"哎，米申卡（米沙的表爱昵称）我从来没见过你这个样子！"谢尔盖既严肃又快乐地说。"我想要这段话！你写给我，我把它在自己的办公室里挂起来。知道吗，我现在要开始看这些路标了。谢谢，米沙，"谢尔盖向米沙挤了个眼。

"不，"罗马说，"如果把这简单地写在纸上，不会有那种力量，那种信仰，眼睛里的光芒也不会出现。然而，这样的语句不应该被遗忘。把你说的都请写下来吧，无论如何。人类会感激你的。"

米沙那时回到家已近清晨，他醉意十足并很幸福。两个小时过后阿尼亚把他叫醒。米沙的感觉很糟糕，但内心的幸福感却没有离去。

米沙和罗马又见过两次。米沙很想从罗马那里获知很多东西。而当米沙写完自己的短篇故事，他已经想具体地展示给罗马看并与他分享自己的构思。

有一次罗马邀请谢尔盖和米沙参加一部电影的首映式。电影很烂。米沙看过后甚至不知道他可以就看过的电影说些什么。但罗马自己全都替米沙说了。

"我自己全都知道和明白。什么都不需要说！"代之问候，罗马对米沙说，同时用身体挤过人群（邀请来观看首映的朋友和观众很多）。"很高兴看见你！请原谅，叫你来看这部'经典'，就是想见到你。关于自己的路标还没写完吗？……"

那时他们没能得以好好说话。大家都在拉扯罗马，祝贺他新电影的成功。罗马不住地感谢，回答说，自己是一个微不足道的劳动者，并没有努力去取得很高的电影艺术成就。米沙早早地回了家。

然而，并不是那么久前，夏天，七月末，米沙得以和罗马非常充分地谈了一次话。谢尔盖说，在郊外，在水库岸边，将举办一个有趣的晚会。还说，聚集的人不会很多，而罗马还问起了米沙。谢尔盖还说，最好不带夫人，因为他完全不知道活动的形式。米沙开车去了那里，他随身带了一份打印出来的短篇故事和一块路标"没有尽头"。这块给罗马的路标米沙是按标准制作的，就是蓝底圆形。

结果活动就是很平庸的野外烧烤，有点无聊，天气也不走运。然而米沙这次却得以和罗马好好地聊了聊。罗马非常喜欢米沙送的礼物，他说，他将把它挂在家里或者办公室。接着他们聊了很久。

"知道吗，你那关于路标的讲话非常让我吃惊，"罗马说，"真想也像你那样热爱自己所从事的事业！"

他们还说了什么别的。米沙已经想出去把放在外边汽车里绿色文件夹内的短篇故事拿来，但他依旧还未付诸行动。

"突然有人给我拿来一部好笑的剧本。一部恐怖片。第一次阅读按照恐怖题材所有铁律写就的故事，但却完全是发生在我们这块土地上的。写得很幽默睿智。主题是，在过期和膨胀的罐头瓶子里，生长着恶的细胞和怪兽。好笑，对吧？这个故事我们当然不会去拍摄，但写就如此幽默睿智故事的那个小伙子赢得了应有的对他的关注。我们会向他订购些什么。"

"我也有一个电影构思，"米沙甚至自己都没料到，突然随口说，"很久前想出来的。我认为，很好笑，"听到米沙的这句话时，罗马的脸变得严肃起来。"嗯，是这样的……总体构思是……一个复仇故事。也就是，想象一下，恶的细胞深入进一段道路里，于是这段道路变成了有生命的活的路。这段道路可以杀死人。基本的创意在于，道路变成有生命的活体组织。而且，这段道路自己可以，比如，改变方向——于是人们从断裂处掉下。道路自己改变交通引导线——于是汽车相互碰撞。道路标牌也会复活，随便改变自己的外形、颜色和含义。所有这一切都导致大量人员伤亡。可政法部门的调查……"

"瞧你可把我吓着了,"罗马大笑起来,"好东西!非常好笑!你真行,连同你的道路标牌!幽默睿智。你可真把我吓着了!我已经害怕并在想,你现在就将塞给我个什么自己的剧本读,或者是散文,也许还可能是诗歌。"罗马继续笑着,而米沙却不知道该说什么好。"知道吗,米沙,没有比这更可怕的。你要是真知道,有多少人在写作,那该多好!他们写诗,写散文,写剧本,写话剧……你甚至都无法想象,有多少人!他们写,寄送,带过来,他们都在等待回答,期待,焦急,生气。我最近都有妄想症了。我开始觉得,所有的人都在写些什么,于是我不得不阅读所有这些。"罗马用手抹了一下嘴,米沙倾听着并吸起烟来。"米沙,没有任何指望可以找到什么好的作品,实际上没有。我看过多少令人忧伤的故事,一个正常的小伙子,甚至是成功人士,活着活着,工作着……聪明,善良,优秀……忽然间他就拿起笔,写了一本书,或者开始创作歌词。然而,创作吗,这还是半个悲剧!只要当他到处给谁都看自己的作品时,那他马上就从一个正常、快乐和活泼的人,变成一个不幸因没有获得关注而不被理解的作家或者诗人。而回头路是没有的。如果一个人开始了写作,那你已经就无法阻止他(她)了。并且,最令人气恼的是……人可能很聪明,甚至是高智商,可能喜爱并了解好的文学和电影,可能受过很好的高等教育,可于此却写作些没有意义的臭大粪,并对此自己完全看不见。我真不明白,这到底是怎么发生的。所以说,你真把我吓着了!你这玩笑开的真幽默和睿智!你的这些路标……"

· ·

米沙从那时起再也没见过罗马。不是他不再喜欢罗马,但想与他聊天的强烈愿望消失了,也没有了兴趣想去详细了解他的工作细节,或者从他那里得到些什么建议。米沙清晰地记得罗马所说的话。米沙把他所说的话放在自己身上衡量,并试图让自己安下心来。他在自己身上没有找到想要成为著名作家或者通常意义上的名人的愿望。米沙分析自己就尝试写书过程中所体验到的身心感受和念头，他并不认为，在他身上有什么特别的状况发生。自己一如既往地热爱自己的工作，米沙想。抛弃一切并开始以写作为生，他不想。至于他曾经学习过艺术和音乐，却没有成为艺术家，也没有成为音乐家，对此他并不认为是对自己某种天分的背叛，更不认为这是在拿天分换取金钱和用大智慧从事毫无意义的鸡毛小事。他不认为自己的道路标牌是鸡毛小事，也不认为他工作只是为了挣钱。所以罗马那样说谁都可以，只是不是在说他，不是说他米沙。别的人可能发疯并写作着谁都不会看的东西，但只是不是他。米沙认为，他就是喜爱阅读，喜爱书籍、文学，只不过是决定自己动笔实践一下。他想知道书是怎样写成的，写书的作者感受着什么。于是米沙自己尝试创作了一下。尝试过了——再没有别的什么。也就是说，他没什么不好意思的，也没什么好羞愧的。不值得为罗马所说的那些话纠结和难过，但自己的短篇小说米沙还是没再拿给任何人看过了。对于自己的创作构思他没有拒绝，这些构思继续在他的头脑中涌动，然而它们已不像与罗马对话之前那么活跃了。

· ·

而米沙和谢尔盖继续见面和交往。他们的这种交往经常让米沙感到奇怪。他明白，也知道，他和谢尔盖完全不是一路子的人，他们没有，也未必会有共同的兴趣、见解和观点。但他们相处得很友好并几乎已成为朋友。米沙有时觉得，谢尔盖对他是个刺激，自己总体上并不喜欢他。然而他们继续保持着友好往来。还有，米沙意识到，由于与谢尔盖的交往，他自己得以在很多方面看清了方向，确定了很多问题并让躁动的心安静了下来。

米沙与谢尔盖结识的方式奇特。米沙一直觉得，他们相互认识并没有多久，但掰指头算了算，也已经有六年多的时间了。这让米沙很是惊诧。

那大约是六年多前的晚春时节，暖阳明媚的一天，星期日，米沙开车载着阿尼亚和那时还很小的卡嘉，行驶在伏尔加格勒大街①上。他们是去朋友的乡间别墅，满心欢喜并渴望着享受一年中第一次在暖阳下的玩耍，呼吸春天的新鲜空气，燃起篝火。路上的汽车并不是很多。米沙十分清楚地记得，他没来得及驶过十字路口，交通信号灯的红灯亮起，他在最后一刻将车刹住，车停在了停车线外，前出向交叉路口。米沙坐着，等待绿灯，他是第一个，在他前面伸展着宽广而自由的一段平坦又美丽的柏油马路。米沙想极速起步并在到达下一个交通信号灯之前一直保持第一名。他开车从不逞能，然而如果道路条件允许，他喜欢快速开上一会儿。阿尼亚和卡嘉坐在后面。

绿灯亮起。米沙手脚麻利地操纵，汽车极速向前冲去。尽管那时他的汽车既没有强大的动力，也不具快速行驶的配置，但米沙对它掌控精良并在想要时可以让它达到最大的加速度。他驾驶自己的汽车向前冲去，并在那一段宽广的大街上保持了第一名。

"米申卡，请你不要胡来！"他听见来自后座阿尼亚的责骂声。

瞬间后传来可怕的轰鸣声响。米沙看了一眼后视镜，但他什么都没看见。突然，不明白从什么方向，伴随着轰鸣声飞奔出来一辆动力强大的摩托车，摩托车上的骑者身穿黑衣，头戴闪闪发亮的头盔。米沙看见这辆摩托车时，它正从右侧超越米沙的汽车并轻微地刮蹭上米沙的前车盖和前保险杠。接下来所发生的就像昂贵进口大片中的一幕。

一辆体型巨大、动力威猛、闪闪发亮的摩托车连同它宽宽的后轮，一个身穿黑色皮衣、脑戴头盔、身体紧贴在摩托车上的骑手，车人一起失去了平衡。摩托车的后轮三番五次在柏油马路上侧滑摇摆，摩托骑手显然在试图做些什么，然而他却不能。车人一起大滚转并瞬间人仰车翻。摩托车瞬间大翻个并沿着柏油马路翻滚成一团。摩托骑手被甩离自

---

① 伏尔加格勒大街是莫斯科市内很重要的交通干道，位于莫斯科的中央区和东南区，起于农民哨卡广场，止于莫斯科的外环路（МКАД）。

己的坐骑，如同一块破布被摔向不远的另一个方向。而摩托车不停地颠簸和翻滚并撞击地面，恐怖，强烈，时间很长。碎片从摩托车身上飞向八方，而撞击产生的火花四处飞溅。就这样摩托车在马路上翻滚了很远，接着还在马路上拖滑了一段，最后停止在马路的前方。摩托车由原来的一个闪闪发亮、威严漂亮、令许多人赞叹和艳羡的物件，变成了一个七扭八歪、充满恐怖和危险的令人产生死亡记忆的怪物。摩托骑手被甩飞的时间没有那么长，但感觉他身上的骨头应该不会有一块是完整的。

  米沙像被魔法击中般愣愣地看着这一切，没有忘记脚踩制动并把车停下。害怕的感觉迟些才到来。米沙甚至机械地打开"双闪"，向后座回望了一眼，看见阿尼亚和卡嘉尽管惊恐万分，但一切都还正常。只是那时他才打开车门，从驾驶座位跳下，跑向那个摩托骑手。而此时那个摩托骑手，却已经坐起屁股并在摘下头盔。头盔下原来是一颗剪有短发的头颅，面部年轻，呈瓜子型向下拉长，鼻子精细，双眼惊恐万状。米沙第一个跑向坐在柏油马路上的小伙子，身后匆匆跑来还有很多人。从对面方向驶来的汽车里，人们好奇地探出头张望。

  "嗯，怎么样，爷们儿们？！我表演得好吗？"摩托骑手大声地喊了一句。"看见没？！别给自己的孩子买摩托车！"他试图站起并站立了起来，但却不能抬腿迈步，他把头盔用力扔向一边，重又瘫坐回马路上。"我活着，活着，你们别怕，爷们儿们！我自己也都吓死了，"说完，他仰面朝天地躺下，屈起双腿。"这叫做'兜风兜到家了'！揭幕一个表演季，真他妈的……"

  这就是谢尔盖。米沙与他就这样认识，后来开始了交往。

  谢尔盖那一次很幸运。他摔断了三根肋骨，关节脱位，肌肉挫伤，严重脑震荡，但总体上没有大碍，大难没死，也没残。两个月过后，他已经又给自己买了新的摩托车并比以往开得更加狂野。谢尔盖就是比别人走运，事业顺风顺水。

  米沙不明白他什么时候工作和怎么工作。米沙觉得，谢尔盖什么都从事，就是不从事工作。然而，谢尔盖的生意红火，无论想干什么，很快就非常成功。他可以说是一个很富有的年轻人。不管怎么说，在经济条件方面比谢尔盖更有钱的熟人和朋友米沙没有。谢尔盖对于米沙已成为重要和有意思的人，米沙认为他们的结识对自己是有益处的，但不是指具体利益方面，而是指对好奇心的满足方面。对谢尔盖所过的那种生活方式，甚至生活内容，米沙好奇不已。

令自己万分高兴，也令自己完全满足的是，米沙很快明白了，他一点儿不嫉妒谢尔盖，也绝对不想像他那样生活。米沙甚至不嫉妒谢尔盖比他幸运和更有钱得多。他不但不嫉妒，甚至还同情，有时还怜悯谢尔盖，这让米沙非常高兴和心安。多亏结识谢尔盖并与其保持友谊，米沙不再为身边出现年纪和他差不多，或者更年轻，金钱挣得却比他多的什么人而陷入沉思，甚至寝食难安。这些人完全不再令米沙内心躁动不安，真的，除了那些和他从事一样事业的人。

观察谢尔盖的生活和事业，米沙心无波澜，他明白，他本人没有可能做到像他那样，即使是他想，甚至是他那时也有那样的起步资本。在和谢尔盖交往中，米沙明白，他热爱自己的工作，他喜欢自己的生活方式，而最主要的，他喜欢自己心中对自己的工作和生活所思考的那样。

而谢尔盖拥有幸运的启动资本。谢尔盖的父亲是很高级别的外交官，他甚至出生在澳大利亚，还在童年时就和父母生活在非洲、美洲。后来他在英国接受高等教育，读金融专业，不知为什么没有读完。

"我在那儿可真够胡闹的，"谢尔盖笑着，含糊地说起自己那被中断的高等教育。"后来回了国并在祖国继续胡闹，差一点没永久毁了自己。"

关于自己疯狂的少年时代，谢尔盖没有具体讲述，但从一些故事的片段可以知道，在那少年时代，他盗过汽车，吸过毒，交过显然不是什么贵族朋友。后来他不得不收心，规范自己的行为。再后来，有人给他安排了一种工作，整天接触"那样"的人和"那样大"的钱，这使他一下子就迈过了人生的几个台阶。而这些台阶，大多数没有他那么走运的人，终其一生的努力和奋斗也依然迈不过去一个，最终还是在原地踏步。

谢尔盖是一个快乐、善社交、容易交往、认真、反应极快的小伙子。这样的人不叫聪明，而叫机灵。

"如果像你工作那么多，"谢尔盖对米沙说，"我呀，早已经，要么把所有只要有的钱都挣完了，要么就疯了。米申卡！这该如何爱自己的工作，才能像你那样一心一意地专注于此！"

"这你还没看见我过去是如何专注于自己的工作的，"米沙快乐地回答道，尽管他所听见的话有点触动他的敏感处。"和刚开始时比，我现在简直就是游手好闲。我已经几乎能在工作时间把事情都处理完。我有休息日。所以你也不用夸大。"

"你其实每天都在工作，一个月接一个月呀！你呀，真是劳模，米沙！我可做不到那样！"

"可我也做不到像你那样，总是像上班一样去什么地方闲逛。我的想象力都不够想出那些路线和冒险项目来，"米沙揶揄地说。"那么多的姑娘也会让我疲倦，谢廖沙。你说，难道你记得她们所有人并不把她们弄混吗？难道你真的记得所有那些你去过的地方，在哪里滑过雪，在哪里潜过水？"

"弄混，米申卡，弄混！都已经弄混成什么样了，什么样的混乱没发生过，真可怕！的确不是所有的地方都记得。可你说，我还能做什么呢？"谢尔盖十分真诚和质朴地说。"我不需要每天工作。如果我开始每天都去上班，那我只会搞坏点什么。那时我的下属就会对我说：'您，谢尔盖·谢尔盖耶维奇①，能不能去什么远一点的地方休息一下？'而我也不愿意。我呀，米申卡，无所谓。汽车多多少少我还喜欢。卖汽车——这呀，很简单。那些制造汽车的，德国人、日本人、美国人，他们把所有的事都替我做好了。他们把汽车造得那么好，就会有人买他们的汽车。而销售这些汽车——这就是那么一回事儿……对此我已什么都知道了。可自己的汽车我永远都造不出来。因为我不会，所以就这么……如果我能像你那样，在自己喜爱的题目上挖呀挖，那我也就

---

① 谢尔盖·谢尔盖耶维奇，是对谢尔盖的尊称，即大名加父称的正式说法。

挖了。真那样的话，我早就挖到令人称赞得合不拢嘴的成就！可我没有题目，"谢尔盖说这话时快乐而又平静，"所以我尽我所能地消遣和娱乐。只是我在担心，随着我越来越多地旅行，地球变得越来越小。这真可怕，米沙！地球变小得很快。漂亮姑娘们也……她们让我烦腻，可没有她们我又不行。"

"没有试试去爱上吗？且慢！等你爱上时，再来看你是个什么样，"米沙微笑着，用老同志的语调对谢尔盖说。"到那时你就会是另外的腔调了。"

"怎么，你用这吓唬我吗？我记得，你是怎么被抽干，你是怎么发的疯。你认为我害怕吗？其实我也想像你那时那样轰轰烈烈地爱上一次。"

"你不知道，你在说什么！这，谢尔盖，不是糖，也不是蜂蜜……"

"我就是那样在和你说，我不知道这个，"谢尔盖激昂地打断米沙说。"所以我想知道。我看见过多少爷们儿们，纯粹、成熟和富有人生经历的爷们儿们，他们被爱情弄得晕头转向，结果抛家弃子，耗尽资财，哭天喊地，像孩子一样满莫斯科鼻涕一把泪一把……可我甚至都不知道这说的是什么。非常想爱上一次。一直在寻觅并无法理解……"

"如果你在寻觅，那就意味着，你寻觅不到，"米沙打断谢尔盖说。"那种事怎么可以寻觅？你说话就像有所忧虑的小孩子。不能寻觅！你怎么，想找到符合你那些某种标准和想象的女人，找到她并当即爱上她吗？……"米沙稍做停顿，好像在等待答案。"生活——这不是你的超市，朋友。爱情寻觅不到，它只可遇不可求。"

"那就是说，我想遇见它！等我遇见它，那时我就可以和你谈论这个话题了，而此时我不在行，你可以随便说什么，我反正都不知道这说的是什么。但你可别以为，米沙，我在抱怨。我感觉非常好！有时感觉烦腻，这是真的。有时感觉无聊寂寞。然而我喜欢。我只是想尝试一下这个，并希望像你那时那样被爱围困，像个疯子……我对此很感兴趣。"

"不，谢廖沙！你让我吃惊！我呀，知道你不是白痴，极可能完全相反，但有时你真让我愕然。"

"那有什么？！我对你说的都是实话！我有兴趣！"谢尔盖睁大双眼说。"我还想演电影呢。哪怕是一个小角色。罗马答应帮我这个忙。我很好奇……"

"真是幼稚，我的上帝呀！"米沙只有这话可说。

"而我，米沙，还想要孩子呢。我想，我会喜欢……"

. . . .

谢尔盖的交际活动很多，交往的人数庞大。让米沙感到惊奇的是，谢尔盖总是组织各种聚会，无数的晚宴、野餐，从来不放过任何一个新的饭店或者俱乐部的开业庆典，但他在聚会时通常却都沉默不语，只是认真倾听，听到所有的笑话都报以笑声，然而自己却从不主动讲笑话。米沙理解，正因为如此，谢尔盖在任何一伙人群当中都备受好评，大家都喜欢和他聚会。而谢尔盖，给人感觉，似乎什么都喜欢，和什么人都处得来，尽管随着接触的深入米沙获知，这远不是那么回事儿。

谢尔盖连自己的意见也很少表达。他喜欢观察。他乐于介绍各种各样的人认识，从而推动他们进入争论或者开始多人一起的众谈，而他好站在一边观察。谢尔盖认识很多各类的人——从中级和中高级政治家到著名的体育明星。他还结交那些尖酸刻薄的记者们和任性的模特们。他喜欢把他们所有人聚拢在一起并观察他们。

米沙有一段时间很感兴趣出席那样的一些聚会，但后来烦腻和厌倦了也是作为一个观察者，因为他的见解没人特别感兴趣。开始时米沙对于经常和名人们在一起感到愉快和得意，谢尔盖总是叫上他，后来这变得让他不自在，于是他就不再对谢尔盖的邀请做出响应。而对于在小范围的聚会上引导谢尔盖本人开口讲话，米沙很是喜欢。谢尔盖经常以自己的声明和见解令米沙惊奇不已。

谢尔盖总是生活在高度紧张的生活节奏中，但这个节奏与工作没有关系。他定期从事体育运动：几乎每天游泳，与教练打网球，或者与别的教练练习击打面部的什么拳击或者柔道之类的运动，不断地认识和了解新的运动汽车或者摩托车等。他满世界旅行，要么参加网球循环赛，要么参加足球比赛，两三个月去个什么地方一次，不是参加登山就是潜水的极限运动，总是带回一堆的照片，或者试图拍摄一部有关自己旅行见闻奇遇的电影。

谢尔盖每半年一次（有时频率更高一些），交替迷恋什么新的小姐。通常这都是些聪明、恶毒的美艳女子，她们更多的是有丈夫或者有什么危险的保护人和靠山。谢尔盖一定要卷入这种爱欲情仇的故事中，而且故事越乱越复杂，他越感到兴奋和快活。除了那样一些混乱复杂的故事，他还有着经常和简单的生活插曲。然而，就是在所有这些混乱和快活的爱欲情仇故事之中，谢尔盖竟然能挤出时间阅读很多的书籍并看电影。他一本接一本地读书，了解所有新出版的书籍，但阅读并不系统。米沙喜欢和谢尔盖谈论书籍。谢尔盖的那些大胆、快速、常常也是幼稚的评论让米沙惊叹和快乐。对于谢尔盖不存在任何权威。至于这本或那本书已历经几个时代，抑或它就是昨天才写就的，他觉得无所谓。谢尔盖经常给人一种印象，那就是对于他来说，什么时代都不存在。

"我读雷马克。读完是那样享受。超级！而狄更斯一开始读就很累。可他写作出了你知道多少部作品？！一个人不可能写作出那么多部作品，却还都好读。尝试读了一下普鲁斯特，起初很刺激，后来就被搞晕，忘记读到了哪一页，并且找不到自己停在了哪里，"有一次谢尔盖"汇报"自己所读过的书说。"我还想问你，米沙……有人建议我读一读某位作家，就是推荐阅读普鲁斯特的那位女士，她说的，很好，但我现在怀疑。这个作家叫什么？我已经叫人去购买……见鬼，他叫什么名字了……？马上……"谢尔盖掏出手机并拨打了一个人的号码。"等一等，米沙，我这就问一下我的助手……喂！亚娜，告诉我，我请科利亚给我邮寄的书，作家叫什么名字来着？……谢谢！马尔克斯！……你知道这个作家吗？"

"知道，"米沙微笑着回答说。

"这就是了！我知道你应该知道，"谢尔盖高兴起来。"你觉得怎么样？值得读吗？"

"不知道，谢廖沙！什么我都不想对你说。请你自己去体会。然后你告诉我。"

"他们就那样都给我买了回来，把书店中有的这位马尔克斯的所有作品都买了。可从哪本开始读呢？你拿什么架子，你是都知道的，米沙！"

"不！什么我都不会说，"米沙已经在笑着说。"自己！都你自己。"

"好吧，那我问一问别的什么人，"谢尔盖摆了摆手说。"那请给个建议……我非常喜欢纳博科夫。但我已经把他的作品都读完了。还有哪个作家是纳博科夫那类的？嗯……在那个方向？……"

· ·

在谢尔盖介绍给米沙认识的所有人中，米沙只是和斯吉奥巴成为了朋友。而斯吉奥巴和谢尔盖之所以结识并成为朋友，是因为谢尔盖妈妈的狗曾在斯吉奥巴的宠物医院治疗过。

谢尔盖一方面过着丰富多彩和放荡不羁的生活，另一方面却和妈妈住在一起。他非常爱他的妈妈，总是给她打电话，提前告知说，他很晚才能回家或者他不回家过夜。他给妈妈安排有趣的旅行，把有意思的客人给她带回家，请最好的医生给她看病。妈妈养了一只老小狗，谢尔盖无法忍受并说，这个"歇斯底里的小畜生"破坏了他的生活。但他却带狗去看病并对它很关心。就是这样他和斯吉奥巴认识了，然后介绍斯吉奥巴认识了米沙。

只要谢尔盖不外出去哪里，他几乎每周都约上斯吉奥巴和米沙至少是在健身房见面几次。正是谢尔盖引导和教会了斯吉奥巴和米沙去健身房健身。

随着时间的推移，在小范围内与谢尔盖聚会并交谈，哪怕时间短暂，这对于米沙实际上已成为必不可少的生活需要。米沙听他讲述最近的奇遇见闻、故事和他干的各种勾当。他倾听着并每一次都确信，他自己不希望，也不想过像谢尔盖过的那种生活，就连类似的他都不要。这让米沙心静如水并增添了他更多的自信。而谢尔盖的故事，尤其那些和女人有关的艳事，让斯吉奥巴兴奋和刺激不已，而这就更令米沙的内心安定。故此，米沙非常珍视与他们两个人的友谊。

· ·

　　米沙总是努力把自己的生活安排得井井有条，使工作有工作的时间，家庭生活有家庭生活的时间，还要有属于自己支配的宝贵业余时间。他试图在结束一天的工作后，不去想工作的事，不拨打谈工作的电话和不约定工作会见。米沙在计划一周的工作时，总是安排出时间定时从事体育运动。他努力读书，甚至经常去参观著名艺术家的作品展览和听音乐会。他把和朋友们聚会交流也放入了日程的计划中。然而忽然有一天他发现，自己的时间被所有这些安排占得那么满，就像过去工作占满他的时间一样，而留给在家和家庭生活的时间没有了。家庭生活的时间总是属于后备时刻，时间不够时就拿出它来作补充。米沙幻想，等有朝一日他把生活中的一切都组织和规范好，那时他将拿出更多的时间首先给孩子们。他甚至开始考虑购买或者建造一所郊外的房子。他对这个问题的思考就像对不确定的未来所进行的思考那样。按照他的设想，生活在自己独立的房子里，一切将从容不迫地进行，会出现家庭的生活方式。他本人将哪里也不愿意去，不踏出"自己的家门"，相反，总想待在那所房子里。那时，他将陪伴孩子们玩耍，和他们一起共度很多的时光，并将安然和醉心于家庭生活之中。

　　而现在他回家不早，并怎么都无法在安排和组织生活和工作秩序时，确定每天雷打不动的回家时间。米沙出现在家里的时间不确定，但总是不早。在家里参与做家务事，他不是很积极，只是偶尔可以陪大女儿读点什么，或者帮她做功课，或者给她画她请他画的画，而这最令人女儿兴高采烈了。小马、公主或者小兔子，米沙画得很快并给大女儿留下深刻的印象，为此他感到很幸福。和小女儿，他可以轻轻地挠她一小会儿痒，很享受，快速地和她疯一阵子，严厉地对她说，她应该把东西都吃掉，或者应该马上上床睡觉。就这些。在休息日米沙通常属于家庭，但他感觉，那样的休息日让他很累。最为常见的是，待在家时，他要么单独躲在哪里读书，要么坐在计算机旁上网，要么看电视，心里责骂自己观看各种愚蠢的电视节目，感觉自己因看电视而变得越来越愚钝，然而同时又觉得，别的什么他都不想做也不能做。在那种状态下任何人对他说的话，他要么像耳旁风一样没听见（尽管看样子他在认真听人讲话），要么很恼怒并让人不要搅扰他。

"说真的，你听见我说什么了吗？"阿尼亚问，看见米沙可能并未明白她刚才所说的话，只是装样子，眼睛未离开电视上的新闻联播或者其他什么节目。

"那你说了什么很重要的话吗？"米沙一边醒过神来一边回答说。

"现在还有什么差别！"阿尼亚气愤地说。"怎么，难道那里有什么更重要的事通知你？"她用手指了指电视。

"发生什么事了吗？因为什么你那么生气？"

"什么事都没发生！只是你听不见我对你说的话，仅此而已！而我说的是，索尼奇卡好像发烧了。除此，什么都没发生。"

"喂，亲爱的，我就是陷入了沉思。这个电视对我……我就是累了，并在思考自己的那点事。你是知道的，我那样是在休息。没必要为这点鸡毛小事生气。什么时候她的体温上来的？为什么又？……"

"我对你已经详细地说过了。而你，就是说，就这样在听我说话。就是说，这对你就是这等重要……"阿尼亚转过身并走向儿童房间。

"亲爱的！为什么你总是那样？……"米沙也生气地跟在她后面。

类似的对话经常发生。每当米沙在读书或者在计算机上给什么人写并不很重要的信时，通常最好别去找他说话。日常的关心令他恼怒，生活的琐事也一样。有时在他非常恼怒的时刻,他在话语中甚至就可能暗示阿尼亚,如果她想要家里有秩序和要孩子们受到更多的关照,那阿尼亚就需要放弃工作专门从事这一切。阿尼亚对那样的暗示非常生气并忧心忡忡。然后米沙道歉,内心深处却始终认为自己是对的。

夏日里一家人一起去度假。夏季是米沙工作最忙的季节,因此阿尼亚先是带着卡嘉,然后再带上索尼亚独自去海边休息。米沙可能抽空去和她们待上两三天,然后马上回到夏日的莫斯科。米沙不喜欢沙滩休息,可温暖的大海却是孩子们所必需的。米沙宁愿在晚秋或者初冬时节休假,事情少一些,同时也积攒了很多工作后的疲倦。但这个时候阿尼亚在工作,卡嘉在上学,再者说真的,米沙习惯了一个人休息和旅行。他倒不认为这样做是对的,相反,他坚信,一个有家室的人就不应该那样做。但他一直都是那样做的。米沙有时想,当他将来有了足够的精力和财富时,他一定会购买或者建一栋郊外的大房子——那时一下子,所有的一切都将自动调整就位并开始另外的生活。

● ●

然而米沙依然相信,他的家庭生活是好的,比很多人的都好。他深爱自己的女儿们,以她们为骄傲并坚信自己会为了她们去做一切。在自己因工作和不是因工作外出不在家时,米沙想念她们,甚至是在工作的时间和在莫斯科时,他也经常给家里打电话,目的是要知道家里一切都安好。还有他总是觉得,在阿尼亚和孩子们面前他很愧疚,自己很少在家,和她们待在一起的时间不多,最主要的是,对她们关心不够。

对阿尼亚,米沙努力珍爱和不生她的气。他早就明白,在这个世界上他没有更亲近和对他更忠诚的人。近两年来米沙尽量不对阿尼亚撒谎。他当然没有全部说真话,对自己的一些偶尔和细小的弱点或鬼把戏也努力回避和遮掩。他非常害怕破坏和毁掉那被称作家庭的东西。他对自己有自知之明,自己不会撒谎,不喜欢说谎话,撒谎令他忐忑不安。

米沙近年来非常喜欢做一个强人和好人。但他也不想变成一个书呆子，因为他自己不喜欢书呆子，也不相信那样的人。

米沙养成了一套自己的习惯和规矩，不是臆想出来，也不是从什么相应的文学作品中读到，就是养成了一套生活规范，他努力遵守这些规范，并为自己成功得以在生活中遵守这些规范而感到骄傲。他发现这些规范很生活化，简单并实用。他觉得多亏这些规范，他开始工作得更有效率，更能抵制各种诱惑对他的折磨和伤害，在与人打交道时自己更笃定，别人的想法和意见不再那么多地触动自己的敏感神经和痛处，减少了很多伤害。也就是说，米沙觉得自己在很多方面走的都是一条正确的路，而关于他如何学会了生活这一点，他知道这只是这条路的开端。米沙还毫不怀疑他所从事的工作是一种有益和富有创造性的劳动，他完全可以为此感到骄傲。

因此米沙认为自己有权时常给人以建议，有时甚至是教导什么人。他还认为自己有十足的权力来严肃和认真地对待自己的人生经验和心路历程，并毫不怀疑他可以去计划和落实，把某些自己的思绪、创意和心理感受写入一个短篇故事中。何况米沙知道，对于文学他搞得懂，自己读书很多并对所读理解深刻。

· ·

"我不明白，谢廖嘎，你怎么能读那种烂书，还乐此不疲，不但把读到的记在自己的头脑里，而且还，恕我直言，厚颜无耻地把这到处转述传播！你不是也读过好书吗！你怎么，看不见差别吗？"有一次米沙对谢尔盖说，那时他们在一家电影院里的咖啡馆小范围聚会，他们喝着咖啡，等待电影的开映。

米沙那时是带阿尼亚去的，谢尔盖带了一个非常怪异的女朋友，她长期居住在不是纽约就是巴黎，就像谢尔盖介绍时说的，她是时尚摄影师。斯吉奥巴是一个人。电影是一部日本片或者韩国片，在一些什么电影节上得了一堆的奖，按谢尔盖的话说，这部片子一定要看，因为它不会大范围公映。这是谢尔盖请大家来看的，他甚至给所有人都买了票。他们坐在咖啡馆里等待电影的开始，谢尔盖和大家分享了自己读的一本时下流行的书的感受，这本书是一部日记，记录的是某个比利时人进行一系列凶杀的经过和心理感受。正如前言中所写，该书是在等待法院审理和判决的漫长过程中创作完成的。

"我读它觉得很有趣，"谢尔盖耸了耸双肩回答说。"所有都描写得那么详细和专业。作者写道，他如何思考设计，如何观察死者，如何进行准备。我觉得这有意思。语言也那样的不凡。"

"阿哈！"米沙挖苦地点了点头。"语言也不一般，题材也很有趣，所有的家庭主妇都被吓晕并说：'怎么可以印刷出版和在书店出售那样的书？真可怕！都落到什么地步了！'而实际上这本书就是一个什么娘们写出来的，她看多了或者读多了犯罪题材的烂片和烂书，自己教授心理学并且一个人生活，养了几只猫或者几条狗，一生连一个苍蝇都未曾欺负过。"

"那样的话她更是个好样的！"谢尔盖笑了一下。"如果这是女性作者，那她把所有的细节都描写得令人深信不疑。我喜欢书中所描写的，如需要怎么准备尸体才能把它沉入水中，还有应该如何把尸体沉入河中和海里，这之间的做法有什么不同。描写甚至带有幽默感，我笑了。"

"谢尔盖，亲爱的！难道你不明白，不是所有你喜欢的都值得拿出来讲述！"米沙以一个很认真的保护人的语气说。"你喜欢这些细节，那就把它们留在你的脑海里。或者找那些廉价恐怖题材的爱好者们并与他们（她们）讨论这些题材。我呀，可没准备好在这方面支持你。对不起！那些令家庭主妇们惊悚的题材引不起我的兴趣，那样的书我也不打算评论，甚至连知道它的存在都不想……"

"啊呀，谢廖沙！别听他的！"阿尼亚打断米沙并微笑着说，心情显然大好，只不过是由于自己从家务中解脱并来到电影院看电影这个简单原因。"他在这里现在是装给你们看！可自己回到家，看见一本我的什么'娘们的'杂志，就会说，别把这种破烂带回家，可接着自己坐下来，从头翻看到尾，"阿尼亚边说边笑着，"而且坐在那儿，还评论，嘟囔，就像个老爷爷。米沙，你没发现自己是怎么和电视对话的？啊呀，伙伴们！这是那样的滑稽可笑！我在厨房里听见，米沙和什么人在对话，可我知道，他在那里是一个人。我想，可能他在打电话，探出头看了看，这是他和电视对话……还很愤怒。"

"阿尼奇卡！不要泄漏家庭秘密！"米沙说，试图装出开玩笑的腔调。

"你要是看见自己在读报纸时的样子，那该有多好！"阿尼亚兴奋地说。"伙伴们，这是那样感人。他早晨起来很早，坐在那里，喝咖啡和看报纸。嘴脸聪明，一副贵族勋爵在读晨报的样子。可他的双唇在动，阅读并蠕动双唇。这时他可能读的是关于能源，或者关于什么某位女演员的家庭丑闻……蠕动双唇。我一看见这个，就想：'天哪！他老了时就将是那样儿，将是那样一个坏坏的、讨厌的老家伙。坐在厨房，戴着一副老花镜，阅读着什么，上下嘴唇还将动着。'"

"我说呀，打住，亲爱的！"米沙说，同时已经在失去平静。

"哦！哦！看见没？！他在生气！"阿尼亚大笑不止。"米申卡，其实你那样读报或者看电视只让我更加喜欢你。那样的家常，我的那样的小老头……"

"瞧，米申卡，你被出卖了！"谢尔盖大笑起来。"请记住，你越简单，你对于大家就越亲近和可爱……"

"可我不知怎么最近很少读书，"斯吉奥巴叹口气忧郁地说。"试图读了，但很快就犯困。只要有一点空闲时间，马上就睡觉。我已完全落伍于当下的文化生活。对于时髦的谈话我无法接上话茬。你怎么说，这本书是写关于杀人犯的？应该记住。随时哪里需要，在谈话中就可以插进去。会有用的。"

在这段谈话的所有时间里，谢尔盖的摄影师——女友一直坐在那里，眼神冷漠，对大家所谈的话题毫无兴趣。

"而我和我的朋友菲律宾艺术家正在准备在伦敦的展览，"她冷不防慢吞吞一字一句拖得很长地说，目光却凝视着别的什么方向。"他是著名的化妆师和修饰专家。我们使用……用俄语准确地该怎么说，知名品牌……you know……总体而言，我们使用精致的作品和昂贵的知名品牌的配件，在这些东西的配饰下我拍摄死人。我们和警察已经说好，允许我们拍摄那些已经死亡很久和没有被亲人辨认出来的尸体，这些尸体已经存放了很久……嗯，放在冰柜里。请你们原谅，我已经说不好俄语……我的朋友约翰给尸体化妆，对它进行修饰，而我则摆放灯光和摄影。我们工作半年，这很有趣……"

"这甚至对我怎么有点太那个，"谢尔盖哈哈笑了一声，并对米沙和阿尼亚挤了挤眼。

那个电影是一部很残酷的作品。电影中一些什么半大的孩子们玩一种好像某种儿童游戏的局，而实际上却是一直用一种可怕的方式，不断地杀死自己的熟人、朋友，然后是父母。斯吉奥巴实际上马上就睡着了，开始大声打鼾，人们不得不几次把他推醒。

"我没睡，没睡，"他说，过几秒钟重又把头垂向胸前。

时尚摄影师看得很认真，腰板挺直地坐在那里，时而发出笑声，完全不明白笑的是什么。

谢尔盖看了半个小时左右，开始在座位上坐不住。

"够了，米沙，我不能再看下去，"他在电影开演四十分钟时说，"我在咖啡馆等你们。对不起，拽你们来看这种臭大粪。"

米沙和阿尼亚又坚持了十多分钟，随即也加入了谢尔盖的行列。他们坐在那里，等待电影的结束，大概又等了几乎一个小时。

"谢尔盖，可我想知道，"米沙感兴趣地说，话中不无挖苦。"你这个电影看不下去，可关于什么'开膛手杰克'的书却整部都很享受地读完。有什么区别吗？！电影和书，它们出自一种题材。我，说真的，不明白。我觉得，你会为这部电影而兴高采烈。"

"你把我，米沙，已完全当成傻瓜，"谢尔盖说，几乎一口喝干了一杯苹果汁。"这本书……它很有意思，写的好像是关于如何做西红柿罐头，而不是关于凶杀的事。可这部电影说真的没有内容。嗯，这是地道的荒谬和胡扯！咳，我为什么向你解释？！你呀，自己都看见了。"

"可在你的书里又有什么意义？我反正不明白你……"米沙说，同时做出幼稚和完全不明白的样子。

"不要对人找茬挑刺儿，"阿尼亚打断他说，"我们大家都知道，你比所有的人都明白事理。谢廖沙，他在家对我也总是讲解一切，总是比所有的人都知道一切。而开车，当有他坐在身边时，我已很久都不敢了。"

"你这样做可有点不分里外，"米沙面带微笑，但依然相当冷静地说。

"可你们看见这个摄影艺术家在看电影时的发笑吗？"谢尔盖突然文不对题地说。"她呀，真的是一个疯子。我是昨天才认识她的，我想她可能是那种很有意思的女人。今天决定进一步了解，但听了她有关如何给死尸化妆打扮和拍照……还有，看到她怎样在发笑……我现在心想，让她滚远点吧。我害怕呀，我。否则，她把我身上什么东西咬下来，对它拍照……"

"你这个小伙子很逗乐儿，谢廖沙！"阿尼亚笑着说。"我真喜欢你。"

"而我喜欢米沙，"谢尔盖微笑着回答道，"别批评他，他很难过。阿尼奇卡，米沙他呀，是个很聪明和坚毅顽强的人。他呀，简直就是块宝石！还有他的妻子有多棒呀！我要是找到了那样的，立马就会娶她。可米沙在这方面也抢在我的前面了。"

"谢廖-嗷-沙！我对于你已经老了，再说，孩子我都有好多个了，"阿尼亚试图开玩笑地说。

"阿尼奇卡！我有过年龄大些和有很多个孩子的女人！"谢尔盖绝对严肃地说，并向米沙挤了挤眼。

"畜生呀，你，"阿尼亚心满意足地说。

"我们去，米申卡，抽支烟，"谢尔盖从咖啡桌后站起身，"我无法戒掉吸烟，阿尼奇卡！等什么时候把烟戒掉，那时我就成为理想和完美的人了，也就能给自己找到像你这样的女人，聪明又贤惠。"

斯吉奥巴那时在电影结束后才走出放映厅，是最后一个，人也无精打采。

"伙伴们，你们给我讲讲，电影说的什么，"他愧疚地说，"否则在什么地方需要吹牛时，我怎么说我了解新东西……尽管反正我还是会忘记名字。算了，别讲了……顺便问一句，我没打鼾吧？"

而谢尔盖的那个女友米沙再也没看见过。唯一一个对那一次去影院看电影始终感觉满意的，倒是阿尼亚。

· ·

米沙站在阳台上吸烟。他把一支香烟抽吸到最底部，浑身冻僵，但他继续站在那里，呼吸着十月夜晚寒冷的空气。米沙找不到理由不去上床睡觉，然而自己却没有一丝睡意。剧烈的惊恐一整天都在折磨他的情感，此时变得麻木，汇聚成身体上的沉重不舒服感。但如果这是高烧，感冒或者什么明晰的，甚至是很严重的疾病，那米沙也会感觉心安些。然而，他感觉自己很糟，甚至肉体上就很糟，可同时却坚信，自己绝对健康。米沙明白，现在在他身上所发生的这种状况很快不会过去，清晨也带不来一丝的轻松和明朗。他对这一点已经十分明了。他在想，这些不清不白的惊恐和各种情感的翻腾究竟会造访他内心多久，而重要的是，这些翻腾的内心情感将要把他带向何方。

他心中还闪过念头，那就是已经很快他就将看到尤利娅死亡的样子。因为这个念头，他忘记了寒冷，或者更准确地说，他浑身冻僵得更加厉害。米沙从一包香烟中又抽出一支并打着打火机。他极不想看见尤利娅躺在棺材里。这个念头本身让他感到害怕，他害怕看见尤利娅躺在棺材里这一无法逃避的必然事实，害怕自己完全不知道在那种情况下将会感受到什么，担心自己如何才能经受得住那样的情感折磨和他在那种情境下该做出何种行为和举止。他试着想象已是亡人的尤利娅的脸，在意念中体验恐惧、恶心和惊骇并随即驱离开了这个念头。

他没有看见过自己祖父死亡的样子，祖父去世时，米沙八岁。父母和亲戚们那时决定，小孙子们不应该看见爷爷死亡的样子。米沙记得他感觉很害怕，但同时也好奇想看一眼躺在棺材里的人的样子，然而人们把他带离开，于是他什么都没有看见。祖母去世了，那时米沙已经十八岁。祖母病了很长时间，大家对她的离世都已有了准备。米沙那时什么都没明白。他始终都无法把自己可爱的奶奶，和那个躺在长长的、外表缠满布条的箱子里的一动不动的物体相比对。然而，奶奶在去世前很长时间，因年老和生病，已经不令人想起童年时期的那个奶奶。在他的生活中还有过其他的葬礼，那是米沙的一个朋友在汽车中被撞死，浑身被烧得没有人样，完全扭曲，结果不得不对他盖棺安葬。还有一些悲伤的送行者，但都不是很亲近的人。

米沙那时吸着烟并明白，他很快、非常快，就将有生以来第一次看见十分亲近的人死亡的样子，她的生命被死亡突然夺走并就发生在几十个小时之前。这个人对于米沙非常珍贵，在米沙的想象中她总是充满活力、智慧和善良。米沙太过清晰地知道和记得尤利娅的面部表情、眼睛的光亮、声音的所有差别、肢体的动作，甚至是她走路时的脚步声。除此，尤其令人无法忍受的是，他心如明镜般清晰地了解尤利娅是如何弃离人世的，这种清晰的了解是如此的可怕。

米沙那时吸着烟并心想，他将面临经历和体验他从来还没有经历和体验过的事情。他不想要这个。

米沙在这一刻还想起了自己的弟弟季马，并对季马几乎每天面对死亡时所表现出的平静和不带任何多余情感的能力感到特别的惊讶。

· ·

米沙的弟弟季马在检察院工作，甚至可以说，他在检察机关服役。他服役到自己三十二岁时，已升职至阿尔汉格尔斯克市一个大区的助理检察官。该区不是中心区，基本上都是多层楼房，生活苦闷。季马当时靠自己的努力考入法学院，毕业后又自作主张地去了检察院工作，这让父母十分惊恐，尤其是妈妈。大家认为他不会干长，可他一直在干着。他工作踏实并完全忘我。这让米沙很吃惊。按米沙的观点，季马一直是个相当挑剔和病态的小伙子。他从孩提时起就有点胖，从来不从事体育运动，不喜欢各种纯粹男孩子的游戏，很早就开始戴上眼镜，喜欢宅在家里，读书，但同时学习相当一般和不勤奋。季马长得比米沙高，但一直就有点胖和笨拙，眼神无助。季马还是在中学时就开始爱恋同班的女生们，并以米沙无法理解的方式把她们带回家。总是有一些女孩子们打电话到家里来找他。

然而季马至今也还没结婚。他有过很多的罗曼故事，有若干次大家都准备要参加季马的婚礼了，可他却就那样一直没有结婚。甚至是他已开始搬离父母，到外面单独住在自己猪窝般的小公寓房里，还购置了自己的汽车，但这些都没有把季马推向婚姻。不过在工作方面他却干得很好，前程似锦，他侦破了大量的犯罪案件，获得了很多奖章，当地的报纸多次采访过他。最近三四年米沙看见一股英勇、自信甚至是庄严之气，在季马身上出现了。当米沙回阿尔汉格尔斯克时，他发现，他的弟弟季马驾车行驶或者步行在城市的大街小巷时，他的样子似乎在向人们宣告，他在这里如果不是主人，那也一定远不是最不起眼的人。

米沙对此常开玩笑并捉弄季马。但季马对于这种挑衅不回应，自己也总是开米沙的玩笑，称呼他为"首都的家伙"，并对莫斯科和在莫斯科所发生的事进行恶毒和轻蔑的点评。

最近一次当米沙回阿尔汉格尔斯克时（而这发生在去年的夏天），他发现季马很疲惫和焦躁不安，因此完全不再像好斗的公鸡，相反，他显得有点亲近和温善。季马的电话总是在不停地响起，甚至是在公休日，当米沙来后，他不断地急忙停下他们的谈话，迅速奔向什么地方。那时他回家很晚，时不时特意来看望米沙，希望和很久没有见面的兄长说话交流，并在父母处和大家一起吃晚饭。但他屁股刚坐在椅子上，就有人给他打电话，于是季马满嘴塞着食物，一边把它嚼完咽下，一边再一次奔跑出门。

米沙第一次看见弟弟是如此疲倦,是个如此成熟和严肃的老爷们儿。米沙甚至强烈地渴望,这可能也是人生中第一次渴望和季马聊点什么,像老爷们儿一样,像兄弟一般。晚上在米沙临回莫斯科前,他们成功地得以聊了聊。这次谈话深深地触动了米沙,他那时明白了,原来他对自己的弟弟知之甚少,一直没有发现季马早已长大,他对生活了解之深,米沙甚至做梦都没梦见过。还有,米沙明白了,弟弟对于他非常珍贵。

他们那时坐在季马的家中。房间内杂乱无章,然而这却是往好里说。米沙知道弟弟喜欢啤酒。他买了啤酒、香肠,还有些什么,并把所有这些带到了弟弟的住处。

在杂乱和灰尘中米沙惊奇地看见,一个塑料桶放在季马厨房的餐桌上,桶里插着一大束鲜花,更准确地说,不是一大束鲜花,而是一大捆原野大地里的野花。季马将塑料桶从餐桌上拿下,把它放在地上,而把米沙带来的吃的东西打开摆放在桌子上。

"想象得出来吗,放在家里完全没味道,"季马疲惫地说,腔调有些像在讲公事,好像谈论的完全不是花,"早晨在野地里散发出那么大的味道!可在这里却没味道。"

"你是从什么时候起开始爱好花了,弟弟?"米沙一边在餐桌后坐下,一边问道。

"不,不是!我什么都不爱好。今天早晨有生以来第一次在野外摘花。只不过是刚好碰上那样的一个清晨!不管你和谁讲,没有人相信,"季马把脏污的烟灰缸放在桌子上,抽起香烟,随后在烟雾中眯着双眼,开始用一把大刀切香肠。"四天前,我们这里一位著名医生的女儿失踪了。那是个很出色的老爷们儿,给所有人都治过病。父亲的手术也是他做的。盖纳吉·瓦西里耶维奇……记得吗?"

"可能,记得……不知道,"米沙回答说,尽管准确地想不起来了。

"嗯,是。事情就是,他女儿失踪了。姑娘十九岁。等了一夜,担心,焦急,第二天傍晚时已把所有的力量都调动了起来。我是前天介人的。这就把我整天搅扰个不停。我呀，是知道她的。她还是中学生时我就记得。后来她上了大学。简言之，我看见过她很多次。是那种很好的女孩。小小的，很麻利，不是美人儿，但在她身上有那点什么……我们检查了她的所有朋友，男性的和女性的。咳，这不重要。简言之，找到她实属偶然，偶然被人发现的。那是在野地里，离市区二十公里，离大路也有点远。更准确说，在那种小山丘，旁边是小白桦树林，从小山丘上可以看到一条河。找到她是在一大清早，正好是黎明时分。我们到达那里很快，太阳还不高，河上飘着那样的白雾……简直就像牛奶。天气凉爽，甚至是冰冷。露水很大，裤子到膝盖处全都被打湿。她被杀害至少是在三天前。现场惨烈。但我不会给你讲述细节。给你讲它干嘛儿？……可那里的花，在那个草甸子上，是那样的美，哥哥！那种味道……和我们一起去的有两位女士，摄影师和法医专家。她们是第一个开始采摘野花的。接着我发现，我们的司机也在采摘花朵。你想象得到吗，在场的所有人，甚至是普通的工作人员，普通的老警，那种不说骂人话都张不开嘴的主儿，连他们都在采摘花朵。我也采摘了些。那儿的景色是如此之美！我采摘着花朵，米沙，心里在想：'这是怎么一回事儿呢？多少次去野外大自然中放松休息，多少次划着小船在水上迎接日出，又多少次在河边、在篝火旁、在如此的草甸子上闲游，可如此的美景却从来没有看见过。'可能，还不只是我这样想。所有人都不约而同地开始沉默不语……采摘花朵。此时，连看一眼这个姑娘甚至都觉得可怕。哥哥，在我差不多快十年的工作经历中，那样的场景真看得多了。所有那时在场的人，大家都是见过很多世面的。你知道，大家很简单，从不胡思乱想。我也认为，自己对一切都已经习惯。哥哥，你甚至连做梦都没梦见过我在每一个上帝与我们同在的日子里所看见的那些事，以及我与之不得不进行交往的那些人。然而在那里！……我看见，壮硕的老爷们儿们，带着大盖帽，他妈的……我们大家在采摘这些野花……信不信由你，我差一点没哭出来。心想，这是什么样的生活呀……我对生活真什么都不明白了！在我的司机那里总是存有白兰地酒。就在那里，当场，我和我们的小娘们儿们喝了白兰地。就是这样的故事。他们对我说，我的这束花结果是最漂亮的。米沙，你怎么觉得？你呀，是艺术家。"

"漂亮的花束，"为了总得对这花束说点什么，米沙说道，"可是什么人杀死了那个姑娘，你们已经知道了吗？"

"已经知道，"季马说，同时将身体使劲儿靠向餐桌，"这里的一切都很简单、愚蠢和恐怖。没有任何狡猾的杀人狂成分，而属于普通的接连不断发生的外省青年人愚蠢的犯罪案件之一，又一次的父母粗心大意和可怕的悲剧。不，哥哥，经常发生的是原因复杂和混乱的案件，还有因嫉妒或者单相思而起的悲剧。但大部分是老太太把老头子用斧头砍死，或者正相反，老头子砍死老太太。或者有五六个好友在家喝酒，喝着喝着就把其中的一个人给宰了。而且开始没杀死，他能从窗户中爬出去，可却是三楼。但他就那样也还活着，又爬了一会儿。他们找到他，掐呀掐，不断地勒掐。后来他们又回去喝酒。可所有这一切，米沙，都是发生在丑陋的家具和肮脏的床铺和被褥上。而且，这些人的长相也都像丑八怪似的，又丑又脏。所以我认为，自己已经习惯。可今天早晨我却采摘了野花。"

"季马！你怎么样，没事吧？我不知道该说什么，兄弟……你在这样的生活中过得如何？"

"正常，哥哥，"季马直接嘴对酒瓶喝了一口啤酒。"正常。我呀，并不活在这种生活里边。每天看见这些，这是我的工作。但我生活在正常人中间。你可能不相信我，但我没有丢失自己的梦想并认为自己是个浪漫主义者。我现在只不过是更多地了解和知道了生活——没有别的。"

"可干嘛儿你需要这些，亲爱的兄弟？"米沙真诚而又有些温柔地说。"干嘛儿你要了解和知道这些？"

"这是我的工作，米沙。只是你可别认为，我现在将对你说，这是我的义务，总该有人翻搅臭大粪，如果不是我，那还会有谁呢？！不，哥哥！我热爱自己的工作，也热爱自己的城市。我自己选择了我的工作。自己，你明白吗？后悔和迷茫已经晚了。你可能从莫斯科看会觉得,我在这里做的是鸡毛蒜皮的小事,竟和人渣和臭大粪打交道。是这样,我并不争辩。如果不是我,那别的什么人也照样会做这项工作,或许比我还好。但我呀,米沙,不抱怨,也不吹嘘。我在这里的朋友们,不管他们是干什么的,在这里他们都知道我,而且我觉得,我也知道大家。我不是什么艺术家,也不是音乐家,并且从来关于什么那样的职业也不想,没期望过,也不后悔什么。我喜欢我现在所从事的职业,喜欢我现在的样子。我呀,米沙,活得很充实有意义。只不过今天早晨我采摘了这些野花,心里突然有了那样的一种什么感觉,于是一大清早就喝了酒。然而,我也已经学会喝酒,所以一切都好,不用担心。"

米沙那时看着自己的弟弟季马,他在自己的记忆中肥胖、矮小和任性。米沙记得,季马偷拿他的铅笔并经常弄坏他的图画。他回想起,戴眼镜的小男孩季马在学校里经常被人欺负,而米沙作为他的哥哥不得不保护他,时常和其他的大哥哥们打架。米沙记得,季马也经常挨他自己的打,脚踹、脖儿枴、令人难受的推搡——很多,为此米沙多次被父母惩罚。他记得,季马很小,喝汤喝得时间很长、很享受,奶奶因此很喜爱小季马。在他的回忆里弟弟是个温善和任性的小男孩,总是心计深藏而不露。

可眼前他看见的是一个强壮、高大、肥硕的男子汉,毛茸茸的双手,浓密的双眉,厚重的下巴,但却是绝对孩子般的双唇。就是这个男子汉,他每天迎接着死亡、残暴、人生最恐怖和肮脏的阴暗面,以及人类的嗔恨。这个男子汉是他的弟弟季马!米沙和弟弟有生以来第一次如此交谈。

但米沙那时心中闪现的却是一个完全料想不到的想法,他突然心想:怎样才能保护好自己的孩子,也就是自己的女儿们,不让她们遭受像季马如此平静地讲述的那种简单和可怕的生活的侵害和困扰。需要做什么和怎样做,才能使她们不知道他的弟弟所知道的那些?如何才能不让她们从温善和有点任性的孩子变成为高大、强壮和平静的人,就像那个与他坐在同一张餐桌后、他生命中最亲近的弟弟一样,不管你愿意还是不愿意。怎样可以保护她们远离这一切?季马他呀,任谁也都已无法阻挡住了！他自己给自己选择了那样的工作和生活。可要是卡嘉和索尼亚自己想要什么类似的或者做出什么愚蠢的决定？自己做出！独—独—立—立！或者她们爱上了什么不可救药的败类，这个败类破坏和摧毁了她们的生活，而主要的，让她们了解到生活中人们真的完全没有必要知道的那一面。

米沙那时看着默默喝完第二瓶啤酒的季马，心里想着自己的心事，并体验着迄今为止从未有过的对弟弟的那种温情。

• •

第二支香烟快抽完时，米沙回忆起自己的弟弟，心中暗想："瞧，兄弟，我很快也要面临一瞥死亡。当然，你那里的一切完全是另外一回事儿，但愿你的镇静明天对我有用。"

终于被阳台上的寒冷彻底地冻僵，他回到温暖的房间，在沙发上坐了一会儿便去上床睡觉。阿尼亚很沉地熟睡，均匀地呼吸着。米沙得以成眠，不是很快。

• •

尤利娅的葬礼那天风很大、很冷，但空气干燥并间或有艳阳高照。秋日厚厚的云彩在蔚蓝的天空中汹涌飘荡。葬礼进行得安静，近乎庄重。没有任何米沙所担心的那种情况在他的身上发生。他做到了——走到棺材旁并和尤利娅最后告别。米沙努力不去觉知所发生的现实并在意识中折磨自己，只是单纯地哭泣。寒冷的大风把大家都冻僵了，所以仪式没有拖长。而来与尤利娅告别的人们很多。米沙实际上谁都不认识并对如此庞大的人数感到惊愕。

人们来自各种最不相同的领域。很多尤利娅的同事，基本上是各种年龄的女性，她们簇拥在一起。有人是全家一起来的，甚至还带了孩子。有个什么年轻人，他是被用残疾人推车推来的。还有一些不明白是什么社会身份的严肃男爷们，但肯定具有一定的社会地位。甚至还有若干穿制服的军人。来的人们很多，但在这诸多人中米沙并没有发现偶然的出席者。所有人都手拿鲜花，并对逝者怀有自己明确的态度。大家的脸上没有虚假和做作的痛苦。没有人大声哭泣。相互之间说话声音低小，没人交头接耳。大家没有对某个明确的人表示同情和哀悼，所有人都是来送别尤利娅的。米沙看到此，心中感觉正在举行的葬礼就是尤利娅的葬礼，于是开始觉知到事情的庄重和无可挽回，随即哭了起来。他哭得无拘无束，任凭眼泪肆意流淌。

　　远不是所有人都留了下来参加葬礼后的追思宴席。在一个专门为举行那种活动而设置的厅堂内，聚集了大约三十到三十五个人。一切寂静无声。照顾来宾最多的是瓦莲京娜和另外两个尤利娅的亲属，米沙在尤利娅的生日庆祝晚会上见过并记得她们。大家对作为亲弟弟的瓦洛嘉轻声表示慰问，而瓦洛嘉则举止漠然和平静。他的着装看上去很怪诞，黑色的牛仔裤、黑色的旅游鞋和黑色的旧西装上衣，这些显然不是他自己的。这样的打扮使他看上去完全像是个孤儿，无助且失魂落魄。他的妻子维嘉正相反，好像为葬礼专门准备过，但她一直伴随在瓦洛嘉左右，于是并未吸引来人们对她的更多关注。

　　有几个简短的发言悼念尤利娅。更多的人在喝伏特加。米沙也干了两次。大家相互间小声地交谈。米沙坐在座位上看着大家，心中在想："人们已学会了无论怎样都很好地相互安葬对方，而且，这个安葬过程已被练习掌握得如此熟练！我过去认为，葬礼后的追思宴席并非是必须的事，它很沉重。可现在看，不对……"

　　瓦洛嘉在人们悼念讲话的空当走到了米沙跟前，单独一个人，没带维嘉。

　　"米沙，我亲爱的！我是那样地感激你！一切都进行得这么好，"他真诚地说，"请你原谅，我现在和你说这个，但我就想现在……不然我会不安。我一定要自己承担大部分的费用。这甚至都不用讨论，米沙。就这样你已替我做完了一切。那样不行。"

"瓦洛嘉，我的好朋友！当然，我们会按你的想法做完一切。然而，实际上我也没做什么。大家都那样爱尤利娅，出力的是大家。去那儿，你去感谢瓦莲京娜吧。我本人也要对她表示感谢。一切都好，瓦洛嘉。你是好样的。"

"谢谢，亲爱的！"瓦洛嘉说完并愣了十几秒，然后笑了一下。"知道吗，昨天晚上，已经很晚，我们拐去了尤利娅的单元房。人们对我们说，要给尤利娅挑选衣服和鞋子。本就该昨天把这些交给他们，但我们昨天却没来得及。今天一大清早我开车送过去了。就是说，我们开始挑选衣服，可她那里的衣服呀，合适的就没找到。她那样地喜欢高领毛线衣，可高领毛线衣在这里却不合适。我们拿了她的灰色西服上衣。她极少穿它……"瓦洛嘉耸了耸肩。"这真奇怪。她珍藏各种家庭生活物品、照片、文件、书。她对这些东西虽非心疼若心肝宝贝，但珍藏着。可对自己的个人物品，她却丢弃不肯清理摆脱。她的衣橱几乎是空的。鞋也就四五双，既不旧也不新的那种鞋。我家里的鞋比她的多。我的运动鞋都快有一百来岁，可还是摆放在那里。而她没有。奇怪。我过去没想过这一点并也没发现。她是什么时候开始清理摆脱自己的物品的呢？……对-对-了！！就是昨天，当我们在她家的时候，从旅游公司打来了一个电话。我对那么晚的来电很吃惊。旅游公司对我说，他们已经接连第二天给她拨打电话，并决心一直拨打到有人接。米沙，她原来昨天应该飞往意大利的，但没有飞去。很早她就购买了去佛罗伦萨、维也纳和还有什么地方的旅行套票。款都付了。这趟旅行不贵，是团游，六天走三个城市。昨天早晨她应该到达机场，旅游团在那里等她，本有人会把机票和其他旅游文件交给她。就这样，原来……"

"就是说，她还是打算去了，"米沙回想起了尤利娅想去维也纳的愿望。

"她很早就梦想去威尼斯和整个意大利。但说到她具体真的打算去了，我不知道。可怎么也看不出，她打算要去什么地方，尽管她去哪里都只带一个包。然而事实是，她昨天应该飞往意大利，但却没有飞去。"

"她是什么时候找这家旅游公司的?——米沙问。"

"我不知道,没问,"瓦洛嘉回答说。

"给你打电话的是哪一家公司?怎么给他们打电话?"

"我不记得了,米沙。但我有记录。如果你需要,我把他们的号码给你。可干什么呢?"

"是,不干什么……那样一问……只不过想从他们那里了解点什么。"

"好吧,你提醒我,我把他们的号码给你,"瓦洛嘉说完,回到了维嘉的身边。

米沙一下子失去了对眼下的葬礼和葬礼后的追思宴席所感受到的庄严和肃穆。由尤利娅做出的举动所带来的不可思议的恐惧感,重又劈头袭来。对她迈出那一步的原因和实质的不解疑云,再一次汹涌地笼罩在米沙的心头。

他决定,一定要从瓦洛嘉手里拿来那个旅游公司的电话号码,并务必给那里打个电话。尽管这同时他无法明白,他能从那里获知什么和这样做对他又能有什么用处。米沙只不过就是想要问一问,尤利娅是什么时候找这家公司的。那时他就会至少知道,尤利娅在什么时候还有要飞去意大利的愿望,又是什么时候这个愿望变成了一个别的可怕的决定。

米沙想着这个并深知,那样的信息对他解释不清什么并难有结果,但他想要有所作为和行动。他习惯了总是应该有所作为和行动。

"米沙!对不起,破坏了你的独处,"米沙听见瓦莲京娜的说话声。他在沉思,没有发现她是怎样来到他的身边的。瓦莲京娜说话声音不大,但米沙还是因为有人对他的突然称呼而轻微地战栗了一下。

"啊,有什么对不起的,瓦留莎?"米沙回答说并从座位上站起身。"今天我们大家都应该感谢你。所有的都非常好,你把一切安排得很出色。"

"谢谢,米申卡。我马上去上班,"瓦莲京娜平静地说,甚至有些郑重其事,"只是我记得,你想和尤利娅单位的某位叫鲍里斯·利沃维奇的先生谈谈。他就在那儿。看见没？坐在窗户旁，干瘦的那位？……秃头……这么说，他就是鲍里斯·利沃维奇。根据所有的情况来看，他是个非常好的人。我昨天和他说过话，今天也说了。这才是我们确实应该感谢的人。他为尤利娅做的那些，我是没有可能做得了的。正是他给尤利娅找到的那样优美的地方。我觉得，正是好时机你去感谢他，嗯，并问他你想问的。我认为，这将完全适当，此时此刻……别忘了和我联系。这里的所有费用都已支付过。这儿很快就不需要我，我这就去上班。今天要等你吗？"

"不知道，瓦留莎……"

"明白，"她说完就离开了。

鲍里斯·利沃维奇原来完全不是米沙心里想象的那样。米沙大体上并未想象过他究竟长的是什么样，然而他的真人与电话里说话的那个声音完全不相符。鲍里斯·利沃维奇坐在桌子后并和两位女士在小声地交谈，两位女士都认真地在听他说话，一位点着头。

鲍里斯·利沃维奇看上去有六七十岁，那种瘦型，甚至是干瘦，但不是老头儿的模样。他身穿半旧和完全不新潮的黑色西装上衣，外翻领上别着一枚金色的小徽章，黑色的领带系结得漫不经心，结系处轻微有些松散，衬衣最上的扣子解开。如果不是浓密和未经修剪的眉毛，以及同样未经修剪和围绕黝黑发亮的秀顶生长的稀疏头发，鲍里斯·利沃维奇甚至可能被当成意大利人。还能看出，鲍里斯·利沃维奇可能喝多了酒，或者之前就已喝过。

过了一会儿，鲍里斯·利沃维奇和米沙站在了走廊里的出口处，抽烟并交谈。当米沙走近表示感谢并自我介绍后，鲍里斯·利沃维奇亲口建议他们走开去说一说。人们开始逐渐离去。

"很多人来和尤利娅告别，非常多，"鲍里斯·利沃维奇说。他刚一张口说话，米沙就不再觉得他的声音和他的形象不相符，"来的这些人各种各样。"

"是。我也没料到会看见这么多人，"米沙附和道，"几乎一个都不认识。"

"这正是……"鲍里斯·利沃维奇猛地咳嗽起来。"我非常不喜欢人数众多的葬礼。岁月令我不得不越来越频繁地安葬什么人。来与逝者告别的人越多,我越忧郁和悲伤。相反,来的人越多,感觉越好和越有意义……您明白吗?就是说,离去的是个好人,他对很多人都珍贵,有很多人爱他,想和他告别。可现在我不那样看了。我可不想让很多人给我送行,尤其让很多相互间都不认识的人们送行。我也有很多朋友、老熟人、现在和过去的同事,他们相互间都不认识。我真不想让他们大家都在我的葬礼上聚集,"他抽完了一支香烟,开始寻找可以扔烟头的地方,没有找到。米沙也抽完了自己的那支。

"您把烟头给我,我去丢掉,"米沙说。

"那劳您大驾,"鲍里斯·利沃维奇把自己的烟头交给米沙并微笑了一下。米沙走出来到外边,吸入了一点秋天的风,眼睛四处寻找垃圾桶,没有找到,将烟头丢向柏油马路,于是急忙回到交谈对象的身边。在马路上,已经乱扔着一些其他的烟头。

"对不起,"米沙回来后说。

"上帝保佑,这有什么好对不起的?"鲍里斯·利沃维奇靠在墙上并又大声地咳嗽起来。"您知道吗,米哈伊尔,不久前我才明白,如果一个人的葬礼上来了很多人,而且这些人各种各样,相互间又很少认识,这只能说明一个问题——那就是死亡突然从他们那里把一个人夺走,积极和还没有熄灭的生命戛然被中断……就是说,这个人在活着时被很多人所需要,努力工作过,和很多人有交往,有趣并可能很可爱。这是痛苦、灾难和悲剧。而当绕着棺柩最后告别的是若干个老头儿、老太太,若干个成年人,或是逝者的中年子孙……那可真好!这说明,这个人做完了想做的和能做的,结束了自己积极的生命活动,留在最亲近人的狭小生活圈内,慢悠悠地又活了几年,于是逝去。我真想那样!只是很不想长期生病,非常不愿丧失智力。我想被需要,最好是不可或缺,想活得长一些……尤列奇卡对于很多人都是不可或缺的,正如您所见。"

"我最近一年很少和她见面,"米沙说。

"您怎么，米哈伊尔，在试图怪罪自己什么吗？您可千万别那么想！最近以来你们没有见过面？那意味着，不需要。尤利娅可不是那种人，老是需要被看望或者经常给她打电话，以此向她表示'我记得'。我相信，没有人可以真正把她委屈成那样，或者令她伤心伤到那样的程度，以至于她……您呀，是想说这个吗？……"鲍里斯·利沃维奇并未期待答案，而米沙也什么都没回答。"尽管，您知道吗，米哈伊尔，现在所有人，认识尤利娅的，和她一起工作过的，以及知道她怎么死的……大家可能都觉得自己有过失，试图明白并心中在想，自己有什么没照顾到，疏忽了，不够细心。这全是胡扯！虽然我也这么想……当然很糟糕，同事们知道了尤利娅是自己结束自己的生命的。关于这个话题有太多的闲话在说，我想，还会再说下去。顺便告诉您，您得原谅我，但正是我动用自己的各种渠道，才使各种检验和繁复沉重的手续没被拖延。这是我决定的，就是最好尽快把她安葬。这个打击对于我们所有人都太过沉重，主要是，那个傻瓜调查人员，因自己愚蠢的做法，把尤利娅死亡的事实和细节大白于世了。需要尽快结束这些。"

"您做得对，鲍里斯·利沃维奇。您绝对正确。毫无疑问，那样对大家都比较好，或许，首先是对尤利娅。"

"不管怎么悲痛，但对此无所谓的首先却是尤利娅。您可否再给我一支香烟？"鲍里斯·利沃维奇拿起一支香烟，用自己的打火机把它点着。"谢谢！您知道吗，米哈伊尔，现在所有和尤利娅共过事的同事，包括我这个您忠实的仆人……大家现在都在回想她近来的言谈举止，包括说了什么，脸色怎么样，干了什么。而且大家都发现……是现在发现，尤利娅近来不是那么快乐，脸色也不那么好看，下班走得也早，容易激动，眼睛也不像平常那样有神儿。大家都在试图找到些什么征兆、线索和导致那什么的迹象，嗯，您懂的？！"他沉思了不一会儿。"可能，她近来不太那个……我没有注意。然而，我倒是真的发现尤利娅近来开玩笑时一点都不快乐。不好笑。这一点我准确地注意到了。而过去她每天说笑话，那么有趣可笑，甚至可以记录下来和结集出版……但我不想挖掘和分析这些回忆……尤利娅一直是个清晰明白和随和易处的人，甚至是在自己完全孤独的状态下。不。假使有什么，她显然也什么都不会向任何人表露。那样的性格，因此！……真想不通！随便什么人，但我就是无法想象出尤利娅她变成老太太的样子……"

"您是否知道，她身体有病吗？"米沙没有忍住，还是提出了这个问题。

"您指的什么，什么致命的病痛吗？"鲍里斯·利沃维奇伸直了腰并对米沙摆了摆手。"我不知道，年轻人。但确信，没有。这对尤利娅即使是有也不太会成为问题。那样微不足道的小事打不垮她。我们最好去为尤列奇卡祈祷一下，喝一杯酒。她喜欢喝酒，和她喝酒是一种享受，是智力上的享受、人性的享受、审美的享受。"

他们回到厅堂，举杯祈祷，喝下了杯伏特加。鲍里斯·利沃维奇拿起自己的大衣，没有打招呼告别，径直走向了出口。米沙紧随其后，目的是要送他。

"您，米哈伊尔，真是好样的！"鲍里斯·利沃维奇说，想以此打消和阻止米沙出去送他的愿望和举动。"我绝对不想在我们单位举办追悼会。您把一切都组织安排得很合理并不可能再好了。要是在我们那里举办，一切都会很假，而且怎么也不可能那样热诚和亲密。我代表大家和我自己本人谢谢您。我不知道，您是尤利娅的什么人，但您是好样的。祝您一切都好！很遗憾，我和您认识是在这种悲痛的情境下……祝一切都好！"

他们相互握了握手，鲍里斯·利沃维奇走出到大街上，手里拿着大衣。米沙看见，他坐进公务轿车里并离去。米沙觉得，他多想和这个人再说一说，但却不知道说什么。问题，他的具体问题，已被澄清并不复存在，然而，内心的不安只是更加强烈，而上到头顶的伏特加酒并未给人以丝毫的安慰。

米沙又待了不多时，和瓦洛嘉一起再一次喝了一杯伏特加酒，为尤利娅祈祷，从维嘉手里拿上旅游公司的电话号码——就是在该公司尤利娅给自己购买了去意大利的旅行套票。做完这些，米沙坐上了出租车回家。米沙在心底里并不想回家，但在葬礼后他非常想尽快脱掉身上沉重的礼服，换上别的轻松的衣服。当出租车驶抵米沙的家时，他的头已经开始剧烈地疼痛，此时喝了不知多少的伏特加酒，加之内心的疲惫，加之寒冷的秋风，它们交织着一起发生了效用。

到家后米沙决定先服用一片镇痛药，然后洗澡，接下来打开电视，并想一想之后自己将要做什么。

米沙很久没自己给自己打开家门了，他对钥匙的使用已有些生疏。他走进家，家里安静，空无一人，这于他是十分的奇怪和不习惯。白天，正还是工作的时间，阳光透过窗户投射在地板上并形成一个光亮的正方形，此刻屋内一片宁静，没有任何人在家。面对这一切，米沙手足无措，此种情形甚是陌生，自己很久都没有碰到过了。这不知为何令他想起小学高年级的他，放学回到家，父母还没有下班回来，而弟弟在奶奶家；回到家，他心想：做什么呢？家中很好，也很无聊。而现在米沙在大白天回到家里，他感觉很奇怪并有些不祥。

他没有找到治头痛的药片，因为他根本就不知道家庭药箱放在哪里。他向来不太知晓在家中什么放在哪里，因此每件小东西他都要问阿尼亚。自己的物品他在家里是随处乱放，可在原来放置的地方他却找不到自己的东西。在这种情况下他也叫阿尼亚。也就是说，米沙经常叫阿尼亚，为任何事。

米沙头痛得已经非常厉害。他打开手机，拨通阿尼亚的电话，快速地告诉她说，追悼酒席办得很好，他已回到了家里，他急需吃点什么治头痛的药。后来他吃了一片镇痛片，开始脱衣服，准备去洗澡。那时表针指在15点16分。"滑稽可笑"，——米沙头脑中闪过这样一句话。他又思考了一小会儿，决定今天不再去上班。这是个并不简单的决定，但米沙做出了它，于是顷刻间没了魂魄，面对这一天里余下的时光，他全然不知所措。

他给瓦莲京娜打了电话，就是想在洗澡之前打完这个电话。瓦莲京娜用自己温婉宁神的嗓音说，一切都很好，廖尼亚为彼得罗扎沃茨克的事儿在无端地歇斯底里，可能，他将给米沙打电话，因为她无法禁止他做这个。瓦莲京娜说，所有的事都绝对可以等到明天，她已通知提醒了所有人，所以没有人非得要见米沙。

和瓦莲京娜讲完电话，他走向浴室去洗澡，努力什么问题都不去想。可在淋雨时，他头脑中还是闪现了一个念头，那就是，他已经想念习惯的快节奏的生活，渴望回到时间在忙碌中不知不觉地流走的日子里。已经是第三天了，每天过得如此漫长难耐，每天都记忆下所有的细节并充满永恒、困苦和艰难的心理感受。

洗完澡他又苦熬了一小会儿，感觉心中有一种急切的渴望，渴望做点什么或者给谁打个电话，弄清一些什么情况或者下达一些什么指示。然而他没有去做这些，相反，他却出乎自己意料地走向卧室，径直躺在床铺上，穿着睡袍，迅速而又深沉地跌入模糊和绵软的白日的睡梦中。那样的睡眠可以持续二十分钟，可感觉却像睡了若干个小时。那样的睡眠带不来轻松，它打乱和混淆白天和黑夜的节奏，使你夜晚难以成眠。然而，那样的白日睡梦，如果它不期而至，那它就不可抵挡，因此也就是完全必需的。

米沙在刚睡着时想，他就睡一小会儿。然而睡着后，白天对于他转瞬间结束了。米沙睡得很沉。他俯卧在床铺上，手脚伸向床的四面八方，以他并非惯常的睡姿熟睡。他整个人处于如此深度的放松状态，以至于没有听见后来家中出现的所有声响：孩子和保姆回到家时的叫嚷声、阿尼亚进家门的声音，还有他自己发出的如雷鼾声。

● ● ● ● ● ● ● ● ● ● ● ● ● ● ● ● ● ●

米沙不喜欢在夜晚以外的时间里睡觉。他努力不那么做。他在飞机上不睡觉，甚至是飞行很长时间时也不睡。他深知，在白天或者不舒适的坐姿睡眠后，他很久不能清醒过来，大脑运转迟钝，经常容易激动并情绪低落。通常在周五的晚上，以及紧接着的周五到周六的凌晨，当米沙在此时和朋友们交往聚会并自己批准自己可以正常喝几杯并不用特别控制自己时，他都不睡很长时间，整个周末他迷糊打盹，然而他却不躺在床上。米沙教会了自己在夜晚睡觉。这对于他近来过着的那个高效和目标明确的生活是重要的条件。

做一个在所有方面都深思熟虑并极其严格的人，米沙不想。他坚信，所谓的深思熟虑总是有些做作和装样子的成分，无论是对周围的人，还是对自己。米沙喜欢做一个快乐、活泼、好交往、广交际的人，然而却一定要有自己的主心骨，快乐和交际都不能妨碍这主要和基本的框架，而且这还不能迫使人撒谎和占去很多精力和时间。所以，或多或少稳定规律的夜晚睡眠，米沙认为，这是他努力过着的那个生活的基本和容易执行的条件之一。加之，没有睡眠的夜晚，总是让他想起生活中的那些难耐的时段和碎片，那时，他曾无法成眠，那时，他度过多少无眠的夜晚，被对生活的无知折磨得辗转反侧，例如该如何继续生活下去和为什么人总是需要做些什么事等。或者他被爱撕扯得支离破碎，怎么也拼接不起一个完整的梦。所以，安静的夜晚睡眠对于米沙是他的生活一切运转安好的标志和最首要的组成部分。米沙只是有时允许自己为创作些什么或者就是给谁写一封信而在计算机旁坐到深夜。米沙非常喜欢感觉自己睡眠充足和精神抖擞。因此，甚至是在旅行和休息的时候，他几乎总是不晚睡，但却早起。

还有，米沙非常害怕开车时睡觉。十六岁那年，他和父亲、叔叔和弟弟季马遭遇了一场非常大的车祸。那时是夏天，他们开车去钓两天鱼。他们开车去了很远的地方，离开城市有上百公里。他们在帐篷里睡了两夜，准确地说，几乎没睡觉，只有季马睡觉了，而其他的"老爷们儿"们一直在钓鱼。在返回的路上，米沙的叔叔，也就是父亲的亲弟弟，开车时睡着了，他们撞得惨极了。

米沙和季马坐在叔叔的老爷车的后座。当他们颠簸在旷野和那些什么乡间小路时，父亲和叔叔一直在说话并行驶得很慢。后来，他们开上了一条老路，路况很糟，但却是柏油马路。季马马上就睡着了，米沙也开始打盹儿。随着路况越来越好，汽车开得也越来越快，父亲和叔叔停止了说话。天色越来越晚，米沙的眼睛开始合上，而头部一会儿耷拉在胸前，一会儿仰向后面。压过一个不知多大的坑，汽车剧烈地颠簸了一下，米沙的头部前后晃荡得比平常更加厉害，于是他睁开了双眼。米沙看见，父亲倒向副驾驶的车门并已睡着，汽车行驶得飞快，而叔叔双手紧握方向盘，但他的头却低垂向前，半睁半闭的双眼没有看着道路，而是死死地盯着仪表盘面板的某个地方。发动机在轰鸣，可米沙觉得，车内笼罩着死一般的寂静。就在这时道路开始向右转弯，弯很长很大，而他们的汽车笔直地行驶，依然那样地继续行驶，速度也没减。米沙愣住了，呼吸停止。他看见只有低垂的头、半睁半闭没有视觉的双眼和紧握方向盘的双手。

"叔－叔－叔伊戈－阿－阿里！……"米沙大喊。"爸－爸－爸！"

叔叔伊戈里颤抖了一下，刹车制动装置发出刺耳的鸣叫，但为时已晚。米沙摔向熟睡的季马身上并闭上了眼睛。他觉得，他们翻滚和撞击了很长很长时间。这次车祸中受伤最重的是父亲，米沙摔断了一只手臂，叔叔伊戈里脸部严重撞伤，季马只是受了些惊吓。父亲后来在医院里躺了很久。从那时起，米沙如果没有睡醒，是不会开车跑长途的，也不会坐在司机旁睡觉。他发现自己总是在监视别人开车。总之，好的夜晚睡眠对于米沙既是长期顺利工作的成果，又是具有人生经验的标志。

· ·

米沙醒了。房间里近乎漆黑一片。他感觉到，他醒了过来是因为有什么人在抚摸他的头部。

"哎－哎－噫！"米沙长出了一口气。

"是我在弄醒你，"他听见阿尼亚的说话声，"你睡呀睡。我都想不起来你什么时候睡成过这样了。我决定唤醒你，否则过一会儿整个夜晚你都会很难受。"

"几点钟了？"

"已经晚上八点多。我这样唤你有十来分钟了。"

"瞧我这觉睡的！"米沙说，感觉自己甚至还不能动弹。"简直就是掉进了什么深谷里,而不是睡着了。还好,你叫醒了我。"

"头还痛吗?"阿尼亚问道,继续待在黑暗中,抚摸米沙的头部,身形模糊难辨。

"如果我已感觉不到头部的存在,那就意味着,它不痛了。"

米沙从床上起来并走向盥洗室,他要洗一把脸。他是湿着头发睡着的,因此头部不知粘上了些什么鬼东西。他用凉水清洗被压皱的脸,透过镜子仔细看着自己向四面八方支棱的头发。

当米沙向盥洗室走去时,房间里亮起的明亮电灯光亮和窗外的黑暗让他想起,冬天已经就要到来,这个冬天将极其漫长。

"你的手机不停地在响,"阿尼亚说,伸头向盥洗室看了一眼,"但我没有去叫醒你。它刚才又响了。"

"明白了。谢谢,阿尼亚,"米沙说,用毛巾擦干了脸。

他站在盥洗室,艰难地转动脑筋想接下来该做什么。此时的大脑完全是一片混沌,仿佛觉得,在大脑的深处有什么东西在轻微地嗡嗡作响。米沙试图把窗外已经黑了(时间已是晚上八点多钟),以及他刚刚醒来并正在洗脸这些信息,拼凑成一个完整的画面。这些事实艰难地拼凑在一起。面对这一切,他心中茫然,不知接下来该怎么办?这里的不知该"怎么办?",不是宏观意义上,而是微观具体的:他该从他先是睡觉时,而后是洗脸时穿的居家浴袍,换成什么其他衣服,还是就那样继续穿着浴袍。而如果应该换衣服,那换上什么衣服呢?这可至关重要,因为很多事取决于这一点。事实上,在接下来若干个小时内的一切都决定于此。晚上应该穿什么衣服?!还是应该继续穿着居家浴袍?

在一片混沌的大脑中,思维的气泡开始艰难地翻滚,米沙逐一思量接下来有可能采取的行动方案。他对自己说,眼下不是早晨,相反,是晚上,在这样的时刻做什么事都已很晚,这样一来,不需要开车去任何地方,也不需要换上平常的工作西装。他想到,似乎可以与几个要好的朋友一起消磨夜晚,在什么地方坐一坐和喝上几杯。这个想法看上去不错,但它很难实现。米沙几乎不想见任何人。他想到了斯吉奥巴或者谢尔盖,或者他们两个一起,但马上就想起,已经快晚上九点钟,他们不是都已回家，就是已经在什么地方一帮一伙地聚会了。米沙绝对没有打算掺和到别的一伙儿人当中去，可把朋友从家中或者从已开始的聚会中拽出来也不是一件容易的事。加之，即使朋友同意见面，愿意在哪里坐一坐，可在莫斯科办那样的事是要花海量时间的。要过多少个小时他们才能见上面？嗯，最快也要过一个半小时。这还是最快的情况！紧接着是什么呢？！明天还要上班。所以，米沙决定禁止自己穿上衣服出门去和朋友坐一坐。

他还琢磨自己是否应该换上平常居家穿的宽松裤和针织背心，但他决定，那样穿着应该是在下班回到家不很晚的时候。而眼下好像完全不是那么一回事儿。头脑像糨糊一样混沌，身体犹如棉絮般软弱无力，他很早就回到了家，睡了很久，在夜即将来临的时分醒来，接下来该做什么呢，内心茫然一片。最终，米沙继续穿着居家睡袍并从盥洗室里走了出来。

所有清晨和白天发生的事件和所经历的心理感受都远离而去，它们变得模糊，清晰不在。米沙心中忧愁苦闷，甚至觉得生活索然无味。他站在从盥洗室出来的门口，一脸的忧愁和孤寂。他心中无可避免地思量当下夜晚的那若干个小时，这些时间他必须度过，为了……为了什么？……为了继续生活下去。

米沙还想到，清晨应该开车去上班。他回想起，昨天他还心怀恐惧地想，星期五他将在经历了所发生的一切后去上班，真不知如何才能重新进入日常的生活中。而眼下很快就已是清晨，这个日常的生活即将归来。米沙心中这样想着，但心情却比昨天平静了很多。眼下更为要紧的是要熬过已经来临的夜晚。

"米沙！我安排孩子们睡下就来，"米沙听见阿尼亚说。"你的手机在厨房，就在你把它放在的地方。你有很多未接来电，这是我提醒你。"

"我记得，记得！"米沙有些嘶哑的嗓音回答说。"阿尼奇卡，安排好孩子们睡觉，出来我们坐一坐，喝点茶，好吗？"

"好，"阿尼亚从儿童房间回答说。"我要先给索尼奇卡读几段故事，所以你别指望我很快出来。但如果我很长时间都不来，你就检查一下，万一我睡着了，你叫醒我，我们喝茶。"

"明白，"米沙回答说，站在原地没有动，"我等你。"

他走向厨房拿取手机，几乎一下子就在窗台上找到了它。通常他并不随处乱放自己的手机——要么揣在浴袍的口袋里，要么放在电视机旁。而这一次他把手机放在了厨房，所以他能够一觉睡了那么久和那么沉。

有很多个令人不快的未接来电，然而打电话的主要就两个人。斯吉奥巴打了若干次，还有廖尼亚打了上百次。米沙真想这就把廖尼亚掐死。有一个短信通知，来自索尼亚。米沙最先阅读了短信。索尼亚写道："你想知道我的梦。出什么事了？为什么不打电话？我很担心。一有可能就打电话给我。"

米沙思考了几秒，首先给廖尼亚拨打了电话，打破自己立下的夜晚不拨打工作电话的规矩。

"列昂尼德，我是米哈伊尔，"米沙说并听见廖尼亚惯常的"是，我在听"的回答。"你给我打了很多个电话，我无法接听，出什么事了吗？"

"是的，出事了，"廖尼亚忧伤地回答说，其语调让米沙觉得是在责备他，"但现在说这个已经晚了。你自己怎么样？瓦莲京娜说，葬礼举行得顺利。"

"谢谢，廖尼亚，我正常，"米沙快速地回答说。"可什么事晚了呢？怎么，在你喜爱的彼得罗扎沃茨克又有什么事情发生了吗？猜对没？"

"猜对了，米沙！猜对了！但现在已没有意义再说。已经晚了！明天我向你汇报一切。"

"几个小时之前还不晚，"米沙一下子就对廖尼亚责备的语调生了气，"怎么现在就晚了？就是说，如果你这之前能打通我的电话，那么一切就都没事了，而现在一切都很糟糕并已改之晚矣？是这样吗？"

"米沙，不要断章取义！我是说，现在说这事时间已晚。"

"廖尼亚，你呀，是知道的，在重要的事情上，不存在现在不晚，而过了一个小时就晚了的道理，"米沙用自己金属般坚定的声音说。

廖尼亚沉默了几秒钟。

"米哈伊尔！瞧，你呢，也是知道的，事情就总是这样发生的！"廖尼亚用完全另外的语调说，没有责备，只有忧伤。"瞧，你都在说些什么？你自己呀，明明知道，事情总是不断地这样一个接一个地发生，并且恰恰都是在重要的事情上。"

"到底出了什么事情？"米沙没有听廖尼亚说完就问道。

"我所担心的情况发生了，"廖尼亚快速地回答说。"如我所料，他们正把归我们画线的面积交给当地的一个什么公司去做。准确交给谁，我暂时还没打听到，但这也已不重要。今天下午彼得罗扎沃茨克市政府的人给我打了电话，这个人叫什么来着……嗯，你的熟人，亚美尼亚人的姓氏。他叫什么？嗨，你是知道的！我对他们这些人的姓氏……"

"廖尼亚，你对所有人的姓氏和名字都记不住，"米沙又生了气，但很快就平静了下来，"我明白了，你说的是谁。戈里果利杨茨？"

"对，是他！是这样，他无法打通你的电话，于是就打给了我。他说，需要马上打电话……"

"我明白了，廖尼亚，"米沙打断他说，"明天我们解决所有的问题。他们逃不出我们的手掌心。我想，那里什么都不晚。"

"你那样想可真容易！"列昂尼德突然提高嗓门说。"人家在这里用大半天，甚至一整天的时间，绞尽脑汁去解决这个你一个电话就可以解决的问题。可你不知为什么就不打电话，而问题则悬在那里。而这个问题，我却怎么都解决不了，因为他们不想和我对话。如你所说，对你'不晚'，可对我却不可逾越。你明白吗？！"

"我今天安葬了一个很亲近的人，廖尼亚，"米沙努力不生气，理解刚刚所说的情况，以尽可能平和的语气说。

"我知道，米沙，知道！"廖尼亚近乎悲哀地说。"可以认为，我没有安葬过任何人。请你原谅，可我真的感到委屈！甚至是你明天把这个问题解决了,我反正还是会感到委屈。我今天又是花了整整一天的工夫来处理彼得罗扎沃茨克的事,所有的工夫都白费。你应该介入了。"

"明白,廖尼亚!明天我就那样做。你放心。不然现在生起气来,我会故意把一切都搞砸。你是知道我的。"

"知道!可现在是你自己给我打电话,不是我打给你。"

"正是这样,廖尼亚,"米沙笑了笑,"让我们明天一早就来解决这个问题。瞧见没,这个彼得罗扎沃茨克跑不到哪里去的。"

"我们拭目以待,"廖尼亚回答道,语气忧伤,但却充满平缓和解的意愿。

"拭目以待。再见,"米沙说。

"明天见,"米沙听到这个回答后,挂断手机并结束了电话交谈。

米沙记得,完全没有多久,也就是在不到一年之前,廖尼亚安葬了他的父亲,接着不久是他的母亲。然而,他却钢铁般地挺住了,没有让失去亲人的痛苦对他的工作造成任何实际上的影响。米沙不想和廖尼亚争论。再说,彼得罗扎沃茨克这个项目在那一刻并没有让他很担心。在那一刻,完全没有任何事情让他非常担心。他只就是不知道,在那个夜晚用什么占满自己的头脑,他害怕睡不着和经历失眠的夜晚。米沙不喜欢失眠的夜晚。

后来,米沙给斯吉奥巴打了电话。他的电话把斯吉奥巴吵醒。斯吉奥巴对米沙说,他等了很长时间他的来电,一直在担心,但很高兴,一切都办理得很好。他们聊了不一会儿,说好明天晚上见面,在什么地方坐一坐,吃个晚饭,喝喝酒并说一说话,而后再决定干什么。斯吉奥巴说,谢尔盖也可能会参加。

"好,喜奥巴,"米沙同意道,"那就太棒了,如果你和谢廖嘎都能来!我正是想要这样。不然最近这些日子真是太沉重。只是,喜奥巴,聚会应该局限于男爷们儿们,好吗?"

"明白!"斯吉奥巴回答说。"'病人'的愿望就是法律。"

"也告诉谢廖嘎,如果可以的话。让他一个人来。我们就一起坐一坐,说一说话。我就是觉得,我需要这个。好吗?"

"一言为定。"

接下来，除了索尼亚，米沙不想给任何人打电话。但在拨打她的号码前，米沙悄悄地走到客厅里。那里漆黑和安静。通向儿童房间的门半开着。从儿童房间那里漏射出舒适、昏暗和奶黄色的灯光并传来阿尼亚的读书声。他听见阿尼亚轻声地读到："而勇敢的小刺猬呼哧吸了一口气并跑了过去，径直迎向……"

米沙站立了一会儿，听了听。他知道，大女儿卡嘉也在那里，在门内，她正忙着自己更加"大人"的事儿。她在画着什么图画或者在读书。米沙停下，倾听，看了看从儿童房间门后漏射出的温柔灯光，返回到厨房，虚掩上门，开始拨打索尼亚的号码。

"你好！你可以说话吗？"米沙压低嗓音，然而又并非像说悄悄话般，对着电话说，同时听到索尼亚的回答。

"你好，米申卡！"索尼亚干脆利落地回答说。"你出什么事了吗？"

"我？什么事都没出，"米沙回答道。"为什么你觉得，我一定出了什么事呢？"

"啊，那就是一种感觉，亲爱的！不然，你怎么开始感兴趣我梦见了什么，还有重要的是，什么时候做的梦，如果真的什么都没发生的话。"

"那你到底梦见了什么？"

"嗨，不值一提的小事，米沙！现在说这个都很可笑。嗯，难道我和你是读中学的女友，还要讨论各种梦？再说，我认为，没有比倾听一个什么人讲述她做了一个什么梦更枯燥无味的事情了。"

"索尼奇卡！亲爱的！我记不起，我和你什么时候聊过关于梦和其他类似的不值一提的小事。然而，是你自己对我说，你梦见了我，而且正好是在真的发生灾难的那天晚上。"

"可灾难却不是发生在你的身上……"

"索尼亚！你怎么这么难缠！难道就不能痛快地讲一讲？！"米沙差一点没提高嗓门，但忍住了，与此同时却真的愤愤地挥了挥手。

"嗯，真的，我梦见的是微不足道的小事！"索尼亚几乎是一个词一个词拖长音地说。"我就是一般很少做非常具体的梦。一般总是梦见那些……但想要梦见什么很具体和很具现实感的梦……这真很少。再有，那梦那么长，那么令人烦躁，而且我还记住了所有梦见的细节。所以我才开始担心起来。你呀，在梦里真的把我吓坏了，并让我烦透了，米沙，"索尼亚开玩笑地说了这一句，但米沙听而未闻，他沉默不语并等待索尼亚继续说下去。"就这样，"索尼亚继续说道，"你很少在我的梦中出现。我不明白，这是在什么样的场所，但周围的一切……嗯，在我梦见的那个地方，什么都是白的。没有任何家具。白色的地板、墙面、窗帘，所有一切都是白色的。窗外照进来的光亮也是白色的。那个地方空间很大。而你站在那里，浑身污垢，是那样的肮脏。整个人！从头到脚！你穿的是大衣，裤子……所有的都是脏兮兮，湿漉漉。污垢从你身上泉涌般流淌到白色的地板上。而你正向我走来……而我不知为何却不好意思跑离你。你抓住我的手，而我衣着干干净净，穿的是那种浅色调的服装。我是那样讨厌你……而你浑身污垢，却要拥抱我……而且一直说着：'等一等，等一等'，嘴里还嘟囔些什么，就像个醉鬼。然后重又：'等一等，等一等！'就这样，让人感觉是如此的烦躁、厌恶和真实，于是就醒了……这样就记住了这个梦。看见没？胡扯一堆！而我甚至还问了我的一个女友，她说，这个梦不坏，甚至可能很好。用她的话说，梦见污垢——这不可怕，正相反。"

"是—是—的！令人不快……"米沙很慢并深沉地说，"知道吗，我甚至开始想向你道歉，为自己的那种行为。请原谅，没料到自己所干的什么事。"

"到底出了什么事？"索尼亚又具体地问道。"是什么灾难？"

"一个熟悉的女士那天夜里死了。关系非常近。实际上就是亲人。而我那时什么都没有梦见。睡得安稳，而她死了。"

"你爱过她？"索尼亚脱口问道。

"是……但不是那个意义上的！她都四十岁了……所以说……"

"多大年龄，这没有意义……"

"我是说，不是那个意义上的，"米沙生硬粗暴地打断索尼亚的话。"她曾是我最亲近的、年龄比我大的朋友，智慧的帮手，老师，甚至都可以称为……人生的导师，如果你想这么说。但首先是朋友。"

"可发生了什么？她病了吗？"

"不是。"

"被杀害，车祸？……自己？……"

"'自己'是什么意思？——米沙迅速问道。"

"嗯，自杀？"

"为什么？……"

"猜对了，是吗？"

米沙想了几秒钟。

"是，猜对了，"他郁闷地说道，"她自己把自己给办了。"

"多么可怕呀！请原谅，米沙！我没想……"

"可你是怎么猜到的？"他打断她说。

"没怎么。只是，当有人对我说，某位年轻人死了，不是因为病，我的第一个推断：要么是车祸，要么是自杀。"

"为什么那样？"

"因为有这样和那样的经验。但你最好别问……"

然而米沙当然是立刻就开始详细询问，还说他自己也经历过几次车祸等。但索尼亚却用绝对平静的声音讲述说，她曾遭遇过车祸，在那次车祸中只有她一个人活了下来。车祸发生在离城市很远的道路上，她一个人在完全清醒的状态下度过了很长时间，与其他几个死了的亲人一起被挤压在汽车里，不能动弹。

"而在此事的一年前，我割断了自己的静脉。所以我穿长袖或者戴宽宽的手镯饰品。瞧，我有过的这些冒险事……米沙，米沙！你还在听我说吗？你别多想，这是很久以前的事了。别怕，我现在很正常，是个心理平衡的人。"

听见这些，米沙吃惊得不知说什么好。

"你的那位熟人一个人过？她有孩子吗？或者已经离异？还是没有

孩子？"

"这难道说明什么吗，索尼奇卡？她没有孩子。一个人过。这说明什么？"米沙说着并感觉到，自己强烈希望从索尼亚口中听到某种简单、绝对和明朗的判断和回答。"但她，你知道，大家都爱她，她有成堆的朋友。她被很多人需要……"

"可这什么都说明不了！"索尼亚深沉地说。"你以为，在这方面我比你的熟人懂的更多。在十九岁为单相思所害，于是在满脑愚蠢想法的强烈化学反应催化下割腕——这可完全不是几乎是在五十岁时上吊自杀那么一回事儿。"

"你怎么得知，她是上吊死的？……"米沙问，浑身颤抖了一下。

"难道你没说过？"索尼亚真心地感到惊愕。

"没……没有。我觉得，没有……"

他们又说了五六分钟，对话就终止了。

"不，米沙，你别多想这个梦了。全都是胡说八道。别往心里去，"索尼亚说，显然是准备告别了。

"谢谢你，索尼奇卡，"米沙说。

"这有什么好谢的？愿上帝保佑你！"她呵呵地笑了一下。"嗯，现在你知道，如果需要猜梦、解梦，给谁算个命什么的，这就是说可以找我来。"

"是该见个面了，"米沙对此回答说。

"我呢，总是很高兴和你见面，只不过我们之间有人总是很忙呀！"

"今后，我觉得，我会开始闲些，"米沙对自己所说的话，自顾自地笑了笑，"不管怎样，我是这么觉得的。让我们这几天内通电话约吧。我很烦闷，索尼亚。非常烦闷和心神不安……"

"打电话……"

• •

  这个对话后米沙开始觉得在厨房里有些憋闷。他走去阳台上吸了一支烟。心情的沉重、头脑内嗡嗡的响声和身躯绵软乏力的感觉，此时被令人烦躁和心神不安的疏离感所替代。疏离于所有一切的感觉。疏离于自己的家、自己的妻女，甚至是自己的肉体。米沙感觉自己被怀疑、不安和痛苦的内心感受折磨得完全精疲力竭。米沙向自己坦白承认，最让他精疲力竭的就是他自己。在最近这漫长得没有尽头的三天里，他没有一秒钟为什么事感到真心高兴过，按照自己独有的信念，他没有做成任何一件好事，他无所作为并毫无成效。而且，他还深深地走入了内心情感的沼泽和密林，看不见任何出口和回路。

  米沙在阳台上吸烟，两眼仰望夜空，双耳倾听城市的喧嚣。夜晚的莫斯科有些冰冷，城市的灯火在秋日里明亮闪烁，而喧嚣声比平日更加清晰可闻。秋日水晶般透明的空气使得城市的各种味道更加尖锐刺鼻。似乎在这样的空气里，甚至夜的冰冷也具有了其明确的，或许是轻微金属般的，但却依然是非常细微和刚毅的味道。

  米沙感觉自己累了，但却完全不想睡觉，也无法睡着。而这意味着，伴随夜晚的渐深渐静，他的头脑和心中将迎来所有各种飞舞的思绪和纷繁的心理感受。而米沙则别无选择，只有任凭头脑随着思绪飞转，听从内心情感的摆布，并无论如何也得消化和忍过这个无眠的夜晚。

• •

  米沙从阳台上回到厨房。那里茶壶已经在发出声响，阿尼亚打着哈气，摆放着茶杯和其他什么喝茶时用的器皿。

  "我亲爱的，"米沙说，"我们家里有没有什么安眠类的药物？"

  "没有，米申卡。我们家没有那类的药。用不着。没人服用它。有能宁神的缬草叶。有时晚上睡觉前，索尼亚要是玩疯了，我会给她泡点喝。"

米沙在听到"索尼亚"这个名字时，浑身颤抖了一下，甚至差一点被发现。但他立刻就明白了，阿尼亚说的是他们自己的小女儿，此刻，她正香甜地安睡着。

"这样看，难怪我总是觉得，索尼亚有着不简单的生活经历"，——米沙心中想，两耳并没有听阿尼亚在说什么。"上帝保佑，可别让我的索尼亚经历那些！"——他还想到。

"明白！"他出声地说道。"安眠药家里没有。这意味着，家里一切都很好。可是要是有，今天就用得着了呢。完全没有睡意，黑白颠倒了。"

"你试一试泡个热水澡，把自己放松下来。我呀，再过一小会儿，就去睡了。我今天累得精疲力竭。所以，米申卡……"阿尼亚说。

米沙漫不经心地听着阿尼亚说，头脑里空荡荡一片，没有任何特别的念头。他坐在那里，两眼望向旁边的什么地方，静静地从手中的茶杯中喝着茶。茶是妻子端给他的，更为准确地说，是妻子把斟好茶水的茶杯塞到他手中的。

他们又默默地坐了一会儿，阿尼亚翻阅着什么自己的杂志，也喝着茶。厨房内安静无声。只是间或听到单元门洞内传来电梯上下的声响。声响不是很大，勉强可以听见。

后来，阿尼亚果断地站起身，合上杂志，把茶杯放入洗碗池内并说，她去睡了。米沙说，他再坐一坐，可能，会看一会儿电视……他说，他还完全不想睡。

阿尼亚和米沙亲吻一下，于是就离开睡觉去了。而米沙则继续坐在那里，眼睁睁地看着他那近年来的第一个无眠的夜晚。他失眠了。

· ·

然而，失眠的夜晚——这并非简单的当你不睡觉的夜晚。这不是那样的夜晚：当你喝酒，玩疯了，怀揣对夜的希冀，寻寻觅觅，或者实现了希冀和寻觅，一夜无眠；这也不是那样的夜晚：当你和关系亲近而又密切的好友交谈，话题艰深，探讨和争论深入而又激烈，一夜无眠。这不是爱情之夜，也不是家庭争执之夜。失眠更不是守护病人床边的夜晚……

失眠——这只就是孤独的无眠之夜。

• •

米沙不知为什么明确地知道，这一次他不可能打开电视去看。他明白，他读不下去书，也看不下去什么碟片。他意识到自己无法入睡，所以试图上床躺在妻子身边也就没有任何意义。他能做的只是不睡觉。喝点什么酒，他完全不想。甚至是再一次走出到阳台上抽一支烟，他也没有这个意愿。他坐在厨房内，继续喝完已经凉了的茶，窗台上的小灯发出昏暗的灯光。头顶的大灯阿尼亚早已关掉。单元门洞里的电梯也完全没有了声响。米沙坐在餐桌后，左臂肘部放在桌子上，手掌托着自己的头部，双眼似乎是在看着冰箱的一角，但冰箱本身他并没有看见。米沙在沉思，一些莫名和没有头绪的念头和回忆，交替着阴郁地飞转在脑海中。客厅里的电子钟闪过数字23:04。米沙失眠的夜晚已经开始。

• •

究竟可以如何描写回忆的先后顺序？可以说："他回想起了很早前与朋友的一次对话"——在此句之后可以再现这个对话本身。但实际的回忆过程就是曾经发生的对话本身，不需要与此同时再一次对那个对话进行某种复述。曾经的对话作为整体瞬间被记忆再现了出来，同样也是作为整体并瞬间被再现出来的是昔日的片段、事件、场景、人物。而对这些回忆的描写和对回忆内容先后顺序的安排可能会花去很多时间，于是会丢失很多细节并失去回忆的意义。

· ·

米沙那时回忆起了很多，各种事，很多重要的，也有些完全不重要的。他甚至突然间想起，一年前他把自己很喜欢的一条开司米围巾忘记在一家老熟人的郊外别墅里，并至今怎么都没能把他拿回来。而眼下马上就是冬天了，正好是需要围巾的时候。他想起了关于围巾的事，立刻对那位别墅主人，即自己的熟人生起了气，都是因为见鬼的他们怎么都没想起把围巾拿上并带回城里来。米沙甚至打算把它写在记事本上，以便提醒他们把围巾带回来，但他并没有伸出手去找记事本。

就这样，那些零乱的思绪、念头和想法碎片相互交替着，并快速地飞入米沙的头脑中。有关工作上的重要思考也飞转起来。但米沙知道，在失眠的夜晚是工作不成的。在失眠的夜晚能做的只是不睡觉。

曾经有多少这样的无眠的夜晚，那时米沙先是被爱情折磨，紧接着是被醋意，到后来是被爱情和嫉妒过后可怕的空虚。但那时，在那些夜晚，撕扯米沙并让他颠狂的是快速变化的内心情感经历和极速交替的希望与绝望。而眼下是不一样的无眠状态。这里正在发生的是回忆、思考，甚至脑洞大开。

米沙突然发现，现在他已经不会像过去那样幸福，那时，也就是感觉完全不久之前，他正处于事业和职业的初始期，那时，他感觉自己非常有能力做这个事业，起步非常顺畅，重要的是，他感觉自己令人难以置信的成功，而这意味着自己很特别和不同凡响。

那时飞入脑海的各种思考，无论是关于工作，还是只就是关于生活，它们似乎全都是有的放矢和被需要的，既被米沙所需要，也被所有其他人所需要。那时，这些想法总是被勇敢和快乐地表达出来。那时，在米沙的生活中还有尤利娅。所有自己的大小想法和思考，米沙都一吐为快，而经常倾吐的对象就是尤利娅。那时向尤利娅提问了多少个问题呀！尤利娅不但作答，并且经常是一语中的和直指问题的核心。然而，对于米沙更加重要的是，有人倾听他的问题。

米沙坐在那里，心中明白，那样的幸福已经不再有。那样的幸福不再有的原因甚至并不是因为尤利娅没了，不是因为尤利娅死了和她永远也不会再出现……而是因为尤利娅在米沙的生活中早已不再扮演昔日的角色。很久以前，他就已不再向尤利娅提问题。那个时期早已成为过去。那时，在库图佐夫大街教授家的老单元房的厨房里，没有一个夜晚深沉而又幸福的睡眠不是伴着晚饭后的茶叙或者睡前的小酌到来的。对于米沙早已没有了那种生活的必需，就是每天晚上跑到尤利娅处，坐一坐，说一说，告诉她些什么，听一听她的建议，问一问晚上要不要给她打电话，或者晚上干脆把电话打过去并聊很长时间。

米沙早就没有问题需要咨询于尤利娅了。问题在某一时刻变得如此的复杂，以至于米沙简直就向谁都不能提出，甚至向尤利娅。米沙把问题主要提给自己，而提给别人的却主要是索赔和诉讼。

他回想起了那个时期，就是当他不管什么问题都还能没完没了地问尤利娅时，对此的回忆鲜明而又幸福。米沙明白，这个时期早已离去。而现在连尤利娅也离去了。她不是离去几天、几年或很久，而是永远地离去了。

米沙了然看见自己坐在莫斯科自家单元房的厨房里，看见自己完全不是一个刚出道的愣小伙子，相反，是一个早已深入生命旅程，走在人生热闹密处和正处于生命历程中间站的客人。

米沙并没有因此而感到任何愉悦和开心。他觉知到，几乎就是生命的巨大一块，从他肉体上剥离了出去，不再是他今天生活的组成部分，而变成了无可挽回的云烟，变成了过去。这个觉知是如此的真切。

"尤利娅死了，"米沙几乎没有声音地说，双唇静静地上下动了动，忧伤地哭了起来，就像一个孤独的旅人，无声泣涕，扭曲着脸。

• •

若干分钟过后米沙站在阳台上，依然穿着自己的那件虽旧但却喜爱的睡袍，吸着烟，挨着冻，情形完全如同一个半小时前。然而，他清晰地意识到，就在这一个半小时里所发生的，远比在平常抽两支烟的时间里所发生的多。

米沙凝望着莫斯科，凝望着自己肉眼能见到的那一段点燃着灯火的街道。这段街道灯火通明，喧嚣阵阵。

"你看你，亲爱的，"米沙吐出一口烟雾，语气平静，但却十分明确地对着莫斯科说，"又消磨没了一个人？！消磨过了，在喧嚣？你就喧嚣，喧嚣吧……你还能做什么呢？……"

• •

米沙离开阿尔汉格尔斯克后，开始感觉自己的家乡城市是那么的小，封闭而又没有发展前途，真不知它是靠什么活着的，尽管正是在那里，他觉得，集中了他所珍视和努力去热爱的一切。这种情形经常令米沙感到奇怪。正是在那里，生活着自己的父母、兄弟、所有其他亲人。那里留下了童年和少年时期的朋友。那里还有很多珍贵和不寻常的场所。他与那里的许多街道、房屋和大院，有着千丝万缕的联系。

而莫斯科？米沙知道自己是生活在莫斯科的人，他懂得这座城市。然而实际上他在首都认识的人，比在自己家乡城市阿尔汉格尔斯克认识的要少。对阿尔汉格尔斯克这个城市他非常了解。整座阿尔汉格尔斯克城都曾被走遍、攀爬遍、坐车逛遍，从里到外研究个遍。而在莫斯科他只能很好地知道市中心、主要干道、自己的周边地区和若干常走的路线。汽车里总是放有莫斯科的地图，这个地图经常要用到，它对米沙必不可少。

米沙在莫斯科知道的人足够多，可与之交往的次数实际上却开始变少。在莫斯科与人交往需要付出很多精力。精力米沙感觉自己是有的，但他不想把这精力花在与人交往上。工作上的接触米沙不认为是那种交往。

而他在莫斯科感觉如何，好吗？……甚至是在那失眠的夜晚，他依然会回答说："很好！"尽管与此同时他并不明白，究竟有什么好的呢。

他在莫斯科感到有趣吗？米沙没有看见那个莫斯科，他也不是为寻找那个莫斯科而来莫斯科的。他在这里看见了什么？他从作为一座城市的莫斯科这里得到了什么？他刚一在首都立足，马上就对所有首都居民和不只是首都居民都抱怨和气恼的那些，开始生气发牢骚和抱怨。抱怨堵车，抱怨夏季炎热，抱怨冬天寒冷和灰蒙蒙，抱怨疲惫，抱怨时间不够，抱怨物价，抱怨谁都不遵守诺言和所有人做所有事都不认真，抱怨所有莫斯科拥有的，甚至也抱怨莫斯科很少有的。

为什么正是在莫斯科米沙特别骄傲地强调，他来自北方，他是阿尔汉格尔斯克人，他不是本地土生土长的？

米沙在这失眠的夜晚，头脑里不知闪过多少这样和那样的问题和答案？！他又多少次去阳台上抽烟？他没有数过。

他在沙发上躺了一些时间，然而，在失眠的夜晚躺在沙发上，完全没有平常躺在那里看电视时那样舒适。他从客厅走到厨房，再从厨房走回客厅。有两次他把茶壶放在炉灶上热茶，两次又都忘记了喝。

米沙那时眼前打开了一幅奇异而又可笑的画面。这个简单的想法和完全显而易见的逻辑让他兴奋起来……是什么让莫斯科有别于自己国家和世界的其他城市？在所有其他城市中，吸引外来人对他们所来到的城市感兴趣的，就是这个城市本身。这种吸引力对有些人强烈些，对有些人弱一些。但人们来到这些城市，就是来到很具体的城市。他认识一些人并从他们那里听到，他们因为什么离开去了巴黎，去的就是巴黎。而有些人则奔向伦敦。还有些人上气不接下气地讲述，他们是如何明白了什么是真正的有条不紊的生活，这正是在柏林。米沙读过多少关于纽约的美丽传说!而有些人非常喜欢那种具体的小城,位于意大利南部。米沙知道一些人,他们甚至搬去了圣彼得堡!

所有这些人都在说,他们是那么喜欢在巴黎漫步和喝咖啡,而且一定要在巴黎的特罗卡德罗地区①的什么地方。另一些人梦想在英国漫步,不是在海德公园,就是在摄政公园,因此他们在伦敦的北部定居下来。有些人被纽约曼哈顿的氛围所吸引,挣脱一切奔向那里。而有些人却非常喜欢假日里去皇村②,那里的宫殿、大街给予他们生活的力量。米沙从很多人嘴里听过这些,在很多作家的作品中读过这些,他自己也经常去欧洲寻找这些。

但他一次也没听到过什么人说,也不知道具体的那样的一个人,甚至连有没有那样的人都不知道……他说:"我来到莫斯科,目的是沿着奥斯托仁卡大街③走一走,在特维尔大街④逛一逛,去特列季亚科夫画廊⑤

---

① 特罗卡德罗(Trocadéro)地区,位于法国巴黎十六区,隔塞纳河与埃菲尔铁塔相对,是巴黎最具资本主义特色的富人区。这里有巴黎最好的酒店、最名贵的商品、最奢华的餐厅和最浪漫的咖啡馆、最干净的街道。这里曾经是帕西村,在帕西村居住过很多名人和作家,其中有本杰明·富兰克林和马塞尔·普鲁斯特等。这里至今都洋溢着那个时代的气息。

② 普希金市,旧称皇村,是俄罗斯圣彼得堡下辖的一座城市,位于圣彼得堡市中心以南24俄里。皇村原为瑞典贵族庄园,1708年后成为历任沙皇的夏宫,1728年得名皇村,叶卡捷琳娜宫和亚历山大宫均是这一时期的代表建筑。1837年往来皇村和圣彼得堡的铁路通车,是为俄国铁路史的开端。

③ 奥斯托仁卡大街(Остоженка),位于莫斯科市中央行政区内,起于圣洁门,结束于克里木广场,位于圣洁街和圣洁沿岸街之间,是莫斯科市著名的老城区之一。

④ 特维尔大街(Тверская),是俄罗斯首都莫斯科一条主要街道,全长1.6公里,是莫斯科的购物、娱乐和夜生活中心。莫斯科市政厅也位于该街上。它早在12世纪时就已经出现,原来是通往特维尔的道路,17世纪起成为莫斯科贵族的聚居地,这里曾居住过许许多多的历史名人。19世纪这里兴建了多个凯旋门,以纪念战胜拿破仑,以及庆祝沙皇加冕。1935年大街进行拓宽工程。1932年至1990年期间被称为高尔基大街,以纪念苏联作家马克西姆·高尔基。苏联解体后恢复现在的名称。

⑤ 特列季亚科夫画廊(Третьяковская галерея),是目前世界上收藏俄罗斯绘画作品最多的艺术博物馆,位于莫斯科。画廊由商人、艺术品收藏家巴维尔·米哈伊洛维奇·特列季亚科夫于1856年创办,特列季亚科夫是19世纪俄罗斯著名的艺术品收藏家和画家们的赞助和保护人,1892年特列季亚科夫将他所有收藏品捐献给国家,这个画廊成为国家博物馆。

参观，到大剧院①和小剧院②观看戏剧演出，有时带孩子到高尔基公园玩耍。"

在那些挤在开向莫斯科的火车车厢里和飞往莫斯科的航班机舱内的人中，没有一个人是被莫斯科作为一个城市所吸引而来到这里的。"大家来这里，无论是已经来的，还是正在来的，都是为了寻求生活，"——米沙这样想着，停在去往阳台的门前没动。他把香烟拿在手上。"所有人都想在这里生活，并不再像以前那样活着。可怎么活？在这里能怎么活呢？！"——他继续站在去往阳台的门前。"不，暂时不去抽烟。要停一停，不然马上耳朵里都会冒烟。"——他决定，最终依旧站在去往阳台的门前。

"可在阿尔汉格尔斯克有什么呢？"——米沙这样想着并心中明白，失眠夜晚让时间变得难以摆脱的黏稠和静止，就像温暖日子里松树干上的一滴松脂油，好像既透明又纯净，但就是不滴下，也不坠落。米沙感觉自己就像一个被困在一滴松脂油中的甲虫一样，被无眠的夜晚所捆绑。时间在那个夜晚透明，尖锐刺人而又静止不动。思维因为这种凝结和不动相互粘连和缠绕，混沌一片，好像醉鬼的头脑。然而，米沙并未醉酒，思维也敏感地触动着神经。

米沙此时明白，在这个夜晚，他非常不想要什么深刻而又巨大的发现和决定。他知道，他想清晨开车去上班，重新全身心地投入工作中，重新在这些工作中看见无条件的意义，而傍晚去和好友们聚会并与他们喝几杯。然而，就在那一刹那他意识到，他无法在这个夜晚不去深入自

---

① 莫斯科大剧院(Большой театр)，全称为莫斯科彼得罗夫大剧院，是莫斯科有名的芭蕾舞与歌剧院。作为莫斯科的地标性建筑，始建于1776年，在随后的半个世纪里剧院先后两次发生火灾，主建筑经历过数次大的翻修。2011年10月28日，其在经历过持续六年耗资七亿美元的翻修后重新开放。位于莫斯科市中心地区，离红场很近。

② 莫斯科小剧院（Малый театр），全称俄罗斯国家模范小剧院，是1756年创建的俄罗斯最古老的剧院。附属于莫斯科大学，是为庆祝伊丽莎白·彼得洛夫娜女皇生日，国家颁布命令成立的专业剧院。著名诗人和剧作家M·赫拉斯克夫担任自由俄罗斯剧院领导，剧院的演员多来自莫斯科大学附属学校的学生。它被赋予民族遗产地位，列入国家珍贵文物名录，与大剧院、特列季亚科夫画廊、艾尔米塔什博物馆齐名。小剧院是一座三层楼房，式样舒展而淳朴，表演大厅中有1099个座位。剧院入口处立有俄罗斯剧作家奥斯特洛夫斯基的铜像。

己的思维和情感,而且极有可能的是,像平常一样清晨开车去上班他无法做得到了。"不要去深入思考,好吗",——米沙自言自语道。

"是的呀!想来想去,在阿尔汉格尔斯克到底有什么?"——他自己对自己说,回想起按照他的观点更简单的话题……"你别打断思路",——米沙在心里命令自己说,努力改为开玩笑的语调。

· ·

然而,米沙回想起的不是阿尔汉格尔斯克,而是在失眠的夜晚铁律般定会想起的诺里尔斯克①……"那里可真是可怕",——米沙心想。

米沙是去年冬天去的那里。他飞去那里两天,参加商务会谈。谈判过程中米沙意识到,他将遇到巨大的困难,对此他并没有准备。他几乎是一下子就决定了,在诺里尔斯克他不会做任何项目。工程规模不大,可却极有自己的"特色"。他白飞了一趟。返回时的航班在诺里尔斯克延误了两天两夜还多,那是恶劣天气造成的。

他一直认为自己是北方人并以此为骄傲。阿尔汉格尔斯克、北德文斯克、关于刚毅和勇敢的北方人——波莫里亚人②的故事,这些都是他引以为傲的地方。但在诺里尔斯克他才明白,关于北方他其实什么都不知道,根本就没有尝过什么是真正的北方的滋味。

米沙在诺里尔斯克的那几天,气温一次都没有高过零下五十摄氏度。自然,他没有在大街上漫过步。汽车里和室内很温暖,但室外的酷寒、街道上几乎没有人,街两旁完全没有树木,辽阔的空旷感和黑暗没有活力的死一般的寂静,这些截然有别于莫斯科的喧嚣和灯火辉煌的景象,加之对自己远离温暖的家和身处遥远他乡的清明觉知,让米沙的心

---

① 诺里尔斯克(Норильск),是俄罗斯克拉斯诺亚尔斯克边疆区的一个城市,位于泰梅尔半岛上,属于俄罗斯的北方,气候极寒恶劣,是世界上几大矿区之一,拥有大型金属加工企业,污染严重。1935年建城,1953年建市。2001年被宣布为保密行政区。2005年塔尔纳赫并入。

② 波莫里亚人,是指白海、巴伦支海沿海的俄罗斯居民。

间顿时充满了忧伤和想快快回到首都莫斯科的渴望。

总之，那时他白飞了一趟，因为他决定不在诺里尔斯克开展任何项目，也就没有获得任何新的朋友和人脉。次日晚他在宾馆内的饭店吃晚饭，吃的是淋上暗红色酱汁炸过了头的鹿肉。菜的名字简单直白——"北方的鹿"。

"原来你就是这样的，北方的鹿，"米沙自言自语道，用力切着盘子里的那块肉。

他已喝进去两杯伏特加酒，打算把肉吃完，在吃最后一小块时再喝一杯就去睡觉。宾馆内的饭店里坐满了客人。只有米沙坐在那里一个人，其他都是成帮结伙并吵闹喧哗。那里甚至还有身穿露背裙装的女士们。饭店的歌手眼睛看着写在纸上的歌词，平淡地唱着欢快的歌曲。一帮意大利人坐在一张餐桌后面，他们是五个人，还有一个很瘦很瘦的女翻译。米沙根据他们说话的语言和方式判断出，他们就是意大利人，他们说话声音巨大，不时高过音乐的声音，还像在自己家里一样哈哈大笑。还有，从他们的外表穿戴，从他们穿的衬衣和高领毛衣也可以看出，他们不是当地的冶金工作者。

"他们来这里干嘛？——米沙不知为什么在心里很不友好地这样想着意大利人。——他们在这里算什么呢？在自己家他们连雪都没正经看见过。他们是为的哪般来这里挨冻？尽管他们的举止入乡随俗，没有孤独一人喝伏特加酒。可能是些什么骗子。可要是现在能去意大利该多好！"——有些喝醉的米沙心里想。

在诺里尔斯克的所有建筑物内暖气都烧得非常热，而且绝对不通风。意大利人汗光闪闪，他们开心快活。米沙也用纸巾擦掉额头上的汗，但他却闷闷不乐。

临回自己的客房去睡觉前，为了能不慌不忙地收拾行李和及时去机场登机，米沙请求宾馆管理员在第二天早7:30叫醒他。

"我当然可以叫醒您，但明早您飞不了，"一位头发梳得有型的女士平静地说，她是编内正规的管理人员。

"这话怎么讲？"米沙的右眼眉向上抬了抬。"可我是早晨的航班。我有票，可以给您看。"

"我叫醒您，叫醒您，"女士平静，甚至是真心真意地说。"但天气预报说，有大风。刮大风时，飞机在诺里尔斯克不降落。明天您极有可能无法飞走。在这里这是常事儿。"

"瞧您在说什么，"米沙微笑起来，"您别提早吓唬我。我是个幸运儿，能飞走。明天在莫斯科还有很多事情。所以您请叫醒我，不用怀疑。"

"事情在莫斯科，可您在诺里尔斯克，"女士友善地说，而且米沙觉得，她甚至还向他抛了一个媚眼，"我会非常高兴，如果您能飞走。相信我，我会非常高兴。但我已经……我不会说我具体在这里生活了多少年，"她笑了一下，"我从出生就在这里生活。但我担心，我和您在我下一次当班时还会见面，而我下一次当班是过一个昼夜后。"

"看在上帝的份上，请您原谅我，"米沙用最柔软的声音，几乎是柔声柔气地说，"您可别是乌鸦嘴！非常请您原谅我说这句话。晚安。"

"晚安！明早7:30，按您的交代，叫醒您。"

米沙准时被叫醒，并被通知说，由于诺里尔斯克的天气不适飞，从莫斯科飞来的航班没有起飞。对于他该等待多久的问题，宾馆服务人员回答说，在中午之前他什么都不用等。他的航班一能起飞，就会有人通知他。有关宾馆延期的问题甚至都没有人过问他。可能这是自然而然自动办理的事。根据打电话来通知这一切的那个男子说话时的音调判断，这种情况在这里习以为常。

继续睡觉已不可能，由于和莫斯科有四个小时的时差，打电话回家也还早。他翻阅了宾馆里所有的杂志，在酒吧喝了两三升的咖啡，看电视看到头昏脑胀，而从莫斯科飞来的航班依旧还是没有起飞。

后来，米沙打电话说了很多话，多次道歉，反复叮嘱、教导，和阿尼亚说话特别温柔。他开始想家和想孩子了，有些急迫难耐。他那样地想家和想孩子，如此的想念过去还从来都没有过。

白天在诺里尔斯克开始和结束得很快，就像翻过一页没有插图的书。傍晚七点钟宾馆方面肯定地对他说,在早晨之前期望、等待和焦急都没有意义。在宾馆里他已经坐立不安,吃不香,喝不下,也不想睡。于是那时米沙决定去电影院看电影。那样悠闲的奢侈,米沙从年轻时起就不允许自己去享受,尤其考虑到那还是白天,工作日。

他坐上出租车去电影院,甚至问都没问,在诺里尔斯克市最大的中央电影院那时放映的是什么电影和几点的场次。

当出租车驶过一家灯火通明的商店时,米沙看见悬挂在商店外墙上的电子钟表和温度计。那上面的数字一会儿是时间,一会儿是温度。时间那时是19点15分,而室外的温度则是零下51℃。在商店附近的明亮灯光下,站立着一位身穿貂皮大衣、头戴棉帽的女士,她一只手拎着一个书包,另一只手拽着一根绳索,绳索的另一端拴在小雪橇上。小雪橇旁站着一个小孩儿,穿裹得像是一个爱斯基摩人。看外表的穿戴可能觉得她是一个小姑娘,但非常确定地那么说米沙却不能。"年龄在三四岁左右,不会大",——他心想。那小孩儿在用小铁铲一块一块地堆小雪山。

"真可怕,"米沙小声自言自语道。

"这还是正常情况,"租车司机很快回答说,"在这样的寒冷中还能吸烟。您可没看见两个星期前的那个酷寒天气!"

"这种无法飞行的天气会持续很久吗?"米沙立刻问道。

"谁知道呢?"司机笑了一下说。"我弟弟今天清晨本该飞回来的。现在他坐在莫斯科,也许在喝酒。他真舒服……"

电影院里很温暖,而且有相当多的年轻人。米沙的穿戴让他在众人中显得非常扎眼,完全不是北方人穿的短款夹克衫、薄裤子和皮鞋,头上有顶普通的运动线帽,滑雪时戴的。别的帽子在家中没有找到。他喝了很多白兰地,等待电影的开映,身心放松了下来。甚至最后很享受那部有些奇幻的电影给他带来的感受,尽管说真的,在电影快要结束时他依然还是打了盹儿。

第二天快到中午时他接到通知,飞机已从莫斯科起飞并将于傍晚六点钟抵达。过了两个小时又给他打来电话(那时他已经刮过胡子,穿好衣服，正准备坐车去机场），诺里尔斯克还是不能接受飞机的起降，飞机将备降最近的机场，那就是涅加尔卡，而涅加尔卡却很遥远。米沙在那一天还是没能起飞。

第三天的中午左右，他才飞离诺里尔斯克，发誓以后绝不再来这个极地旅行。临起飞的那个晚上他几乎一夜没睡。他已经想死了妻子和孩子。他给阿尼亚打了很多次电话，听见家中的声响、孩儿的吵闹声，急切希望快快回到那里。他甚至满怀柔情地想念起自己的汽车和莫斯科的拥堵。

他实在是想一迈进门就亲吻妻儿，紧紧拥抱她们并不松手。那天夜里，也就是诺里尔斯克当地的时间，他给尤利娅打电话说了很久。尤利娅像从前一样，安静并认真地听着米沙说，仍是那样的成熟、智慧和被人所必需。

"瞧你，米申卡，在那儿坐立不安个啥，"她说，电话听筒中传来尤利娅在莫斯科家中吸烟的声响，"你就把这种情况当成是被迫的休息好了。你能拿那北方的风有什么办法！我也不知道有那样一个确切的号码，打一个电话就能让这风停止或者把它转向别的什么需要的方向。"

"我都想死家了，"米沙对此回答说，在宾馆的房间里来回从窗前走到床头，再从床头走到窗前，"就像猫在抓心。"

"那太好了！"尤利娅说并开始咳嗽起来。"太好了！你想死家了，大家也想死你了。对于情感的堆积和炽热，你应该感到高兴。而莫斯科此时潮湿冰冷，阴冷烦闷，令人厌烦至极。昨天飘了小雪花，现在已变成满地泥水。而你那里却是严寒，冻红脸蛋儿的北方姑娘成群结伙地跑来跑去……"

"哪有什么姑娘，尤利娅？！"米沙差一点没被气背过气去。"这里冰天雪地，这样的天气莫斯科早就停摆了。这里……说什么你也想象不出来……"

"别老是诉苦抱怨！"她突然剧烈而又快活地打断他的话。"一大堆人都在羡慕你呢。年轻，健康，在宾馆里住着，旅行，无所事事。还要再列举吗？"

他们那样说了很久。米沙从这个对话中得到了自己独特的满足，感觉自己是个小男孩儿他很愉快。除了和尤利娅，再没什么人能让他像年少时那样，随性说些愚蠢无知和天真任性的心里话。

"尤利娅，我的亲人哪！我明天回来，如果能起飞，当然我马上先回家。简直想死孩子了！后天我就去你那儿。我买了些当地的伏特加酒，北方的，用酸果酿成。我们在一起坐一坐。"

"这样说就对了。只是你还要带点什么北方的下酒小菜回来才更好。你知道，我这里下酒的小菜不怎么样。"

"干鹿肉？！怎么样？就是它真的有点硬和咸，但当地人以它为傲。"

"带点儿吧！反正比糖果好，"尤利娅边说边喝了一口什么，大声地往嘴里吸了一口气。她是在喝自己的热咖啡。

米沙在那一刻心里充满了感激和爱。

尤利娅那里他终究没有像许诺的那样马上去成。就是回到莫斯科的第二个星期也没有去。他那时在宾馆没有睡好，飞行的一路上头都在痛，一回到莫斯科廖尼亚就一股脑向他倾倒出那么多不愉快的新闻信息，以至于他马上回的都不是自己的家，而是去到公司处理事务，一整天穿着脏兮兮不新鲜的衬衫。米沙没料到他在诺里尔斯克要待那么久，所以带的干净衬衫也不够。他回到家已经很晚，疲惫，精疲力竭，满脸劳累和不开心的模样。

他那时在宾馆那里是那样地期待这次的回家，家里的妻女们也都在等待他，但不知怎么都等过了头，不是吗！他也等过了头。米沙进了家，亲吻所有的人，更多的温情和话语他已没有了力气。他挣扎着去洗了澡。然后和孩子们待了待，在厨房闷闷不语地坐了一会儿，接着就到卧室上床睡觉了。他感觉非常失望，对自己很生气，但也就仅此而已，再多的感受他已没有。那时他尤其强烈地感觉到，自己的工作和生活与那个为之而存在的地方，那个他那样急切往回奔并称之为家的地方，是那么疏离。和孩子们在一起做什么他甚至都不知道。拥抱，双手抱起她们，快速塞给她们从远方带回来的礼物，礼物是些玩具娃娃，它们用什么海象的骨头和鹿皮制成，而这些礼物并没有让孩子们高兴起来。就此别无其他了。

伏特加酒和干鹿肉他确实给尤利娅带了回来，但一直都没有给她送去。沉重忙碌的生活第二天就潮水般把他淹没。他拐去尤利娅那里要比打算去的时间迟了很多。他甚至不是特意拐去，而只是匆匆一过，没带礼物。

· ·

米沙站在阳台门前，甚至开始寻思：那些从诺里尔斯克带回来的伏特加酒和鹿肉都去哪里了呢？完全有可能，它们一直就放在家中橱柜里的什么地方至今。无论如何他都不记得，他可能和什么人一起把它们喝掉和吃下或者送人。他甚至差一点就去找它们。他甚至还差一点就开口问说："阿尼亚，你是否看见？……"但他没有开口并迈步走去阳台。他把身上的睡袍裹得更紧，打开阳台的门，决定是时候去吸一口烟了。

· ·

他迅速地吸完一支烟，木然没有感觉，甚至想都没想过自己是在吸烟。只不过是需要做点什么，更准确地说，完成一件事儿。这不，他就吸了一支烟。这支并不需要的香烟让他嘴里的味道变得酸苦和难闻。米沙向阳台的围栏靠近一步，把身子探过围栏，向下看了看并用力吐出一口酸涩和碍事的口水。他很少那样做，因为他知道并认为，从阳台上往下吐痰和口水不好，这样做在他的心目中也不符合"得体行为和举止"这一文明准则。然而在失眠的夜晚米沙这样做了，从阳台向楼下吐了一口痰，甚至都没有想起自己的规范和准则。这口痰曲曲弯弯地飞向地面，飞行很久，米沙甚至听见了它坠落在地面的声响。

这还是七楼，——米沙心中想。——而尤利娅是三楼。所以跳楼的方案她甚至都没有考虑。

"呸，去你的……"米沙已经不是啐自己，而是自言自语地说出了声，努力迅速驱散钻入心间的可怕念头。

米沙从阳台朝下看向外面漆黑的庭院。他心间刚刚闪过的那个念头无疑令他惊恐，并将他的心绪拉回到近来生活中的基本主题。他从阳台看向自家的庭院，第一次感到苦闷和寂寞。他和阿尼亚多少年，后来还有卡嘉，他们住在租来的房屋中，那些家具和壁纸他们不喜欢。在那些远离市中心区人们居住的莫斯科的其他区域，那里有多少高楼围成的庭院，居住在那里的人们坐车去一趟首都市中心是很罕见的大事件。米沙奋斗了多年，而阿尼亚又忍耐了多年，他们才在小女儿索尼亚降生前搬到了自己喜欢和希望居住的位于市中心区的单元房屋内，找到属于自己的家。需要奋斗多久，才有可能从自家的阳台向外面庭院吐一口痰和口水！而那时米沙看着这个庭院，庭院的外观视角与自家单元房屋的价格相应相称，曾经正是这一点对选择这间单元房起了至关重要的作用……米沙看着，心中苦闷和忧愁。这个苦闷和忧愁的感受让他警觉起来。他非常不想失去对自己单元房和庭院（就是那个被称做家的生活空间）的爱。

而米沙是尝过这种苦闷和忧愁的滋味的。他曾经在阿尔汉格尔斯克苦闷和忧愁过。后来在莫斯科，当感到艰难或者不快乐时，他心里苦闷和忧愁，思念阿尔汉格尔斯克，思念父母双亲，思念在父母家自己的那一隅之地，虽然在那里他也曾苦闷和忧愁。居住在租来的房屋中时，不舒适的生活和对那种生活将要永远继续下去的恐惧和担心，令他十分苦闷和忧愁。米沙觉得，他在生活中很多次感到过苦闷和忧愁。然而近年来那样的苦闷和忧愁没有再袭上了他的心头。他感到艰难、麻烦、厌倦和神经紧张。而当他住在位于库图佐夫大街尤利娅家的单元房时，他那时什么各种感受都有过，但就是没有过苦闷和忧愁。

他望着外面的庭院，内心与那苦闷和忧愁斗争。斗争没得到什么结局，于是他从阳台回到了自家温暖漆黑安静的室内。

米沙向来不喜欢站在阳台或者透过打开的窗户往外看或向下张望。他不恐高。他只是不喜欢从高楼向下看。而且米沙自己心里清楚，这并非是他有什么怪异和说不清的恐惧症。从阳台或者从窗户往外看向庭院或者大街，就这样只是往下看，眼睛不看向两边，径直地只往下看时，这样的视角就让米沙感到恐惧，而且很久以来就令他感到恐惧。这是一个非常具体和明确的恐惧感，它与米沙头脑中的一段记忆相关联。米沙只不过是回想起了一桩可怕的事件，这个事件发生在很多年前，但很多年前内心经历的那个恐惧感并没有过去。因为这段恐怖的记忆，米沙很久以来就不登高，不上城市楼房的屋顶，不爬阁楼，甚至那些通往阁楼的旋梯、天棚开口和门，都令米沙浑身紧缩和不由自主地回想起那段冰冷和可怕的记忆……他知道，这个不由自主的回忆将永远地伴随着他。

· ·

米沙不由自主回想起的那个事件发生在很久以前，那时他十五岁。在此之前先说件别的事情，还在更早他就感受到了什么是"永远"，它有多么可怕，以及对此他又多么的无能为力。

米沙那时十或者十一岁，他准确不记得了。他和父母及弟弟季马坐飞机飞往南方的一个什么地方。当然是让他坐在靠舷窗的座位，年龄还小的季马对靠舷窗没有兴趣。起飞前空姐发放水果糖块，可以拿很多，数量不限。米沙拿了五块，尽管想拿更多，但他却没磨得开。糖块是酸的。这些糖块需要含在嘴里吮吸，目的是防止飞机起飞时耳朵堵塞和呕吐——父亲那时是这样对他解释的。那是他有生以来第一次坐飞机，就这样米沙永远记住了这一点。双耳在起飞时失聪了一阵儿子，但没有呕吐。米沙甚至觉得有点委屈。他并不想让自己呕吐，但他很想在自己身上找到什么不同寻常的感受。然而却只是耳朵有些堵塞，就这还不很厉害。可糖块却是酸的，棱角突出，吮吸过程中它们把米沙的上颚划破了。

米沙那时情绪非常好。阿尔汗格尔斯克飘着小雨，天空阴沉沉。飞机穿过厚厚的云层，蓝蓝的天空和明亮耀眼的太阳一下子露了出来。所有这些都令人欢欣雀跃，给人带来真正温暖夏日的感觉，而那个夏天在那一年却迟迟不愿意来到阿尔汉格尔斯克。

米沙透过舷窗看着白色的云朵，白云像美丽柔软的山丘，连绵起伏，飘向无际的天边。突然他看见若干个黑色小点，或者可以叫黑斑，与微尘相似，像小绒毛，或者像很小很小的一段段纤细发丝。起初他觉得，这些斑斑点点是舷窗玻璃上的划痕或者脏污点。但后来他发现，当把视线从一个地方移到另一个地方时，这些斑点跟随视线也爬向那个方向。米沙看了看机舱、父母、位于他前方的座椅，黑斑消失了。他透过舷窗重新望了一眼蓝天，黑点和黑斑再一次出现。米沙心想，可能这是灰尘掉进了他的眼睛里。他用手揉了揉眼睛，重新睁开并看了看舷窗外。黑点和黑斑还在原地。米沙使劲眨眼和揉眼，都没有用。

"有什么东西掉到你眼睛里吗？"父亲问。

"是的，"米沙回答说，"什么东西掉进眼里并碍事儿。"

"掉进了那只眼睛？让我来看看，"父亲说完就俯身捧起米沙的头脸。他认真仔细地看了很久，扒开米沙的眼睛，转动他的头，以使光线可以照到他的面部。"什么都没有。去一趟盥洗室，用凉水冲洗一下眼睛，完了就会轻松。可我既没看见眼睫毛，也没看见尘埃。"

米沙在盥洗室用凉水仔细地清洗了双眼，甚至用凉水泼脸，努力保持眼睛睁开。

黑点和黑斑没有消失。他什么别的都无法去想，在座位上扭来扭去，一会儿看向窗外，一会儿看向机舱。他是多么希望这些死缠不休的黑斑消失！

"你到底是怎么了？"父亲恼怒地问道。"你在那儿折腾什么？马上座椅都被你的屁股钻出洞来。你怎么了？"

于是米沙向父亲尽他可能地说清楚了到底是怎么回事儿。

"啊－啊－啊！"父亲说，同时安下心来。"你现在才发现。那样的黑点和就像是沙粒的东西我眼睛里也有，只不过我从来没问过别人。

我其实也不知道这是什么，但极可能大家眼睛里都有。这是长在眼睛上或者眼睛里的什么东西。别担心。也别去想它。你不去想它，你就不会发现它存在。而随着年龄的增长它们会越来越多。但你忘记它们吧。别去注意就会习惯。这将永远伴随你。别揉眼睛，否则越揉越坏，只会更糟。"

"永远伴随？"米沙重复问道。

那时"永远"这个词在他的头脑中第一次展现出了它令人恐惧的意义。这个词意味着生活的沉重，无论现在和将来的生活。那时他意识到，人生需要与某些不好和令人不快的事物相伴而过，摆脱它们是不可能的。而父亲知道这相似的道理并与之相安而生，这一事实并没有让米沙安下心来，却相反，这让他只是更加难过和恐惧。

当他小时候第一次在游泳时发现，他的手指，总是那样光滑柔润，突然变得皱皱巴巴，他害怕起来并去找妈妈，妈妈笑了。他呀，害怕手指会就那样永远皱巴下去。

"米申卡，手指干燥后就会重新变美，"妈妈微笑着说。

的确，手指干了并变回了过去的样子。然而在"永远"这个词汇中却包含着别样的恐惧。一种在劫难逃意义上的恐惧。

再说回来，那个故事发生在阿尔汉格尔斯克，那时米沙十五岁，后来变成了米沙的一个可怕的秘密，这个故事他对谁都没讲过，无论是对朋友，还是父母和妻子，甚至是对尤利娅。而且米沙知道，他永远也不会对任何人讲述这个故事，无论是过了多少年。他不想把自己的恐惧倾倒给别人，同时自己也不想在讲述过程中再一次经历那个恐惧。他知道，这个秘密和恐惧将永远伴随着他。

· ·

以往夏天炎热的日子里，米沙和两个同年级的小伙伴喜欢爬到屋顶上去玩。在那里，在屋顶上，他们晒太阳，学着吸烟，聊天，随身带些什么吃的，有两次甚至还尝试喝了啤酒，但喝不多——担心露馅儿和挨罚。

而在那个夏天，那时米沙十五岁，小区里的孩子们中只剩他一个人，没有伙伴。大家都离开阿尔汉格尔斯克，去往四面八方的什么地方晒太阳了。那个夏天米沙非常喜欢一个人待着，他第一次感觉到一个人的快乐和骄傲。他画很多画，如饥似渴地海量狂读，体验着自己因对一个姑娘的爱而深受的煎熬和痛苦。那个姑娘和他在同一个学校，比他大一岁，和另外一个小伙子交好，对米沙正眼都不看，住在邻近的街院，并在夏天一开始就去了什么地方。米沙手里有她的照片，他想画她的头像，写一首诗，并在她回来后送赠给她。但要赠送得巧妙，不能让她知道是谁干的。

那时他给自己看中了一个屋顶，并在那里每天度过了很长时间。那个夏天炎热，而且那个屋顶也非常好。米沙认为，没有人知道怎么爬上它，他自己也是偶然发现才爬去那个屋顶出口的。先要拐进一个门洞，爬到阁楼层并沿着漆黑、闷热和满是灰尘的阁楼走到整栋楼的另一端，直到通向屋顶的天窗。在那里的阁楼间有很多长方木和人字梁。走过整个阁楼很困难并有点瘆人。米沙为了走过整个阁楼随身带上了手电筒。

手电筒很特别，老旧，英国造，似乎是从那个英国武装干涉者入侵阿尔汉格尔斯克时期保留下来的家传宝贝。米沙是偷偷地拿上它的，否则父母肯定不让。可以拿上一个别的什么手电筒或者买一个，但米沙拿上了这个。这个更浪漫和有味儿。再说，现代的电池可以用于这个老旧的手电筒，这让米沙惊奇和兴奋，然而也让人怀疑手电筒是否有那么古旧。

从屋顶上望去，北德文斯克港尽收眼底，小轮船、舢板、白色内燃机船。屋顶是个慢坡，表面覆盖的铁皮还没生锈，铁皮在夏日阳光的照耀下滚热发烫。米沙对谁都没有说他去哪里和干什么去了。而父母也没有过问，他们整天忙于工作，弟弟季马被送到了奶奶家过夏。米沙享受着自由和那在去往屋顶的征程中所经历的危险和"偷猎"的刺激。

在一个炎热的夏日米沙坐在屋顶上，屁股底下垫坐着小马扎，小马扎是他放在书包里带来的。他脱下了针织背心，只穿着西装短裤坐在那里晒太阳。刚开始时他坐在那里，用铅笔在活页本上描摹他那个姑娘的照片。他画她已经有几天了，但却什么都没画出来。活页本越来越薄。米沙把不成功的画作叠成小飞机，这些小飞机都很小并很可爱。每一次为了把飞机放飞，米沙几乎都爬到屋顶的房檐处，沿着房檐延伸的是流水槽和与小栅栏相仿的那种小护栏。很多小飞机很快飞挂在杨树的树枝上，但也有一些飞得很远，几乎飞到了远处的河边。

在那一天米沙先是画画，然后吃苹果和喝水，然后读书，心里知道书包里还有一个很大的三明治，还有一个苹果和足够的水。后来他读书读久就开始打起了瞌睡。米沙被一个很大的喊叫声惊醒，浑身剧烈地颤抖了一下。

"喂－唉－唉！谁允许你在这里睡觉了，啊－啊－啊？！"他听见有人大声地说话，几乎正对着他的耳朵。

米沙颤抖了一下，从趴着睡觉的状态翻身变为仰面躺着，接着坐起身。在他身边站立着一个小伙子，弯腰逼近地看着米沙，米沙一下子就认出了这个人。这正是那个所谓超出地区级别的大坏蛋，外号叫柯嘉。他曾经在米沙就读的学校上过学，比米沙大两三岁，但他很久都没在学校露过面，显然是不上了。柯嘉经常在学校附近和很多街院里闲逛。很小的时候他就跟着"大男孩子们"混，后来自己也成为了那样的男孩子。小男孩们都怕他。他明目张胆地抢小男孩手里的钱，羞辱嘲笑他们并可能成为他们的威胁。就是说，柯嘉对于中小学年龄的小男孩们是一个不思悔改的地头蛇和噩梦，大家都害怕他。毫无疑问，很多小偷小摸的勾当后面都有他的影子，甚至更严重的偷盗行为也不排除是他干的，抢劫小件物品，偷盗自行车或者摩托车……柯嘉很瘦，青筋突起皮肤黝黑，或者可以说像烟熏了一样。他头发理得很短，因此在他圆圆的脑袋上清晰可见若干处疤痕。于是乎他的外表就更显得令人恐惧和不安。简言之，良好家庭的孩子们，其中也包括米沙，总是千方百计地躲避碰见柯嘉。

"喂，你干嘛瞪着我看？！一次都没见过吗？"柯嘉问说，他没有改变站姿，问后有意停顿了一下。米沙被吓得呆呆地说不出话来。

"喂，你沉默个球，'土老帽儿'？谁允许你在这里躺着了？"

"嗯，我只是……"米沙刚要开始回答。

"你－说－什－什－么－么？！"柯嘉大声地打断他。"你怎么吃鼻涕，啊－啊？！我听不见！"

"我在这里……"米沙从又开始更大声地说，但接着就闭上了嘴，他不知道说什么。

"我看见，你在这里！你这狗日的脑残之人！"柯嘉露出可怕的狰狞一笑。"可谁允－允－许－许－你了？！你听明白没？丑八怪！问题你听见了吗？"

"柯嘉，我根本不知道……"

"柯嘉也是你叫的？！对谁是柯嘉，对谁是康斯坦丁·弗拉基米尔洛维奇①，明白吗？！"

于是开始了那样一段对话，在那段对话中米沙左右都不对，就像掉进沼泽中，越挣扎和努力辩白就越辩不白并被困得更深。米沙最终什么都没能说出来。柯嘉对每个词挑刺儿并机敏、巧妙和残酷地把米沙颠来倒去地刁难和折磨。而且，他们那时一对一地站在那儿的屋顶本身，也在加重恐惧和对局势出路的绝望。

最终柯嘉要求米沙把口袋里所有的钱都掏出来给他，以此支付米沙待在用柯嘉的话说"他的屋顶"的费用。

"可我一分钱都没有，"米沙说，继续坐在那里没动。

"那如果我找到呢？那时怎么办？"柯嘉逼问道。

"嗯，没有。真的没有。"

"可要是我找到，那时我该怎么处理你？"

"如果你找到——那你就拿去，"米沙回答说。

---

① 在俄语中，关系比较亲近的人之间交往时，通常可以互称小名或者昵称，柯嘉是康斯坦丁的表小称呼，也可认为是它的昵称，而且，一般未成年的孩子之间总是互称小名。这里柯嘉不允许米沙称呼他小名，一是刁难，二是表示他是孩子王，是"老大"，需要叫他大名加父称，以表示对他的尊敬和服从。

米沙没有料到接下来的反应。柯嘉脸色变得苍白，并猛地一把紧紧地抓住米沙。

"你这狗杂种，在跟谁顶嘴，啊－啊？！你这僵尸烂货对谁那样答话？"柯嘉咬牙切齿地威胁说。这让米沙惊恐万分并同时激怒了他。这一刻米沙明白，他无法就那么简单地摆脱柯嘉的纠缠。而对方继续咬牙切齿地威胁，五指张开推压在米沙的脸上。"你的钱，它们已经是我的了，明白吗？但是，如果我找到它们，如果你这个小狗崽子对我没说真话，那看我到时怎么收拾你……"

柯嘉用手掌用力推揉米沙的面部。

"噢嗬，他妈的，祈祷吧，你，可别让我在你身上翻出什么来。但别激动，你反正是栽在我手里了。"

柯嘉边说边夺过米沙的书包，伸进一只手到书包里，先是拿出一个苹果，接着是一个三明治。他一下子把苹果抛出去，苹果飞了起来并消失在屋檐以外的空中，而三明治他先咬了一口，接着也扔向那里。他把咬下的那一口三明治在嘴巴里嚼了嚼就把它吐在了旁边。接着他掏出了小手电筒和剩下的所有东西：一把铅笔，一只橡皮，一个装有色粉的盒子。他粗暴地把它们全部抖落在屋顶的铁皮上。铅笔噼里啪啦散落一地并向下滚了过去。

"手电筒别扔，"米沙喊了一声。

"哎呀，"柯嘉阴险地哎呀了一声，"他的嗓子都扯破了！为啥我不扔它？！"

"那是我父亲的手电筒，"米沙惊恐，但却大声地说。

"你叫什么名字，亲爱的？"柯嘉突然平静地问说，目光窥探向米沙的眼睛。

米沙这时已经站立起来。柯嘉原来个子并不比米沙高，柯嘉站在下坡处。

"米沙，"米沙回答说。

"什么名字？！"柯嘉又问了一遍。

"米沙！"

"那好吧，米沙！我他妈的才不管你叫什么名字和你爹是谁，"柯嘉把手电筒塞进已倒空的书包里，"我把它拿走了……"

　　"我不能给你……"米沙用右手抓住书包。他尽全力抓住书包，并坚决不打算放手让书包被柯嘉夺走。

　　"球我不能，米沙？球你拉拉扯扯，像个小姑娘，"柯嘉用已完全是生气的尖声刺耳的腔调说，并把书包往自己这边拽。

　　米沙身体前倾，空着的左手下意识地推了一把柯嘉的胸部。这一推来得突然，柯嘉没有料到，米沙本人也没料到。柯嘉往自己这边扯拽书包的力量很大，因此米沙的推搡结果力度就更大。柯嘉背向屋檐方向站立并站在屋顶铁皮的下坡处。他失去了平衡，身体开始跌撞，紧拽书包的手松开，而米沙几乎整个身体倒向了他。

　　"啊，狗杂种！"柯嘉只来得及骂出这一声，嘴里呼出的酸臭空气直对着米沙的面部扑来。

　　米沙又推了他一把，极度渴望把整个世界所有可怕和坏透了的一切甩掉，对于米沙那时这一切全部集聚在他面前的这个人身上，这个人在他生活的最近十五到二十分钟一直在折磨和侮辱戏弄着他。

　　柯嘉荒谬地向后碎步急退，试图保持身体的平衡。一切发生得非常迅速。柯嘉急促变换两腿，努力不让自己仰面摔倒，剑一般穿过将他与屋檐边界分隔开的那两米的距离，在屋檐边流水槽旁的小围栏处绊了一下，小围栏刚好绊到他的膝盖，他双臂不由自主地张开，身体向那里摔倒……向屋檐外边。四周一片寂静。后来米沙听见一声低沉、笨重的，几乎是吧唧的一声撞击声响。

　　米沙在这之后愣愣地站在那里有两三秒钟没有动。接着他迅速收拾好所有自己的东西。他非常快速地收拾好所有的东西，爬到屋檐边上拿回散落在铁皮上的铅笔。他非常想向下看一眼，但他没敢。此时四周一直很静。米沙等待从楼下传来叫喊声，等待人们的嘈杂和忙乱声。但一片寂静。显然没有人从旁边路过。呻吟声或者其他什么声响也没听见。五层老式建筑的楼房是相当高的。米沙只听见，自己的心脏在咚咚地跳动，两耳和太阳穴血管的脉动清晰可感。还有他不知为什么一直在憋着呼吸。

当他急匆匆地离开可怕的屋顶时,有两次剧烈地撞击在阁楼的人字梁上。沿着门洞内的楼梯他先是跑步往下,但自己震耳欲聋的巨大脚步声吓了他一跳,于是他强装镇定,勉强忍着一步一步走下楼梯。在楼梯上他没有碰见任何人。

门洞的大门通往院子,而不是通往柯嘉摔下的那个方向。院子里一个人都没有。夏日,午后三点多钟。米沙觉得,在他身后面那些神秘的人们已经在追赶他。然而他平静地穿过一个院子,穿过又一个院子,继续再穿过一个院子。米沙来到了大街上。大街上人们在行走,汽车在往来穿梭。他看见有一辆公共汽车停在车站,跑过去并坐进了它。在公共汽车上他心里感觉平静了些。他那时坐公共汽车驶过了很多站。没有人问他要票。后来他从公共汽车上下来,并往回家的方向步行走了四十分钟左右。

米沙家所在的楼房离那个铁皮屋顶楼房不是很近,但也不算远。米沙拐进自家的门洞,完全已是口干舌燥、喉咙冒烟。他径直溜进自家的那层楼,在楼梯上又一次什么人都没有遇见。他打开家门,一次也没弄响钥匙。后来他坐在自己房间,一动没动,就那样在自己的房间里坐着,一直到妈妈下班回家。傍晚时他开始发起了烧。

柯嘉那时摔死了,摔得粉身碎骨。米沙听见自己院子里的小伙伴们或者大婶们在外边聊天时那样说。大家说,柯嘉被他的那些狐朋狗友们从屋顶上给扔下来摔死了。还说,他的妈妈在儿子柯嘉的葬礼上悲痛万分。但无论是小伙伴们,还是大婶们,没人可怜柯嘉,大家恰好相反。没有人对他的死亡秘密感兴趣。

然而米沙整个夏天都在等待,等待那些全能的侦探机关最终发现和找到他。他生活在恐惧中。这个秘密让米沙那时心里忍受了多少恐惧,又承担了多么沉重的压力!他是多么想找人诉说这个秘密和分担它的沉重啊!

米沙是如此强烈地希望尽快离开家乡阿尔汉格尔斯克,其原因之一在某种程度上正是这个秘密和那个没有过去的恐惧心理。这些原因虽说不是最主要的，但当米沙飞往莫斯科去报考那里的大学并在内心深处意识到，他要离开很久，极有可能是永远地离开时，坐在滑向跑道起飞线的飞机里的他，心里不由自主地回想起了屋顶，回想起了艳阳高照的夏日，以及那双手愚笨绝望的一舞。柯嘉在从米沙的现实生活中消失并从此转变为恐惧、秘密和噩梦前的一瞬间，他是那样无助地挥舞了一下自己的双手。

米沙那时飞往莫斯科，两眼望着舷窗，看见了目光中的斑斑点点，他明白他正随身带走很多东西，并永远把它们带走在身边。

· ·

那天夜里，他就那样一直没有喝成热茶，但他却直接嘴对着茶壶喝了两次温开水。最近这些年，他没那样做过了，阿尼亚不高兴他那样做。她说，都是米沙干的好事，茶壶散发着一股烟味。其实，他自己也知道那样做不好，所以他不做了。但那天夜里，他那样做了两次，而且完全都没有想过他在做什么。

· ·

米沙在那天夜里想起了很多面孔。他想起了最后一次见面时的斯维特兰娜，非常清晰和强烈……

"尤列奇卡……尤利娅！你为什么要那样？你为什么要那样对我们？……你为什么要那样对我？"米沙站在厨房内，喃喃地自言自语道。"这可是永别，尤列奇卡，彻底地再也见不到，永远……不能那样啊……"

他哭了，浑身剧烈地颤抖，然而却无声无息，继续站立在厨房内，那里一片漆黑，只有莫斯科深夜的幽蓝灯光投射在窗户上。

他感觉自己无助、什么都不明白、软弱无力和完全惊慌失措,他感觉很不幸。他哭泣,因为他怜悯自己,他哭泣,因为他不明白,怎样和以什么方式才能找回自己的信心、平静和力量,而这些在也就总共没有几天之前还是与其相生相伴着的呢。

米沙在睡袍的口袋里摸到了一盒香烟并掏出了它。盒中的香烟只剩下了两只。他把香烟盒连同两只香烟揉扁并丢到了垃圾桶里。

"我今天不抽烟了,"他对自己悄声地说道。"再也不想。再也不能……"

他又站立了一会儿,眼望着厨房的窗外。他望着幽蓝的光线,心中突然闪现出一个奇怪的念头。

我要写一部短篇小说,——米沙想。——关于这个夜晚的短篇故事。不,不是关于这个……我知道关于什么……我将这样开头:"男孩经常梦见,他在爬某个他不知道的房屋的楼梯。那个房屋的楼梯没有围栏。男孩因为害怕从这个奇怪的楼梯上掉下去,身体一直紧贴着墙壁移动。楼梯的台阶越来越窄。男孩不得不越来越紧地贴着墙壁。他知道这是梦。他多次梦见这个。然而……"

"什么'然而'?"米沙打断了自己的思绪说。"明天……准确地说,已经是今天……"说到这里,他从厨房走出来,走进客厅,看见电子钟上的时间是05:09。"瞧,"他接着说,与其说是对着自己,不如说是对着钟表,"很快我就要上班去,我要好好地挖一挖彼得罗扎沃茨克工程项目的那档子事。哎呀,看我怎么摆平这件事……"

同时他心里暗自思量:"什么短篇小说?谁需要它?就连我自己都不需要!什么见鬼的男孩?彼得罗扎沃茨克!这才将是一部完整的长篇小说。至于有关男孩子们和短篇故事的事儿,应该永远结束这个话题了。"

"永远!你明白了吗?!"他出声地说道,同时从又暗自思忖:"不,安眠药一定要买。明天……哎呀,就是今天,今天我就让瓦莲京娜弄清,并买最好和最没有副作用的安眠药。"

米沙默默地又站立了一分钟。

"唉，尤利娅，尤利娅，"他长长地叹了一口气，从此，那天夜里他再什么都没说，什么也都没再想。

米沙感觉到，困意突然间向他袭来。凭借顽强的毅力，他坚持在盥洗室把牙刷完，将睡袍挂在挂衣钩上。他穿着短裤来到卧室，悄悄地钻进被窝，爬到自己冰冷的那一边，挨着温暖和熟睡的妻子躺下。米沙几乎是瞬间就睡了过去。

· ·

清晨他睡过了自己通常的起床时间。他是被阿尼亚叫醒的。洗漱和穿衣都很匆忙，一脸的不爽和恼怒，恼怒睡眼惺忪和萎靡不振的孩子们，恼怒盥洗室就只有一间，恼怒他的家庭成员原来很多，大家都需要在同一时间小便和洗漱等。匆忙中米沙决定省去清晨那杯必须喝的咖啡并不吃早餐。他找了找香烟，想起自己把它们丢到了垃圾桶里。他甚至想伸手到垃圾桶里去翻并找回那包揉扁的香烟，但当着孩子的面他没好意思那样去做。于是他就只好也省去了清晨去阳台上抽第一支香烟的日常习惯。

米沙在屋子里来回走动，心中老大不爽，觉得自己情绪糟糕透顶，极度焦躁不安。而且剃须时他还刮破了脸。

"中午我给你打电话，"当阿尼亚带卡嘉出家门，准备开车送她去上学时，米沙对阿尼亚说。

"电话联系。你怎么，打算迟一些走吗？"阿尼亚问。"快，走了，走了！别走路还在睡觉，"她这已是对卡嘉说，推着她走往门外。

"我还不知道！"米沙回答说。"怎么，有事吗？"

"啊，没什么事。只不过每当你说，中午打电话联系，到中午时你晚上就有了什么安排。再说，今天是星期五。"

"我还不知道，"米沙快速地回答说，"我说，会给你打电话……再见。"

由于阿尼亚的问题并非没有根据，这反而更引起米沙的老大不快。

米沙比他习惯的时间晚很多才匆忙从家中出来，而匆忙于他帮助不大。

"再见，爸-爸！"索尼亚从厨房内向外喊了一声。

"如果天气允许，请多带她到外边玩一玩儿，"米沙边出门边向索尼亚的保姆喊叫道。

"一定……"他听见保姆回答说，随之关上大门。

"我怎么管起孩子玩的事了？"米沙沿着楼梯向下跑时心里对自己说，"我管到哪里去了？我也算是个教育家！我连她们具体在什么地方玩都不知道……"

米沙通常从家里出来比谁都早——清晨大家相互都不妨碍，他一般很少碰见索尼亚的保姆。但今天的清晨不顺畅，他已经在迟到，内心十分焦虑。尽管他知道，班上没有任何紧急事情要处理，也没有事先约定好和不可更改的会谈要参加。米沙只是不喜欢每天的日常工作不按通常计划好的程序进行。而且他今天没有睡好，刮胡子时还把脸刮破。

清晨阴郁和寒冷，天还没完全亮，但看得出，将是阴沉沉的一天。这对米沙的情绪没有增加什么。他行驶在莫斯科清晨塞满汽车的街道上，没有打开收音机。通常他听新闻或者某些电台的严肃分析类对话节目。

米沙在心里催促着自己并对塞车恼火生气。那个早晨他多次变道，不断地对那些他认为阻碍交通行驶的司机按喇叭和爆粗口。

最终还是行驶缓慢。有一个地方塞得水泄不通。大街上有一条通行线在进行道路施工，因此大家不得不龟行一般慢，简直就是一分钟行驶一米远。然而道路施工却引起米沙的兴趣。他专门尝试驶近那些技术设备和操作人员。

那里正在给道路画线。"明白！在赶进度，一帮游手好闲的家伙，"——米沙心中暗想。"一直拖延到天冷，现在火烧屁股，日夜兼程地赶。瞧，你可要注意，米沙，不能那样干活！雪呀，说下随时可能就下，那时就全完蛋了！他们这是什么设备？为什么我不知道？"

米沙看见了不熟悉和他也不知道的画线机器——一部又大又复杂的设备，黄色的，承载在几个小轮子上，缓慢地沿着道路爬行，接着在它身后的柏油马路上出现一条完美的白色行车线。米沙对所有那种技术设备都充满兴趣并知道它们的生产厂家，他觉得，他掌握所有出厂的型号和新技术设备。他还清楚地知道竞争对手购买什么样的机器设备，和什么样的机器设备更适合我们的道路和气候。他不久前就曾亲自采购了类似的机器。但就是那种机器他这是第一次见到。

米沙没能顺利地得以详细看清这部机器，他无法钻过去再驶近一些，但他读到了进行道路施工的公司名称。

"什么个新公司，"米沙自己对自己说，"要打听清楚"。

变窄的路段结束了，马路上的交通开始顺畅起来。"瞧，日常的生活这就开始了"，——米沙心里暗想。

他对自己现在的状态深感惊诧，昨夜他只得以睡了两个多小时，但所有的想法、思虑和甚至无眠夜晚的各种结论在此时令他觉得遥远和微不足道。确实，这两个小时不够让他睡足和休息好。他开车行驶在上班的路上，然而他还没有开始思考工作，尽管通常在上班的路上，他边听收音机边思考事情，脑子里同时还会把一天的工作计划过一遍。

而此时米沙开车去上班，就像经过非常长时间和令人疲倦的缺席后，极度期望在那里，在自己的办公室，快速投入到工作中并立刻感受到生活的意义和激情。而主要的，他非常想抛去那种对待工作和事业的态度，就像对待那个大家最熟知不过的"日常生活"，而这个"日常生活"每天都将发生和进行，并且不会带来任何明确和具体的结果，而只不过是每天填满自己，就那样一直到可以看见生命地平线，甚至远远超越这个地平线。

米沙期望在自己的办公室迅速抓住正在发生的问题的实质，全神贯注，多方研究，甚至就是发火动怒，但就是不要庸常度日，而是认真扎实地感触每一天。

那部机器引起了他的兴趣，这让米沙高兴不已。他期望对所有其他的劳动过程持有同样盎然的好奇和探究心。

他离公司已经不远，但又出现了堵车，这时响起早晨第一个电话铃声，它盖过了城市马路上的所有其他的喧嚣声。

"米沙，早晨好！我是列昂尼德。你的一切都正常吧？"米沙听见电话中说。

"正行驶在来公司的路上，很快就到，"米沙严肃地回答道，"出什么事了吗？"

"没有，什么事都没出！"廖尼亚平静地回答说。"担心万一你有什么情况。通常这个时间你已经在这里。只不过最近这些天……"

"马上到。不用监督我，"米沙气愤地说完就把手机扔向副驾驶的座位上了。

· ·

即使不能说总是，廖尼亚也是经常地激怒米沙，常常引起他发火。从他们在一起共事时起，情况就是这样。而米沙总是骂廖尼亚和对他不满意，尽管他深知，廖尼亚不可替代，是一个很好的员工和非常有用的人。

从根本上讲，米沙是和列昂尼德一起从零开始这所有一切的。曾经米沙父亲的一位朋友说，他的一个莫斯科的熟人有个儿子，很棒的小伙子，是一个真正有专业知识的工程师，他对在大工厂工作不感兴趣，而可能更感兴趣和米沙一起干。结果廖尼亚是一个仔细得不可思议的人。他比米沙大一岁多些。

米沙在认识廖尼亚前从来都没领导过什么人，没指挥过任何人，没给任何人下过指示和命令，如此的结果就是没对任何人高声说过话。米沙经常与朋友们争论，这些争论很多次激烈到大喊大叫的地步。但出口骂别人，强使别人做什么和以命令的口吻对别人说什么，老天未曾给他这样说话和做事的机会和可能。但和廖尼亚这样说话却像自动发生的一般，而且几乎一下子就是那样。

还有经常令米沙气愤的是，廖尼亚对待他的愤怒和发火很平静。米沙想，如若有谁像他对待廖尼亚那样，胆敢允许自己对他米沙吼叫和指手画脚，米沙忍耐不住，定会掉头就走，而且还会呼的一声摔门而去。米沙时不时为自己的所作所为感到羞愧和后悔，他总是骂廖尼亚，和他掰扯，很少赞美，准确地说，几乎从不夸奖。米沙经常发誓，以后再也不骂廖尼亚并控制好自己的情绪。然而，只要他看见廖尼亚，只要廖尼亚令人厌烦地开始说什么，米沙就忍受不住。还令米沙气恼的是，廖尼亚什么鸡毛蒜皮的小事都来找他，因为对廖尼亚不存在琐碎小事。廖尼亚很容易惊慌失措，对任何问题都拿不定主意，因为他认为自己不擅长决断。还有，廖尼亚在自己生活的所有的时间里都在忙于工作，对其余一切不感兴趣。所有这些均令米沙恼怒，而最令米沙恼怒的是，更多的时候廖尼亚又是对的，尤其是在一些小事和细节上。

廖尼亚还有一个特点，那就是他打电话或者当面去找米沙，总是非常不是时候。但制止他已经不可能。如果廖尼亚在工作中发现什么问题，那么这个问题的解决就刻不容缓。廖尼亚有任何问题都闯进米沙的办公室，并没人能阻拦得住。米沙费了很大劲才教会廖尼亚不总是在夜晚时间、公休日或者休假时给他打电话。而在廖尼亚那里需要解决的问题不断地出现和产生，不知道他从哪里把它们挖掘出来，然而通常他又总是对的。

米沙骂廖尼亚，并总感奇怪不解，为什么廖尼亚还做着他所做的一切。为什么他忍耐米沙经常的怒火？他怎么能那样生活，只就专心于他们工作中的具体小事和细节？不是为工资吧！为什么样的工资也不可能成为那样，甚至不是奋力向前，不是忠诚不二，而更可以说是全然深入进工作任务中去。廖尼亚以工作为生。

• • • • • • • • • • • • • • • • • • • •

米沙开始为廖尼亚的电话生起气来，并变得烦躁不安。他仿佛看见：廖尼亚坐在那里，在他的办公室附近，不时看看表，手里拿着米沙不在期间所积攒下来的所有问题清单，等在那里。而且廖尼亚坐在那里并心里知道，对大多数问题米沙都会生气甚至责骂他，但他依然坐在那里等待。

"可以认为，我经常迟到！"米沙嘟囔着自言自语说，已经驶近公司办公大楼。"瞧他到底想要我怎么样？他也真是个'干事儿的人'，比罗马大主教还敬业和圣洁……"

廖尼亚让他想起了正是那个米沙想要忘记的日常生活。这个日常生活以其疯狂和米沙无法理解的方式充斥着只有廖尼亚一个人能理解的内容和欲望。

米沙事先就生了廖尼亚的气……"不，怎么能这样……——米沙想，——我还甚至没迟到，可他就已打电话来！那要是我真的迟到了呢？他那里着火吗？他比所有人都需要，是吗？该打发他到哪里去休个假。他妻子到底对他的工作是怎么想的？有意思，他在家都干些什么？真是恐怖！不，要强迫他去哪里休息一下或者治疗治疗。只是他却不怎么生病，瘟神……"

米沙想了想最后一句，并马上为那样的念头责骂自己。他并非诅咒廖尼亚生病。他完全不希望廖尼亚发生什么不吉利的事。他无法想象，如果真的没有了这个令人厌烦、歇斯底里、锱铢必较和不厌其烦的工作狂般的廖尼亚，工作如何进行。只不过是他在那一刻不想见到他。

· ·

米沙走楼梯来到办公室。他在这个办公室工作已有若干年。他喜欢他的办公室。他喜欢早晨比所有人都早到办公室。但那个早晨，他走在楼梯上，匆忙的脚步不经意间在他心中第一次唤起了读高中时的画面：那时他多么不愿意早晨匆匆忙忙地赶着去上自己不喜欢的第一节课呀。上课的铃声五分钟前就已响过。即将发生的一切他都事先知道。知道女教师会说什么，知道他自己会怎样回答……这很没趣儿。同时索然无趣儿的还有，去到已然枯燥的交通学院，并爬楼来到大教室去听毫无用处的讲座。尤其是在早晨！而逃课同样是走那些楼梯，无论是读高中还是大学时，那是多么快乐呀！米沙想起这些，心中闪现出廖尼亚，就像闪现出的那个他不喜欢的女教师一样，而瓦莲京娜的形象却是可亲可爱的。他那时还想起，不管你怎么挣脱，你都是这个"学校"的"校长"！而校长害怕教师，那简直可笑。米沙想到这里，不禁扑哧一声笑了出来。

瓦莲京娜已在班上。正如米沙所料，廖尼亚坐在米沙办公室的门旁。一股强烈的咖啡香味扑鼻飘来。这是整个早晨最愉快的感觉。

"廖尼亚，廖尼亚！别立刻！"代之打招呼问候，米沙离很远几乎就高声叫喊起来，同时举起双手，就像自我掩护一样。"早晨好，瓦莉娅！咖啡在此时正是那个可以拯救一切的东西！"米沙努力激情澎湃地说。"咖啡，咖啡！廖尼亚，亲爱的，让我们十分钟后再见。暂时先别塞给我你的'书法'文件，"米沙说完，伸出手来和廖尼亚握手并看见，他手里拿着两页密密麻麻写满铿锵有力字迹的纸张。"十分钟后再来，不，最好十五分钟后，然后我们一直战斗到最后的胜利！"

"我过一刻钟回来，"廖尼亚回答说，米沙觉得，口气中带有些许责备。

"我是多么爱你呀，列昂尼德！"米沙快速地说。"尤其是在早晨。"

米沙打开办公室的门，那里安静无声和几乎漆黑一片。窗外阴沉的大幕刚刚开启，清晨才开始清晰地到来。

"瓦莲京娜，做一杯咖啡并请进来，"米沙说。"快点来。"

米沙穿过漆黑的办公室来到写字台前，他打开台灯。米沙害怕顶棚大灯的光亮，并不想忍受它的照射。

他在自己的老板椅上坐下。就像通常每天早晨坐在那里一样，他坐下，于是开始了工作日。他坐下，呼出一口气，背靠向椅背。然而与此同时他心中却在想他是如何做完这些动作的。过去他坐下时，心中什么都没有想过。而现在他想了，于是做这些习惯性动作时的那种轻松感瞬间消失不见。

"你要是那样开始想，走路时该如何迈腿，"——米沙欢快地在心中暗自思忖。"那样什么结果都不会有。来吧，兄弟，转换个方式！"

"嗯，好吧！"米沙出声地说，目的只是想打破寂静。"看看我们这儿有什么？……"

写字台上次序井然，显然，瓦莲京娜动手整理过。也就是说，写字台上没有什么冗余的东西，只有摆放整齐的文件资料。在这些资料中，一些是需要了解的背景资料，一些是需要签字的资料。而在写字台的中央，放着米沙已经了解过了的关于彼得罗扎沃茨克的资料夹子。

"瞧这里！这就是让你读的'散文和诗歌'，"米沙看着文件夹说。

门被打开，瓦莲京娜走了进来。他送来了咖啡。此时米沙意识到，自己今天还没抽过烟。在家时他很想，后来怎么就忘了。"忘了就忘了吧。暂时不抽。也不想啊……"——他心中这样想着，并暗自命令自己。

头两口的咖啡感觉非常清晰，久旱逢甘雨，提神解渴。接着，味道开始香美。瓦莲京娜没等邀请就在米沙办公桌旁的座椅上坐下并等着。米沙很快喝掉了半杯咖啡。

"嗯，现在我的头脑可以运转了，"他说。"瓦丽亚，请给我说说已发生和正在发生的事情的情况。否则马上列昂尼德来了，他会给我'创作'出一幅灾难的画卷。我们这里情况怎么样？"

"我们这里一切很好，"瓦莲京娜缓慢而又非常清晰明白地说。

"那谢谢了！"米沙笑了一下，并喝完剩下的咖啡。"但是，正如你所知，所有丧葬事宜都结束了，我们的心情也应该……不留有发生过悲剧的痕迹。我们今天是一个正常、完整和火力全开的工作日。不要顾惜和怜护我。我再说一次……"

"我们这里一切都好，"瓦莲京娜依旧用刚才的那个语调，一字一句地重复说并笑了笑。

出现了片刻的停顿。

"但就是彼得罗扎沃茨克的局势不简单,"她继续说,脸上的笑容依旧,"只是关于这方面的所有情况,列昂尼德将会给您讲述。他已经接连两天都在专门研究彼得罗扎沃茨克的事情。为弄清这个城市位于什么地方,我甚至还看了一眼世界地图。现在听见'彼得罗扎沃茨克'这个单词本身我都耳朵疼。但我们这里一切都好。而且我有几个问题需要问您。"

"如果我们有时间,请提问,"米沙平静地说。

"问题不长,而且也不可怕,"瓦莲京娜继续微笑着说。

"嗯,讲吧……"

"第一,提醒您,您今天邀请了英语教师在15:30见面。他确认来。您是和他见面还是打个电话取消?"

米沙完全忘记了英语教师这件事。很久以前他就打算学习英语。中学和大学时的英语储备在国外只够在宾馆、商店或者交通工具中的最简单对话,而且还远不是所有的时候都够用。米沙为自己蹩脚的发音感到难为情,同时也厌烦了单词不够时用各种手势比划来代替,他不明白时就用礼貌、和善但却愚蠢的微笑来作答。

他非常想认真地开始学习英语,目的是为了哪怕听懂一点英语电视和广播节目,阅读报刊和参与一些对话和交谈。但对于起步阶段,他希望能听明白国外机场和飞机上的广播通知。

可是他始终没有时间。前不久他感觉时间有了,愿望坚定,其余一切只需组织和安排。寻找英语老师的工作自然是由瓦莲京娜来做。结果这个工作一点也不简单。那些学习外语和积极在外兼职教授儿童的大学生们不合适。米沙见过几个。根据米沙能够做出的判断,他们英语说得很流利。但米沙不好意思面对他们,没有请他们做老师,不相信他们会有足够的耐心,而主要的是,怀疑他们在教授英语的过程中不会委婉客气地与像他这样停滞在自己无知中的成年人打交道。

与在中学和在大学教授英语的老师们也没合到一起去。他们身上和他们所说的英语散发着学校的枯燥、图书馆的灰尘和莎士比亚的学究味。只是他们的莎士比亚学究味绝对少了火花和激情。米沙害怕他们，并决定不去用自己血汗挣来的钱购买枯燥和昔日作学生时的恐惧来折磨自己。

而瓦莲京娜到处寻找推荐，问询各种各样的人，给老师们打电话，咨询。有些老师拒绝一对一授课，坚持把与米沙同等水平的学生编成小组来授课。有些老师的课程时间表无法执行，可却坚持不改变，对接不上。简言之，寻找英语教师的任务结果真不简单。

但上个星期瓦莲京娜兴高采烈地通告说，有人向她推荐了一个人，感觉应该就是米沙所需要的那种。被推荐的这位教师既不年轻，也不年老，经验丰富，教学方法实用可靠，而最主要的，他专门教授那些像米沙一样主动奋勇追求知识的学生们。瓦莲京娜和他说好星期五见面。他应该来。米沙忘了这件事，她给他提了个醒。

瓦莲京娜的提醒让米沙陷入了窘境。他星期一还在等待和想要这个见面，他期望一切都会令他满意并终于可以开始上英语课了。但那个早晨米沙坐在办公室并意识到，他不想这个见面了，不渴望学习英语了，甚至都懒得去想它。他在心中暗自思忖，这个会面是很早就约定好的，学习英语的愿望也是很久以来的心事。米沙开始想取消这个当下已来到眼前的具体会见。他想编造一个什么理由，撒谎说有些无法推脱的要紧事需要处理。然而瓦莲京娜面带微笑地看着他，那神情让人觉得，她读懂了他的所有怯懦小心思。米沙开始在她面感到不自在。她做了那么多的工作，可他，瞧见没，却懒得去学了。

"非常好，瓦莲京娜，"米沙说，"说实话，我完全把这件事给忘了。让他来吧。文明的现代人和领导简直就有义务完善自己的知识结构。在当今世界不懂英语——这简直就是耻辱，"米沙用尽可能热情饱满的语调说。"顺便说一句，尤利娅曾精通并说一口优美的英语。还有，在这方面她经常让我羞愧。"

"米哈伊尔·安德烈耶维奇，"瓦莲京娜惊愕地反应道，"是您亲口说，这个题目……"

"我说了。就是不应该再悲哀和没完没了的悼念，"米沙柔和，但清晰明确地打断瓦莲京娜说,"就是那样小心翼翼和关护的回忆也……嗯,你明白我在说什么?"瓦莲京娜点了点头。"过去怎么工作,我们现在还怎么工作,"米沙打住了自己的思绪。

"说到此,那还有一个问题,"瓦莲京娜较为正式地说。"您什么时候看一看葬礼的所有花费?"

"在今天这一天结束时,不是现在。"

"明白了。但是,米哈伊尔·安德烈耶维奇,您今天可一定要做完这件事。否则,我都是自作主张支出的费用,可那钱是您的,我很不安。"

"别担心,我今天会把所有的花销都看一遍,而且,也请你不要低估我的感激之情。你呀,是知道的,一切你都做得很正确。"

"我还想让您看一看最近这个月您将飞行的所有时刻表。有些方向一天有好几个航班,我自己决定不了选哪个。您看一看,您更喜欢哪个时间的,那样我好安心地订票。这事不急,但最好……"

这时列昂尼德走进了办公室。他手里拿着密密麻麻写满他的字迹并预示糟糕结局的几页纸,腋下夹着文件夹。可以不用怀疑,时间已过去整整十五分钟。

于是工作开始了。激烈,紧张,忙乱,失望,恼火,焦虑……

廖尼亚颠三倒四,情绪激动,但却相当快速和流利地通告说,所有的情况都很糟,而且是所有的一切情况,并且非常糟糕。米沙倾听着,努力不走神。为不走神,他问了一些问题。他兴奋地感觉到,他已开始对廖尼亚和那个局势生起气来。在这个怒气中他觉得自己正在预热"启动",只是有一个念头让他有些乱了心中的方寸。猛然间他心中想到,现在是星期五,然后就是周末休息日。关于这一点他不知怎么此前并没有想到。米沙甚至开始害怕,害怕他现在"启动",然后是星期六和星期天。他害怕他重又丢失如此费力才找回来的欲望和激情;他害怕待在休息日的平静和安宁里并又与自己的惊恐心理和绝望思绪相遇。而接着是星期一。

• • • • • • • • • • • • • • • • • • • •

然而那时他甚至不可能想象出，距离他的通常意义上的休息日将会有多么远。他还不知道，事情在那个星期五就已蕴藏好那样的身心交瘁和波折，从那个星期五午后一直到整个周末休息日，安宁和平静对于米沙将只能是无法企及的奢望。

但他不知道这些，并不遗余力地全身心投入到了事情的处理中。而所有的事情和问题都与彼得罗扎沃茨克紧密相关。

• • • • • • • • • • • • • • • • • • • •

米沙努力地迅速进入了情况，然后就给臭名昭著的彼得罗扎沃茨克和莫斯科有影响的熟人拨打了很多个电话。有人的电话打不通，有人正在忙碌并请他晚些再打，有人听了情况后，许诺去摸清情况并亲自打过来。如此这般的两个小时的工作给人感觉是，电话机开始烫手，米沙也在开锅。而廖尼亚呢，坐在那里，不时插嘴评说或者给些建议，差不多是幸灾乐祸的样子，就好像在说，他呀，警告过了，他呀，说过了。

而那里，在彼得罗扎沃茨克，他们确实在破坏协议，他们打算把指定给米沙公司承包的路段转包给别的什么公司。直接就想那样办，就像说，我们将交给别人做，和米沙没谈过。然而，从他们拐弯抹角和模糊不清的回答中越来越清楚地看出，那里正在刮起一股邪风，而且"风力"量级严重。对于所有这一切，米沙并不很愿意去梳理和弄清。每个城市都有自己的利益，有自己的含意深远的猫腻，自己的"马德里宫廷秘密"。米沙非常清楚所有这一切。但就目前的情况，的确存在很多混乱，信息很少，而将要面临的对话艰难，关系不好理清，阴谋和其他的不愉快事显然会相当多。

米沙很想高傲地一挥手，拒绝去探究和解决这个在"彼得罗扎沃茨克"名下的所有问题。然而，已经付出了很多时间、精力、金钱，专门购买了技术设备。而主要的，彼得罗扎沃茨克这个项目已是具体和批准的工程计划，不可能拱手相让。再说，廖尼亚就坐在米沙的身旁，看着他的眼睛并表现出一副刚毅、坚强和定要胜利的模样。只是去夺取胜利的应该是米沙。

米沙明白这个。他甚至还明白，如果他撤退并输掉这场竞争，那么其结果尽管不是灾难性，但也是极其严重的。还有，从这个他觉得该死的通往彼得罗扎沃茨克的大道，应该开始为米沙打开顺利进入道路画线的这个题目和未来的工作方向。道路标牌是标牌，但道路画线却是他很久以来的兴趣和职业梦想。

而那时他电话打了一个又一个，真想让他们滚远点或者破口说脏话骂他们一顿，但不能。经过两个半小时的那样工作，米沙累了。

"暂时到此，廖尼亚！停顿二十分钟，"米沙结束了再一次又长又委婉、用词华丽和完全没有结果的电话交谈后说道。

"嗯，你现在看见没，应该飞一趟那里，而且要快！"廖尼亚几乎是胜利般高傲地说。

"我看见局势很复杂，但我暂时还什么都不清晰。飞去那里，这是最后一招。现在让我们休息二十分钟，"米沙严厉地说，但斗志高昂。"有没有什么令人愉快的事你可以告诉我？难道你在我不在时就没做什么好事吗？我不相信没有好消息。"

米沙边说着，自己从办公桌后站起身，伸了一个懒腰，就朝办公室的门外走去。

"瓦丽亚，亲爱的，请给我们做两杯咖啡，"他向门外看了一眼说。

瓦莲京娜手握电话听筒，放在耳朵旁。她没有拿开电话，点头示意。米沙回到办公室并走到窗户前。

白天已经来临。一个阴沉、干燥和寒凉的秋日。窗外狭窄的街道上灰蒙蒙，令人憋闷不爽。由于他来到窗户前，于是不自觉地又想起，他今天还没抽烟。当他请求来一杯咖啡时，他通常走向窗户前，更为准确地说，总是。而后他站在那里，等待咖啡，接着吸上一支烟。

廖尼亚无精打采地说着有关他和德国人见面的事儿，说会面很成功。他说，需要寻找新的合作伙伴来为安装道路标牌而生产水泥，原因是他已经厌倦再和他们的那个很久以来的老合作伙伴打交道，他们变得完全懒散疲沓，开始出现很多残次品。廖尼亚还说，他已经知道在这个方向应该与谁合作。

而米沙听着并在心中暗想，怎么从早晨到现在自己还没有也并不想抽烟。更准确地说，想，但却不强烈。他思量着，或许这正可以是一个把烟戒掉的好机会。他觉得，他需要一个什么严肃的、内在的任务和工作，并在最近的休息日里去克服和战胜它。而戒烟——这是一项非常合适、毫无争议、困难的，但却大有可为的好事。

还有他想起，很快英语老师就来和他见面认识。在那一刻他对自己记起英语老师这件事感到兴高采烈。米沙很久以来就梦想着戒烟和开始正式地学习英语。这一切都赶在了一天。他认为这是个信号。好信号。一个可以在其中找到他的生活，开始一个新的阶段的前兆。

米沙思忖着信号和征兆，庆幸无论是在办公桌的抽屉里，还是在衣服的口袋中，抑或是在汽车里，哪里都没有香烟。

他听见办公室的门打开了，这是瓦莲京娜送来了咖啡。米沙从窗户前转过身，他的目光落在了挂在墙上的圆形标牌"没有尽头"上。

瓦莲京娜将咖啡放在桌子上，米沙对她说了声谢谢，她走出办公室，廖尼亚继续乏味地说着有关来自鄂木斯克[①]的合作伙伴，以及他在那里看见哪些是优点，哪些是非常大的缺欠……

米沙听得到廖尼亚在说，但他却已经完全不听。望着自己心爱的作品，他非常骄傲并就像第一次看见它一样。他惊奇地看着"没有尽头"这个内里如同卧倒的数字8和外表完全是标准红边圆形的禁止通行符号，

---

① 鄂木斯克（俄语：Омск）位于俄罗斯西伯利亚西南部，是鄂木斯克州的首府，也是西伯利亚联邦管区的第二大城市，全国第七大城市。该市距离莫斯科2,235公里。在俄罗斯帝国时期，鄂木斯克是西西伯利亚总督的辖地，后来为草原总督辖地。在1918年至1920年国内战争期间，该地成为反布尔什维克白军政府首都以及黄金储备地。苏德战争期间苏联将大量来自莫斯科的军工业设施迁移至此，战后发展成为军工业中心。

第一次领悟到，他想出了多么残酷和可怕的东西，竟还把它画好并制作出来。他的目光径直被吸引向这个残酷的卧倒数字8上。米沙因此甚至把头向右倾斜过去。

他在自己的面前看见唯一一个其艺术创意被具体化现的成果，而且这个创意的成果令他毛骨悚然。"我想出来的这是什么可怕的东西？——米沙的头脑里响过这样的声音。——而且还兴高采烈，高兴得不行，赠送给所有人……可要往深里一想——这可真可怕！我怎么过去没有发现和看见！"

他一再仔细端详标牌"没有尽头"并已然觉得，这个符号正在获得难以言表的广度和深度，而他的目光往那里越看越深，被拧紧在这个符号的内部。因此他把头几乎歪倒到肩部，并甚至身体开始弯曲倾斜。

"你在听我讲话吗？！"廖尼亚突然大声地问道。"瓦莲京娜把咖啡送来了。是你要的。"

米沙从标牌那里转移开视线，长出了一口气，回归到眼前的现实，站直了身体。由于这个出乎意料的偶然发现，他的双手甚至捂住了一下脸。

"请原谅，廖尼亚！昨夜完全没睡好。我在听你说，听着呢，"米沙醒悟过来。

"我已经对你都说完了，"廖尼亚用责备的语调回答说。"喝咖啡，完了就请打电话，不然的话，我会认为……"

米沙坐到自己的转椅上。他无法放下自己的所见和兜头涌现在他心间的印象。他凝视着廖尼亚，心里只想不看墙和自己心爱的标牌符号。"应该迅速把它取下拿走。它将不再悬挂在这里。对待事物的精神实质要谨慎小心"，——他试图自己对自己开个玩笑，就像他经常做的一样，这样做也经常有效。然而却不是这一次。他盯着列昂尼德非常仔细认真地看。而对方正继续枯燥地说着什么。

"等一等，廖尼亚，"米沙突然在廖尼亚一句话还没说完时插话说，"我有一个非常严肃的问题问你。这个问题似乎并不关乎我们的事业，但它说的还是有关事业的事儿，"米沙卡顿了一秒钟，但继续说，

"我们现在在战斗……你紧张，焦虑，心神不定，折磨……你折磨我，强迫我去彼得罗扎沃茨克……我们已经费尽了多少心血，又还有多少神经、焦虑和努力等着需要付出……所有这一切我们都将会去做……我们将千方百计，绞尽脑汁，花费时间、精力和体力，"米沙往嘴里吸了一口咖啡，皱了皱眉，但还是把咖啡喝下。"廖尼亚，你只是别担心，我们一定会搞定一切并最后取得胜利。自己的那份儿我们不会放弃……但你告诉我！只是要诚实！就是你是否曾想过，我们做这一切……我们做呀，做！……目的只是为就是由我们，而不是由别人，"米沙在说到"别人"这个词汇时嫌恶地向旁边挥了一下手，"就是由我们……由我们在柏油马路上来画线……要知道，真实的目的就是这样！在黑色柏油马路上画上白色的交通线，而当这些白线被磨没时，我们再来画出新的。就这些！就这么简单。你告诉我，你想过这个没有？"

"你知道吗，米沙，"廖尼亚脸色变白，他挺直腰杆，继续坐在椅子上，"你可以骂我，为工作，甚至是不为工作。你是领导。你所做的那部分工作我不会，我也知道这一点，"廖尼亚说话的声音不是一般的强硬，"可我不允许任何人侮辱我的工作和我的劳动。你知道，我有耐心，但……"

"就是说，你想过！"米沙打断他并点了点头。"而我，你能想象吗，现在是第一次想到这个，"米沙笑了一下。"就是这样。我自己都不能相信，"他沉默了一秒钟，喝完咖啡，把杯子放在托盘上，杯子碰在托盘时发出很大的声响。"但你不用怕。喝完咖啡，我们这就去继续打电话。我们定要胜利！不然，这算什么，说好由我们来画的线，却要落在别的什么人手里？！不，休想！"

· · · · · · · · · · · · · · · · · · ·

米沙记得，在他还不到十岁的那一年，他家小区的大院曾修铺新的柏油马路。居住在隔壁单元的他的朋友科里亚收集了一些浅色的小石子,并用它们堆码出自己的名字"科里亚"。轧路机碾过石子,于是那些石子被嵌入柔软发烫的柏油路面,而且石子就这样多年嵌留在那里。米沙那时也跑了过去,收集了不少小石子,但铺路的工人们把他给轰开了。而柏油马路很快就变得坚硬,那天傍晚时轧路机和其他的铺路机械就从他们街区的大院消失了。留下来的只有全新的油黑的柏油马路,柏油马路上大家伙儿骑自行车快乐地玩耍,在马路上随便地用白色的粉笔涂画。后来柏油马路不再散发出令人愉悦的味道,颜色也不再是油黑色,然而用小石子堆砌出来的"科里亚"这个名字却久久地令米沙想起自己那时错过的堆砌"米沙"这两个字的可能性。

· ·

到午饭时间前,米沙和列昂尼德或多或少明确地弄清了,是谁在彼得罗扎沃茨克破坏已达成的协议和为什么。事实表明,廖尼亚警报拉响得很及时。一切都还可以拯救并使其回到原来的轨道上。米沙给莫斯科和彼得罗扎沃茨克当地支持他的那些关系们打了电话,也和那些显然在浑水摸鱼的家伙们通了电话。米沙确信,不去一趟当地是不行的了。可他极不想走这一趟。被迫出发去一趟那里,这让他感觉是对自己的一种侮辱。他呀,已经去过那里几次,而且一切都说好了,重新再去就是示弱。而重新再去商讨所有的一切,重新说服某些人,为办成事陪某些人吃饭和喝酒,这些真令他厌恶。然而,谁都不能代替他完成这一切。廖尼亚可以在哪方面都很强,但就是不善于说服别人,也不会富有成效地陪人吃饭和喝酒。

"我决定跑一趟那里,廖尼亚,"米沙最终说道。"但请你注意,我再飞那里一趟,以后就是你。我以后再也不会踏进那里半步。对于在那里极其不友好的气氛下长期从事这个公路画线项目,你可准备好?因为在发生这一切之后,那里的氛围将会很不友好。那里的人们对待我们就会像对待那些压制当地人并对其寸步不让的高傲通天的外来莫斯科人一样。你准备好了吗?"

"米沙,你只要是制止住那里的这股邪风,接下来我们再来研究搞定,"廖尼亚几乎兴高采烈地说。"那你何时动身启程?"

"廖尼亚!别得寸进尺地逼我!"米沙勉强地抑制住自己的愤怒和疲惫。"你可以认为我们没有别的事情,但我需要……你简直就是盯上这个彼得罗扎沃茨克了。嗯,星期三……"

"米沙!需要星期一就去!"廖尼亚悲观地瞪大双眼并快速地说。"不然就晚了!"

"如果我认为需要提前动身,那我就将提前。好了!别给我施加压力!今天有关这个问题的所有讨论都结束了。请吧,你去吃午饭,也让我离开你休息一下。午饭以后我要忙完全是别的一些事情。今天别拿有关彼得罗扎沃茨克的问题再来找我。甚至即使是那里将有外星人飞落,我也不想知道。"

"好吧,我准备午饭后与工艺师们坐一坐,工作一会儿,"廖尼亚和善并满足地说,"那些伙计们想出了新的刷漆所需的温度条件。这更快和……"

"廖尼亚!去吃午饭!这是领导的命令……"

廖尼亚走后,米沙原地又坐了一些时间,适应着随之而来的寂静。这一刻他觉知到,自己非常想吸烟。如果那时身上带有香烟,他一定会立刻就拿出吸上,可他没有香烟,于是决定生生地忍耐。

他站起身并小心翼翼地看了一眼标牌"没有尽头"。现在这个标牌已不可怕,像平常一样挂在平常挂的地方,米沙没有看出任何恐惧和深刻含义。然而,米沙既记得恐惧,也记得深刻含义。他果断地走到墙边,从钉子上摘下中间画有横躺着白色8字的红底圆形标牌。米沙心中思量,该把什么挂在空出来的地方,可他没有想出来,然而他却得以仔仔细细地观看了一遍照片。

结果他对那些照片感到不满意。尤其那张他和某个著名歌剧演唱家的合影。第一,在这张照片上歌唱家看着旁边的什么地方,而米沙本人却是愚蠢和高兴地微笑着。

"瞧这嘴脸，"他默然地说，"我当时打的领带有多难看！瞧那时我有多肥！一个无忧无虑的白痴，而且还很纯粹。"

他回想起，是几个认识的朋友在音乐会结束后把他带到那个歌唱家面前的，出席那场音乐会的有很多高官和政治活动家，而在音乐会本身的演职人员中也有很多大牌明星。米沙回忆起，那时他很着迷于和名人们合影照相。他积攒了不算太多的与著名政治和文化名人的照片影集。但他远没有把所有的合影都挂在墙上，只是挂了几张他自己喜欢并认为声望和威信都很高的。而现在他看着它们，其实完全不喜欢。

"瞧这些嘴脸！"他嘟囔道。

· ·

而米沙在着迷于这些照片的时期，其体重比现在多出有七八公斤。肚子很明显，两个腮部从背后都可以看见。那是他人生中的一个畸形阶段。这个阶段的出现刚好是在他爱情中断和接着干枯终结之后。斯维特兰娜从他的生活中挣脱，爱情离去，留下可怕的空虚，随之涌来填补空虚的各种五花八门的活动和聚会，他全部参加，几乎不做任何选择。的确，那时米沙工作特别努力，努力的程度在此之前从未有过。

那时他觉得，自己整天做的就只是在工作。米沙工作着，间歇在家时对阿尼亚解释，说工作要求他付出尽可能最大的时间成本，说他有非常重要的事情在做，反正她也不懂。

无论有多奇怪，但那时公司的生意兴隆，事业蒸蒸日上。米沙在那个时期建立了很多新的关系和资源，可以说，事业走向了另一个层次和水平。那时商务会谈几乎总是转换为商务晚宴，而接下来就是意义深远的豪饮和娱乐。那时他多次去参加各种热闹的活动：慈善音乐会、招待酒会，一会儿是这儿，一会儿是那儿。到处都有很多有用和需要的人，到处都需要喝酒。什么都不能放过。

米沙那时服用过各种减肥药物，听朋友的建议每天喝很多水，尽可能不吃糖，而吃其替代品。然而却没有任何帮助。

他给自己弄了个质优精准的体重秤，把它放置在盥洗室内。每天睡前和清晨起床后他都站上去称体重。清晨起床后他先是小便，对着镜子剃胡须，然后脱掉内裤并在进入浴室淋浴前站到体重秤上。内裤——这是衣物，它有一定的"克数"，而淋浴后头发是湿的，身体上也留有水滴，这也有一定的"分量"。米沙需要客观的体重。他非常渴望体重开始减轻。他常常回想昨天吃了什么，记得自己几乎什么都没吃。然而体重非但没减，反而在增加。

醉酒成性的问题对于米沙来说没有出现。就像他自己觉得的一样，他始终心中有数，局面一直在掌控之中。但各种商务聚会、接触招待和活动安排，以及五花八门务必参加的晚会、节目越来越多。因此米沙忽然明白，他实际上几乎每天都在海喝，而且还很喜欢。

事业蒸蒸日上，生意好得不能再好。这时米沙突然病了。身体机能对他发出警报。米沙开始害怕。刚开始他感觉一个地方疼痛，但没注意，后来越来越疼。那时米沙开始吃药。可接着病痛就已经很严重。于是他不得不住院治疗。医院的诊断非常吓人，但最终的检查结果没有证实。然而米沙变得害怕起来，意识到所发生的这一切对他就是警告，于是他决定改变自己对待生命进程的方式。

他那时在医院住了将近一个月，其间消瘦很多，思考了很多问题，出院时打定主意规范自己的言谈举止，过一种富于创造、有度和文明的新生活。他甚至几个月没有吸烟。

· ·

米沙态度坚决，决定取下墙上的照片，至少与歌剧演唱家的那张合影必须摘下。但他站在用漂亮的相框装好的悬挂在那里的照片饰品前，自己并不知道将该挂什么在那空出来的地方。他决定回头星期一再来解决这个问题，而暂时摘下一个标牌"没有尽头"已经足够。米沙把它拿在手上并开动脑筋在想要把它塞在哪里。这个圆形的标牌又大又重。

米沙毫无目标地在办公室内，从这个角落到那个角落来回徘徊，心中想着找个什么地方把自己的创作作品藏塞起来，或者找些什么东西把它包卷上。然而，就像在家里没有妻子什么都找不到，同样在公司没有瓦莲京娜，米沙也什么都找不到。

"瓦丽-亚-啊！"米沙站在办公室中间，无助地叫了一声，听听没有回答，重又喊道："瓦莲京娜-啊！"

过了一会儿，他和瓦莲京娜坐在他们写字楼内的咖啡馆里，喝咖啡。喝杯咖啡可以不离开办公室，但在午饭时间瓦莲京娜一定要离开工作场所，否则就得不到任何间歇和休息。米沙忽然与她一起去咖啡馆，瓦莲京娜没有料到，米沙自己也没想到。他只是不想一个人留在办公室。吃东西米沙完全不想，但为和瓦莲京娜结伴，他往嘴里放着沙拉嚼着吃。可吸烟他却没有陪她。他很想就着咖啡吸一口，心中甚至想象出抽吸第一颗香烟时心间涌上的感受。但他借助自己的意志力拒绝了这颗香烟，他只是在喝咖啡。

"可现在您想把自己心爱的标牌放到哪里呢？"瓦莲京娜问道。"我已是如此地习惯了它。"

"没有尽头"已经被瓦莲京娜用纸包好，她甚至还找到了一个大袋子，里外都包装得漂亮无比。

"那就请你把它拿回自己家吧，"米沙立刻建议道。

"谢谢！对于我，工作中的道路标牌就已够多。"

一段时间他和她默默地喝着咖啡。瓦莲京娜从一包香烟中又取出一支，显然打算连着再抽第二支，但她看了一眼米沙，并没有把这支烟点着。

瓦丽亚，我这里有一个旅游公司的电话号码，——米沙若有所思地说，并从衣服口袋里拿出一张纸条，这张纸条是瓦洛嘉和维嘉在追思会上给他的。

他都已忘记这张纸条，但阿尼亚在把他去参加追思会穿的西服挂起来时，检查口袋并从裤子口袋里掏出了这张纸条。清晨，尽管家中一片忙乱，阿尼亚没有忘记把这张纸条交给米沙。阿尼亚总是检查那些她要挂到衣橱去的衣服口袋。米沙知道，她并非在寻找什么具体的东西，也非是在试图收集什么有损他名声的罪证。她这样做是出于仔细和整洁，是不想让衣服弄皱，也是为了不弄丢任何米沙随时都可能向她索要的什么重要纸张。而米沙在家找什么都是张嘴就问阿尼亚。

"您还打算去哪儿吗？"瓦莲京娜吃惊地说道。"飞往彼得罗扎沃茨克的机票可以不用经过旅行社的帮助就可以买到，"她微笑了一下。

"啊，不是，瓦留莎！"米沙依然还是那样若有所思地回答说。"这是尤利娅给自己购买意大利行的那个旅游公司。我没和你说。她本该飞去意大利，所有的费用她都已付过，但没飞成，可……嗯，你明白的。你可否给那里打个电话？"

"打电话可以，"瓦莲京娜快速地回答说。"但我应该怎么问他们？我应该从他们那里弄清什么？"

"准确地我也不知道，"米沙忧伤地说。"我不知道从那里可以获知什么。或许……我不知道……嗯，哪怕打听到，她是什么时候购买的旅行，什么时候付的费……"

"这不难，"瓦莲京娜非常平静地回答说，"只是我不明白，您要知道这些干什么？这会给您带来什么？"

"带来什么？"米沙重复着这个问话，把目光转向旁边并向咖啡厅窗外的街道看去。"哪怕是知道，是什么时候尤利娅还没打算做她已经做了的一切。她购买旅行，准备去的是意大利，而非钻进索套上吊，你明白吗？！"米沙重新看了一眼瓦莲京娜。"对不起。你打这个电话吗？……"

"而您至今还在想要弄清什么吗？"她忧伤地问道。

"自己也不知道。已经不明白。只不过是无意中这个信息到了我手里，关于这家公司的，再没别的，"米沙说道，同时感觉自己更多的是在对自己说，"只是因为这个，我想检查一下。可以从这家公司获得的信息，未必就能在某方面帮助我们理解些什么，但应该检查一下。能办到吗？"

"一定办到，"瓦莲京娜耸了耸双肩说，"但不是今天，米哈伊尔·安德列耶维奇，好吗？"

"好，当然。现在急什么？！现在呀，还往哪里急？！"米沙说罢，自己也惊诧不已。瓦莲京娜从来没有对他的指示作出过这般的反应，她总是径直执行他下达的工作命令或者个人请求，对此从不区分。她从未拖延过任何事。

"我今天不知道，该如何和他们这家旅游公司的人交谈，"她说，仿佛领会了米沙的惊诧，"我想一想就打电话。我目前只是看不出办这件事的意义，而没有意义办起事来会很费劲。好吗？抱歉……"

"你这有什么抱歉的，"米沙快速地回答说，希望即刻缓解尴尬的局面。他甚至差一点儿就用"您"来称呼瓦莲京娜。"对了，你了解一下飞彼得罗扎沃茨克的航班。非常不想坐火车去那里。我记得，飞机飞那里。"

"我已经了解清楚。每周飞往那里有三个航班。坐火车至少要十四五个小时。还可以先飞到彼得堡，从那里还有四百公里，可以坐火车或者自己开车。但是，直飞当然舒服些。"

"我记得，我飞去过那里，"米沙对瓦莲京娜这一次的先见之明很惊叹，于是应声反应道。

"是。直飞的航班是在周一、周三和周六。"

"可你是什么时候了解到的？"米沙更加惊叹。

"是这样，列昂尼德·米哈伊尔洛维奇命令弄清楚一切并说，您在周一将飞去那里。我已经把座位给您预订好。需要抓紧时间。飞往那里的飞机很小。"

"我杀了他，"米沙狠狠地说了这样一句话。

"那我帮您，"瓦莲京娜笑了一下。"那您不飞去了吗？取消预订？"

"不飞。周一肯定不飞。你查一下，看看周三有没有座位。或许是周三飞，但不是周一，这一点是肯定的……"米沙停顿了一会儿。"对廖尼亚要采取点什么措施！杀死他——这太残酷。可该拿他怎么办呢？"

"就那样杀死，一了百了，"瓦莲京娜严肃地说，并像同谋者一样丢了个眼色。

. . . .

米沙感觉自己奇异地疲惫，尽管这对于一个一夜无眠的人来说并不值得大惊小怪，然而，他曾有过多少个无眠的夜晚啊！曾经有多少次欢歌痛饮几乎到天明，又有多少次第二天不得不带着强烈的宿醉去工作。但米沙了解自己，只要上班开始干上一会儿，投入工作中去，喝一杯咖啡，吃点东西垫垫——精力就找了回来。可现在他不知为何却怎么也不能集中精力，而且那个疲惫感非但不散去，反倒相反在增加。

午饭时间一过立马就有无数个电话劈头盖脸地打给他。有些是打到他公司座机，有些是打到他个人手机。这些来电，无论就其内容，还是就其重要程度，它们所涉及的问题和题目是如此的广泛和多层面，以至于米沙的头脑被搞得像一锅粥，身心疲惫不堪。但他把这些一时间涌来的诸多电话，看成是在他缺席时所积累下来的很多各种问题的具体呈现。

米沙主动给斯吉奥巴拨打了电话。斯吉奥巴格外地高兴起来并像爆豆一般地开始说，晚上他将整个交给米沙，而且谢尔盖也会加入。他说，度过那种忧伤时日的最好办法，就是不要与忧伤纠缠。他提议晚上大家见面，先一起吃饭，然后去个什么地方玩一玩或者到时随机应变。

"知道吗，朋友，"斯吉奥巴说，"还有，让我们今天喝个一醉方休，好吗？！不知为何，我今天从一大早就想吃热乎乎的汤汤水水，并就着热汤菜喝点伏特加酒。简直是别的什么都不能想。怎么样，我们喝点吧？……"

"喜奥巴，你劝我，就好像你求我，真不知怎么比喻……就像求我把家具搬上十层楼。当然，我们要开怀畅饮！"

斯吉奥巴把"汤汤水水"和"伏特加"这两句词语说得那么香甜有味,以至于米沙的胃口很久以来第一次苏醒和打开。而且,斯吉奥巴说这些话时的真挚语气让人觉得,他是如此想那样地吃喝,结果米沙也开始如他一般渴望了。

给斯吉奥巴打过电话后,米沙给阿尼亚打了电话,他说,他将和斯吉奥巴和谢尔盖一起去吃晚饭,但不会去太久,只不过是去吃个晚饭就完事了。

"明白,"阿尼亚平静地说。

"你明白什么了?"米沙强烈地反应道。他觉得,阿尼亚说话的腔调极具责备的味道。"我呀,和你说,不会去很久。就是和朋友们吃个晚饭,就完了。回来不会很晚。"

"是的,米沙,我明白了!为什么你做出那样的反应?几点回来就几点回来呗,"阿尼亚惊讶,但坚决地回答道。

"我怎么,经常在外耽搁吗?可以认为,我在这方面有问题。你一大早就对我开始不满意,"米沙觉得自己怒火中烧。"如果我确实需要待在家中,那我取消这顿饭局。只是你请说……"

"现在,米沙,我可不明白了!"阿尼亚打断他说。"还要我说什么?去吧,亲爱的,你可以想什么时候回来就什么时候回来?请去吧!"

"瞧你为什么又开始?……"

"是谁先开始的,米沙?"阿尼亚最终气愤起来。"你那里怎么,有什么不愉快的事吗?有谁惹着你了吗?顺便告诉你,我也在工作。我现在没空儿听你那样喋喋不休地发泄。你想说,晚上你会在外耽搁?我明白了。就这样!"

阿尼亚剧烈地终止了电话交谈。米沙过了一会儿又给妻子拨打了过来,道歉并极力作出温柔的样子。米沙那时心中在想,为什么他总是不能对阿尼亚迅速地说出他打算在外耽搁很久,反而总是在说,去一下什么地方,不会耽搁很长时间。可接下来,当他比答应的要晚很多才回家时,他又开始找理由辩白,说什么无法马上就离开,什么又是这又是那了。尽管他提早就已知道，他会耽搁得很厉害。

米沙心中这样想着，同时看了一眼时间，明白英语私教候选人马上就要到来。他应该不是马上到来，而是这就到了。米沙在想到这即将到来的访问时甚至做了个鬼脸。

米沙简直就是感到羞怯和难为情。他担心，英语私教会出题测试考问他的英语。出于自己的经验，米沙知道很多老师都是那么做的。而对于在自己美丽的办公室内展示其蹩脚的英语水平，米沙实在是感到羞愧和不好意思。面对私教可能向他提问的问题，他真不情愿用自己二半吊子的英语遣词造句来作答。

· ·

还有，米沙不久前在自己的心底里明白了，他不知为何从某个时候起怎么开始觉得不好意思说，他没有受过高等教育。有关大学文凭的问题从来没有人向他直接提出过。然而发生过那样的情况，就是有人出于好奇或者在介绍认识时顺嘴问过。总之，有时人们对此感过兴趣。米沙那时回答说，他是读工科的，从不进一步明确究竟什么专业。如果话题进一步深入，他就回答说，是工程专业，运输领域。

然而"您毕业于什么大学？"的问题米沙是从不久前才开始憎恨的。过去他甚至为他没有去把高等教育学完而感到骄傲。他没有只为一纸文凭而去付出多余的时间，而是迅速开始了工作，为此他自豪和得意。过去他还自豪和得意的是，自己没有把艺术中专学完毕业，可却从艺术教育中掌握了所有想要的东西，并毫不犹豫地去了莫斯科。但近来米沙开始为自己就那样没有把任何一座高等院校的课程学完毕业而感到羞愧。

米沙第一次去健身房在健身器上健身时，他非常羞怯和难为情。他觉得，他在那里会是最笨拙、最不灵巧、最柔弱和笨手笨脚的。他想，那里大家都会是体育健将，而他完全不是从事体育运动的料，大家会用嘲笑的眼光看他。

　　米沙为自己身上的很多东西感到害羞和难为情。他害羞自己走路的姿势。父亲在米沙童年时经常对他说："瞧，你是怎么走路的，真不知道像谁。难道你不能注意一下你是怎么走路的吗？你走路怎么摇摇晃晃？"米沙不明白父亲不满意自己什么和他想要他怎样，但却记住了他走路的姿势不太对。有一次体育老师当着大家的面说："瞧，你是怎么走路的，就像连裤子都提不上似的？"所有人都大笑了起来。米沙那时确信，他的确走路姿势不怎么好看。后来他开始发现，他的鞋跟总是被磨偏。他甚至在想自己是否是个瘸子。总之，米沙对自己走路的姿势感到害羞和难为情，在他人生重要的时刻，他走路僵硬，整个身体就像木头桩子。米沙用最大力气挺胸和把双肩放平，死命地收紧腹部并努力不让膝部打弯，结果就是如木偶般在抬腿行走。

　　米沙为自己长有一副他觉得非常典型的俄罗斯人的脸而感到羞愧。不管怎么改变发型，也不管如何变换服饰，还不管怎样蓄留胡须：大胡子，小胡子，络腮胡子，反正他的脸依旧还是非常的俄罗斯人，而且如同米沙感觉的一样，普普通通。米沙总觉得，在国外大家一下子就猜得到他不是本国人，而且不管是在哪个国家相遇，自己的同胞一定立马就会认出他是自己的兄弟。对此他感到很难为情。可当外国人在莫斯科用英语向他打招呼时，或者某个国家的什么人在某个国家与米沙开始用其本国的语言说话时，他才感觉愉悦与得意。

　　米沙很长时间都耻于自己身上的那些非莫斯科本地人的特征，耻于自己不是莫斯科人，而是外来户。他那是后来才开始为自己生长于北德文斯克海岸边而感到骄傲和自豪的，起初他对此感到很是难为情。他迅速地学会了用与自己同龄的真正莫斯科人说话的腔调说话。接听电话时他回答说："是－啊－啊！"——以特别的方式把"啊"音拉长。他认为，那样的发音美丽、迫切并具有表现力。当这种方式的发音开始在米沙言语中出现时，弟弟季马总是犀利地指出并对此奚落和嘲笑。结果，想让自己看上去就像一个真正的莫斯科人的愿望和追求，在米沙心里顿时失去了光辉和魅力，可说话时的发音方式却留了下来。不很明显，也不是年轻人的语调，但留了下来。现如今，在其他的城市人们已经这样问米沙："您是莫斯科人吗？"米沙明白，人们对他说话的莫斯科音调已是这样地作出反应，对此他感到害羞和脸红，于是他发誓保证地说，自己根本不是土生土长的首都居民。米沙害羞很多事情。

他还赞叹，甚至嫉妒那些自己生来不具备，后天又没学会的技巧和技能。他不嫉妒歌剧演唱家和他们非凡的嗓音，不嫉妒杂技团的杂技演员或者著名的体育明星和学者专家。他知道，这些人具备的是特别的才能，主要是非常专业和稀有的天赋。米沙对他们与其说是赞叹，不如说是感到惊奇。

米沙尊敬和敬重那些从事像什么给心脏或者大脑做手术的医生职业的人们。他尊敬普通民航飞机和军用飞机的飞行员。他敬重海员、极地工作者和其他专业人士——他们执行复杂和责任重大的工作任务，而重要的是，那要求具有非常深厚的专业知识。

然而，米沙赞叹那些令人觉得简单和容易做到的事情。他总是嫉妒自己的那些朋友，他们很会跳舞，明显轻松和自如地在冰雪上舞动。他嫉妒那些学习完全不费劲、轻松记忆所有知识、过目不忘或者听一遍就能掌握所有资料的人。那些伙伴们轻松应对考试，不怕在老师面前丢丑，他们完全轻松自如地拿到自己想要的分数。而那样的分数，米沙需要长时间地死啃书本，不停地背诵学习，然后还要因紧张而冒几身汗才能得到。米沙最怕在老师面前显得愚蠢和笨拙。

米沙嫉妒那些外语很好的人们。谢尔盖就熟练地掌握英语，他甚至曾经在英国学习过。但当米沙得知，谢尔盖还说一口相当流利的法语，用法语阅读也完全没有问题，而意大利语和西班牙语也都可以时，他在米沙的眼里一下子就变得高大了起来。自从米沙了解到谢尔盖的这些非凡的外语能力后，他对他就开始格外地尊重。米沙知道，谢尔盖具有外表上一下子根本看不出来的隐藏的智慧、天赋和能力。

米沙还有一个熟人，他纯粹是出于爱好开始学习并熟练地掌握了日语。掌握日语后，他又开始学习中文。对于米沙来说，这位朋友几乎就是半个上帝。

然而，当米沙看到那些显然没有受过很好的教育或者不具备深厚的知识的人，比如遇见一些瞪着一双空洞大眼的美女们，这些美女或者靓男们坐在机场的候机厅内或者飞机上，读着书，就算是这些书的内容的深度值得怀疑，但却是外文书籍；打电话时一会儿说英语，一会儿说俄语，有时还说几句某种方言；或者他们熟练地在电脑键盘上敲打外语词句，或者是在电脑屏幕上阅读外文文章……米沙嫉妒他们。

米沙嫉妒那些轻松自如地与任何女人搭讪的朋友和熟人。这在米沙那里从来不是轻松的事儿。有时能搭上讪，但从来都很费劲和令人窘迫。可谢尔盖，他就可以轻松地结识女人，而且任凭这个女人是谁。当然，这并不意味谢尔盖没有吃过闭门羹。他也被时常顶回。女人通常不顶撞他，但顶撞的情况也有发生。只不过在那种情况下，谢尔盖完全不担心并很快就找到新的目标。而米沙就担心，而且担心得厉害。因此他很少贸然去和女人搭讪，甚至就是简单的、没有任何用意的闲聊。他害怕的不是被拒绝本身，而是自己因可能被拒绝所要承受的担心感受。所以他嫉妒那些不担心的朋友们，因为他们没有过那种担心的感受，所以也就可以轻松自如地与女人们搭讪认识。

米沙学会了在有权重财盈的大人物出席的场合下不惧场，甚至不紧张。他似乎不嫉妒这些人。对这些人他感兴趣。米沙觉得，结识几个权高位重的高官或者腰缠万贯的巨富是件愉快的事儿，即使是这种结识短暂匆匆。这些人的身上总是具有某种吸引力。这种吸引力有时甚至是可怕和吓人的，但它极具吸引力。在与这些大人物交际时还可以在心里臆想他们的这种吸引力。然而米沙却从来没有嫉妒过他们。

而那些会和小孩儿巧妙地打交道的人们令他嫉妒非常，尤其是当他有了自己的孩子后。米沙对自己的一些朋友与小孩儿打交道的能力惊奇不已，他们很轻松地就能找到与任何年龄小孩儿的共同语言，甚至襁褓中的婴幼儿都愿意让他们抱，不哭不闹，相反还咯咯地笑。类似的能力和技巧在女人身上很常见，这很普通，米沙对此并不惊奇。但会带小孩儿的老爷们儿却令他赞叹。那些可以干净利落地给小孩儿换尿布，尤其还是别人的孩子，给他（或她）洗屁股，喂他（或她）吃奶，给他（或她)穿脱衣服,为他(或她)哼唱童谣和模仿孩子的发音说话,扮鬼脸逗他(或她)笑,这样的人对于米沙来说都是具有特别天赋的。

因为这个原因,他嫉妒斯吉奥巴。斯吉奥巴不是简单地被孩子们喜爱,孩子们只要一看见他,马上就兴奋地尖叫起来。米沙的两个女儿喜爱"喜奥巴叔叔",就像喜爱最好的游戏节目和最有意思的永远不结束的马戏表演。

斯吉奥巴瞬间就能为孩子们想出游戏来。他可以编出任何游戏,并在任何地方都能玩。他和他们一起做手工、攀爬,还会给孩子们分配那种让他们长时间默默地专心努力去完成的任务,而这期间他自己还能抽空和大人们喝一杯并吃点东西。斯吉奥巴实际上可以哄很多很多数量的各种年龄段和各种性格特点的孩子们玩。他可以和他们甚至组织一场音乐会或者一出话剧,并与他们一起演出。大人们并不愿意看一场那样的家庭演出节目,在那样的节目中斯吉奥巴被孩子们通常不知道打扮成什么样,而更多的时候是,他们在父母的衣柜中找到什么衣服就给斯吉奥巴套上什么衣服。

那样的音乐会大人们不懂,然而他们被迫必须观看,抛开餐桌上的美食美酒,中断相互间的交谈,并对所有节目和演职人员报以热烈的掌声和称赞。而斯吉奥巴和孩子们非常幸福。

斯吉奥巴和孩子们在一起玩耍,看得出来,他喜欢那样,并且兴致一点不少于孩子们。而米沙却不能那样。他很难猜到和呼应孩子们喜欢什么和想要什么。他很快就疲倦于和孩子们一起玩耍,并且不知道该拿他们怎么办。然而与此同时,米沙喜爱孩子,他温柔和欣喜地看着他们,听着他们的声音,他喜欢孩子们身上散发出的味道。而对自己两个女儿的爱有时甚至都让他颤抖不已。他是那样爱她们,只要看着她们,他那似水的柔情和强烈的想要去呵护、不让她们遭受生活中的任何不幸的愿望,刹那间就会令他放声大哭。然而,为她们想出什么游戏和好玩的事情,与她们一起淘气,并心甘情愿地在日常生活中陪伴她们度过很多时间,米沙不会,也不能。

在英语教师于约定好的时间快要到来之前的不多时刻里,米沙焦灼不已,坐立不安,甚至去了一趟盥洗室洗脸。对着镜子,他看见自己的上唇部有一处被剃须刀刮破的小口子。他想起这个小口子,心情非常沮丧。米沙知道自己有一个很糟糕的心理特点,那就是老会想着自己脸上的什么划痕或者粉刺。如果他在吃午饭或者晚饭时把油污弄到自己身上,他的情绪顿时就变得很糟糕,直到把弄污的脏衣服换掉才好。米沙无法忘掉这个油渍污点,甚至即使是它不大并很难被发现。米沙试图与自己的这个心理特点作斗争,但目前胜利的还是这个心理习惯。

英语教师几乎是准时到来,迟到也就几分钟。米沙喜欢这一点。瓦莲京娜把他带进米沙的办公室,米沙看见,来人穿着的西装简朴,但却得体不怪诞。看上去,他似乎比米沙矮很多,年龄可能长不多,心情明显忐忑和激动。这让米沙非常喜欢。他站起身迎了上去,他们互握起对方的手。

"奥列格,"英语教师自我介绍说。

"米哈伊尔,"米沙微笑着回答道,"您请坐。"

他们坐下:米沙坐到自己平常坐的老板转椅上,奥列格则坐在米沙办公桌前的椅子上(这个位置通常为下属汇报工作时所坐)。奥列格一时踌躇,不知该把公文包放在何处,然而短暂的停顿后他把它放在了自己的双膝上,并把目光盯看向米沙。出现了短暂的窘境。

"您知道吗,米哈伊尔,"奥列格最终开口说道,"我已不止一次经历这样的情境。这样的情境我不喜欢。在各种级别的领导人当中我有很多学生。请您原谅,但我现在感觉自己好像被接见,而且这个接见还是我本人努力很久才争取来的。可这不完全是那样。对吗?"奥列格笑了一下。"如果您不反对,让我们这就进入正题吧?"

"嗯,当然,"米沙回答说并笑了一下,自己心中却在想:"瞧吧,马上他就要问我的英语水平了,真见他的鬼!"

"那我就直来直去了,"奥列格咳嗽了一下。看得出,他有些激动。"今天的见面决定着我们今后要不要继续见面和工作。但这，对不起，不仅决定于您是否喜欢我，同时也决定于我是否也喜欢您。可暂时我感觉自己好像到这里来是向您请求什么似的，"说到此他语塞了一下。"您能不能从您的老板转椅上移坐到我这里？这里还有一把椅子……"

"啊哦！是的，那当然……"米沙有些许惊诧，但并不认为他的话粗鲁或者不得体。他立刻移坐到那另外一把椅子上。"您请说。"

"谢谢！"奥列格微笑着并很激动。"真见鬼，怎么也无法习惯眼前这样的程序。"

"现在您舒服了吗，"米沙含带着些许揶揄，但表面上却完全友好地说。他等待着对他英语水平的测试。

"我现在不会去弄清您的英语究竟好到什么程度或者糟糕到什么程度，"奥列格说。"对于我重要的是要向你问清楚另外的问题，那就是，我希望明白，我和您将要怎么办，如果我们决定在一起工作。"

"您说，请！"米沙回答说，同时心里感觉到他真的开始喜欢上这个奥列格了。

"您可以不用怀疑，我有教授各种各样的人、各种年龄和各种知识水平群体的丰富教学经验，"奥列格说话的声音迅速变得平缓和坚定。"您需要回答我的是，您本人对自己的英语水平是怎么评价的？"

"非常非常低弱的知识和应用水平，"米沙迅速回答说。

"但您是否曾尝试用英语表达自己？有这方面的经验吗？"

"也就是尝试过，"米沙笑了起来，"不然怎么办呢？曾经必须那样。但只是在商店或者饭店这样的交流层次。就是在那种情形下，最好也还是用手势讲得更明白些。"

"但您当时的交易完成了吗？"奥列格继续问道。

"是的，完成了，"米沙耸了耸肩。

"明白！就是说，您说过英语，语言障碍这一关您是过了的，"说这话时，奥列格轻微地笑了一下，他的笑容勉强可以被发现。"现在您请试着说一说，您要更深地掌握英语的目的是什么？"

"嗯－嗯，"米沙抬起眼，沉思了一下，正想开始回答。

"您应该明白，"奥列格没有让他回答，"和我学习语言——这是漫长和相当费力细致的过程。我会布置作业。家庭作业。作业需要完成。我不会对和我学习的人催眠并让他们一觉醒来就会开口说上流利的英语。我也没有那种神奇药片——只要你们支付足够的金钱购买这种药片，吃下它就可以开口说一口伦敦音。我不相信迅速可以学好语言。我教授语言相当慢并有大量的作业和练习要做。您还没有开始害怕吗？"

米沙默默地摇了一阵头否定。

"那就请您想一想并告诉我，"奥列格继续说，"您学习英语是为工作，为生意上的接触和谈判，为与伙伴交流，为在外国人面前不显得无知，以及哪怕是在某种程度上能够掌控一下局势？或者您想掌握英语，是为了更有意义的生活，为了扩大交际，阅读更多的书报？"

"更多的是第二个，"米沙迅速回答说，"尽管第一个目的也无妨。但更多的是第二个……"

"明白了……"

他们又交谈了十五六分钟。双方均开了几次玩笑，双方也都笑了。交谈快要结束时，米沙开始变得忐忑和不安起来。他想知道，老师是否喜欢上他并最终会如何决定。

"从我这方面可以说，"奥列格说，"对于第一次见面这些足够了。很多问题我已明白。"

"就是说，您认为我不是没有希望？"米沙笑了一下。"您将教我吗？"

"您的俄语也有问题吗？"奥列格也笑着说道。"我已经说了，对于第一次见面这已足够，而这就意味着，如果……"

"明白，明白，——米沙迅速地说。"

"我这里有给您的清单，是上课必需的用品。有些东西必须购买……"

他们研究完细节，说好下一次见面的时间，米沙把奥列格送到写字楼的出口。

当他返回办公室时,瓦莲京娜坐在自己的工位,看着迎面走来的米沙。

"嗯,老师怎么样?"她终于问道。

"很棒!"说着,米沙向她竖起大拇指。"谈好了,我们将一起学习。请你记一下,星期二在这里十八点整上第一次课。"

"嗯,谢天谢地!"瓦莲京娜深深地呼出了一口气。"我非常高兴。现在就打电话和感谢那些为我推荐他的朋友们。"

"谢谢,瓦留莎!希望他就是那个我们需要的人,"米沙说,走向自己的办公室。

"您暂时还在这里吗?"她问道。

"是的!"米沙回答道。"再坐一坐,工作一会儿。如果有人打电话来,你给我接线过来。怎么了?"

"啊-啊,我想向您汇报葬礼的花销。想给您看一看账,"瓦莲京娜面带歉疚地说道。

"过半个小时,好吗?"米沙说完,走进办公室并随手把门关上。

不知为什么他不想看葬礼的费用。他不愿破坏自己刚有的好心情。

· ·

不知何时夜晚在不知不觉中悄悄地降临,窗外完全黑了下来,而米沙感觉自己疲惫到了顶点。他在一天的工作时间快要结束时,不无神伤地回想起谢尔盖说过的一段话,那就是如果他,谢尔盖,也像米沙那样努力地工作,那全世界所有的钱早就被他挣光了。米沙还想到,如果他的生意一直这样艰难下去,那就需要改变这个生意中的某些东西。

在傍晚七点前他结束了所有的电话交谈,和各个城市各个部门以及各个组织机构的人都沟通完毕。他进行了若干个面谈,签署了一系列文件,断然拒绝了与廖尼亚一起去车间,以便评估工程技术人员想出的工艺改进方案。在做这些事情的中间,他最终还是抽空看了看记录有葬礼和追思会开销的费用明细清单。数额结果相当可观。

米沙饥肠辘辘，真的很饿，后来甚至饿过了劲。他简直就感到恶心，时而轻微头晕，时而胃里空磨得疼痛。他已经非常想下班离去，渴望看见斯吉奥巴，吃饭，喝酒，换换空气，努力把这逝去的一天抛到脑后，为明天反正不用早起而欢歌，因为明天是休息日。他想为正在到来的周末而开怀畅饮。

还有，米沙整个晚上都在心里问自己是否很想抽烟，每次的回答都是不很想。米沙对此非常满意并认为，该是开始严肃和彻底的戒烟过程了。

他让瓦莲京娜七点整下班回家。

"我们的情况怎么样？"在与瓦莲京娜告别时，米沙像通常一样习惯地问道。

"一切正常！"瓦莲京娜回答说，声音平缓如常。

看得出，她已经完全回到了平常的生活。而米沙心中在想："可我怎么还是无论如何都不能？我一直想听到自己内心的什么呢？"

"就是说，一切都好？"米沙重又问道，目的哪怕就是问一问。

"我呀，对您说了。一切都好！"瓦莲京娜笑了一下。"头儿，有什么令您不安的吗？"她突然问道。

"可不！"米沙迅速回答说。"正是，瓦留莎，是有什么令我不安。内心的某种紧张。它已经让我很疲惫。总是觉得什么地方不对或者什么事很糟。可理性一看——一切正常。然而，却无法平静下来。但你别想这个。现在我去吃个晚饭——一切就都好了。我在饥饿时总会很暴躁和不安，"米沙说着，向瓦莲京娜挤了挤眼。

米沙总是喜爱第一个上班和最后一个下班，他静心倾听漆黑建筑物内和走廊里的寂静声。他那样站立了一会儿，感觉很好，但马上瓦洛嘉打来了电话——手机上显示是他的号码。米沙知道瓦洛嘉的这个特点，就是他总是不合时宜地打电话来，不是时候不对就是那时人家并不想和他交谈。

瓦洛嘉很少打电话来，然而他打电话来时，却总是不是时候并总是有什么事情请你帮忙。米沙有一些那样的熟人和朋友，他们非常具有"天赋"，总能在最不适宜的时刻打给你电话。而且，这些人好像并不坏，甚至很好，只是打电话来总不是时候。

例如，米沙正在机场过边检，这时电话铃声响起，有人兴高采烈地在电话里喊叫："米沙，你好，我刚才想起你了。很久没……"或者米沙正在商店的收款柜台前付款，浑身上下都是各种装满食品的塑料袋，手里还拿着已打开的钱包，这时电话响了："老哥们，快过来，我们正聚集在博里亚这里看足球呢。"或者米沙正张大嘴巴坐在口腔转椅上，或者休息日正带着孩子们看电影，或者米沙正被交警叔叔拦截下来，而这时那些"天才"的朋友们中有人在电话里对他喊道："祝贺我吧，我第二次成为父亲！"在那种情况下你能对人家说什么？这些人总是毫无例外地把电话打得不妥当，实际上也就总是得到这样的回答："对不起，朋友，我现在无法和你说话……"米沙很想知道的是，这些人就只是给他打电话时不妥当，还是给所有人都是。然而与此同时，这些人却不气馁，几乎从未生过气，并继续一如既往地给人拨打电话。

有时米沙也会碰上那样的时日，他觉得那样的"天赋"也会在他这里被找到。在那样的时日他打电话给什么人，也总是听到请他过一会儿再打过来的回答，或者低声地告诉他，正在开会。简言之，打出的所有电话都没有结果或时机不对。甚至在那样的时日他打电话回家，除了妻子的声音他还听到孩子的哭声或嚎叫，家里有什么东西咕咚一声掉在地上，摔碎，于是没办法和米沙说话。在那样的时日他明白，最好给谁都别打电话，然而后来实际发生的却相反，打得更坚决、更执着，于是局势只能越加严重。

米沙回想起自己落入情网的那些时日，心中不免升起恐惧和伤痛。那时他从早到晚，有时是到深夜，他不停地在给斯维特兰娜拨打电话，然而却总是不能好好地说一说话，结果就是一直在打电话搅扰她，为此他自己心中苦闷，于是又重新拨打。

• •

　　瓦洛嘉打来电话时，米沙正沉醉于寂静无声的环境中。米沙想起瓦洛嘉在以前一个清晨一早给他打的电话。那个电话差不多已是一个月以前的事了。那时办公室里也是满屋黑暗，也是亮着台灯，也是一片寂静无声。米沙刚开始甚至不想接听瓦洛嘉的来电。但电话铃声拼命地在响着。

　　"我在听你说，瓦洛嘉，"米沙用平缓的声音说。

　　"你怎么样，米沙？"

　　"正常。今天工作很重，人很累，但都正常，"米沙尽可能平静地说。

　　"今天我也去上班了，"瓦洛嘉回答道，"只是不知为何工作不是很在状态。"

　　"我理解，"米沙回答说。对话出现了停顿，很短暂，但却沉重。

　　"我想，那什么……"瓦洛嘉打破沉寂说，"我想知道，我该还给你多少钱和什么时候……嗯，就是所有的花销……我想要自己来支付一切的费用……"

　　"瓦洛嘉，朋友，我们还没都计算出来。但你别担心，数目微不足道。这边一计算完，那边我就告诉你，"米沙尽量把这说得平静柔和。

　　"好，我等着，"瓦洛嘉在电话中回答的声音很慢，"但我还有一件事想和你说。我和维嘉给咱们所有的伙伴们都打了电话……所有人，所有，哪怕对尤利娅只知道一丁点儿，甚至给那些在一年级时曾与我们一起演练音乐的同学们也打了电话。所有能来的都将在星期日晚七点前到达我的工作室。我们想把咱们这些年所有的老歌都演唱一遍。尤其那些尤利娅曾经喜欢过的。搞一个那种小型音乐会，回忆她。可能会有二十个人左右聚在一起……带夫人……你和阿尼亚来吧。让我们来一起演奏。没有你什么都弄不成。你来吗?"

"嗯,那当然!"米沙很情愿地回答说。

演奏音乐他很愿意,但却不愿看见瓦洛嘉称之为伙伴们的那帮子人。每当"伙伴们"聚集在一起,他们总是老生常谈地说:"记得吗,那时……""伙伴们"通常又喝很多酒,于是什么音乐都演奏不成。

"但阿尼亚未必能来。星期日孩子们没有地方可以托管,"米沙说。

"那你就自己来。工作室里就只有我们。不知怎么我就想演奏一下咱们的那些老曲目,见一见大家伙儿,"瓦洛嘉非常激动地说。"再说,你也很久已经没来过我这里了。有很多伙伴们常来。但没有你,我们什么都演奏不起来,以前就是这样。记住了吗?周日七点。"

"一定到。这样的事!"米沙有些感动。"需要我买点什么吗?我不知道,买点什么下酒小菜,喝的?"

"这个你不用想。我和维嘉把所有的都会准备好……"

他们又说了几分钟。

"嗯,好吧,瓦洛嘉!那就星期天见,"米沙开始告别。

"好,星期天见,"瓦洛嘉回答道,说话的速度比先前快很多。"可我还有一个问题。请告诉我,你那里有没有很好的律师?我这里有些事。尤利娅什么遗嘱都没留下。文件方面出了些混乱……"

· ·

米沙从写字楼走出来到大街上,非常生气,他既对瓦洛嘉生气,也对自己生气。他生瓦洛嘉的气是因为他依然还是自顾自,而生自己的气则为他没能强硬地对瓦洛嘉说,不允许他就尤利娅遗产的问题来找他,也不允许找他的律师。可米沙顺口回答的却是,他的律师不会接办这样的案子,但他会想一想,看看可以找谁。

"嗯,为什么,为什么我要那样对他说?"米沙责骂自己说。"他呀，从此可就不会少折腾我了……他呀，马山就会就律师的事弄得我脑浆崩裂。"

米沙走近自己的汽车旁。他手里拿着公文包和一个装有道路标牌"没有尽头"的塑料袋。塑料袋籁籁作响，声音又大又令人讨厌。米沙打开汽车后备箱并一下子把塑料袋丢到里面，使劲地把后备箱关上，同时骂了一句脏话。

"好了！该去喝酒和吃东西了，"米沙自言自语道。

他把手伸进衣服口袋摸了摸，想找到香烟，但找到的却只有打火机，这时他才想起，哪里都没有香烟了，无论是大衣口袋、另外的衣服，还是汽车里。于是他把打火机扔出很远，甚至扔向了何方连看都没看。

"还把老同学们都扯上，让我们来演奏一场音乐会，"米沙嘴里一边嘟囔着说，一边坐进汽车里，"真浪漫，你个混蛋！我他妈也是！怎么，不了解自己这位昔日的'战友'吗？！扒了皮，我还知道他的瓢！……听入神了，我他妈的……口水都流了出来……"米沙斥骂着自己和人世间的一切，转动方向盘把车驶向塞满了汽车的大街上。

他知道，斯吉奥巴过一个小时将在他们说好的饭店等他。开车路程不远，但晚高峰的堵车却让行驶在道路上的时间不可预测。米沙恶狠狠地用拳头砸了一下方向盘，随后打开了收音机。

"……刚好今年我曾有机会指挥布鲁塞尔皇家交响乐团，"他听到一个不知是谁的柔和悦耳的声音。这个声音来自米沙喜爱的广播电台的那个波段。这个波段曾谈论文化、政治，还谈论体育。"记得，我一飞抵布鲁塞尔就立刻赶赴排练现场，"那个柔和悦耳的声音继续说。"可我却是从纽约飞过去的，人非常累。可能正因为这个，我没有马上发现，交响乐团内有一股凝重的气氛。我感觉到，乐手们怎么都无法……"

"请您提示一下，您那时排练的是什么曲目？"响起电台主持人的说话声音。

"嗷-嗷！这是一出最复杂的曲目。您是否知道肖斯塔科维奇、斯特拉文斯基和两位比利时现代作曲家。他们的总谱对于我很新鲜，但布鲁塞尔当地的听众想听本国曲作者的曲目。但问题却不在……"

米沙关掉了收音机。

"他与布鲁塞尔交响乐团合作有问题！还有，他从纽约飞过去很费劲儿！"米沙在汽车里自己跟自己大声地说。"哼，瞧他妈的人，什么问题没有！而我们这里却怎么都无法干脆利落地解决彼得罗扎沃茨克的问题！他下了飞机就直奔排练现场，可我今天要喝他个够……尤利娅，亲爱的，你怎么就活不下去了，啊？！！瞧见没，人们都有多少自己的问题啊？！不熟悉的总谱，操蛋的乐队……那你呢？你有什么问题？你又为什么要那样？！上帝呀！我们这都是在干什么？"

• •

米沙驾车行驶在路上，想一醉方休的愿望变得越来越强烈。这种强烈的想醉的愿望对于米沙是很少有的。他能喝酒并也会喝。然而他可以连续几个月滴酒不沾，而且不想。可是他也可能突然间喝醉，即使是心中想着无论什么情况都不应该喝醉。但具体而又明确的就是想喝醉的愿望，不是喝点酒，而是喝得大醉，这对米沙而言非常罕见。可这一次，这个想大醉的愿望强烈而又清晰，而且还不断地在加强。

米沙并不是想暂时关闭意识和思想，忘记一切，不是。米沙想很享受地喝一杯，快乐地大醉一场。他想感受一下快乐，那种久违的快乐。他的头脑完全清醒，无眠之夜带给他的疲惫不知不觉中被忘记，而且也并未重新出现在他的知觉中。于是他想把这份清醒搅浑。他期待尽快见到斯吉奥巴，以便把自己的全身心都交给他。他要让斯吉奥巴点菜，点吃的和喝的，让斯吉奥巴领导整个进程。米沙想让不管是谁，哪怕不长的时间，来领导他一次。

他比约定好的时间提前到达目的地，开始寻找能把车停放到第二天的停车位。他知道，当他过几个小时后从饭店里走出来时，一定已是大醉，于是乎必须把汽车抛下。与此同时米沙在心中阴郁地想到，明天他必定会大病一场，来停车处取车并把它开回家对他将是巨大的痛苦和折磨。然而已没有任何别的办法。对那个随时可以接送他的司机米沙，他无法习惯，总觉得他作为自己的私人司机反倒是个累赘，而且此人不知什么地方太过于"成熟"。可把车开回家，然后自己打车再回来，这需要很长时间，而且他极其不想。

斯吉奥巴选定的饭店位于街心花园环路上。饭店时髦红火，四周聚集了很多一水儿的宽大黑色的高级汽车。米沙好一阵子才找到合适的停车位，车位离饭店已相当远。他关掉发动机，在寂静中稍坐了半分钟。斯吉奥巴显然还没有到。斯吉奥巴并没有守时的特质，更为准确地说，他总是一定要迟到哪怕一小会儿。可米沙却比约定好的时间提前到了。

米沙在寂静中安坐了一会儿，鼓足勇气，给阿尼亚打了电话。阿尼亚已经在家。米沙说，他不知道自己几点能回到家，但肯定不会很快，而且可能会喝醉酒。阿尼亚平静地听他说完，回答了一句，类似于："现在对此又能怎么办……"但她说这句话时，腔调既不是指责，也不是无所谓，而正是平静和理解。米沙一下子就轻松了许多。他明白，至少回家和给出某种解释的问题已经解决，这样一来这个问题就不存在了。米沙开始感觉自己近乎于"高尚"，能找到勇气对阿尼亚坦诚地以实相告，由此避免了为找借口而编造什么谎言。

米沙下了车，呼出了一口白色的雾气。有三四秒的时间他在想，拿上公文包去饭店还是不拿。不拿公文包不习惯，可拿公文包又没什么意义。他把公文包丢到后备箱里，看了看汽车，心中意识到他将抛下汽车很长时间。米沙的头脑里甚至快速地闪过一系列的念头："有什么好看它的？我要看出什么？每当去哪里度假，总是特别仔细地把车门都关好并也如此地看着它。可有什么好看的呢？……够了！别再紧抓住各种琐事不放，今天也别再转动脑筋……该喝酒去了……"

这时，好像感受到了米沙的想法似的，斯吉奥巴打来了电话。

"米申卡，亲爱的，你在哪里？"米沙听见斯吉奥巴兴高采烈的说话声。"你可以不相信我，但我已经到了，坐在这儿，等你呢……"

"不可能吧，喜奥巴！我也已经到了，但没急着进去。我坚信，你会像往常一样迟到的。"

"可我，就像你看到的，"斯吉奥巴笑了起来，"自己对自己也感到很吃惊。嗯，赶紧吧，该进来了。干嘛隔空饶舌？"

"可怎么找到你？"米沙边说边向饭店走去。

"我出来迎接你。快来吧，"斯吉奥巴说完就挂断了电话。

米沙向饭店的入口走着，入口被明亮的灯火照耀得通明。街心花园大街本来就已灯火明亮，然而米沙走去的那个地方更是明亮如昼。汽车一辆紧挨着一辆向饭店的入口处爬行挪动，打开着的车灯构成一条长长的火龙。米沙从远处发现一个女子就站在饭店入口的旁边。

女子之所以把米沙的注意力吸引过去，首先是因为她本身正在看着米沙这个方向。米沙一步步走近饭店，用手机与斯吉奥巴说着话，而女人的双眼则一直是在观望。当米沙走近到多少开始可以看清她的脸部的距离时，他确信，对方看着的不是他的这个方向，而正是他本人。

女子的这个明确的目光让她在当下的情境中凸显出来，而身着裙装却未穿上衣外套的打扮更使她看上去很显眼。她站在那里，吸烟，聚精会神地看着一步步走近的米沙。而米沙这时刚好结束与斯吉奥巴的通话，把电话放入口袋，一边继续行走，一边作为对陌生女子望过来的目光的回答看着她，不知道自己是该继续看着她的眼睛还是把目光移开。

这个女子明显是个美人儿。算得上高挑个。身上的裙装，按米沙的审美来看，精致典雅。那种灰色系，腰身带有裙带，短袖，下半身不是很长，到膝盖以上。米沙在这方面不是很内行，但总体上这样的形象令他喜欢。令他喜欢的还有直直长长的黑发。脸部他还没来得及看清，关于她的年龄也还无从揣测。米沙走着。而她，突然，扔掉香烟，直视米沙的眼睛，迎向他走了过来。米沙慌乱失措并放慢了脚步。

"对不起，请您原谅！"女子说道，快速地走近米沙。

她的面部忧心忡忡并甚至有些紧张。她的脸长得很美很年轻。大大黑黑的眼睛，表情丰富的眉毛，鼻子不小也不大，可能稍微有些纤细，美丽的双唇。然而双唇之间并没有笑意，甚至是礼节性的都没有。

她的身高与米沙一样。也就是说，个头儿不矮。米沙注意到她脚上的高跟薄皮靴。然而不管怎么说年轻的女人完全不是矮个子。她的身材无论按照什么标准和口味都算得上是美丽的。

"您是在和我说话吗？"米沙问了一句荒诞的问题。很显而易见的是，她不可能是在和任何其他的人打招呼。

"是的，对不起！"年轻女子快速地回答说。她说话的声音明显有些发颤。看得出，她为什么事情心情焦躁，同时身体已被冻僵。"您能否帮帮我？"

他们站立着，相互间的距离完全就是在跟前。米沙看见她鼻梁上有一道不大的白色斜条疤痕，一点儿都不大，但非常明显。

"当然，我会帮您，"米沙迅速地回答说。"只是需要怎么帮？……"

米沙此时心中想到，马上可能会向他要钱，这是最有可能的事；还有一种可能则会是，陌生女子请求开车把她送到什么地方。

"可以吗，我快速地使用一下您的手机？"她打断了米沙内心推测和猜想的链条。"打一个紧急电话，很短。您别担心，这个电话既不是打到美国，也不是打到日本。只不过是打一个本地电话。这非常重要……"

"看在上帝的份上！"米沙说，同时已经把手机从口袋中掏了出来。"给，您拿去。您自己会使用还是让我来帮您？"

"谢谢！我会使用。这不就是手机吗……"她说，双唇微动，做出微笑的样子。

"您都被冻僵了，"米沙说，把手机递给陌生女子，"或许，最好……"

陌生女子一拿过手机，她就不再看着米沙的眼睛了。她几乎是从米沙手中夺过手机并立即开始拨起号来。

"您别担心！"她说，眼睛没有看着米沙。"我会很快……您请就等一分钟。"

她这样说着，同时向离开米沙的旁边走了两步。拨完号码后，她把手机贴近自己的耳朵,转身背对着米沙。而米沙出于礼貌同样也退后了两步并也转过脸去。米沙努力不去听她的电话交谈,但还是有些语句飘进了他的耳朵里。

"我现在就不和你说话……"米沙听到这样一句。陌生女子说这句话时声音很大。开始时她说话声音很小,米沙什么都没听见……"不要向我大喊大叫!你再大喊大叫……"米沙回头瞧了她一眼,看见她正用另一只空着的手绝望地做着手势。"……这完全不是玩笑。我是当真的,不会再容忍你!我也不会允许和我开那样的玩笑……不要对我大喊大叫!……"

听到这个电话交谈,米沙开始感到浑身不自在,他大声地咳嗽着,转身不再看陌生女子,为让自己做点什么事,他把夹克衫的领子竖起,然后开始系上夹克衫的所有纽扣。清晨,他知道晚上至少要去和斯吉奥巴一起吃晚饭,于是他没有像平常上班时一样着装。米沙今早没有穿西装,而是穿了一条黑色的裤子,上身是白衬衣和圆领衫。而外套,代之自己喜欢的大衣,他穿了一件并不喜欢,然而却很暖和的夹克衫。这不,他站在那里,系着夹克衫的衣扣,簌簌作响,努力不去听陌生女子对着他的手机在说的话。

米沙心中暗想,她说话的声音非常坚硬,甚至有些低沉,与她的外表形象不怎么吻合。她又大声地说了几句尖刻刺耳的话,之后米沙的身后出现了短暂的静寂。这样大约过了有十秒钟,米沙回头看了一眼。

陌生女子站在那里,转过身面对着他,并对他的手机进行了某些操作。

"您别担心,"她迅速地看了一眼米沙说。"我正在删掉我刚打过的电话号码。"

"您多虑了,我不会使用那个电话号码的,"米沙礼貌地微笑了一下并向她迈近了一步。

"太感谢您了!您真是救了我,"她的声音不知为什么有些冷漠。听得出,她的心不在当下。她把手机递给米沙,米沙拿过它。不知是错觉还是真切感受,米沙觉得她哭过,她的眼里闪过泪花,而她双耳上的耳坠微微地颤动过一下。这一颤动很昂贵。

"没什么好谢的！可是您完全已被冻僵了……"

"谢谢，您不用担心，"她说，眼睛越过米沙看着远处。"祝您一切都好！……"

在说最后一句话时，她向站在米沙身后不远处的什么人招了一下手。而在米沙的身后则是车辆通行的路段。她招手并迈步向目光所看去的方向走去。

"也祝您一切顺利，"米沙及时地回祝说，但陌生女子已经听不见了。

她几乎是奔向马路那里。米沙看了一眼陌生女子急急忙忙奔过去的那一边。他看见了一辆高大黑色棱角分明的汽车，这辆车正很慢地爬行在马路上，整个车身高出旁边停着的一排汽车。陌生女子显然是朝着这辆汽车急急奔过去的。米沙转回了头。他不想眼睛盯着看。此时他在心里对自己说，这一点儿都不关他的事，也没必要甚至是看着那一边。

"米申卡！亲爱的！"米沙听见从饭店入口方向传来的斯吉奥巴的大声的招呼。"嗯－嗯，可以等你多久呀？！那姑娘从你身边跑到哪里去了？……"

斯吉奥巴迎着米沙走着，轻轻地向两边摊开双手，兴高采烈地满脸微笑着。

• •

很快他们就坐在了餐桌旁。斯吉奥巴认真地阅读菜单并一直在解说和评论。

"不对！红菜汤或者稠辣汤在这里我们可找不到。甚至想都别去想在这里找到，白费劲的，"斯吉奥巴嘟囔着说。"可带龙虾和蟹的海鲜南瓜汤不适合喝伏特加。当然也可以，但我不是这种搭配的拥护者。问题是真令人生气，谢廖嘎坚持要来这家饭店，可他自己，看见没，却不能放弃一次健身运动。现在他一个人在那里替咱们三个人这样那样地健身……而我们在此因为他的过错无法找到符合习惯的正确饭菜。但也没什么大不了的，米申卡，我们会找到的！就让谢廖嘎在他来到时看到我们就着什么烂海鲜喝伏特加而感到内疚吧……"

而米沙坐着并心中在想，是什么令他开始不安起来，在饭店附近发生的完全是一件无足轻重的小事。是那个年轻女子身上的什么，令他一直在想着她。是什么？是危险？是的，米沙一下子觉知到了存在于她身上并源于她的危险。是什么危险呢？这一点米沙不明白。然而，他不能忘记在她鼻梁上的那道白色很小的斜疤。似乎，所有的危险全部都集中在这个疤痕上。

但陌生女子走了，这么说，危险过去了，再想这一点也没有什么用。可是，米沙开始感觉到的那个危险并没有彻底地离开，这在米沙捕捉到的陌生女子看向他那一刹那的眼神中可以明确地感觉得到。他继续感觉着危险，就像半途而废的奇遇所留下的遗迹。一个擦身而过的奇遇。

"米申卡！我觉得，我已经把所有的菜都想好了，"斯吉奥巴继续着自己的寻找。"我都开始流口水。你有什么特别想吃的吗？"

"我都和你一样，喜奥巴，"米沙果断地回答说，"我完全听你的。"

"那你不会后悔的，"斯吉奥巴骄傲地说，"甚至是在最现代时髦的饭店，俄罗斯人也能找到下酒小菜和喝一口的办法，"他大声地击打双掌并满怀食欲地搓了搓双手。"这-样-吧！……"斯吉奥巴呼叫服务生，服务生很快来到了身边。"朋友！你叫什么名字？"斯吉奥巴问服务生说。

"安德烈，"小伙子迅速回答说并用手指指了一下自己胸前的铜质胸牌。胸牌上写着名字"安德烈"。

"安德鲁沙[①]，亲爱的！"斯吉奥巴甜蜜地开始说。"就是说，我们

[①] 安德鲁沙，是安德烈的小名。

要这个鱼，两人份，放一个盘子里。请来些鱼子酱、黄油、面包，就是该来啥来点啥。嗯，你明白的？！"

"我明白了您说的，"小伙子彬彬有礼地回答说。

"两份这个汤，"斯吉奥巴继续说道。

"整碗还是半碗？"小伙子接着问道。

"安德鲁沙！我和我的朋友从昨天起就没吃东西了，当然要上整碗。谁需要半碗的分量……还有，我们要这个羊羔肉烧土豆烧……"

"非常好的选择！"服务生安德烈赞扬说。

"你喜欢我点的菜？！"斯吉奥巴眯起双眼问道。

"是的，非常喜欢！"安德烈恳切地回答道，并点头作为证明。

"就是说，你也总是点这些菜？"斯吉奥巴高兴了起来。

"嗯－嗯……总的来说，我在这里通常……"服务生吞吐语塞起来。

"算了吧，你！"斯吉奥巴笑了起来。"真想知道，我应该点些什么菜，才能让别人说，我的选择不好？！……嗯……现在点主要的，安德鲁沙，来三百克伏特加。这是主要的。"

"你们想要哪一种？"安德烈认真地问说。

"最普通，好喝，并且冰凉的！"斯吉奥巴快速地回答说。"但在没上下酒小菜前，可别把伏特加拿来！否则你提前把酒上来，我们忍不住就会空腹干喝。那样可不好，实质上也不对。好了，我们饿了，安德烈！请你快点，我们非常想喝酒！"

"明白您了！"服务生回答说，规规矩矩地鞠了一躬，并转身快速离去。

"你告诉我，米申卡，那是个怎样的美人儿，怎么那么快就在我出现的一瞬间从你身边溜掉了呢？"服务生刚一离开，斯吉奥巴就问米沙说。"多么漂亮的小姐！"

"喜奥巴！她只不过是请我借给她电话用了一下，"米沙向斯吉奥巴摆了摆手，拒绝多想。

"不对！没有什么事情就那样偶然发生。就拿我来说，从来没有那种华贵的女人在大街上向我请求帮什么忙。自己的小猫小狗她们倒是带到我那里去治病。然而，要她们在大街上向我搭讪——从来不会。米沙，她用那样的方式把她自己的电话号码留给了你。你没看手机的通话记录吗？"

"算了吧，你，喜奥巴！别胡扯了！"米沙笑了一下，但他暗自思忖，在陌生女子还给他电话后，他的确还没有查看过手机的通话记录。

他当即就想从口袋里掏出手机，并验证斯吉奥巴所说的话，但他没有开始那么做。第一，他准确地知道，陌生女子在他的手机里没留任何电话号码；第二，他也不想让斯吉奥巴觉得，自己对他刚才所说的那些话或多或少有某种程度的在意。这时，放在衣服口袋里的手机响了起来。米沙掏出手机，当把手机贴近耳朵时，他清晰地闻到来自手机的一股香味。这个香味正是那陌生女子留下来的。而打来电话的是谢尔盖。

"你好！"米沙听见电话听筒里谢尔盖喘着粗气的说话声。"我马上结束，游完这1000米——就去找你们。"

"太棒了，"米沙回答说，"你决定以身作则，用自身的行动向我们证明健康生活方式的好处？谢廖嘎，这可不够哥们意思！但你要知道，我今天一整天都不抽烟。"

"哎呀！这可是下战书呀！"谢尔盖说，从始至终都大口地喘着粗气。"我接受。我们一起不吸烟！过一个钟头我就到。请你们等一会儿。"

"我们还能怎么样？"米沙无奈地耸了耸双肩。"我们等你。"

● ● ● ● ● ● ● ● ● ● ● ● ● ● ● ● ● ● ● ●

米沙特地闻了闻手机。手机的确散发着一股什么花香，不是甜味，而就是某种花的香味，但有些冷淡。米沙摁了摁按键。当然，没有任何陌生女子的号码留下。

"嗯，当然，米申卡！"斯吉奥巴将身体向前靠近餐桌说。"你忘了这个陌生女子吧。这不是你的菜。这更多是我的机会。"

"说什么呢，你，喜奥巴！瞧你，就是怎么都安静不下来！离老远看见个姑娘，可已经什么都明白了。"

"好了，米申卡！"斯吉奥巴果断地说，甚至还摇了摇头。"绝对不再提这个话茬！"说完这话，斯吉奥巴一只手抓住路过的服务生。"亲爱的安德鲁沙，请给我们拿些带汽儿的水来，"说到"带汽儿"这个词时，他双手手指相抵张开并轻微前后摆动了一下，好像是作揖恳求。"米申卡，我一下子就都明白了，"放走服务生后，斯吉奥巴结束自己的话语说。

"喜奥巴！我跟不上你。你明白什么了？你明白你想喝水？对了，谢尔盖不会早于一个小时后到。他还没游完自己的1000米。"

"瞧，他才是个幸福的人，谢尔盖！"斯吉奥巴说，撇嘴笑了笑。"但没什么了不起的。他现在是这样。等他到了四十五岁后，爱上个什么那样的姑娘，就像刚刚从你身边跑掉的那种。他会给自己找到那样的姑娘，把牙都啃掉，到那时我们再看，他是如何坚守自己的规律生活，如何躲避酒精；我们再听，他那时是怎样'开唱'自己的人生。啊呀，他将怎样'开唱'！"

"喜奥巴，大家在你这里过了四十岁都要'开唱'同一首生活的歌。这同一个话题你能说多少遍？"

"关于女人吗？！"斯吉奥巴高兴地扬了扬眉。"说多少遍都行！并且只说她们。对我来说没有更有意思的话题。请你原谅，米申卡！我知道，你这几日悲伤和艰难。但我们今天相聚在一起，目的是为了放松和休息一下。我工作上也有一堆的麻烦事！那简直就是完蛋了！你都无法想象，我那里有些什么问题。我今天是提前跑出来的。不然我明白，我没有精力顾及任何人，也不知道该如何解决到处都乱作一团的问题。去让所有的都见上帝去吧！还有我的姑娘……你不认识她，我还没把她带给你看过。嗯……我现在和她一起生活的那个姑娘……唉，她昨天对我采取行动了！但今天我们对此只字不提。我们就喝酒，吃菜和找乐儿。"

"这样说，刚才大街上的那个姑娘和我们现在说的这些有什么关系吗？"米沙不解地摊开双手说。

"呕－呕！"斯吉奥巴向上竖起食指并左右摇摆了一下。"这可是那样的'千金小姐'，她自己从你身边跑掉，真是太好了。一眼就能看出，那样的女人可以让你疯狂。狐狸精！纯粹的狐狸精！但我已经不上那种女人的圈套了。我怕她们。她们瞬间就把我粉身碎骨。所以她对于我来说太成熟了。对于我，那些年龄超过二十三和二十四的女孩子，她们就已经熟透了。而那些年龄超过二十六岁的，这简直就是我的同龄人。我最好还是和自己的那些女人们……"

"那为什么你却说，她更可能是你的菜？"米沙深感奇怪地说。

他已经感觉很好。和斯吉奥巴聊任何话题他都感觉心情舒畅。

"我就是对你说，米申卡，她是狐狸精！地道的食人动物，嗜血如命！在所有方面她都是！顶级的狐狸精，"斯吉奥巴的眼睛开始放光，"离多远我都能看见并认出她们。我呀，是被她们磨砺出来的，米沙！在我的生活中只有过那样的女人们。不对！不是那样的美女，而是那样嗜血如命的坏女人。有过漂亮的，不很漂亮的，一点也不漂亮的。但却都是嗜血如命的坏女人。都有个性。没有一个简单！相信吗，没有？！总弄些什么可怕的事情。就连我的这些大一的学生妹们……开始好像还是些孩子……可后来一定长成为狐狸精。我已经不感到奇怪。我这或许命该如此。但这位从你身边跑掉的'千金小姐'……她可是个尤物！相信我。她的每个动作都透出……而她的脸蛋是不是很漂亮，米申卡？"

"非常漂亮！"米沙笑着回答说。"真正的美人儿。而且在她的身上确实存在着某种危险。"

"我呀，不就是对你说的……这个嘛！贪婪的猛兽！狐狸精……"斯吉奥巴高兴起来。"真想看一眼，是谁拜倒在她的石榴裙下，什么人弄醒了这个美人身上的兽性，多有趣儿！或许，这个人现在就坐在这里，心里想：怎么我亲爱的美人儿去趟厕所要这么长时间，"斯吉奥巴哈哈大笑了起来，并移动目光扫视整个餐厅，"我干过那样的事儿。坐在那里等了一个多小时，而她走了。后来告诉我说，她困了并去睡了觉。哎呀，米申卡，她们和我在一起什么事情没干出来过，"斯吉奥巴笑了起来。

米沙坐着，听斯吉奥巴闲扯，他的心情差不多完全平静了下来，整个人也几乎感觉很好。他不想说话。他想倾听。

"不，米沙！这些小姑娘总是让我惊奇不已。和她认识时，比汉堡包好吃的都没尝过，连电影院也没去过。可两个月过后，她已经在任何饭店都那样地看着服务生，就好像她是公爵夫人，最差也是伯爵夫人。她已经不自己开车门，别人不给她打开车门，她就不上车。而对汽车的品牌，知道吗，她们很快就搞得门儿清！！真不知道，米申卡，她们这是从哪里学来的本事？！天才呀，真可怕！"

服务生拿来了一瓶水。他不慌不忙地开瓶，接着，同样不慌不忙地开始往杯中斟倒。斯吉奥巴饥渴而又焦急地看着服务生所做的一系列动作。自己的杯子刚一被倒满，斯吉奥巴便急不可耐地拿起它，一下子把水喝完。感觉超级享受。看见斯吉奥巴如此享受地喝水，米沙也感到口渴起来。

"伏特加和下酒菜也别拖，请赶紧上来，"他对着正在离去的服务生说，"如果您不想让我们死的话。"

"这就已经在上了……"传来服务生的回答声。

"就说我的一个朋友吧，还是从很久以前，"斯吉奥巴激昂地继续说道，"怎么就鬼使神差一般，真不知道……他呀，是个富有的小伙子。嗯，就是说，的的确确有钱……他给自己找了个女大学生。而这位女大学生在学唱歌……不是在什么音乐学院，而是在某个别的什么地方。他和她在哪里认识，我不知道。他和她认识时，她也就十七八岁。而他头发都秃了。我与他比算是身材匀称的年轻人。她喝了他多少血呀！随意指使他两年。他供养她，供养她在顿河岸边罗斯托夫市的所有亲人，差不多供养半个罗斯托夫市，他供养大家。他幸福。人变瘦了，也变俊了，差一点儿就弃家离婚。有一次他还问我，就是，有没有认识的人在剧院或者影视界工作。我问他，干嘛问这个？而他说，他的'歌唱家'已经不想唱歌，而是想上舞台。而我则对他说……不知道，我说起她是否有演唱或者表演的天分。可能有，也可能没有。然而，她那样的女子成不了歌唱家或者表演家，这一点是明确的。她已经不会为剧院所支付的那点微薄薪酬而去歌唱或者舞蹈。她已经是'吸血鬼'……我的那个朋友当时挠了挠自己的后脑勺，什么反对我的话都没能说出来。现在这个'女歌唱家'已经在喝别的不知是什么人的血了……"

这时，米沙的手机重新响了起来。有人给他打电话。米沙看了一眼手机屏幕，那里显示说，来电号码不确定。米沙微微扬了扬眉，自己对自己做了个奇怪的面部表情，拿起电话并将其贴近耳朵接听。

"喂－喂－诶！"米沙接起电话说，但没听见任何回答。"我在听您讲话。请您讲话，"他等了又有两秒钟。"请原谅，您讲话还是不讲话？……对不起，我听不到您的声音，"他挂断电话并耸了耸双肩。

"谁打来的？"斯吉奥巴警惕起来。

"不明白是谁，"米沙回答说。"信号有点问题。需要的话，会再打来。"米沙刚说完这话，他的手机重又响起铃声。他把手机拿近耳朵，毫不怀疑这是刚刚没有打通的什么人再一次打来的电话。

"你好，米申卡，"听到一个女人的问候声，他有些惊慌失措。"你方便和我说话吗？请原谅，我没事先提醒你，就这样给你打来电话……"

"我可以说话，"米沙回答说，没有明白自己是在和谁说话，"没关系，这很正常……"

"你怎么，没听出来？真是猪！"接着米沙听见了笑声。

"索尼亚！原谅！但你自己是从来不先给我拨打电话的。再说，之前刚刚有一个不明的来电……我以为……"

"不－不！你没听出来！怎么，有很多姑娘给你打电话？弄混了？应该开场就说，我是维奥列塔或者安热拉[①]。真有趣，那样的话你该是怎么回答？……"

"索尼奇卡！发生什么事了吗？"米沙问，他从索尼亚的声音中捕

---

① 维奥列塔、安热拉是两个姑娘的名字。

捉到不同平常的音调。

"啊，一切正常呀，"她快乐地回答说，"只不过我今天在和闺蜜们喝酒。我们坐在这里并喝着酒。但我的闺蜜们很快就要扔下我一个人。所以我就想知道，在这座城市里有谁会准备好今天陪我喝一场？然而你可以不必担心，我找得到。只不过我是从你开始挨个打电话的。"

"出什么事了？"米沙快速地问道。

"你在那儿是用什么听我说话？我呀，对你刚刚不都说了吗！"

"明白了！"米沙不知如何是好。他感觉到索尼亚肯定出了什么状况，现在最好别放她一个人待在那里。可他也清楚地记得，是自己提出希望晚餐不带任何女友，无论斯吉奥巴，还是谢尔盖。"我马上给你回拨过去！等一分钟。"

"哎，米申卡，不要在那里为了我想什么办法。现在我给别人打电话。"

"给我一分钟，完了我都告诉你，"米沙果断地说。"只请你安静地在那里坐一分钟。别挂手机。我马上。"

"出什么事了？"斯吉奥巴将身体前倾并问道。"谁给你打的电话？"

"一位老相识，"米沙尽量严肃地回答说。"就是一位相识，明白吗？也可以说，一位同志。她有点不太对劲儿，"米沙说，手掌捂住手机的话筒，以使索尼亚什么都听不见。

"需要帮助吗？"斯吉奥巴警觉起来。

"搞不懂。她现在就在什么地方坐着，依我看，已经喝得够高。不想一个人待在那里。这倒没什么好奇怪，如果以前她经常那样的话。但就我的记忆，这种情况在她还是第一次发生。"

"嗯？"斯吉奥巴瞪大眼睛。

"嗯什么？"米沙不解地摊开双手。"我不太会扔下陷于那种情绪中的人不管，又是周五在莫斯科。但我自己提出请求，希望今天的聚会不带女士。"

"可她呀，不是女士，而是同志！"斯吉奥巴耸了耸双肩。

"哎呀，斯吉奥巴！她是一位那般的女士，以至于我一直都很纠结，我们怎么就只是同志呢。尽管对你来说她已经很熟。"

"叫她来，米申卡！"斯吉奥巴挥了一下手。"再说，你都说了，她在那里喝酒呢。我们不也是决定，今天要大醉一场吗！谢廖嘎会来，但他在这方面不是好帮手。叫你的'同志'来。"

"谢谢，老哥！"米沙真挚地说，并对着手机喊叫了一声："喂－喂！索尼－亚！嗯－嗯……"

"嗯什么，嗯？"他听见。"我这里收到了很多有吸引力的建议。再想一分钟我就决定。"

"索尼奇卡，快来吧！保证你拥有一帮优秀的男子汉。而且呀，我们聚在一起，就是为了大醉一场。"

"那有没有人会献媚骚扰我？"索尼亚快活地问。

"你需要？"

"不然呢！"她很惊诧。

"一定会有！"米沙立刻回答说。

"那你告诉我，去哪里。"

他向索尼亚解释，该怎么走。她当时位于的地方相当远，坐车至少需要四十几分钟才能来到。但米沙请她相信，他们会等她并哪里也不去。再说，他们也没那个打算。

因为索尼亚要来，他们开始高兴了起来。由此当晚的聚会将怎么结束，这个问题开始变得模糊不清起来。要不然，当晚聚会的前景多少都还是清晰明确的。而索尼亚绝不会就那样干坐着，这一点米沙知道。他感觉，索尼亚心怀什么神秘的动机。在她身上也散发着一股天不怕地不怕的拼劲儿，只不过他还没有机会，得以亲眼看见她在疯狂绝望时的状态。而此时，根据她说话的腔调，还有从电话是她自己主动打来的这一点判断，她现在的情绪真是绝望悲观。或者近乎于此。

这时服务生安德烈端上了前菜和伏特加酒。

"安德鲁沙，安德鲁沙！把酒和菜都放下，"斯吉奥巴开始忙碌起来，"放下，亲爱的，我们自己来倒酒和摆菜。"

"嗯-好，随你们便，"安德烈说，随后离开。

"哎呀，米申卡，我都等不及了，"斯吉奥巴倒酒，对着前菜咕咕地说。他的喉结甚至动了几下，发出的声音就像咕嘟咕嘟沸腾的汤。"酒要倒半杯。为的是一口干掉。杯子要用右手拿。鱼，鱼要剔好，以免喝起酒来再忙乱。前菜应该提前就准备好。好了，一切就绪，亲爱的！我们今天相聚在此，为的就是好好喝一场，现在马上开始。知道吗，我们来怎么喝？"

"怎么喝？"米沙问，右手拿杯，左手拿叉，叉子上已有了一块鱼。

"一饮而尽！"斯吉奥巴回答说，并一口喝干了自己杯中的伏特加。米沙没有落后。

斯吉奥巴滔滔地说着，以此营造那种场合下最愉快的背景气氛。他摆放前菜，往面包上涂抹黄油，挤柠檬汁到鱼身上，意味深长地向上竖起手指，斟倒伏特加。他们每人迅速地喝完三杯。米沙默言安坐，期待那第一波暖流涌向心头。

它即刻涌现了出来。这是第一波心醉神迷的暖流，它的涌现瞬间就使米沙几天来第一次深呼了一口气，身心顿觉舒畅和满足。紧接着，这股暖流通向了大脑和双眼，让眼睛和目光具有了叠加的深度，同时并略微地降低了它们的锐度。米沙快乐地拥抱这个潮涌，迎向它，并愉快地解开衬衫的扣子。

宾客们的说话声、各种音响、来来回回穿梭的脚步声、杯盘的摩擦和碰撞声、背景音乐，所有这饭店内的嘈杂，都已不再对他们造成什么阻碍和分心。米沙独自默默地笑了一下。他从盘中拿起一小片圆圆的柠檬，把它放进嘴里，并用舌头和牙齿去撕咬。他立刻感觉到柠檬酸汁的强烈刺激，面部肌肉扭曲抽紧，浑身上下直起鸡皮疙瘩。他高兴了起来，此刻这个柠檬的酸味正是他所需要的明晰而又强烈的身心感受。他专注地醉心于这种身心感受中，心间没有任何杂念。

"现在我们等一等汤，接下来的一杯酒我们要就着汤喝，"斯吉奥巴宣布道。"我们不喝快了，米申卡。否则，我们很快就会被撂倒。这不是我们的做法，老弟。"

· ·

　　米沙清楚地记得莫斯科是如何在曾经很久以前展现在他的面前，作为一座城市，作为一座充满普通日常生活的城市，作为一个可以简单生活的地方，它本不必给自己布置每天必须执行的复杂的生活任务。他记得他是怎样在城中发现和找到那些简单生活场所的。那些场所对于米沙在故乡阿尔汉格尔斯克小城一直都是存在的，那些地方在莫斯科的存在他也毫不怀疑。

　　在起初刚来莫斯科时，他总是每天都努力去做些什么，目的是为证明搬来首都生活没有错，即使这样做首先是证明给他自己看。他无法那样简单无为地度过在莫斯科生活的每一天，就像在自己的家乡，在从生下来就熟悉的街道，在亲人和老朋友中间所度过的那些年。在莫斯科每天他都对自己说，他搬来莫斯科生活是有目标的。即使不说，这个念头也从未消失和放松对他的侵袭。

　　所有的房屋，无论是在莫斯科步行走过还是开车或者坐车路过，所有的窗户，所有的大街小巷以及小区院落，这一切对于米沙都不是生活居所，而只不过是一些空间，人们在这些空间里执行和完成某种共同的生活进程。这些都属于莫斯科的一部分，它们如同一个完整和稳固的磐石，这里的一切都臣服于某种米沙至今都无法理解和领悟的共同天条。那时他无法想象，在莫斯科有人会清晨醒来，就那样无所事事地从早过到晚，就那样清晨去上班，就那样在家生病和百无聊赖，就那样去遛狗，就那样去逛商店，就那样坐在家里不知道去哪里消遣。在莫斯科无数排的窗户和围墙内，那里面人们的生活对于米沙是一团迷雾，他一点也不了解。他所熟悉的人们在窗户和围墙内的生活留在了阿尔汉格尔斯克。他断然地离开了它，继而无论怎样他都没有料到在莫斯科会找到它。而更令他始料未及的是，当这庸常而又熟悉的生活在莫斯科被找到时，米沙将为此地兴高采烈。

　　但他来到莫斯科并开始大学生活时，他住在宿舍。宿舍的环境是独特和新鲜的。他经常到朋友家去做客，也常光顾对他来说奢华的莫斯科单元楼房。他常去自己同班同学父母家在莫斯科郊外的乡间别墅,还去过莫斯科郊外的大豪宅。后来他搬到位于库图佐夫大街的单元楼房住,那里的氛围更多的是文学和书香气息,顶天立地的书橱、各种博古柜架、满墙的字画和老照片。但在那样的莫斯科都市生活框架中,没有任何东西能让他想起自己在故乡的家和故乡的小城。或许,只有一些单元门洞里散发出的猫尿骚味。或者是那些莫斯科居民小区院落里闲坐于自家单元门洞外的老太婆和大妈们,她们也一点都不像记忆中阿尔汉格尔斯克的那些婆娘。

只有处于孤独和疲惫时的尤利娅,才能不时带他走近首都生活的另一面。而且对于米沙而言,尤利娅本身就是最典型的首都现象。他不知道在阿尔汉格尔斯克有谁像她那样。尽管他经常想,尤利娅可能会与他的父母相处成为好朋友。他甚至可以很轻松地想象出尤利娅在北德文斯克河畔夜钓,她手握鱼竿,嘴里一直叼着自己的卷烟,像一个真正的渔翁坐在那里。然而对于米沙来说,尤利娅依然是非常非常典型的首都现象。正是她给米沙打开了一道门并让他看见,在莫斯科是存在他非常熟悉的那个生活的,莫斯科大体上也是过着这个生活。

偶然有一次,尤利娅请米沙帮忙——这样的情况非常罕见,如果不是说从来没有。他那时在尤利娅家位于库图佐夫大街的单元楼房住了有一年多,尤利娅那是第一次请求他帮忙。那时作为弟弟的瓦洛嘉又一次与姐姐尤利娅闹翻,于是她不得不向米沙寻求帮助。

"救救我,"清晨,在她与他就要离开家并各奔自己的工作单位时,她对米沙说。"只是别推托。这简直就是必须办的。今天晚上我的同学莉塔过生日。这是我们所有同学聚在一起的唯一一天,只要大家还有口气。主要是姑娘们。男同学也有,但总是不多。这个聚会欢乐而有度,但我们唱歌。喝酒和唱歌。以往是艾吉克给我们弹吉他。可艾吉克早就被科学所吸引,去美国已五年了。我带沃夫卡参加过这个聚会。姑娘们在他很小的时候就认识,曾经还照看过小时候的他。他给我们伴奏,我们唱歌。但现在瓦洛嘉,你知道,成了大音乐师,这一次他拒绝了为我们伴奏。所以,今天请你拿上吉他,并和我们一起去。如果我今天不带个伴奏的，姑娘们会熬不过去。"

"尤利娅，可我不知道歌词，吉他也弹得不是很好，"米沙有些手足无措。

"那里有一架钢琴。再说，我的那些闺蜜们也不是什么真正的歌唱家。对于她们主要的就是有吉他和小伙子就行。喝酒喝多后，什么都一样……"

"但我真的……"米沙开始哀求。

"哎呀，米沙，好朋友，"尤利娅故意把脸一沉，"别那么磨叽，好不好？！晚上我们一起去，到那里再说。那里谁都不会看你是怎么弹吉他的。"

"可我连吉他也没有……"

"那我把我弟弟的那把拿上，不会更糟。他心疼也死不掉。好了，就这样！别折磨我……定了！"

那是一个冬天，他和尤利娅晚上坐很长时间的地铁，到达"库兹明卡"站。然后他们拐进地铁站附近的副食品商店，买了些伏特加酒和包装精美的葡萄酒，走过很多楼房庭院。米沙极不情愿，但他走着。终于他们走到了。

他们来到楼房和庭院，那里和他父母在阿尔汉格尔斯克的楼房和庭院几乎一模一样。单元门洞内墙壁上悬挂的信报箱几乎就是他童年时所熟悉的那样。他们爬到四楼。一切都和他老家的一样。甚至是房门开关的方向也是一样。门铃也是那样的。就连门铃的声音也是一样的有气无力。而门内的嘈杂声让他想起了自家欢快的节日酒宴——父亲单位的朋友们过去经常在他们家聚会。

那时迎接他们的是尤利娅快乐的闺蜜女友们，和从小就熟悉的独一无二的家庭盛大欢乐酒会的气味。在餐桌上摆放了若干个小时的色拉的味道，餐厅里飘出的微醺酒气和缭绕的烟草味道。米沙刚一迈进玄关过道，他一下子就明白了，单元房完完全全就和他父母在阿尔汉格尔斯克的单元房一模一样。

"尤丽卡[①]！我们还以为你今天不会来了呢，"一个满脸通红的女士说，她身着裙装，发髻有型。

"和你来的这是谁？年轻才俊，您不用害怕我们……"

有人从他们身上取下上衣外套，拿走并把它们堆挂在了哪里。过道地板上摆满了一堆的鞋。

"啊呀！吉他，"有人喊了一声。"姑娘们，这就是说，我们今天可以放声歌唱了。"

"让他们入席。上桌坐，"声音从四处八方传来。

米沙那时蹲下身，想解开自己的皮鞋带。他解着鞋带并在心中暗想，在他看过的故事发生在莫斯科的几乎所有的电影里，人们总是不脱鞋就走进单元房间。他想不起来有谁在电影中像他此刻这样，在玄关的过道内解鞋带脱鞋。还有，他想不起来有哪一部电影里的主人公，只穿着袜子在房间里走来走去。从来没有一部电影，也没见过一个单元房，甚至是一丁点儿的什么，令其如此想起自己熟悉的标准生活空间——在那里，他度过了很多年自己的生活。

他那时解开鞋带，脱掉皮鞋，而当他站起身时，目光不经意间落在了玄关过道的壁纸上。咖啡色细条纹的壁纸。壁纸完全就和他在阿尔汉格尔斯克家中的一样！绝对的一模一样！他甚至回想起他和父亲怎样一起粘贴壁纸。

后来坐在摆满用过的脏盘子的餐桌旁，大家真挚又热情地给他捡拿煎肉饼和色拉请他吃。尤利娅和米沙来到时，正是大家欢乐的高潮。在可以称为客厅的狭长的房间里，挤满了很多人，大家一起开腔说话。有人给米沙倒伏特加，有人倒果汁清凉饮料。大家笑个不停。基本上都是身着节日盛装和已经醉到一定程度的女性，她们都是尤利娅的同龄人。也有几个男爷们儿。其中一个米沙觉得认识。尤利娅说，他是著名学者，真正的天体物理学家，米沙可能在电视上看见过。还有一个尤利娅的女友是著名的电视主持人。米沙已经很早就在电视节目中知道她。她

[①] 尤丽卡，是尤丽娅的昵称。

主持有关各种医疗问题和健康的节目。尤利娅评论她说，她一直都是个再傻不过的傻瓜，但她的性格可是那个哎呀！

米沙吃了几个煎肉饼，喝了些什么饮料，决定到每个房间转转看。他伸头看厨房，厨房的空间很小，那里挤满了人。那里人们在抽烟，大声地争论和喝白兰地。厨房内的窗户敞开着，因此里面很凉，弥漫着烟雾。

米沙看了一眼在自己父母家里属于他和弟弟的那个房间。房间里开着电视机。里面坐着两位老太太，还有几个不同年龄的小孩子。米沙看了一眼，打招呼问了声好，就随手把门关上了。他清晰地回想起，当年父母和其他大人们喝酒作乐时，他本人就是那样和弟弟一起与奶奶坐在那里，同时，也总是把客人带来的小孩子们安排到他们的那个房间里来。而那些孩子们通常都很小，并又调皮淘气。他们不停地试图跑过去，拿到米沙心爱和珍藏的玩具，并把它们弄坏。而父母在那样的欢乐时刻，什么都不愿意去多想，也不愿主动理解孩子们的心情。

所有的气味、声响、家私、餐具、交谈，甚至是色拉冰凉果汁饮料和肉饼的香味，这一切均令米沙想起自己过去和现在所了解的生活本有的那一面，而那一面即是他父母、邻居、父母的朋友们以及米沙自己的生活的组成部分。因为这个发现，他的头甚至开始天旋地转起来。

后来大家很长时间在唱歌。米沙起初非常努力认真地弹吉他伴奏，生怕走调或者弹得不对。但尤利娅和尤利娅的女友们一起在放声高歌，大家相互间听得不是很清。所以米沙很快也就勇敢地拨弄琴弦，更多弹奏出激昂的旋律。歌曲也都是他从小就熟悉的，就像过道的壁纸。

一个身穿绿色裙子的身材娇小的阿姨声音特别高亢和激昂。她的嗓音非常高，具有某种穿透力。在聚会的这伙人中她显然被认为是主要的歌手和明星。大家甚至不得不去动员她，而她还摆架子说她嗓子坏了。所有这些都很像米沙的妈妈，她喜爱唱歌并总用尖锐的嗓音唱些悲悯的歌调。她也喜欢让人劝请。每当她歌唱时，父亲总是用痴痴深爱的目光看着她，而米沙简直为妈妈羞愧不已并试图躲去很远，因为妈妈还喜欢在唱到什么让自己特别动情的歌曲时，拽过父亲去跳舞。而在那样的时刻，米沙就越来越为自己的父母感到害羞，乃至于流泪哭起来。

这一刻，他在莫斯科的单元楼房里遇见了他所知道的一切一切。所有的一切他都熟悉。米沙拨动吉他的琴弦。喝醉了的绿裙女子尖声地唱出：

雪花旋转飞舞并飘落，

落在顿河岸的槭树枝，

落在你哭湿的手帕上。

一位男爷们儿，喝得脸红脖子粗，满头大汗，痴痴地看着绿裙歌者，他那眼神就像要把她整个吃掉。显而易见，他那样看着这位歌者大概已经有二十多年。尤利娅的女友们，还有尤利娅本人，大家全都沉寂下来。很多人用手擦拭沉醉的眼泪。

后来他和尤利娅坐地铁回家，车厢内空荡宁静。尤利娅满面笑容，沉醉而又幸福。

"你真是好样的，"她说，"让大家都高兴！我第一次确信了，你是个真正的音乐大师。不然，这也不会，那也不能，那叫什么大师。而你演奏了大家要你弹的所有曲目。我的姑娘们高兴死了！"

经过那一天在库兹明卡区域度过的生日节庆，米沙已不再感觉莫斯科是一块磐石。他感觉到它是一座城市。只不过是一座城市，一座庞大的城市。虽大得无法理解和想象，但就是一座城市。他刚开始甚至还惶惑不安，自己该如何看待对莫斯科的这一新的认知。

· ·

米沙的手机又响了起来。他平静地伸手去拿电话。或许，索尼亚想问什么。

但来电号码又是不显示。

"喂，"米沙回答说，"喂，我在听您讲话，"没人回答。"我在听您讲话。喂,喂……"

"你是什么人？"米沙听到电话中有人问出这样的问题。问题问得鲁莽和粗鲁，问问题的是一个男子的声音。

"请您原谅……"米沙不知所措。

"你是什么人？难道我问得不明白吗？"米沙听见那个声音和那个语调。在那个语音语调中透含着威胁。

"您，看来，拨错号码了，"米沙平静而又礼貌地回答说。

"那是你，看来，有些事情没有明白，"他听见更加粗暴的回答。"你是什么人？"

"您知道吗！起初我自己也想知道，我这是在接听谁的电话，"米沙很生气。"您一定是搞错了。请不要再打电话给我，更不要再用那样的腔调对我说话，"他猛然把电话从耳旁拿开并按下挂断键。"真是个蛮不讲理的混账，"这话更多的是自己说给自己听。

"怎么了，有什么事吗，米申卡？"斯吉奥巴关切地问。

"是一个什么傻瓜蠢货打错了电话。而且还说粗话。"

"别理他！这常发生！我们今天不该让任何人影响我们的享乐，"斯吉奥巴庄严地声明说。

"这是真的，"米沙笑着回答说，并把手机放在餐桌的角落里。

然而，某种不愉快的感觉并没有就那样消逝。电话听筒中的声音是如此的自信和不善。米沙快速地再一次瞥了一眼手机，并抬头看向斯吉奥巴。而斯吉奥巴坐在那里，微笑着，目光看向别处。

"米沙，你说实话，我长得就那样吗？"斯吉奥巴问说，并扬头指向那个方向，示意米沙往那里看。

米沙看了一眼那个方向。在那里他看见一张餐桌，餐桌后坐着两个年轻姑娘和一个成年男子。两个姑娘青春靓丽。一个高兴地笑着，另一个在自己的包中翻找着什么。男子壮硕，身穿深蓝色西装。他坐在那里既随便，同时又眉头紧皱。稀少和灰白的头发被梳理得整洁有序，透过它们可见黝黑发亮的头皮，在那头皮的包裹下是一颗很大的脑袋。他抽着雪茄烟。

"不，喜奥巴！你一点都不像他，"米沙诚实地回答说。

"是呀，当然，那样的派头和那样的姑娘们，我口袋里的钱可承担不起，"斯吉奥巴摆了摆手说，"我不是说这个。"

"你可比他可爱多了，我的好朋友。这位，看见没，没下巴，脸都长哪儿去了，蹙额瞧人。而你却总是笑着。完全不像。没有一点共同之处。"

"可我认为，如果头发花白的老男人，带着年轻姑娘在那里或坐或走，那他就像所有的那样的人一样。我们都长同一张脸，"斯吉奥巴忧伤地说。"我还觉得，这是那样地扎眼，而且在这种情况下一切都那么显而易见，甚至为那个男人和姑娘们感到羞愧和不适。而我心里却总觉得，我呢，看上去不会那样愚蠢，因为我至少是个快乐的……哎呀呀，"斯吉奥巴摆了摆手，"一丘之貉。"

他们从远处仔细打量的那些男子和姑娘们，正坐在一个透明的玻璃养鱼缸的旁边。鱼缸里爬游着各种各样的虾类和巨大的蟹。突然，有两个穿白色短制服的饭店工作人员走到这个鱼缸前，他们手拿长木把儿大夹钳，用它夹住一只蟹并将其拖出水中。蟹绝望地踢蹬满身的爪脚。一个姑娘高兴地尖叫了一声。接着，她显然请求把蟹拿近给她看。饭店工作人员给她把用夹钳夹住的不幸的活物拿到餐桌旁。姑娘们大笑起来，男子吐出浓浓的雪茄烟雾，面部微微一笑，于是蟹被拿走。斯吉奥巴着魔一般看着那个方向。

"我不理解这个，"他心情糟糕地说。"这只华美鲜活的大蟹被拿走宰杀和剁成一块块。我记得，小男孩儿们在院子里用弹弓射伤了山雀，我百般地看护它。它死了，而我差点儿没疯掉。这些姑娘们昨天还玩玩偶娃娃。可现在，看见没，高兴成那样。这是活生生的蟹，不是玩偶娃娃。这是有生命的活物。他们一定在自己内部对我们也会那样地嘲笑。"

"喜奥巴！你今天是怎么了？小姑娘就是小姑娘。一会儿你说，狐狸精——这是你的天地，你最了解她们；这会儿你很快又要为活生生的蟹掉眼泪。我们家阿尼亚有一次在商店里买了一些鲤鱼回来。这些鲤鱼原来是活的。我是那样地想吃这些鲤鱼。可就没吃成！小卡嘉一看见这些鱼儿是活的……简直就是歇斯底里。你猜怎么样？我们开车带她到清水洼花园街的池塘，把这些该死的鲤鱼放生了。到现在我还在生气。我那时是那样地想吃鱼……"

"瞧，你是一位正确的父亲！"斯吉奥巴慷慨陈词道。"所以你的女儿们就不会在这里与那些像我这样的'活动家'们坐在一起。"

"其实，我那时说什么也不想把这些鲤鱼放生的，"米沙笑了起来。"我那时差点儿没因为她嚎叫抽她嘴巴。我本想把那些鲤鱼的头剁下，但阿尼亚没让我剁。"

"不是没剁吗！"斯吉奥巴更加严肃地说。"瞧，我就是从看护那个山雀开始从事宠物医院这一行的。那时要不是小男孩儿们把山雀打下来，你看，那我就是另外的命运，会更加高大和成功。但我现在从事动物的医疗，用这个方式挣钱糊口。然而我说的不是这个……我经常看到，人们相比爱自己的同类更加爱动物。过去我觉得这很好。而现在已经不知道了。但在此刻的不久之前，我的朋友家死了一只神奇的鹦鹉。而他们的孙子三岁。我给他们很快找到了一只很像的。毛的颜色一模一样。嗯，就是长得非常像的鹦鹉。我本人都能搞混。而他们的小孙子知道了，不相信。这个小孩儿极可能长成一个好人。而这些姑娘们那么高兴地看着把这些漂亮的蟹拿去宰杀……尽管我认为，这个抽雪茄的男人对待这些小姑娘们的态度并不比对那些蟹好到哪里。毁掉她们的生活并忘记她们。我们就是那样一些……"

"喜奥巴！你老念叨她们！我们还没怎么喝酒呢，"米沙微笑着说。"瞧你今天是怎么了，见她的上帝吧！该把你的女朋友带来！那样的话你现在会很快活！"

"我就是喜爱动物，"斯吉奥巴紧皱眉头说。"我不喜欢残忍和冷酷无情。让我们来为你干一杯吧，"斯吉奥巴说，并把两个酒杯斟满酒。

"为什么为我？"米沙惊奇不已。"我可不像你那样，觉得这些蟹生命珍贵。如果有机会，我本人也会很乐意享用它们。这些姑娘对我来说也无所谓。"

"让我们来为你干杯，"斯吉奥巴打断米沙说，"因为你是一个正确的人。我们干杯，为你是个好父亲，为你很好地教育自己的女儿们。为你有一个优秀的妻子，为你爱她和不欺骗她，而这是看得出来的！我们干杯，为你把自己的工作做得很好，为你喜爱自己的工作，并以无人能及的方式投入其中。为你有很多朋友。为你总是准备好帮助别人。为你生活得那么正确和那么幸福。如果不是你，米沙，我会想，在这个世界上已经没人生活正常。为你干杯！"

斯吉奥巴干杯，没有吃菜，皱着眉头。米沙听着斯吉奥巴的祝酒词，不知他是该为那些话喝还是不喝。他坐在那里并心中明白，在斯吉奥巴如此轻而易举罗列的那些长处和优点中，没有一点他可以自己对自己那样评说。但去和斯吉奥巴争论，他不认为那是可能的，而且他也不想。后来米沙心中暗自思忖："但为放生那些鲤鱼，我真的是满莫斯科开车跑，见它们的鬼，满莫斯科运送它们，就是为了安慰女儿。运送没？运送了！女儿高兴没？高兴了！那不就是了！"

米沙举起酒杯，向斯吉奥巴点头示意，一口喝干斯吉奥巴给他斟满的伏特加酒。他觉得，生活并未开始变得更简单，然而对生活的思考却变得不那么复杂了。

现在再有一杯酒下肚，对生活的思考就会更加简单，——米沙暗自心满意足地思忖着。——大脑神经的化学反应真是奇怪！就该这样！

放在餐桌一角的手机再一次发出信号，米沙拿起电话，来电号码还是没有显示。米沙犹豫了一秒，最终没有接听这个来电，而是按下了拒绝键。无名的担心和恐惧瞬间令他的心脏缩紧。

后来汤端上来了。斯吉奥巴立刻把酒杯都斟满酒，长颈玻璃盛酒器内的伏特加见了底。斯吉奥巴一边叫服务生再拿同样克数的伏特加来，一边疯狂地往自己的汤中倒撒胡椒粉。

"现在，米申卡，让我们来就着汤干杯，"斯吉奥巴通告道，"这将开启我们畅饮的另一个阶段。"

"那我来说祝酒词，"米沙果断地声明说。

"来吧！"

"让我们来为你干杯,喜奥巴,我的朋友!"米沙微笑着说。

"而我在之前说祝酒词时,心里正是希望能听到你的这个回敬了,"斯吉奥巴也微笑着说。

"我想为你干杯,亲爱的喜奥巴,"米沙开始说,身体前倾靠近餐桌,右手举着酒杯,"因为你是一个非常随和的人。你不撒谎,不装蒜。你喜爱你身边的人。你热爱生活并会享受生活。和你交谈胃口大开。你善于有滋味地生活!为你干杯!"

斯吉奥巴听着,神情专注。他面带微笑,两眼湿润并闪耀光芒。

"谢谢,朋友!"但米沙说完祝酒词后,他说。"如果我真的是像你所说的那样,那我简直就是无价之宝了。可事实是我身价不高。但我愿意干了这一杯!"

他们干杯并开始喝汤,更多的欢乐米沙不想要。就这样和斯吉奥巴坐着,他感觉很好,再多什么都不想去祈望。然而,此时斯吉奥巴却破坏了这份闲适与安宁。

"米申卡,香烟你有没有?"斯吉奥巴问道。"现在要是能抽一支,那我们的幸福就完满了。"

"没有。我没有香烟。清晨起来就没抽,到现在也不想。一点都不想。想借此机会把烟戒掉。你如果想,你抽,我不参加。"

米沙嘴上这样说,而心里却在想,要是现在抽一支香烟,该是多么享受啊。然而,他终究还是忍住了。他与斯吉奥巴一起坐着,感觉很好。他真不希望谢尔盖和索尼亚来,因为他们一到,他与斯吉奥巴间的毫无意义的闲谈立刻就将结束,而这个交谈是如此的恬谧。

· ·

而米沙心底里早就知道,消遣快活和作乐他不会。准确地说,他也曾一度快乐过,但这于他非常罕见,他不知道这世上真有某种真实有效的快乐药方。

年少时,他试图从那些玩耍和游戏活动中获得满足和享乐,这些玩耍和游戏活动根本就是为娱乐而设计的。中学时代的舞会上,他总是感觉自己很紧张。在那些舞会上，需要做一系列必须做的事情。行为举止要自由潇洒，结交姑娘要轻松自如，与已经认识的女孩或者同班女同学交际更要完全洒脱和自如。需要勇敢地做些被禁止的事，比如至少需要喝很多酒。还有很多其他的快活方法和作乐行为规范。但在这方面米沙总是有问题。

他总是为自己的步态姿势感到难为情，并因此犹豫和怀疑他是否真的能与姑娘跳舞或者最好还是尴尬地做个看客。他害怕跳舞跳不好丢人现眼，可更害怕对朋友们说，他既不会跳舞，也不喜欢。面对姑娘们他很害羞，害怕让她们觉得自己不灵活，而重要的是，在与她们交际时完全没有经验。还有，他还非常害怕父母对他发火，如果当他回家时满身酒气的话。

如果不是在舞会上，而只不过是在大家聚会时，他才会努力吸引众人对他的注意。如果当场有钢琴，那他会在钢琴旁坐下，弹奏一首什么乐曲，内心希冀大家请求他边弹边演唱。为应对这样的场合，他暗地里学会很多的歌曲。然而大家并不经常请他弹奏和演唱，即使有时发出那样的请求，大家反正也是很长时间都不是在听。米沙焦躁不安。为在需要的时刻给大家留下印象，他背诵会了若干首浪漫情诗。他还从"在智慧思想的世界里"这本书中摘录并背诵下若干名句引言，可以应对很多场合。然而，米沙在各种聚会上更多的则是紧张地等待，寻找能够让他把肚子里的诗歌或者名言警句倒出来的合适时机。在那样的聚会上，他不快乐。

在艺校读书时，作为未来艺术家和雕塑家的伙伴们，大家学习的不只是艺术手段和技巧，还有生活的艺术方式。学习成为一名艺术家并不酗酒是不可能的。起初几次与酒精的相遇就让米沙确信，酒精本身并不带来快乐和愉悦。他知道那些酒精一定会给他们带来特别力量的伙伴们；他知道那些酒精让他们生活之路变得错综复杂并如同迷宫一般的伙伴们；他知道那些酗酒就像全身心进行呼吸的伙伴们。然而，米沙与酒精的最初相遇是如此的平淡和枯燥。他并不乐于喝醉酒，相反，他对其十分反对并抗拒。与朋友们喝酒时他总是努力"挺住"，做到所谓的千杯不倒。喝醉酒无法给他带来思考的轻松和灵光，更无法带来言语和行为的自如和潇洒。而喝醉酒后米沙却会大病上一场。

任何种类的毒品都令米沙害怕。他和同班的伙伴们一起尝试吸食过大麻，然而从中感觉到的吸食后的效果却是令他胆寒心颤，他害怕上瘾，害怕戒不掉，害怕彻底的崩溃和垮掉。对于吸毒米沙完全不能认可和接受。

在莫斯科读大学时，那种疯狂海喝和在集体宿舍角落里尝试自由情爱，这些都不能让他获得快乐和享受。他看到有人喜欢这些，但他自己却从中得不到什么享乐。相反，他感觉不愉快。

在劳动集体里的首次节日庆典活动，给他的感受就是莫名其妙。朋友和朋友妻子的生日、乔迁，由若干对夫妇组成的家庭或者大家一起到野外的出游，他和妻子为孩子举办的儿童庆典，或者米沙开车送自己大女儿去参加别的孩子的庆典、宗教洗礼，大大小小的庆祝活动，有时邀请他参加的隆重的剪彩开幕仪式，换新车、搬别墅、买游艇的欢庆洗礼，去洗桑拿，生孩子的宴请等等——这一切都并不令米沙开心和快乐。他学会了在所有类似的场合装出心情很好的样子。然而他用怀疑的目光审视那些高兴得又唱又跳的人们，他们兴高采烈醉醺醺地大声合唱或者独自高歌；看那些男性朋友和女性朋友们，他们（她们）保持友谊已经很多年，然而在每一次聚会时，依然还是继续他们（她们）那些没完没了的谈话。他听着那些为并不新鲜或者并不好笑的笑话而笑出眼泪的人们所发出的笑声，心中暗想："难道人们真的很快乐？"他这样想着，并越来越怀疑。

与此同时，米沙并不期待有什么人会令他开心。偶尔也会碰上让他高兴的场景。与友人最普通的见面会，由于加进了什么有趣和荒诞的娱乐节目，突然间会演变成一场欢乐颂。即使是当着工厂或者公司合伙人的面，米沙也准备好随时胡搞和捉弄一下什么人。他喜爱长时间激昂地，甚至达到差一点儿就要动手打架地步地狂热辩论，米沙勇敢地参加打赌，并经常赌输。他绝对不认为自己是一个书呆子和令人讨厌的人，只是他高兴和快乐的时候很稀少。他在内心知道自己这一点，并认为这是他很大的缺点。他经常想，他身上的什么地方不对劲，过于听从自己的内部心声，以至于他不会快乐，也没学会快乐。

然而，与什么人一对一单独并没有旁人的聊天，米沙非常喜欢。他知道，不大的一个团伙，而最好是就一位好的交谈对象——这正是他所需要的。可那样温暖的小团体，还有一对一的心灵对白，真真是稀有遇上。

与尤利娅在位于库图佐夫大街的单元房的厨房里的对话，令米沙感到极其快乐和幸福。他和她可以喝很多白兰地或者伏特加酒，可以就只是喝茶或者咖啡，坐在那里。可以一支接一支地吸烟或者几乎不吸。然而，米沙总是感受到与尤利娅交流的快乐。

尤利娅洗耳倾听！她可以边听边独自喝完一瓶白兰地。她喝着酒，沉默不语并洗耳倾听。有一次米沙感知到，尤利娅听分了神，甚至完全没在听。但这并没让米沙开始觉得与尤利娅的交流不那么重要或者少了快乐。

可现在，尤利娅永远地走了。然而米沙坐在那里，与斯吉奥巴喝着酒，他感觉自己内心舒适和宁静。他真高兴自己成功地做到了什么都不去想，就只是坐着和对饮，不让悲痛的思绪去钻挖自己的心灵。米沙醉了，感觉自己对斯吉奥巴充满十足的柔情，甚至想去拥抱和亲吻他。多么希望这样的对话继续下去，它是如此令米沙开心和快乐！

• •

"知道吗，"斯吉奥巴说，"请你原谅我，这有点不友好，但我想抽烟。简直没救，就是想抽。而你，米申卡，别抽。就像你今天这样不抽，这是最有效的戒烟方法。而我，还是抽一口，好吗？真是太想了！再说，那个老家伙嘴里叼着的雪茄也散发着一股诱人的味道。不管怎么说，米沙，你是对的！我比他既年轻又讨人喜爱得多。我仔细观察了……"

"我来了！"听见身后传来一个女人的说话声，米沙当即回头并看见索尼亚。"你们觉得，我可能已经来不了，可我到了！现在请你们照顾我吧！"

"瞧，喜奥巴，"米沙说，从餐桌旁站起身，"这就是和你说的我的同志。斯吉奥巴，请认识一下，这是索尼亚。索尼亚，这是斯吉奥巴。"

"还可以呀，同志！"斯吉奥巴赞叹地说。他已经从座位上站起身并满脸微笑，笑意充满整个又大又柔软的面部。"瞧，原来经常有如此美丽的同志呀！"

而索尼亚看上去非常动人，米沙从没见过她如此盛装时的模样。索尼亚就是索尼亚，没有任何多余的粉饰。然而她的褐色的裙子，尽管带袖但并不展露肉体，很好地强调了索尼亚的身型和体态。

刚从外面进来的索尼亚脸蛋通红，或许是被什么事所激动，或许是因为喝了很多的酒，抑或是二者一起作用的结果。但她绝对不是平常的样子，索尼亚看上去雍容华贵，米沙惊诧不已。

"你们这里喝的什么酒呀？"索尼亚在餐桌旁坐下后问道。

"伏特加，"斯吉奥巴马上回答说。"但这是我和米哈伊尔早就定好的。我们很早就提前决定了今天喝伏特加。但我们在吃菜，还会吃不知多少！所以我们状态很好，这只是刚开始。不会让您为我们感到羞耻，我们不会喝倒摔到泥坑里去的。"

"不！伏特加我不喝，"索尼亚眉头紧皱，"我和姑娘们喝的是白兰地。东西我也不想吃。我在这儿不妨碍你们吧？或许，你们在这里进行的是纯爷们的交谈？我今天可是想开心作乐！"

"瞧您说的，索尼奇卡，"斯吉奥巴温软柔声地说。"我们今天也想开怀作乐。马上结束晚餐，我们商量今晚去哪里快活。"

"那太好了，"索尼亚说，并摇了摇头。"对不起，斯捷潘[①]，我和

[①] 斯捷潘，是斯吉奥巴的大名，相互并不熟悉的人们之间，通常不能称呼小名和昵称。

米沙说句悄悄话，"说完，她俯身倾向米沙耳边，并以此肢体语言示意他也像她这样倾身靠过来。"米沙，我真的不妨碍你们吗？"她悄声地问说，表情严肃，声音平静并绝对清醒。

"瞧你在说什么，索尼亚……"米沙大声地回答说，面部却是一副说悄悄话的神秘模样。

"我可是记得，你有丧事在身，"她打断他说，"你们是因为这事儿聚在一起的吧？"

"啊，不是的呀。嗯，真的不是！就是几个好友聚一次，并打算作乐快活一下。马上还有一个我的朋友到来……这是我请他们陪我待一会儿。我不知怎么感觉很糟糕，索尼奇卡。但今天我打算喝醉和放纵一下自己。所以你不会妨碍我们的。"

"就是说，你们这里不是哀悼晚会？"她问说，身体靠向米沙非常近。米沙感觉到她呼吸中的酒精味。很浓。

"绝对不是！"米沙坚决地回答道。

"那很好！我现在不需要别人的痛苦。此刻我自己的揪心事就够多的，所以我只要快乐。"

"索尼奇卡，出什么事了？"

"出事了，而且赶在一起……所有的都集中爆发，"索尼亚回答说并目光低垂。"简言之，米沙，对不起，但我很难过，心情简直真他妈的很糟糕。所以我今天要和你们一醉方休。忍耐一下。"

"瞧你说的！……"米沙提高了嗓音回答说。"具体出什么事了？"

"这不正在跟你说，什么事情都来了。完了讲给你听，我去洗手，你们暂时给我要点白兰地，"她边起身边对斯吉奥巴说出这句话。

"很高兴为您效劳，"斯吉奥巴回答道，"哪种白兰地？"

"没差别。只要推荐给我，你们不觉得掉价就行。这儿女士盥洗室在哪里？"

"不知道，"米沙说，"我们也是第一次来这里，我这就去问一下……"

"我找得到，你坐，"她回答说并起身离开。

"阿尼亚和她认识吗？"斯吉奥巴立刻问道。

"不，喜奥巴，不认识。阿尼亚也不该知道有关索尼亚的事儿。"

"米申卡！你正在破碎我的心，并将毁坏我膜拜的人物形象，"斯吉奥巴说，语气半开玩笑半是认真。"我猜想……"

"你现在心中的想法，都是实足的胡思乱想，"米沙快速大声地说。"索尼亚，她是我的同志，再没别的。我对你说过，或许，正因为我们只是一般同志的关系，我感到很痛苦。但就是如此。然而，却不需要把索尼亚介绍给阿尼亚认识，那将需要太多的解释，而这绝对不必要。因为没什么好解释的。只不过是索尼亚碰到了什么问题，她现在告诉我说，她出了点什么事儿。她心情不好。所以就让我们拉她一把，别把好人一个人丢在那里受苦。她是一位很出色的同志。"

"她是风情万种的娘们！"斯吉奥巴说。"但她太聪明，对我来说她非常成熟和复杂。所以就让她做个同志吧，就如你所说。只不过与那种女人的友谊我不相信，也无法相信……"

米沙的手机再一次响起铃声。

"对不起，"他对斯吉奥巴说并拿起电话，号码没有显示。

"是谁老在搅扰你？"斯吉奥巴气愤地说。"妨碍朋友们交流，这有失分寸。"

"对不起，我接听一下，完了他们就再也不会来搅扰，"米沙说完，把手机贴近耳朵。"喂－喂－喂，讲话！"

"中断谈话并不接电话，这可不好，"米沙听见还是那个他并不认识的男子的粗鲁说话声。

"这又是您！如果您还用那样的腔调和我说话……"米沙大声地说……

"你那里很吵，"电话里的男子打断他的话，"离开那里，找一个安静的地方，我们快速地谈一谈。"

"您一定打错电话号码了，"米沙尽可能平静地说。"我不知道，我这是和谁……"

"你呀，其实明白，我没有打错电话号码，"声音听起来自信并令人厌恶，"你本人现在最主要的是，可别犯错误。出来，走到一个安静的地方。我等着。"

"对不起，"米沙对斯吉奥巴说，并起身离开餐桌，"我马上快速地谈完就回来。"

米沙走向饭店的出口，头脑中飞速翻转着所有的可能：这个声音从何而来，为什么事，这会带来什么危险。至于从那个男子在电话中说话的音调所传出来的威胁意味，米沙对此已毫不怀疑。然而，能打来这样的电话，除了竞争对手或者来自彼得罗扎沃茨克的竞争对手中的什么人，他一时想不出还会有谁。米沙在心中快速地思考并确信，再没有什么人会打电话来威胁他。米沙在心中还快速地想到，他需要给谁打电话，以便从自己这方面吓跑打电话来威胁的人。

米沙来到存衣处，那里音乐和吵闹声几乎听不见。

"您听着，"他对着电话说。

"是我听你说，"他听到对方回答说。

"您听好了，"米沙回答道，努力保持声调平稳，"那样和我说话是没用的。这不是交谈……"

"你叫米哈伊尔？"米沙听见突如其来的提问。"你的父称是'安德列耶维奇'？对吗？"

"正是。那又怎么样？"

"就是说，我现在拨打的这个电话号码，它登记在你的名下？"出现短暂的停顿。米沙没有应声回答。"登记的地址是……"男子平静又准确地说出了米沙的家庭住址。"所以，你叫什么，住在哪里，如果你就住这个地址，那我已经全知道。明天我会知道更多。但我再问你一次，你是谁，啊？"

米沙感觉到恐怖并呆愣住，完全不知道自己该说什么，真想终止这个令人厌恶的对话，但他没敢那样做。

"我是谁——这是很复杂的问题，"他回答说，努力让声调镇定和平稳,"我不认为您可以向我提问这个问题。再说,我甚至还不知道您的名字,"米沙说并同时积蓄着勇气,声音变得强硬。他已经不怀疑,这是从彼得罗扎沃茨克给他打来的电话,或者是为彼得罗扎沃茨克的事儿。"我是谁?!……我想,星期三我到彼得罗扎沃茨克,我们那时就可以尝试弄弄清楚,我是谁,您又是谁,我们该怎么了结这档子事儿。"米沙满意这样的回答,满意自己抢先镇住对方。

电话那头儿一下子沉寂下来。

"很好,"米沙终于听到对方开口道,"你可以装傻充愣,可以不回答我的问题,可以认为你能胡乱敷衍过去。不建议你这样做。对我问你的问题的回答,你躲不过去。否则,无论是彼得罗扎沃茨克,还是其他什么地方,你都别想去。你究竟是什么人?"

"您怎么,威胁我吗?"米沙极尽挖苦地问说。但他已经明白,这事儿与彼得罗扎沃茨克无关,他并没有猜中这个无头电话的来由。

"当然,我就威胁!"听筒中突然传来变大的说话声,暴躁不安,完全失控。"你现在给我听清楚,最好别再惹我生气,停止继续装傻充愣。够了……"

米沙听着,胸中充满既愤怒又恐怖的情绪,他什么都无法明白。身处莫斯科的市中心,站在美丽现代和顾客成群的文明地方,他感觉自己是个坚强有力的成年人。然而与此同时他感觉到恐怖,无助,对自己所处的局势完全不解和不知该怎么办。他感觉自己完全就像曾经站在阿尔汉格尔斯克的老家屋顶上一样。他再一次想把恐怖和屈辱从自己身边推开。就像那时,他在无缘由的交谈中无助地挣扎,并张口结舌。而电话的那一头却一直在继续威胁。

"你在生活中是谁,我不感兴趣。如果需要,我会知道你在生活中是谁。你告诉我,你自己告诉我,你是她什么人?明白我了吗?!最好自己说……你现在就去想一想。建议你自己把所有实情都说出来。给我快去……"

对话中断。米沙一头雾水,什么都不明白。在与他对话的那个声音中,充满如此明显和众多的恶毒,甚至是勉强压抑住的仇恨,以至于米沙浑身开始发冷并直起鸡皮疙瘩。只有一点是明白的，就是对方知道并说出了米沙的姓氏和父称，向米沙展示了自己的能量。显而易见的是，来电者并非如此简单地展示自己的这些能量，他当真地在威胁米沙。他威胁，并满腔仇恨。只是究竟因为什么和目的何在？这完全是个谜。至少，彼得罗扎沃茨克那档子事儿被米沙果断地击退。然而，他站在存衣处，身心被恐惧和完全的困惑所笼罩和刺痛。他为自己的恐惧心理感到羞愧和悔恨，悔恨自己软弱无力地与陌生人交谈，悔恨自己总体上软弱和处于下风，交谈中句句听话并顺从对方的思路，因为内心的惧怕，听完对方想对他说的一切，丝毫没有一点正常的理性思考。他在心里咒骂并责问，自己为什么因为恐惧而变得像木头一样蠢笨？"就因为他说出了我的家庭住址。是，因为这个……"——米沙心想。

他苦苦地转动脑筋思考，并怎么也找不到那样强烈和明确威胁的原因。米沙站立着，双手插在裤子口袋里，牙关紧咬，两腮的肌肉不时凸起。他把目光透过窗户投向室外的街道。在那里，经过饭店沿着街心花园缓慢地行驶着车辆，城市灯火通明，人们匆匆走过窗口。他看了一眼这幅城市的画卷，心中记忆起身穿灰色大衣的陌生女士。他回想起她鼻梁上白皙的伤疤，回想起那个年轻貌美的女子身上所散发出的奇怪的危险味道，于是他立刻明白了打给他电话的那个男子可怕的说话声的原因。

"该有多愚蠢！"米沙轻声地自言自语道。"瞧，这才叫愚蠢，不是吗？！见你的鬼……"

米沙苦笑了一下。他实际上已不怀疑，自己猜到了那个打电话来恐吓他的真正原因。然而危险感并未因此而消失，感觉更加令人厌恶。还有变得更为明晰的是，与那个给他打电话的危险分子，无论如何都不得不辩说和解释一番。他不得不把事情的来龙去脉，从头到尾向他解释清楚，实质上就如同辩白自己一样。可真想就用一句话，平静却高傲地，把他打发到什么遥远的地方，或者最好干脆不接他的电话。但他说出了他的家庭住址。他是个危险人物，也不像是在开玩笑。

"你好！怎么在这里站着，愣头愣脑像个呆瓜？"米沙听到谢尔盖的说话声，回头看了一眼，真的看到了谢尔盖。他头发蓬乱，脸蛋红粉，清新并朝气蓬勃。谢尔盖把外衣交给存衣处。"好想吃饭，饿死我了！你在这儿张望谁呢？"

"就张望你呢，"米沙努力快活地说。"我们已经吃饱喝足，可你却才来。欢迎，谢廖沙！"

● ●

很快他们几个人都坐在了一起。斯吉奥巴和索尼亚像老朋友一样在说话，他和她已互称"你"。当羊羔肉烩土豆端上来时，米沙说他已经不想再吃，菜显然点得有点多。而谢尔盖立马就把米沙的盘子拿过去，狼吞虎咽地吃了起来。索尼亚喝白兰地，米沙和斯吉奥巴则喝伏特加，谢尔盖快速地喝光桌子上摆放的所有的水，并且又要了几瓶。他还给自己点了些吃的。除了米沙，大家都说着、笑着、抽着。米沙不由自主地伸手去拿香烟，但斯吉奥巴却径直从他嘴中把香烟夺下来。大家决定帮助他把烟戒掉。饭桌上气氛欢快。米沙在想自己的心事儿。他感觉口袋里的手机就像一块什么沉重、别扭和令人不快的物件。他感觉自己在等手机响，思索着该说什么和怎么说。他试图抑制住自己内心的惊慌和恐惧，准备以平静和轻松的语调应对来电。他焦躁不安。

"米沙，你和我们在一起还是没有？"索尼亚突然问道。而他甚至没有马上反应过来，这是在对他说话。"你在哪里，米沙？回来！有人可是答应过我，他会向我不厌其烦地献殷勤！"

米沙震颤一下，停止了自己头脑中的独白，并笑了笑。

"索尼奇卡！我答应过，有人会不厌其烦地献殷勤！"他回答说。"但我没说，将不厌其烦地献殷勤的就是我。"

"瞧你呀，真是个坏蛋，米申卡！"索尼亚用低沉和惊诧的声音慢条斯理地说，同时眯起双眼。

"他是浪漫的幻想主义者，他不在这里，"谢尔盖快活地回答说，

"他正在用意念的力量,在那遥远的并被冰雪覆盖的边疆大道上,修建自己的道路标牌。他现在正在拯救人类。您不要打扰他!"

• •

斯吉奥巴举杯祝酒说:"为给我们这个男人帮增添美色的女士,干杯!如果没有索尼奇卡,我们坐在这里,肯定净说些蠢话,还愁眉苦脸和百无聊赖。然而多亏有了您……更准确地说,因为有了你,索尼亚,我们努力让我们的言语睿智和风趣……"斯吉奥巴说了很长一段祝酒词。除了索尼亚,大家站立着干杯。而米沙一直在等待手机响起。可手机静默无语。他知道,自己喝下的伏特加酒的分量,在通常情况下已足够把他醉倒,然而此刻酒劲怎么还没上来。

"瞧,我可真是的,这也叫快活一场,——米沙心想。——没关系!他一定打来,那我无论怎样,都会结束这场愚蠢的故事。神经紧绷总不是好事儿……但还没到夜晚!今天我不会让快乐从我身边溜走!他们已经破坏了我和斯吉奥巴开心的对话!……"

"米申卡,"谢尔盖俯身正对着米沙的耳朵说,"我可否请你到旁边说几句话?有个问题,并很紧急。"

"我们走,"米沙回答说。

谢尔盖顽皮地对斯吉奥巴和索尼亚道了声对不起,欢快地说,他有些紧迫而又秘密的问题,需要请教米沙,因此他们离开一会儿。索尼亚说,米沙反正也没什么用。斯吉奥巴则兴高采烈地请求他们根本不用回来。他开心地调侃他们,索尼亚在一旁则笑着。

• •

米沙和谢尔盖离开去了存衣处,在那里谢尔盖双手抓住米沙的双肩，并近距离地直视他的眼睛。米沙看见，谢尔盖微笑着，双目炯炯放光。看来，——米沙心想，　　他现在马上就对我承认，这是他在打电话逗我。那我可要对他说，他是个傻瓜，他开的玩笑简直愚蠢透顶……

"米沙！"谢尔盖说。"你老实告诉我……你和这位索尼亚是什么关系？"

米沙被这突如其来的问题惊住，他不解地眨了眨眼。

"什么意思？"他问道。

他是那样地立刻就深信了自己的预判，就是谢尔盖在打电话逗弄他。他站立着，双眼不停地一睁一闭，什么都无法明白。

"我的好朋友，你这是怎么了？"谢尔盖继续说。"我在问，索尼亚是你什么人？！你们是什么关系？"

"可你回答我……"米沙盯着谢尔盖的眼睛，尽可能严肃地说，"是你在电话中逗弄我吗？"

"什么时候？"

"就在来这里之前。"

"没有！"谢尔盖吃惊地说。"我根本从未逗弄过你，"谢尔盖咧嘴大笑了一下，"不能逗你玩。你呀，是神经敏感型的人……"

"真的没逗我吗？"看见自己再一次预判错误，米沙为防万一，再一次问道。

"是，真的，真的！"谢尔盖快速地回答说，并摇晃了一下米沙的双肩。"但你别回避我的问题。你和索尼亚有什么吗？"

"你是什么意思？……"

"对！我就是这个意思！"

"我们是朋友，"米沙回答说，"可以说是同志。"

"从来没有过什么？！"谢尔盖问，低头眯起双眼。

"差不多……但从来也没有过什么！"他简短地回答说，笑了一下，并有意深深地呼出了一口气。

"这就好！"谢尔盖说完，放开米沙。"瞧，如今美好的夜晚，才要开始！"

他眼睛放光，闭合的双唇勾勒出一道紧张而又狡猾的笑意。

"你什么？"米沙问他说。

"没事了，米申卡！"谢尔盖回答道。"我问了你，你回答了我，你可别说没这回事儿。我要开始行动了……你为什么刚才问逗你玩的事儿？"

"嗯，没什么，蠢事儿一桩……"米沙挥了挥手说。

"你看见自己的脸了吗？"谢尔盖突然绝对严肃地说。"赶紧都讲出来。只不过你等一下，我马上办一件事儿。我很快，"谢尔盖走近存衣处的工作人员。"你们这里的行政主管在哪里？"

米沙看见，谢尔盖走近一位年轻的女主管，高兴地对她说了些什么，用手指了一下某个地方，最后，他掏出钱，数了两张钞票并把它交给女主管。接着，他转身回来，十分幸福的样子。

"喂，你讲，谁在那儿捉弄你？"他边走边问说。

· ·

米沙尽可能简短地向谢尔盖讲述了有关陌生女郎、电话和威胁的事，还讲述了有关来电者，不知怎么就知道了他的姓名和家庭住址的情况。

"你就是为这个如此担心和焦虑？"谢尔盖实在感到奇怪。"别理它，米沙！我不明白，他们想要从你这儿得到什么，但这要么是一个不值钱的离婚女人，要么是一个愚蠢的错误。根本不要去想它，别当真，不和他们交谈。或者如果你愿意，我和他们谈谈，我甚至很感兴趣。"

"不用，'老哥'！"米沙果断地说。"我自己怎么都……"

"不许当真地卷入这些交谈，最好根本就不予理睬。如果我对经常发生在我身上的所有无理取闹和袭扰那样当真地作出反应，那我非早就发疯了不可。你这样一个神经敏感的人，平常工作是怎么和各种人打交道的，我真不理解。"

"我以我的方式在和人打交道,没有问题呀,谢廖嘎,"米沙回答说,希望就此结束对话。"可这次,他们打电话来并不是有关工作的事。"

"是,但你别理它!他们不会再打电话来。走,我们最好回座位去,不然有点不合适。我们在这儿已经交谈很久。我感觉今晚是一个很重要的夜晚,非常重要!"谢尔盖说完挤了挤眼,并用力拍了一下米沙的肩膀。

米沙已经猜测到谢尔盖在朝哪里使劲儿,猜到为什么他急于返回餐桌,是什么原因使得他实际上对他所说的事儿这耳朵儿进那耳朵儿出了。然而他觉知到,自己开始感觉轻松,恐惧感也离他而去,只剩下令人不爽的担心和口袋中手机像一个什么棱角分明的沉重货物躺在那里所带来的不舒适的感受。然而,就连这个沉重的货物也开始变轻,就连它分明的棱角也开始变得不那么尖锐。

"我们走,回去,"他对谢尔盖说,"但你要注意,索尼亚可是个特别的人。你的狐狸尾巴最好别露出来太多!也不要鲁莽!这我是作为她的老同志对你说。"

"我什么,看不出来吗?!"谢尔盖双眼闪烁着光芒说。"你不给建议就不能活吗?!她是你的同志,你说?……走,快点……"

· ·

餐桌旁没有斯吉奥巴和索尼亚。谢尔盖和米沙向四周查看,看见他和她站在那个鱼缸边上,鱼缸里有蟹和各种虾在爬来爬去。索尼亚和斯吉奥巴认真地观看鱼缸中的生物,并兴奋地讨论着他们所看见的虾和蟹。谢尔盖立刻向他们走去,米沙停顿了一下,跟着也走了过去。

"怎么,决定选择'供物'?"谢尔盖走近时问说。

"不是。我们在欣赏堪察加的蟹,"斯吉奥巴回答道。"这是神奇的生物。我给索尼亚讲述了关于它们迁移的故事。"

"啊哈,"谢尔盖噗嗤地笑了一声,"特别神奇的是,它们迁移到首都的各大饭馆。"

索尼亚呵呵地笑了起来。她站立在那里,手中拿着一杯白兰地,明显有些醉意,双颊红润似火。

"啊,不是的,"她说,"我只不过是喜欢上这只,就是这只小的,"她指了指众蟹中的一个,就是比其他都小的那只。"它是最闹腾的。你看见没,其他的都安静下来,可这只却还在爬呀,爬。它一直在向玻璃墙上爬。简直是个演员。它显然在挥手和我打招呼。我发现了,并决定走近来看一看。有意思,饭店给它们喂食吗?"

"饭店肯定用它们喂人,"米沙回答说。

"请您告诉我,"索尼亚大声地向刚好从身边路过的服务生问道,"你们这里给这些蟹喂食吗?"

"不知道,"小伙子回答说,"我不管这个,但感觉好像不喂。它们都来不及等到饥饿。"

"可这只,我觉得,他很饥饿,"她指了一下最活跃和最小的那只蟹。"可否喂一喂它?用什么喂它们呢?"

"这,请原谅,别找我,"服务生咧开嘴笑了笑,"这要问行政主管。对不起……"他说完就离去了。

"我们这就把所有的情况都了解清楚,"谢尔盖说,"如果饭店这里不给它们喂食,那我们就把它们拿走,并在家里给它们喂食。"

"不-行,谢尔盖!"斯吉奥巴非常严肃地说。"堪察加的蟹是不可以就那么给它们喂食的,这可不像小猫和小狗。必须把它们养在带有海水的鱼缸里。这是一种复杂的技术设施。我这是作为专家对你说。这些海水鱼缸是很麻烦和很昂贵的玩意儿……顺便告诉你,我可以……"

"你们能否别在我们餐桌附近聚集,"他们听见一个女子激动而又高声地说。

他们聚集的地方,旁边不仅是鱼缸,紧挨着还有一张餐桌,餐桌四周坐着几位姑娘和一位身穿蓝色西装的男士。也就是斯吉奥巴在晚餐开始时一直用眼睛盯看的那伙客人。现在这里已坐了三位姑娘。男士一如之前，皱眉抽吸着雪茄，显然已是另一支，而那几个姑娘们，却是愤愤地看着在她们餐桌旁聚集的斯吉奥巴、谢尔盖、米沙，尤其是索尼亚。

"对不起，我们有什么地方妨碍你们吗？"斯吉奥巴惊慌地问道，转头并俯身朝向姑娘们。

"只是这里没什么好看的，又不是在动物园，"姑娘中个子最高的那位说，腔调非常挑衅。

抽雪茄的男士面部明显绷紧，但他的目光看向旁处，并流露出一副事不关己的模样。

"对不起，"斯吉奥巴再一次说，"我们只不过是走近来看虾蟹。"

"那就应该压在我们的头顶①上半个多小时，并大喊大叫吗？"姑娘挑衅地回答说，话语里充满明显的恼怒和恶毒。

米沙站在那里，一时间手足无措，他不知道该如何反应。那一瞬间只有一个念头在他心头闪现，就是，这个夜晚有太多的恶毒和仇恨发泄在他的身上。谢尔盖也是默然地站立在那里。

"恐怕，我们不可能站立在你们身边就是压在你们的'心灵'②上，"索尼亚非常有礼貌地代大家回答说，"因为你们未必就有'心灵'，亲爱的小姐。我们这就离开。"

"伊利亚③，你管一管这事儿，"姑娘转向吸雪茄的男士说。说到"这事儿"时她用手指了一下索尼亚和其余三人的方向。

"你闭嘴吧，傻瓜，"索尼亚平静地说，威严转身，并开始向自己的餐桌走去，"我们走，伙伴们。"

"请你们原谅，"斯吉奥巴说，单手贴胸，并俯身倾向姑娘们和嘴叼雪茄并一言不发的男士，"您的'女儿们'真迷人。"

大家回到自己的餐桌，默默地相互观看，强忍着不爆笑出来。谢

---

① 头顶，原文在这里是"душа"，这个词可有多种意思，可以是"人口""人头""头顶""灵魂""心灵"等意思。在此说话者的具体意思是"头顶"，即她们的身边跟前。

② 心灵，原文同是一个词汇душа，在此回话者却巧妙地偷换词义，将对方的"头顶"之意偷换成"心灵"，以此讥讽对方。

③ 伊利亚，是人名，即那位抽雪茄男士叫伊利亚。

尔盖向索尼亚挤了挤眼，并对她竖起大拇指。身后从鱼缸的方向，米沙听见姑娘们激动的吵嚷和几句男子低沉的回答。斯吉奥巴一句祝酒词没说，举起自己倒满酒的酒杯。大家一齐碰杯，其中包括谢尔盖端起的倒满水的水杯。接着大家一饮而尽，并大声地爆笑了出来。他们的笑声之大，足以使坐在鱼缸旁那张餐桌后的人们听得一清二楚。

• •

　　他们回到餐桌后过了大约有四五分钟，米沙的手机又一次响了起来。此时正值谢尔盖毫不掩饰地用目光越过餐桌，贪婪地盯看着索尼亚。他甚至吹灭摆在餐桌正中他们之间妨碍他视线的蜡烛。谢尔盖的手机多次响起，但他看都不看就立刻掐断了来电。而斯吉奥巴则很快开始了给大家讲述什么故事。

　　米沙等待着来电并对其已有所准备，但他听到电话铃响起时，依然还是浑身颤抖了一下。他毫不怀疑是谁打来的电话。他立刻站起身，说声"对不起"，便开步朝存衣处的方向走去。

　　"别犯傻，米沙，"他听见身后传来的谢尔盖的说话声。

　　米沙挥了挥手，没有回头理会。他快步走向存衣处，狂躁地回想着事先想就和预备好的话语，然而那应是什么样的回答，他却一时无法记起。

　　"喂，你说，你想出了怎样的回答，"米沙听见男子的说话声，这个声音已令他生恨。他无法根据说话的声音确定说话者的年龄，然而不知为什么他却感觉，这个声音的拥有者一定比自己老很多。尽管这个声音听上去，并不一定就是为中年人或什么成年人所独有。只不过在这样的说话声中，明确感觉到力量和冰冷自信的存在。"我给了你足够的时间。"

　　米沙非常想对电话中的男子说，请他不要称呼他"你"，但他没胆量那样说出口。

"我明白了误会发生在哪里，"米沙回答说，努力让自己说话的音调像是一位想要通知好消息的邮差。这样的说话音调有些人为的温和和友善，因此听上去就是怯生生的。米沙明白这一点，但依旧以开始时的音调继续说。"事情是这样的，如果我没弄错，是有人用我的手机给您打过电话。显然，您那里显示了我的手机号码。打电话的是一位年轻女子。我和她不认识。她只不过是在大街上，请求我借给她手机使用一下。她说她急需打一个电话。我给了她手机。她打了电话，把手机还给了我，完了我就再没见过她。这是事情的全部经过。"

电话中出现短暂的停顿和静默。

"她在哪里？——静默后米沙听见男子说。"

"我已告诉您，我不知道。我只见过她一分钟。"

"我明白了，你想糊弄我，"男子的嗓音变得更加低沉，因此也变得更加严肃和可怕，"你不想说，你是她什么人？那好，以后你会说的。她现在哪里？"

"我呢，这不正在跟您说……这是一个荒谬的误会。"

"闭嘴，"男子打断他的答话，电话里重新出现停顿。然而在这一句"闭嘴"命令中，却有着比通常更多的神经紧张和焦虑。米沙停止答话并等待。"你想对我说，她在大街上走近不知什么样的你，并请求借给她手机打个电话？你自己明白你在胡扯什么？！你怎么，因为害怕不能想出再好一点的借口和理由吗？"

男子的说话声变了，音调中的某种东西发生了改变，那种平缓和有磁性的音调消失了。

"我没胡扯。而且我也不明白，为什么我应该怕你。我告诉了你整个事情的经过，"米沙说话的语速加快，愤怒而又决绝，"我认为，我们交谈已经太久的时间。我不知道她是谁，不知道，也不想知道你是谁。够了，别再给我打电话，对话到此结束。"

他想掐断电话，但没来得及，就差再多一点点的勇气。

"你不要对我耍横。为什么你要怕我，你自己知道。不需要对我讲述大街上的偶遇。别惹我发火。你不该惹我发火，"音调开始恢复以往，但米沙已经听愣住。"你去讲给别的什么人听大街上的偶遇吧。既然我在和你交谈，那就意味着，这已不是什么偶然。你明白我说的吗？你又不是傻瓜……"

"我明白你说的，"米沙打断说话的男子，"也不是你该在我面前扮演万能的上帝。你想说，你也不是傻瓜。那你就别当傻瓜。是怎么回事，我已说完。这是事情的全部！"

"我明白了，你还没明白我说的意思，"男子突然冒出这样一句，米沙又一次没来得及有效地结束谈话。"好，明天我们再谈，而且将以别的方式。"

"明天交谈不会再发生……"

"是吗？！那我们就走着瞧……"

对话中断，手机开始安静下来。最后一句交谈，听起来几乎是欢快的。米沙用非常脏的字眼狠骂了自己一句。他恨自己优柔寡断，恨自己没能在对话中占上风。然而与此同时他强硬地决定，从此他不会再和这个可怕的男子进行任何对话。

· ·

他在饭店的盥洗室里用凉水洗了脸，然后用纸巾把脸擦干。他心中在想，如若不是很久以前，还是小孩时，在阿尔汉格尔斯克，他把一个人从楼顶上撞下去，那他现在就不会如此害怕这个声音和眼前这个荒谬的局势。然而，对这个局势稍加探究和分析，其实是没什么好害怕的。真希望，自己这么多年不是伴着心里这个可怕的秘密度过来；真希望，自己这么多年从未害怕过所谓因果报应；真希望，自己不曾被对那些瞬间可怕的回忆所折磨，并非是良心和伴之的恐惧在作祟，而正是被可怕的回忆、梦魇和对心中的秘密终会大白于天下的等待所折磨。如果他终其一生没遇见过这种恐惧，那他现在也会如此害怕，或者相反，对威胁平静而又勇敢地摆摆手，视若无睹。

"可现在全都无济于事了!"米沙自言自语说。"羞愧,兄弟,如此胆小怕事!羞愧!那儿的伏特加在哪里?那儿我的朋友们在哪里?"

· ·

当他回到餐桌时,看见在餐桌旁的支架上竖立一个闪亮的金属冰桶,冰桶内巨大的一束红玫瑰如同发射过的礼炮一样静美地寂立着。

"米沙,"索尼亚大声地欢迎他归来说,"终于有人开始向我献殷勤,追求我了。你可没说谎!"

"这是谢尔盖在黏黏糊糊地献殷勤,"斯吉奥巴迅速回答说。

"我在献殷勤,这是真的,"谢尔盖咧嘴大笑,承认说,"而且我保证,我定继续已开始的殷勤。米沙,你告诉我,"他转向米沙说,好像私底下的秘密讨教,然而他的声音大得却让所有人都能听得见,"索尼亚总是那样喝酒吗?"

"不总是,"米沙回答道,"但她可以。她可以喝很多!你怎么,不喜欢吗?"

"喜欢!她所有的,我都喜欢!"谢尔盖说。

米沙心里又一次神经质地震颤了一下。但他感觉,这一次的震颤并没有令他紧张和焦躁。

"喜奥巴,请给我倒酒!"米沙说。"我有祝酒词要说。"

"不行,现在我要说祝酒词,"索尼亚果断地声明说,身体轻微地摇晃一下,站立起来,"坐下,米沙。嗯,是这样……"她端起自己的白兰地,并目光遍视着大家。"早晨我还不知道,还什么那时,就两个小时前我都还不知道,我将和这样一帮好伙伴们坐在一起,还将有人给我送花,并且我还将深感幸福和快乐。我本想,喝个大醉,然后回家抱着枕头痛哭一场……哎呀!请原谅,我已经喝多……但我仍将要说。我要说的就是!你们祝贺我吧!我昨天就用这只手,"她把装有白兰地的酒杯从右手换到左手,并把五个指头大大地张开来,"打了,三年来我都把他当成真爷们儿的男人，一个嘴巴。不管这听起来有多令人惊诧，你们可以不信，但我这是有生以来第一次扇男人的耳光……"

"这真是好祝酒词！"谢尔盖几乎是大声喊叫着说。

"等一下……"索尼亚挥动了一下正是那只打过人的手。"我等了这个男人三年，期待他向我……简言之，结果他是一个胆小鬼、讨厌货和贪婪吝啬的家伙。我扇了他一记耳光，哭了整整一夜。你们看，现在没事了，"她亲吻了一下自己的手。

"嗯，这真是祝酒词吗？"谢尔盖摊开双手问道。

"别急，谢廖沙！"索尼亚懊丧地拖长语句说。"今天我，真见他妈的鬼，从一个自其成立就在那儿撅屁股干活并一干就是五年的地方，把工作给辞掉了。在那里我没能扇谁的耳光，但也差不多……所以，我就想和闺蜜们大醉并痛哭一场……我非常害怕！我他妈的真不知道，我该怎么生活下去，我无法想象，明天我将在哪里工作和做什么。我，唉呀妈呀，再过一个月就将三十岁，家里还睡着一个儿子，希望他现在已睡着，他今夏，我的天呀，就将八岁。我想，这真他妈算是完蛋了！但我现在很幸福。为你们干杯，伙伴们！哭，放在明天。"

于是她一口喝干自己的白兰地。米沙感觉到自己眼眶里的泪水，并仰脖一口喝干自己的伏特加。

"是呀！瞧这生活！"斯吉奥巴说完，并也喝干自己杯中的酒。

谢尔盖俯身倾向米沙，并对他的耳边快速悄悄地说，声音小得勉强能听见："我爱上了。"

"我第一次看见，你不是傻瓜，"米沙也快速小声地回答说。

说完这话，他，谁都不看，迅速抓起餐桌上的一包香烟，掏出一支，放到嘴里，在桌子上找到打火机，打着火，点着了香烟。

不久，米沙就开始头晕目眩。饭店里的烛光和灯火，变得越来越近，越来越昏黄和温暖。米沙的双肩松软下来，于是整个人放松瘫靠向椅背。

他们那时在饭店里又坐了一会儿。他们又喝了几杯。他们看见那个在他们观看鱼缸里的虾蟹时高声挑衅和捣乱的高个子姑娘，焦躁并急匆匆地从他们的餐桌旁走过，再也没有回来。后来，又过了些时间，那个身穿蓝西装的男子也从他们身边匆匆走过。原来他个子不高。他离开饭店的脚步不自然的缓慢，外表也显得过于特立独行。男子一离去，剩下的两个坐在鱼缸旁的姑娘，急忙掏出手机，并开始各自拨打各自的电话。

"是-是-呀！男子今夜的好梦破灭了，"斯吉奥巴忧伤地说，"但三个姑娘"这过了。我对此不理解。

"可我们一直还没给蟹喂食呢，"索尼亚有些疲惫地说。

"这就去给它们喂食，"谢尔盖高兴地说，"我马上。我去搞搞清楚，可以怎样喂饱它们。不然，真被她们给搅黄了喂蟹这件事儿。"

谢尔盖起身不知去了哪里。斯吉奥巴看上去已经大醉。而米沙开始感觉良好，很久没有过的好，他心里甚至充满某种类似于幸福的感受。他真想马上就做点什么好事儿，给谁打个电话和说些温柔和令人愉快的话，拥抱和亲吻妻子，奖励自己的员工或者给完全不认识的陌生人做一件令其高兴的事儿。他当然感觉到自己很疲累，然而，这个疲累却不再令他感到压抑。他和朋友们坐在一起，在那一刻他是如此强烈地爱他们，他已什么都不害怕，他开始感觉很好。就连头脑中飞过的念头甚至都是："啊呀，尤列奇卡，原谅我，但我现在感觉是那样好！然而，我认为，你不会反对……你肯定不会反对。我知道。"

谢尔盖回来了，他带来一位身穿白色短褂的年轻男子。

"瞧，"谢尔盖说，"这是斯坦尼斯拉夫，他负责这里的蟹和其他各种海洋生物。"

"啊呀！我们可没想打扰您，"索尼亚说完便开始摩拳擦掌，"我只不过是喜爱上鱼缸里的一只小蟹。"

"我们可以给您把它烹饪好，"斯坦尼斯拉夫殷勤地笑着说。

"可千万不要，"索尼亚惊惶失措，明显醉醺醺地甚感气愤。"我们，相反，想照顾它……"

"请您原谅？"斯坦尼斯拉夫继续微笑着，礼貌地表达自己的不解。

"可否这样？"米沙突然快活地说。"可不可以对个别买断的蟹进行监督喂养？"

"这话怎么讲？"斯坦尼斯拉夫问说。

"很简单，"米沙回答说。"我们指给您我们喜欢上的蟹。您把它标识出来。我们负责照顾这个小可怜。就是说，您不把它给客人烹饪吃，让它在这里安静地活着，我们为它的生命付费。可以这样吗？"

"妙极了！"谢尔盖说，甚至鼓了鼓掌。"我从来没做过这样的事儿，甚至连听都没听说过。怎么样，我们可以这样做吗？"

"我不知道……"斯坦尼斯拉夫不知所措，但他继续微笑着说，"这需要问经理。"

"啊呀！请去问吧！这很重要，"索尼亚把双手贴近胸膛说。"就让我们今天救一次生吧！"

"我们一定救生！"谢尔盖非常坚决地说。"我是多么喜欢这个主意！斯坦尼斯拉夫，我们去找您的领导，您给我带路。您已明白，这是生与死的抉择问题。"

谢尔盖一手轻轻地搂着斯坦尼斯拉夫的肩膀，与他一同走去。米沙无法记忆起自己曾经哪怕有一次看见谢尔盖处于这样的状态。"或许，他真的爱上了，——米沙心中暗想。——愿上帝保佑……我们等着瞧吧。"米沙既没感到嫉妒，也没感到懊恼和忧伤。他心里感觉很快乐，并非常想有所动作。

四五分钟过后，谢尔盖回来了。他简直就是乐开了花，心中充满欢欣和快意。

"一切都解决了！"他在走近大家时说。"我为你所庇护的小海蟹的生命支付了一周的活命钱，索尼奇卡。我们走，去到鱼缸边，需要指给这个斯坦尼斯拉夫，好让他把它标识出来。你记得自己的小蟹的长相吗？"

"它最小和最活跃，"索尼亚回答说。

"我们走，找到它，"谢尔盖说完，抓着她的手，把她从座位上扶起。

"谢廖嘎，"米沙激愤地说，"这是我的主意，我应该参与一份。你付了多少钱？"

"我已经记不得了，"谢尔盖遗憾地说。

"这不像话！"米沙说，并摇了摇头。

"哎，钱我付的很少，"谢尔盖摆了摆手。"小事一桩。他们自己也很喜欢这个主意。我在那儿把大家都说高兴了，他们还没碰到过这样的事儿。他们原本不想收钱。但我给了，为让他们有个责任心。第二个星期你可以支付。"

"说好了！"米沙回答说并坐下。

米沙心中高兴地思忖，自己已经醉了，而且醉得如此美好，这正是他想要的。

索尼亚和谢尔盖离开，去了鱼缸那里。陪伴他们去的，除了斯坦尼斯拉夫，还有一位小伙子，他也身穿白短褂。

"老爷派头，"斯吉奥巴突然说。

"没明白，"米沙惊奇地问。

"在首都一家昂贵的饭店，为一只海蟹支付一个星期的活命钱——这是老爷派头，"斯吉奥巴忧伤地重复道，"嗯，或者也可以说，这是小资的游戏，如果你更喜欢这样的说法。"

"可我认为，为活物购买一周的生命——这很美，"米沙微笑着说。

"这真是胡扯，米申卡，"斯吉奥巴摆了摆手说，"购买了一个星期的生命……你们有条件允许自己……可过一个星期，你甚至想都想不起来……"

"我不会忘记，"米沙绝对严肃地声明说，"你会看见。我过一周后再来，看他们敢不敢不给我看我们的小海蟹。我记住它了。我会检查……"

米沙的手机响了起来。这让米沙没料到，完全没料到。他打了一个激灵，看了一眼手机。来电号码没有显示。米沙把手机拿在胸前，并坚决地决定不接来电。

"这是谁一直给你打电话?姑娘们吗?"斯吉奥巴好奇地问。

"甚至我妻子都不向我提这样的问题。不,斯吉奥巴,不是姑娘们。至于小海蟹,我过一周再来探望并向你汇报。你怎么情绪低落了,啊?应该快乐!我们中谁是动物喜好分子?"

"我等一等并会检查……"斯吉奥巴回答说。

手机停止了呼叫。米沙心中思忖:"如果他现在马上又打来,那意味着,可以再也不用害怕他。就是说,我胜利了。那也就意味着,只不过是女人折磨男人,而他焦躁不安,并装作醋意大发。喜奥巴说女人的那句话真是对的……狐狸精!她就是个狐狸精!……"

斯吉奥巴说了句什么,但米沙没在听。他预想着,并等待手机响起。两分钟过后电话铃声再一次响起。来电号码没有显示。

"你干脆把手机关掉!"醉意醺醺的斯吉奥巴气愤地说。"体面之人在这个时间是不会打电话的。"

"不用在意,朋友,"米沙庆贺地说。"最好让我们来干一杯。不知道为什么喝……尽管……就让我们为胜利吧!"

"为什么的胜利?"斯吉奥巴眯起眼睛问。

"就是为胜利。可以为善对恶的胜利。可以为我们的足球的胜利……可以就是为我们的胜利!喜奥巴,我们呀,是不是必定胜利?"

"必定,米申卡!那还用说!为胜利!"

他们干杯。

"给'他'在右小腿上绑了一个黄色的橡皮筋,而左小腿——则是绿色的,"索尼亚走近餐桌后说。"现在'他'是最美的!谢尔盖建议给他起个名字。"

"或许,这是'她'呢,"谢尔盖站在索尼亚身后说。

"不。如果这是'她',那我早就感觉出来了。这是'他'。但给'他'起名字毫无意义。'他'在水里反正听不见。'他'无所谓,"索尼亚双手叉腰,"知道吗,我在这儿已经烦腻。我们在此能做的都做完了。可暂时我还没准备好回家。顺便问一句,我的白兰地在哪儿?"

• •

　　大家高兴地离开饭店。先是谢尔盖，接着米沙，然后是斯吉奥巴，他们互相争抢付账，晚餐的账单从他们手中抢来抢去，他们争抢了很久。结果，还是谢尔盖付了账。他说，他没孩子，也没需要照顾的人，所以付账的就该是他。

　　而离开饭店时，他们那样快活和开心，因为在存衣处他们看见了那位身穿蓝色西服的男子，和那个与他们发生过冲突的高个子姑娘。姑娘身穿貂皮大衣站在那里，而那位男子依然身着西装。他们没发现周围有人，并显然吵嘴吵了很长时间。看见这一幕，斯吉奥巴比所有人都得意。

　　"喂，看见没，兄弟们！你们记住，这看上去是怎样的一出好戏！"走出饭店，来到街心花园，斯吉奥巴边笑边说。"等你们到了四十，然后四十五，可要注意，千万别开始那样抽雪茄！啊呀，等你们到四十岁，啊呀，我再看看你们变成什么样！"

　　"好哇！"谢尔盖说，试图让索尼亚挽着他的胳膊。索尼亚没让他那么做。"等我四十岁，我们到医院去探望你，喜奥巴，那时你再看我们变成什么样。"

　　"你也不怕烂舌头，谢廖沙，"斯吉奥巴大度地说。

　　"哎呀，我把花给忘了，"索尼亚大叫一声，"我回去拿。那样美的野玫瑰。"

　　"我跑一趟，"谢尔盖马上说，并几乎已拔腿就跑。

　　"不用，我自己去，"索尼亚用不可争议的语调快速地说。"不然米沙要吃醋的。米沙，你嫉妒吗？"

　　"嫉妒死了！"米沙回答说。

　　"我自己很快。我还忘了洗手。你们刚好决定一下，我们接下来要去哪儿？时候还早。你们将如何哄我开心？星期五！我们今天已经挽救了一个生物。你们能想象出来吗，在莫斯科现在有多少渴望得到拯救的生灵啊！"

"那可真是!"谢尔盖说,神情绝对严肃,整个晚上第一次见他如此认真。

索尼亚跑开返回饭店。她的大衣是敞开的,包和围巾都拿在手上。

米沙感觉很好,并希望继续,还希望快乐不要过去。而清醒,他一点都不想要。

• •

他们在饭店的入口来回踱步,等待着索尼亚。米沙猛然哆嗦一下,于是他把夹克衫系上衣扣。天气明显冰冷了很多。

"不是五月天了,"斯吉奥巴说,也急忙系上衣扣。

"那真是,不能在外边逛太久,"谢尔盖同意道。"我们去哪里?我明白,大家都想继续。"

"马上我们唯一的女士就回来,完了决定,"米沙回答说。"难道你还有所谓?我本人无所谓。但我今天的'节目'还没完成。可我们怎么走?"

"我今天有车,还带了司机,"谢尔盖宣示道,"装得下我们所有人,完全。然后我再把大家各自送回家。"

"可你能救救朋友吗?"米沙突然问说。

"这是救谁?救你吗?"谢尔盖微笑着说,双眼闪闪发亮,一如之前。"今天我什么都可以做。"

"谢尔盖,我的好朋友,"米沙哀求起来,"救救我吧!我是开车来的,车停在那里,"他向停车的方向摆了一下手,"一想到明天我还要回到这里取车,并把它开回家,感觉就像有一把达摩利克斯之剑悬在我的头上。我明天要在家生病,必定要病。原因是我和斯吉奥巴自己的那一份酒今天还没喝完。你是我们这一伙人当中唯一清醒的一个。你今天就,亲爱的,用我的车载大家逛!而司机,你把他放走……嗯,求你了!你要什么?……米沙几乎是苦苦哀求。他的情绪高昂。"

谢尔盖陷入沉思。他回头看了一眼饭店的入口，还看不见索尼亚的身影。

"米沙……"他皱着眉说，"请你理解我。我很乐意……但我想送索尼亚……嗯，你是明白的……让我把我的司机给你，好吗？他开你的车拉你，而我开自己的车拉索尼亚。然后他把你送回家。"

"啊呀，这怎么那么复杂，"无精打采并被冻僵的斯吉奥巴说。

"谢廖沙，"米沙笑了起来，"你可真天真和幼嫩！你怎么那么不识人！索尼亚不会坐你的车，她不会跟你走。你怎么，想这就把一切都搞砸吗？你别那样猴急。怎么，看不出来站在你面前的是什么样的女人吗？"

"谢廖沙，米沙说的是真事儿，"斯吉奥巴附和道，"你现在看看自己的样子。对待那样的女人不能着急。甚至都别想。再说，你想，她说过她平生第一次扇过耳光。哪里有第一次，哪里就有第二次。别考验命运。今天甚至都别想……"

"可我想只不过是开车送她回家！"谢尔盖气愤地说。"只不过是开车送她……但是亲自。单独一人……你们别把我完全看成傻瓜……"

"她今天不会上你的车，跟你走，"米沙微笑着说。"甚至都别建议！这是我给你的友好忠告……不然，她会拒绝……而她定会拒绝，你都不用怀疑。那时情形就会更加复杂，兄弟。告诉他，喜奥巴。"

"无可置疑的事实，"斯吉奥巴点头称是。"相信我！我本人无所谓，随便坐谁的车。我没开车……"

"嗯，我真不想那样，伙伴们……"谢尔盖面露愁容。

这时索尼亚出现了。她身上的大衣衣扣已系好，围巾围在头上，得体又漂亮。她一只手拿着一大抱玫瑰，另一只手拿着一瓶白兰地酒，而手包则被她夹紧在腋下。

"我来了，伙伴们，"索尼亚说。"我现在要坐车回家，"她目光扫过大家惊诧的脸庞，在谢尔盖的面部略微停留了一下。"洗手时我明白了，今天比已有过的好心情更好的感觉不会有。让我们就在大街上直接嘴对酒瓶干杯，如同在童年时。我，这不，买了一瓶白兰地，不然，总觉得还欠那么一点点。"

"我在童年时可没嘴对酒瓶喝过白兰地,"斯吉奥巴说。"你的童年可真美好。"

"是。白兰地不是儿童喝的,"索尼亚把酒瓶拿近眼前说,"然而,现在我们喝了这瓶酒,童年立马就会回来。而当直接嘴对酒瓶喝时,什么样的白兰地,都不重要。"

"我开车送你回家!"谢尔盖高兴地说。

"谢廖沙!"索尼亚吃惊地看了一眼谢尔盖。"我呀,说了,幸福的我要一个人坐车回家。我已经足够幸福。伙伴们,"她转向米沙和斯吉奥巴说,"他没醉,他不明白我。"

"索尼奇卡,"谢尔盖惊慌失措,"我的司机开车送你。但这怎么有点突然,我以为,夜晚才刚刚开始……"

"啊-哈-哈!我们还有司机?!这太方便了!"索尼亚眯起双眼笑着说。

斯吉奥巴转到她背后,开始对谢尔盖做鬼脸,单指对着头颅的太阳穴处,边转动边指点。

"我怎么有点不明白!大家指责我什么?"谢尔盖摊开双手。"我呀,就是纯洁无瑕①地想……"

"索尼亚,他想喝非葡萄酒②……"米沙快活地打断谢尔盖说。"上白兰地,我亲爱的。我们在这儿已经冻死了。你说,就像在童年时?……"

· ·

玫瑰花抱交给了谢尔盖,他正惶惶不知所措,甚至有些惘然若失。酒瓶转起圈来,在她和他们手中传来递去。她和他们笑着,路过的客人

---

①② 这两处原文都是"невинно",既可以有"纯洁无瑕"的意思,又可以有"非葡萄酒"的意思,米沙正是利用一词多义来调侃谢尔盖。

和站在饭店门旁的保安,向她和他们投去惊奇的目光。白兰地很快喝光了。米沙已经什么都不想和什么都不需要。他感觉很好,一如之前。

索尼亚完全醉了。谢尔盖捧着花在她身边踱来踱去,不知该怎么办。

"有人能给我拦一个的士吗?"索尼亚大声地说。"我要马上离去!我不行了!但我暂时还能感觉到没事儿!"

"索尼奇卡!我们这就给你拦一个的士,"被冻得双脚一直踢蹬的斯吉奥巴说。

"你们在这儿等一下,伙伴们,"谢尔盖突然厉声地说,"我们走,我送你上的士。"

说完,谢尔盖果断地抓起索尼亚的手。她看了看米沙和斯吉奥巴,扮了个鬼脸,挤了挤眼,并双肩耸了一下。所有这一切,结果是那样的迷人和醉人心扉。

"再见,伙伴们,"她说,"喝醉的孩子被发送去睡觉。"

"请你们等一小会儿!"谢尔盖说,领着索尼亚走向停在不远处的几辆出租车旁。

他一只手拿着玫瑰花,另一只手牵着索尼亚的手。他径直地走着,步履坚定,而她则碎步小跑,跟在他身后。

"可怜的人儿,"斯吉奥巴微笑着说。

"幸运的人儿,"米沙也微笑着说。

他们看见,谢尔盖把索尼亚领到出租车旁。在那里他停了下来,手拉着她的手,开始对她说些什么。索尼亚听着,抬头仰望着他。谢尔盖放下她的手,继续一边说一边做手势。他慷慨激昂地长篇大论一通。索尼亚站在那里,一动不动地望着他。他沉默了一下,又说了些什么。她仰起头,大笑了起来,笑声甚至传到米沙和斯吉奥巴的耳朵里。接着,她快速地把手搭在谢尔盖的肩膀上,踮起脚尖,在他的脸颊亲吻了一下,再一次大声笑起来,同时果断地把花从他的手中拿过去。谢尔盖向出租车迈近了一步,打开车门。索尼亚消失在汽车里。谢尔盖俯下身,把头伸进索尼亚坐进的后舱,一只手推抚打开的车门。他那样站立了几秒钟，然后抬头直起身，并把车门关上。出租车先是倒车，紧接着打方向转去街心花园街道，这一刻，他一动不动地站立在那里。

在返回等待他的米沙和斯吉奥巴身边的路上，谢尔盖掏出香烟，并吸了起来。他的面部表情严肃，双唇发白。

"喝的，你们这儿，当然，没剩下！"他在走近时说。

"没剩下，但在莫斯科再想喝还是可以找得到，"斯吉奥巴说。"可我们可对你说过，我们警告过你……"

"我真真地厌烦了众人皆醉我独醒的状态，"谢尔盖说，神经质般吸着烟。"你们都是什么人？就不能稍微配合一下？！"

"可这事儿早不就是明摆着的。只是我不明白，你为什么要生气？你所有的一切都非常好！你还要怎么样？……"米沙快活地说。"喜奥巴，你瞧一瞧这幸福的白痴……你正开始一场美妙的奇遇……"

"什么美妙的奇遇？！"谢尔盖使劲地一挥手说。"她甚至都没给我电话号码。只是听见她对出租车司机说，去科雷拉茨科伊。"

"好地方呀，"斯吉奥巴兴奋地说。

"科雷拉茨科伊！"米沙说。"我认识她已经多久，可还不知道，她居住在科雷拉茨科伊区。谢廖嘎！你的一切都进展顺利！"

"算了吧！只需要借酒消愁！怎么我，不是人吗？"

"那谁把我和我的车送回家？"米沙眯起双眼说。"你答应过。再说，一切都如我所说而发生的。"

"如我们所说，"斯吉奥巴支持道。

"你就别磨叨了，米沙，"谢尔盖目视别处，痛苦地说，"我送你回家。我的车扔在这里，司机开你的车载我们。然后让他再来，把车开回去。对他反正都一样……我也已经无所谓。说吧，现在去哪儿？让我们赶紧走，不管是哪儿！我将一醉方休，那时你们就怨恨自己吧……"

"谢廖沙！或许，不需要再去哪儿！你这样就已醉得可怕，"斯吉奥巴温和地说，"今天你可能完全……"

"我无所谓。我反正什么都不记得……你们就闭嘴别再说，现在轮到我了。现在你们要可怜我，我现在的身心正遭受怎样的打击……嗯，你的车在哪里？"

· ·

而米沙非常想胡闹。他第一次看见谢尔盖处于那样的状态。他极想去唆使和捉弄他。米沙醉了。疲惫潮涌般袭来，但心情却十分愉悦。他甚至暗自思忖："我这应该是有点歇斯底里。"他还暗想，如果他知道给他打电话并威胁他的那个人的手机号码，那他现在定会给那个人打个电话，并捉弄他。

· ·

当他生活在尤利娅位于库图佐夫大街的家里时，他和尤利娅每年四月一日都捉弄什么人一下。她对此游戏很是严肃地对待，每一次都认真想好借口和愚辞。米沙会忘记四月一日这件事儿，但尤利娅从来不会。她挖空心思设计和制定每一次的捉弄游戏。

有一次游戏米沙特别难忘。那时，尤利娅还在和自己的瑞典教授交好。她知道，埃里克，人们都这么叫他，应该在四月一日那天前来到莫斯科。埃里克是个不缺乏幽默感的人，很讨人欢心的男人。米沙总是叫他要么"教授"，要么"索戴尔布廖姆先生"。他姓索戴尔布廖姆。米沙喜欢他。尤利娅和埃里克的关系感人至深。他应该在四月一日前夕飞到莫斯科，因此尤利娅就灵光一现，想捉弄一下自己的一位老相识。这位老相识曾经当过她的大学老师，那还是在尤利娅的大学时代。后来他成了科学院院士，但尤利娅一直和他保持着友好往来并关系密切。

尤利娅那时想出了一个主意，打算捉弄她的那位院士朋友。埃里克和米沙为此排练了很久。在这场愚人游戏中甚至还启用了维嘉——瓦洛嘉的未来妻子。所有一切都拜尤利娅的深思与熟虑，细节滴水不漏。

四月一日上午十一点，他们给科学院打了电话。他们专门留在家里，尽管是工作日，但尤利娅坚持这样，她自己向单位请了假，还强迫其他人也请了假。尤利娅非常激动，在房间里走来走去，不停地搓手，吸烟，就像烧煤的火车头。

他们打通电话，埃里克用瑞典语说，而米沙则用他唯一擅长的最庄严的音调翻译。总之，他们通知院士说，他们是从诺贝尔委员会打来电话的，因为院士被授予了诺贝尔奖。院士是怎样被如此明显的恶搞玩笑钓上钩，这一点无法理解，但一开始他不知道说什么，问是不是搞错了，然后便激动和忙乱地感谢。打完这个电话又过了十分钟，他们再一次给他拨打电话，这一次和他说话的是维嘉。维嘉自我介绍说是记者，祝贺他，并请求允许对他进行采访。她说，为发布新闻，她很快就到科学院拍摄院士。又过了十五分钟，当院士已经与人庆饮香槟酒并接受祝贺时，尤利娅亲自打来了电话。她祝贺他获得诺奖，说已经在收音机里听到关于他的研究成果，而在对话结束时，她还祝贺幸运的院士四月一日快乐。院士后来很久不和她说话，大概有三四个月。但再后来也还是只能一笑了之。

尤利娅也捉弄过米沙，那时他已不住在库图佐夫大街。尽管他认为他是不可能被捉弄的，因为他对四月一日有所准备并一直保持警惕，但她还是得以成功地捉弄过他两次，而且还不轻。两年半前承蒙尤利娅的关照，他驱车前往运输学院与母校的学生见面，说是院方邀请他给师弟师妹们公开讲授有关道路标识的课。他来到学院。没有人出来欢迎他，尽管之前说好了迎接的。而就当授课时间即将到来之际，欢腾的尤利娅打来了电话，并祝他四月一日快乐。

米沙对尤利娅的这些花招崇拜至极，并喜爱参与其中。每年他都想捉弄一下尤利娅本人，可却一直没想出来好玩的构思。不是构思拖拉，等想起来四月一日已经过去，就是懒于动脑，再不就火药味不足。尤利娅幻想有什么人能好好地捉弄她一顿，但这却一直都没有发生。

唉！这个时候最好拿上白兰地，大家一窝蜂地涌向尤利娅处，那一定会很好！——米沙走向汽车时，心中闪过这个念头。——但你这回所创造的，可是你最不成功的一次捉弄，尤列奇卡。实在糟糕。没有那样捉弄人的……——米沙醉蒙蒙的头脑中蹦出这样一句。他急匆匆看了一眼与其比肩并行的谢尔盖，后者沉默无语，神情紧张，低头只看自己的脚下。米沙微笑了一下。

• •

  谢尔盖带来了自己的司机，斯吉奥巴和谢尔盖认识他的司机。谢尔盖对他只称呼姓氏，他很喜欢他司机的姓"比比克"。谢尔盖为自己有那样姓氏的司机而自豪，一有机会就向大家展示和介绍，告诉大家他姓什么。米沙不知道司机的名字。比比克，完了。米沙甚至认为，如果不是那样的姓氏，谢尔盖不会叫上司机。

  而比比克这个汉子，寡言少语，宽肩敦实，满头一根毛发没有。他曾是"急救车"的司机。就是说，他开车极棒，对莫斯科的大街小巷了如指掌，并且沉着冷静得就像完全没有大脑神经一样。

  他们所有人一起向米沙的汽车走去。

  "米沙，给我索尼亚的手机号码，"路上谢尔盖悄声地请求米沙。

  "你要干什么？"米沙同样悄声地回答说。

  "正是时候给她打个电话和关心一下，问问她路上怎么样。"

  "我不能给，谢廖嘎。只有她允许才行。"

  "喂，你搞什么名堂？"谢尔盖当真地气愤起来。"给我电话。"

  "不给，别请求。你只会把事儿搞得更糟。别做傻事儿，别急！"

  "那该怎么办？"

  "我们会想出好办法的，"米沙平静地说。"明天。后天就更好。"

  "我活不到，"谢尔盖严肃地说。"让我用你的电话打。不然，我们就那样分手了，我什么都不能明白。"

  "你明白不了！"米沙说，强忍住自己不幸灾乐祸。谢尔盖身上所发生的这些，米沙看在眼里，却乐在心上。"干什么打电话？我们说什么？"

"你打，我来说。"

"嗯，不行。我不是你的敌人。忍耐，兄弟。"

"那就只打个电话，问一问，路上怎么样。就是，我们很担心。"

"好吧。但我不会把电话给你讲，甚至都别请求。而且我到旁边去打，和她说几句。"

他们来到了汽车旁。米沙把钥匙交给比比克，比比克打开车，坐到驾驶位，开始调适座椅、边镜和后视镜。斯吉奥巴说，他胖并要坐在前头。谢尔盖在米沙身边转来转去。

"喂，赶紧，给她打电话，不要当着他们的面，"谢尔盖说，完全像是一个高年级的中学生。"提几句我。试试问一下，她怎样……"

"放心，谢廖沙，"米沙笑了笑，表情就如谢尔盖的保护人一样，"我知道该说什么和怎么说。这事儿得谨慎。"

他走到一旁，谢尔盖站立在原地，米沙的汽车停在街心花园街和一个什么胡同的角落里。米沙拨了索尼亚的手机，等待对方接听时向胡同深处走了几步。在离街心花园街五十米左右的距离处，胡同分岔成两个方向，在向右转的岔路口矗立着道路标识"砖头"（前方没有道路的标牌）。标牌立在那里，轻微有些斜，它的铁质支架弯曲。"肯定是些什么醉鬼把它弄弯，破坏了整个画面。就那样一直会立到彻底把它弄断"，——米沙莫名地心想。这时索尼亚回答说。

"喂！"米沙听见。"出什么事儿了，米申卡？"

"没什么。我们只不过是担心，你那儿路上怎么样。"

"你们可真好。已经快到了，一切都好……这是谢尔盖让你打的吧？"

"不告诉你。"

"那就别说。我的电话号码，你可别想给他。他从我要了，我没给。没问你要吗？"

"什么都不告诉你。你别折磨他，好吗？"米沙说，勉强忍住不笑出来。

"啊 呀-呀！我什么时候折磨谁了？……怎么，你们所有这些男人都那么害怕折磨？！好了，米沙。告诉他，我到家了，一路顺利。晚安。今天别玩过了，失去分寸……他怎么，完全不喝酒吗？他不是个讨厌鬼？"

"不告诉你……再见，我的快乐心肝！吻你。"

"不吻……"索尼亚收了线。

米沙又看了一眼凄凉扭曲的标牌，开步回向汽车那里。

"怎么样？"谢尔盖急切地问。

"她一路顺利地到家了，"米沙特意放慢语速回答说，"一切都很好。我们说了不长时间，然而说的只是关于你。"

"啊呀，别撒谎，米沙。我不喜欢你喝醉和说话意味深长的样子。喂，你说的是真的吗？！"

"真的！只是在说你。她一下子就明白了，是谁提出给她打电话。还问，你是不是个讨厌鬼？"

"那你怎么说的？"

"我告诉她，我就没见过比你更快乐的人。"

"电话号码呢？"

"这事儿都没说到。别急，相信我，你完全合格……"

看得出，谢尔盖幸福万分。

"那我们现在去哪儿？"他急不可耐地问。

"我们这就上车，边行驶边讨论，"米沙说，完全就像庇护大哥一样。

他们来到汽车跟前。米沙开始绕车后走近汽车，走过后备箱时他想起，自己什么时候把一块由瓦莲京娜仔细包装好的"永无尽头"的道路标牌放在了那里。米沙想起这个，并停下了脚步。

"有个主意！"他脱口说出了声，然而这话更多的是自己说给自己听的。

• •

  他用了一些时间，向斯吉奥巴和谢尔盖，解释他想出的主意的实质。他知道，后备箱里早就躺着一整卷的透明胶带。如果没有这卷胶带，他的主意就不可能成立。斯吉奥巴一下子就喜欢上米沙的主意，谢尔盖对它有点冷淡，但也支持。司机比比克的看法，谁都没有问。

  最困难的是把附近街区院落里的垃圾箱搬过来。他们四人合力，把它挪到那个引起米沙注意的有些弯曲的标牌跟前。然后，他们把斯吉奥巴派到街心花园和胡同交叉口的角落那边，令他在那里观察有什么事情发生，如果看到警察出现，他就赶紧发出信号警戒。对于路过的行人，他们不在意。再说，过往的行人也很少。

  米沙用牙齿撕开那个包装，感叹瓦莲京娜把包装做得如此仔细和认真。他终于打开了包装，从中取出标牌"永无尽头"，随手把它交给头脑最清醒和个头最高的谢尔盖。谢尔盖快速爬上垃圾箱，并用透明胶带把米沙的作品绑在标牌"砖头"的上面。结果非常逼真和好看。只是在很近的距离观看，才可以看到两条呈十字交叉的胶带。然后，他们把垃圾箱搬回原位，并坐进汽车里等待，观看过往的车辆和人们对他们的所做所为是什么反应。

  这条胡同安静得出奇。街心花园街上车水马龙，几乎就像白天。已是周五至周六的深夜时分，好像莫斯科甚至都没有打算入眠。但胡同里却沉寂无声和漆黑一片，没有汽车拐向那里。

  "好像没人开车来这里，"谢尔盖不耐烦地说。"如果有什么人来，那他大概住在这里的什么地方。那些人知道这里的一切，他们甚至连路标都不会看。我就根本不看路标。我们还有什么好等的？"

  "别急，谢廖嘎！"米沙请求他说。"看见那样的路标，我本人定会傻眼。"

  "的确，离开这里吧，"斯吉奥巴背叛地说，"再过一会儿，我就睡着了。我想再喝点酒，并还希望找到自己的'梦想'。标牌很出色，把它嫁接在这里的主意也很天才。但是米沙，还是让我们找个地方，边乐边想:路过这里的人们,对自己的所见该是怎样地吃惊,而且他们也不知道,对此该如何理解。"

"瞧,你们怎么都那么没趣儿,"米沙烦闷地说,"我想看见这个。比比克,您说,您觉得我的主意怎么样?"

"我呀,说实话,非常吃惊,"谢尔盖的司机想了想,说。"但我不懂幽默。可意义何在呢?……"

"就是!"斯吉奥巴说。"去你的聪明脑壳想出的幽默吧。走,离开这里!开车……去有跳脱衣舞的地方……我甚至知道去哪儿……"

此时,胡同里拐进了来两辆汽车,一辆跟着一辆。他们慢速驶过标牌"没有尽头",并消失不见了。米沙非常失望。接着,又有一辆汽车拐进胡同,并从标牌旁驶过。

"嗯,现在我们走吧,"谢尔盖说,"但我很好奇,标牌会在这里竖立多久?我想,它可能会一直立到夏天。反正没有人看。"

"我们走吧,伙伴们,"斯吉奥巴开始央求说,"我开始清醒,并想睡觉。我已经什么都不想了。离这儿不远有一个脱衣舞厅。小喝一下,看一看"梦幻泡影",就回家睡觉。"

"喂,你们哪怕是给这个主意点个赞也好?!"米沙沮丧地请求说,感觉大家的耐心已耗尽。

"那是谁和你一起搬抬垃圾箱的?"谢尔盖埋怨地说。"而且,还是头脑清醒的状态抬的。"

"好,那我们走吧,"米沙深呼出一口气说。"良好的开端就是这样半途而废的。我服从多数。走,喝酒,然后的确该睡觉了。"

比比克发动了汽车。谢尔盖和米沙坐在后座位,谢尔盖俯身对着米沙的耳朵说。

"我明天会提醒你,"他悄声说。

"提醒什么?"米沙也那样悄声地问。

"你答应过想个什么办法。她的电话号码你没有给我……"

"啊-啊!"米沙拖长音节地回答说。"明天你给我打电话,我们想一想。"

他们驱车启动，司机开始调转方向。这时，胡同里转进来一台宽大黑色的车辆。这辆车行驶缓慢，米沙目送着它。突然，在驶到标牌"没有尽头"的跟前处，汽车停了下来。米沙看见，它挂的是红色外交牌照。

　　"等一等，停一下，"米沙对司机耳语道，但声音很大。

　　司机比比克踩下制动，并熄灭车灯。大家屏声静气和观看。从挂有外交牌照的汽车里走出一位身穿长大衣的高个子男士。他走下汽车，停立在那里没动，整个目光仔细地打量标牌。站立一会儿后，他向标牌走近了些。汽车里又走出一位身穿灰色短大衣和头戴礼帽的男士。两个人看了标牌有好一会儿，然后相互交换了几句各自的看法，并哈哈大笑起来。他们笑了很长时间。接着，穿长大衣的男士回到汽车里，在车厢内找了一会儿什么，并显然找到了。他笑着，摊开双手，对头戴礼帽的那位男士说着什么，然后接连几次拍摄米沙的作品。尽情地看够后，两位男士坐进自己黑色的汽车，并离去。米沙默言欢跃。

· ·

　　斯吉奥巴说服大家去脱衣舞俱乐部。米沙无所谓。他对脱衣舞秀一窍不通，对作为一种现象的脱衣舞本身也是一点都不理解。他曾若干次去过那种场合，但从未体验到过快乐。当然，那里也可以喝酒。谢尔盖更是完全无所谓。他焦虑紧张，心不在焉。而斯吉奥巴就奔着那儿去。

　　"不，伙伴们，"他说。"我并非女人控！但纯粹的男人帮让我无法长时间忍受。与其和一帮老爷儿们坐在一起，还不如我去睡觉。我需要欲望的客体。我必须在什么人面前炫耀自己，绽放我所有的光辉，以博取欢心。在你们面前，我没什么好努力的。在你们面前我努力博取欢心干什么呢？"

　　"在我们正在去的那个地方，你不需努力博取谁的欢心，"谢尔盖闷闷不乐地说，"在那里她们将努力博取你的欢心。我不喜欢这个……"

"当身边有女人时，总需要去努力博取欢心！"斯吉奥巴庄重地说。"我没有她们简直就不行。"

"啊-哈，"谢尔盖说，眼睛望着车窗外，"那就等我们四十岁时，那时我们才能理解你。"

"真是，谢廖沙！"斯吉奥巴高兴地说。"但你今天呀，除了在我们面前，再没什么别人可让你努力博取欢心的了！"

"米哈伊尔，"比比克突然低沉嗓音说，"方向盘有点往右跑偏。不厉害，但很明显。您最好去检查一下……"

"是吗？这可能是我近日心不在焉，曾把车开上过马路牙子，"米沙说。"显然是因为这个。谢谢！我不知怎么就没发现，近来忙得晕头转向……"

"最好检查一下，"比比克说。

· ·

在脱衣舞俱乐部门前，停着若干辆大小不同的豪车。在俱乐部入口处的上方闪烁着蓝色的霓虹灯。"我为什么来这里？"——米沙心中思忖。

他们走进黑色玻璃大门，耳朵里立刻冲入巨大的音乐声响，干燥、温暖的空气不由分说地涌入胸膛。空气中明显飘散着淡淡的甜味儿。

"先生们，进门是需要付费的，"迎接他们的保安礼貌地说，但他们的长相和神情并不彬彬有礼。

斯吉奥巴在那里如鱼得水。看得出，他远不是第一次探访这个场所。

"喂，伙计们，"他对两个长相没有任何特点的保安说，"这里是不是正等着我们呢？"

没有回答，斯吉奥巴也没指望听到回答。

"知道吗，米沙，"谢尔盖说，"我不去这个地方。我回家。不知怎么，不想喝酒。我打的士回我的汽车那里，然后开车回家。我让比比克等你们。别担心，他将把你送到家。"

"谢廖嘎！"米沙果断地说。"我也不是很想来这个乐园，我们去别的什么地方吧。让斯吉奥巴在这里撒欢儿……你想去哪里？"

"我最好是一个人待着，"谢尔盖疲惫地回答说。"米沙，我明白，我最好离开你们。我不能喝酒，这是多此一举，实际上我很疲惫。我就回家吧。但明天……准确地说，已是今天，我会打扰你一下。而现在需要睡一觉，当然，如果能睡着……她真的问过我的情况吗？"

"我有必要对你撒谎吗？！"米沙以最令人信服的语气回答说。"而且，我应该告诉你，以我对这个生活的理解，索尼亚不会就那么简单地开始过问什么人的事儿。我们去喝一杯，朋友！我们少喝几杯，然后就各回各家。"

"不了，我回家，"谢尔盖坚决地说。"想回家。今天的情感经历和折磨到此足够。少喝几杯没有意义，而且少喝我还不会。然而，人们常说，清晨比夜晚清明和智慧得多。我回家……"

"希望清晨不要智慧过了，"米沙回答说。"明天，我等你的电话。请相信，你很幸运！"

"唉-唉，我不知道，米沙，"谢尔盖叹了一口气说。"唉-唉，不很相信……"

"走，兄弟们，"斯吉奥巴突然插进对话说，"我买了门票。这里的美妞们已经等着我们呢。"

"谢尔盖要离开我们，喜奥巴，"米沙说，单臂搂过斯吉奥巴的肩膀。"今天，他不再需要任何人。他的思绪在科雷拉茨克，如果我对这个生活的理解不错的话。"

"伙伴们，给你们留些钱吗？"谢尔盖问。"千万别不好意思。过后还给我就是了，如果你们……"

• •

　　红色的沙发，震耳欲聋的音乐。米沙环顾四周，斯吉奥巴对身穿超短裙的女服务员说着什么。大厅正中的小圆形舞台上，一位身穿白裙的金发女郎在低头舞动，舞姿机械萎靡，缺乏激情。正当米沙向四周环看时，她已脱下白裙，下身只剩招眼的内裤和长筒袜。昏暗的大厅，在幽蓝色灯光的笼罩下更显昏暗，厅内每台小餐桌后都坐着三三两两的男人们。在他们身旁，一些衣着很少的姑娘们，或在沙发上陪坐，或站立在小餐桌和沙发间，来回扭摆腰肢和舞动。

　　很快有人给她们端上来什么喝的，装在玻璃杯内。暗黑色的液体，里面还漂浮有一大块冰块。

　　"你点了什么？"米沙端详自己的杯子，声音盖过音乐的声响，开大嗓门地问斯吉奥巴。

　　"我点了罗姆酒。我们将像海盗一样喝，"斯吉奥巴同样大声地回答说。"怎么样，有没有什么不同意见？"

　　"没有，罗姆酒就罗姆酒！"米沙又喊了一嗓子。"但只是请你把控这里的一切。你对这里的门道儿清楚。需要做什么，请及时提醒。"

　　"喝酒，米沙，什么都别担心。没什么要特别做的，在这儿你也做不了什么特别的。让我们大口喝酒，接下来再看……尽管就这样，这里也什么都是明摆着的……"

• •

　　他们喝罗姆酒，喝得非常快，杯子里的冰还没来得及融化，酒就已经被喝完。米沙觉得这个罗姆酒有点甜，然而，于他而言喝什么都已没有差别。他开始感觉疲惫，一种近乎空虚的感觉骤然袭来，他急速地醉了过去。

　　几位认出斯吉奥巴的脱衣舞女郎，挨近斯吉奥巴的身边坐下。她们看见他很高兴，他也高兴看见她们。有位姑娘坐到米沙的旁边，开始用手抚摸他的大腿。她自曝家门，但米沙一回头就忘记了。

那个姑娘的身上几乎一丝不挂。如果仔细观瞧，这个姑娘是个美人儿，但两份罗姆酒突然发起了效用。整个晚上喝进肚子里的酒水，与这两份罗姆酒在米沙的机体里汇合成军。音乐的声响突然不再震耳欲聋，耳朵里开始像塞满了棉花。当米沙决定将身子向后靠向沙发的靠背时，他感觉到，他的躯体向后倒去的速度太慢。而当他的后背终于抵近沙发靠背时，他的头不由自主地仰向后方，眼睛看见了黑暗的天花板，旋转中的幽蓝色灯光刚好转完半圈。接着继续转完了一整圈，但米沙已来不及看见，他闭上了双眼。他不得不又立刻把它们睁开，因为整个外部世界在米沙的头脑中和紧闭的眼帘后继续旋转，而这远比睁眼看着现实世界中蓝色的灯光旋转要糟糕得多。

• •

米沙只有一次在脱衣舞俱乐部感觉到有趣和快乐，就那也不是由于脱衣舞的原因，而是因为那一次他是和自己的爱妻在那里。那时在那里不只是他和阿尼亚两个人，而是一大帮人，但正是阿尼亚的出席才让他感动和兴奋起来。

事情是这样的，米沙的生意伙伴从乌拉尔来莫斯科，他们是很久的伙伴，并几乎就是朋友。他们在一起开了两天会，交谈，工作，最后一天晚上临走前，这些伙伴提议一起吃晚饭。从乌拉尔来的爷们儿们各个都比米沙年长，他们在所有的方面都努力做到完满，喜欢展现自己的豪爽和大方。每当米沙飞去他们那里办事时，他总是最大程度地享尽他们的豪爽和好客，事后费劲脑汁才能回想起自己是怎么返回莫斯科的。而当他的这些伙伴——他们有三个人，飞来莫斯科时，他们既努力好好工作，同时也努力从首都这里得到最大限度的享乐。米沙甚至害怕他们访问莫斯科。要完全满足他们的胃口和欲望，他感觉很难，但把他们扔在一旁不管，他又不能。毕竟是生意伙伴。

然而，那一次他们却无法像以往已习惯的那样放荡不羁，因为与他们一起来的还有一位女士官员。他们自己的一些什么生意取决于这位女士。与她在一起，爷们儿们的言谈举止非常谨慎、谦恭，极尽讨其欢心之能事。

由于有那个女士出席，从乌拉尔来的伙伴们被迫仅限于吃晚餐，他们请米沙带妻子出席，以显更加庄重、体面和对自己的女官员的尊重。米沙亲自挑选饭店，预订餐位，并带阿尼亚出席。

晚餐吃得很好，一切如常。阿尼亚很快就和那位女士搞好了关系，她们相互握着对方的手，忘情地交谈。餐桌上一句接一句地响起祝酒词，什么"为女士"，"为在场的女士"，"为那些女人，没有她们我们连一天都活不了"，"为那个女人，她一双纤纤玉手掌乾坤，领导男人们干事业，同时又是大美人儿"，后来干脆就"为爱"。所有来自乌拉尔的朋友，包括"纤纤玉手掌乾坤"的那位女士，一起喝伏特加。米沙和阿尼亚喝葡萄酒应对，为此引来一堆嘲讽，像什么"那当然了！和莫斯科人无法正常喝酒⋯⋯"之类的风凉话。

终于在晚宴快要结束时，女官员发表的一番言词证明了，作为有影响力的一方大员，她绝非浪得虚名。她海量豪饮了很多酒，但你从她的外表却不可能看出来，只不过是面色红润和开始说话声大。然而，有一刻她看了看手表，并果断地从餐桌后站起身。

"这样！"她声明道。"我吃饱喝足，够了！你们，米沙和阿尼亚，感谢你们的晚宴，饭菜都很香。我要去睡觉，有时差，还有莫斯科也让我累了。明天需要早起。你们看着点这些游手好闲的家伙们，"她说，并严厉地看了一眼自己的同乡们。然而，她说话的语气却充满呵护和温情，后者都微笑着脸。"而你们，流浪汉们，今天反正还是要去胡闹捣蛋，我知道。去胡闹捣蛋吧，只是别丢我们城市的脸⋯⋯"

男爷们儿们再三请她留下，然而同时却迅速地把貂皮大衣拿给她，三人还拥抢着送她，一心奔着去亲吻她的手，并很快亲吻了它。而当她刚一离开，他们则长长地呼出一口气，解开夹克衫的衣扣，把领带弄松。对阿尼亚他们并不避讳，只是努力不当她的面说脏话，但有时还是冒出几句。

他们那时当着阿尼亚的面开始聚会，商讨晚餐后想去什么地方。提出的方案有若干个，然而却一个比一个罪恶。最终，他们还是决定去脱衣舞俱乐部，那个俱乐部被其中的一位大赞。米沙和阿尼亚他们没有叫。

"我也想去，"阿尼亚对着米沙耳语道。

"去哪里？"米沙问。

"去那里……脱衣舞厅，"她微笑着说，"我很感兴趣。带上我，如果可以。"

"其实那里没什么意思。我不想去那里，"米沙诚实地说。"在那儿没什么好做的……"

"可你没和我说过，你去过那种场合，"阿尼亚打断他说。

于是大家一起去了脱衣舞俱乐部。男爷们儿们开始时还怀疑，他们暗地里向米沙做臭脸和使眼色，但后来又喝了些酒，吃了些菜，他们甚至对阿尼亚的主意很赞成。再后来他们说，"阿尼亚是好样的！"

阿尼亚非常激动。路上她问米沙，他们正在去的地方是否让女人进，而这又是否得体，那里的姑娘是否完全光着身子跳舞，以及米沙是否经常光顾那种地方，无论是在莫斯科，还是当他出差到其他的什么城市。

"我还在电影中看见，人们往姑娘们的内裤里塞钱，"阿尼亚瞪着完全天真和火热的双眼问道。"我也可以那样做吗？"

"你想做这个？"米沙问，为她的狂热高兴不已。

"我不知道，只不过是在电影里看过。"

她兴趣浓烈，一点也不掩饰自己的兴奋和激动。米沙和阿尼亚在那个俱乐部待了差不多有一个多小时，于是回家。男爷们儿们留了下来。他们分手告别，某种意义上他们甚至是"分道扬镳"。看得出，他们觉得，他们豪放的举止、爽朗的笑声和大声的叫喊，令所有看见和听见他们的人高兴不已。也就是说，他们觉得，他们让首都兴高采烈。已经很难和他们再待在一起，于是阿尼亚和米沙离开了。然而，阿尼亚成功地把钱塞到了一个姑娘的弹力长筒袜和另一个姑娘的乳罩里。

阿尼亚坐车回家并一路面带笑容。她沉默不语，心里思考着什么。到家后在上床睡觉之前，他们在厨房里小坐喝茶。

"很奇怪……"阿尼亚若有所思地说。"我在那里起初一点都不喜欢，刚开始真是失望透了。和我想象的不一样，准确地说，又一样又不一样……我完全不理解这个封闭的男人空间。我在电影里看见过脱衣舞……但电影里的脱衣舞是在美国的什么地方，那里有喝着啤酒的牛仔……男人杂志到处在卖，然而我却怎么没看过……但这一切从孩提时起就有些神秘、恐怖，那样的令人好奇……我甚至想过，我可否也那样在众多男人面前脱光衣物。我甚至做到过那样的梦……就是已经在这里，在莫斯科，我多少次从这些霓虹灯前走过，'男人俱乐部''绅士俱乐部'和'类似的俱乐部'。我对其一直很好奇，心想，在这些不透明的大门后面究竟有些什么？为什么男人们不停地走进那里？那里有什么东西是甜蜜、诱人和特别的？而这些东西恰好是在日常生活中，在家里，在我这儿所没有的？"她歪头向左，看了一眼米沙。米沙永远记住了这个眼神。"我没思考过这个，但不知为什么我却幻想过，在那里，在这个世界，所有一切都应该是非常甜美和吸引人。那里的姑娘野性，放荡，特别大胆和开放，不是吗？！她们一定很美，热情似火，但又野性十足。就像被战士和水兵所喜欢的明信片上的女郎们……尽管我这也是在电影中所看到的，士兵喜欢那样的明信片……我想的很天真，是不是？……"阿尼亚悲凉地笑了一下。"只不过我有点难过。那样美丽的梦幻破灭了！那样秘密的泡影消逝了……可是后来我在那里开始感到滑稽和可笑，甚至觉得很有趣儿。第一，看那些男爷们儿们很可笑。无论如何，你们是多么可笑！男人们在那里是多么一本正经地在看！你们在那里是多么爱护自己！大家装出无拘无束的样子，好像在说，我们大家只是顺便拐进这里一小会儿，喝酒和快活一下，我们与女人之间没有任何问题……这真好笑！你们的心思是多么容易被预先揣测的呀！"

"你是从哪里那么多了解男人的？"米沙半开玩笑半是认真地问。

"哎-哟-哟！你可问了个刁钻的问题！"阿尼亚噗哧一声笑了。"你也在这方面可以被预知……总之，在那儿看一看男人感觉很乐。有几个姑娘舞跳得也很棒。有些长得甚至完全不漂亮，但舞跳得真很棒。我还暗自思忖，是否我也能那样握着钢管旋转，如果练习一下？我还发现，在那里姑娘之间总体上关系很好。正常的工作关系。顺便问一句，你有没有注意到，这些姑娘身上散发着一股什么特别的味道？那种淡淡的甜味。没发现？"对这个问题米沙没有回答，只是耸了耸肩。"奇怪，给我的感觉，这是某种特殊的味道，专为你们……告诉我……那里的姑娘有人买吗？"

"你指什么？"米沙问，温柔地看着阿尼亚。

"我指那个！就是那个呀！"

"这又不是妓院，阿尼奇卡。"

"可我觉得，你的伙伴们试图在和姑娘们达成交易。"

"嗯，可以在任何地方和任何人尝试达成交易，"米沙说，并对阿尼亚挤了挤眼。

"我是问……可以用钱达成交易吗？尽管你可以不说。我想，是的……"她说完就陷入了沉思。"真有趣儿。我很高兴去过那里……"

· ·

米沙没发现怎么开始的，但他开始开口和那个抚摸他大腿的姑娘说话了。他甚至半搂抱着她，应其请求给她点了一杯名称复杂的鸡尾酒。他问她从哪里来莫斯科，在哪里学习，是否喜欢在那种地方的工作。她径直对着他的耳朵回答，声音盖过音乐。她说，她来自南方，学习服装设计，她喜欢跳舞，但很快她就已经结束这个了。从她的回答中明白，即使不是所有人，那也是很多人问过她这些。然后她说，她该上台表演了，但一定会回来把鸡尾酒喝完。

斯吉奥巴被三个姑娘包围着。他逗她们开心，她们笑着。而米沙对自己喝了多少酒已没有数。他开始感觉空虚和无所谓。"为什么我在这里？没想来这里呀，——思绪在如同糨糊的大脑中缓慢翻腾。——可另一方面，我那时想去哪儿了？回家吗？是的，应该回家！！但那时我没想回家呀。谢廖嘎克真好，他现在很清楚他想要什么……"米沙撇嘴微笑。他笑自己的思绪。

"喜奥巴，让我们再喝一杯就各回各家，"米沙俯身倾向斯吉奥巴，大声喊道。

"他干什么，想把你从我们手中夺走吗？"一位打扮鲜艳、肤色黝黑的姑娘，从另一侧俯身倾向斯吉奥巴，并对他大声说。"斯吉奥巴，别抛下我们。你的朋友愁眉苦脸。我们现在挠他的痒。"

"我的朋友不怕挠痒，"斯吉奥巴回答说，"他根本就什么都不怕。马上，米申卡，我们来喝一杯。"

"那就让他回家，"另一位姑娘鼓起腮帮，生气地对斯吉奥巴说。"不许从我们这里把他偷走，"这次她已经是对着米沙说。

"你的朋友已经玩够，"另一位坐在斯吉奥巴大腿上并用手抚弄他头的姑娘大声地说，"让他想去哪儿去哪儿！而你，我不放你走。"

"听着，我的孩子，"米沙生硬地说，"不该管的别瞎管！我够还是不够，这不是该你管的事儿……"

发生了短暂的争吵。米沙突然失控，小姐们当时也没示弱。几分钟后，斯吉奥巴坐在那里，一只手搂抱着情绪低落的米沙的肩。

"米申卡，我亲爱的，"斯吉奥巴温柔地说，"别生气，亲爱的。我也已经喝醉。但看见没，这不算什么事儿……"他把酒杯塞到米沙的手中——杯中的冰块相互撞击后发出叮当的响声，同时拿起自己的酒杯，"及时停止的艺术没有被我掌握。怎么及时刹车？我不会。别生姑娘们的气，她们在工作。我尊重她们，我爱那些劳动的人们。我觉得，她们远比所有那些娇生惯养、枯燥无味的无所事事的慵懒之徒和昂贵的母狗们令人愉快得多。米沙，我呀，爱你。原谅我，是我把你拖到这里来的。但我就是这样，没这我不能活。我叫姑娘们回来，可以吗？让我们再干一杯！"

他们干杯。米沙喝漏了几滴酒，双唇已不怎么听他使唤。

"叫，喜奥巴，随便谁，"米沙说，目光艰难地聚焦在斯吉奥巴的脸上。"我呀，也爱你。就让你感觉很好吧！原谅我。我已经烂醉如泥，我要回家。"

"米申卡，你觉得，我好些？"斯吉奥巴用自己满头是汗的额头顶着米沙的额头，说。"等一下，马上咱们一起走。只不过我已骚动不安，一个人从这里走不开。是的！我就是那样的畜生。给我四五分钟，我好明确。"

"喜奥巴！你真是个'巨人'！"米沙勉强笑了一下。"可有意义吗？"

"意义是一点都没有，只不过是不想一个人。再说，我告诉过你，我是畜生，"斯吉奥巴说完就把脸转向坐离到一旁的几个姑娘的方向。"我的美人儿们，你们就请回来吧！我想死你们了！我呀，爱上你们所有人！我的朋友不生气了。这都是我的罪过。因为我爱上了你们，而我的朋友为我担心……"

如果他看见那一刻的自己，那他看见的就是一个酩酊醉汉，他站立在那里，左右轻微晃动，头低垂向下，眼睛直勾勾盯着脚下。这个人的下嘴唇向下耷拉得厉害，而双手则深深地插在裤子口袋里。

然而米沙看着自己的鞋，并对自身的样子浑然视而无觉。思维在头脑中缓慢转动，但意识里形成的言语却明确清晰："哎哟，我将很糟……可周六怎么过的问题在周五就已经解决……应该记住这个思维……再看一看你，尤利娅……干什么你需要这个意大利？……哪怕暗示一下……你给我打个电话很难吗？……那我和你在莫斯科不就可以解决一切了吗……我一步也不会离开你……哎哟，明早我将很糟！我的妈呀……但我将有明天早晨，而你……好吧，尤列奇卡……尽管，好个什么，见鬼……什么都不好……"

"米申卡，我爱这个美丽女人，"米沙听见，回头看了一眼说话声，脚下差一点失去平衡，两脚踉跄地交换重心，并勉强恢复站稳。斯吉奥巴沿着楼梯走下到存衣处，手里挽着正是那个坐在他怀里的姑娘。

"啊-呀-呀！米申卡，你的确，喝好了……"

· ·

  米沙不记得自己是怎么回到家的。他记得，他坐到司机旁，因为斯吉奥巴带着自己的意中人坐进了后座。米沙记得，司机决定先送他们，然后再送他回家。他们坐在车里行驶。他记得，他们行驶在路上。但在某一刻意识之灯熄灭，于是他从这个世界消失了，米沙不记得。意识只不过是短暂停歇了一下。

  米沙即使努力也说不出来，他是怎样向司机讲解清楚该把他送到哪里，他又是怎样把公文包从后备箱拿出来，把车钥匙从公文包里找到，他如何试图给那个姓比比克的司机付钱，而当后者坚决拒绝拿钱时，他又如何拥抱了他。他还说不出自己是如何进的家门，并对睡眼惺忪的阿尼亚讲了句什么话……然而，米沙做了这一切，同时自己完全不存在于这个世界。

· ·

  米沙喝酒很少喝到失去记忆的地步，非常罕见，几乎从未有过。事实上这种情况在他身上一共也只发生过几次，这也只是他人生中的短暂片段。那时，他备受苦闷的折磨，在大都市里无头苍蝇般东跑西串，四处寻觅离他而去的心爱女人。米沙那时第一次喝醉后马上就明白了，这个经过验证的简单而又明了的办法对他毫无帮助。他那时只不过是被不停的焦虑和绝望折磨得精疲力竭。而且，那时家中没有人等待米沙，那时阿尼亚带着卡嘉住到了离他很远的远方。最困难的就是回那空荡荡的家。他不想待在那里，在那里，他向最亲近和最信任他的人撒了谎；在那里，正如他那时的感受一样，他毁坏了自己本人和妻子的生活，毁灭了一切。他不想发疯，然而，他完全不知道该怎么办，该如何面对自己一手创造出来的一切，面对自己的那段情感经历，面对接下来该怎么活。在完全喝醉的状态下去找尤利娅，米沙不敢贸然去做。有几次他找到了别的什么人，忍受他的喋喋不休，听他倾吐，主要是陪他喝酒。那时米沙就喝到了没有任何觉知，于是对于在哪里和怎么睡，他都已无所谓，只要不是在家。那时他喝醉酒不是为了短时间快活一下，甚至也不是为了休息，他喝醉酒，是为了让自己从这个世界上消失。

然而，这一次一切皆是不同。他没有被良心谴责，很久以来已不说谎，家中的一切安好，最主要是平顺和安宁。米沙这一次喝酒，他感觉很快乐。他几乎完全成功地摆脱了近日所有的怀疑、恐慌、痛苦和不解的心理纠缠。他果断而又轻松地回避掉了冰冷而又突如其来的恐怖和威胁，它们源自陌生人的说话语气和腔调。思考、回忆和苦涩突然被理出头绪，心情变得大好。接下来意识之火熄灭了，熄灭得缓慢和不易，但它熄灭了。

· ·

米沙睡倒在自己的床铺上，阿尼亚帮他把衣服脱掉。他酣然大睡，张着干燥的嘴巴粗声地呼吸。但他的头躺在枕头上，身子盖在被子下。他睡在自己的家中，隔壁房间内安睡着他的女儿们。窗外的大街上，远处不断地传来城市的喧嚣声，街道上的车辆往来不息。米沙睡在自己的床铺上，摊开双臂，呼出体内的醺醺酒气，吸进卧室里的温暖空气。阿尼亚躺在床铺的最边缘，忧心地思考着什么。而米沙酣睡着。他睡在巨大的城市里，甚至不知道自己在睡觉。他的头脑里一片漆黑，完全没有临在感的漆黑一片。那里没有梦，没有思考，没有愿望，没有回忆——那里什么都没有。那里甚至都没有米沙本身。

• •

对于米沙来说，星期六的早晨不曾存在。他在星期六的早晨缺失了。他的肉身的苏醒和意识的回暖，历程艰辛而又痛苦。

在米沙返回这个世界的过程中，世界也早就习惯了这种返回。在这里早就等待这个世界返回者归来的有各种吱吱冒泡、溶解于水的药片、制剂和其他有效的工具。对于从米沙去过的那个世界归来的人们，有人这种办法管用，有人那种办法生效，有人需要各种办法综合运用。是的，这个世界没有哪一种工具和方法绝对管用，保证你没有丝毫痛苦归来的药方不存在。然而，这就是为缺失所付出的代价。

米沙的归来要求付出惨重的代价。简言之，他感觉糟糕透了。

• •

他醒来时，家中没有人，四周一片寂静。米沙不记得他是怎样回到家的，但他现在是在家里，这一点他马上明白了。至于除了他家里没有其他任何人这一点，他稍晚才搞清楚。如果不是深受很多别的痛苦，那他肯定开始惊慌和担心起来。

随后他找到了体贴入微的阿尼亚留在床头柜上的特效药片和一杯水，这些药片是经实践验证过的。那里与药片和水一起，还有一张便条，细心的阿尼亚在上面用大写字母简短地写道："我们去看电影了。为琐碎小事别打电话。"

米沙远不是很快就能开始着手进行首轮康复治疗的。后来他开始着手治疗，疗程进行一段时间后，他抬眼看了看时间，那时差不多是午后两点钟左右。

当米沙进入浴室用有点凉的水，甚至几近冰冷的水淋浴时，他两腿站立不住，只好蹲下，后来干脆在浴缸的底部坐下，那样的坐姿坐了很长时间，他浑身颤抖并呻吟着。他听见，在浴室的门外家里的电话拼命地响起。这个电话很少响过。米沙在自己身上找不到一点力气从冰冷的淋浴中爬出,也没法湿身去接听电话。电话铃声不停地响了很久。但实际上从来没有人给米沙拨打过这部电话。打这部电话只可能是找阿尼亚的。米沙继续坐在淋浴下,颤抖着。电话停止了叫喊。

  阿尼亚带着女儿们在午后三点钟回来了。那一刻米沙刚刚穿好睡袍,浑身卷曲成一团,在沙发上勉强找到得救的姿势,闭上眼睛,并在寂静中安息。电话静默无声,房间内不明不暗,米沙细微地呼吸,这时阿尼亚和孩子们回来了。她们回来的声响和女儿们高大的嗓门传进米沙的头脑,然而他高兴了起来。他虽然不能够站起身,并走到玄关过道处迎接她们,但他可以欢颜迎对。

  ·

  回到家的阿尼亚平静,严厉,甚至冰冷。她打发女儿们回自己的房间,训示卡嘉照顾妹妹索尼亚,命令她们在一定时间内务必保持安静和不得喧闹。阿尼亚和米沙顺便说了就几个词,紧接着就到厨房,去忙自己的事儿了。

  而米沙,除了感觉身体非常难受,还感觉心里甚是愧疚。他不记得自己是怎么回的家和回家后自己的状态。尽管他怀疑,他可能在回来后言行粗鲁和糟糕,但难保是不是发生了什么事儿。甚至即使什么都没发生,那也反正是明摆着的,他深更半夜一副有伤风化的样子出现在家里。

  阿尼亚在厨房做着什么。米沙在沙发上坐了一会儿,没忍住对他存在的无视,呻吟着站起身,弯腰驼背,慢腾腾地走去厨房妻子那里。米沙勉强走近厨房,并在门前站住。阿尼亚用刀大声地在切圆白菜。

  "我动了你的车,"她连头回也不回地说。

  "你的车怎么了?"米沙嘶哑的嗓音问。"必须吗?"

  "我的被挡死了。有人把自己的车停成那样,我的车怎么都出不来，"阿尼亚声音平淡和冰冷地说。

"不是我本人停的车。"

"希望不是你本人，"阿尼亚笑了一下，继续咔哧咔哧地切圆白菜。

"谢尔盖的司机送我回的家。顺便告诉你，他有一个很奇怪的姓……"

"比比克？"阿尼亚打断他问。"的确很怪。"

"你从哪里知道的？"

"你昨天讲给我的。我给你脱衣服和安慰你时，你向我呜噜呜噜地说了很多。"

"是吗？可我不记得。"

"这不奇怪。"

"阿尼奇卡，我感觉很糟糕。原谅我，并别生气……"

"说到，你感觉很糟糕，这也不奇怪。至于原谅，原谅你什么呢？"阿尼亚说，手中的刀继续切菜。

米沙对她的问题沉思了几秒钟。

"嗯，我很羞愧，阿尼奇卡。"

"是-是-吗！我好像还没看过你喝成那个样子，"她说，并回头看了一眼。"你到现在样子都'好看极了'；是什么缘由可以那样放松？"

"我难受，亲爱的，"米沙说，声音极其微弱，"别拷问我。"

"我有些问题要问你，"阿尼亚用依旧冰冷的音调说。"但现在我不会问。"

"那为什么？问吧，"米沙警惕起来。

"不了，以后再问，"阿尼亚看着米沙说。"早晨你的手机不停地响起，我把它关掉了。很是令人恼恨。"

"谢谢，"米沙手扶门框说，"做得对。"

"还有，不知什么人拨打我们家的座机号码，打了好几次。我拿起话筒，但没人回答。打了四次，有一次我没来得及去接，卡嘉接听的。

电话那边一直在沉默。这我可不喜欢。如果再打来，你去拿话筒。这些电话让我不安。"

"你不在时也有个电话，但我没来得及走过去，"米沙说，无力把这作为问题去考虑。折磨他的是别的一些，完全简单和绝对肉体上的感受。"但你不用担心，都是些无足挂齿的小事儿。还有什么问题吗？"

"暂时没有了，以后再说，你现在感觉不好。"阿尼亚说并转回头，双手一直没有停止切菜。

米沙的头脑里瞬间闪过对之前愚蠢奇遇和几次电话交谈的回忆，然而，阿尼亚冰冷的声音和她有什么问题要问并最终欲言又止，这激起他更为强烈的警觉之心。他开始怀疑，难道他夜里干了或者说了什么多余的，米沙什么都不记得。

他感觉到已不能站在厨房门口，和阿尼亚的谈话谈不拢。米沙走进厨房，在地板上拖拉着拖鞋，倒满一杯水并喝了下去，记不清这是酒醒后喝的第几杯水。然后他回到沙发上，来回挪动了几下身体，找到之前的姿势，闭眼安息。"应该给喜奥巴打个电话，并打探清楚，昨夜我是不是放纵自己，做了什么多余的事儿"，——米沙心里思忖。

女儿们在自己房间内玩着什么，从那里不时传出儿童玩具金属打击乐器的声响。显然，索尼亚在胡乱敲打这个打击乐器。"是谁送给孩子这个破礼物的？——米沙想。——不是我们自己买的。这真没人性，送那样的礼物给别人的孩子"。从厨房那边，飘来一股正在做的饭菜香味。声音和味道让米沙的生活更加糟糕。

这时家里的电话响起了铃声，米沙被这突然响起的铃声吓得轻微颤抖了一下，但他没有走过去接听，不想失去那么不容易找到的姿势。

"接电话，"阿尼亚从厨房里走出来，说。"这可能是那些不想开口对我答话的那些人。或许，对你会答话。"

米沙悄声从沙发上起身下地，脚步蹒跚地走到电话前。阿尼亚站在那里，看着他，并等待着。米沙拿起话筒。

"喂，"他像平常一样说，但只是声音嘶哑。在电话听筒中，除了听到轻微的吱吱声响，就再没别的声音。"您请说话，我在听，"米沙看了一眼阿尼亚，并耸了一下肩。"请说话！"

"这该你对我说，为什么挂断我的电话？决定以沉默敷衍吗？"米沙听见正是那个人的说话声。"这呀，可笑。你可不是傻瓜……"

"您好，"米沙打断说话者。"我现在说话不方便，"他尽可能平静地说，把眼睛从阿尼亚处移开，"您能否星期一重新再打电话来？并请不要打家里电话。"

米沙听到一声冷笑。

"怎么，老婆在旁边？"米沙在笑声后听到电话那头说。"明白，但我不能等到星期一。我等不了，明白了吗？为什么当着老婆的面，你不想和我说话？啊？那个呀……"

"好，"米沙回答说，声音保持一如之前的平静，"您晚上重新打给我。"

"不必了，亲爱的朋友。我过十分钟后给你打来，这是我为你能做到的所有。既然不愿意我打这个电话，那你打开自己的手机。或者，你想让我按响你们家的门铃吗？"

"明白了，请您在方便时重新再打来，"米沙说完就放下了话筒。

他不能在阿尼亚目光的注视下继续这个谈话。

"这是谁打来的电话？——阿尼亚问。"

"是这样，小事一桩，"米沙回答说，做出一副无所谓的模样，"工作上的事。"

"小事一桩？可为什么你的脸色变得那样苍白？由绿突然变成苍白。又为什么电话打到家里，但对我却不开口讲话？米沙，别骗人了。否则，我要问你的问题只会积累更多。"

"阿尼奇卡，这是从彼得罗扎沃茨克打来的电话，"米沙说，发痛的大脑无力想出别的谎言。"我们在那里有些严重的麻烦。这就是那些人打来的，委婉点说，他们不是我们的朋友。野蛮人。我不知道，为什么他们打家里的电话，还是在星期六。这我现在就把它弄清楚，他们将重新再打过来。我的手机在哪里？"

"希望这不是有什么危险的麻烦，"阿尼亚扭头斜歪着颈部，用充满不信任的目光看着米沙说。

"这只不过是令人不愉快的麻烦事，"米沙回答说。"啊-呀，我浑身难受，亲爱的。我的手机在哪里？"

"在门厅的架子上，"听到阿尼亚冷冷的回答。

米沙吃力地走去拿手机。他最一开始在厨房里与阿尼亚交谈时还在想，是否该把这个在街心花园遇见一个姑娘，并由此招来粗鲁威胁的整个荒谬故事，讲给阿尼亚听。但这在他现在的状态下是那样的困难，甚至都不知道该从哪里讲起。打到家里的电话过于突然，于是米沙就撒了谎，而现在讲实话已经迟了。为时晚矣。

"我去卧室和他们说，"米沙说，拿起手机，并从阿尼亚身旁走过。

阿尼亚什么都没说，只是目送他走过。

米沙随手关上门，坐到床上，并打开手机。他对让他不得不等待来电的那个人升起了仇恨。他也恨导致如今这个局面的自己。他想把自己满腔的怒火倾泻到这个折磨者身上，只要他再打来电话就发泄。然而，不能大声说话，以沉默应对又已经不可以。米沙觉得，被搅进这个事件后，自己做出的所有反应都不正确。但其实没有了恐惧，他不再害怕电话中的那个声音。与此相比，更令他感到害怕的，是阿尼亚仔细认真和怀疑不信的目光，以及他自己撒下的谎。

米沙坐着，并等待来电。这时电话响起。米沙看都没看，把手机拿起，贴近耳朵。

"喂，总算接电话了，"他听见谢尔盖快乐地说，"给你打了已三个小时。怎么，醒过来了？"

"谢廖嘎，对不起，"米沙喘了口气，意识到是谁在给他打电话，放松地说。"我出界了。反正还是喝高了。更准确地说，喝高"这都不是那个词。但我现在不能和你说话，马上有人要打电话给我。过一会儿我自己给你拨过去，如果可以的话……

"唉，朋友，"谢尔盖的声音不再快乐，"我没力量等很久！你赶紧重新给我拨过来。你还记不记得，我和你说好什么了吗？……"

"记得，但又不很记得！"米沙迅速回答说。请原谅，我现在真的不能和你说话。再打给你，"没等听到回答，他就挂断了电话。"

米沙一边等待着来电，一边恼怒万分。在陌生人终于打来电话的那一刻，他已等待和恼怒得精疲力竭。

"喂，怎么样，寂寞想念了吧？"他听到。"可我已经知道你很多的情况。你妻子的声音很动听。我只是不明白，从哪里冒出来一个你这样的？"

"停止耍怪做丑吧！"米沙压低声音，雷霆般威严地说，努力不提高嗓门。"关于你，我什么都不知道，也不想知道。不许你打电话到我家里和吓唬我的家人。"

"关于我你不知道？哼？！不可能！"声音几近暧昧和轻薄。"那她怎么，没对你说过一点有关我的事？怎么可能！没提醒你？尽管她是那样的。她现在在哪里？"

"我之所以与你对话，是因为你打电话吓唬我的家人。我昨天向你解释清楚所有的情况，没有什么需要补充。我不打算再向你做任何解释……"

"你必须做！"电话中响过生硬的回答。"你怎么，当着老婆的面不敢和我讲话？"米沙听见嘲笑声。"不行了，你不得不给我解释……"

"无论你是谁，"米沙努力不去叫喊，压低声音说，"我不会再用那样的语言和你说话。我又不是小孩子。如果你不能正常和严肃地说话，那我们今后就不可能交谈。你难道没明白，我不怕你！"

"既然你跟我说话，那就意味着，你怕我，"对方说话的声音完全变了，它变得严厉和平静。"你想严肃和正常？来吧！但这可非常严肃，你甚至不用怀疑。"

说话者做了个短暂停顿，米沙听着。他坐在床上，将手机紧贴在耳朵上，耳朵被压得疼痛，似乎害怕陌生人的说话声可能被阿尼亚听见。

"那好，现在我们来严肃的，"说话者继续说。"我想，你知道她在哪里。而且我认为，你会告诉我这个。如果你不告诉我或想让她留下跟你好，那你不得不想办法做到，让我不觉得自己就是个傻瓜。就是说，如果你不告诉我她在哪里，那我们需要探讨很多。把所有一切都探讨清楚——这对你有好处。因为，如果你要是对我撒谎和千方百计地挣脱，那你可真的就应该怕我了。然而，不管你是否告诉我她在哪儿，我们反正还是需要探讨很多。所以，我们需要见面，并"谈一谈"。我说得够明白和清楚吗？"

"这是毫无意义和空洞无物的交谈，我不会和你见面。你把所有都说得很清楚，但我可以重复的就只是我已经告诉过你的。让我们别再继续这个愚蠢的对话，它既不会给你带来什么荣誉，也不会给我带来任何光耀。我只重复告诉你一个：我绝对不怕你。"

再一次出现停顿。米沙听见，陌生人在那里，在那不知是哪里的地方，开始抽烟，他深深地吸进一口，随后吐出一缕白烟。而米沙一想到香烟就开始感到恶心，那个恶心的感觉瞬间海浪般袭遍他全身的知觉，但头脑却因气愤而变得反应灵敏和清晰。只就是自己说话的声音，叛徒般嘶哑和柔弱。

"也许，你说的是真话，"米沙终于听到。"也许。但只是我并不相信。既然我不相信你，那我对你来说就是危险的。我总是很危险的，你听见我说的了吗？"

"是。"

"我不相信你，我是心平气和并严肃地对你说这个的。你给我听好，无论怎样，但你就是挡在了我的路上。你不走运，听见没？听懂我的意思了吗？"米沙沉默无语。"你必须和我见面，必须！我累了，而且我对目前所发生的情况非常不满意，所以我很危险。你应该害怕。我把自己的想法叙述得足够规范吧？你本人应该希望和我见面，并把这一切做一个了断。甚至即便你说的是真话，你也必须害怕我。"

"没有任何如果！"米沙脱口而出，嗓音一下子更加嘶哑，他几乎是嘶嘶啦啦地说完自己的回答。"我不打算见面。"

"今天，晚上八点，"陌生人说，明显把米沙的话当成了耳旁风，"你开自己的车，我认识你的车，到花园环线和斯比利顿诺夫斯克街交界处的拐角。你转到斯比利顿诺夫斯克街上,停车并从车里下来。我们就在那里见面,在大街上见面。别怕,不会有人劫持你或把你强行塞进另一辆车。那个地方人流量很大,并还安静。记住了吗?"

"我不会到那里去,"米沙慢吞吞地说。

"你全部都记住了吗?八点,花园环线和……"

"我不会去。"

"我很累了。届时我将在那里等你,强烈建议你准时到达。别考验命运,没必要。我累了。然而你看见没,我依然还是尽量按你喜欢的方式说这话的。和我总是可以谈一谈,你会喜欢的,"陌生人就此结束了对话。

陌生人的最后几句话,主要是他说出这些语句时的腔调,让米沙听后颈部发凉,满后背鸡皮疙瘩直起。在这个腔调里,弥漫着米沙对于人际关系中所不了解的和令人充满恐惧的想象黑洞。在那样一种人际关系中,各方遵循的是截然不同的另外一些条例和规则。在那个音调中,有着宇宙黑洞般的寒冷。

米沙一动不动地坐在那里,同时,他一边自己对自己说哪里也不去,一边又试图回想起,斯比利顿诺夫斯克街究竟位于何处。

而当他走出卧室,目光落在挂钟上时,挂钟的指针正指向下午4点40分,于是他心中闪过:"这样!还有三个多小时……"

· ·

米沙在盥洗室里剃须,剃了很长时间。他爱剃须,喜欢这个不紧不慢、令人清新爽快的程序。剃须时,思绪经常荡漾和飞舞于遥远和令人愉悦的森林中。米沙时常哼唱着某个小调,剃须。

但这一次剃须成了痛苦和折磨人的艰难经历。他必须看自己在镜子中的映像,却不想看它,再者,他头脑中考虑的尽是那些令人不快的东西。他明白,绝对不应该那样进行电话交谈,所有的步骤都应对失策,结果是自己陷入愚蠢和荒唐的境地，而陷入后言行又有失体统和理据。然而米沙不明白应对这个局势还可以有什么其他的做法，他不知道如何从一开始就避免这个尴尬的局面发生，和现如今又该怎么办。还有，他感到担心，不是恐惧，而就是担心，而这个担心又不是没有客观根据的。"担心什么？为什么？为什么就是他碰上了那样的巧遇？"——这类的问题已经没有意义，并且不合时宜。

"还对阿尼亚撒了谎。为什么，为什么？！现如今又不得不继续撒谎下去，这一切该有多愚蠢！"——米沙想。阿尼亚冰冷的音调令他很是不安，这种音调的潜在含义并非那么简单。然而米沙真希望，阿尼亚只是在生他喝醉酒的气，再没有别的。

当米沙用毛巾擦脸时，他就在想，该怎么对阿尼亚说，他八点钟要去赴个约会。他还没想好怎么办，好在时间还有。

从盥洗室往外走时，米沙听见自己的手机在响，铃声来自卧室。他停下脚步，仔细地听了听，留心有什么动静从厨房那边传出来。阿尼亚在那里来回走动，把什么东西弄得叮当作响。他听到这，急忙奔向自己的手机。

"我等不及你什么时候给我把电话拨过来，"谢尔盖立刻开口道，语气很是激动和不满。"这不像你，米沙！可以等多久？答应很快重新拨打过来，可自己呢？"

"请原谅，朋友，"米沙回答说，"我正准备给你打过去。别生气，就这样我已感觉很糟糕。"

"好在我没和你们去，或者，我没和你们去真是枉然。不然，现在泡在浴缸里并万事皆休，多好！啊呀，米沙，救救我！在我，还没有过现在的这种状态，说了，你都不会信，我掰着手指数时间，一分一秒地数，等待着早晨什么时间可以给你打电话。我自己就睡了一小会儿，七点钟眼睛就睁开了。等啊，等，打了一次，而你的手机关机，我给你打了有上百次。所以，赶紧，快救救我吧！啊-呀，坠入爱河了，我！……真可怕！"

"就是说，就连你也会鬼使神差地爱上？"米沙回答说。"尽管已经到时候了。可我能怎么救你呢？你已经想出什么主意了吗？"

"米沙！你真令我吃惊！昨天，是你亲口对我说，你今天会想好一切。"

"我记得，只不过我说的不是'我想办法'，而是'我们想办法'。"

昨天那些令米沙感觉高兴的事，今天却使他感觉如千斤沉重。起初在他看来，爱就在他眼前出现并炽热地燃烧起来，这给他一种幸福和快乐的感觉。而现在这一切的继续都要求他的协助和参与，可眼下的米沙，浑身上下找不到一点力量去感受幸福和快乐，更别说是协助和参与。就是继续感受下去，他也无力支撑了。

"好，让我们一起想一想办法！"谢尔盖应声回答说，态度积极主动。"但我们得赶紧想呀。马上！否则，这种说不清的状况折磨死人。"

"谢廖嘎！说不清的状况还会很多。"

"米沙，亲爱的！请你不要再像老师对学生一样和我说话。你知道多一些，我知道少一些，那又怎么样？最好给我出主意和帮助我。想办法，那就赶紧想办法。"

"想什么办法呢？朋友，我现在顾不上想办法。来吧，我给你索尼亚的电话号码，如你所愿。你给她打电话，自己去说，想尽千方百计。"

谢尔盖没有马上回答。

"还是算了，米沙，或许，那样不好。她本人没给我她的电话号码，这我昨天是极力争取了，而现在我已经不知道。我怕弄不好会把事情搞砸掉……你为什么那样？你为什么生气？我不明白。"

米沙思忖了两秒钟，心里暗自啐了一口，明白了，他一个人挣扎着应对这个可怕和荒唐的局面是多么艰难和无法忍受。他想了想，还是对谢尔盖讲述了自己的遭遇和现况。他明白自己需要帮助，而谢尔盖能够帮助他，或者，哪怕给他出主意和提示一下，该如何作为和怎么办。

谢尔盖认真地听着，他马上就回想起米沙早先对他说的事。他听完了整个情况，其间时而插嘴说："瞧你这个傻瓜！"或者"为什么？这真愚蠢！"

"如果我告诉你，你哪里也不要去，那你反正还是不会听从我的话，对吧？"当米沙对谢尔盖讲完自己的遭遇时，谢尔盖问道。

"我不知道。我对什么都不确定，谢廖嘎。但就这样坐在这里，束手等待每一次的电话铃响，我又不能。我想尽快结束这一切。"

"你明白吗，米沙，所有这一切都是胡扯淡的屁事儿！他对你什么都做不了。"

"不，我不明白。我不知道这是谁，但他不像是在开玩笑。我不知道他能对我做出什么，但他知道自己正在做着什么。我害怕，朋友。要是你听到他是怎样说话的，你就会理解我了！他的声音真恐怖！"

"我见多了。我本人也经历过不得不对某些人说一些威胁和恐吓的话，那些话令他们深感恐惧和不安。连恐怖的事儿，我也被迫干过，"谢尔盖说。"啊-呀，我要是能和你的这个陌生人谈一谈，就好了！这样，就是说，你还是要去？"

"不知道。还没决定……"

"简言之，我和你一起去。明白了吗？"

"他告诉说开我的车去……"米沙说，难掩内心的轻松和高兴。

"我七点钟到你那里，然后我们决定一切怎么办，别怂！"谢尔盖打断他说。"但你也想一想你答应过的事儿。帮帮我，米沙！我什么都不能做。再这样空等下去，我可真就冲去科雷拉茨斯克那个地方了，哪怕就是为做点什么。我真完蛋了！而你却一直在说：声音，声音，真恐怖的说话声音。你所碰到的，——那是胡扯淡的屁事儿。"

他们商量妥当，谢尔盖七点到，打电话，米沙出来。

"那现在我去泳池游一会儿泳。还能做什么呢？"谢尔盖在对话结束时说。

米沙一下子就开始感觉轻松和平静了许多，甚至肉体上都感觉舒服很多。

• •

　　从儿童房间里传出来音乐和各种其他的声响，小姑娘们在看动画片。阿尼亚就那样一直在厨房里做着什么。米沙痛苦地踌躇了一小下，抬腿走去阿尼亚那里。离老远他就感觉到那个来自她的压力，他觉得，那冰冷、寡言和专注的眼神一定是由什么原因引起的。他感觉得到自己的妻子，并无法忍受这个压力。

　　"阿尼奇卡，你今天什么时候开过我的车吧？"米沙走进厨房，用最轻松的口气问说，"你感觉到没，方向盘有些向右偏？"

　　"我没感觉到，"阿尼亚冰冷地回答说。

　　米沙装做没有发现这个冰冷，但他确信了，阿尼亚的情绪没有变好。

　　"只不过是谢尔盖的司机说，方向盘向右偏，需要检查一下，"米沙就像没事人似的说。

　　"需要——就检查呗，"阿尼亚事不关己地说。"那里，你的那些来自什么地方的不友好的朋友，怎么样了？我忘记，你是在哪儿又碰上的麻烦事？"

　　"你是说彼得罗扎沃茨克？我已和他们谈了谈，他们不会再打电话到家里来。但我必须飞去那里几天，星期三飞。"

　　"难道，为向人们解释清楚，不让他们再打电话到家里来，还需要飞去他们那里一趟？"阿尼亚非常怀疑地看了一眼米沙。

　　"不是，为这不需要飞一趟。这我已经向他们解释清楚，在电话里。但在那里我的确遇到了些麻烦，我还真不得不飞去彼得罗扎沃茨克一趟。为什么你和我那样说话，我不明白？"

　　"需要飞，那就需要飞，"阿尼亚平静地说。"星期三，那就星期三。我今天和维嘉说好了。她与瓦洛嘉晚上去尤利娅的居所。不知你还是否记得，我想把她的花拿来？维嘉说，可以今天晚上去，随便挑选哪些。你帮我吗？"

　　"几点钟，阿尼奇卡？"

"我早点安排索尼亚上床睡觉,完了就可以走。他们打算在那里待到很晚。星期六,车很少,可以开很快。"

"谢尔盖七点钟来找我,他遇到了些问题。他求我帮忙,我答应了。我需要和他离开去个地方。但我会尽量快些回来。改下一次去拿花,行吗?"

"我已经说好。不方便。再说,花需要浇水,它们不能等。你去,我自己能办。"

"只是,阿尼奇卡,亲爱的,请你原谅,"米沙说,勉强保持住平静的声调,"我得开自己的车。你看,我不知道你已经说好了。"

"而我还指望你的车呢,"阿尼亚说,丝毫不掩饰自己的吃惊和遗憾,"我的车可能到现在还堵死在那里。星期六呀。再说,你的后备箱也方便些。谢尔盖怎么,没开车吗?"

"他请求开我的车走。他出了点什么事儿。他就这样求我的,"米沙装出很遗憾的样子,撒谎说。

"他也遇到了麻烦?"阿尼亚讽刺地说。"可真有你们的!他怎么,需要一辆保密的汽车吗?这都是些什么间谍情节。"

"我没问他,"感觉到自己辩解的虚伪和不实,米沙无奈地摊开双手说。"他需要,他求我帮忙,而我同意了。对不起,亲爱的!或许,明天我陪你去?"

"我已经说好。他们今天会去,并在那儿等我。我办得了。"

"我争取快些回来。你几点钟安顿索尼亚上床睡觉?"

"别想这个了,我自己胜任得了。你吃东西吗?"

米沙绝对不喜欢这个对话。他感觉自己里外都是错,到处都弄得混乱不清。而且这个混乱的局面开始变得越来越复杂。

"我想喝点汤。到现在我都还很难受,"他可怜兮兮地说,"真希望喝点汤很快会对我有帮助。"

"坐下吧,"阿尼亚说,之后扭过头去,"我熬好了。马上给女儿们喝。你和她们一起喝点吧?"

"当然,为什么不呢?"

"嗯,那谁说得准……"

· ·

还有大约一个小时谢尔盖就应该到了。米沙考虑了一会儿他该穿什么衣服去参加即将面临的谈话。他想穿得正式,低调,但同时不想让对方从他的衣着打扮看出,他为这次会面专门挑选了衣服。他想看上去无拘无束,但很庄重。他决定,皮鞋、牛仔裤、高领毛衣,外套则选灰色、短款、已经不是新的但质地很好的大衣,这样的穿着正合适。"整体看上去是不经意,但文明有档次",——他心里思忖。

阿尼亚实际上依旧不和他交谈,对他的问题她回以简洁和短暂的词句。米沙穿着睡袍坐在沙发上,痛苦难耐。时间过得非常缓慢。

"爸爸,给我削支铅笔,"卡嘉悄无声响地走到米沙跟前说。

"你没有铅笔刀,是吗?"米沙问说。

"不知索尼亚把它塞到哪里去了,可能,"卡嘉长出了一口气说,"我无法找到。"

"别把什么都往妹妹头上推。去拿你的铅笔吧。"

卡嘉迅速跑回儿童房间。而米沙想了想却没想起来,女儿什么时候请过他给她削铅笔。他不知道她自己是怎么做这个的。他还无法记起,自己最近一次是何时削铅笔的。

他在厨房里寻找好一会儿,才找到了合适的刀具。让他惊奇的是,抽屉里的刀具很多,各种各样。"连这些刀具,看来也很久没磨了,"——米沙心中思忖。

卡嘉拿来了五六支铅笔,这些铅笔不是被弄断,就是铅已写秃到木头里。普通的彩色铅笔。看得出来,卡嘉经常使用它们。有几支的两端都被咬出牙齿痕印,尤其那个头上不带橡皮的铅笔。

米沙用薄而锋利的刀具,一点一点地削第一支铅笔,而卡嘉则在一旁观看。在艺术学校读书时,他曾反复削过多少支铅笔啊。他又多少次把那些铅笔从又长又新用到又短又凸，最后就剩下铅笔头。米沙把卡嘉拿来的所有铅笔都细心地削好，削得铅既细又好用。

"爸爸，给我画个马吧，"女儿请求说。

"为什么给你画马？布置的作业吗？"他问。

"不是。只不过是……"

"好吧，去拿纸来。"

后来他坐在厨房的餐桌后，并在卡嘉的图画练习本上画马，他就用普通的铅笔绘画。他不少次应女儿的请求涂画些什么，但这都是些简单的静物或者某些动物，有时是人物。通常卡嘉给他吸水彩笔来绘画。米沙快速、自信地连续一笔下去，立刻勾勒出一幢房子、一棵树木或者一只猫，卡嘉兴高采烈地拿过图画，并跑掉。她知道，爸爸很会画画。

但这一次米沙拿在手中的是普通的铅笔，削得尖细。他用铅笔在一张厚而令人愉悦的纸上来回比划移动，但却不碰到纸张。就像很久以前的某个时刻，他一边估量尺寸一边比划移动铅笔。卡嘉爬上临近的椅子上，双膝跪坐，两肘抵住桌子，双手托着头部。她入了迷一般，一会儿看跃然纸上的马，一会儿看米沙。而他画得如痴如醉，就像已经很多年没画过一样。他全神贯注，勾勒跳跃的马的轮廓，马的鬃毛竖起，尾巴飘扬……他勾勒出马身，又开始画马头。

"爸爸，真漂亮！"他听见女儿的赞扬声。"我们的老师都不会这样画。"

米沙抬头离开图画，看了一眼女儿。只是目光掠过，匆匆一瞥。他看见了一双完全兴奋、激动、光芒四射和高兴的眼睛，他的心因最强烈的柔情和最尖锐的惊恐一起的共同作用而一下子收紧。瞬间他回想起，当他的父亲用柳树枝给他做弓和箭时，他自己是如何在那里看着，为之骄傲和赞叹；他又是怎样地欣赏爸爸用罐头盒子做出一副带螺旋桨的飞机模型。

米沙开始感觉到自己难以忍受的强烈的心愿，那就是不允许任何不好、残酷和粗暴的东西触碰到自己的妻女和那个带有门窗的整个空间，在那里，他的妻子和孩子们应该感觉自己是安全的，她们被巨大的城市和那样一个容易被片面理解的世界所包围。他开始极度渴望挡住那些这个城市和世界可能威胁他妻女的所有危险，不让它们靠近自己最亲最近的妻女和自己的家园。然而，他更多感觉到的是，务必保护她们远离他自己身上所隐藏的可怕东西的伤害。远离自己的弱点、罪恶的愿望、自私自利的心理，还有就是恐惧、担心和怀疑，而主要是远离他对这个城市、世界、生活和人所知道的坏的一面。

他十分清晰地感觉到，那个快乐得眼放光芒的小女孩、她的生活在很大程度上完全取决于他，米沙，取决于这个她称之为"爸爸"的人；在这个妻女和他生活的被称之为"家"的空间里的一切取决于他，取决于他的活动、行为、情绪。对此的理解刺痛了米沙的心，但手中的铅笔继续在画纸上涂画着轻淡但却清楚的线条。马生长出了眼睛。

"嗯，暂时到这儿，"米沙说，"明天继续画完，把纸和铅笔拿去吧。"

"我们真的继续画完吗？"卡嘉不相信地问。

"一定，只是你要提醒我。今天本可以画完，但爸爸有事要出去一趟。"

"明白，"卡嘉顺从地说。她抓过铅笔，小心翼翼地拿起没画完的马，并向自己的房间走去，双手捧着图画，边走边仔细地观看。

米沙看了一眼女儿离去的背影。"我要出去，并一劳永逸地结束这件事，"——他心中思忖，"一劳永逸！"

他伸手到浴袍的口袋里，拿出手机，并果断地拨打索尼亚的电话。

"索尼奇卡，你好，"当对方接起电话时，米沙情绪高昂地说。"你怎么样？自我感觉如何？"

"凑合……"索尼亚平静地回答说。"不明白是什么样的自我感觉，心情也是那样。"

"而我刚刚才活过来，"米沙尽可能快乐地说。"啊-呀，我昨天可真出丑。我是说，喝成那样，都找不到北了。我不记得是怎么回到家的。"

"你后来喝成那样？"她问。"我离开时，你不还很清醒吗。"

"很快就喝成那样了，做傻事儿是不费劲的。但我想和你说的不是这个……我把你的电话给谢尔盖，行吗？不行的话，你也不必多心，他没请我这么做。只不过我觉得，那样会更好和更简单。"

"我今天醒来，带上儿子就来了我妈妈这里，"索尼亚说，好像没听见米沙的问题。"瞧，我现在就坐在妈妈家，吃东西。已连着吃第二顿了，简直没法停下来。"

"太棒了！"米沙说，不知如何再评论她的话。

"妈妈她住在泽列诺格勒，我想留在这里过夜。在这里，我开始感觉那样平静，米沙，那样心旷神怡。我决定休息两天，周一再做打算，继续休息还是开始找工作。"

"你怎么，对此完全没有一点想法？"他问。"甚至，甚至是什么方案都没有？"

"嗯，想法是有的，但就那样。我所想要的，对我而言恐怕毫无希望。而怎么都会聘用我的，我又不想去。算了，星期一再来想这事儿。"

"那我把你的电话给谢尔盖？"

"嗯，当然，"她依旧用那个平静的声音回答说，"只是别今天，明天晚上给吧，别提前。不然，他会马上打电话来，而我在我妈妈这里。明天晚上。在泽列诺格勒这里甚至空气都完全不一样，妈妈做的那些白菜卷肉也好吃……"

· ·

谢尔盖打来电话并说，他快到了，七点整肯定没问题。米沙已经穿好衣服在等待，只需再穿上鞋戴上帽子。

他仔细地听家中的动静，他听见从儿童房间里传来的阿尼亚和女儿们的说话声响。米沙走到门厅过道，蹲下穿鞋，穿鞋时，他特意不扭头看向儿童房间。

"阿尼奇卡,"他从门厅喊了一声,"请向外瞧一眼,我已穿好鞋,准备出门。"

阿尼亚没有回答,但过了几秒钟她走了来。

"谢尔盖已到,我走了,"他说。"一办完事,马上给你打电话。我想,来得及帮你拿花。现在我瞅一眼院子里,看看你的车是否可以开出来。如果挡住你车的那辆车还没开走,那我们就把这些粗野之人的汽车用手推到一边去,"米沙微笑了一下,但阿尼亚的脸依旧是冷若冰霜,"并把轮胎扎漏气。"

"我自己能行,我对你说了,"阿尼亚带着依旧冰冷的面部表情回答说。

"你几点安顿索尼亚上床睡觉?"

"米沙,你已该走了,你问这干什么?我不喜欢你那样多话。"

"我只不过是做个样子,不然怎么知道你如何对我说话和行动。那是几点呢?"

"她白天没睡,八点就开始安顿她上床。"

"然后你就去吗?"

"然后就去。"

"把索尼亚交给卡嘉,可以吗?"

"啊-呀,米沙,已经早就可以了,时间不长是可以的。你可真是知道,我们在这里是怎么生活的?!"

"我会争取来得及帮你拿花,我走了。"

"去吧,"阿尼亚说,轻轻地耸了耸肩。

• •

谢尔盖在院子里等待他,身旁停着自己的那辆大尺寸黑色汽车。他外表刚毅,样子很像他的汽车,外穿黑色皮夹克,浑身上下一身黑色。在走到他跟前之前,米沙向四周瞧了瞧,看见阿尼亚的汽车还在她通常停趴的原地。挡住它的那辆车已开走。"嗯,这个麻烦事没有了,这也不错",米沙自言自语道,并迈步走向谢尔盖。

坐在谢尔盖汽车方向盘后的是一个男子,米沙没有看清他的脸,但认出他不是比比克。

"你好!"谢尔盖一脸严肃地说。"怎么样,我们去和他理论和分辨是非。啊-呀,我很久没有去和谁理论和分辨是非了。"

"你好,谢尔盖,"米沙说,用力握了握谢尔盖伸给他的手。"坐在方向盘后的这位是谁?一个壮汉。"

"这是我们整个公司安全部门的领导。很好的小伙子,专家。"

"干什么用,谢尔盖?"米沙吃惊地问。

"让他跟着,"谢尔盖很随便地回答说,"开车。我们俩开你的车,他跟在我们的后面。需要不到他——很好。那就让他那样坐着,不会多余,这样安心些。"

"你这样想?嗯,好吧,那我们开车走,"米沙说,抬眼寻找自己的车。

· ·

他们开车行驶在路上,不急不慌。米沙起初想看一眼地图,但谢尔盖知道怎么走。谢尔盖的黑色汽车高耸地行驶在后面,像尾巴一样紧随,同时保持一定车距。开车的人显然是个内行。他们行驶着,有一段时间沉默无语。

"总共也就半个多小时前,我给索尼亚打了电话,"米沙打破沉默说,"当然,如果你对此感兴趣的话。"

谢尔盖坐在他的一旁,眼睛径直地看着自己的前面。他短暂地看了一眼米沙,眼睛重新盯看前方,一句话没说。

"你的比比克说得对,"米沙没有等到回答,便继续说道,"车确实向右偏,需要开到修车行检测一下,也该做一次整体诊断和保养了。"

这样一天接一天地开，当你一看里程表，又行驶了一万公里。什么时候来得及呢？……"

"你嘲笑人吗？"谢尔盖打断他说。

"怎么了？"米沙问，装出一脸惊奇。"真的，我没发现，怎么就又开了一万公里。感觉好像不久前还是两万五千公里，怎么现在已经是三万五千公里了。在莫斯科你简直发现不了这个……"

"你准是在嘲笑！"谢尔盖又一次打断他的话说。"我这里都快要疯了，而你却在说自己的一堆烂铁！"

"不要蔑视我的车！我挣来什么车，就开什么……"

"够了你！你的车非常出色。请你告诉我有关索尼亚的事儿，别再开玩笑，我从昨天起就没心思开玩笑。"

"啊-啊！原来你说这事儿呀！"米沙开始微笑起来。"这事儿一切都好。我和她谈了，她今天早晨带着儿子，去了泽列诺格勒她妈妈家。她感觉很好。她说，那里的空气非常好，完全不像在莫斯科那样。"

"就这些？"谢尔盖问。

"就这些！"米沙说，面做惊奇之状。"那你还想听见什么？哎呀，是的！差一点儿给忘了。她说，让你明天晚上给她打个电话。她那时刚好从她妈妈处回到自己的家，并等你的电话。电话号码吗，她嘱咐我告诉你。"

谢尔盖坐在那里，一动不动。

"瞧你这混蛋，米申卡！"谢尔盖完全是另一个腔调说。"就是说，她要我明晚给她打电话？是她本人主动提出的吗？……明白了!……那就这样，我们现在赶到那个地方，立马我就把欺负你的那个家伙分尸两段……"

谢尔盖整个人都变了。他打开收音机，找到某个著名的歌曲并开始跟着音乐的节拍，有节奏地用手掌拍打起自己的大腿来。他三番五次地详细询问米沙关于他和索尼亚电话交谈的情况。与坠入爱河的人置身一处，并观察他的一言一行，这让米沙再一次开始感觉到快乐。因为这个缘故，他们一起开车去往某个地方的原因都被忘记，几乎被忘记的还有与其联结在一起的惊恐和莫名担心的心理感受。

　　他们比约定好的时间提前十五分钟到达，并在花园环路转向斯比利顿诺夫斯克街的不远处停了下来。谢尔盖的车停在他们的后面。谢尔盖又快乐地说了一会儿话，然后突然关掉收音机并用严肃的语调开始说。

　　"你走下车，在他们走过来找你之前，请你站在车边等一会儿。你们是不是这样说好的？当他们一走近你，我马上就加入进来。必须迅速弄清，给你打电话的那个家伙是个什么人。紧接着，我就用他明白的语言和他谈一谈，你什么都不用说。对不起，我有一个问题，我需要百分之一千地坚信。你对借你手机的那个姑娘……简言之，你真就只是借给她电话吗？你和她真的从来没有过任何其他的什么吗？"

　　"谢尔盖！你赶紧闭嘴吧！"米沙愤怒地说。"这简直是……你怎么能怀疑我！我不知道，你怎么……"

　　"明白了，请原谅！"谢尔盖打断他的话说。"局势极其愚蠢，而它越愚蠢就越复杂。我需要保持自信，这样才能正确地进行对话。我不知道，我将和谁对话。可能，等待我们的是某个小丑和微不足道的小坏蛋。也可能，这是一个严肃的对象。一切都在云里雾里，但这并非灾难，我们定会摆平。更准确些说，我定会把它摆平。"

　　"或许，我自己先和他说一说？"米沙不自信地说。"真不想给他感觉，好像我怕他，所以我不是一个人来的。"

　　"我的朋友！"谢尔盖断然地说。"你想向那个无名的什么人证明你是英雄，还是你想尽快结束这个愚蠢的局面？啊？！"

　　"我想让这个局面结束，"米沙真诚地回答说。"我想一劳永逸地解决这个愚蠢的意外麻烦。"

　　"那就按我说的去做。不然，你干嘛叫我，我又干嘛来这里？"谢尔盖非常平静和自信地说。

　　在八点整他们拐上斯比利顿诺夫斯克街，向前行驶一点儿就停了车。谢尔盖的车重新停在他们身后的三十米处。米沙深深地呼出一口气，走下汽车。

　　他环顾四周，但没看见任何一个似乎在等待他的什么人。沿街向前靠近饭店的街道旁趴停了很多车辆，一些车停在饭店的左手边，人行道上有几个行人在横过马路。米沙转头看了一圈，决定就是站在原地等待。说好要他那样做的，他遵循着做了。

吹着又大又寒冷的风，米沙竖起大衣的衣领。他的心脏紧张得猛烈跳动，他甚至想向谢尔盖索要一支香烟，以便让自己有点什么事干。但他只是在心里想了一下，还没来得及去做，他的手机就从衣服口袋里发出了信号。米沙迅速掏出电话，号码显示为未知。

"你为什么不是一个人来的？"米沙听见熟悉的声音。

米沙转头看向四周，但他什么新鲜的人和事都没看见。

"你要什么滑头？为什么焦躁不安？"声音听上去恼怒和愤恨。"和你一起的那是谁？"

"那只不过是我的朋友，"米沙回答说。

"在另一辆车里的又是谁？还是一个朋友吗？或者你那里有很多朋友？"

这时谢尔盖打开车门，并往外探头看了一下。

"米沙，这是他在给你打电话吗？"谢尔盖大声问了一句。

"现在你这个混蛋不会对我再撒谎说，你不知道她在哪里了吧？！"米沙听见自己的手机里传来这样一句很粗鲁的问话。

谢尔盖从汽车里跳了出来。

"把电话给我，"他喊叫了一声。

米沙惊慌失措地站在原地，并沉默不语。

"你说，她在哪里！我和你完了再理论，"电话中传来这样的喊叫声。

"我说，给我电话！你怎么，聋了，米沙？！"谢尔盖径直对着米沙的脸，大声地喊叫。

"你怎么不说话？害怕了？"电话里的那个声音继续叫喊着说。"那你想怎么样？看呀，你的朋友有多暴烈！告诉他，让他给我闭嘴！"

"谢尔盖，你等一等！"米沙说，继续手握电话在耳朵旁，吓得呆滞地站在原地。

"我说,给我电话。"谢尔盖稍微压低了一些声音说。

"我明白了,和你好好说不管用,"电话中传来死一般沉静的话语,"回去把你的裤子晾干,和你的对话到此结束。你好自为之吧!"

不知隐身何处的神秘莫测的陌生人挂断了电话。

• •

米沙和谢尔盖坐在车里争吵了一会儿,然后他们开车离开那里,在不远处停下车并又开始争吵。米沙说,如果不是谢尔盖,那一切都会是按另一种方式解决。谢尔盖说,米沙的举动就像破抹布一样烂,要是把电话给了他,并让他和那个陌生人哪怕说一分钟,那他定会亲自把所有的问题都解决掉。

突然,米沙看了一眼汽车的钟表,时针指向20点30分。他打了个激灵,忽然想起什么,猛地抓起手机并颤抖地拨打阿尼亚的电话。阿尼亚接听了电话,但不是马上。

"阿尼奇卡,亲爱的,"米沙激动和急促地开始说,"你还在家吗?"

"还在家,但已经在穿衣服,"阿尼亚有些奇怪地问。"有什么事情发生吗?"

"亲爱的,留在家里,哪里也别去。"

"出什么事了?"

"现在这不重要!只不过我告诉你,哪里也别去。我马上到家。"

"他们在等我,我都说好了,"阿尼亚强硬地说。

"我这就亲自打电话给维嘉和瓦洛嘉,甚至随便打给谁,并对他们说对不起。你留在家里!"米沙几乎是大声喊叫。

"我什么都不明白,你这是什么腔调?!出什么事了?"

"待在家里,我马上到家并向你解释清楚一切,"米沙说,同时失去耐心。

"或许,我应该立刻开始收拾行囊?还要去萨拉托夫吗?那有什么,我很久没去过那里了……"阿尼亚猛然提高了嗓门。

"停止,亲爱的!"米沙大声地说。"待在家里。我禁止你在我回到家之前迈出家门一步!"

阿尼亚沉默不语。

"阿尼奇卡,请务必!必须这样!我很快就到,"米沙说,努力把话说得明白和清晰,"你等吗?答应我!"

"我等,"阿尼亚带着哭腔说。"我自己给维嘉打电话。"

米沙松了一口气,迅速轻快地把电话放入衣服口袋。

"喂,你为什么还要吓唬你妻子?"谢尔盖轻声地说。"不要那样担惊受怕和焦躁不安,好不好?!唉,你活得可真不寂寞,我的朋友!"

"现在又能怎么办呢?"米沙这一句首先是自己说给自己听的。

· ·

谢尔盖建议把米沙一直送到家门口,如果米沙愿意,可以把他的保安头目留下来,让他在院子里巡逻执勤。

"你说什么蠢话,"米沙说,懊恼地紧锁眉头,"怎么,他们还敢踢门闯入我家?开始对我的居所进行强攻?"

"我这就是……想让你安心些,"谢尔盖郁闷地回答说。

"好在明天是星期天。可星期一怎么办?阿尼亚要上班,卡嘉要上学,索尼亚要到外面玩耍,那我真要疯了。明天无论如何都该跟这一切做个了断,只是怎么才能办得到?"

"别夸大。明天我们会想出办法来。"

谢尔盖还是把米沙送到了家,他们一路实际上是沉默无语。到达后,谢尔盖坚持要把米沙送到家门口,米沙并未强烈反对。保安头目从汽车里出来，走到米沙跟前。他也决定送米沙上楼，但谢尔盖让他在楼下等待。

他们乘电梯上到米沙家的楼层，从电梯里走出来，等到电梯的门合上，仔细倾听四周的动静。四周一片宁静。

"跟小孩子们似的，"谢尔盖说。"而这个'闹事者'现在正坐在某个地方和嘲笑我们呢。"

"谁知道他正在干什么。谢谢你送我。"

"你今晚只管安心地睡觉，不然你的样子是疲惫的。明天我们再来摆平他。我明天午后打电话给你。但你本人，一旦有什么，立即给我打电话，随时。不知怎么，我本人也开始有点儿担心起来。请你原谅我。我有某种厌恶的感觉。"

"上帝作证，谢廖嘎！相反，你帮了我。"

"算了吧，我还帮了你……嗯，我走了。再见！"

他们相互握手，谢尔盖按下电梯的按键，电梯停在原处。门马上打了开来。

"等一等！"谢尔盖突然说。"索尼亚的电话号码？我还没记下它。嗯，你说。"

"她说，让你明天晚上打电话，所以明天我再告诉你。"

电梯的门重又关了起来。

"嗯，那不行，我的朋友，"谢尔盖说，并微笑了一下，"现在就告诉我，不然今夜他们把你杀死，那我可怎么办？"

"你这个傻瓜！"米沙说，并也微笑了一下。

· ·

米沙在自己家门口站了一会儿，直到谢尔盖坐电梯下楼。米沙听见，电梯运行到了底层，门打开来，单元门洞的大门开启，咣当一声又合上，电梯的门关闭。只是那时他才按响门铃。阿尼亚很快给他开了门。

"喂，你干什么使劲按铃？"她恼怒地说。"索尼亚她正在睡觉，忘记了？"

"请原谅，我没想到。我是下意识地。"

"当然，你没想到，"她说，抬手放他进屋。

"嗯，请你别唠叨，阿尼奇卡。"

他慢慢地脱下鞋，又慢慢地脱掉大衣。阿尼亚没有离开门厅过道，她在看着他做这一切，并明显在等待解释。而米沙心中明白她在等什么，脑筋加速地在想，从哪里开始和怎么开始。他转动着脑筋并闭口不语，此刻的无声令他感觉沉重。

当他将大衣缓慢地挂向挂衣钩时，放在大衣口袋里的手机开始响了起来。米沙的内心颤动了一下，但外表却不漏声色。他不慌不忙地掏出电话，看了一下，掩饰住内心的不安。打电话的是斯吉奥巴。这一刻如果斯吉奥巴在场，米沙一定会好好地亲吻他一番。

"这是斯吉奥巴打来的电话，"他对阿尼亚说，"我接听一下。"

她默言地转回身，并向厨房走去。

"喜奥巴，你好！"米沙高兴并有意大声地说，为使阿尼亚能听见。

"你好，亲爱的，"斯吉奥巴回答说，"对不起，这么晚给你打电话。你可以说话吗？我没打扰你吧？"

"没有，没有，你说。"

"哎哟，米沙，我们昨天怎么就搞过火了。更准确些，是我搞过火了。我没给你打电话，害怕万一你生我的气。"

"生哪门子的气？你胡思乱想什么？"米沙说，继续站在门厅过道内。

"而我想，等一等，或许，米沙自己会打来，告诉自己感觉怎么样。而你没有给我打电话。啊呀，米申卡，每当我喝得烂醉，第二天醒来就感觉自己很罪过。总是在回想自己喝醉时的举止，并为之深感羞愧。想向所有人请求原谅，但又害怕打电话和见面。真是羞愧难当呀！再加上，我又总是什么都记得。无论醉成什么样，反正我什么都记得。

原谅我。最好不记得。"

"我也那样,也是到了早晨就感觉到羞愧。但我不是什么都记得,因为这还更糟。我怕自己胡扯了些什么并不记得。想白天给你打电话并问问清楚,我是否放纵自己说了什么多余的话,因为我不记得,连自己是怎么回到家的,都没印象。如果说了什么,请你原谅。"

"你呀,米沙,举止无可非议并不失理性和负责。是我放松了对自我的约束,怎么就带了个小姐回家,没忍住。我感觉很羞愧,请你原谅我。真不好意思面对你。"

"算了吧,你,一切正常,没什么好原谅的。对不住你,但我还是不能长时间和你说话。别担心。我对你非常感谢,感谢你昨天陪我过了开心的一晚。我那时需要这个。"

"谢谢,米申卡,这让我心安了,"斯吉奥巴开始高兴和快速地说,"好了-好了,不再耽误你。电话联系。再见,亲爱的。"

"下次打电话再聊,再见。"

结束与斯吉奥巴的电话交谈,米沙在门厅过道处又站立了几秒钟,头脑快速地思考,他是去沙发上,还是去卧室里,抑或是去看看卡嘉在干什么——如果她还没睡。不要去厨房阿尼亚那里,这个米沙真不想去做,然而对话无可避免,也不能逃避,于是他去了厨房。心中不知该怎样开始与阿尼亚的对话。

• •

阿尼亚站在厨房里,眼望漆黑的窗外,手中端着茶杯在喝茶。只有窗台上的一盏灯点亮着,这是阿尼亚喜欢的一盏灯。米沙默不作声地走近茶壶,伸手碰了碰它并把手缩了回来。茶壶很热。他不慌不忙地给他自己倒了一杯茶。阿尼亚看都没回头看他一眼,突然就开口说起话来。沉默被打破,米沙无以言表地高兴起来,为他自己不必非得硬着头皮去寻找话茬。

"我给维嘉打电话了,"她的声音听上去非常平静,"她和瓦洛嘉反正还是得去尤利娅那里。他们在整理她的一些什么物品。我向他们道了歉。我们约定,在他们下一次再去的时候,将提前提醒我。明天晚上在瓦洛嘉的工作室,所有你们那些伙伴们都将聚集在那里,他们想演奏乐曲,回忆尤利娅。明晚他们等我们。维嘉说,跟你说过这个。"

"是的,他们说过。我忘了告诉你。你想去吗?"米沙缓慢而又安静地说。

"我不知道,"阿尼亚说完,闭上嘴沉默了一小会儿,"维嘉说,尤利娅楼上的邻居去找过他们。一个中年退休妇女。她讲述说,原来,尤利娅在死亡的前两天把自己的小电视机送给了她。邻居说,有一次遇见尤利娅并向她抱怨,说她的那个老电视机开始完全不能工作了。在死亡的前两天,尤利娅来到她家并带去了自己的电视机。邻居说,她一直在拒绝,但尤利娅坚持要她收下,还解释说,她给自己买了个大的。邻居说,尤利娅当时非常快乐。维嘉说,那个邻居想把电视还回来,但她和瓦洛嘉没拿。可在尤利娅的屋子里,什么电视机都没有。既没有新的,也没有旧的。你对这不感兴趣吗?"

"是的,尤利娅只有一个小电视机,"米沙说。

"你对这不感兴趣吗?"阿尼亚重新重复了一遍问题。

米沙喝了一小口茶,嘴被烫了一下。他不知道该怎么说。如果这是在前一天的早晨或者白天,那他一定就抓住这个消息不放了。但在那一刻,他既无法装出激动,也无法扮演惊奇,更不能表现出兴趣来。那一刻,最使他寝食难安和疲倦不堪的是另一些事。生活猝不及防地丢给他完全另外的经历和感受。

"你要吃点什么吗?"阿尼亚没等米沙回答,问说。

"不要,我不饿,"他回答说。

沉默重新降临。米沙忍不住,终于开了口。

"原谅我,阿尼奇卡,我肯定吓着你了,"他开始说。"你在等我的解释……我感觉得到,你在等。但我暂时还不知道,怎么才能向你解释清楚,是什么事情在发生。你明白吗,我遇到了些麻烦事。这些麻烦事可能很严重，也可能明天就已经能解决……"

"啊-呵，米沙，"阿尼亚扭过头说，"你难道不觉得，这一切你已经对我说过了吗？多少年过去了？你怎么，不记得了？使用的正是这些话说的……"

"阿尼亚，我遇上了一件很荒唐的事。或许，我是白担心，但这可能很危险。我会把所有的情况都向你解释清楚，但一两句话是做不到的……"

"这里有谢尔盖什么事儿？"阿尼亚冷不防地问道。

"谢尔盖？"米沙惊慌失措

"据我理解，谢尔盖出什么事了。你和他开你的车去了一趟什么地方。"

"不是，这里完全没有谢尔盖什么事，这完全是另一件事。我只不过帮了他……"

突然，阿尼亚非常迅速地从厨房里走了出去。米沙不知所措，留在那里继续站着。他明白，自己开始混乱不清。一个谎言掩盖另一个谎言。尽管他知道，自己在阿尼亚面前，除了没说真话，并没有别的罪过，然而对这一点的知晓，并不能让他感觉轻松些。必须镇定下来，并把所有这一切都解释清楚。米沙对此的感觉是明确的。

她迅速地回来了，和走开时一样快，停站在那里，没有走近他，藏在身后的右手拿着什么。

"米沙！我现在要问你的这件事，它很可怕并极其野蛮，有损人的尊严。是你把我往这个伤害尊严的死胡同里赶的，"她的语速很快，双唇颤抖，两眼闪着泪花，但语言清晰和逻辑连贯。"你用自己的谎言逼迫我至此。上帝呀，我现在是不得不这样做！"在说这两句话时，她眯起双眼，两滴泪水顺着她的脸颊流淌了下来。"真没想到，我在今生的什么时候会走到这一步，活到这样的屈辱的地步。这是什么，米沙？"

阿尼亚把藏在身后的那只手伸了出来，在这只手中她攥着一只淡咖啡色的皮质女式长手套。手套豪华美丽，绣有漂亮的图案。米沙看着这只手套，什么都不能明白。

"这是一只手套，"他最终张口说出，"但我什么都不明白。"

"那我该如何理解，当我在你的汽车后座位上找到这只手套时？"阿尼亚的声音是那样的陌生，米沙从来没听见过。

"阿尼奇卡！原来这一切都是因为这只手套？！"他面露惊愕，同时放松地笑了一下。"啊呀！你真把我给吓着了。你脑袋里都想些什么呀，亲爱的！我的上帝，多荒唐！"米沙把茶杯放到餐桌上并迈步走向阿尼亚，阿尼亚躲开并把拿着手套的那只手放下。"这呀，昨天在送我回家之前，先送斯吉奥巴回家的。他带了一个姑娘，这当然是她落在车里的。而你却已在胡思乱想……"

"住嘴……"阿尼亚几乎是无声地喊叫。"打住！谢尔盖，斯吉奥巴……可以编多少个？！别骗人了，米沙！我求你！……哎，羞耻！羞耻，"泪水沿着她的脸颊流淌。"我只是不明白，什么时候你开始对我撒谎的。我看见，你为尤利娅的死而悲痛，抑或这也是个谎言？"

"你在说什么？！"米沙试图提高嗓门。

"别打断我！别打断!……"她抬手摸向面部，想去擦拭眼泪，但看见了手套，于是猛然神经质般把手套丢了出去，带着满腔的讨厌和憎恶。手套被甩在米沙的胸部并掉在了地上。"你装作寻找真相，一直哭丧着脸。可刚才我向你讲述了有关尤利娅的那样的细节！……但你一点兴趣都没有，甚至连装都没费力去装。你在撒谎，撒谎！你在故意吓唬我。你臆想出来什么彼得罗扎沃茨克的麻烦。你为编织谎言不惜扯上你所有的朋友们。你撒谎，一个接一个的谎言。而一切其实非常简单，一切都非常简单和令人作呕。只不过是一只被遗忘的手套，可它却引出怎样的耻辱和伤害！"

"你在说什么？"米沙重复说，不相信自己所听见的。他感觉到，他的头在爆裂。他的头脑里无法装得下他所听见的那些话。

"闭嘴……"阿尼亚突然尖声叫喊着说，声音几近嘶哑和绝望。"闭嘴！我今天一整天都处在那种地狱般的煎熬中！……再也受不了了！我要问你一个问题，米沙？请你诚实地对我。我再也忍受不了谎言，"有几秒钟，她将头转向窗户方向，然后重新转回，看着他的眼睛。"你有另一个女人？"

米沙的头开始旋转起来。他已预料到这个问题，但它的提出依然具有毁灭性。更何况，在提出这个问题时阿尼亚的声音是那样空前和绝对的不幸和无助。

米沙越想越害怕，越想越明晰，他不知道，该用什么样的话语来告诉自己妻子事情的真相。他明白，他感觉不到自己的声音，找不到需要的语调，他不知道该怎样回答。他明白，他甚至不知道在那样的情形下，他的面部表情应该是什么样。语言和思维处于一种抓不到头绪的混乱状态。他站立在那里，眼睛一眨不眨。然而，终于两眼忍受不住，眨了一下，又一下。

"我除了你，没有任何女人。"

阿尼亚的脸被痛苦扭曲得很难看，她转身从厨房里跑了出去。米沙听见她不由自主爆发出的被压抑的号啕大哭声。他下意识地双手抱头，傻子般站在原地不动，蜷曲身体并无声地泣涕起来。他喘不上气来，只能长时间从胸腔中呼出呻吟声。

他那样蜷曲着身体站立了有一分钟，呼吸回到了体内。米沙的双唇蠕动着冒出一连串可怕、肮脏和完全没有联系的骂人话，他就那样把很多脏话骂了个遍。他没骂自己，没骂正在发生的事，他只不过是痛苦至极。后来他精疲力竭，直起身，把双手从面部拿开，向离他最近的椅子迈了一步，并在椅子上坐了下来。他坐下，双肘抵住膝盖并低下头。

"瞧，尤列奇卡，你请欣赏，看你做的什么孽！你呀，明白吗，你这个聪明的娘们，这一切都是因为你，——米沙想。——你逃离什么呢？什么让你那么煎熬？为什么非要上吊？为什么？你是说，没有我，你们尽情地舞蹈吧？你想说的是这个？那瞧吧！看见没，我们在怎么舞蹈？！你为什么把电视机给人？为使人们记住你的好？难道你不是什么都无所谓？应该是什么都无所谓！你这不是在说，想做什么，你们就做什么吧，我走了！可这里，看见没，都在发生着什么？你以为，这没你什么事儿？你错了！"

"哎，这是把我扯哪里去了？——米沙非常安静地自言自语道。——谢尔盖那时是怎么说的？对了！我活得可真不寂寞。"

米沙看了看躺在地板上的手套，苦笑了一声，心中思忖："你，喜奥巴，原来没有白白道歉。你不能没有姑娘，可这有我什么事儿？"米沙站起身，并使尽力气恶狠狠地把手套一脚踢到了冰箱底下。

"这就请您告诉我，在发生这一切之后，需要如何去说真话？！——米沙站在厨房中央，心中暗想。——把电话借给了一个母狗。帮助了？帮助了！用车送朋友回家了？送了……所有人我都帮助了……"

"我可怜的阿尼奇卡，"米沙出声地说，声音勉强听得见。

· ·

他在厨房里坐了相当长的时间，喝光了茶水。穿着睡衣的卡嘉走进来找他，神情烦躁不安。她问道："妈妈为什么哭？"他回答她说，妈妈的情绪不好。这个答案并没让卡嘉满意，但她离开了。他在寂静中又坐了一会儿，于是起身去看一看家中正在发生的事。

儿童房间的门是关闭着的，客厅里亮着灯。从儿童房间门底下的缝隙里没有透出光亮，那里熄了灯。米沙向卧室内探头看了一眼，阿尼亚不在那里。他回到客厅，打开落地台灯并关闭吊灯，站立了一会儿，在沙发上坐下。他明白，自己既没力量痛心难过，也没力量思前想后，他已完全精疲力竭。他面对的又是一个不眠之夜，他感到很害怕。他开始感觉燥热，高领毛衣令他窒息，他脱掉它，只剩下跨栏背心穿在上身。

他打开电视机并把声音调到最低，电视机里播放着某部电影，这个电影他已看过，但名称不记得了。演员们他也熟悉。他调换电视机的频道，调了一个，又调了一个，又调了一个。碰到了新闻，正在播放有关制造某种新型飞机的报道。他看完了这个报道。接下来是体育和天气预报。祖国的大部分地区都开始降温，诺里尔斯克市更已进入真正冰天雪地。然而，在祖国的另外一些地区几乎完全温暖如春。而那里，彼得罗扎沃茨克市在地图上所坐落的地方，全部被蓝色的箭头所标注，从这些蓝色向右，也就是向东，是一个接一个的又蓝又粗的箭头，它们连绵不断，就好像敌人来自那个方向。但这是某个气旋。漂亮而又高雅的美女主播说，那里正在持续降雨并可能变成雨夹雪。莫斯科将会迎来一轮降温，但没有降水。

这个信息没有引起米沙任何情感的变化。他再一次调换频道，并调回到了正在播放他不记得名称的电影的那个频道。他看了一会儿电影，开始感到腹中空空，好像还是想吃点什么。米沙打开冰箱，在各种锅碗瓢罐和盒装奶制品中间找到了不大一个鸡腿和其他不多的鸡肉。他把这些放在盘子里，拿到沙发旁，坐在那里把这些全部吃完，还仔细地把所有骨头啃了一遍，甚至还把有些骨头嚼碎吃了下去。电影也没引起他的兴趣和任何情感的变化，但却成功地分散了他的注意力，使得他完全不再去思考。

儿童房间门内的黑暗和寂静，远比电话威胁令人莫名的担心，更令米沙不安和焦虑。米沙去了一趟厨房，把盘子连同吃剩下的鸡骨头放在餐桌上，喝了一些温开水。然后，他在盥洗室洗了脸，刷了牙，接着回到客厅，继续看电视。电影还没有结束，他继续看电影，非常不想一个人去卧室和一个人上床睡觉。

他想象着睡在儿童房间的阿尼亚。她经常是，一边安顿索尼亚上床睡觉，一边自己就在索尼亚的床上和她一起睡着。躺在儿童床上，阿尼亚无法伸得开腿，但她总能背靠向墙，身体蜷曲成一团，非常舒适地侧卧在那里。她一般和索尼亚那样睡不长，很快就醒来并走出儿童房间，抬头眯起双眼对着灯光并伸个懒腰。她总是指责米沙，说他没有叫醒她，说他把她给忘了，而她还想喝点茶，读一会儿书或者看一会儿电视，但她把这些时间都给睡了过去。可这一次，米沙没有等待阿尼亚出来。他很想走过去，叫她出来，找到一些词语，解释清一切，驱散笼罩在他们家所有房间和角落上空的凄惨压抑的阴云和不幸福的心理感受。然而米沙明白，通往儿童房间的门因他而关闭，同时阻挡的也正是他，他无法打开这座门。他不能进入那里，因为他没有对阿尼亚可以说的话。他知道，他应该向阿尼亚说点什么，但他找不到词句。

当电影结束时，米沙命令自己关掉电视机。他非常想抽烟，但身上没有。他想起来，自己已决定戒烟并开始学习英语。他苦笑了一下。现在身上要是有香烟的话，那他一定毫不犹豫地又开始抽起来，但他没有香烟。"瞧，还是有一个成绩的，"——他心中暗想，"整整一天没吸烟。"

该上床躺下睡觉了，但他一直拖延这一时刻。卧室里没有阿尼亚很苦闷。米沙不知为什么又步履蹒跚地去了厨房，那里依旧只亮着阿尼亚喜爱的那盏窗灯。餐桌上放着装有鸡骨头的盘子，还放着阿尼亚留在那里的茶杯，杯中还有她没喝完的茶水，旁边是他的空茶杯。他小心缓慢地把茶杯放入洗碗池内，拿起盘子，打开橱柜的门并想把骨头倒掉，那里是垃圾桶。

垃圾桶里垃圾很多，垃圾桶被装得满满当当，在垃圾桶的最上层他看见一张被撕成两半的扯自卡嘉图画练习本里的纸，这张纸上画有一幅什么图画。米沙放下盘子，弯下腰，把这张纸的两个部分都拿起来，拼接在一起，他看见了一幅马的图画。马是用深棕色铅笔画出来的，笔锋在纸上用力显然很重。卡嘉一定是在临摹米沙画的马的草图，结果马就成了她画成的那个样子。但看得出来，她努力了。她笔下的马身躯过长过于粗壮，但马尾和马鬃飞扬起来。卡嘉的马奔跑在绿色的草地上，草地是用绿颜色的铅笔果断和厚重地描绘在纸张的整个底端部分，并以绿色带的形式呈现出来。奔跑在这个草地上的马，长着一只像人眼那样的大的蓝眼睛。

米沙对着这匹马微笑了一下，心想，九周岁年龄的卡嘉其实可以画得更好。他缓慢、小心翼翼和不情愿地把被撕成两半的图画放回了垃圾桶。"也好，有自我批评精神，"——他心中思忖。"自己画完，自己又丢弃，这是个壮举。好。"

离开厨房时，他伸手想去关掉窗台上的灯，但没有关。他留下了它，让它亮着。

米沙把客厅的落地台灯熄灭，就把丢在沙发上的高领毛衣收拾了起来，以便把它放回他常拿取的衣橱里。通常他把东西随手到处乱放，而后直接就到衣橱里去拿取。但这一次,他不能把乱丢的高领毛衣放在那里不管。并不是因为他想以这个方式做点什么令阿尼亚愉快的事,只不过是,他不能那样做了,如此而已。

● ●

他把自己的手机放在床头旁,熄灯并躺下,躺下后就相当迅速地睡着了。但他睡得不安稳。

米沙在夜里和黑暗中醒来,不知道自己睡了几个小时,他被身旁不大的声响吵醒。他睁开眼并从枕头上半抬起头。卧室里很黑,但并不是伸手不见五指。他看见阿尼亚的身影,她站在自己的那一半床边。米沙看见,她弯下身,轻轻地半掀起被子并开始悄声地躺下。米沙感觉到一阵轻松和快乐。她躺在床的很边缘的地方,让人觉得很远。他非常想伸出手去触碰她,但没下得了这个决心。取而代之的是,他动了动身体并轻声地咳嗽了一下。阿尼亚一动不动地躺在那里。他单肘支撑半抬起头来。

"阿尼奇卡……"他轻轻轻轻地说,"请你现在别想不好的,别把我想的很坏。你在心里想的那些很折磨你,可一切并非像你心里想的那样。一切都能解释清楚,并且你也会明白,已发生的事情是多么的荒唐,"米沙沉默了一下,但阿尼亚躺在那里依旧一动没动。"他们可能一早就给我打电话……或者不是一早。总之,他们可能打电话来,而我可能不得不和他们进行一些令人不愉快的交谈。你现在明白不了,但我一定尽力迅速地把所有这些麻烦事搞定和做个了断。然后,你应该给我机会,让我向你讲述所发生的一切……现在我只请求你一件事,别想坏的和别折磨自己。现在只就请相信我……一切完全不是你想象的那样……完全不是那样,"他再一次沉默了一下,阿尼亚没有回答。"好吧……我都理解。我现在不再说这些……我爱你,非常……"

她那样躺在那里,仿佛她并不存在,甚至连她的呼吸米沙都听不见。但米沙开始感觉内心平静了，舒适和平静。他把头放在枕头上，并也努力使自己的呼吸完全听不见。但很快他就开始大声地呼吸，就像一个以舒适的睡姿安然酣睡在那里的人一样。

· ·

　　星期日的清晨对于米沙来说到来得很早。卧室的门被大声的一撞打了开来，他被吵醒。这是索尼亚用手掌使尽全力砰的一声把门推开的。卧室的门在夜里没有关，为的是能听见儿童房间里的动静。卧室的门总是虚掩着，但索尼亚通常就是那样砰砰地推开门。

　　"妈妈……"她嗓音嘶哑和睡眼惺忪地说。

　　还没有彻底睡醒过来的索尼亚跑到阿尼亚这里，手拽着很大的毛绒兔子玩具的一只耳朵，最近半年她和它睡在一起，用看不见的食物喂它，与它几乎形影不离。她钻进阿尼亚的被子底下并安静下来没了声音。这是周末休息日的清晨仪式。可以不看钟表就知道时间，那是早晨七点或者七点左右。

　　米沙没有露出已醒来的样子。他知道，索尼亚那样可以再躺半个小时或者更长，然后和妈妈腻腻歪歪地起床去做什么。他又躺了一会儿，躺着，躺着，就又睡着。他没听见索尼亚和阿尼亚很快就起床并离开了卧室。她们关上门，留他一个人在寂静中把觉睡足。他醒来时，窗外已经放亮，更准确地说，天刚朦朦胧胧地亮。落地窗帘没有打开拉上。阿尼亚晚上总是拉上窗帘，但这次没有。

　　米沙醒来，明白自己睡得非常好，伸了个懒腰，怀着强烈的要去有所行动的意愿，果断地从床上起身。他迅速披上睡袍。

　　"怎么，你沉默不语？——他在心里问自己的手机。——这倒真是的！"

　　米沙又一次伸了个懒腰，这一次已是站在地上。他伸了很大的懒腰，还哼哼地打着咳声。然后他走到窗前。窗外下着小雨，一滴滴小雨中伴有小雪花飞舞落下。

"没有降水?"他心说,回想起电视中对星期日的天气预报。"你们的天气预报没有猜中,——他心中暗想,甚至这个想法令他开始感觉快乐了很多。——雨夹雪。这是来自彼得罗扎沃茨克的礼物。谢谢!……看来,好天气到头了!惬意的秋季已结束。"

他再一次向静静躺在自己床头柜上的手机投去有力的一瞥,他的这有力的一瞥好像能够把手机激活,然而手机躺在那里并依然沉默不语。米沙明白,他在等待自己的痛苦制造者打来电话。很想有所行动,但怎么行动?他已失去任何可能的主动权。然而,他必须做点什么。他从床头柜上拿起手机并把它放入睡袍的口袋里。

他去洗漱时,钟表上的指针指在九点四十五分,厨房里不时传出来阿尼亚和女儿们的欢声和笑语。在进盥洗室前,他去她们那里看了一眼。

"爸爸,"卡嘉高兴地喊道,"早晨好!我们正要烤肉桂和苹果馅的馅饼。"

"早晨好!这太棒了!"米沙微笑着说。"索尼亚帮忙吗?"

"我帮忙!"索尼亚声音很大地喊叫道,她正从和好的一大块面团上,揪下来一小块,并把它揉成小圆球。她全身上下沾满了面粉。

阿尼亚没有说话,她正用刀把苹果切成薄片。

"那我能帮什么忙吗?"米沙问说。

"不-不-用!"索尼亚还是那样声音很大地回答说。

"爸爸,我们把马画完吧?"卡嘉问说,两眼充满恳求的目光。

"一定,我答应过你!但只不过不能是现在。"

"你吃早饭吗?"阿尼亚突然问他说。米沙没料到这个问题,耸了耸双肩并沉思了一下。

"也许吃吧,"他并不确定地说,"做馅饼是为庆祝什么,阿尼奇卡?"

"有那样的情绪,"她平静地回答说。"给你煎荷包蛋还是水煮蛋?早餐只有鸡蛋。"

"那咖啡、面包,还有奶酪呢?"米沙惊奇地摊开双手问说。

"这有。"

"那就很好。现在我去刮胡子,洗漱……阿尼奇卡,我们的苹果是哪里来的?昨晚还没有,反正我是没找到。"

"我跑去了一趟商店买的。没有任何神奇的事,不存在什么魔法。"

"爸爸!别碍事!走开,爸爸,"索尼亚声明说,听烦了爸爸和妈妈的这段对话。

"阿尼奇卡,"米沙非常严肃地说,"我请求并坚持:今天没有我的允许你不能出家门。我也哪里也不去。所有的解释以后再说。"

"爸-爸!"索尼亚更加顽固地说。

"那你能把马用颜料画出来吗?"卡嘉问说。

"随便什么材料我都能,"他回答卡嘉说。"阿尼奇卡,别生气。我在等电话,我们大家暂时就坐在家里,哪里也不去。"

阿尼亚没有答话。

他刷牙,洗脸,剃须,感觉自己对沉默不语的手机越来越生气。他忍不住想要采取些什么措施,以应对可能发生的危险。洗漱完毕,他从盥洗室里出来并果断地走去阳台。雨夹雪下得更大了。阳台上积有雨水,但米沙没有去换鞋。他一只脚踏进水里,湿透了拖鞋,双手扶握寒冷和潮湿的阳台围栏,俯身向院子里张望。

院子里没有人。后来从邻近的门洞里走出一位女士,打着一把深绿色的雨伞,离开院子,消失在大街的拐角处。米沙巡视院子四周:汽车,树木,垃圾箱,雨,雪。"我究竟想看见什么? ——米沙暗自问自己。——可疑的汽车或者可疑的人?让这个傻瓜蠢货见鬼去吧!他怎么沉默不语?这真是没想到,我将就这样等待不知是谁打来电话。"

他从阳台上回来,脱下潮湿的拖鞋并开始在想该把这只拖鞋放在哪里。

"早餐准备好了,"他听见从厨房里传来阿尼亚的说话声。

"你可否把早餐给我拿到这里来?谢谢了!"

"这里"——是指沙发旁边的一个小茶几。米沙非常喜欢休息日时在这张小茶几上边用早餐，边看什么有关动物或者旅行的电视节目。

他把湿了的那只拖鞋拿到门厅过道，并把它和干的那只一起放在那里。以往这个时候他会问阿尼亚该把拖鞋放在哪里吹干，但这一次他没有张嘴去问。

手机静默无声。米沙没有打开电视机。他快速而又无味地吃完煎荷包蛋，拿起一块奶酪，就那样空口把它吃下，然后喝完咖啡，把嘴里和食道中的所有食物冲下，阿尼亚做的咖啡有些稀淡。他仓促地吃完所有食物，喝完咖啡，就好像急忙要赶去哪里。然而，那时绝对没有什么地方需要急忙赶去。手机沉默不语，于是米沙忍无可忍，从口袋里掏出手机，决定随便给什么人打个电话，目的就是为做点什么。他想了有一分钟左右的时间，迈步走去卧室，随手把门关上，开始拨打自己弟弟季马的手机。季马立刻就回答了，但他说话的声音却充斥着朦胧的睡意。

"没吵醒你吧？"米沙问。

"你是哪一位？"

"我是你的，请注意，亲哥哥。"

"米沙！这可真是！我今天正打算给你打个电话。想象得到吗？！真让人吃惊！"

"怎么回事？为什么？"

"只不过是，过两个星期我要飞去莫斯科四五天。我想事先知道，到时你在莫斯科还是不在。"

"应该在莫斯科。如果你来，我就在。来办事，公干？"

"还能干什么呢？我去莫斯科只是因为有事要办！就那样没事去莫斯科？……我又不是疯子。如果不是因为工作需要，我怎么都不会去。"

"我接你，你就住在我家里吧。"

"不了，哥哥。我们一起去的要有好几个人呢。有人接我们。住在我们部门的宾馆，我也方便些。我脚上的袜子臭气熏天。要我住你那里干嘛儿？但侄女们我是要去看看的。再说，父母亲也给我布置了任务，让我拍一张索尼亚的照片。一定要拍索尼亚！所以应该说好一个晚上，我去你那里。你给我打电话有什么事吗？"

"是有个问题想问你，需要向你咨询你的领域里的事。"

"我的领域里哪个方面的事，米沙？法院方面吗？你怎么，遇到什么不愉快的事还是惹出什么麻烦了？"

"没有，没有，弟弟！不是那样。我有一个纯理论性问题。尽管，也可以那么说，我遇到了不愉快的事。"

"好吧，赶快，讲出来，哥哥。"

"你不忙吗？"

"星期日，米沙！……"

于是，米沙尽可能简短、顺序清晰地向弟弟讲述了在街心花园街遇见一个姑娘和后来接到若干次威胁电话的故事。令人吃惊的是，季马听得严肃和认真，他提了几个问题，倾听着。而米沙讲述着，心里明白，自己这是头一回向弟弟寻求帮助。米沙向弟弟解释，回答他的问题，他第一次没有感觉到这是自己的弟弟。他想得到季马的解答，这种情况过去于他从未有过。米沙的头脑里甚至闪过一个念头，这个念头与其说是个想法，倒不如说是个愿望，他渴望，有机会要向季马讲述那个从楼顶摔下去的柯嘉的故事；他想获知，在他们法院的档案室里是否存在有关这个案子的记录。或许，关于这件事什么都没有记录，根本就没有过记录，那样的话他就白害怕这么多年。米沙不由得在心里暗想，如果他获知了这些，那柯嘉将会从他的梦魇和恐惧中消逝。或许，恐惧本身也将变得更少。就连反应，或许，也将变得不一样，会变得更加平静，特别是面对像这个借用电话和由此引起一系列威胁电话的荒唐偶遇事件时。

米沙向季马讲述了自己的奇遇，并感觉到弟弟甚至比自己年长。季马当然没有妻子和孩子，但他服役在那种国家机关，手中掌握那样的权力和可能性，头脑里拥有那样的法律知识，对这些法律的结构、框架和实践是那样了解，以至于米沙在向弟弟解释自己出了什么事时，甚至开始非常激动和紧张。

季马仔细地听完米沙所讲述出的一切。

"是，这种事只有遇上你才能发生，米沙。"

"为什么？"

"你是我们中最敏感，最易受感动的'帅小伙儿'。如果是我，那根本就不会开始和陌生人交谈。如若有人还想试图对我进行威胁……这么说吧，我大概不会把自己的手机借给莫斯科大街上的陌生人使用。这可是莫斯科呀，兄弟！你忘了？！……然而，也不会有人来找我帮那样的忙。甚至是像你遇见的那种母狗骚货，她也不会斗胆靠近我。而你就不一样，从外表一看就知道，你很浪漫，是个艺术家……"

"这你去对我的下属讲一讲，他们都很害怕我……"

"知道吗，米沙，他们那是在恭维和讨好你，装出来的。你放心！对了，你想问什么了？"

"季马，我现在该怎么办？我为我的家人害怕，为自己担心。可以采取些什么措施呢？"

"啊呀，兄弟，我还真一点办法都想不出来。如果是我，可能不会太害怕，但我同意，这事儿很烦人。但不可以只听你说。或许，一切没那么可怕？或许，就连电话里的那个声音，也完全不像你所描述的那样令人毛骨悚然。"

"有什么办法可以获知他是什么人吗？"

"电话号码未显示，但它一定是可以被弄清楚的。我只不过是不懂技术方面的事，但照样可以弄清楚这一切。我在莫斯科我们这个部门有一些朋友，在最高法院也有，在其他的机关也有。如果需要，我会问出来，怎么可以弄清楚给你打电话的那个人的电话号码。但只不过不是今天，兄弟。星期日！他们会让我滚到随便什么地方，如果我现在就你这个芝麻大的小事儿去烦他们。"

"可这可能吗，季马？"

"一切皆有可能，兄弟！"

"这个人怎么能够在晚上一个半小时左右的时间里，就根据我的手机号码，弄清楚我的住址、汽车车牌号和其他一些个人情况？我不明白。"

"嗯，这个吗，米沙，没什么了不得的。你是一个守法公民，你的所有信息早就按规章制度登记在册……而获知电话号码登记在谁的名下，——这不复杂。这种事我在我们这里可以很容易就办到。所以说，你的这位老兄肯定在机关里有什么人，或者自己曾经就是我们中的一员，抑或至今他都还是……他有获得信息的渠道，如此而已。但在我们这里没有你出的这些稀奇事儿。这只能发生在你身上，只能发生在莫斯科。这呀，是个笑话。但没有关系，如果你想，我明天就打电话到莫斯科，听一听那里的伙伴们怎么说。反正你别太担心，但也别失去警觉。因为谁又知道他，你的这位……一个犯有歇斯底里病症的人，他会怎样行为？他又究竟是个什么样的人？他一般会做什么？这呀，从你对我所讲述的故事当中是没办法明白的。我要是他，也不会相信你。我是这样想的：在我身上没发生过那样的事，也就是说，就没有那样的事。但就算站在他的立场，那我也绝不会让哪个姑娘得以那样对我进行嘲笑，就像她对他所做的那样……"

"啊呀，暂时你还没经历的事，别先夸口，"米沙在整个对话过程中第一次像兄长一样对季马说。"我想，我会有机会看一看，一个威严的大法官如何恭顺地允许自己任由摆布。哎，当你坠入情网，兄弟，那时你再看！"

"等不到的！"季马说。

于是，米沙满足地在自己弟弟的身上感觉到了其幼嫩和实质上不成熟的一面。

他们又聊了一会儿，说好再打电话联系。

"嗯，好了，季马，我等你的电话。如果等不到，我自己将打给你。谢谢，弟弟。"

"暂时没什么好谢的。别忘记，过两个星期我要飞到莫斯科。你拿出一天，准确些说，是一个晚上。"

•••••••••••••••••••••

阿尼亚带着女儿们烤馅饼。从厨房里传出来她们的说话声和女儿们的欢笑声，从那里还飘出香味，香味满屋四溢，那是烤苹果馅饼的诱人香味。但米沙那时并不想吃自己喜爱的馅饼。

他孤单冷漠和气嚷嚷地坐在沙发上，不胜等待来电之烦。米沙心烦意乱地回想起，他答应瓦洛嘉在星期日的晚上去他的工作室。他决定不去他那里，他不想把自己的老婆和孩子们独自留在家中。然而另一方面，他明白，能和阿尼亚一起出门去一趟什么地方，甚至是去瓦洛嘉的工作室，会对他与阿尼亚和好很有利。可如果和阿尼亚一起去，那该把女儿们放在哪里，丢下不管吗？！

米沙明白，他应该给瓦洛嘉打个电话，并告诉他自己无法出席。然而，他却不想提前给瓦洛嘉打电话。他知道，瓦洛嘉将会劝说，并令人讨厌地苦苦哀求，他会说，怎么可以没有米沙，没有他，又有谁会演奏键盘乐器？"瓦洛嘉很会哀求，——他心中暗想。——晚一些我打电话给他，并说个什么充分的理由。我不去那里。那里他们将会说很多对尤利娅的虚假悼念之辞。"

这时他回想起，阿尼亚曾向他讲述过有关尤利娅的邻居和电视机的事。他感觉到，自己一想起这个，内心就激愤难平，他不愿意想这个。他原以为，自己为寻找尤利娅的死亡原因所做出的所有行为和举动都已是很久以前的事，而且它们都很愚蠢。他明白了，尤利娅在采取最后的行动的前两天曾把电视机送给邻居，她那时就已准备好并已下定了那个可怕的决心。他不想相信她早就做好了准备，并怀揣那个可怕的决定生活着，甚至就算只是最后两天的时间。他不愿意确信尤利娅把所有的事情都考虑好了，但她就是没有给任何人留下任何书信或者哪怕是一张小纸条。就连给自己最亲近的人们也没有。或许，她在最近的日子里认为自己没有任何最亲近的人？这让人悲伤和难过。正因为如此，有关电视机的故事让米沙生气。他感觉自己开始生尤利娅的气，而他并不愿意生她的气，也不愿意再知道任何情况，除了已经知道的那些。他想尽快摆平这个新近发生的现实的麻烦事，这个麻烦事让他既担心又害怕。他想安静下来，与妻子解释清楚并让她释怀，喘一口气。这是他当下心中所有的痛。与笼罩在家中的紧张气氛相比，彼得罗扎沃茨克的问题和任何其他有关生产和工作的事宜，他都觉得是芝麻大的小事。就连尤利娅的死亡原因，也迅速地掉进了那些芝麻大的小事之列。可米沙却不愿意那样想尤利娅。

他毅然决定给瓦莲京娜打个电话，请她不要去向任何旅游公司询问任何问题，有关尤利娅的事从此不需要再去弄清楚。他决定马上就给她打电话，不等到星期一。

然而，米沙还没来得及去拨打自己心中想好的这个电话，他的手机就发出了信号铃响。这个铃声响起的音量是如此之大，以至于米沙的心中顿时产生了这样的想法："这件麻烦事一结束，我就立刻把电话铃声换成别的。我现在恨死这个铃声了。"

号码没有显示。米沙紧张起来，他紧闭着双唇，向卧室走去。他准备开口大骂，并给他以严厉的回击。不应该让厨房里的阿尼亚和女儿们听见他想说出的话。电话在他手中拼命地叫喊着。

他走进卧室，在卧室的门后站住，咳嗽了两声，把电话贴近耳畔。

"我在听，"他用金属般坚硬的嗓音说。

没有听到回答。他站立在那里，等了有四五秒钟。

"我在听，"米沙重复道，"你怎么不说话？"

没有人回答他。

"这是什么孩子的行为？"米沙用极尽厌恶的口气说。"怎么，你现在就一直那样试图吓唬我，是吗？我们谈还是……"

这时米沙明白了，没有人在听他讲话，他在对空说话。他看了一眼手机并发现，打电话者显然根本就什么都没听见，他可能立刻挂断了电话，甚至都没等到米沙接起电话来回答。

"见鬼！真是活见鬼了！……"米沙咬牙切齿地骂道。

"电话骚扰和沉默不语得还不够吗，"——他心想。"这简直太不像话！我都烦躁死了。"

他感觉自己在怒火中烧，再加一把火，他就会被烧破头，无论对谁或对什么他都将火冒三丈。手机重新响起。"嗯？现在你还要干什么？还要沉默不语或者说些什么？"——米沙恨恨地咬牙在心中思忖，差一点儿就把牙齿咬出声响。

然而，打电话来的是谢尔盖，他的号码显示了出来。

"呸，是你！……"米沙脱口而出，随即把手机拿近耳旁。"你好，"他说。

"你好，米沙！"米沙听见谢尔盖严肃地说。"怎么样，还没给你打来电话？有什么新消息吗？"

"这不，刚才有一个号码未显示的来电。打来了，但却什么都没说。可能是信号中断，也可能是'新战术'。我不明白。除此，一切还是那样。"

"嗯，这怎么有点不是那么一回事。打来电话并沉默不语……怎么有点不像成年人办的事。"

"我也是这样想的，但并没有因此就变得轻松些。神经都已紧绷到极点。再说，也该给妻子一个解释。我对她说了，今天我们软禁在家里。事情就是这样。你怎么样？"

"我有什么怎么样？一切正常。今天早晨想骑摩托车去兜风了。时间过得可真慢，我都不知道该怎么打发。可你看，现在这是什么天儿呀！完了！今年已经别指望能骑摩托车兜风了。可心里真想。星期日，早晨，车辆稀少，可以尽情地踩油门。但可惜。"

"是，天儿不是很好，但对这个秋天再抱怨就罪过了。今年这个秋天已经很宠爱我们。看得出来，老天爷烦腻了。"

"米沙，我并不是想和你说天气的事儿。我心里在想……反正我还是有点觉得自己对不住你，想怎么帮助你一下，不管是什么方式。就让我把我的保安队长派过来，让他开上随便什么一辆不显眼的汽车，带上他的一个小伙子，让他们在你家周围巡逻值班。让他们好好看着，监视周围的动静。哪怕是我们做到心中有数，看看是否有人在跟踪和监视你。有他们那样看护，你也好，我也罢，都将安心些。"

"谢尔盖！亲爱的！弄这些要干什么？不需要由此弄出一整部的侦探片来。罢手吧，你！"

"嗯，总该做点什么。我已经涉入你的这件事，就让我采取点什么行动吧。再说，我反正都已经把小伙子们派过去了。如果你看见一辆老旧的白色轿车停在你家小区的院子里，车上坐着两个小伙子，别担心——那是我的人。"

"谢尔盖，我严肃地对你说！不要再把这个本来就已很白痴的故事弄成更糟糕的闹剧了。取消所有的措施和安排。"

"不取消。就让伙伴们执行一次严肃的任务吧。我的保安队长，你知道，他有多么兴高采烈呀！他们很过瘾，你要明白。他们都是些专业人士，渴望工作。别剥夺人们的乐趣。怎么你，还有什么可惜的吗？就让他们在你家附近坐一坐好了。我不该对你说这个。说给你，目的只是不想让你看见他们时被吓着。"

"瞧你，谢廖嘎，真是折腾，"米沙生气地说，然而内心却对这个关爱之举深感愉悦，并对此并不掩饰。"你说，如果我出去并让他们离开，他们会听我的话吗？"

"当然不会！你对于他们是谁？任务是从我这里领受的，而我不会取消它。请你安静，别想他们。万一他们观察到什么呢？即使是观察不到什么，这个电话恐怖活动依旧在继续，那明天我们将启动别的一些手段和力量。好了，米沙！我已发动，箭在弦上。对了，我想问你什么来着……你说，索尼亚请我晚上给她打电话。可这该是几点？晚上对于她意味着什么？"

"原来你是为这打电话的！"米沙笑了起来。"你绕了这么大的一个弯呀！现在我全都明白了。"

"你明白个鬼呀！别惹我生气！你根本不明白，我心里难受都已经是第三天了。我现在真可以只用空手就能把你的那位电话交谈的爱好者掐死。我现在随便怎么样，只想要做点什么。浑身的力气没处使，憋死我了。怎么都得挨到晚上。所以我想飙骑摩托去，可这天气……"

"你去游泳池呀，大游几个回合，冷却一下。"

"是，我是要去。已收拾好准备去了，游一会儿。但还是不知道，我该几点钟给她打电话呀？她的晚上是在几点钟？"

"朋友！我又不是索尼亚肚子里的蛔虫，"米沙近乎开心地说。

"别耍滑头，米沙！求你了！如果我在九点钟打过去，这正常吗？"

"我想，正常。九点"这正是晚上。

"要是在八点呢？"

"别纠缠，谢廖嘎！"

"好吧，我在八点半给她打电话。然后可以给你打电话吗？"

"为什么？"

"嗯……向你讲述，我们是怎么交谈的。我想，你感兴趣。我觉得，我需要和你分享。你知道，我整个人都被弄懵了，什么都不能懂。"

"那你就给我打电话吧，只是别太晚。"

"在这之前我还会给你打电话，告诉你，我的'特工们'嗅到了什么。好吗？"

"好。随你怎么做。"

"而星期一，也就是明天，让我们赶紧去一次健身房，否则，你和喜奥巴又彻底放松了。应该保持我们的传统。"

"再看吧。好了，让我们再见。"

"回头见，我不和你告别。我给你打电话。"

结束了谈话，米沙站在那里，独自讪然地微笑着，笑容深沉，充满自嘲。这段对话既让他开心，又对他安慰不少，同时还使他明白了，他自身已开始习惯于这种局势和处境。他感到惊诧，惊诧人们对周遭的一切原来习惯得那样迅速，甚至是对在充满恐惧、害怕和未知状态下的生活同样也很快就会习惯。

"瞧，这都一周了，——他心中思忖。——这些意外奇遇，这些生活经历和满满的身心感受，足够品味一年半载，而且，这一年完全可以被称作不轻松的一年"。他沉重地呼出一口气。

他所身处的卧室的门被打开了一条缝。

"爸爸,"卡嘉伸头看向门内,说,"妈妈在叫尝馅饼,我们做的馅饼可漂亮了!"

· ·

厨房里弥漫着节日的气息。餐桌上铺有厚厚的餐桌布垫,厚餐布垫上放着黑色的烤盘,烤盘内摆放着扁平、焦黄、漂亮的馅饼。

"苹果不完全是那种正合适的,本该去一趟市场买些合适的回来,"阿尼亚说,没有抬眼看米沙。"但烤出来的馅饼很漂亮。"

"阿尼奇卡,我的小姑娘们,烤得非常漂亮,"米沙说,"我稍晚一点时尝一尝,我不喜欢吃太热的,让它凉一凉。好吗?"

"爸爸,馅饼热时更香,"卡嘉激情满怀地说,"我们很努力做的。"

"我们很努力做的,"索尼亚站在椅子上大声喊叫着说。

茶已经煮好。索尼亚只是对自己的那块馅饼咬了两口,喊叫着说很香,跑出了厨房。很快就从儿童房间里传出来动画片的声响。大家喝茶和吃馅饼,沉默不语。这一次的馅饼并不是很好吃,平时阿尼亚烤的馅饼不知怎么更焦嫩和多汁些。米沙快速地吃完自己的那一块儿。他感谢了一番,心里在思考,该干点什么来填补接下来的空白时间。他想起来,自己正打算给瓦莲京娜打个电话,于是他从餐桌后站起身。

"馅饼烤得不是很成功,"阿尼亚阴郁地说,"面团不对劲,苹果馅也不对劲。但没关系。吃不完剩下的,明天我带到班上去。在那里它很快就会被吃掉。"

"可依我看,烤得很棒,"米沙说并耸了耸双肩,"对不对,卡秋莎[①]?"

---

① 卡秋莎,是女儿卡嘉的昵称。

"对，爸爸，"卡嘉回答说，面对自己的那块馅饼露出明显的无奈表情。

"你们不会骗人，"阿尼亚回答说，"都给我滚出厨房吧！"

"都给我滚出"这句话让米沙的心头热了起来。

"爸爸，我们去画我们的马吧！"卡嘉高兴地推开自己的盘子，几乎是大声地喊叫着说。

"我们走。把铅笔和画本拿到沙发旁的茶几上，"米沙说，眼睛看着阿尼亚。"谢谢，亲爱的。馅饼确实不太成功，但那个味道呀！……孩子们很幸福。"

阿尼亚什么都没有回答，继续吃完自己的那块馅饼，眼睛径直地看着面前。

• • • • • • • • • • • • • • • • • • • •

卡嘉紧挨着米沙在沙发上舒适地坐好，认真地观看他作画。而他一点也不想画。但没有什么好做的。他决定快点画完，因此就用铅笔清晰而又自信地一笔划过，没画阴影和细节部分。但卡嘉依然很喜欢。

"可以给我们的马画上一双翅膀吗？——她问道。"

"那样的话这就不是马了，"米沙回答说，手中的铅笔继续在工作。

"那是什么？"

"帕伽索斯[①]。带翅膀的马就这样称呼，那样的飞马在生活中是不存在的。我和你现在画的是真马。"

"可我在图画中看到有飞马，"卡嘉严肃而执着地说。

"在图画中存在。但我和你所画的马奔跑，不飞翔。"

"也许它跑来跑去，就是为了飞起来……"

[①] 帕伽索斯，是希腊神话中的飞马，能激起诗人的灵感、诗兴。

这时，手机发出米沙憎恨的信号声响。

"卡秋莎，到你自己的房间里去，有人给我打电话。我接电话，完了我们继续。"

卡嘉叹口气向儿童房间走去，米沙掏出手机并看了一眼。电话号码显示出来，但这是一组不熟悉的数字组合。米沙接听了电话。

"喂-喂，"他像平常一样，稍微拖长了音节说。

"喂，"他听到一个男子的声音。

"我在听您讲话，"米沙说。

"喂，这是米哈伊尔吗？"男子的声音年轻并有些粗鲁。

"对不起，您是哪一位？"

"这是米哈伊尔吗？"那个声音执拗地重复问道。

"是的，这是米哈伊尔。我在和哪一位说话？"米沙严厉地问道。

"有人告诉我说……"说话者一下子顿住了。"总之，之前有问题，而现在没有诉求了……"

"我这是在和谁说话？"米沙几乎开始喊叫起来。

说话者咳嗽了几声。根据他说话时的状态可以清楚地明白，交谈不是他所喜爱做的事。

"有人让我转告说，"那个年轻、粗鲁的声音回答说，"那是一个错误……简言之，再没有任何诉求了，也不会再有人打电话……"

米沙从沙发上一跃站立起来，他什么都明白了，心中最为强烈的愤怒和仇恨之火简直就让他无法再安坐在那里。

"那道歉，请求原谅，没人请您做吗？您不觉得，在那样的情况下至少应该……"

他被气得忘记一切，大声喊叫着，想说出最后几个词语，但话到嘴边他却停住了，打电话者挂断了手机。米沙不是很清楚自己在做什么，他快速地回拨了刚才给他打来电话的那个手机号码。对方并没有马上接听，这让他不得不等待了几秒钟。

"喂，"他听见那个年轻的声音。

"您竟胆敢挂断电话，"米沙开始用他能做到的最冰冷和最强硬的声音说，"您刚刚给我打电话并粗鲁地没听完我说的话。我想对您说，让您转告委托您给我打电话的那个人……在那种情况下按规矩是应该说声对不起的，而且最好是本人亲自那样做，不是委托别人。请转告您的……"

他明白，已经没有人在听他讲话，电话被再一次挂断。他手里举着手机，呆呆地惊立在那里，一副被侮辱、被损害和无助的样子，就像被身边飞驶过的汽车溅上了一身脏泥一样。

"爸爸！快来继续画吧！"他听见卡嘉的说话声。"你已经接完电话了。"

"卡秋莎，亲爱的！"他心不在焉地回答说。"让我们稍晚一点。我们会画完你的马。一定。"

"出什么事了吗？"阿尼亚从厨房里走出来。"你打电话时在大喊大叫。"

"没有，阿尼奇卡，正相反，所有的问题都烟消云散了。现在一切都好。我只不过是情绪激动了一下，没有忍住。对不起。但现在一切都好了。你记不记得，瓦洛嘉定的是几点在他的音乐工作室见面？我们去吧，阿尼奇卡！让我们一起去吧。"

"维嘉说，大家在七点前聚齐。"

· ·

他一个人坐在客厅里的沙发上，看着没有画完的图画。阿尼亚和女儿们在儿童房间里做着什么。米沙拿起铅笔并迅速而又精准地画完了马。

"瞧，这就都结束了，"他低声含糊不清地说，"奇异的经历也结束了。你不是想要平静吗？请吧，请接收你的平静。"

可他无法平静下来。思维瀑布一下子停止了奔腾，寂静瞬间袭满心头，这使得他不知道该拿平静怎么办。所有那些让人害怕、令人恐慌、使人怀疑和猜测，要求解释并妨碍生活的外缘都结束了。瞬间结束，无需他的参与和努力。他的神经就像绷紧到极点的弹簧需要松开和释放，然而现在他却没什么好做的，也没什么好寻找的，更没有与之斗争的对象。甚至就连摆放在面前的马的图画也画完了。

"瞧，没关系，明天去上班，就像去过节一样，"他自己对自己这样说，然而这句话一点都没有让他的内心得到些许安慰。

米沙的头脑里十分清晰地呈现出上班的路，周一，塞满汽车的首都道路，通往自己办公室那一层楼的楼梯，清晨办公室内写字台上亮着台灯，写字台抽屉里躺着作家菲茨杰拉德的书。然后电话响起，瓦莲京娜煮好咖啡，各种谈话，各种纸张文件，各种人员。嘴巴里说着彼得罗扎沃茨克问题的莱昂纳德的那张臭脸，清晰地出现在米沙的头脑中。

"彼得罗扎沃茨克！……"米沙突然高声地说。"彼得罗扎沃茨克……这才是生活的意义！现在就让我们来试一试……"

他目光惊恐和神情呆滞地观看着自己想象中的周一画面，"彼得罗扎沃茨克"一词把他从呆滞的状态中惊醒，它的发音此刻于他是第一次如此入耳和动听。米沙拿起手机。

"瓦莲京娜！请你原谅，我在礼拜天打扰你，可有个紧急问题。"

"请讲，头儿，"他听到瓦莲京娜快乐的说话声，"发生什么事儿了吗？"

听得出，她接听电话时正身处众人之中。在她周围有各种说话声，笑声，以及孩子们的尖叫声。

"瓦丽亚，我不打搅你吧？"

"嗯，有些，一点点，"她欢快地回答说。"我这是在我的领洗教子的生日聚会上。我马上离开餐桌，请您等一下，"餐桌旁的噪音起初变得更大，后来就安静没有了声响。"现在好了。您请说。"

"瓦丽亚，是这么回事儿。我曾叫你把去彼得罗扎沃茨克的飞机票从周一改到周三。你看，是这样的，瓦列奇卡，这非常非常重要，所以我就现在打电话来打扰你。可否把机票的日期再改回来？我必须明天就飞。再强调一下，这非常重要！你怎么想，现在还可以更改吗？"

瓦莲京娜沉默有几秒钟，然后笑了起来。

"头儿，亲爱的！"她比刚才更显快活地说。"请您原谅，我已经有点喝多。您告诉我，在我接下来对您说完实情后，您不会解雇我吧？"

"瓦莲京娜！"米沙说，尽量不让自己激动起来。"我会在解雇你之前，先解雇我自己。"

"我都不敢对您承认，"她几乎是在笑着说，"真怕在您眼里把一个什么都不会忘记的优秀员工的声望给捣毁了。可我却忘记了更换您的机票，您的预订依然还是星期一。现在请您处决我吧。第一次这样儿。我这是忙晕头了？抑或终于还是在变老。"

"我永远以你为傲，瓦莲京娜，"米沙轻松地说，"航班几点起飞和怎么取票？"

"起飞时间是10点15分，这我准确记得，可航班属于哪个航空公司，不记得了。您请在谢尔梅机场直接到航空公司的售票柜台领取机票。在航班起飞前的一个半小时，您可凭护照领取机票。我给您有什么好讲解的。明天早晨我给您打电话并告诉您，该到哪个航空公司的窗口去取票。"

"妙极了！"米沙很快活地说，"我星期三返回。需要通知大家，所有的事情都改期或者取消，尤其请你提醒英语老师。"

"一切都会办妥，又不是第一次。可我怎么就能忘记了呢，啊？我很震惊，米哈伊尔·安德列耶维奇①。"

"你瞧，瓦丽亚，你甚至连忘事儿都那么有天才！怎么样？一切说好，交易达成。你回餐桌继续聚会。不然，那里没有你，就像所有的事情，肯定一点儿都不快活。明早8点30分我等你的电话，那时我已经在机场。"

"谢谢，头儿！明早儿见。"

---

① 米哈伊尔·安德列耶维奇，是米沙的大名加父称，在此使用这样正式的称呼方式，其实是有些调侃的味道。

• •

　　后来他给廖尼亚打了电话。接到他突然在礼拜天打来的电话，廖尼亚一下子就心情急躁起来。米沙告诉廖尼亚，自己将如其所愿，就在明天早晨，飞往彼得罗扎沃茨克。廖尼亚听了非常高兴并开始忙乱起来。米沙命令廖尼亚在早晨7点30分开车来接他，请他把所有关于彼得罗扎沃茨克项目的材料和文件全部带上，并送他到机场。在路上，他们需要讨论清所有问题并为谈判做好准备。米沙还指示廖尼亚，迅速给彼得罗扎沃茨克所有参加过谈判的相关人员打电话，让他们在星期一准备好迎接米沙的到来，并约定好见面的时间和地点。廖尼亚开始忙乱地提出一些问题，然而，米沙却打断他的话并告诉他说，所有的问题他们都将在明天早晨讨论清楚，但廖尼亚必须完成下达给他的所有指令，并在早晨向米沙汇报所有的一切。还有，他不可以迟到，并应在早晨7点30分准时来接他。请求廖尼亚守时是多余之举，他从来就不曾迟到，但米沙还是那样说出了自己的要求。

　　由于斗志饱满和情绪激昂，米沙在房间里踱来踱去。需要再打几个电话。他想起谢尔盖派到他家楼下小区院子里巡逻的那些小伙子们。他想伸头往外看一下，看看那辆白色的汽车停在哪里，但窗外飘着的雨夹雪已经演变成茫茫的湿雪。米沙没有走向阳台。他只是给谢尔盖拨打了电话，谢尔盖没有马上接听。而当他接听电话时，说话直喘粗气。

　　"米沙，出什么事儿了吗？"

　　"你怎么上气不接下气？在逃跑躲避什么人吗？"米沙心情极佳地问道。

　　"不如说，是在快速游离。但如今在我身上所发生的情况，你既无法游离逃脱，也躲避不掉。打电话来有什么事儿？"

　　"是的，谢廖嘎！我理解你！理解并嫉妒。你甚至都不明白，你有多么幸运。"

　　"你怎么那么高兴？借酒浇愁喝多还是被吓出神经病了？"

　　"什么都还没喝。是这样，我的朋友，撤销你派来我这里的岗哨。

事情结束了。"

"怎么结束了?"谢尔盖吃惊地一愣。

"是这样。他们打来电话,道了歉并说,出了个错儿。话题关闭。给妻子"

"原来这样,是吧?打来电话并道了歉?遗憾!可我这里已经拟定了那样一些计划!设计制定了一整套的行动方案。遗憾,真遗憾!现在做什么呢?你不想为你所受的委屈复仇吗?"

"不了,到此为止。话题关闭。忘记吧。一切都很好。明天,顺便告诉你,我无法去健身房锻炼。一大早就要飞去办事,直到星期三回来。"

"遗憾,米沙,遗憾。你不该这样。嗯,好吧,我撤销岗哨。嗯,如果我依然还是要在八点钟给索尼亚打电话,这会不会太早?"

"你打就是了,什么时候想打就打!——米沙说完,笑了一下。"

"我害怕,米沙。哎呀,我怕!但我给她打完,然后就给你打,好吗?"

"打吧,'情场老手'。如果不堪忍受,你就打吧。"

· ·

米沙兴奋地在房间内踱步,从沙发走到阳台的门,然后再走回来。他坐立不安。钟表上的时针刚刚才指向下午三点。他决定去瓦洛嘉的音乐室,不待很长时间,过去点个卯就走。重要的是与阿尼亚一起,那样一切都将彻底捋顺抚平。然而,现在离应该从家出发的时刻还早,还有很多的时间。米沙手里拿着手机并在想,该给谁打个电话。"给索尼亚打个电话,"——他想起。"给她打个电话。她并没对我说过什么时候给她打,这就意味着,可以现在。给她打最后一次电话!了断。我与她的抒情故事结束了",——米沙在心中暗自这样想,不无遗憾,但也不无喜狂。

"索尼亚，你好！"他说，手里拿着手机站在阳台的门旁，两眼望着窗外的连绵阴雨。

"你好，米沙，"听到索尼亚平静的回答声。

"是这样，打电话给你提个醒，我把你的电话给了谢尔盖。按你说的，他晚上将给你打电话。哎呀，索尼亚，看你把男人们给迷的！"

"米申卡，我不是很方便讲话，在开车，正从我妈妈处往家走。"

"好，我其实想说的也都说完了。他将给你打电话。"

"很好，让他打吧，"索尼亚依旧还是那样平静地回答说。

"我们之间没有挑开说过的奇缘故事就此结束。也可以说，我们'擦边'走了过来，"米沙说，回头看着阿尼亚是否在旁边。

"米沙！我在开车，天气很糟，什么都看不清，雪把车玻璃糊住了。让我们以后再说。"

"好吧。对不起！只是不会有'以后'了。但这并不是灾难。再见。你是个奇妙的美人儿！"

"再见，米沙。"

这个对话，将米沙从身心兴奋的快乐状态和能量激荡的高潮中拽了出来。他的内心被刺痛。他暗自一而再地思忖，并无法对自己坦白承认，他这是妒火中烧。他在心底里再三思忖并确定，这完全不是妒火。

"见鬼的自尊心！——他在心中悄声自言自语道。——可这有什么区别？嫉妒，自尊心：难道不都是一个样的鬼心理？唉，索尼亚，索尼亚！"

他又站立了一会儿，眼睛望着窗外。远处的楼房和街道看不见，大街上总是不断传出的喧嚣声也听不见。令人不舒适的湿雪沉重地飘向都市的街道，湿雪在空中形成密幕，落地时发出簌簌的声响，就此阻断了视线和淹没了所有声音。

后来他把阿尼亚从儿童房间叫到厨房，他们在餐桌旁坐了下来。

"你什么都别多想，"米沙对阿尼亚说，两眼看着自己放在餐桌上的双手，"但我明早要飞往彼得罗扎沃茨克。计划是星期三飞，可明白了拖延没有意义，于是就明天飞。而星期三就回来了。别担心，那里没有任何可怕和危险的。那里纯粹是些企业生产的问题。而把我吓坏并因此我采取了些安全措施的那件事儿……"米沙苦笑了一下,"它结束了,很突然,就像开始时一样。阿尼亚,这只不过是我偶然遇上的一次愚蠢的经历。以后讲述给你听,让我们一起笑一笑。这就是我想对你说的。"

"明白,"阿尼亚非常平静地回答说,眼睛看着米沙,"你几点飞?"

"明早7点30分廖尼亚来接和送我去机场。星期三几点回来,我还不知道。没看航班时刻表。"

"我没告诉你,我把自己的车撞了。"

"什么时候?"

"星期五,下班回来的路上撞的。但不严重,从远处甚至看不出来。可我很难过。"

"你是因此动的我的车?"

"米沙!你这很不厚道!我对你说过,我的车被一个什么人的车给堵死出不来……"

"对不起,亲爱的!对不起。"

"让人生气的,是我自己的过错。当时的情况很糟糕,我吓坏了。公共汽车在前面就那样突然地……"

米沙的手机发出令人生厌的铃响。米沙皱了皱眉。是斯吉奥巴打来的电话。

"这是斯吉奥巴的电话。对不起,阿尼奇卡!"

"他怎么,总是要在我们需要好好谈一谈的时候打电话来吗?"她说,但她这样说时并没生气。

米沙接听了来电。

"米沙,米沙,你好!"斯吉奥巴急速地开口说。

"你好,喜奥巴!有什么可以效劳的?"

"请原谅,打扰你一下!我有一个简短的问题。让娜刚才给我打了个电话……"

"谁?"

"唉,是的!……你呀,不知道她叫什么。让娜——这就是在俱乐部把我迷倒,后来在家里又让我失望的那位小姐。但这不是重点。我因一时的大意和不慎把自己的电话号码留给了她。她打电话来说……唉,我干嘛说那么详细?!请原谅,米沙!她不知在哪儿弄丢了自己的一只手套。她说,很贵的手套。我把自己的家都翻遍了,没有。或许,它掉在了你的车里?"

"手套?"米沙反问了一句,与阿尼亚面对面地看着。他真想再一次拥吻斯吉奥巴。"棕色?缝制精美?"

"可能吧,我没有仔细看过。怎么,你找到过?"

"找到了,喜奥巴,找到了!"他说,并对阿尼亚使了个眼色。

"嗯,就是说,它在你那里,"斯吉奥巴愁苦地说。"我呀,还指望她把它丢在了别的什么地方。我不得不又和她见面。还有,该从你那儿把手套拿回来。"

"是的呀,喜奥巴,我亲爱的,请把这个破东西从我家里拿走,"米沙满脸微笑地对着电话说,眼睛一刻都没离开阿尼亚。

"何时可以去拿?"斯吉奥巴问道。

"马上,我的朋友!我不打算把这个破东西放在自己家里。你可当心,我会把它丢出去!你的这只手套可把我害苦了。"

"明白了。现在就过去,"斯吉奥巴喘了一口粗气。"要是别人,早就对她说,哪里都没找到那样的一只手套。可我不会撒谎。一个小时后我到,反正我也没什么事儿可做……"

"赶紧拿走它!刚好阿尼亚烤好了一些馅饼,香死你!"

"我往哪里吃馅饼?我应该去健身房,关于饮食必须忘记。但如果是阿尼亚烤好的……"

结束电话交谈后,米沙笑出了声。阿尼亚没忍住,也微笑了起来。然后他们长时间并费力地从电冰箱的底下往外掏手套。米沙一脚把它踢得很远,很深,他们甚至不得不借助从卡嘉那里拿来的尺子。卡嘉高兴极了,看着自己的父母拿着她的尺子在冰箱底部的周围爬来爬去,他们边笑边用尺子把什么东西从冰箱底部和地板之间的缝隙中拨拉出来。

• •

打完电话后过了一个小时，斯吉奥巴来到了米沙的家里，他手中捧着鲜花。他把鲜花献给阿尼亚，五支漂亮的白玫瑰。阿尼亚备受感动，立刻就把它们摆放进花瓶里。然后，他们坐在在厨房里喝茶。斯吉奥巴很享受地吃了馅饼，非常真诚地夸赞馅饼好吃。他吃了两块。小姑娘们很高兴斯吉奥巴来，她们缠在他身边不离开。后来，阿尼亚把她们带走，于是米沙和斯吉奥巴两个人坐在一起，并聊了一会儿天。

"你这里可真好，"因喝茶和吃馅饼而有些冒汗的斯吉奥巴说。"在你的家里是这么舒适，这在我的家里是从来没有过的。我对你感到很惊奇，不是嫉妒，而是惊奇。你怎么才能做到在莫斯科如此正确地安排自己的生活？不是别的样，就是正确。当然，你有个神奇的阿尼奇卡！然而，不管怎么说，首先你是个好样的！"

"喜奥巴，你的这些夸奖我听过很多次，耳朵都快听出茧子了。我没有做出任何特别的。平常的单元房，都该装修了。但在索尼亚还这样小的时候，我们不折腾。还可以忍两年。很多地方我已经不喜欢，有些家具也该更换。其实就连这个单元房本身也想换个大一点的。"

"其实，我说的不是这个。我一直对你和其他的外来者感到惊奇。对于我来说，你所做的那些，——这是天大的事，这是功绩。我想象不出，怎么能就这样来到莫斯科和就这样如此正确地在这里生活。我甚至不是指你在这里开创了自己的事业，挣到了钱，购买了住房。不是。你能够在此就这样安居下来并生活得如此正确，这对很多莫斯科的本地人来说，他们做梦都想不到。你别反驳，听我说完！就拿我来说吧，我出生在莫斯科，在市中心。我很早就继承了我外婆的住房，也在市中心。可现在怎么样？我在鬼才知道有多远的地方租房子住。尽管这也不重要。我那里从来就没有过你这里有的东西。没有舒适，平静……"

"平静?……"米沙紧随其后反问道,并笑了一下。

"是,平静!"斯吉奥巴热情地确认说。"我坐在你这里,吃着馅饼,感觉就好像不是在莫斯科。你好像不是生活在莫斯科,米沙。你怎么就能够如此正确地安排生活?!而我居住在莫斯科,居住得越久,我就越强烈地感觉到,我就是生活在莫斯科。忙乱、躁动,努力不放过任何有意思的事,追随所有的诱惑。而在这里,你知道,诱惑有很多。你瞧:你、谢廖嘎和我。我和谢廖嘎是莫斯科人。他还没娶妻,我也已经回到没有妻室的行列。而你,米沙?你妻贤女乖!你有那么好的女人和小姑娘们!"

"喜奥巴,你怎么,喝多酒了吗?是什么让你的舌头吐出这么些动听的奉承话?"米沙尝试开玩笑地说。

"没有!我对你们这些外来人深感惊奇。对你感到惊奇。你们可以按自己的方式生活。你是好样的!而我,若不是我的工作,没什么人会需要我……"

"就是!说的对,喜奥巴!"米沙果断地打断他的话。"你说出了最重要的!你告诉我,我从来没问过你这个,你学的什么专业,想成为什么人,你受的什么教育?"

"我呀,米申卡,毕业于大学生物系。如果具体些,我研究啮齿动物,更具体些,你就不会感兴趣了。差一点儿就去搞科研……"

"这正是我想从你这里听到的,"米沙充满激情地说,"大概,你小的时候养过仓鼠,你很喜欢它,所以你就去研究这些仓鼠。"

"养过豚鼠,"斯吉奥巴插话说。

"于是,你一生就以这样或那样的方式,与动物联结了在一起。对于我,你是专业人士和有价值的人。你平静、安稳地掘呀,挖呀,在一个方向上勤奋耕耘。我知道,你喜爱这个,并且一直喜爱。"

"唉,那是多么不平静呀,米沙!哎呀,在我的工作中有很多忙乱的琐碎事儿!我们也老实地说,这也不是那种无私为人奉献的事儿。卖动物食品,卖这些动物本身和给这些动物治病,这是有利可图的,尤其在莫斯科。但我的确喜欢动物,它们也需要我,这是这样。然而,我不是天使，不是阿伊博里特医生。我和我的同事们很快还要开一家动物商店，一个很大的商店。有利可图的事儿……我相信，你很喜爱自己的工作。你呀，有一个让人称奇的工作，米沙！而且，我认为，你的工作非常高尚。"

"我喜爱，喜爱，喜奥巴！"米沙说并摆了一下手。"我非常喜爱！然而，瞧，你生活和工作在莫斯科，在这里给需要你帮助的动物治病，而我明天要飞往某个鬼地方，目的就是为争得订单，好让我们在那里给道路树立标牌和画线。难道你真的认为，当地的公司做不了这些业务或者做得比我们差？其实他们做得并不差……嗯，或许，我做得快些，或许，质量好一点点，那又怎么样？我明天飞过去挖掘自己的一块儿，而且一定把它挖来！可我为什么在这里？为什么生活在这里？为什么我生活在莫斯科，就如你所说，但却不按莫斯科的生活方式生活？为什么我抗拒这个莫斯科本身？我不明白！所以你别说，我也曾觉得，一切都是正确的……"

"那现在不觉得了吗？"斯吉奥巴悄声地问道。

"现在不是很觉得。"

他们沉默了一小会儿。

"但自己的工作我是喜爱的，喜奥巴！"米沙打破沉默说。"我喜爱我的工作并努力为其骄傲。只有工作给予我谁都不去嫉妒的可能，它让我感觉自己很幸福，哪怕只是有时。我的工作，不是职业！我没有职业，亲爱的朋友。我是什么职业，见鬼？画一点画，弹奏一点乐器，干一些工程师的活儿。不！我有的正是工作，而不是职业！它对于我——最重要！"

"关于工作，我过去也是那样想的，"斯吉奥巴忧伤地说。"也认为，这是重要的。"

"那现在呢？"

"现在我已经知道，这……"斯吉奥巴边挥手在厨房的空中画了个圈，"比什么都重要。只是我永远都不会拥有这个，我已经知道。我甚至已经不想要这个。我知道，我看不到那样的家。而且我知道，这是最重要的。在你这里我感觉到如此平静！但你暂时还不能理解。平静在你这里存在，所以你不会明白。而人生四十岁以后是如此想要平静……"

"你又在说平静！"米沙打断他说。"你怎么没昨天来这儿看一看，这里有什么样的平静？！喜奥巴，这么对你说吧，关于这个平静我知道的比你多。最近这些日子我所做的一切，就是恢复自己的平静。我简直就是为它而战。瞧，现在它恢复了！有什么呢？它有什么好的？该拿它怎么办？我在认真地说！这不是什么画意诗情……"

"米申卡，你可能恢复的不是平静，而是秩序，"斯吉奥巴弱弱地说。

"不，喜奥巴，正是平静。我明白区别，"米沙回答说，语气决绝。

"你怎么如此不平静？"斯吉奥巴微笑了一下。"不对！恢复秩序容易些，而平静中有智慧，我什么时候在什么地方读到过这个。"

"那怎么样？四十岁后我将明白这个？"

"嗯，不是，兄弟！"斯吉奥巴大笑了起来。"这个我刚好不敢向你保证！哪有什么智慧会在四十岁以后自动出现？最愚蠢的念头！但对这真正的平静可能会开始渴望。然而，在我那儿，如你所见，连拥有秩序都是问题……"

"可瞧谢尔盖，他现在顾不上这些问题，"米沙面带微笑忧伤地说。

· ·

当斯吉奥巴穿好外衣和鞋站在门厅过道内准备离开时，阿尼亚走了出来，送他。

"斯吉奥巴，你什么时候想来我们家，就来！"她说。"只有你才给我送花。女儿们也高兴你来。如果你提前告诉想要吃什么，我总会给你做好。"

"哎呀,阿尼奇卡,"斯吉奥巴扮出一副可怜相,"我呀,根本不应该吃,都快吃爆肚皮了,我需要的是减肥!"

"那你就告诉我说,什么吃的都不用做,我们喝茶。只要你来。"

"一定,"斯吉奥巴说,并尽他所能弯腰鞠躬行礼。

"喜奥巴,你没忘记什么吗?"当斯吉奥巴已经站在门口时,米沙问道。

"忘什么了?"斯吉奥巴吃惊地问。

"告诉我,你为什么来我们这里?"

"手套!"斯吉奥巴说并用手拍了一下自己的脑门。"哎呀,当然,手套!而我却忘了。看你的馅饼多起作用,阿尼奇卡!"

米沙离开门厅过道并旋即回来,伸出了手,两个指头嫌恶地夹拎着一只手套。

"拿走,"他说。

"瞧你,为什么那样一副嫌恶的模样,朋友?"斯吉奥巴问。

"肯定是有理由的了!"米沙回答说。

斯吉奥巴再一次与阿尼亚道别,并在走到门外时,示意米沙跟他出来。米沙紧随其后走了出来。

"我只是现在才想到……"当米沙把门半关上时,斯吉奥巴悄声问说。"怎么,阿尼亚发现这只手套了?"

米沙点了点头,脸部做出悲惨的模样。斯吉奥巴一只手抓住自己的头。

"这太可怕了!"他说。"噩梦!我想象得出来!请你原谅,米申卡!看在上帝的份上,原谅我吧!"

"一切都已烟消云散。"

"哎呀呀!我的罪过!嗯,是我考虑不周,请你原谅!"

"我这不是在说,一切都已经好了吗!忘记吧!当然,发生过……但现在一切都好了。走吧,喜奥巴!本周我们去健身房。一回来我们就去。"

"原谅我!我该是个多么糟糕的人!……"斯吉奥巴痛心地说,并迈步走向电梯。

"喜奥巴,我的好朋友!别难过!我回来就给你打电话。一切正常。再见!"

"再见,米申卡!我回家面壁思过。"

于是斯吉奥巴抬腿走进电梯。

· ·

斯吉奥巴走后过了有一会儿,米沙和阿尼亚坐在厨房的餐桌旁。阿尼亚刷好碗,把餐桌收拾干净,拿起一本什么杂志在阅读。米沙则沉默地坐着,无思无想。从儿童房间传来一些什么声响,但那里的一切和平常没什么两样。后来,卡嘉来到他身边,一副若有所思的模样。

"爸爸,你为什么没带我就把马画完了?"她问道。

"不知怎么就那样画完了。你在忙着,所以我就自己把它画完了。"

"那我们的马是什么颜色的?"她提出一个让人没有料到的问题。

"关于这一点我真还没想过,"米沙说。"但你知道,当图画是用普通的,也就是用灰色的铅笔画成,这种情况下所有颜色只需自己想象即可,明白吗?你可以想马是白色的,而我可以想它是深棕色的。你看,你想要它是什么颜色的,它就是什么颜色。只要你想象得出来。"

卡嘉满脸困惑地听米沙说完,就转身离开了,不知道她是否理解米沙对她说的那些,抑或是没理解。

"应该准备一下,去瓦洛嘉那里,阿尼奇卡,"米沙对妻子说。"我们开哪部车子?我在那儿肯定是需要小喝几杯的。去时我可以开,可回来——只好是你。我们纯粹是象征性地过去一趟,很快就回来。你怎么想,女儿们能等吗?这最多会占用我们两个小时。"

"我就不去了,米沙,"阿尼亚放下杂志说。

"怎么又这样了?而我还想……你呀,以我之见……"

"米沙，我不去了。你什么都不用想，我没生气。我只不过很累，并觉得自己脸色不好看。"

"你看上去很好，别臆想。我们会很快。"

"我自己看得更清楚我的脸色怎么样，我自己内心就是那样的感觉。脸色不好看时，我不想见人。最近的两天两夜我根本就睡得很少，哭了很多。我觉得，到现在我的眼睛都还是肿肿的。我最好今天早点儿上床躺下，想好好地睡一觉。安顿好索尼亚，我自己马上就去睡觉。你去吧。别担心，我没生气。你应该去一趟。"

"没有你我不想去。"

"米沙，不要劝了，我反正不会去，而你必须。只是请你今天别喝多，这在今天会让我反感。"

"你说什么呢！我明天需要起大早。你甚至都不用想，但喝两小杯总是免不了的。大家要追思尤利娅，在那种情况下我无法不沾一沾嘴唇。没什么好担心的，我打出租车。"

"你最好今晚就把出差的行李收拾好。不然，明早你自己什么都找不到，你会搅得我不得安眠，也会把孩子们早早地吵醒。"

"对。现在我就收拾，干脆就现在。"

"那你不会迟到吗？"

"我甚至就想迟到。我晚一点到，这样大家已经到齐，有关近况如何和孩子们怎么样等的所有这些开场寒暄都已经过去。我就在大家都已喝到一定高度时到。"

"只不过是你不喜欢迟到，"阿尼亚若有所思地说，"所以我才问。"

· ·

米沙很快收拾完东西，阿尼亚帮了他。和每次一样，找身份证件用了一些时间。结果它在米沙上一次出差办事时穿的风衣口袋里找到了。

正当米沙心里在寻思拿哪条领带好时,一条系过的旧领带进入他的眼帘,所谓的"幸运"领带。他拿上了它。这是一条并不简单的领带,每当米沙去参加什么重大、艰难和要求一定好运气的商业会面或谈判时,他都系的它。他甚至称它为"战斗"的领带。米沙还拿上了一条时髦的全新的领带。

他极不情愿去瓦洛嘉处。所有的迹象都向他昭示,自己的一天已经结束。激昂的斗志冷却了,就想只是傻傻地看看电视,躺倒在床上并一夜无梦地睡去。

窗外的雨夹雪停了。米沙准备在6点45分出家门。阿尼亚送他到门口。她手里提着一个塑料袋子来到门厅。

"给,拿上,否则,空着双手去不合适,"她把塑料袋子递给他说。

"这是什么?"他问。

"一瓶什么伏特加酒。"

他打开塑料袋子看了看,看见一个瓶子,并把它取了出来。他拿在手里的正是那瓶什么时候他从诺里尔斯克专门给尤利娅带回来的伏特加酒。

"这可真是巧!"他惊讶不已。"你是从哪里拿来的?"

"就从它一直放在的地方,在厨房的柜子里。怎么,要放回原处吗?它不合适抑或你保存它有特别的用场?"

"哎,不是!现在正好是那种场合。我只不过是把它给忘记了。它在厨房的柜子里放了那么长时间,我怎么就没发现它?"

"依我看,这不奇怪,"阿尼亚说并微笑了一下。"你在家里能发现什么呀?!"

"谢谢,阿尼奇卡,"他说,一只手提着袋子向门口迈近一步。

"你回来时,如果我睡了,别弄醒我,"她说。"你拿钥匙了吗?"

他停下并转过头来。

"拿了,"他说,并从门厅的架子上拿上钥匙。"别担心,我不会很晚。哪儿都不想去，这个夜晚最好待在家里。"

"要是待在家里，你就会坐在那里，没精打采。好像我不知道你似的。"

"嗯，为什么？我们一起待一会儿，说一说话儿。"

"我们两个最后一次坐在一起和交谈是什么时候？走吧，米沙。那里大家在等着你。"

"怎么，你不等着我吗？"他问，站立在门口。

"别挑刺儿，米沙！别用那样的问题折磨我！我不知道该怎么回答你。事实上，简直就是在唱戏。我昨天很痛苦……今天又为昨天心里想的和嘴上说的备受折磨。不要问我。你走。"

米沙快速向她迈了一步，并拥抱住她。手中的塑料袋子发出簌簌的声响，然而它并没有碍事。他把她紧紧地搂向自己的身体，在她的腮部亲吻了一口，然后找到唇部并用力亲吻她的双唇，但时间短暂。她拥抱着他。他们就那样拥抱在一起，站在那里。

"原谅我，亲爱的！"他小声地说。

"你太少亲吻我，很少拥抱，甚至触碰都很少。而我总是在等待，"她说，声音很小很小。"我永远等着你并总是激情以待。"

"我很快，去不多一会儿。而从彼得罗扎沃茨克出差回来后，我们坐下来好好计划一下，我们全家一起到哪里去玩。卡嘉最近的假期应该是什么时候？"

"嗯，不要，"她抱紧他，在他耳边悄声低语道，"要什么时候去一趟随便什么地方，就我们两个人。不然，像平常一样，我总是要照看女儿们，累得人精疲力竭，这对我不是休假。我想就我们两个人，只是我们两个人。让我妈妈来照看她们几天。我想要两个人的旅行。你明白吗？"

"我明白，亲爱的，"他低声耳语，亲吻了一下她的头发，并松开怀抱。

她放下双臂，两眼闪亮发光并泪珠盈睫，然而那盈睫的泪珠终究还是没有在她的面部流淌下来。阿尼亚轻轻地微笑着，笑容难以觉察。

"顺便说一句,趁我暂时还没忘,"米沙大声地说,"如果你要用我的车,要注意,方向有点往右偏。咱们两个的车都需要修理。该拿出一些时间来。厌烦透了这些烦心的琐事。"

"你知道什么令人烦心的琐事,米沙?你有的都是大事!令人烦心的琐事——那是我的领域。走吧。"

"你怎么撵我走?"他微笑着说。

"在门厅过道里可以待多久?"

• •

外面的天气不好。空气湿度很大,完全凝结不动。呼出的空气如蒸汽般潮湿并像湿雾一样黏稠,不像那种在冬天里呼出的既白净又令人愉快的空气。柏油马路上到处都是乌黑细小的水洼。

米沙穿过小区院落,绕过相邻楼房,来到外面的大街上,并迅速抓到了一辆出租车。正当他在对出租车司机说要去什么地方时,瓦洛嘉打来电话。他打电话的时间总是不合时宜的天赋,再一次如是得到了验证。瓦洛嘉问米沙来还是不来,还说,已是七点钟,几乎所有人都到齐,大家心情激动。米沙说他有点迟到,但马上也就到了。他还暗示说,如果瓦洛嘉不打电话,那他会更快到达。

米沙坐在出租车的后座位。车里有些闷热,还有一股浓重的烟味充斥在车内的整个空间。车和司机都有点老。

米沙请求关闭收音机,因为出租车司机正在听一首歌唱某个犯人的监狱青春的歌曲。这首歌曲的旋律让人想起所有那类歌曲的旋律,米沙的听觉在那一刻无法忍受。司机按照米沙的请求去做了,但显然他的好心情受到了刺激和破坏。而当米沙请求他不要吸烟时,后者完全把脸拉了下来,并现出生气的面孔。他们缓慢地行驶,过往车辆飞快地从旁边驶过,车轮底部带起的污浊泥巴点子,飞溅在出租车的玻璃窗上。透过所有这一切所能看到的莫斯科的灯火,是如此的模糊昏暗和那样的不真切。

米沙想起谢尔盖，并不由自主地笑了一下。他很想知道，谢尔盖是否挨得到晚上九点钟或者哪怕是八点钟，抑或比这都早就给索尼亚打电话。他想象得出来，谢尔盖是如何不停地在看表，如何心情忐忑不安。

米沙坐出租车行驶在路上，满脸弥漫着微笑。与阿尼亚在门厅过道内的交谈在他心底里留下一种奇怪和微妙的负罪感，以及某种光明、美好和非常重要的，但却无法言说的东西。还要行驶不少的时间，更何况出租车司机不紧不慢地在开，明显是在试图对乘客表示出自己的不满。米沙忽然回想起自己与弟弟的电话交谈以及对他的所求，他立刻拿出手机，并给季马拨打了电话。

"季马，这是米沙，你好！"

"再一次你好，在今天的这一天里，"季马懒懒地回答说。米沙听到，电话中除了弟弟的说话声，还有什么人的大声说话声，某种物体的摩擦和撞击声，好像是汽车紧急制动的刹车声和子弹的射击声。

"你那里在发生着什么？是什么的吵闹声响？"他大声地问弟弟说。

"我在看电影。等一下，我这就把电视的声音关小，"季马说。多余的声响在两秒钟过后寂静下来，"随便看个烂片，司法战士们的休息日就是这样快乐地度过的。你怎么样？"

"我很好，弟弟。知道吗，我的事，就是今早对你说过的那件，结束了。什么都不需要去打听。他们给我打了电话，道歉并说是他们搞错了。"

"不需要，那就不需要。这样更好，"季马几乎是睡意朦胧地回答说。"这样很好。不然，我真想象不出，要如何对自己那帮伙伴们讲述你的这出喜剧，并请求他们帮忙。嗯，你还有什么好消息？"

"就是一切都正常。我明天早晨飞往彼得罗扎沃茨克，有两天的时间将离北方更近一些。咱们故里边疆的天气怎么样？今年的秋天是什么样的？"

"这里的天气吗，兄弟，从九月份开始就一直是那个样，还不如用枪把自己给毙掉轻松愉快些。真希望正经八百的冬天快点到来。"

"怎么，有人开枪自杀吗？"米沙自己都没料到他会突然这样问说。

"庆幸的是，居民手中开火射击的武器很少，"季马回答说，并笑了一下。

"告诉我，兄弟，在咱们家乡的城市里有很多人自己对自己下手吗？"

"你说自杀，是吗？"

"就是。"

"不高于全国总体的平均值，肯定不比你们首都莫斯科多。怎么了？"

米沙没有马上回答。他不知道该如何回答，但他却不知为何继续这个话题说：

"随便问一句，感兴趣，刚好话赶话说到。你自己提起什么用枪自毙的话茬儿。"

"你说我打的那个比方吗？那没人能等得到，没门儿！"季马正色地说。"你说感兴趣？可我却不感兴趣。我感觉恶心。知道吗，我看过多少那样的人，看够了？！尤其刚开始参加工作时。现在我已经不去自杀现场侦查。我恶心。而过去，我反正都得被指派前往。现在是我指派别人，自己不去，什么时候都不亲往。"

"好，好！我就是随便问一问，都没过脑子想。"

"对这种话题可要留神小心，米沙！这具体和你没有关系，但我却不同。尸体发紫发黑，肿胀如气泡般，在房间里躺了几个星期，漂浮在浴缸里，吊挂在空中，被煤气毒死等等，哎呀，我见多和嗅够这些自杀的了。无法忍受！对我来说，他们比犯罪分子还坏——不是根据基督教的教规，而是根据我们现实生活中的律法。他们实施杀人犯罪，可却无可惩治。对年幼的孩子们我还感到怜悯。男朋女友把他们或她们毒死，或者继父是个什么虐待狂，不停地奸辱虐待，她们一下子从窗户跳楼自毁。然而，当成年人跳楼自杀的时候……知道吗，我不管他们或她们的心灵组织有多么细腻和脆弱,或者他们或她们的心灵受过什么创伤,这一切对于我都一样。我他妈的才不管他们或她们的动机!因为他们或她们对一切都他妈的无所谓,包括我在内。他们或她们无视一切,而我却要忙活他们或她们所作的孽?……"

"季马,我的好兄弟!别激动,"米沙说,弟弟的这些话语和在这些话语中所包含的愤怒情绪,深深地刺激了他,"对不起,我向你提出这个问题。瞧见没,我们谈天气谈论到哪里去了?我这是和你开个玩笑,"米沙试着调侃地说。

"你已经没有资格拿我们家乡的天气来开玩笑,你去开自己莫斯科天气的玩笑吧,"季马嘟哝地说。"但你注意,请在我到莫斯科前把你们的'天气'清理干净,准备妥当。"

"我定会努力,我有两个忠诚的电话号码。关于天气我会打电话。提醒我一下,你准确是什么时候到?"

这时,米沙乘坐的出租车被一辆救火车超过,警灯闪烁,警笛鸣响,紧随其后超车的是另一辆同样的救火车。由于警笛的鸣响,有几秒钟听不见季马的说话声。

"你那里这是发生了什么事?"当声响变小后,季马问说。

"啊,没什么,"米沙心不在焉地回答道。"我这是坐出租车逛你喜爱的莫斯科呢。显然,在什么地方有什么东西着火了。是救火车开了过去。"

"闲逛?"

"去朋友处。"

"是-是-呀,你禁止不了美丽的生活!恐怕将要喝酒吧?打的不就是为了喝酒吗?正确!醉酒驾车,那是犯罪!这我可是作为检察官向你做的声明。"

"你说的对,兄弟,什么都瞒不过检察机关。迫不得已要喝酒。你赶紧快些来吧!"

"一定来,一定。你准备好,"季马重又懒懒地说。"而我听到你那里有警笛响时,心想:你那里这是在干什么?难道也在看警匪片,或者是真的警匪飙车？嗬，我心想，我哥哥米沙在那里可真行！"

"哎嗬，兄弟！真能那样就好了！"米沙回答说，一脸苦笑。

· ·

出租车司机终于还是把客人米沙拉到了该去的目的地。当米沙与司机结清费用时，后者还没等到米沙下车就立马把收音机的音量开到最大，并急忙点着烟抽起来。收音机里播放出的歌曲实际上还是米沙当时请求他关闭时的那种，只不过曲调更加忧伤。离开出租车时，米沙听见好像"鸟儿飞过监狱的上空"的这样一句歌词。

· ·

米沙迟到差不多有一个小时。瓦洛嘉的音乐制作室坐落在某个行政大楼的半地下室内。那里在米沙到来前已经开始出现枯燥烦闷景象，或者一直就无聊乏味。聚集在一起的是一些与米沙和瓦洛嘉年龄相仿的伙伴们，大家基本上都是过去的同班同学，和那些曾经在瓦洛嘉带领下与其一起在他位于库图佐夫大街家附近的车库里演奏音乐的伙伴们。来了十五六个昔日年少的"音乐家们"，有些还携带了夫人。所有人都知道和记得尤利娅，又怎么可能不记得呢。大家都在她的厨房里坐过，哪怕时间不长，但都品尝过她煮的咖啡；所有人都和她说过话，哪怕就只有一次。后来，当这些人已不再和瓦洛嘉一起在车库里排练演奏音乐，甚至根本就都忘记了音乐演奏这一回事儿时，尤利娅帮助过这些人中的很多人。昔日车库里的音乐家们，有人因家人得病向她寻求过就医帮助。简言之，聚集在瓦洛嘉音乐制作室的所有人都很好地知道尤利娅。

当米沙下到地下并走进地下室时，音乐制作室里正在大声地奏响着音乐。所有来聚会的人们都靠墙坐在那里，有什么就坐在什么上。灯光调得很暗，四处放置着点燃的蜡烛。在地下室正方形空间内的正中央摆放有一张桌子，桌子上有很多瓶子、一次性塑料杯和碟，碟子中装有下酒小食。在离入口稍远的墙边安放有鼓、键盘乐器和其他乐器，但这不属于音乐制作室本身空间之内。它有点像剧院的休息室之类。而通往真正音乐制作室空间的门是关闭着的，那里有非常昂贵和专业的音乐制作技术设备。瓦洛嘉从来没有一下子放那么多人进入那里边去过。

瓦洛嘉弹吉他，而其他乐器则被那些多年来尽管次数不多，但偶尔来他这里按照旧时的记忆演奏一下的伙伴们所使用。米沙同样也参加过，但他很久都没再来这里演奏乐器消遣过了。

正在奏响的是瓦洛嘉写作的一首非常复杂的没有终了的布鲁斯曲。所有没有参与演奏的人们，坐在那里，倾听，满面忧伤，某些人还一脸悲哀。蜡烛在燃烧。米沙很不喜欢这些。

他看到了虚假和不真实，在蜡烛里，在人们的脸上，在布鲁斯乐曲中，但主要是在蜡烛燃烧的烛光中。他不愿意参与于此。弟弟季马在他们最近一次交谈中所说的那些话语楔入了他的意识里，就像一颗钉子。在最近六天的时间里，由于尤利娅从早到晚都存在于他的生活中，米沙已经疲倦不堪。她活着的时候从未如此积极和深入地参与到他的生活中。他只不过是因为她而感到疲倦。还有，让他受到更大惊吓的是季马的那些生硬和恐怖的话语，他觉得，虽然那些描述和评价自杀者的词句生硬和恐怖，但它们公允和正确，即使是放在尤利娅身上也如此。而他并不愿意那样想。他爱尤利娅，就像自己在星期二早晨之前所觉得的那样，他了解并懂得她。

米沙听到布鲁斯，看到悲伤面孔和燃烧的蜡烛，心中立刻想到，尤利娅也不会喜欢所有这一切。她一定想方设法，用其特有的方式，尖刻地揶揄这些苦歪歪的脸和沉重的氛围。她忍受不了虚假。她也不会听这首布鲁斯。她会走到外面去抽烟，或者开始大声地打哈欠。

米沙走了进去，布鲁斯曲突然中断。

"瞧，千等万等的米沙，终于到了，"瓦洛嘉大声地说。"键盘乐器正等着你呢。"

"大家等你也等苦了，"维嘉在远处的角落里说。

米沙挨个和大家打招呼问候。个别的伙伴他已十来年没见过，大家都变化很大。有两个人至今还蓄留长发，当然不像瓦洛嘉的那样长，但还是很长。而有的人则相反，西装革履，系领带，头发剪理整洁仔细。同来的夫人们年龄各异，但有些还是女大学生时米沙就记得她们。米沙和他们打招呼问好，交换简短的问题和答案，并心想："好在我一次都没有回过学校，参加毕业生见面会。将来也不会回去。我曾经还想要回去一趟，现在肯定不会回去了。"

然而，有些人米沙还是很高兴看见，他曾和一些小伙子们友情甚深。米沙把带来的伏特加酒放在大家共同的桌子上。

后来，一个曾经非常干瘦和满头卷发的青年（而现在却不是很瘦，但依然瘦干并完全秃顶）的男人，米沙过去的近友和低音吉他手，说了很长一段话，成为很好的祝酒词，或者更像是对尤利娅的追思之语。他说，她帮助过所有人，总是能帮则帮，尽己所能；他说，她极善于助人，乐施行善。他说，真无法相信，尤利娅从此不在了。他说完，大家举杯把酒喝干。

这之后，瓦洛嘉像过去很多年前一样，发令谁拿哪个乐器和应该演奏那首歌曲。米沙起身站到键盘乐器后面，自己在乐队中的分谱他知道并清楚地记得。一时间五音四起，大家调整乐器和校准琴弦，接下来演奏了自己最古老的歌，那是瓦洛嘉最初创作的歌曲之一。米沙双手弹按键盘，身体甚至随节拍而摇摆。他喜欢弹奏。尽管这首歌在曲词节律等所有方面都很幼稚，但它毕竟是自己的老歌。

伙伴们交换乐器演奏，只有瓦洛嘉没把手中的吉他让给任何人，再有就是没人可以替代米沙弹奏键盘乐器。

大家弹奏和演唱了五首早期车库排练时期的曲目。所有歌曲都是用英文写就和演唱。瓦洛嘉始终认为，用俄语没办法写作歌曲和唱诵。他本人的英语水平不好，经常请求尤利娅帮他，请她指点和提示该使用哪个词或检查已经写就的歌词。尤利娅时常打趣瓦洛嘉，呵呵地边笑边读弟弟塞给她检查的歌词。有一次读完弟弟写的一首诗，她甚至对他说："瓦洛嘉，很快我们这里的大多数人都将掌握英语，到那时你就不得不用别的什么语言写作了。然而，关于用俄语写作，你甚至连想都别想！"

大家又干了几杯。很多人开始说起和回忆与尤利娅相关联的插曲和故事。维嘉拿来一堆各种年龄的照片。大家翻看着老照片，又说又笑，欣喜欢快。在一些照片上有尤利娅。很多照片米沙是第一次看到。而有一张照片上只有尤利娅和他，他们站在位于库图佐夫大街尤利娅父亲家那栋楼房的单元门入口处。照片很可笑，是夏天拍的。照片上的尤利娅没戴眼镜，因此她的眼神不是一般的严肃，同时茫然和空洞无物。而照片上的米沙则留着小胡子，小胡子非常滑稽可笑。他都已忘记，自己什么时候还蓄留过小胡子。这张照片有很多年头了，但米沙却是第一次看见并怎么也想不起来，照片是什么时候拍的。

"瓦洛嘉，"他说，"听我说！多可笑的照片！我没有这张。你瞧，我长着小胡子。"

瓦洛嘉拿过照片。

"不记得它了。真好笑！"他说。"好像是我给你们拍的，但什么时候，不记得。啊呀，看你的小胡子！真可怕！"

"可否，我把它拿走？"

"让我给你拷贝一份吧，"瓦洛嘉略微踌躇后说。

"我想，你不需要它。这里只是尤利娅和我，没别人。你留着它干吗？"

"有尤列奇卡在上面……"瓦洛嘉并不十分自信地说。"让我们先不说这事儿。我们反正要清理分类，重新摆放，到时你来拿或者给你冲洗副本。她的东西和文件是那样的杂乱一团……"

"好吧，"米沙说，"你说怎么办就怎么办。"

"米沙，亲爱的，"维嘉以非常严肃的腔调说，"不要忘记：尤利娅终究是瓦洛嘉的姐姐。所有她的东西都应该放在家庭档案资料中保存。"

"伙伴们！忘记我的请求，我们就做一个副本吧，"米沙强压内心的怒火说。

· ·

　　后来，瓦洛嘉发表了一通关于自己姐姐的讲话，其间某些时刻他说得很艰难，一度泪水哽咽。米沙倾听着，并努力相信这些泪水是真诚的。瓦洛嘉在自己的发言中说，尤利娅是一个非常有音乐细胞的人，如果没有她的支持，他永远也做不出自己的音乐创作室，而这先是在车库，后来就是在这里，在我们大家现在在的地方。他说，她一直对他们的排练感兴趣，并总是期待有新歌出现。在讲话结束时，他擦干眼泪，拿起吉他并宣布，他要弹奏和演唱一曲尤利娅喜爱的披头士的《昨天》。

　　瓦洛嘉开始演唱这首伟大的歌曲，而米沙绞尽了脑汁却也无法想起，尤利娅什么时候哪怕就只有一次听过或者说过她听和喜爱过这首歌。他也同样回想不起来，尤利娅什么时候曾经对他们的音乐创作表现出哪怕一丁点的兴趣。

　　然而，瓦洛嘉弹奏和演唱得很美，很像披头士的原版。在瓦洛嘉边弹边唱期间，那个头顶最秃人最瘦的昔日朋友悄然来到米沙的身边。

　　"我今天是从萨马拉专门飞过来的，"他小声地说。"太不幸了！当沃夫卡打电话告诉我时，我简直不能相信。所有人中我想看到的只有你。"

　　"你在萨马拉干什么？"米沙也同样小声地问说。

　　"怎么干什么？我在那里生活。一晃儿在那里生活都快有八年了。"

　　"是吗？！可我却不知道。八年！在哪儿从事什么工作？"

　　"还是那个工作，米沙。当工程师。虽然现在更多的是领导别人。一切都正常。"

　　"竟然如此！在萨马拉！"

他们快速地交换了各自的电话和住址信息。瓦洛嘉结束演唱。大家迅速倒满酒并一饮而尽。米沙给自己和自己的交谈者倒上他带来的那瓶伏特加酒。给两个人倒的都不多。

"瞧，不记得什么时候从北方带回来，为的是与尤利娅一起喝，但现在你看见了吧，我们却在这里为悼念她喝，"米沙悄然地说。

"这到底是怎么回事？怎么那么突然，米沙？最近两三年每当来莫斯科时，我每次都想到她那里看一看。她多大年龄？"

"四十九岁。我甚至都已经考虑过五十大寿时给她送什么礼物。"

"真是噩梦！你知道，要是没尤利娅的帮忙，我当时在教研室是不可能留下来的。我那时是那样地想留下。而她怎么就和人说好，达成了协议。不明白怎么办到的。依我看，她真是认识世界上的所有人。"

"的确如此，"米沙点头同意。

他们举杯喝干，两个人都紧皱眉头。

"啊呀，真呛人！"米沙说。

"是！够劲儿，"对方答道。

"但和尤利娅一起喝酒，尤其在很小的圈子里，可以喝不是这样的低劣货。又都是为助兴。她就是那样的人！你说是不是！"米沙说完，看了一眼对方。

"说的是！但我记得，她喜欢白兰地。不贵，普普通通的随便哪种。她总是把它称作'小白兰地儿'，没叫过别的名。"

"你记的没错，"米沙说并陷入沉思。"而我们的这些乐曲，她也都不喜欢。"

"就是。她无所谓。真是个奇怪的娘儿们！"

"这还用你对我讲？！"

"我们的音乐对于她根本就无关痛痒，而她却总是帮忙。奇怪！我在生活中几乎从来就没见过那样的。知道吗，真高兴见到你！不然的话，难道我就白飞一趟，是吗？真想演奏哪怕就一首咱们的歌。你不会相信，所有自己的分谱至今我都记得。有时甚至做梦都梦到自己在演奏。我去，米沙，请求沃夫卡让我演奏一曲。"

"当然，赶紧！"米沙回答道并自己也走向乐器。

他们演奏了一首大家喜爱的米沙的歌曲。这首歌，更准确地说，这个旋律曾是米沙本人创作的。但后来瓦洛嘉对它进行了改编，填写了歌词，于是著作权就跑到他那里了。然而，米沙就此问题从来没有和他计较过。他弹奏，瓦洛嘉演唱，词曲成歌。

米沙回想起载他来这里的出租车司机，心想："我真没必要让这个汉子不开心。嗯，他喜爱自己的那首歌，他也不就是喜爱……可以忍一忍。像我那样做，人们真很生气……"

他们演奏完歌曲，米沙随即果断地走到桌子前，拿起一瓶伏特加酒，并开始迅速分别给大家倒上，但都只是不多的一点点。

"伙伴们！"他大声地说。"我请求你们给我一次发言的机会。明天一大早，我就需要去机场，而且明天是周一，正如大家所知道，周一是一个沉重的日子。我应该说话间马上就离开大家，但在离开前我想说，"他环视大家，看了一眼，很多人端起自己的酒杯。"伙伴们！在这里聚集的我们，大家都了解尤利娅，她对于我们当年这些青春年少者，曾是非常重要和需要的前辈同志。她在生活中对很多人都伸出过援助之手，并实实在在地帮助了他们！我在此给大家斟满了酒。让我们干杯。不掌握方向盘的，就喝伏特加。尤利娅不喜欢葡萄酒、鸡尾酒以及其他很淡的饮料。她是一个强人，并一直努力做到简单。因此，如果要追思尤利娅和想让她感到愉快，假如她能看见和听见我们……简言之，应该喝伏特加。"

所有手里举着酒杯的人们都默然地把酒喝干。有人点头表示同意和赞许。

"再请注意一下！"米沙说，嗓子因伏特加酒的刺激而有些不爽。他不得不咳嗽一声清一清嗓子。"如果我们聚集在这里，目的是向我们的尤利娅表示应有的尊敬，那我必须说……我们大家为什么那么爱她，在我们青春年少时？因为她总是认真地对待我们，不把我们当小孩子看！并且始终真诚！也让我们来坦诚地承认……尤利娅，她不喜欢所有这些音乐和歌曲。她对音乐没有兴趣。她根本就并不很喜欢音乐。她没有音乐细胞。她爱我们，但我们的音乐和歌曲"她不爱，"米沙用目光扫视所有聚集的人们。大家在认真地听他说。——尤利娅喜欢与自己从大学时代就是好友的闺蜜们一起聚会喝酒和放声诵唱，她们诵唱的那些歌曲我们非但不喜欢，而且还对之嗤之以鼻。她喜欢的正是那种赫赫有名的，而我们把它称作为香颂的鬼玩意儿。我看见和听见过，她和自己的女友们唱这些歌曲，并充满快乐和幸福。我对她的这些品味那时不理解，现在也不理解。然而，既然我们聚集在这里是为了尤利娅，那就……瓦洛嘉，给我吉他……给我，别怕，不会弄坏……现在我来唱一曲，尽我所能和所会，这首歌尤利娅肯定喜欢。伙伴们，我不是所有的歌词都记得，谁知道，就请助唱……拜托了！喂，把吉他给我！"

"马上，米沙！这把就只是我弹，"瓦洛嘉慌忙地说，"这就给你拿另一把来。"

他向工作室的核心深处跑去，回来时手里拿了一把见过世面的古老的声效吉他。

"嚄！真正的乐器，瓦洛嘉！"米沙说，毫不掩饰自己的讽刺和揶揄。"对于我现在即将演奏的这首歌曲，这把乐器正合适！再说，尤利娅也一定喜欢如此古老的琴弦。对她来说反正都一样，你知道。而现如今就更是了。赶紧……"他拿过吉他，手指在琴弦上拨弄几下，并开始调弦试音。"是-是-呀！很久没上手……喂，伙伴们，大家操练起来……"

米沙弹拨琴弦没有调整好的吉他，声音跑调，但他没去改正，嘴里唱出的歌词也没结巴，表演投入和自信。他弹奏和演唱的正是那首他曾在尤利娅某个朋友的生日聚会上，为尤利娅和她的那些男女朋友们而演奏的。他回想起醉意朦胧和快乐幸福的尤利娅。有人几次提示歌词。歌曲弹唱到第二段时，什么人的妻子跟随着歌唱起来——一个并非青春韶华或一头披肩长发，而却是丰腴和短发齐耳的金发女子。她唱得低声纯净，同时不停地擦拭泪水。而米沙的声音更加坚定，他越唱声音越大：

…………雪花飞舞并落下

落在顿河岸，落在槭树枝头

落在你哭满泪水的头巾上……

"伙伴们,谁把酒给倒上!"米沙说,并用力拨弹了一下琴弦。

最后的和弦在一片默言的气氛中响过。

· ·

他沿着寂静和绝对无人的街道步行了相当长的时间。他走得很快,两眼没有看着脚下,双脚不时地踩到水洼里。他没有觉察到空气的冰冷和潮湿,呼吸急促而又深沉。在他的前方是和平大街,那里喧嚣热闹。他走向那里,以便抓到一辆出租车。

米沙走着,头脑中的画面一直在转动播放,刚才悬在空中的停顿,和那些在他唱最后一句时人们望着他的困惑的面庞。米沙回想起,瓦洛嘉手足无措,他从他的手中拿走吉他,并把它放回显然不是什么原处的地方。剪短发的金色女子,没明白被拉长的停顿和寂静,突然真诚地喊叫道:"怎么样,一首好歌吧!"

米沙没看任何人,自己给自己倒上伏特加,默言喝干,他说:"怎么样,伙伴们!我走了。期望我们下次见面是因为幸福快乐的事。再见!"于是他拿起自己的夹克衫,快步地走到街上,并边走边把夹克衫穿上。

· ·

他离和平大街越来越近。内心深处有什么东西在旋转,浑身肌肉在绷紧,大脑神经令他阔步前行。他感觉自己被从火热的激辩中拽了出来,而在这场激辩中他无法取胜。米沙满心忿忿和茫然。

他开始极度渴望某种美好的气氛,那种完全不同于位于半地下的瓦洛嘉的音乐制作室内的氛围。米沙停下脚步,在离车水马龙的和平大街就一点点的距离上,他拿出手机并给谢尔盖拨打电话。谢尔盖几乎立刻就拿起听筒接听了。

"你好,"谢尔盖不习惯地小声说。

"你好,"米沙说,"你能否稍微大点声说话,我是从外面街上给你打电话。你怎么样?为什么不给我打电话?你自己给索尼亚打电话了吗?"

"打过了。"

"怎么样?"

"这不,坐在这儿并想了已经有整整一个小时。"

"那你说,说呀!"米沙故意激情高昂地说。"我在替你担心。"

"可说什么呢?"谢尔盖若有所思并疲惫地回答说。"我等了一整天,直到什么时候可以给她拨打电话,整个人已累得疲惫不堪。打了电话,现在坐在这里和呆呆地发愣。一点力气都没有了。"

"怎么?聊得不好?"

"为什么?聊得很好。交谈肯定有二十多分钟了。我真想就那样和她说一辈子。现在这不坐在这里。"

"不,如果不想说,就别说……可我想知道,朋友!你们说好了什么?"

"什么都没说好。我建议她明天见面,她说她不能。后天她也不能。说好再打电话。什么时候打,我没明白,太激动了。坐在这儿,想给她再拨过去,但又不知道说什么。其实,我们聊得算是不错,她笑着,感觉她很高兴。我不知道下面怎么办,什么时候打电话,说什么。但如果我还能忍到明天,那后天肯定忍不到的。"

"你想听我的建议吗?告诉你,可以邀请她见面,并且她应该会同意!"米沙狡猾地问说。

"怎么才能做得到?!"谢尔盖说,似乎睡醒了过来。

"你叫上她去探望被你们所庇护的生灵。"

"那是谁?"

"你好好想一想!"

"我呀,米沙,已经不能想。你说!我不明白。"

"建议她见面和去看望你们拯救的蟹。她应该同意。我想她应该。"

"真妙!现在就打电话。还不晚。谢谢!怎么说你都是一个非常聪明的人,"谢尔盖的回答清脆悦耳。

"喂,谢廖嘎!别急!……"

"好了,米沙,趁还不晚,我这就给她打电话。让我们再见……再打给你。"

这个电话交谈后,米沙边走边安静地笑着。他走到和平大街,抬起手,拦截了一辆出租车。

• •

出租车司机,一个三十岁左右或接近那个年龄的小伙子,把车开得灵活机动,而他本人却安静和沉默少语地坐在方向盘后。在花园环路上,他们被一辆红色的运动跑车不无危险地超过,这台跑车以极高的速度行驶,并从自己的那条道钻到另一条道上。

"嗬,真拽!"米沙说。"创造奇迹!他那样真会迅速抵达!"

"或许,他是个幸运儿?"出租车司机平静地说。

"最好别在道路上检验运气,"米沙含糊地评论道,"你看,他怎么在开车!他又是急着往哪里奔呢?"

"其实,他可能连自己也不知道急着奔去哪里。这里那样的人很多,我已经见怪不怪了。"

他说话带有明显的南方口音。米沙一直就很喜欢这种口音。

"您是从南方什么地方来的吧?根据您说话的口音听得出,您不是莫斯科人。"

"是,我来自南方。库班。你知道那个富饶的地区?"

"去过。那里很好。"

"啊哈。那里很好，"小伙子有气无力地说。

"怎么，不是很好？"

"尤其冬天和没有钱的时候。"

"可在莫斯科冬天好些吗？"米沙问说，笑了一下。

"您是莫斯科人？"小伙子以问题回答道。

米沙想了有不过两秒钟。

"是，莫斯科人，"他平静地说。

"我也喜欢莫斯科。"

· ·

米沙请求不必把出租车直接开到他家楼下。他在街上下车，在几栋居民楼间步行穿过并向自己家楼房的院落走去。他一下子就找到了自己家住宅的窗户和阳台。厨房里亮着阿尼亚喜爱的放在窗台上的灯，客厅内也点着昏暗的灯火。"大概落地灯没关，阿尼亚留它照亮我进屋的路，不让我在黑暗中摸索"，——他在心里这样想。

楼房之上是莫斯科的天空，它是暗褐色的，被无数的城市灯火从下面烘托照射。天空仿佛在微微地颤动。

当米沙已经走近单元门口时，谢尔盖打来了电话。

"米沙，我的朋友，"他听见谢尔盖幸福的说话声音，"谢谢你给的建议。她马上也没想起这只蟹，愿上帝保佑你和它的健康。我们笑了好一阵子。她说，它的生命攥在我们手上，她同意后天和我在那里进晚餐。尽管关于晚餐我们并未说。说好晚上突然袭击检查。啊呀，上帝保佑，可别让他们把我们的蟹给卖了！总之，谢谢，米沙！"

从谢尔盖的说话声可以听出，他情绪激昂并热血沸腾。

"瞧！我说什么了！真为你高兴，"米沙真诚地说。"只是因此缘故，我对你有个请求。可以吗？"

"随便什么！"

"当你在那里，在饭店，晚餐过后，如果不为难，请你看一眼我的标牌。我想知道，它是否还挂在那里。若不是星期三前要飞去出差，我就亲自去看了。那个胡同记得吗？"

"记得。一定看。希望我和她一起去看。"

"嗯，那就再见。一飞回来就给你打电话。祝你成功，朋友！"

• • • • • • • • • • • • • • • • • • • •

米沙的家中温暖、安静，散发着他的家的气息。米沙能清晰分辨出这个味道。他静静地脱下鞋和夹克衫。不久前在瓦洛嘉音乐制作室那里喝的那点伏特加酒，连一丝醉意的痕迹都没有留下。米沙走进厨房，从茶壶中给自己倒了杯水。他喜欢茶壶中白开水的味道。对于他这就是非常浓厚的家的味道。离开厨房时，他把灯熄灭。米沙感觉到想睡觉，不强烈，但明确地想睡。

客厅里亮着落地灯。挂钟的指针指向夜里十点五十八分。米沙走过去关灯。在沙发旁边的茶几小桌上，放着一本画册，一些铅笔散落在那里，画册打开在一幅画的页面上。米沙仔细观看，然后弯下腰并把画册拿在手中。

他看见了他画的那匹马。只是现在这匹马被用暗褐色的铅笔涂上了色。还有马身上出现了若干个黑点。颜色涂画得小心翼翼，但仍有几条暗褐色的线条画偏到马身的轮廓之外。然而重要的是，马被画上了翅膀。翅膀与马自身相比很小，它们从脖颈处的某个地方滋长出来并突出在那里。翅膀是用蓝色的铅笔画上去的。一幅专业级的铅笔素描图画被彻底毁坏。

还有，在带有翅膀的马的周围画上了若干朵浅灰色的云。在该画页的顶端米沙读到了签字落款："天马'卡嘉'9岁"。看得出，当卡嘉给马上色、勾画和写字时，她非常努力并使劲按压铅笔。米沙把画册放在了茶几小桌上。

"嗯，瞧，我现在知道用什么代替标牌和照片悬挂在办公室里了。这是对标牌'没有尽头'的最具生活和象征意义的回答。再说，实在就是美。我要请求瓦莲京娜，要她购买一个画框。是的，如果卡嘉允许。但我会说服"，——米沙心中思忖。

通向儿童房间的门半开着，他静悄悄地走进那里。房间里只点着一盏小夜灯，外形为微笑的半个月亮，光线柔弱昏暗。那里的气息比客厅里的稍甜，更温暖。

索尼亚横躺在床上，两臂张开。她的被子从身上滑落在地板上，而索尼亚玩偶兔子的头则代替自己主人的头枕在枕头上。卡嘉安睡，身上盖好被子，看得出，她在那里蜷曲成一团并占据很小的位置。

"男孩子经常做同一个梦，"米沙默默地低声自语，两眼看着安睡的女儿们。

他在远处透过墙感觉到自己的妻子在安然入睡。有什么声音在他的头脑里流过，在他的胸中交集，它们是从来没有说、没有写和没有想到过的词语，是没有画出的图画和没有创作出的旋律。心不是在跳动，它是在阵阵抽紧。米沙两眼在淡蓝色昏暗的微光中几乎没有眨动，眼眶开始湿润。

"没什么，没什么，"米沙悄声地说。"爸爸明天飞过去，战胜那里的所有人……没什么大不了的！我们还要在柏油马路上画上我们的线条。"

译后记

长篇小说《柏油马路》是俄罗斯当代著名作家叶夫根尼·格里什卡韦茨创作的第二部长篇小说，也是我翻译和出版的第二部文学作品，原著出版于2008年，2010年再版，在当地备受读者和评论界的喜爱和好评，畅销至今。

我本人非常喜欢格氏的作品，无论是他的独白戏剧还是他的小说。很幸运，他的第一部长篇小说《衬衫》就是我翻译和引进中国的，那也是我翻译和正式出版的第一部文学作品。我与格氏的缘分即始于《衬衫》那部非常纯粹的文学作品，而《柏油马路》则见证着我们之间这份缘分和友谊的增长与延展。

我不记得是什么机缘让我遇上格氏的小说的了，但记得开始阅读他的作品已是十多年前的事。格氏的小说语言真实、朴素、纯粹，讲述的大都是现今俄罗斯社会每日每时发生在普通人身上的最日常和普通的故事，可以说是今天俄罗斯都市生活的真实映照，只不过在这样的映照中始终都透露出格氏自我审视的独特风格。正是格氏的这种风格，让我翻译和引进了他的第一部文学作品，接着又翻译和出版他的第二部，或许依然还会继续翻译他的第三部、第四部……我在《衬衫》的译后记中，曾把格氏的第一部文学作品比喻为冬日里孤独木屋中的火炉，而今天在此，则想把《柏油马路》比喻成让这个火炉一直燃烧的原木材。

这部小说以米沙、斯吉奥巴、谢尔盖三位好友的一次交谈开始，以米沙对自己熟睡的小女儿索尼亚的独白结束，铺陈和描述了当今俄罗斯都市中人们现实生活的诸多方面：事业、友情、爱情、亲情、家庭、成功、失败、暗恋、读书．思考、运动、休闲、金钱、社会地位、人与人之间的联结和纠葛、不明就里的威胁与恐惧，等等。这差不多是一部描写今天俄罗斯都市人现实生活的百科全书。其中作者着墨最多的主要人物米沙，他在莫斯科的生活、事业、爱情、亲情和友情，处处透露出"莫漂"人的真实写照。他是幸运的，因为他拥有成功的事业和令人羡慕的家庭，但他依然痛苦和迷茫……

从某种意义上说，《柏油马路》是一面镜子，这面镜子所映照出的就是当今俄罗斯都市人的生活，它充满矛盾和痛苦，同时也不失对美好未来的渴望和期许。或许，这就是为什么，在俄罗斯的文学评论界，有人把格氏的小说誉为新经典（новый классик），而把他本人称为当代的契诃夫或者舒克申。

感谢格氏对我的继续信任以及格氏秘书处所提供的所有帮助。感谢作为俄罗斯政府代表的莫斯科翻译学院给予的出版资助。感谢北京大学出版社对这本书的出版。感谢张冰编审和李哲编辑的鼎力支持和帮助。感谢中国文字著作权协会张洪波总干事的友好协助。感谢所有给予我支持和帮助的朋友们。更感谢我的夫人和孩子，没有她们的认同、鼓励和坚强的支持，我是没有可能拿出四年多的时间来从事这样的翻译工作的。

最后感谢所有喜欢或者不喜欢阅读这本书的读者，如果喜欢，那是格氏的妙笔吸引了你，如果不喜欢，那是我的翻译水平有限，我会继续努力。

傅品思
2019年3月4日